80년 5·18 당시 광주시 중심가 요도

80년 5·18 당시 광주시 요도

임·철·우·장·편·소·설

1998
문학과지성사

임철우 장편소설
봄날 5

초판 1쇄 발행 1998년 2월 9일
초판 12쇄 발행 2025년 9월 26일

지은이 임철우
펴낸이 이광호
펴낸곳 ㈜문학과지성사
등록번호 제1993-000098호
주소 04034 서울 마포구 잔다리로7길 18(서교동 377-20)
전화 02) 338-7224
팩스 02) 323-4180(편집) / 02) 338-7221(영업)
전자우편 moonji@moonji.com
홈페이지 www.moonji.com

ⓒ 임철우, 1998. Printed in Seoul, Korea
ISBN 89-320-0967-8
ISBN 89-320-0962-7(세트)

이 책의 판권은 지은이와 ㈜문학과지성사에 있습니다.
양측의 서면 동의 없는 무단 전재 및 복제를 금합니다.

바라보는 곳마다 꽃이요 잎입니다
피는 꽃 피는 잎잎이 다
그리운 당신입니다
당신은 죽어
우리 가슴을 때려 울려
이렇게 꽃 피우고 잎 피웁니다
—— 김용택, 「당신 가고 봄이 와서」에서

5월 23일 08 : 00, 광천동 시민아파트

무석은 고향집 마당가에 혼자 서 있었다. 한여름 오후. 쓰르르 쓰르르…… 매암 매애—ㅁ. 뒤란의 감나무에서 매미가 울었다. 돌담 옆 연분홍 해당화가 바람결에 파르르 흔들린다. 눈 아래로 마을의 초가 지붕들이 옹기종기 내려다보이고, 동구 밖 언덕 아래로 하얀 바다가 숨을 죽인 채 한낮의 뙤약볕 아래 엎드려 있다. 무석은 동구 밖 길 쪽을 뚫어져라 내려다본다. 누군가를 그는 내내 기다리고 있는 참이었다. 그러나 해는 자꾸만 기울어가고, 밭둑 사이로 반달처럼 휘어져 돌아간 그 길엔 아무도 나타나지 않았다. 그래도 무석은 기다렸다. 자신이 기다리는 사람이 누군지조차 알지 못한 채로 무석은 마냥 그렇게 혼자 기다리기만 했다. 아아, 누군가 와야만 했다. 제발 와주어야만 했다. 아니, 올 것이다. 틀림없이 와줄 것이다. 입 안이 바작바작 타들어갔다. 한줌 바람이 불어왔고, 눈앞에서 해당화가 기우뚱 흔들렸다. 무석은 끝내 울음을 터뜨리고 말았다. 저도 모를 한마디가 입에서 신음처럼 새어나왔다. 엄니. 어무니이……

자신의 입에서 흘러나온 그 소리에 놀라 무석은 퍼뜩 눈을 떴다. 환한 빛살이 한꺼번에 망막으로 쏟아져들어왔다. 무석은 소스라치게 놀랐다. 바로 눈앞에 누군가의 얼굴이 보였다. 흐릿한 윤곽. 동그스름한 얼굴.

'아아, 어머니.'

무석은 그것이 어머니라고 생각했다. 어머니다. 어머니가 찾아오신 거야. 가슴이 터질 듯 뛰어오름을 느끼며 무석은 눈망울을 한껏 벌렸다.

"어머, 이제 정신이 돌아오나봐! 내 말 들려요?"

미순이었다. 주근깨 많은 미순의 동그란 얼굴. 무석은 한동안 눈을 껌벅이며 그대로 누워 있었다.

"오빠, 내 말 알아듣겠어요?"

"여기가 어, 어딥니까…… 미순씨가 왜……"

무석이 상체를 일으키려 하자 이마 위에서 무엇인가 베개맡으로 툭 떨어져내렸다. 여러 겹 접힌 수건이었다.

"일어나지 말고 잠시 그대로 누워 있어요."

미순이 찬물에 적신 수건을 무석의 이마에 얹어주었다. 무석은 비로소 거기가 자신의 방이라는 걸 깨닫는다.

"어, 어떻게 여기에……?"

"어머머, 그것도 모른단 말예요? 지금껏 어디서 무얼 하다가 들어온 거예요. 사고라도 당한 줄 알고 얼마나 걱정했는지 알아요, 오빠?"

오빠라고? 어느새 미순은 아저씨라는 호칭 대신에 그렇게 부르고 있었다. 무석은 불현듯 가슴을 저며오는 알 수 없는 그리움에 떠밀려 미순의 손을 와락 그러안고 싶은 충동을 느낀다. 핑글, 현기증이 일었다.

"영님이가 한밤중에 허겁지겁 달려왔더라구요. 오빠가 끙끙 앓는다는 얘길 듣고, 혹시 군인들한테 무슨 변을 당했나 싶어 가슴이 철렁했어요. 영님이랑 함께 와보니, 옷 입은 채로 방바닥에 쓰러져서 거의 의식이 없지 뭐예요 글쎄. 온몸이 불덩이처럼 펄펄 끓고, 땀을 비 오듯 흘리며 어찌나 심하게 앓는 소리를 내는지…… 기억나요?"

"그, 그랬습니까."

"한밤중인 데다가 무서워서 병원에 갈 수도 없구…… 그래서 우선 찬물로 찜질을 했는데, 새벽녘이 지나서야 겨우 열이 내리기 시작하는 것 같았어요."

어떻게 된 걸까. 미순의 얘기를 들으면서도 무석은 아직 어리둥절하다. 애써 기억을 더듬어본다. 어제 오후 한기·봉배와 함께 버스를 타고 화순에서 무기를 싣고 돌아왔던 일. 공원에서 일행과 떨어져서 혼자 부상자 수송 차량에 탑승했던 일. 적십자 마크가 찍힌 완장을 차고 따라나섰다가 도청 부근에서 충격을 받고 혼비백산했던 일. 그리고는 정신없이 광주공원 광장으로 되돌아왔는데, 아무리 찾아도 한기와 봉배는 보이지 않았다. 밤이 되자 때마침 무기를 수거한다고 해서, 카빈총을 반납하고는 슬그머니 대열을 빠져나왔던 것 같다. 그런데 묘하게도 그 다음부터는 어떻게 아파트로 돌아왔는지 전혀 모르겠다. 참, 갑자기 전신에 한기가 돌고 창자가 끊어질 듯이 아팠던 기억이 난다. 양동다리 부근에선가 뱃속에 든 걸 모조리 토해내었었지. 그것도 여러 차례를. 광장에서 나누어준 김밥이나 요구르트가 상했던 것일까. 어쨌건 그런 지경에도 용케 혼자 여기까지 찾아오긴 했던 모양이다.
"그, 그럼 미순씨가 지금껏 내 곁에서……"
"괜찮아요, 오빠. 열이 좀 뜸해지는 눈치길래 잠시 내 방에 가서 한숨 붙이고 왔으니까요."
"미, 미안해서……"
"어머, 그런 소린 말라니깐 자꾸 그러네. 가만있어요. 수건을 새걸로 갈아줄게요."
"이젠 꽤, 괜찮아요. 일어날 수 있을 것 같은데……"
이불을 젖히고 상체를 일으켜세우려던 무석은 깜짝 놀라 후닥닥 몸을 웅크린다. 뜻밖에 러닝 셔츠에 팬티만 걸친 반벌거숭이였던 것이다. 미순이 손으로 입을 가리고 까르르 웃는다.
"뭐 어때요? 내 손으로 바지까지 다 벗겨주었는데."
무석은 쥐구멍에라도 들어가고 싶어진다. 알몸을 보여주었으리라는 생각에 무석은 얼굴이 화끈거려온다.
"세상에, 옷을 입은 채 방바닥에 죽은 듯이 쓰러져 있는 걸 보고 얼마나 놀랐다구요. 윗옷이랑 허리께엔 온통 피로 범벅이지 뭐예요? 영락없이 총에 맞은 줄만 알고, 영님이랑 안방 아줌마는 발을 동동 구르고 난리였다구요."
"피가 묻었어요?"

"묻은 정도가 아니라 아예 흠뻑 젖었던걸요 뭐. 어떻게 된 거예요?"

피? 퍼뜩 떠오르는 얼굴이 있다. 맞아, 그랬었지 참. 이광영인가 김광영인가 하는 그 청년이 총에 맞았어. 구시청 부근 골목에서 시민군 몇이 총에 맞아 길바닥에 나뒹굴었고, 그들을 구하겠다고 뛰어나갔던 그 청년과 또 다른 두 명의 대원들마저 총을 맞았지. 그들을 적십자병원으로 옮겼는데, 아마 그때 묻은 피였을 것이다.

무석의 눈앞으로 그때의 처참한 광경이 선연하게 떠오른다. 아아, 순식간에 피투성이가 된 배를 그러안고 비명을 질러대던 모습. 손가락 사이로 부걱부걱 쏟아져나오던 희멀건 내장······ 무석은 불현듯 진저리를 치며 이불을 끌어안았다.

"잠시만 기다려요, 오빠. 내가 가서 미음을 만들어올게요."

"아니. 그, 그럴 필요 없어요, 미순씨."

"괜찮다니까 자꾸 그러네. 금방이면 된다구요."

미순은 물이 담긴 대야를 챙겨들고 방을 나갔다. 무석은 이불 속에서 빠져나왔다. 다리가 휘청거렸다. 비닐로 만든 간이용 서랍에서 헌 운동복을 꺼내어 입고 다시 이불 속으로 기어들었다. 어제 입었던 옷들은 방안 어디에도 보이지 않는다. 미순이 치워 놓은 성싶다.

미순이 밤새도록 내 머리맡을 지키고 있었단 말인가. 신열에 시달리며 괴로워하는 내 얼굴을 걱정스레 들여다보면서, 밤새껏 나를 지켜주었단 말인가. 어머니처럼? 무석은 찬물 적신 수건을 갈아줄 때마다 자신의 이마를 스치곤 했을 미순의 부드럽고 여린 손길을 상상해본다.

모를 일이다. 왜 그녀는 내게 이렇듯 마음을 써주기로 한 것일까. 그녀의 과분한 친절이 아무래도 부담스럽다. 하지만 그런 한편으로 무석은 가슴 한쪽을 은밀하게 적셔오는 따뜻한 물줄기 같은 것을 느낀다. 그것은 그리움이었다. 참으로 오랫동안 잊고 있었던 따뜻한 인간의 손길. 누군가로부터 전해져오는, 그리고 누군가에게로 소리없이 흘러드는 따사로운 봄날 햇살과도 같은 애정…… 무석은 불현듯 코끝을 스치는 아릿한 향내에 스르르 눈을 감았다. 복숭아꽃 같기도 하고 배꽃 같기도 한 향기. 목구멍이 알싸하니 차오르며 숨이 가빠오는 기분이었다.

전날의 일들이 비로소 하나하나 뇌리에 떠올랐다. 어제 오후, 무석은 광주공원 광장에서 한기·봉배와 헤어졌었다. 시민군 부대 편성을 한다기에 셋이서 계단 위에 앉아 있었는데, 무석이 잠시 화장실을 다녀와보니 둘은 보이지가 않았다. 아마 그 사이에 어딘가로 출동하는 차량에 탑승한 모양이었다.

공원 광장 일대는 대단히 혼잡했다. 각처에서 무기를 탈취해 온 차량들과 구경꾼들로 북적거리고, 한쪽에선 시민군을 조직한다고 법석들이었다. 도청 쪽에서는 여전히 간헐적으로 굉장한 총성이 이어지고 있었다. 혼자 남겨진 무석은 국밥집들이 즐비하게 늘어선 광장 입구에 우두커니 서 있었다. 그때 바로 눈앞에서 군용 트럭 한 대가 급정거했다. 앞쪽에 '부상자 수송'이라고 붉은 글씨로 휘갈긴 플래카드가 붙어 있고, 뒤쪽 적재칸엔 대여섯 명의 청년들이 타고 있었다.

"부상자 구호 활동을 도와줄 인원이 필요합니다! 젊은 사람들은 나오시오! 지원자가 필요합니다!"

앞자리에서 머리를 박박 밀어붙인 청년이 외쳤다. 계엄군의 충격으로 시내 전역에 부상자가 속출하고 있으니, 그들을 구해 병원으로 옮겨야 한다고 했다. 까까머리 청년의 호소를 듣고 주변에 있던 청년들 서넛이 차에 올랐다. 무석은 무심코 주춤 뒷걸음질을 쳤다. 그 순간 우연히도 그 까까머리 청년과 시선이 딱 마주쳤다. 어째서였을까. 상기된 얼굴로 절박하게 도움을 청하고 있는 그 낯선 청년의 눈빛과 마주치는 순간, 무석은 등을 떠밀리기라도 한 듯 트럭에 올라탔던 것이다.

십여 명을 태운 트럭은 이내 출발했다. 월산동 로터리를 지나 백운동 쪽을 향해 달리기 시작했을 때였다. 까치고개를 막 넘어서려는데, 맞은편에서 다가오던 트럭 한 대가 그들을 급히 멈춰 세웠다.

"무슨 일요?"

"총에 맞은 사람이 있는디, 병원으로 얼릉 데려다주시요! 우리 차는 고장나서 못 가겄소."

"어디서 오는 거요?"

"송암동 삼거리에서 당한 모양이요. 오토바이를 타고 가는 사람을 공수들이 쏴버렸소."

청년들이 급히 뛰어내려 그 사람을 들쳐업고 되돌아올 때까지 무석은 차 안에 엉거주춤 서 있기만 했다. 총을 맞은 건 삼십대 남자였다. 한쪽 어깨와 허벅지에서 벌컥벌컥 솟구치는 피. 안색이 하얗게 변해가고 있었다. 이미 의식을 잃어버린 사내를 싣고, 트럭은 그 길로 방향을 돌려 적십자병원까지 질주했다.

적십자병원은 말 그대로 아비규환이었다. 응급실은 아예 발 디딜 틈도 없고, 병실은 물론 복도와 계단, 앞뒤쪽 마당에까지 백여 명도 넘는 부상자들이 즐비했다. 피투성이가 된 남자를 들처업고 응급실로 뛰어들어갔다.
"또요? 정말 미치고 환장하겠구만. 그 개자식들이!"
부상당한 남자를 보자마자 젊은 의사는 비명을 질렀다. 붕대 뭉치를 들고 달려온 간호사도 발을 동동 굴러댄다. 까까머리 청년이 헐떡이며 외쳤다.
"그 개자식들이 오토바이를 탄 사람한테까장 난사를 했소!"
"약품이 벌써 동이 났는데, 환자들만 자꾸 데리고 오면 어쩌란 말요? 이왕에 구호 활동을 나섰으니, 약품과 피도 구해다주시오!"
젊은 의사는 격정을 억누르지 못하고 거의 울먹이는 소리로 말했다. 그의 가운은 온통 피투성이였다.
"그것들을 어디서 구하면 되겠습니까?"
"그걸 나한테 물어요? 약은 약국에 있을 거고, 시민들한테 헌혈해달라고 방송을 하든지, 아니면 억지로라도 끌고 오든지 해얄 것 아뇨! 이쪽으로 따라오시오."
의사는 분을 참지 못해 엉뚱하게도 그들에게 고함을 친다. 의사도 간호사도 제정신들이 아니었다. 의사의 뒤를 따라 그들은 복도를 통해 지하층으로 내려갔다. 젊은 의사가 직원 하나를 불러 뭔가를 지시했다. 직원이 가져온 흰 가운과 적십자 마크가 찍힌 완장을 무석 일행은 각자 하나씩 착용했다. 젊은 의사는 당장 필요한 의약품의 품목을 메모지에 적은 다음 까까머리 청년의 손에 쥐어주며 말했다.
"당장 이것부터 구해다주시오. 시중 약국에서 찾을 수 없는 것들도 있을지 모르니까, 안 되면 개인병원을 찾아가서 부탁해보시오. 항생제·지혈제·진통제는 많을수록 좋으니 무조건 거둬오시오."
"알았습니다."
"혈액도 당장 급합니다.. 병원 입구에서 헌혈을 받고 있기는 하지만, 홍보가 안 되어서 절대량이 부족한 상태요. 시민들에게 상황을 알리고 도움을 요청해주시오."
가운과 완장을 착용하고서 일행은 밖으로 나왔다. 들것 두 개도 차에 실었다. 병원 직원들이 태극기 두 개를 가져와 트럭 앞 양쪽에다가 묶어주었다. 한 직원의 지시에 따라, 일행은 그 자리에서 난데없는 적십자 대원 선서식까지 했다. 순수한 민간인 적십자 대원으로서 자신의 목숨을 돌보지 않고 기꺼이 구호 활동에 봉사하며, 아군과 적군을 가리지 않으며, 어떠한 위험이 닥쳐오더라도 결코 물러서지 않고 민간인의 안전과 생명을 적극 보호한다는 등의 다섯 가지 항목을 그들은 떠듬떠듬 복창했다.
"자, 여러분들은 이제 명실상부한 적십자 대원이 된 것입니다. 숭고한 적십자 정신에 부끄럽지 않도록 이 순간부터 최선을 다해주기를 바랍니다."
직원들은 진지한 표정으로 박수까지 쳐주었다. 일행은 차량에 올랐다. 흰 가운에 완장을 두른 채 선서까지 하고 난 그들은 하나같이 얼떨떨해하면서도, 이제부턴 확실한 임무를 부여받았다는 사실에 비장한 표정들이었다. 모두들 그야말로 엉겁결에, 말로만 듣던 적십자 대원이 된 것이다. 무석 역시 흰 가운 차림이 여간 어색한 게 아니었지만, 어떤 사명감이랄까 책임감에 잠시 가슴이 뻐근하게 차올랐다.
그때부터 저녁 무렵까지 내내 정신없이 바빴다. 트럭 한 대 외에도 지프 한 대가 더 생겼다. 무석은 까까머리 청년과 함께 지프에 올랐다. 지프에 탄 사람은 모두 다섯 명이었다. 까까머리 청년은 어느샌가 자연스레 지휘자 역할을 맡고 있었다. 차는 광주천을 옆에 끼고 달리기 시작했다.

"이렇게 입고 있으니까, 내가 무슨 의사라도 된 것 같구마이."

"야, 의사가 아니라 적십자 대원이라고 안 하던?"

"누가 그걸 모르냐? 어쨌건 너랑 나랑 오늘 겁나게 출세했다이. 이럴 때 사진기라도 있었으면 기념 사진 한 방씩 팍팍 찍어두는 것인디, 아까와 죽었다. 흐흐."

"사진 찍어뒀다가 뭣에 쓰게?"

"얌마, 담에 장가가면 마누라랑 새끼들한테 자랑할라고 그런다. 느그 애비가 이렇게 용감하게 싸웠다고 말이여."

"치, 놀고 자빠졌네."

친구 사이인 두 청년이 가운을 들여다보며 주고받았다. 차 앞쪽에 꽂힌 태극기가 바람에 펄럭였다. 뒤를 돌아보니, 트럭 역시 태극기를 펄럭이며 쫓아오고 있었다. 무석은 가슴이 벅차올랐다. 뭔가 자신도 세상에서 가치 있는 일을 한몫 거들고 있노라는 자부심마저 들었다.

그들은 정신없이 시내를 돌아다녔다. 약국과 개인병원을 돌아다니며 수거한 의약품을 싣고 적십자병원으로 달려갔다. 산소통도 날랐다.

"시민 여러분. 피가 부족합니다. 지금 즉시 가까운 종합병원으로 가서 헌혈에 참여해주십시오."

까까머리 청년은 거리를 달리면서 휴대용 확성기를 들고 계속 홍보 방송을 했다. 또 헌혈한 피를 적정량씩 분배하기 위해 전남대 병원·기독병원·적십자병원 등을 오가며 보급해주었다. 그러는 동안에도 간간이 거리에서 마주친 부상자들을 실어나르기도 하고, 위급한 환자들을 이 병원에서 저 병원으로 옮겨다주기를 계속했다. 불과 십여 명의 대원들만으로는 그 많은 일을 감당하기엔 역부족이었지만, 모두들 몸을 사리지 않고 열심히 뛰었다.

시민들은 가는 곳마다 먹을 것과 마실 것을 차에 실어주었다. 약국에선 의외로 선선히 약품과 물자들을 내놓았다. 어느 곳에서나 무상으로 응급 약품들을 내주었고, 원하는 품목 이외에도 필요할 것이라며 다른 약품들까지 내주기도 했다. 돌아다니면서 보니, 시내 모든 종합병원에선 누구건 무상으로 치료를 해주고 있었다. 특히 기독병원의 경우엔 전직원이 벌써 여러 날째 귀가도 하지 않고 밤낮으로 비상 근무중이었다.

무석 일행은 시내 약국을 거의 다 돌고 난 다음, 이번엔 개인병원을 돌아다니며 약품을 수집하기 시작했다. 역시 모두들 기꺼이 약품을 내주었다. 그 중엔 그곳 역시 부상자들로 만원을 이루고 있는 개인병원도 많았다. 물론 거절당한 경우도 있었다. 양동시장 부근에 있는 어느 개인병원에서였다. 원장이라는 오십대 의사는 약품이 없다고 단박에 거절했다. 마침 일행 가운데 한 청년이 그 병원 사정을 어느 정도 알고 있었다. 전에 입원했던 적이 있다고 했다.

"약품이 없다고라우? 거짓말하지 마시요. 지하실 창고에 있는 걸 다 알고 있응께, 어서 내놓으시요."

"허어, 이 사람들이 속고만 살았나. 없다는데 왜들 이래!"

"정말 이럴 거요? 시방 시민들이 수없이 죽어가고 있는 판국인디, 당신 혼자만 배불리고 살겠다 이거여! 이러고도 당신, 광주

봄 날 15

바닥에서 살 수 있을 것 같소?"

까까머리 청년이 버럭 화를 내더니, 밖으로 나가 카빈총을 쥐고 들어왔다. 다짜고짜 복도 천장을 향해 탕, 공포 한 발을 갈겼다. 순간 의사는 얼굴이 허옇게 변해서 허겁지겁 지하실 약품 창고의 문을 열어주었다. 상자째 가득히 쌓여 있는 약품들을 그들은 닥치는 대로 차량에 싣고 돌아와 각 종합병원에 내려주었다.

그 동안에도 그들은 여러 명의 부상자를 병원으로 실어날랐다. 한번은 금남로 2가에서 무석이 직접 중학생 한 명을 구해냈다. 옆구리에 총을 맞아 길바닥에 쓰러져 있는 것을 동료 두 사람과 함께 뛰어나가 업어왔다. 총탄이 머리 위로 딱딱 소리를 내며 스쳐갈 때마다 머리카락이 곤두섰다.

오후 다섯시쯤, 무석 일행을 태운 지프는 광주공원에 도착했다. 헌혈받은 혈액을 넘겨받아 각 병원으로 공급해줄 참이었다. 공원 광장에서부터 광주천 다리 위에까지 수백 명의 시민들이 길다랗게 줄을 지어 차례를 기다리고 있었다. 이 무렵 시내 여러 곳에서 헌혈이 실시되고 있었고, 각 병원에서 나온 간호사나 의료진들이 채혈을 담당했다. 공원 광장에서 수거된 혈액을 받아 다시 기독병원을 향해 출발했을 때였다. 양림동 다리 부근에서 한 여고생이 차를 세웠다. 흰 블라우스 교복을 입은 소녀였다.

"아저씨. 나도 헌혈을 하고 싶어요. 병원까지만 데려다주세요."

"학생도 할라고? 어른들이 많이 모였으니까, 괜찮어. 그냥 돌아가라고."

"아녜요. 꼭 좀 데려다주세요. 네?"

한사코 원하는 바람에, 비좁은 지프 안에 여고생을 태워 기독병원에 내려주고 나왔다. 그로부터 한 시간도 채 지나지 않아,

일행이 다시 기독병원에 들렀을 때였다. 응급실 입구 마당에 사람들이 벌떼처럼 모여들어 웅성거리고 있었다. 조금 전에 헌혈을 마치고 병원을 나섰던 여고생 하나가 총에 맞아 시체가 되어 되돌아왔다고 했다.

퍼뜩 짚이는 게 있어, 무석은 사람들 틈을 헤집고 들어가 시체를 확인했다. 놀랍게도 바로 조금 전 지프에 태워주었던 그 소녀였다. 까까머리 청년은 꺽꺽 울음을 터뜨렸다. 무석도 쏟아지는 눈물을 주먹으로 훔쳤다. 차라리 그때 외면해버리고 차에 태워주지 않았더라면……

무석은 벌써 수십 명의 처참한 죽음들을 직접 목격했으면서도 그 모든 일이 도무지 현실로 여겨지지가 않았다. 죽음이 너무 흔했고, 살육은 오히려 낯익었다. 무석은 지옥을 생각했다. 지금 자신이 지옥의 한가운데 와 있는 것만 같았다. 그런데도 어느샌가 막상 특별한 두려움조차 느끼지 못하게 되어버렸다는 사실에 무석은 스스로도 어리둥절했다. 알 수 없는 일이었다. 너무 흔한 죽음 앞에서는 공포심도 고갈되어버리고 마는 것일까.

그러나 그게 아니었다. 오후 여섯시쯤이었으리라. 이 무렵엔 도청을 사수하고 있던 공수부대들이 철수하기 시작했는데, 일부 병력은 아직 인근 주요 건물에 남아서, 접근해오는 무장한 시민들을 향해 총을 쏘아대고 있었다. 이때쯤 무석 일행은 이미 완전히 기진맥진한 상태였다. 어딘가에 차를 세워놓고 잠시나마 한숨을 돌리고 싶은 생각이 간절했지만 그럴 수도 없었다. 마침 광주천을 따라 적십자병원으로 향하고 있을 때, 갑자기 주택가에서 아낙네들이 달려나와 지프를 가로막았다. 조금 전, 도청에 인접한 구시청 사거리 부근에서 공수들이 총을 쏘았는데, 시민군

대여섯이 총에 맞아 쓰러져 있다고 했다. 그 중 몇은 아직 목숨이 붙어 있는 모양인데, 공수들이 사격을 해대는 통에 누구도 접근하지 못하고 발만 동동 구르고 있다는 것이었다.
"형씨들은 어떻게 하겠소?"
"어떻게 하기는이라우. 우리가 가서 구해옵시다."
"좀더 상황을 살펴보고 나서 결정하는 게 어떻겠소? 들어가는 사람마다 총에 맞아 쓰러졌다지 않소?"
"니기미, 그렇다고 보고만 있을 수는 없잖소. 설마 적십자 완장에다가 가운을 입은 우리한테까장 총을 쏠랍디여?"
잠시 설왕설래하다가, 지휘자 격인 까까머리 청년이 구출을 시도해보기로 결정을 내렸다. 그들은 조심스레 차를 몰아 구시청 건물을 향해 나아갔다. 과연 좁은 네거리 양쪽에 칠팔 명의 시민들이 길바닥에 쓰러져 있는 광경이 보였다. 그 중 서넛은 아직 목숨이 붙어 있는지, 팔을 허우적거리며 살려달라고 비명을 질러대고 있었다. 바로 그 순간, 타타타탕! 총성이 터져나왔다. 일행은 얼결에 차를 돌려 재빨리 맞은편 골목으로 들어갔다. 갑자기 누군가 겁에 질려 소리쳤다.
"와이고! 초, 총에 맞았는갑네에!"
바로 무석의 옆자리에 앉았던 청년이 엉거주춤 일어나려다가 어깨를 움켜쥔 채 풀썩 주저앉았다. 어깻죽지에서 새빨간 피가 콸콸 쏟아졌다. 무석은 눈앞이 아찔했다. 마침내 우리한테까지 총을 쏘기 시작하는구나. 엄청난 공포가 전신을 휩싸안았다. 다행히 청년의 상처는 치명적인 것 같지는 않았다. 무석이 붕대로 일단 지혈을 시켰다. 잠시 대원들 사이에서 말들이 오고갔다.
"아, 안 되겠는디. 일단 골목으로 차를 빼서 피하고 봅시다."

"무슨 소리요. 저 사람들을 눈앞에 빤히 보고서도 비겁하게 내빼잔 말요?"

"니기미, 솔직히 말해서 우리도 살아야 할 거 아닌가. 저놈들이 철수할 때까지 좀더 기다렸다가 구해내잔 말이제."

하얗게 질린 표정으로 저마다 주고받았다. 마침내 까까머리 청년이 제의를 했다.

"좋소. 각자 결정에 맡기기로 합시다. 나는 저 사람들을 구하러 가겠소. 형씨는 어쩔 생각이오?"

까까머리 청년이 무석을 돌아다보았다. 무석은 그의 깊고 큰 눈을 마주 바라보았다. 어째선지 그의 눈빛을 거절할 수가 없을 것 같았다.

"나도 가, 가겠소."

그러자 결국 부상당한 청년을 뺀 나머지 두 사람도 동의했다. 운전사가 지프를 골목 어귀까지 접근시킨 뒤 공수들 쪽을 살피기 위해 잠시 정차했을 때였다. 앞자리의 까까머리 청년이 뒤를 돌아보며 말했다.

"모두들 고맙소. 나는 사실은 승려요. 내게 혹시 무슨 일이 생기거든, 나주 다보사라는 절에 연락해주시오."

부릉. 운전사가 가속기를 밟자마자 지프는 이미 네거리로 진입하고 있었다. 부상자들이 쓰러져 있는 지점에 급히 정차했고, 까까머리 청년이 한쪽 다리를 땅에 내디딘 채 팔을 뻗어, 쓰러져 있는 사내의 상체를 그러안으려는 순간이었다. 타앙! 총성과 함께 까까머리 청년이 억, 비명을 내지르며 앞유리창에 얼굴을 박고 고꾸라졌다. 이내 타타타탕, 연발 사격이 터져나왔다. 무석은 엉겁결에 의자 사이에 머리를 처박았다. 어느새 지프는 전속력

봄 날 19

으로 반대편을 향해 미친 듯 내달리고 있었다. 광주천 부근까지 와서야 차는 정지했다.
"와이고메! 큰일났네!"
 운전사의 비명에 놀라 무석은 퍼뜩 고개를 들었다. 차 안은 피범벅이었다. 앞자리의 까까머리 청년은 의식을 잃은 채 처박혀 있고, 무석의 바로 옆자리 청년, 그리고 아까 어깨에 총을 맞았던 청년까지 머리에 혹은 가슴에 총을 맞고 죽어 있었다. 무사한 사람은 무석과 운전사 둘뿐이었다. 그뒤의 일은 잘 기억나지 않는다. 정신없이 차를 몰아 적십자병원으로 달렸다. 사람들이 몰려와 피투성이로 변한 몸뚱이들을 차에서 끌어내려 병원 안으로 옮겨가는 것 같았다. 무석은 차에서 내리자마자 화단가에 벌렁 쓰러져버리고 말았다. 별안간 걷잡을 수 없을 정도로 울음이 와악 터져나오기 시작했다. 미쳐버릴 것만 같은 분노와 공포, 서러움에 무석은 화단가의 풀잎을 손으로 마구 쥐어뜯으며 울부짖었다. 미친 듯 고함과 욕설을 퍼붓기도 했다.
 그렇게 얼마나 울었을까. 무석은 몸을 일으켜 어디론가 무작정 걷기 시작했다. 길 가던 사람들이 놀란 눈으로 무석을 쳐다보았다. 누군가는 다가와 무슨 일이냐고, 혹시 다친 게 아니냐고 묻기도 했다. 그들을 함부로 밀어제치며 무석은 앞으로 앞으로 걷기만 했다. 문득 내려다보니 흰 가운은 온통 피로 벌겋게 물들어 있었다. 가운을 훌훌 벗어던졌다. 가운을 벗었지만 피는 겉옷까지 흥건하게 번져 있었다. 얼마쯤 걷다 보니, 어느새 무석은 공원 광장 부근에 와 있는 자신을 발견했다. 그제서야 문득 한기와 봉배를 찾아야 한다는 생각이 떠올랐다. 그러나 어디에도 그들의 모습은 보이지 않았다. 무석은 너무나 지쳐 쓰러질 것만 같았다. 광장 안의 시민회관 건물 벽에 등을 기댄 채 깜박 졸았다.
　얼마나 지났을까. 눈을 떠 보니 사위는 이미 완전히 어두워진 시각이었다. 누가 놔두고 간 것인지, 곁에 M1 소총 한 자루가 놓여 있었다. 무석은 그것을 움켜쥐고, 넋 나간 사람처럼 비칠거리며 광장으로 내려왔다. 수백 명의 시민군들이 광장에서 휴식을 취하고 있었다. 불현듯 심한 허기가 몰려왔다. 누군가 손에 쥐어준 김밥과 사이다를 정신없이 먹었다. 차량들이 쉴새없이 들락거리고, 그때마다 무석은 한기와 봉배의 모습을 찾으려고 애를 썼다. 계엄군이 시 외곽으로 완전히 철수했고, 도청은 시민군에게 점령되었다는 얘기가 들렸다.
　잠시 후 트럭 두 대가 나타나더니, 차에서 내린 몇 사람이 시민군들을 집합시켰다. 그들은 자신들을 시민수습대책위원회의 대표들이라고 소개했다. 그리고 계엄군들과 협상하기 위해 일단 모든 무기들을 회수하여 도청으로 집결시키기로 했으니 협조해달라고 말했다. 시민들이 웅성거렸고, 더러는 총을 내줘서는 안 된다고 고함을 치기도 했다. 하지만 결국 상당수가 총을 내놓고 하나둘 흩어지기 시작했다. 무석은 순순히 총을 반납했다. 무엇보다도 극심한 피로가 전신을 한꺼번에 짓눌러오기 시작했기 때문이었다. 우선은 잠들고 싶었다. 눈을 감기만 하면 길바닥에서라도 당장 곯아떨어져버릴 것만 같았다. 그럴 만도 했다. 꼬박 이틀째 잠 한숨 붙여볼 겨를이 없이 뛰어다녔던 것이다.
　무석은 혼자 광천동을 향해 걸음을 옮기기 시작했다. 걸으면서도 자꾸만 풀먹은 창호지처럼 눈꺼풀이 감겨들었다. 자정이 가까워오는 무렵이었을 것이다. 대충 거기까지는 기억이 났다. 하지만 그 이후의 일은 가물가물하기만 했다. 천변도로를 따라 걷는 도중 어디쯤에서인가 견딜 수 없이 복통이 몰려왔고, 여러 차례 뱃속에 든 것을 토해냈던 것 같다. 하지만 그 다음 어떻게 집까지 오게 되었는지는 도무지 알 수가 없다.

문이 열리고 미순이 방안으로 들어왔다. 쟁반에 작은 냄비와 김치 보시기가 담겨 있다.

"오빠, 이거 조금만 들어보세요. 죽이랍시고 끓이긴 했는데, 서두르다 보니 쌀 알갱이가 덜 퍼진 것 같네. 잠시만 일어나봐요."

미순은 뚜껑을 내려놓고는 수저를 들어 냄비 안을 휘저어본다. 무석은 엉거주춤 상체를 일으켰다.

"괘, 괜찮다고 해도 그러네. 이거 원……"

"괜찮기는요. 지금 오빠 안색이 어떤 줄이나 알아요? 이럴 때는 못 이기는 척하고 이웃사촌 신세도 지는 거라구요. 자, 이거 받아요."

미순이 집어주는 수저를 무석은 마지못해 받아들고, 죽을 떠서 입에 넣었다.

"어때요? 너무 싱겁지 않나 몰라."

"마, 맛있는데요."

"어머머. 맛이 있다면서, 표정은 왜 그래요?"

미순이 쿡쿡 웃음을 떠뜨리는 바람에 무석은 얼굴을 붉혔다. 죽은 따뜻하고 부드러웠지만, 입 안이 깔깔해서 도무지 식욕이 당기지가 않았다. 간신히 절반쯤 비운 냄비를 밀어놓았을 때, 미순은 한사코 무석을 다시 드러눕게 했다.

"정말 어디 다친 데는 없어요?"

"괘, 괜찮아요."

"그런데 그 피는 어떻게 된 거죠. 끔찍해라. 피로 목욕을 한 사람 같더라구요."
"다른 사람한테서 물었을 겁니다. 병원으로 옮길 때……"
"다른 사람한테서요?"
 미순은 문득 뭔가 불길한 예감이 드는 듯, 커다래진 눈으로 무석을 쳐다본다.
"참, 그 청년들은 어디 있죠? 306호에 사는 사람들 말예요."
"예? 그 친구들…… 한기랑 봉배…… 아직 안 왔습니까?"
"그런 모양이에요. 근데, 그 사람들이랑 오빠랑 함께 트럭 타고 시내로 나가는 걸 동네 사람들이 봤다고 그러던데요. 함께 있지 않았어요?"
"어제 낮까지는 그랬었는데, 헤어졌습니다."
"어쩌나. 어제 누가 그 집에 찾아왔었어요. 그 청년들 중 누군가의 아버지 되는 분이라는데, 구례읍에서 오셨다던가……"
"구, 구례요?"
"그랬던 것 같아요. 광주에서 난리가 났다는 소리 듣고 걱정이 되어 올라오신 모양이에요. 근데, 문이 잠겨서 오랫동안 밖에서 기다리시다가 그냥 돌아가셨어요. 무슨 사고라도 당한 게 아니냐고, 걱정이 태산 같던데."
 구례읍에서 왔다면 필시 한기나 칠수의 아버지일 것이다. 아니 참, 한기는 홀어머니뿐이라고 했던 것 같다. 그렇다면, 칠수? 아…… 불현듯 무석의 가슴이 철렁 내려앉는다. 그랬다. 칠수 그 친구는 공수놈들에게 잡혀갔던 것이다. 그저께 밤, 광주역 광장에서……
 '그때, 가로수를 들이받고 멈춘 버스에서 정신없이 뛰어내리다가 칠수는 하필이면 내 발에 부딪히는 바람에 나동그라지고 말

봄 날 23

았지. 나만 없었더라도 칠수는 잡혀가지 않았을 거야. 어떻게 되었을까. 설마……'
 생각만 해도 무서운 일이었다. 무석은 고개를 내저었다. 어쩌면 좋단 말인가. 만약 칠수가 죽기라도 한다면 그건 순전히 내 탓이 아닌가. 내 발만 아니었더라도 충분히 도망칠 수 있었을 텐데…… 무석은 자꾸만 자책감을 떨쳐낼 수가 없다. 칠수가 잡혀간 다음부터 그것은 무석의 가슴을 내내 무겁게 짓누르고 있었다. 그나저나 한기는 또 어떻게 되었을까. 봉배는?
 문이 드르륵 열리더니, 누군가 고개를 들이밀었다.
 "으마, 아저씨 일어났네에?"
 영님이가 눈이 뚱그래져서 소리친다.
 "아저씨, 괜찮어라우? 동네 사람들은 아저씨가 총에 맞았다고 야단들이여. 총알 박힌 구멍 같은 것은 안 보인다고 내가 아무리 말해도, 사람들이 안 믿는당께."
 "영님아. 호들갑 떨지 마. 들어오든지, 문을 닫든지 하고."
 미순의 말에 영님이는 입을 샐쭉하더니, 오히려 문을 활짝 열었다.
 "아저씨를 찾어온 손님이 있는디. 아저씨 이름이 한무석이가 맞지라우?"
 "나를, 누가……"
 무석은 고개를 돌렸다. 어둑한 문 저쪽에 누군가 서 있다.
 "형. 정말 큰형이군요…… 저예요. 명기."
 청년이 문 앞으로 한걸음 다가와 이쪽을 들여다보며 말했다. 무석은 한 순간 움찔 몸이 굳었다. 얼핏 명기의 얼굴이 낯설었다.

"아, 며, 명기로구나. 네가 어떻게!"
 무석은 깜짝 놀랐다. 낯설 만도 했다. 까까머리 고등학생이던 녀석이 제법 머리카락 더부룩한 청년이 되어 있었으니, 한 순간 저게 누군가 싶었던 것이다. 명기는 방안으로 들어서려다가 미순을 보고는 의아한 표정으로 우물쭈물 서 있다. 미순이 당황해서 얼른 쟁반을 챙겨들고 일어났다.
"괘, 괜찮아요. 내 동생인데……"
"어머, 그러세요. 전 그만 나가볼게요."
 허둥지둥 미순이 문을 닫고 사라지고 나자, 명기는 그제서야 방바닥에 앉는다.
"누구예요, 혹시, 형수님?"
"아, 아녀. 형수는 무슨…… 짜아식."
"그래요? 난 또."
"몰라보게 달라졌다, 너. 참, 대학생이 되었겠구나. 맞지?"
"예. 전남대 들어갔어요. 영문과."
"그래? 넌 소, 소설가가 되겠다고 그랬던 거 같은데."
"상관없어요. 첨엔 국문과를 택할까 했는데……"
 명기가 어색하게 웃는다. 무석은 새삼스레 명기의 얼굴을 바라보다가, 반가운 마음에 손을 덥석 그러잡았다. 열 살 터울. 청산댁이 들어와 낳은, 배다른 동생인 셈이다. 명기가 아직 코흘리개였을 때부터 무석은 그애를 귀여워했다. 비록 드러내놓고 살가운 감정 따윌 보여준 적은 별로 없었지만, 마음속으로 무석은 명기와 막내 명옥을 아꼈다. 그러나 실상 그런 감정에도 일정한 거리가 없었던 것은 아니다. 아버지 한원구를 의식해서였을 것이다. 어째선지, 청산댁이 낳은 그 두 동생에 대한 애정을 자연

봄 날 25

스레 표현할 수 있는 권리랄까 자유조차도 자신에겐 주어지지 않은 듯한, 그런 묘한 억압감을 무석은 느꼈던 것인지도 모른다. 그 점에서, 무석 자신에 비하면 명치는 달랐다. 명치는 애당초 명기와 명옥에 대해서는 별로 정이 없는 눈치였다. 늘 매몰차다 싶을 정도로 냉랭하게 대했고, 두 동생을 괴롭힌다는 이유로 걸핏하면 아버지로부터 꾸지람을 듣곤 했다. 어릴 때 아버지에게 매를 맞을 때면, 마치 그 매질을 즐기기라도 하듯, 쾌감을 확인하기라도 하듯, 어금니를 악문 채 악착같이 울음을 참고 버티고 서 있던 명치의 모습이 지금도 무석의 기억엔 선명하게 남아 있다.

"그나저나, 어떻게 여길 찾아온 거냐. 내가 여기 있다는 걸 누가……?"

"윤상현형이 말해줬어요. 길에서 만났다면서요?"

"그랬었구나. 그 친구는 지금 어디 있냐?"

"회보 제작 작업중이에요. 우연히 친구들이랑 함께 들불야학에 갔었는데, 거기서 상현이형을 만났어요. 나도 상현이형 하는 일을 돕고 있는 참이에요."

"회보라니?"

"이거, 아직 못 봤어요? 우리가 제작하고 있는 건데."

명기가 호주머니에서 꺼내어준 꼬깃꼬깃한 종이쪽을 무석은 펴보았다. 투사회보. 무석은 깜짝 놀란다.

"이걸 만들고 있단 말이냐? 상현이랑, 그리고 명기 네가?"

"난 그냥 옆에서 도와주고만 있을 뿐이에요, 큰형."

"이 자식, 너, 지금 어, 어떤 상황인 줄이나 알고서 그래? 당장 집으로 돌아가. 네가 뭘 몰라서 엄벙덤벙 따라나선 모양인데…… 내, 내 말, 알아들어?"
 무석은 갑자기 다급해져서 심하게 말을 더듬거렸다. 명기가 쓴웃음을 지었다.
 "큰형도 아버지랑 똑같은 얘기를 하네. 형, 나도 이젠 대학생이에요. 세상이 어떻게 돌아가는지, 무엇이 옳고 그른지는 어느 정도 알 나이라고요. 형이 걱정하는 것은 이해하지만요, 적어도 지금 이 순간 내가 해야 할 일이 무엇인가는 나도 확실히 알고 있으니까, 날 믿어줘요, 형. 염려 말고. 알았죠?"
 명기의 맑은 눈을 들여다보며, 무석은 더 이상 그 얘긴 할 필요가 없음을 깨달았다. 그랬다. 명기는 이제 어린아이가 아니었다. 지금 저 바깥, 오월의 햇살 눈부시게 퍼부어내리는 거리마다 한꺼번에 쏟아져나와 세차게 출렁거리고 있는 사람들의 물결. 그 분노한 강의 뜨겁고 격렬한 물줄기 속에서 명기 역시 한 줄기 투명한 물살이 되어 함께 흘러내리고 있는 것이다. 무석은 마주 앉아 있는 동생의 반듯한 이마며 초롱한 눈빛을 바라보았다. 불덩이 같기도 하고 차가운 물줄기 같기도 한, 기묘한 감정의 파문이 불현듯 무석의 가슴을 뭉클하게 했다.
 "그래, 식구들은……"
 아주 어렵사리 무석은 그 말을 뱉어냈다.
 "다들 잘 있어요. 명옥이는 여고생이랍시고 제법 멋을 부려요. 아버지는……"
 명기는 문득 말문을 닫는다. 슬몃 시선을 방바닥으로 떨어뜨리는 명기를 바라보며, 무석은 또 한번 가슴 한 귀퉁이가 서늘해진다. 명기도 필시 대강은 짐작하고 있으리라. 우리 가족의 등뒤에 드리워져 있는, 참으로 질기고도 어두운 그 운명의 그림자를…… 무석은 낮게 한숨을 내쉬었다.
"참, 큰형은 아마 모를 거야. 아버지가 전당포 일, 그만두신 지 오래되었어요. 일 년 조금 못 됐나? 큰형이 집을 나간 담에, 얼마 있다가 곧 그랬으니까."
"왜?"
"모르지 뭐. 그냥, 골치 아픈 사고만 자꾸 생기고 하니까 그랬나봐요. 뭔가 다른 장사를 해볼 생각이신 모양인데, 그 동안 비어 있던 가게를 엊그제 누가 계약하고 갔다더군요."
"그랬구나……"
그리고는 대화가 끊어졌다. 한동안 침묵이 이어졌다. 명기는 방안을 휘둘러본다. 퀴퀴한 냄새, 벽과 천장의 얼룩, 땜질투성이인 장판…… 그리고 방 귀퉁이에 신문지로 덮여 있는 채로인 싸구려 호마이카 밥상에 눈길을 주고 있었다. 그런 명기의 얼굴이 우울해 보였다. 문득 명기가 손목시계를 확인하더니, 엉덩이를 들고 일어났다.
"아참, 이러고 있을 때가 아닌데. 형, 담에 다시 찾아올게요. 지금쯤 벌써 모두 짐을 옮기고 있을 거예요."
"어딜 가는데? 짐을 옮기다니."
"상현이형이랑 우리 투사회보팀들 말예요. 여태까진 야학 교실에서 회보 제작 작업을 해왔는데, 오늘부터는 YWCA로 몽땅 옮기기로 했거든요. 공수부대도 철수했으니까, 도청 가까운 장소에서 자리를 잡고 이제부턴 아예 본격적으로 제작에 돌입하기로 했어요. 큰형도 나랑 같이 야학으로 나갈래요? 아마 지금쯤 가보면 거기서 윤상현형도 만날 수 있을 테니까."
운동화를 찾아 신으며 명기가 말했다. 무석은 잠시 망설이다가 고개를 저었다.
"아아니, 다음에 만나지 뭐. 몸도 피곤하고."
"그래요, 형. 안 그래도 큰형 얼굴이 무척 힘들어 보여요. 어디 많이 아픈 게 아닌가? 약, 사다드릴까요?"
무석은 괜찮다며 명기의 등을 떠다밀었다. 이젠 집을 알았으니까 금방 다시 찾아오겠다는 말을 남긴 채 명기는 바쁘게 계단을 뛰어내려갔다.
무석은 방으로 되돌아왔다. 뜻밖에 찾아온 명기 때문에 마음이 산란했다. 아버지 한원구의 얼굴, 그리고 식구들의 얼굴이 떠올랐다. 무석은 이불을 머리 끝까지 뒤집어쓰고 드러누워버렸다. 머릿속이 온통 뒤죽박죽이었다. 하지만 지금 당장은 아무것도 생각하고 싶지 않았다. 그냥 잠들고만 싶었다. 온몸의 관절 마디마디가 일제히 결려오기 시작했다. 그렇게 한참을 혼자 끙끙대며 뒤척이다가 어느 결에 잠이 들었던 모양이다. 밖에서 누군가 부르는 소리에 무석은 퍼뜩 눈을 떴다. 오전 열시가 다되어 가는 시각이었다.
"무석이형님. 잠이 든 거요?"
무석은 벌떡 일어나 앉았다. 한기가 반쯤 열린 문 사이로 고개를 디밀고 서 있었다. 꺼칠한 얼굴이며 추레한 몰골. 잠 한숨 제대로 못 잔 듯, 피곤에 지친 기색이 역력하다.
"어, 한기 아닌가! 어떻게 된 거여! 얼마나 찾았다고."
반가움과 놀라움에 무석은 소리쳤다.
"그건 우리가 할 소리요. 형님이 어떻게 돼버린 줄만 알고 봉배랑 둘이서 얼마나 찾아다녔는지 아쇼? 혼자 이렇게 집에 돌아와 있는 것을 몰랐구마이."

"마, 말도 말어. 공원에서 화, 화장실에 갔다가 와보니까, 자네들이 없어졌더라고. 참, 봉배는?"
"봉배도 바깥에 있소. 그건 그렇고 형님, 이리 좀 나와보실라요."
어째선지 한기의 표정이 심각하다.
"왜, 무슨 일이 있는가?"
"칠수 아버님이 오셨소. 시방 우리 방에 계시는디, 칠수 때문에……"
"참, 그래. 나도 들었네."
"칠수가 잡혀갔다고 솔직하게 말씀드렸어라우. 조금 전에…… 어째야 좋을지 나도 모르겠소. 당장 찾아보러 나가야 쓰겄구만이라우. 어쩔라요, 형님은?"
"가, 가야지. 잠깐만 기다리게. 옷 좀 찾아 입고 나갈 테니."
무석은 서둘렀다. 복도에 나와보니, 계단 한가운데에 웬 중늙은이 하나가 퍼질러앉아 넋두리를 하고 있다. 칠수 아버지였다. 오십대 중반의 나이치고는, 벌써 반백이 된 머리칼이며 구부정하니 휜 어깨 때문에 얼핏 환갑이 넘은 노인네처럼 보였다. 평생을 농사일로 보낸 전형적인 농부의 모습이었다.
"그렇게 너무 낙담허지 마시요, 아자씨. 설마 무슨 일이야 있을랍디여."
"맞어라우. 그놈들이 붙잡어다가 군부대에다가 가둬놓은 사람들만 해도 수천 명이 넘는다고 합디다. 그 많은 사람들을 제놈들이 어떻게사 할랍디여? 조끔 있으면 죄다 풀어줄 것잉께, 너무 상심하지 마셔라우."
이웃 아낙네들이 칠수 아버지를 에워싸고 저마다 한마디씩 위로를 하고 있다. 미순과 은숙도 안쓰럽게 지켜보고 있었다. 칠수 아버지는 넋이 나간 사람처럼 보였다.

"아믄이라우. 우리 칠수는 날 때부텀 보통놈이 아니요. 절대로 실없이 일을 당할 놈은 아녀라우. 어짜든지 제발 살아 있어주기만 하담사, 아무 일 없었던디끼 돌아올 것이구만이라우. 그런디…… 그런디, 어째서 내 맴이 자꾸만 이상스럽단 말이라우. 아이고, 내 새끼를…… 크으윽."

끝내 칠수 아버지는 고개를 떨어뜨리며 목울음을 삼킨다. 눈물을 훔치는 그의 손등이 소나무 껍질마냥 새까맣고 더부룩했다. 무석이 인사를 하자, 받는 둥 마는 둥 하고서 칠수 아버지는 일어섰다.

아파트 입구에 세워둔 한기의 트럭에 그들 넷은 올랐다. 한기가 운전을 하고 조수석엔 칠수 아버지가 탔다. 무석과 봉배는 뒤칸에 몸을 실었다. 아낙네들과 미순, 은숙이 거기까지 따라나와, 걱정스런 표정들을 하고 지켜보았다. 무석과 미순의 시선이 마주쳤다. 미순은 걱정이 가득 담긴 눈으로 무석에게 짧게 고개를 끄덕여보였다. 무석은 말없이 고개를 돌렸다.

"어디로 가볼 참인가?"

트럭이 시장통을 빠져나가기 시작했을 때, 무석은 봉배에게 물었다.

"우선 전남대학교부터 찾아가봐얄 것 같구만이라우. 그날 밤 광주역 부근에서 잡힌 사람들은 모두 전남대학으로 끌려갔다는 소문입디다."

"공수부대가 아직도 거기 있다던가?"

"아뇨. 그 새끼들은 이미 철수를 했는디, 혹시 거기 가보면 무슨 얘기를 들을 수 있을까 해서라우. 어저께 전남대에서 시체들이 나왔다고도 하고."

"설마, 칠수한테야 무슨 일이 있을라고."

"그러게 말이요. 나도 그러리라고 믿소마는……"

봉배는 어두운 표정으로 칵, 가래침을 차 밖에다 내뱉었다. 무석은 가슴이 납덩이처럼 무거웠다. 트럭은 십여 분쯤 지나 전남대학교 정문 앞에 이르렀다. 굳게 닫힌 철문 앞에 열 명 남짓한 사람들이 모여 웅성거리고 있다. 차를 세우고 그들은 다가갔다. 제복 차림의 늙수그레한 수위 한 사람을 에워싼 채 사람들이 옥신각신하고 있다. 그들 역시 가족을 찾아나선 사람들인 모양이다.

"못 들어간단 말이요. 들어가보았자, 교내에는 아무도 없당께 자꾸 그러요? 공수부대가 철수할 때 모조리 끌고 가부렀단 말이라우. 내참."

"그래도 혹시 누가 알겄소? 우리 애기들 아부지 흔적이래도 찾을 수 있을까 해서 그러니께, 잠깐만 들여보내주시란 말이라우. 아자씨."

"학교 뒷산에서 암매장한 시체들이 여럿 나왔담서라우? 그것이 참말이요, 아저씨?"

"여럿은 아니고, 현재까지 내가 눈으로 직접 본 것은 고등학생 한 명이요."

공수부대가 철수한 직후인 어제 아침, 직원들은 교정 안의 낮은 야산을 구석구석 살폈다고 했다. 죽은 사람을 밤중에 공수들이 산으로 옮겨가는 걸 본 사람이 있었기 때문이다. 아니나다를까, 솔잎으로 슬쩍 덮어놓은 자리를 파보았더니 교련복 차림의 고등학생 시체 한 구가 나왔다. 광주상고 학생으로 여겨지는 그 시체는 벌써 도청으로 옮겨갔다고, 수위가 말했다.
 수위의 설명을 듣고 나자 사람들은 한층 더 조바심이 나는 기색이다.
 "거 보시요. 공수놈들이 저 안에서 얼마나 시민들을 많이 죽였는지 누가 안단 말요? 막지 마시요. 기어코 내 눈으로 확인해야 쓰겠소!"
 바로 학교 앞동네에 산다는 중년 부인은 한사코 들여보내달라고 애걸했다. 한기와 봉배까지 나서서 수위를 설득했다. 결국 수위는 어쩔 수 없다고 여기는 눈치였다.
 "그러믄, 아주머니는 남편 허리끈만 봐도 알아볼 수가 있겄소?"
 "아믄이라우! 우리 애기 아부지 것은 이렇게 고리가 달려가꼬, 아조 오래되야서 가죽이 허옇게 벗겨졌어라우. 내가 알고말고라우."
 "좋소. 그러믄, 저쪽 대강당 앞에 하얀 삼층짜리 건물이 보이지요? 거기가 이학부 건물인디, 공수부대가 숙소로 사용했던 곳이요. 잡혀온 사람들 수백 명을 거기다가 여러 날 동안 가둬놓았었는디, 철수한 뒤에 가보니까 모두 옷을 벗겨가지고 강의실 안에다가 쌓아놓았습디다. 허리띠만 해도 반구루마는 될 것이요. 일단 들어가보시요."
 수위가 옆의 작은 철문을 열어주자, 그들은 한꺼번에 몰려들어갔다.
 이학부 건물 복도에 들어서자마자 악취가 코를 찔렀다. 첫번째 강의실 문을 밀고 들어서는 순간 무석은 진저리를 치고 말았다. 책걸상들이 뒤켠으로 산더미처럼 쌓여 있는데, 콘크리트 맨 바닥엔 검은 색깔의 기이한 액체가 사방에 흥건히 고여 있다. 피. 아니, 피라고 하기보다는 얼핏 엄청난 양의 녹은 갱엿이나 자동차 폐유처럼 보였다. 그것은 차라리 도살장의 풍경 그대로였다. 소나 돼지를 잡고 난 자리처럼 검붉게 응고된 핏물 위로 수백 수천 마리의 쉬파리떼가 엉겨붙어 있었다. 그와 함께, 창쪽 구석엔 웬 머리카락 무더기가 잔뜩 쌓여 있다. 가위로 한 움큼씩 잘라낸 듯한, 분명 사람의 머리털이다.
"오메, 이것이 뭣이다냐!"
아낙네들이 창가로 다가가더니 소리를 지른다. 한쪽 구석에 쓰레기 더미 같은 게 잔뜩 쌓여 있다. 옷가지들이었다. 피와 흙으로 범벅이 된 그것들은 수백 가지나 되는 내의·바지·잠바·티셔츠·양말들이다. 누가 먼저랄 것도 없이 모두들 우르르 몰려가, 허겁지겁 그것들을 들치고 찾기 시작했다.
"치, 칠수 그놈이 무슨 옷을 입었드냐? 응?"
칠수 아버지가 허옇게 질린 얼굴로 소리쳤다. 벌써 옷가지를 집어들고 있는 그의 손이 바들바들 떨리고 있다.
"쥐색 잠바여라우. 잠바 속에는 저기, 수박색 비슷한 남방을 입었고라우. 봉배야, 맞제?"
"맞어. 바지는 국방색이고."
"아녀, 곤색 바지 아니었냐? 작년 추석 때 사입은 그 바지 말여."
"아니랑께는! 내가 똑똑히 봤어야. 쑥색 바지였어."
"금방 국방색이라고 해놓고는!"
"쑥색이나 국방색이나, 한가지여 임마."

"이런 멍충이 같은 놈들 봤나! 이놈들아, 우리 칠수가 무신 바지를 입었는지도 모른단 말이냐? 아이고."

칠수 아버지가 악을 쓰듯 소리쳤다. 그들은 닥치는 대로 옷 더미를 헤집어대기 시작했다. 옷이 아니라 아예 쓰레기 더미였다. 하나같이 피범벅이 된 그것들에서는 역한 비린내와 악취가 쏟아졌다. 그 옆 구석에는 또 허리띠들만 잔뜩 모여 있었다. 그 수백 개의 허리띠 무더기에도 사람들은 허겁지겁 달겨들었다. 그 순간, 갑자기 목구멍을 째는 듯한 여자의 비명 소리가 터져나왔다.

"아이고메! 연자야. 이것이 느그 아부지 것이 틀림없지야!"

"마, 맞네! 어쩌면 좋아!"

"와이고오, 연자 아부지이! 이것이 뭔 일이다요오!"

"아빠아! 아빠아!"

아까 교문 앞에서 유난히도 애를 태우던 그 아낙네였다. 걸레쪽이 다된 남방셔츠와 바지를 움켜쥔 채, 그녀는 바닥에 철버덕 주저앉아 대성통곡을 터뜨린다. 여고생 같아 뵈는 딸아이 역시 곁에서 발을 동동 구르며 왁왁 울어댄다. 그러자 이내 또 다른 비명 소리가 터져나왔다. 이번엔 젊은 아낙네와 남자 두 사람이, 그들만이 알고 있는, 걸레쪽 같은 옷가지를 그러안고 통곡하기 시작했다. 그러나 그들을 돌아볼 겨를도 없이, 무석 일행은 정신없이 걸레 더미를 헤집고, 허리띠 더미를 뒤집어보았다. 아무리 찾아도 칠수의 옷가지 같은 것은 보이지 않았다.

"없네. 칠수는 여기 안 온 모양인디?"

"그러게. 그러믄 대체 어디로 갔을까."

그들은 마주보며, 조금은 안도하는 서로의 표정들을 읽었다. 그때 밖에서 누군가 소리쳤다.

"저쪽에도 또 있소! 이리로 와보시요들!"
 그 말에, 모두들 복도로 우르르 몰려나갔다. 바로 옆 강의실. 거기에도 역시 똑같은 풍경이 기다리고 있었다. 바닥에 갱엿처럼 흥건히 응고된 핏자국. 윙윙대는 쉬파리, 쉬파리떼들. 한 움큼씩 잘리거나 뽑혀져나온 머리털의 무더기. 수백 개의 허리띠. 걸레쪽으로 변한 별의별 옷가지들의 무더기. 주인 잃은 무수한 신발들. 코를 찌르는 악취, 피비린내…… 마침내 그 끔찍한 풍경들 속에서 칠수의 쥐색 잠바와 쑥색 바지를 찾아낸 것은 봉배였다.
 "틀림없냐? 이, 이것이 분명 우리 치, 칠수 옷이란 말이제?"
 "예에. 맞어라우, 아부님."
 "와이고오, 이것이 무슨 일이다냐! 하느님, 이럴 수가 있당가요! 우리 칠수, 내 아들 칠수가…… 와이고오!"
 칠수 아버지의 입에서 처절한 울음이 터져나왔다. 칠수 아부지는 아들의 옷가지를 그러안고, 그것에 얼굴을 비벼대며 울었다. 지켜보던 한기와 봉배도, 무석도 덩달아 흐느꼈다.
 "이 개새끼들! 칠수한테 무슨 일만 생겨봐라, 모조리 쥑여뿌릴 것이여. 이 쌍놈의 공수새끼들!"
 한기가 벽을 미친 듯 주먹으로 쿵쿵 두들겨대며 악을 썼다.
 무석은 울먹이며 창가로 다가갔다. 창밖으로 저만치 꽤 넓은 연못이 보였다. 연초록 버드나무 가지들 사이로 수면의 물살이 햇살을 받아 은어떼처럼 하얗게 반짝이고 있었다.
 '칠수가 여기에 있었단 말인가. 바로 이 끔찍한 건물 안, 바로 이 자리에? 칠수는…… 그래, 나 때문이야. 내가 발을 걸지만 않았더라도, 여기까지 잡혀오지는 않았을 거야.'

무석은 입술을 악물었다. '아아, 이 자리에서, 혹시 저 푸르고 투명한 물빛을 칠수도 보았을까. 칠수는 어디로 끌려간 것일까. 칠수는 지금 어디에서, 어떤 모습을 하고 있는 것인가……' 무석은 눈을 감은 채 차가운 콘크리트 벽에 이마를 기대었다. 칠수 아버지의 통곡이 끝도 없이 이어지고 있었다.

> 옳음 때문에 사람이 죽어가는 세상은 세상이 아닙니다
> 자유 때문에 사람이 죽어가는 세상은 세상이 아닙니다
> ── 고정희, 「넋이여, 망월동에 잠든 넋이여」에서

5월 23일 10:00, 도청 앞 광장

무석 일행을 태운 트럭이 시장통으로 사라졌다. 미순은 무석의 핼쑥한 얼굴이 자꾸만 눈에 밟힌다. 아직 성치도 않은 몸을 하고 또 시내로 나가다니…… 바보 같은 사람 같으니라구. 그러다가 쓰러지면 어쩌려구. 미순은 불안하고 안타깝다. 전부터 그닥 친했던 사이도 아닌 눈치던데, 아무리 자기네 친구가 잡혀가

서 행방을 모른다고 해도 그렇지, 그 지경이 되어 앓아 누워 있는 사람을 한사코 끌고 나갈 건 또 뭐람. 미순은 무석을 데리고 나간 한기와 봉배를 공연히 원망한다.

"애 좀 봐. 꼭 넋 빠진 사람 같네. 그 한무석인가 하는 사람 때문에 그러지?"

은숙이 재미있다는 양 미순의 표정을 훔쳐보며 이죽거린다.

"미쳤어? 그 사람 때문에 내가 왜?"

"저거 봐. 얼굴에 빤히 씌어 있는데 그래. 아니면, 뭣 때문에 밤새 간호해준 것도 모자라서 아까운 쌀 퍼다가 미음까지 만들어 멕였냐?"

"기집애, 누가 들을라! 인정머리라고는 눈곱만치도 없어."

"아유, 알았어. 나도 기분이 좋아서 그래. 너한테도 마침내 애인이 생겼다니, 참말로 오래 살고 볼 일이다."

"너 정말 이럴 거야?"

미순이 발개져서 눈을 흘기자, 그럴수록 은숙은 재미있어 죽겠다는 듯 이죽거린다. 그러다가, 다친 목의 힘줄이 당기는지 아야야, 비명을 지르며 오만상을 찌푸린다. 지난번 군인들한테 머리채를 잡힌 채 끌려나갈 때 다친 목이 아직도 낫지 않았다. 약방에서 손바닥만한 크기의 파스를 사다 두 장이나 붙여놓았지만 별로 효과가 없는 모양이다.

곁에서는 아낙네들이 모여서서 한참 얘기를 주고받고 있다.

"그 총각, 찾을 수나 있을라능가? 아버지가 애간장이 타서 어쩔 줄을 모르등마는."

"아이고, 이 판국에 찾기는 어디서 찾는단 말여? 공수부대헌테 잽혀갔다면 십중팔구 죽었을 것이어. 더구나 차를 몰고 나가다가 그랬다잖든가."
 "도청 앞에다가 시방 시체들을 수십 명이나 줄줄이 늘어놓았다고 그러대. 행방불명된 식구인가 하고 서로 먼저 확인할라는 사람들로 북새통이라여."
 "수십 명이 뭣이란가. 백오십 명인가 얼마도 더 된다등마는. 송장들이 길바닥에 허옇게 널려 있는디, 그 꼴이 영락없이 육이오 때 같다고들 허대."
 "오메에, 징해라아! 저놈의 일을 어째사 쓸꼬오."
 "시장통 닭집 작은아들도 죽은 모양입디다. 어저께 낮에 도청 앞에서 총에 맞았다는 소식을 듣고 두 내외가 혼이 빠져서 달려나가등마는, 어찌 된 셈인지 오늘 새벽에사 병원에 있는 걸 찾아냈다고 안 허요?"
 "맞어, 참. 나도 그 소문 들었소. 작은아들이믄, 그 방위병 말이지라우?"
 "아녀. 방위병은 큰아들이고, 죽은 아이는 재수생이랍디다."
 "으마, 그 아이라면 우리 문석이하고 고등학교 때부터 친군디?"
 "아참, 문석이, 그 아이 단속 좀 잘하셔야 쓰겄습디다. 우리 애기 아부지가 어저께 시내서 문석이하고 반장집 형채가 총 들고 다니는 걸 봤답디다."
 "예에? 그거이 참말이요? 그놈이 오늘 새벽에사 집으로 기어들어왔길래 물어봤더니, 친구 집에 있었다고 하든디요?"
 "어따, 문숙이 엄니, 아이들 단속 단단히 해야 써라우! 세상 겁 없는 아그들인디, 이런 판에 물불 안 가리고 그렇게 쏘댕기다가 어쩔라고 그러요."

봄 날 39

"아이고메, 이런 썩을 놈! 나는 그런 줄도 모르고!"
 땅딸막한 키의 아낙이 낯빛이 파래져서 허둥지둥 아파트 안으로 달려들어간다. 그때 맞은편 아파트 입구에서 월남치마를 입은 여자가 등에 갓난아이를 업은 채 뒤뚱뒤뚱 나타났다. 여자는 양손에 배추 두 포기를 들고 다가오며 잔뜩 볼멘소리로 쟁쟁거린다.
"세상에! 저런 양심 불량한 사람들이 있다냐! 난리통에도 장삿속에만 눈이 뒤집혀가꼬……"
"갑순네는 왜 그려? 배추김치 담을라능갑네?"
"배추가 아니라 금배추요 금배추. 이거, 시방 내가 얼마 주고 사오는 줄 아시요? 기가 맥혀서 원."
 갑순네는 배추를 땅바닥에 툭 내려놓는다. 그 여자를 미순도 알고 있다. 바로 옆방에 사는 여자인데, 남편은 주물공장에서 일한다고 했다.
"얼만디 그려? 엊그제 나는 백이십 원씩 주고 샀는디."
"하이고, 이런 물짠 것은 실제로는 백 원짜리도 못 되라우. 그런디, 이거 한 포기에 천이백 원 줬소! 합해서 이천사백 원!"
"뭐여? 어뜬 도둑놈이 그렇게 받아 처묵는단 말여?"
"참기름집 옆에 있는 그 뚱땡이 여편네한테 샀어라우. 그 여편네, 그리 안 봤드니, 아주 안면 싹 바꾸고 큰소리 땅땅 침서, 안 살라면 말라고 대번에 그러드랑께."
"으마, 그 여편네, 그러다가 앞으로 시장통에서 어찌 장사해묵을라고 그려?"
"말도 마씨요. 그것도 없어서 못 판다요. 야채 트럭이 며칠째 시내로 애당초 들어오지를 못 하는 판이라, 몇 배를 주고도 못

산다요."

"야채뿐이간디? 쌀집이랑 연탄집들은 더해라우. 아예 문을 닫아걸고, 뒷전에서 무신 야매 물건 팔디끼 몰래 팔아묵는 집들도 있어라우."

"워메, 이러다가 꼼짝없이 굶어죽것네에. 우리집 쌀독에는 서너 됫박배끼 안 남었는디."

"석유기름도 문제여. 눈치 빠른 사람들은 식구대로 나서서 미리미리 구해다놓기도 한답디다. 우리만 이러고 있는 거 아닌가 몰라."

여자들은 저마다 걱정이 태산 같다. 그 같은 사정은 시내 대부분이 비슷하다는 소문이다. 계엄군에 의해 시 외곽이 차단되고 차량 소통이 불가능해지면서 시내로 반입되는 일체의 물품들이 며칠째 끊어진 탓에, 당장 필요한 식품이며 생활 필수품의 경우 문제가 점차 심각해져가는 판이다. 시내 상가에선 물가가 엄청나게 올랐고, 상당수 쌀가게에선 쌀이 바닥나서 아예 문을 닫아걸었다고도 한다. 동네 구멍가게들이나 시장통에선 물건 값을 놓고 옥신각신 다툼질을 벌이는 일이 허다했다. 상인들도 한동안은 그런대로 정상적인 가격을 유지하고, 쌀이며 담배 따위의 생필품을 일정한 양만 판매하기도 했으나, 시일이 길어지고 물품 공급 사정이 점차 악화되어가면서 사정이 달라지기 시작한 눈치였다.

미순과 은숙은 방으로 돌아왔다. 은숙이 방안에서 옆구리를 내놓고 앉아 파스를 새것으로 바꿔 붙이는 사이, 미순은 부엌 쪽 마루 밑에 숨겨두었던 옷뭉치를 감싸안은 채 슬그머니 밖으로 나온다. 복도 중앙에 있는 공동 세면장에서 미순은 대야에 물을 받은 다음 옷뭉치를 펼쳤다. 피로 범벅이 된 잠바와 바지. 그것은 무석의 옷이다.

다른 사람들이 나타나기 전에 세탁을 마치려고 미순은 손을 바쁘게 놀린다. 핏물이 잘 지워지지 않아서 애를 먹으면서도, 미순은 혼자 묘한 행복감에 젖는다. 땟국물에 전 잠바의 깃에 비누를 칠하면서 미순은 자그맣게 웃는다. 스스로도 그런 자신의 행동을 이해하기 어렵다. 잘 알지도 못하는 남자의 옷을 빨아주다니.

"엄니, 어, 어무니……"

어젯밤, 의식을 잃은 그 남자의 입에서 불현듯 흘러나온 한마디.

'그래, 맞았어. 그 때문이었을 거야. 어머니를 부르며, 나를 어머니인 줄로만 알고 내 손을 다급하게 그러안는 일만 없었어도, 지금 나한테 이런 이상한 일이 일어나진 않았을 거야.'

미순은 그 순간을 떠올리며 얼굴을 붉히고 만다. 정말이지 알다가도 모를 일이다. 그 남자의 입에서 느닷없이 어머니를 찾는 소리가 새어나오는 순간, 미순은 저도 모르게 별안간 가슴속에서 뜨거운 물줄기 같은 것이 왈칵 솟구쳤던 것이다. 그것은 연민 같기도 하고, 그리움 같기도 하고, 한없는 사랑의 감정 같기도 했다. 세상에 태어나 다른 어떤 남자에게건 단 한 번도 느껴본 적이 없는, 참으로 이상야릇하고도 가슴 벅찬 감정. 때문에 미순은 헛소리를 하는 그 남자의 머리를 두 팔로 살며시 안아주기까지 했던 것이다.

'아아, 그래요. 내가 여기 있어요. 울지 말아요. 아파하지 말아요.'

마치 어머니라도 되는 양 그렇게, 뜻 모를 소리까지 중얼거리며 잠든 그 남자의 뺨을 손바닥으로 가만가만 쓸어주기도 하고, 눈썹과 콧잔등의 선을 손가락으로 천천히 따라 그려보기도 했었다. 그때는 왜 그랬는지 모르겠다. 그녀는 다만 그 남자가 한없이 가엾고 안쓰럽다는 느낌뿐이었다. 그 순간 그녀는 예감했다. 이 남자를 결국 사랑하게 되고 말 것임을. 자신은 이 남자의 곁에 있어주어야만 한다는 것을. 그리고 그것이 어쩔 수 없는 자신의 운명일지도 모른다는 것을……
　미순은 대충 빨래를 마쳤다. 핏자국이 완전히 지워지진 않았지만, 그런대로 입을 수는 있을 것 같다. 옥상으로 올라가 빨랫줄에 그것을 펼쳐 넌 다음, 미순은 방으로 돌아왔다. 뜻밖에 은숙은 옷을 갈아입고 외출 준비를 마친 참이다.
"어딜 나가려고?"
"방안에만 죽치고 있으려니까 답답해 죽겠어. 언니네 가게도 궁금하고."
"계집애. 아프다고 낑낑댈 땐 언제고. 너, 정신이 있니? 시내에선 사람들이 수없이 죽어간다는데."
"염려 마. 공수부대놈들은 철수했다잖든. 동네 여자들도 아까 시내로 구경하러 간다고 떼거리로 몰려나가드라."
"구경하러?"
"도청 앞에 시체들을 내놓고 사람들한테 보여주고 있다는 얘기 못 들었냐?"
"그래서, 거길 가겠단 말야?"
"봐야지. 공수놈들이 무슨 짓을 했는지, 내 눈으로 직접 확인해 봐야겠다."

"어머머, 애가 미쳤나봐. 무섭지도 않아?"
 미순은 겁먹은 표정으로 은숙을 쳐다본다.
 하긴 은숙은 어제 오후에도 저 혼자서 시내로 나갔다가 한참만에야 돌아왔었다. 미순이 잠깐 자리를 비운 사이, 어느 틈에 빠져나갔는지 종적이 없다가, 저녁 무렵이 다되어서야 다리를 절뚝이며 돌아왔던 것이다. 시내 상황이 궁금해서 밖으로 나갔다가, 마침 시민군들이 몰고 다니는 버스에 올라타서 도청 광장까지 가보았다고 했다. 은숙이 없는 그 서너 시간 동안 미순은 혼자서 얼마나 애를 태웠는지 모른다.
 "미순이 너는 어쩔래? 나랑 함께 나가보자. 걱정할 거 없어. 공수부대놈들은 씨도 안 뵌다니까 그래."
 "그럴까…… 잠깐만. 옷 좀 갈아입고."
 미순은 망설이다가 결국 은숙을 따라나서기로 한다. 사실 며칠 동안 집 안에만 갇혀 있던 참이어서, 바깥 사정이 어찌 돌아가나 궁금하기도 하던 차였다.
 잠시 후 둘은 아파트를 나섰다. 시장통 어귀에서 십여 분쯤 기다리고 있노라니, 버스 한 대가 아시아자동차 공장 옆을 돌아 나타났다. 앞쪽 유리창엔 '시민 수송'이라고 적혀 있는데, 도청 앞까지 간다고 했다. 미순과 은숙은 버스에 올랐다. 경찰 전투복을 입고 총을 든 더벅머리 청년 하나가 출입구 앞에 버티고 서 있었다.
 절반쯤 들어찬 승객들을 태우고 버스는 달리기 시작했다. 광천교를 지나 천변을 따라 양동시장까지 오는 동안, 버스는 여러 차례 정차해서 시민들을 태웠다. 여자들, 노인, 초등학교 아이들까지도 차에 오르는 것을 보고 미순은 비로소 마음이 놓인다.

창밖으로 내다보이는 거리의 풍경이 오늘따라 퍽 낯설게 느껴진다. 차량 통행이 중단된 거리는 텅 비어 있고, 유난히도 넓어 보이는 차도를 오가는 행인들의 발걸음이 턱없이 한가롭게만 보인다. 자전거를 몰고 가는 사람들도 있고, 소풍이라도 가듯 삼삼오오 무리를 지어 걷는 사람들, 울긋불긋한 파라솔까지 펴들고 나온 여자들도 눈에 띈다.

갑자기 미순의 머리 바로 위에 달린 스피커에서 방송이 흘러나왔다. 운전사가 라디오를 켠 모양이다. 때마침 뉴스가 흘러나왔다.

……다음은 계엄사령부 발표입니다. 그 동안의 학생 소요 사태가 극히 치밀하고 조직적이며 면밀히 계획된 것임을 예의 주시해오던 수사 당국은, 학생 소요의 배후에서 김대중이 이를 조종·선동하여온 확증을 포착, 그를 연행하여 조사한 결과, 김대중의 배후 조종 사실의 전모를 다음과 같이 발표했습니다. 먼저, 의도와 목표. 10·26 사태의 발생을 자신의 정권 획득의 호기로 인식한 김대중은……

방송 상태는 썩 좋지 않다. 시종 찍찍거리는 잡음과 함께 아나운서의 목소리가 커졌다 잦아들었다 한다. 그것은 멀리 전라북도 이리〔익산〕기독교방송국에서 보내는 방송이다. 광주 지역의 방송국들은 이틀째 송출이 중단된 상태였다. 〈김대중은 대중 선동—민중 봉기—정부 전복의 구체적 실천을 위해 복직 교수와 복학생을 사조직에 편입하여 각 대학과의 연계 관계를 강화하면서, 이들 사조직 추종분자들의 연대 의식과 투쟁 의욕을 고취하기 위해, 학원 소요 사태를 민중 봉기에로 유도 발전시킬 것을 기도하고……〉 계엄사령부에서 발표한 전문을 숨도 안 쉬고 읽어내려가는 아나운서의 목소리는 한없이 길게 이어지고 있다. 운전사가 볼륨을 한껏 올려놓은 모양이다. 바로 머리 위에서 쏟아지는 소리 때문에 미순은 고막이 다 얼얼하다. 〈……김대중은 해방 직후 좌익 계열이 주도하던 건국준비위원회 선전원으로 가입 활동한 바 있으며, 46년말 남로당 전신인 구신민당 목포시당 조직부장으로 입당, 활동중 목포시 경찰지서 습격 방화 사건에 연루되어……〉

그때 미순의 곁에 서 있던 중년 아낙네들이 겁먹은 표정으로 수군거렸다.
"으마마, 저 소리 들었능가? 김대중이가 간첩질을 했다잖여?"
"설마, 그것이 참말이까?"
"오메, 열길 물 속은 알아도 사람 속을 누가 알라든가? 수사를 해서 증거를 잡았다고 그러잖는갑네."

그 말을 듣자 미순 역시 기분이 찜찜해진다. 설마 아무려면. 하지만 만에 하나라도 그게 사실이라면…… 그때 갑자기 미순의 앞쪽에 서 있던 중년 사내가 뒤를 돌아보더니, 대번에 빽 고함을 내질렀다.
"이 아줌씨들이! 시방 저 따위 개같은 소리를 말이라고 믿고 있소? 아, 눈앞에서 공수놈들 하는 짓거리를 보고도 모른단 말여!"
사내의 고함에 찔끔 놀란 아낙네들의 눈알이 탁구공만큼씩이나 커졌다. 사내가 다시 소리쳤다.
"저 개자식들! 이제는 김대중씨를 빨갱이로 몰아버릴란다, 이 것이구마이!"

"저 따위 헛소리를 누가 믿겠소? 순전히 전두환이가 조작해낸 사긴디!"

"아, 당장 그 라디오 꺼버리씨요! 속 뒤집어져서 미치겠구마는!"

"기사양반! 꺼버리란 말요!"

라디오 소리가 뚝 그쳤다. 한동안 버스 안엔 욕설 섞인 흥분한 목소리들이 여기저기서 터져나왔다. 미순과 은숙은 구시청 사거리 부근에 이르자 버스에서 내렸다.

"어디로 가는 거야?"

"언니네 가게가 이 근처야. 너, 여기 와본 적 있냐?"

"아니. 충장로까지는 알겠는데, 여긴……"

미순은 주변을 돌아보며 고개를 젓는다. 그러다가 문득 그 거리가 눈에 익다는 사실을 깨닫는다. 즐비한 술집 간판들. '불나비' '황궁' '옥이네집' '야생화' 등등 별의별 이름의 조잡한 간판들을 달고 길 양편에 벌집처럼 다닥다닥 붙어 있는 수십 개의 술집들.

미순은 언젠가 이 부근을 지나친 적이 있다. 작년 봄이던가, 휴일에 공장 동료들과 함께 천일극장에서 동시 상영 영화를 보고 나와서 이 거리를 지나갔었다. 밤늦은 시각, 빨강 노랑 색색으로 켜져 있던 알록달록한 불빛들, 가게문 앞마다 의자를 내다 놓고 나와 앉아 있던 반라의 여자들. 그곳이 시내에서도 유명한 사창가라는 사실을 미순은 그때 처음 알았다. 별안간 가슴이 벌렁벌렁 뛰어오르고, 못 볼 것을 본 듯 잔뜩 겁에 질려 셋이서 종종걸음을 치는데, 갑자기 그 반벌거숭이 여자들 중 하나가 미순 일행을 보고 대뜸 끔찍한 욕을 퍼부었다.

"야, 이 쌍년들아. 우리가 니들 잡아묵기라도 하냐? 내빼기는 뭣 빤다고 내빼!"

그 순간 미순은 얼마나 놀라고 무서웠는지 정신없이 도망쳐왔었다. 그런 일이 있고 난 뒤로는 이 근방엔 한번도 와본 적이 없었다. 그런데 뜻밖에도 은숙은 그 벌집 같은 술집들 중 하나 앞에서 걸음을 멈춘다.

"여기야. 잠깐만 들렀다가 나오자."

은숙이 미순을 돌아다보며 말했다. '뽕밭.' 간판에 그렇게 씌어 있다. 미순은 가슴이 철렁한다. 당황하는 미순을 바라보는 은숙의 표정이 한 순간 복잡해졌다. 그러나 이내 은숙은 천연덕스럽게 말했다.

"요런 맹추 같은 계집애. 뭘 그리 놀라냐?"

"여긴…… 술집 아냐?"

"술집이 뭐가 어때서? 야, 나까지 그렇고 그러는 줄 아냐? 여긴 우리 친척언니네 가게라고 그러지 않든. 나는 그냥 주방에서 안주나 만들어주고, 설거지도 해주고 그러는 것뿐이야. 여기 아가씨들, 이상하게 보지 말어라. 알고 보면 너나없이 착하고 좋은 여자들이야. 자, 얼른 들어와. 우리 언니한테 인사는 해야지."

은숙이 다짜고짜 손목을 잡아 이끄는 바람에 미순은 마지못해 안으로 들어섰다. 대낮에도 환히 전등을 켜놓은 좁은 실내에선 때마침 대여섯 명의 여자들이 뭔가 분주하게 손놀림을 하고 있는 참이다. 테이블 위에선 선풍기가 붕붕 신나게 돌아가고 있다. 여자들이 은숙을 보고 반갑게 알은체를 했다.

"미순아, 우리 언니야. 인사해."

은숙이가 언니라고 소개한 여자는, 이 바닥에서 닳고 닳은 티가 역력한, 아주 뚱뚱한 중년 아줌마다. 어깨 없는 티셔츠 바람인데, 희멀건 젖가슴이 다 드러나보인다. 여자는 밥풀이 더풀더풀 묻어 있는 주걱을 쥔 채 미순을 보고는 웃으며 큰 소리로 말했다.
"어따, 은숙이 너가 말하던 그 아가씨냐? 참, 이쁘게도 생겼다이. 어서 와라."
"어머, 양언니 왔네? 다친 데는 괜찮어?"
아가씨들이 은숙에게 한마디씩 던진다. 여자들의 얼굴엔 화장기가 없다. 낮 시간이라서 그런가. 엄청나게 짧은 치마 밑으로 허벅지를 죄다 드러냈거나, 노랗게 물들인 머리, 어깨에 장미꽃이라든가 'LOVE'라는 문신을 새겨넣은 여자도 있다. 그 중 한 아가씨는 아예 브래지어만 달랑 둘러찬 채로 바닥에 쭈그리고 앉아 있다. 미순은 당황한 기색을 감추려고 애를 쓴다. 여자들 앞에는 크고 작은 대야가 놓여져 있는데, 한쪽에선 김치를 양념에 버무리고 있고 다른 쪽에선 커다란 밥솥을 가져다놓고 주걱으로 밥을 퍼내어 대야에 담고 있는 참이다.
"오머머, 무슨 밥이 이렇게 많아요, 언니? 식당 차렸능가?"
은숙이 눈이 똥그래져 묻는다.
"식당은 무슨 얼어죽을 식당이라냐. 우리도 오래간만에 좋은 일 좀 해볼라고 그런다. 애국자가 따로 있다든?"
"애국자라니, 무슨 소리야?"
"양언니. 이모가 갑자기 유관순누나가 됐지 뭐유. 이거, 도청에 있는 시민군들한테 가져가려고 준비하는 거래니깐."
"어머나, 세상에! 그러니까 단체로 주문을 받았단 말여?"
은숙의 말에 주인여자는 주걱에 붙은 밥알을 혀로 뚝 떼어 먹더니, 사내들처럼 껄껄 웃음을 터뜨린다.

"아이고, 이 미친년아! 주문은 무슨 주문이여. 공짜로, 내가 그냥 인심 한번 팍팍 쓰겠다 이 말이제."

"세상에! 욕쟁이 유관순언니가 나왔네그랴."

브래지어만 두른 아가씨의 말에 자그르르 웃음보가 터졌다.

"진짜야? 이 많은 걸 다 공짜로?"

"그렇다니께. 시민들이 모조리 나서서 죽자사자 싸우고 있는 판인디, 아, 우리라고 이러고 그냥 보고만 있어서야 쓰겠냐? 생각 끝에 내가 나서서, 옆집 '블론디집'이랑 '하와이집'까장 세 집에서 쌀을 모아갖고 밥을 준비해가자고 말했제. 너도 마침 잘 왔다야. 준비는 다되었응께, 함께 챙겨가지고 나가자."

그렇게 말하는 주인여자의 표정은 갑자기 아주 진지해 보인다. 다른 아가씨들의 표정 역시 하나같이 다소곳해져 있다. 그녀들 모두 이 순간만은 자신들이 뭔가 뜻깊은 일을 하고 있다는 사실에 스스로 대견해하면서, 한편으로는 자못 흥분해 있는 참이다. 사실 어제 오후에도 그녀들은 피가 부족하다는 가두 방송을 듣자마자 근처 적십자병원으로 함께 찾아가서, 저마다 팔뚝을 들이밀고 한 봉지씩 헌혈까지 했었다.

그럭저럭 모든 준비가 끝났다. 주인여자가 옷을 갈아입고 홀로 걸어나왔다. 단정히 빗은 머리에 검정색 원피스 차림. 전혀 딴사람 같다.

"이년들아. 그 꼬락서니를 하고 나갈래? 얼른 들어가서 옷 갈아입고 나와."

"뭐가 어때서? 난 그냥 이대로 갈 거야, 이모."

"이런 한심한 년들아, 물장사한다고 광고하고 다닐 거여? 남들은 시방 생때같은 목숨들이 수없이 죽어가꼬 억장이 무너져라 울고불고 난리들인디. 당장 들어가서 젤로 얌전한 옷으로 입고 나오란 말여."

"아유, 유관순누나 노릇 허기도 힘드네, 참."

잠시 후 다섯 명의 아가씨들이 저마다 차려입고 홀 안에 나타났다. 나름대로 찾아 입긴 한 모양인데, 아무래도 울긋불긋 각양각색이다. 그 중 어깨 없는 분홍빛 티셔츠를 걸친 노랑머리 아가씨를 보고 주인여자는 눈을 허옇게 흘긴다.

"오살헐 년. 너는 시방 화전놀이 나가냐? 점잖은 걸로 안 입을래?"

"내참, 나한테 점잖은 옷이 어딨다고 그러우. 이것도 그런대로 괜찮은데."

"난 구두가 빨간 것뿐인데? 안 되겠다. 쓰레빠가 더 낫겠어. 그지?"

"쓰레빠 신어봐야 뭣 하냐? 발톱에 그 피 묻은 것 같은 매니큐어 좀 봐라."

"아유, 네 손톱은 또 어떻고?"

"젠장, 다들 그만 좀 해둬. 아무리 해봤자, 척 보면 술집 매미들인데."

저마다 한마디씩 호들갑을 떨다가, 그녀들은 마침내 대야며 바께쓰, 보자기에 싼 반찬통 따위를 하나씩 챙겨들고 가게를 나섰다. 조금 전까지 나불나불 떠들어대던 입술들을 자그맣게 오므린 채 여자들은 갑자기 아주 얌전해졌다. 옆가게들인 '블론디집'과 '하와이집'에서도 각각 서너 명씩의 아가씨들이 뭔가 하나씩을 이거나 들고 나와서 합류했다.

미순도 마지못해, 미역냉국이 담긴 바께쓰를 들고 맨 뒤에 서너 발짝 처져서 따라 걷는다. 난데없이 열두어 명의 여자들이 커다란 대야며 올망졸망한 것들을 머리에 이거나 손에 들고 한 줄로 거리를 행진하기 시작하자, 지나가는 사람들이 호기심 어린 시선으로 흘금거린다.
　도청 앞 광장은 엄청나게 많은 사람들로 붐비고 있었다. 그녀들은 인파를 뚫고 도청 후문으로 들어섰다. 도청 안마당은 어수선하기 짝이 없다. 여기저기 총이며 탄창, 실탄 상자 따위가 아무렇게나 산더미처럼 쌓여 있고, 군인들이 남기고 간 철모·방석모·방패 따위 별의별 자질구레한 장비들이 널려 있는 판이다. 그 무더기들 옆에 한 무리의 청년들이 모여 있다가 그녀들을 보고는 일제히 손뼉을 쳐주고 환호성을 질러 환영해주었다.
　난데없는 환영을 받게 되었으므로, 여자들은 하나같이 얼굴이 발갛게 달아올랐다. '뽕밭'과 '블론디집' 두 주인여자가 그 중 어떤 청년을 잡고 몇 마디 사정 얘기를 하자, 청년은 이내 그녀들을 이끌고 청사 옆에 붙은 작은 건물로 안내했다. 그것은 본디 도청 구내식당으로 사용하던 건물인데, 지금은 시민군들을 위해 식사를 준비하는 장소로 쓰이고 있는 참이다. 마침 한 무리의 여자들이 그곳에서 일을 돕고 있다가 그녀들을 반갑게 맞았다. 대부분 이십대 여자들인데, 단발머리 여고생들도 절반 가까이나 된다.
　"고마워요, 언니. 안 그래도 밥을 하려던 참인데, 마침 잘되었네요. 아직까지 아침을 못 먹은 사람들이 있어서 부랴부랴 쌀을 씻고 있었거든요."
　단발머리 여고생 하나가 미순의 손에서 바께쓰를 받아들며 반갑게 웃는다. 미순은 약간 당황해서 수줍게 웃어보였다.
"고맙기는요. 학생이 무척 수고가 많네요. 우리 같은 사람은 도와주지도 못하고 있는데……"
"어머, 아녜요, 언니. 이렇게 먹을 것을 많이 가져왔잖아요. 그것만으로도 얼마나 대단한 일을 하신 건데요."
 여학생은 하얀 이를 드러내며 웃었다. 예쁘장한 얼굴이 온통 땀으로 젖어 있다. 미순은 그 어린 여학생의 용기가 놀랍고 부러웠다. 총을 든 남자들이 수백 명씩이나 되는 속에서 두려움도 없이 선뜻 팔 걷어붙이고 나서기란 결코 쉬운 일이 아닐 터였다. 미순은 왠지 부끄러움 같은 것을 느꼈다.
 잠시 후, 그녀들은 먹을 것을 식당 안에 내려놓고 나서 도청을 빠져나왔다.
"가만, 우리 대야랑 바께쓰는 되돌려받아야 쓸 것인디?"
 정문을 빠져나오다가 주인여자는 걸음을 멈추고 뒤를 돌아본다.
"아유, 이모도 참. 그까짓 찌그러진 대야, 그 사람들한테 거기 두고 쓰라고 하지 뭐."
"모르는 소리 마, 이것아. 그래봬도 그게 얼마짜린 줄이나 알어? 다른 건 몰라도 밥 퍼담았던 그 큰 대야는 안 돼. 새로 산 지가 몇 달 안 된 것이랑께."
"그렇다고 어떻게 다시 들어가서 그릇을 돌려달라고 그러우? 창피하게. 얼른 그냥 가요, 언니."
"챙피한 거 좋아허네. 야, 이년아. 너희들이 싫다면 이따가 나 혼자라도 다시 와서 챙겨갈라니께, 냅둬."
 주인여자가 눈을 흘기며 말했다. 광장 모퉁이에서 미순과 은숙은 그녀들과 헤어졌다. 여자들은 한 무리를 이루어 저마다 가게로 되돌아갔다.

미순과 은숙은 시민들로 꽉찬 광장 안으로 들어선다. 광장 중앙의 분수대 주변에선 시민궐기대회를 준비한다고 청년들이 원통형의 콘크리트 구조물에 플래카드를 걸고 있는 참이다. 도청 담벼락은 물론이고 주변의 건물 외벽마다엔 각양각색의 플래카드며 벽보가 어수선하게 잔뜩 붙어 있고, 그것들을 들여다보느라 시민들이 웅성대고 있다.

미순과 은숙도 사람들 틈을 비집고 들어가 벽보들을 기웃거린다. '살인마 전두환 처단하라' '비상계엄 해제하라' '김대중 석방하라' '유신잔당 물러가라' '우리는 최후의 일인까지 광주를 지킨다' '고등학생들이여 일어서라' 등등의 벽보들. 종이에 깨알 같은 사인펜 글씨로 논리 정연하게 써내려간 내용도 있고, 더러는 혼자 울분을 참지 못해 노트 같은 종이에다가 서투른 글씨로 휘갈겨서 엉성하게 붙여놓은 것들도 눈에 띈다. 그것들을 하나하나 훑어보며 미순과 은숙은 광장을 돌아다녔다.

지프 한 대가 인파 사이를 헤치고 다니며 유인물을 뿌리고 있다. 미순도 한 장을 받아들었다. 16절 갱지에 필사체로 등사된 그것은 '투사회보 제6호'라는 제호가 붙어 있다.

광주 시민의 민주화 투쟁 드디어 전국적으로 확산되다.
광주 시민은 하나로 뭉쳐 더욱 힘을 내어 싸웁시다…… 민주화 투쟁은 광주·목포·담양·장성·나주·보성 등 시·군으로 확산되어 유신 잔당의 반민주 억압에 항거, 더욱 열기를 더해가고 있다. 세계 각지의 언론 기관은 광주 사태의 진상을 대대적으로 보도하고 있으며,

한국기자협의회의 기자들은 광주에 잠입하여 취재에 앞장서고 있다.
'우리의 행동강령'
첫째, 광주 시민은 최규하 정부가 총사퇴할 때까지 끝까지 싸운다.
둘째, 광주 시민은 우리의 요구가 관철될 때까지 무장을 강화한다.
셋째, 중고등학생의 무기 소지를 금한다.
넷째, 계엄군이 발포하지 않는 한 우리가 먼저 발포하지 않는다.
다섯째, 광주 시민은 대학인들의 질서 있는 투쟁에 전적으로 협력한다.
투사들이여! 끝까지 투쟁하자!

광주시민민주투쟁협의회

이내 광장 한쪽이 소란해진다. 구호 소리. 손뼉 소리…… 미순이 돌아보니, 한 무리의 대열이 금남로 쪽에서 광장으로 뛰어들어오고 있다. 백여 명 정도나 될까. 선두에 플래카드를 앞세우고 대부분 교복이나 교련복 차림인 고등학생들이 구호를 외치며 행진해온다.
"고등학생들은 동참하라!"
"우리는 끝까지 싸운다!"
"친구들의 죽음을 헛되이하지 말자!"
동참하라. 동참하라. 헛되이하지 말자…… 앞줄의 하나가 선창하면 나머지가 입을 모아 복창한다. 시민들이 길을 터주며 일제히 박수를 쳐주었다. 고교생 시위대 중엔 까까머리에 흰 띠를 동여맨 모습도 보인다. 후미엔 단발머리 여고생들도 십여 명쯤 섞여 달음질을 치고 있다. 이 목숨 바쳐서 통일. 이 겨레 살리는 통일…… 노래를 합창하며 그들은 광장을 한바퀴 돌고 나서 다시 노동청 방향으로 달려나갔다.

도청 정문 앞엔 무엇 때문인지 수백 명의 시민들이 두 줄로 길게 열을 지어 서 있다. 둘은 그쪽으로 다가갔다. 사람들은 대부분 초조한 표정으로 차례를 기다리고 서 있다. 하얀 마스크로 입과 코를 가린 청년들이 행렬을 통제하고 있다. 줄 꽁무니에 서 있는 한 사내에게 은숙이 물었다.
"아저씨, 여기는 뭣 하는 줄이라요?"
"공수놈들한테 죽은 사람들 시신을 저 안에다가 모아두었다고 안 허요. 행방불명된 식구를 찾으러 다니는 사람들헌테 시체 얼굴을 확인시켜준답디다."
삼십대 초반의 사내가 심드렁한 표정으로 돌아보며 대답했다.
"어머, 그래요? 그럼 아저씨도 누굴 찾는 중이세요?"
"아니, 뭐 그런 것은 아니고. 혹시 내가 아는 얼굴이라도 있을랑가 싶어서, 한번 봐볼라고 그러요."
사내는 호기심에 이끌려 거기 서 있는 모양이다.
"여기 주목해주세요. 한 번에 오십 명씩만 입장할 수 있습니다. 질서를 지켜주십시오."
앞쪽에서 가슴에 휘장을 두른 청년이 외친다. 청년은 경찰 기동대용 방석모에 군용 작업복 차림이다. 맨 앞에서부터 오십 명 단위로 구분해서 안으로 들여보냈다가, 십여 분쯤 지나 그들이 되돌아나오면 다음 사람들을 정문 안으로 들여보내곤 한다.
정문 앞 대열 맨 앞쪽에는 '수습대책위원회'라는 띠를 어깨에 두른 청년 서넛이 책상 두 개를 꺼내다놓고 앉아 무엇인가를 적고 있다. 그들은 차례를 기다리고 있는 사람들로부터 인적 사항과 행방불명자의 명단을 접수하고 있는 중이다. 그 동안에도 시민들은 한 무리씩 정문을 통해 들어갔다가 나오곤 했다. 차례를 기다리는 사람들은 먼저 돌아보고 나오는 이들을 붙잡고 이것 저것 물어본다.
 "어쩝디여? 시체들이 모두 몇이나 되등가라우?"
 "사오십 명 정도나 되겄습디다마는, 아이고, 말도 마시요. 눈 뜨고는 차마 못 보겄습디다. 온전한 시체는 열에 둘도 안 됩디다."
 "오메에, 참말로 징한 꼴 봤소. 송장 썩는 냄새 때문에 코창이 다 터져불라고 해라우."
 에이, 크억. 중년 사내 하나는 금방 토하기라도 할 것처럼 오만상을 찌푸린 채 연신 퉤퉤 침을 뱉어낸다. 들어갔다가 나오는 사람들마다 못 볼 것을 보았다는 듯 하나같이 질린 표정들이다. 은숙이 미순의 손을 잡아끌었다.
 "얘, 우리도 한번 들어가보자."
 "어딜? 저 안엘 말야?"
 "뭐 어때서. 그냥 한번 슬쩍 보고만 나오자니까 그래."
 "미쳤니? 구경할 게 따로 있지, 어쩌면 넌……"
 미순은 은숙을 힐끔 쏘아보며 사납게 속삭인다. 어떻게 이런 판국에 시체들 구경하자는 얘기가 다 나온담. 정말이지 한 순간 미순은 은숙에게 정나미가 뚝 떨어지는 기분이다. 설사 단순한 호기심 때문이라고 해도 그렇지, 이렇듯 엄청난 참극에 희생당한 사람들의 처참한 몰골을 구경하겠다는 생각이 어떻게 가능하단 말인가. 그건 죽은 이들에 대한 지독한 모욕이라고 미순은 느낀다. 그런데, 은숙이 차갑게 굳은 낯빛으로 말했다.
 "너, 지금 내가 그냥 재미 삼아서 구경하자는 건 줄 알아?"
 "아니면 왜……"

`미순은 얼른 말꼬리를 삼켰다. 돌연 싸늘하게 굳어버린 은숙의 표정. 알 수 없는 분노와 증오로 빛나고 있는 그녀의 충혈된 두 눈이 미순을 질리게 만든다. 은숙은 아랫입술을 악문 채, 잠시 그 이상한 눈빛을 하고 미순을 쏘아보다가 혼잣말처럼 뇌까렸다.
"난 봐야겠어. 그놈들이 어떻게 죄 없는 사람들을 죽였는지를, 내 두 눈으로 똑똑히 확인해볼 테야."
미순은 순간 섬뜩해진다. 은숙의 그 눈빛. 앙다문 입술과 돌처럼 무표정하게 굳어버린 얼굴. 그것은 며칠 전, 은숙이 완전히 넋 나간 사람의 몰골을 한 채 아파트로 돌아오던 바로 그날의 눈빛과 표정 그대로였다.
그러는 동안 트럭이 서너 차례나 정문을 통해 들락거렸다. 앞쪽에 '시체 운반'이라고 흰 페인트로 휘갈겨쓴 글씨. 보닛 끝에서부터 차체 후미까지 길게 두 가닥으로 늘어뜨린 하얀 무명천. 적재칸 위에서 청년 하나가 호루라기를 불며 차량 진로를 확보한다. 트럭 적재칸 위에는 시체를 담은 관, 혹은 흰 포대기에 덮인 시신들이 실려 있다. 그때마다 사람들이 몰려들어, 혹시나 제 식구가 아닌가 확인하려고 목을 한껏 늘인 채 기웃거렸다. 더러는 다급하게 트럭으로 달겨드는 사람들을 청년들이 눈을 부라리며 앞을 가로막기도 한다.
"기다리란 말요! 이따가 안쪽에 들어가서 확인하면 될 거 아뇨."
화가 난 청년들이 버럭 고함을 쳤다.
잠시 후, 갑자기 행렬 앞쪽이 어수선하게 흩어지며 사람들이 정문 옆 담장 쪽으로 몰려가기 시작했다. 마스크를 쓴 청년 둘이 나타나서 사망자 명단을 적은 벽보를 정문 왼쪽 담벼락에 붙이고 있었다. 오늘 아침부터는 시내 각 병원이나 외곽 지역에서 발생한 사망자들 대부분을 일단 도청에 집결시키기로 했다고 한다. 이에 따라 한편으로는 시체 운반 트럭들이 시신들을 각 병원 등지에서 도청으로 계속 실어나르고 있고, 일단 도청 내에 모아진 시신들 중 신원이 확인된 시신들은 거기서 다시 광장 맞은편에 위치한 상무관으로 속속 옮겨지고 있는 참이다. 수습위원회에서는 사망자 명단이 파악되는 대로 벽보를 통해 알렸다. 신원이 밝혀지지 않은 사람의 경우, 시체의 얼굴 사진과 함께 의복·소지품·인상 착의 등을 적어넣어 연고자를 찾고 있었다.

'성명 미상, 30세 가량, 체크무늬 티셔츠.'

'조동기, 운전기사, 장성읍, 감색 상의, 검은색 바지, 스포츠머리.'

'60세 가량, 흰 와이셔츠, 어금니 양쪽 금니 했음.'

'35세 가량, 곱슬머리, 목에 팥알만한 붉은 점 있음.'

'30세 가량, 여자, 파란색 슬리퍼, 줄무늬 월남치마.'

사망자 명단에 표기된 내용은 대개 그런 식이다. 초조한 얼굴로 명단을 확인해내려가는 시민들. 미순의 바로 곁에서 손가락으로 허공을 짚어가며 하나씩 읽어내려가던 중년 아낙 하나가 별안간 다급하게 비명을 내질렀다.

"와이고메! 동학아, 저기 저거, 느그 아부지 아니냐?"

"예에? 어디라우!"

뒤에서 미순의 어깨를 확 밀어제치며 청년 하나가 외쳤다.

"저기, 왼쪽 맨 아래 말이여. 흰 와이샤쓰에 금니 했다고 써 있지야? 응?"

"에이, 아부지는 아닐 것이여. 육십 세라고 씌어 있잖은갑네."
"아, 아녀. 금니를, 어금니 양쪽까장 다 박었다면 혹시……"
"아따 재숫대가리 읎게, 어무니는! 어금니에다가 금니 박은 사람이 어디 한둘이간디라우! 절대로 아부지는 아니란 말요. 내 참."
"그, 그럴끄나?"

모자간으로 보이는 두 사람. 첫눈에도 농촌 사람들인 듯, 똑같이 햇볕에 거멓게 그을린 두 얼굴이 불안과 초조함으로 잔뜩 질려 있다. 아들의 호통에 어머니는 여전히 긴가민가하는 표정. 그러나 아들 역시 뭔가 불길한 예감을 떨치기 어려웠는지, 어머니의 손을 잡아끌다시피 하고는 어느새 도청 정문을 향해 종종걸음을 친다.

"거, 안 된다니까 그로요. 기다리란 말이라우. 차례가 되면 들여보내준다고 하잖소!"
"그것이 아니라, 저기, 아무래도 비슷한 사람이 들어 있는 것 같응께 안 그로요. 우리 아부지가 광주 나갔다가 사흘째 연락이 두절되었단 말요."
"허참, 하여간 기다리시요. 여기 서 있는 사람들도 하나같이 형씨하고 비슷한 사정이요."

두 모자는 정문 앞에서 수습위원회 청년들과 한동안 옥신각신하다가 결국 맨 앞줄로 물러나서 차례를 기다리기로 한 모양이다. 잠시 후, 차례가 돌아오자마자 그들 모자는 허둥지둥 도청 마당 안으로 달려들어간다. 미순과 은숙의 순서가 대열의 앞쪽으로 훨씬 당겨졌다. 잘하면 다음 차례가 될 듯싶다.

"아이고오, 내 자석아. 어쩔끄나아. 와이고오……"

그때 정문 안쪽에서 여자의 울음 소리가 들려왔다. 아낙네 셋. 시장통에서 좌판을 벌이다가 나온 듯한, 하나같이 허름한 행색. 파마머리의 아낙 하나가 손에 뭔가 흰 천다발 같은 것을 움켜쥔 채 쓰러질 듯 비칠대며 통곡을 터뜨리고, 다른 두 아낙은 그녀의 양쪽 팔을 부축하며 다가온다. 사람들이 그녀들을 위해 길을 터주었다.

"으마, 어쩨사 쓰꼬오. 저 아줌니네 아그가 죽은 모양이요야. 불쌍해라아. 참말로 무슨 이런 일이 다 있을까이."

사람들이 혀를 찼다. 반쯤 넋이 나간 채 오열하며 비칠비칠 광장을 헤쳐나아가는 아낙의 모습을 바라보다가, 미순은 저도 모르게 울컥 눈물이 쏟아졌다. 그런데 바로 그 순간, 곁에 서 있던 은숙이 돌연 허둥지둥 그 아낙네들을 향해 내달리기 시작했다.

"이모! 큰이모, 맞지요!"

울고 있는 아낙의 손목을 그러잡고 은숙이 외쳤다. 아낙이 멈칫하더니, 이내 은숙의 어깨를 움켜잡았다.

"이거이 누구여⋯⋯ 은숙이 아니냐."

"이모, 무슨 일이에요. 왜, 왜 그래요?"

"은숙아아. 어쩔끄나아! 우리 운봉이가 죽었어야아! 와이고 오⋯⋯."

"예엣! 운봉이가 어쨌다고요!"

오메엣. 그게 참말이요, 이모. 은숙은 와악, 울음을 터뜨리기 시작했다. 발을 동동 구르며 아낙을 부둥켜안고 어쩔 줄을 모른다. 한덩어리로 뒤엉킨 그녀들 주위로 사람들이 모여들었다. 얼결에 은숙의 뒤를 쫓아나왔던 미순은 놀라서 멍하니 서 있었다. 사람들이 모여들자, 다른 두 아낙이 우는 두 여자를 데리고 상무관을 향해 걷기 시작했다. 미순도 뒤를 따랐다.
 아낙은 은숙의 큰이모였다. 그녀는 일찍 결혼해서 딸 둘을 낳았는데, 스물다섯 살 때 남편이 병으로 죽은 뒤 고향을 떠나서 혼자 광주로 나갔다. 지독히도 어려운 살림살이. 시장에서 야채 장사를 하며 근근히 살아가느라 오랫동안 친정과도 연락이 끊겼다. 은숙이가 큰이모를 다시 만났을 때, 큰이모에겐 그 동안 새로 만난 남자와의 사이에서 얻은 아들 하나가 더 있었다. 그게 바로 운봉이었다. 하지만 운봉의 아버지 역시 세상을 떴고, 큰이모는 또다시 과부 신세가 되어 있었다. 지지리도 복이라곤 타고 나지 못해서, 그녀는 아직도 금동시장에서 야채장수로 살아가고 있었다.
 은숙은 운봉이를 누구보다도 잘 알고 있다. 올해 열네 살, 중학교 이학년. 은숙이가 광주로 올라와 방직공장에 다니던 첫 해, 은숙은 큰이모 집에서 일 년 가까이 지냈었다. 눈이 유난히도 크고 초롱초롱하던 운봉이. 공부도 잘하고, 아버지 없는 아이답지 않게 늘상 명랑하고 붙임성 좋았던 운봉이. 누나누나 하면서 졸졸 따라다니던 그 아이를 은숙은 끔찍이도 귀여워했다. 중학교 들어가면 교복은 내가 사줄게. 그 약속도 어쩌다 보니 은숙은 지키지 못했다. 그런데, 그 운봉이가 죽었단다. 운봉아. 불쌍한 운봉아. 은숙은 가슴이 찢어졌다.
 큰이모가 운봉의 시체를 확인한 건 어제 오후. 운봉이는 사흘째 밖에 나가 소식이 없었다. 시내는 온통 난리 속인데, 아들을 찾아 그녀는 온 시내를 헤집고 다녔다. 병원마다 돌아다니며 수도 없이 많은 시체들과 부상자들을 확인했지만, 운봉이는 없었다. 어제 오후, 벌써 몇 번씩 뒤졌던 적십자병원을 다시 찾아갔다. 간호사가 부상자 명단을 보여주었다. 거기에도 없었다. 시체를 안치해둔 방 앞에서, 그녀는 막상 들어가보지도 못하고 왠지 두려움에 사로잡혀 혼자 기다렸다. 예감이 이상했다. 먼저 들어갔던 이웃집 청년이 나오더니 허옇게 질린 얼굴로 말했다.
"아줌마. 자세히 본 것은 아니요만, 운봉이 같은 중학생이 하나 있소. 얼른 들어가보시요."
 그녀는 갑자기 앉은뱅이가 되어버렸다. 엉금엉금 기어서 문 앞까지 다가갔다. 바닥에도, 테이블 위에도, 철제로 만든 선반 위에까지도 시체들이 꽉꽉 들어차 있었다. 거기, 운봉이의 면바지와 발바닥이 보였다. 순간 그녀는 정신을 놓아버렸다.
 눈을 떠보니, 집 안방이었다. 그녀는 반쯤 실성해버렸다. 병원에 다시 가볼 생각조차 하지 못했다. 병원에 갈 필요가 어디 있담. 절대로 그게 운봉이일 리가 없다. 내가 잘못 본 걸 거여. 그녀는 방바닥에 쓰러져 누운 채 연신 뱃속의 것을, 마지막엔 노란 똥물까지 토해내며 한사코 도리질을 했다.
"운봉이 어무니. 시방 적십자병원 후문에다가 시체들을 다 꺼내다놨소. 그런디, 다른 시신은 모두 태극기로 덮어놨는디, 운봉이 것만 없어라우. 아줌니가 얼른 태극기 하나 구해가지고 와서 운봉이한테도 덮어주시란 말요. 얼릉이라우."
 오늘 아침, 병원 근처에 사는 친목계 계원으로부터 전화가 걸려왔다. 그녀는 그제서야 정신이 퍼뜩 들었다. 운봉아. 내 아들 운봉아. 에미다. 에미가 여기 있다. 그녀는 병원까지 미친년처럼 맨발로 뛰어갔다. 그녀는 관 뚜껑을 제 손으로 열어제쳐보았다. 이마에서부터 코 언저리까지가 몽땅 달아나버리고 없었다. 얼굴 윤곽만 겨우 남은 채 흐물흐물해진 살가죽만 덜렁거릴 뿐.

후문에 꺼내놓은 시체는 모두 18구. 모두들 태극기로 관을 덮었는데, 어째선지 운봉이 것만 없었다. 수량이 부족해서 덮지 못했노라고 누군가 말했다. 그녀는 울부짖었다.
"여보시요들! 나도 태극기 하나 주시요. 우리 아들이 죽었는디, 태극기가 없단 말이요."
그러다가 퍼뜩 그녀는 집 장롱에 처박아둔 태극기 생각이 나서, 허둥지둥 집으로 달려갔다. 그것을 찾아 쥐고 되돌아와보니, 시체를 담은 관들은 이미 도청으로 옮겨간 뒤였다. 그녀는 허겁지겁 도청으로 달려왔다. 그런데 이번엔 거기서 다시 광장 맞은편에 있는 '상무관'으로 운봉이를 옮겨다놓았다고 했다. 그래서 그녀는 지금 막 그쪽으로 찾아가는 참이었다.
세 아낙네와 은숙, 미순 그렇게 다섯 여자가 '상무관' 현관 앞 계단을 올라가려고 하자 마스크를 쓴 청년들이 앞을 가로막는다.
"안 됩니다. 들어가려면 저쪽으로 가서 차례를 기다리시오."
"안 되다니! 어째서 안 돼? 내 새끼가, 내 아들이 저 안에 있는디, 뭐가 안 된단 말여!"
은숙의 큰이모가 버럭 악을 썼다. 청년이 움찔 놀라서 길을 터주었다.
상무관. 평소엔 바로 인접한 경찰 기동대 병력들을 위한 태권도나 유도 훈련장으로 쓰이고, 때로는 시민들을 위한 검도장으로 개방되기도 하는 소형 실내 체육관. 고작 농구 경기장 하나가 될까말까 한 넓이. 지금 그 상무관 앞에는 수많은 시민들이 길게 늘어서 있다. 한 시간 전부터 수습위원회측은 신원이 확인된 시신들을 안치해둔 상무관을 시민들에게 공개하기로 하고, 그 안에서 간단한 추도 의식을 치르고 있었다. 장내가 비좁은 까닭에 한 번에 200명씩만 입장시켰다.
 미순은 은숙의 팔을 부축하며 상무관 현관문으로 들어선다. 체육관 안으로 들어서는 순간, 미순은 헉 하고 숨을 삼켰다. 자욱하게 향불 타는 연기. 그 매캐한 연기와 함께 콧속으로 밀려드는 기묘한 악취. 살과 내장이 부패해가며 풍겨내는 역겨운 냄새. 그리고 수많은 사람들의 목구멍을 찢어발기며 한꺼번에 터져나오는 통곡 소리……
 한 순간 미순은 악몽을 꾸고 있는 것만 같았다. 어두운 동굴. 수증기처럼 자욱하고 매캐한 연기와 정체불명의 악취로 가득 찬 거대한 동굴 한가운데로 들어선 듯한 느낌. 으아아아. 아아—으흐으으으. 유령들의 호곡 소리. 정체를 알 수 없는 짐승들이 한 덩어리로 뒤엉켜 난폭하게 내지르고 있는 듯한 저 기괴하고 소름끼치는 소리…… '이건 악몽일 거야. 난 지금 지옥의 풍경 하나를 꿈속에서 보고 있는 걸 거야.' 허깨비 같은 잔상을 지워버리려고 미순은 눈꺼풀을 연신 깜박였다. 차츰 눈앞 사물들의 윤곽이 시야에 떠올랐다.
 똑같이 무명베로 포장된 채 바닥에 두 줄로 가지런히 놓여 있는 칠팔십여 개의 관, 관, 관들…… 하얀 무명천 위에 군데군데 배어나온 핏물의 검붉은 무늬들. 관 밑바닥엔 시신으로부터 흘러나오는 오물 때문에 종이나 비닐을 깔아놓았고, 뚜껑 위엔 태극기를 덮었다. 누가 가져다놓았을까. 관 위에 각기 하나씩 놓여진 빈 음료수병들마다엔 양초가 꽂혀 있다.
 그 곁에서 사람들은 끝없이 울고 있다. 아아아—아. 관을 껴안고 통곡하는 사십대 여자. 관짝을 손바닥으로 탁, 타악 두들겨대며 홍타령하듯 읊조리는 소복 차림의 아낙네. 아흐흐으. 내 새끼야아. 내 불쌍한 새끼야아아. 바닥에 넋 놓고 주저앉은 채 눈물도 말라붙은 사내. 그 사내를 등뒤에서 껴안고 오열하는 파마머리 아내. 까마귀처럼 껙껙 목쉰 울음만 반복하는 어미의 턱밑에서 멍하니 눈동자만 또록또록 굴리고 있는 어린아이. 허어, 허어엇. 느닷없이 손바닥을 짝짝 마주쳐가며, 이를 허옇게 드러내고 헛웃음을 토해내는 쪽진머리의 시골 노모. 울다가 지쳐 관짝 위에 얼굴을 묻은 채로 가만히 엎드려 있는 처녀. 악아아. 불쌍한 우리 악아아. 내가 왔다이. 엄니가 왔어야. 관을 끌어안고 손바닥으로 하염없이 상자를 쓰다듬으며 읊조리는 여자. 오냐아, 이놈들아아, 나까장 칵 쥑여뿌란 말이여. 바닥에 벌렁 누워 아예 데굴데굴 굴러다니는 중년 남자. 아부지, 이러시면 안 되라우. 이러다간 아부지까장 어찌 되어버리겠소오. 데굴데굴 굴러다니는 사내를 끌어안고 외치는 자식들······

　그 통곡의 합창 속, 즐비한 시신들 사이를 오락가락하며 아낙네들과 은숙은 한참이나 운봉이를 찾아다녔다. 관에 적힌 이름을 들여다보고, 반쯤 열린 관 속에 얼굴만 내놓은 시신을 들여다보고······ 그러다가 마침내 맨 앞줄 귀퉁이에 놓인 관 앞에서 아낙은 풀썩 주저앉았다.

"와이고, 내 아들이 여깄네에! 운봉아아!"

　어머니는 손바닥으로 관을 퍽퍽 두들겨패기 시작한다. 은숙도 와락 주저앉자마자 시신을 들여다보며 울음을 터뜨린다.

　미순은 그녀들의 뒤에 엉거주춤 서 있었다. 열려진 뚜껑 안에 드러난 얼굴. 미순은 헉, 숨을 들이쉬며 고개를 돌려버렸다. 아니, 그건 얼굴이 아니었다. 얼굴은 이미 없었다. 이마도 코도 없어져버린 흉측하고 끔찍스런 살덩어리 하나. 살은 벌써 푸르죽죽하니 부패해가고 있었다. 그 살덩어리에 들러붙은 핏물을 아낙은 수건으로 꼼꼼히 닦아내기 시작했다. 아이고오. 내 자석아아. 에미를 잘못 만나아, 남들맨키로 좋은 옷 한번 못 입어보고 오…… 혼자 넋두리를 읊조리며 아들의 시신을 쓸어내리는 아낙의 처진 어깨를 은숙이 뒤에서 껴안고 흐느꼈다.
"아주머니, 이 학생, 찾는 사람이 맞지라우?"
마스크를 쓴 더벅머리 청년 하나가 다가와 묻더니, 하얀 분말을 시체의 얼굴과 몸뚱이 위에 봉지째 부어넣었다. 은숙이 펄쩍 놀라며 물었다.
"그, 그것이 뭐예요?"
"방부젭니다. 이래야 시체가 얼른 부패하지를 않소."
"방부제요?"
"확인이 끝났으면 뚜껑을 닫겠습니다. 좀 비켜주십시요."
청년이 뚜껑을 닫자마자, 또 다른 청년이 망치를 들고 와서 관 모서리마다 탕탕 못을 박아넣었다. 아낙은 집에서 가져온 태극기를 아들의 관 위에 덮어준다. 아들의 관 위엔 이제 태극기가 두 개다.
미순은 끝내 울음을 터뜨렸다. 어째선지 미순은 자꾸만 어머니의 얼굴이 떠올랐다. 가엾은 어머니. '미순아. 어쩌면 좋으냐…… 너 혼자만 남겨놓고…… 이 에미는 어쩌얄 거나아……' 그 끔찍한 고통 속에서도, 눈을 감기 전까지 딸의 손을 쥐고 끝끝내 놓지 못하던 어머니. 그 가엾은 어머니의 마지막 얼굴을 떠올리며, 미순은 아낙과 은숙의 곁에서 소리내어 울고 또 운다.
동해물과 백두산이 마르고 닳도록……

합창 소리가 실내에 울려 퍼졌다. 또 한번의 추도식이 약식으로 치러지고 있다. 벌써 몇 차례나 반복되는 똑같은 순서. 마이크를 쥔 사회자의 진행에 따라 묵념, 「애국가」 혹은 「우리의 소원」 합창, 그리고 몇 가지의 구호 제창으로 추도식이 끝나면, 이층 스탠드로 올라가 있던 시민들은 저마다 벌겋게 충혈된 눈을 하고 말없이 밖으로 빠져나가곤 했다.

얼마나 지났을까. 넋이 나가 멀거니 관 앞에 주저앉아 있는 아낙의 곁에서 은숙과 미순도 말없이 앉아 있었다. 그 동안에도 또 다른 시신들이 옮겨져왔고, 통곡 소리는 잠시도 그치지 않고 사방에서 쏟아져나왔다.

"오창수씨, 도청 쪽에서 급히 인원을 좀 차출해달라고 연락이 왔는데, 어쩌죠?"

"도청에서요? 무슨 일이랍니까?"

"전대병원에서 새로 사망자 이십 구 정도가 운반되어온 모양인데, 시신을 염해주고 정리해줄 일손이 필요하답니다. 최소한 대여섯 명은 있어야겠다는데요."

"젠장, 대여섯 명이라니. 이쪽도 정신이 없는 판국에 차출할 인원이 있어야 말이지. 그쪽엔 더 없답니까? 대학생들도 많을 텐데."

"상황실 일이 바쁜 모양입니다. 다른 일도 아니고, 시체를 만지는 일이라 아무래도 선뜻 나서는 사람이 얼마나 되겠어요?"

"어쩌지? YWCA 쪽으로 연락해보는 편이 빠르겠는데."

등뒤에서 그런 얘기가 들려온다. 미순이 돌아보니, 장내 정리를 맡은 수습위원회의 두 청년이다. 그때 은숙이 벌떡 일어났다.

"잠깐만요. 그 일, 나도 할 수 있을까요?"
"아가씨가요? 시체를 직접 손으로 다루는 일인데, 괜찮겠소?"
"한번 해보겠어요."
"그래만 주신다면야…… 그런데, 아가씨 혼잡니까?"
 청년의 눈길이 이번엔 미순에게 멎었다.
"네. 저 혼자 가겠어요. 얘는 여기 남아 있어야 하니까……"
 은숙의 말에 미순은 저도 모르게 몸을 일으키며 말했다.
"아냐, 은숙아. 나도 함께 갈 거야."
"정말?"
 미순은 대답 대신 은숙의 손을 잡아주었다.
"좋습니다. 그럼 나를 따라오시오."
 청년은 벌써 성큼성큼 걷기 시작한다. 은숙은 큰이모에게 다시 돌아오겠노라고 말했다. 둘은 청년의 뒤를 따라 도청으로 향했다.
 도청 안마당 땅바닥엔 삼사십 구의 시신들이 즐비하게 놓여 있다. 관 뚜껑은 모두 열려져 있고, 시민들이 신원 확인을 하기 위해 코를 쥔 채 돌아다닌다. 반쯤 열어놓은 널빤지 사이로 드러난 얼굴들. 머리가 깨져 엄청나게 부풀어오른 시체. 통통 부어 벌써 푸른빛으로 부패해가기 시작하는 얼굴들. 커다란 솜뭉치가 박혀 있는 코와 입…… 미순은 울컥 구토증을 느끼며 손으로 입을 틀어막았다. 시큰하고 역겨운 냄새. 살과 내장이 부패해가며 내는 악취가 사방 어디에나 눅진하다. 삼사십 구의 시신들 가운데 절반 가량은 관도 없이, 들것에 실려온 그대로 땅바닥에 눕혀져 있다. 한쪽에서는 지금 막 들어온 시신을 염하느라 서너 명이 붙어 부지런히 손을 놀리고 있고, 다른 쪽에서는 여자들이 시신의 피를 닦아내랴 흩어진 살점이며 팔다리를 바로 모으느라 곤혹을 치르고 있다. 안내해간 청년이 그 중 한 여자에게로 다가갔다.
"양자누님. 이 아가씨들이 돕겠다고 자원한 분들입니다."
"어머, 그래요? 정말 고마워요."
서른 살 가량의 커트머리 여자는 입에서 마스크를 풀고 반갑게 웃었다. 손에 쥔 수건이 핏물로 흥건했다.
"인사는 담에 하기로 하고, 저쪽으로 가서 다른 분들 하는 일을 거들어주시겠어요? 자, 이걸 가지고 가세요."
여자는 미순과 은숙에게 면 마스크와 흰 무명베 수건을 하나씩 쥐어주었다. 둘은 시신들의 대열 가장자리로 갔다. 거기에도 젊은 여자 십여 명이 시신의 몸을 닦아내는 일을 하고 있는 참이다.
"어머, 또 만났네요. 아까 밥을 가져다준 언니, 맞죠?"
무슨 일부터 해야 할지 몰라 머뭇거리고 있는데, 누군가 미순의 어깨를 살며시 잡았다. 돌아보니, 아까 식당에서 국그릇을 건네주었던 그 단발머리 여고생이다.
"아, 알겠어요. 그 여학생……"
"제 이름은 연숙이에요. 박연숙."
"난 미순이라고 해요."
"말씀 편하게 하세요. 내가 훨씬 어린데…… 어쨌건 정말 잘 오셨어요, 언니. 한참 일손이 딸리던 참이었거든요."
"그런데 어쩌죠. 뭘 어떻게 해야 할지 모르겠어요."
"일은 간단해요. 저 아저씨들이 염을 하기 전에, 우린 이분들 얼굴을 물로 씻어내기만 하면 되니까요. 자, 이리 와서 내가 하는 걸 보고, 한번 해보세요."
 연숙은 관 곁에 쪼그리고 앉더니, 물 적신 수건으로 시체의 얼굴을 꼼꼼히 닦기 시작한다. 그걸 한동안 지켜보다가 미순도 맞은편에 앉았다. 스무 살 가량의 청년. 토마토빛으로 퉁퉁 부어오른 얼굴. 코와 입에 솜뭉치가 박혀 있다. 미순은 용기를 내어 청년의 이마에 엉겨붙은 핏자국을 닦아내기 시작했다. 손끝이 바들바들 떨리고 숨이 가빠왔다. 손길이 스칠 때마다 청년의 머리가 움직이는 바람에 미순은 소스라치게 놀라곤 했다. 어디서 몰려왔는지, 커다란 쉬파리들이 끊임없이 주변을 맴돌았다. 그것들을 손으로 쫓아대면서, 미순은 그렇게 세 구의 시체를 닦아냈다. 오십대 여자, 교련복 차림의 고교생, 사십대 남자.
 관에 안치된 시체들은 이곳으로 실려오기 전 이미 병원에서 한차례 사람의 손길이 가 닿은 탓인지 그나마 상태가 나은 편이었다. 그러나 시 외곽의 사고 현장에서 곧장 실려온 시체들의 경우는 하나같이 끔찍했다. 대부분 총상으로 사망한 경우였다. 세 번째 시체를 닦아내고 잠시 숨을 돌리려는 참이었다. 갑자기 주위가 소란해졌다. 날카롭게 불어대는 호루라기 소리. 시체 수송 트럭 한 대가 정문으로 다급하게 들이닥쳤다.
"비켜요, 비켜! 들것 하나, 더 가져오라고!"
"아이고메, 저 피 좀 봐!"
"어디서 당한 거여?"
"교도소 앞에서요. 피난 가는 사람들을 기관총으로 갈겨부렀소. 개새끼들이!"
"부상자 둘은 적십자병원으로 보냈습니다."
 청년들이 흥분해서 소리친다. 시체는 모두 셋. 미순은 벌떡 몸을 일으켰다. 어째서였을까. 눈앞에 무석의 얼굴이 퍼뜩 스치고 지나갔다. 미순은 뛰어가서 청년들이 내려놓은 들것을 들여다보았다. 순간 미순은 헉, 신음을 삼켰다. 형체를 알 수 없을 정도로 해체된 얼굴. 한쪽 살가죽만 겨우 붙어 있을 뿐, 남자의 머리는 완전히 조각조각 부서져버린 상태였다. 허억. 미순은 화단가에 쪼그려앉자마자 뱃속의 것을 모조리 토해내었다. 구토증이 겨우 멎고 나자, 이번엔 울음이 한꺼번에 터져나왔다. 눈물이 마구 흘러내렸다. 누군가 다가와 등을 토닥여주었다.

"언니, 괜찮아? 울지 말아요……"

아까의 그 여고생, 연숙이. 하지만 그녀도 흐느끼고 있었다. 그제서야 은숙이 달려왔다. 누가 주었는지, 은숙은 흰 가운을 입고 있었다. 세 사람은 화단가에 앉아서 한동안 눈물을 훔쳐내었다. 수습대책위원회의 청년들이 앞에 모여서서 말했다.

"큰일났어. 사망자는 자꾸만 늘어나는데, 관은 절대량이 부족해."

"이렇게 무작정 도청으로만 들여보내면 어쩌자는 거여. 젠장."

"이쪽만 그런 게 아녀. 병원마다 관을 보내달라고 아우성이요."

"아무리 돌아다녀봐도, 이젠 시내엔 관이 완전히 동난 상태라서 도리가 없어요. 조금 전에도, 대패질조차 제대로 못 하고 널빤지로 대충 못만 꽝꽝 박아가꼬 두 개를 만들어왔는디, 그나마도 더는 불가능합니다."

"안 되겠소. 시내에 없다면, 화순이나 나주로 나가서 구해 와야지요. 내가 가보겠습니다."

"그쪽으로 나갈 수 있을라나? 공수놈들이 막고 있을 텐데."

"일단 시도는 해봐야죠. 사정을 얘기하고 설득을 해보다가, 정

안 되겠다 싶으면 되돌아오더라도 말요."

"미니버스 한 대를 대기시켜놨으니까, 그럼 자네가 대원 몇 명을 데리고 나가봐. 헌데, 어디로 갈 생각인가."

"화순 쪽이 낫지 않겠습니까. 거리도 가깝고, 그 길목으로는 아직까지 시민들 왕래가 가능하다고들 하니까라우."

"알았어. 그럼 화순읍에 가서 최대한 빨리 관을 구해보기로 하고, 당장 수량이 부족하더라도 더 제작해달라고 부탁해놓게."

"알았습니다."

미니버스 한 대가 정문 앞으로 나타났다. 이내 청년 대여섯이 서둘러 버스에 올라탔다. 그때 연숙이 몸을 일으키더니, 미순에게 말했다.

"언니, 나도 저 차에 타야겠어요."

"뭐라구? 저 사람들, 화순에 간다고 하는 것 같던데?"

"맞아요. 지금 관이 부족해서 야단들인데, 이러고 있어선 안 될 것 같아서 그래요. 남자들만 가는 것보다는 우리 같은 여고생들이 나서서 사정을 호소하는 게 더 효과가 있을지도 모르잖아요. 그럼 이따가 봐요, 언니."

"잠깐만. 이봐요, 학생."

미순이 다급하게 불렀지만, 연숙은 어느새 종종걸음을 치고 있다. 막 출발하려던 미니버스가 연숙을 태웠다. 정문을 빠져나가는 버스의 뒷모습을 지켜보던 미순은 왠지 불길한 예감이 들었다.

> 딸들아
> 밤하늘에 네 얼굴 보름달 떴다
> 별 떴다
> 가련하고 서글픈 것
> 네 혼백 떴다
> ── 고정희, 「넋이여……」에서

5월 23일 13:00, 소태동 주남마을

연숙이 오르자마자 자동차는 출발했다. 정문 양쪽에서 경비를 맡고 있던 시민군 청년들이 호루라기를 삑삑 불어대며 통로를 넓혔다. 도청 안으로 들어오기 위해 차례를 기다리던 시민들의 대열이 좌우로 어수선하게 밀려났다. 경비 담당 청년 하나가 마치 교통 순경이나 된 듯 이쪽을 향해 절도 있게 경례를 붙여주며 씩 웃는다. 그걸 보고 차 안에선 짧게 웃음이 터졌다.

"어, 박연숙. 넌 또 뭣 할라고 여기 탔어? 집에 가는 길이냐?"

바로 뒷자리에서 누군가 어깨를 툭 친다. 돌아보니, 아는 얼굴이다. 여드름투성이에 곱슬머리 청년. 전남대 상대생이라고 했는데, 시신 수습 일을 맡아 도청과 상무관을 오가며 꽤나 열심이었다.

"어머, 재식이오빠야말로 웬일이에요? 상무관 쪽 일은 어떡하고?"
 "말도 마라. 그쪽도 바쁘지만 이건 더 급해. 시체를 담을 관짝이 없어서 난리났다. 너, 우리가 지금 뭣 하러 출동하는지나 알고서 이 차에 탔냐?"
 "관을 구하러 나가는 거 아녜요? 난 그런 줄 알고 나왔는데?"
 "어, 알기는 아네? 하지만 네가 뭘 하겠다는 거냐. 관짝 들어줄 힘도 없을 텐데."
 "염려 말아요, 오빠. 나 같은 여자들도 필요할 때가 있을걸요. 우리 같은 여학생들이 나서서 도와달라고 호소를 하면 효과가 더 있을지도 모르잖아요."
 "어허, 듣고 보니 그도 옳은 소리네. 하기사, 시커먼 사내놈들보다야 연숙이 너 같은 예쁜 여학생 말이라면 너도나도 자기네 집 마룻장이라도 뜯어다가 관을 짜주겠다고 야단들일 거다. 그래, 잘 왔다 잘 왔어."
 재식은 연숙의 등뒤에 얼굴을 바싹 붙인 채 장난스레 너털웃음을 터뜨린다. 그의 입과 머리에서 고약한 냄새가 훅 풍겨왔다. 하긴 그럴 수밖에 없으리라. 도청에서 활동하고 있는 사람들 대부분은 여러 날째 목욕은커녕 칫솔질도 제대로 못 하고 지내는 처지다. 연숙은 제 몸에서도 냄새가 날지 모른다는 생각에 문득 몸을 사렸다. 간밤엔 식당 취사장 구석에서 대야에 수돗물을 떠담아 대충이나마 머리를 감았다. 샴푸가 없어 빨랫비누를 써야 했지만, 그것만으로도 감지덕지였다. 하지만 이틀째 옷을 갈아입지 못해 여간 찜찜한 게 아니다. 정신없이 뛰어다니다 보니, 온몸은 땀 범벅이 되고 옷은 소금에 절인 꼴이었다. 게다가 종일 시체들을 매만지고 피와 오물을 닦아내느라 허둥댄 통에, 전신

어디에나 살 썩는 역한 악취가 짙게 배어 있을 게 틀림없다. 이젠 그 냄새조차 연숙은 잘 느끼지 못할 정도였다.
"어따, 이제사 조금 숨통이 트이는 것 같다야. 송장 썩는 냄새가 어찌나 지독한지, 골이 다 멍멍하지 뭐냐."
"송장 냄새뿐여? 나는 그놈의 향불 태우는 통에 더 죽겠드라. 향 태우는 냄새랑 송장 썩는 냄새랑 짬뽕해놓으니까, 머리가 지끈지끈해오는 게 참말로 미치겠드랑께."
"형씨들은 그래도 아직까장 그런 냄새라도 맡을 수 있는 모양이요이. 나는 아무런 냄새도 못 맡게 된 지가 오래요. 오늘 아침에는 느닷없이 양쪽 다 코피가 터지드란 말요."
"야, 사람 몸뚱이에서 무슨 물이 그렇게 끝없이 쏟아져나온다냐? 비닐로 관을 몇 겹씩 싸놓았어도, 어느새 팥죽 삶은 물 같은 것이 틈새로 줄줄 흘러나오는디, 워메, 징허드라 징해!"
"아따, 밥맛 떨어지구마는! 그런 얘기는 조까 그만들 헙시다이."
연숙은 어제오늘 눈으로 보고 손으로 매만졌던 끔찍한 시체들의 형상이 한꺼번에 눈앞에 떠오른다. 청동빛으로 푸르죽죽 부풀어오른 얼굴들. 한쪽 눈이 없어져버린 얼굴. 이마 위쪽이 완전히 없거나 아예 목이 달아나버린 채 머리통만 따로 분리된 사람. 거짓말처럼 얼굴은 상처 하나 없이 말끔한데, 꿈이라도 꾸는 듯 두 눈을 반쯤 뜨고 있는 남자…… 아아, 그것이 정말 사람의 얼굴들일까. 시체 수습 일을 시작한 뒤로 처음 한동안 연숙은 그런대로 참아낼 수도 있을 것 같았다.
'어머나, 연숙이 너 참 대단하구나. 정말 다시 봐야겠다아. 시체 염하는 일은 아무나 할 수 있는 게 아니거든. 어지간히 비위 좋은 어른들도 막상 시체를 만지라고 하면 뒤로 나자빠지는 법인데, 넌 어린 나이에 어쩌면 그렇게도 태연하냐? 그냥 곱게 죽은 시체도 아니고, 이렇게 끔찍한 일을······.'

도청 내 사망자 처리반의 여자들 중에서 지휘자 격인 양자언니도 연숙을 보고는 그렇게 놀라워했었다. 양자언니는 시내 한 제사공장에서 노조위원장 일을 맡고 있다는 당찬 노처녀였다. 잘은 모르지만, 그 언니는 전부터 노동 운동계에선 꽤 알려져 있다는 소문이었다. 그래선지 수습대책위 사람들과 수시로 얘기를 주고받는 것 같았고, 여자들로 구성된 취사조를 주도적으로 이끌고 있었다. 그 언니의 칭찬에 가슴이 뿌듯했지만, 끝내 연숙도 오래 버티지는 못했다.

오늘 아침 어느 병원에선가 실려온 시체들을 인계받았을 때였다. 삼십대 남자였는데, 무심코 눈 언저리에 응어리진 피를 닦아내려는데 뭔가 희끗한 것이 수건에 묻어나왔다. 구물구물 움직이고 있는 그것이 구더기임을 깨닫는 순간 연숙은 왜액, 뱃속의 오물을 한꺼번에 토해내고 말았다. 또 한번은 아예 얼굴의 형체조차 분간할 수 없도록 완전히 머리 부분이 해체되어버린 시체를 보았을 때였다. 뒷머리에 M16 총알을 맞았다는 그 남자를 애당초 들여다보지 않았어야 했다. 눈·코·입의 윤곽마저 완벽하게 해체된 광경을 보는 순간 연숙은 풀썩 주저앉고 말았다. 더 이상 쏟아낼 것도 없는데, 토악질이 멎질 않았다. 그 바람에 아침부터 지금까지 연숙은 물 한 모금 제대로 마시지 못했다. 물에서조차 썩는 냄새가 나는 것만 같았다.

그런 온갖 끔찍스런 영상들을 털어내려고 연숙은 고개를 절레절레 흔들었다. 몇 번 심호흡을 했다. 비로소 조금은 숨통이 터지는 것 같다. 사실은 아까 한사코 이 차를 타려고 했던 것도, 잠시나마 그 지옥 같은 공간으로부터 벗어나고 싶은 충동 때문이었는지도 모른다. 관을 구하러 화순으로 나간다는 말을 듣는 순간, 엉뚱하게도 연숙의 눈앞에 푸른 숲의 풍경이 불쑥 떠올랐던 것이다. 눈이 시리도록 푸르른 나무들로 가득 찬 숲. 싱그러운 여름 산의 숲으로부터 솔솔 불어나오는 서늘한 바람. 연숙은 그 순간 견딜 수 없도록 그것들이 그리워졌던 것이다.

마음이 가벼워진 연숙은 차 안을 휘둘러보았다. 일반버스보다는 훨씬 작은 미니버스. 차 안엔 대략 열서너 명 정도의 시민군들이 각자 소총 한 정씩 휴대한 채 좌석을 거의 빼곡하게 채우고 앉아 있다. 대부분 십대 후반에서 이십대까지의 청년들. 버스 안에 여자라고는 자신 혼자뿐임을 깨닫자 연숙은 잠시 당황했다. 미순이라고 했던가. 이럴 줄 알았으면 아까 그 언니더러 함께 가자고 해볼걸. 처음 보는 언니였지만, 차분한 인상이 무척 친근감을 주는 언니였다. 하지만 뭐 어때. 어차피 내가 원해서 나선 일인데, 한번 부딪쳐보지 뭐…… 연숙은 창밖을 내다본다.

도청을 빠져나온 버스는 무엇 때문인지 상무관 앞에서 한동안 정차했다. 차 안의 청년 서넛이 밖으로 나가 수습대책위 사람들과 뭐라 얘기를 하고 있다. 휴대용 무전기를 지급받기 위해서라고 한다. 이윽고 그들이 되돌아왔을 때, 누군가 뒤쫓아오더니 닫힌 유리창을 손으로 두드렸다. 운전석의 청년이 차창을 내리고 물었다.

"왜, 무슨 일로 그러요?"

"잠깐만요. 이거, 화순 가는 거 맞지요? 마침 함께 태우고 갈 사람들이 있는데, 저기 저 아가씨들입니다. 급한 일이 있다면서 오늘 화순까지 꼭 데려가달라는군요."
 청년의 등뒤로 젊은 여자 둘이 손을 잡고 서 있는 걸 연숙은 보았다.
 "자리가 남았나? 이봐, 재식이. 뒷자리에 더 태울 수 있어?"
 "예, 두 명이면 괜찮겠는디요."
 "좋아. 타라고 하쇼."
 문을 열어주자 여자들은 좋아라 하며 맨 뒷자리로 왔다. 동행할 여자들이 나타나주어서 연숙은 내심 반가웠다. 남자들 틈에 혼자 끼여 있는 게 아무래도 거북했으므로 연숙은 자리를 바꾸어 그녀들과 나란히 앉았다. 미니버스는 광장의 인파를 어렵사리 빠져나와 전남매일신문사 앞을 지나 광주천 방향으로 달리기 시작했다.
 "아가씨들은 무슨 일로 화순에 가려는 거요? 위험할지도 모르는데."
 앞자리의 청년이 두 여자에게 묻는다.
 "실은 집안에 아주 급한 일이 있거든요. 오늘중으로 반드시 들어가야만 해요."
 "집이 화순이요?"
 "네에."
 "보아하니, 여대생들 같은데…… 맞아요?"
 장발의 청년이 다시 뒤를 돌아보며 싱글싱글 웃었다. 네에. 하나가 아주 작은 목소리로 대답하고는, 서로 마주보며 키득키득 웃었다. 하지만 연숙의 눈에 두 여자는 친구 사이 같지는 않아 보였다. 약간 뚱뚱한 체구, 커트머리에 둥근 얼굴형의 여자는 스물서너 살쯤. 그리고 긴 머리에 키가 크고 마른 편인 여자는 스무 살이 될까말까 싶게 앳된 얼굴. 연숙은 첫눈에 그녀들이 대학생은 아닐 거라고 짐작했다. 시선이 마주치자 연숙은 가볍게 목례를 하며 눈웃음을 보냈다. 나이가 더 들어 뵈는 커트머리의 여자가 뜻밖에 알은체를 한다.
"어머, 바로 그 여학생이네. 아까 봤어요. 저기, 도청 안에서. 맞죠?"
"네에. 그랬나요?"
"간호학교 학생인가?"
이번엔 긴 머리의 앳된 얼굴이 호기심 어린 눈으로 쳐다본다.
"아아뇨. 아직 여고 졸업반인걸요. 제가 간호학교 학생 같아 보여요?"
"아까는 그랬어요. 아주 능숙하게 일을 하길래 아마 간호사가 될 학생인가 보다고 생각했는데……"
"좀 전에 거기서 학생을 보고는, 우리 둘이서 감탄을 했거든. 나는 보기만 해도 무서워 죽겠든데, 손으로 그걸 일일이 닦아내고 만지기까지 하는 걸 보고 깜짝 놀랐어요. 무섭지도 않은가 봐."
커트머리의 여자는 혀를 낼름 내밀어보이며 놀란 시늉을 한다.
"말도 마세요. 너무나 끔찍하고 무서워서 몇 번이나 도망쳐버리고 싶었죠. 그래도 누군가는 해야 할 일이라고 생각하니, 차츰 견딜 만해지던걸요."
"아무튼 학생은 정말 용기가 대단해. 남자들도 그런 일은 하기 힘들 텐데."
"정말이야, 언니. 난 죽은 사람을 거기서 첨 봤다니까. 지금도 속이 울렁거리고 토할 것 같은데, 어쩌면……"

두 여자는 여전히 놀라워하는 표정으로 연숙을 쳐다본다. 연숙은 수줍게 웃으며 창밖으로 시선을 돌렸다. 사실, 연숙 자신도 그런 용기가 어디서 생겨났는지 잘 믿어지지가 않았다. 평소에도 연숙은 그다지 활달한 성격이 아니다. 친한 친구들 사이에선 제법 우스갯소리도 하고 커다랗게 깔깔대기도 하지만, 낯선 사람들 앞에 나서면 의외로 꽤나 수줍음을 탔다. 겁도 남달리 많은 편이어서, 특히나 밤길을 혼자 갈 때면 가슴이 조마조마했다. 전번에 살던 자취방은 월세도 싸고 학교와도 가까웠지만, 유난히 길고 어두운 골목길 때문에 반년도 채 안 되어 지금의 방으로 옮겨왔던 것이다. 참 별일은 별일이지 뭐야. 그런 겁쟁이인 내가 어떻게 그 끔찍스런 시체들을 만져볼 생각을 하게 되었는지 몰라. 연숙은 내심 의아스럽기도 하고, 한편으로는 지금 그렇듯 놀랍게 변한 제 모습이 은근히 대견스럽고 뿌듯했다.

어쩌면 그날 그 청년이 총에 맞아 쓰러지는 광경을 우연히 목격하지 않았더라면 지금 이런 일도 없었을지 모른다. 그저께, 집단 발포가 있던 21일 낮에 연숙은 어쩌다 보니 도청 가까운 금남로 2가까지 밀려가 있었다. 전날까지만 해도 무서워서 방안에만 박혀 있다가, 그날 아침 호기심에 이끌려 처음으로 혼자 거리로 나섰던 것이다. 금남로를 완전히 메운 인파 속에 섞여 이리저리 돌아다닐 때만 해도 설마 그런 무서운 일이 벌어지리라고는 상상도 못 했다.

낮 한시쯤 느닷없이 엄청난 총성이 터져나왔고, 연숙은 얼떨결에 시민들 틈에 섞여 골목으로 도망쳤다. 얼핏 뒤돌아보니, 사람들이 짚단처럼 맥없이 푹푹 쓰러지고 있었다. 가톨릭센터 건물 옆에서 가쁜 숨을 몰아쉬고 있을 때였다. 금남로 차도로 뛰어나가려다가 총소리에 놀라 되돌아오려던 한 청년이 길바닥에 푹 고꾸라지자, 사람들 몇이 달려가 골목 안으로 질질 끌고 들어왔다. 재수생 아니면 대학 신입생쯤으로 보이는 짧은 머리의 청년. 배를 움켜쥔 청년의 두 손바닥 사이로 핏줄기가 벌컥벌컥 쏟아져나왔다. 연숙은 손수건을 꺼내어 청년의 손에 쥐어주려고 했다. 그러나 청년은 팔을 허우적거리며 숨가쁘게 소리를 질렀다. 아이고메, 어무니. 어무니이. 나 죽을랑갑소오…… 그것이 청년의 마지막 말이었다. 사람들이 팔과 다리를 들어올리려고 했을 때, 청년은 목에서 갸르륵, 기묘한 소리를 내는가 싶더니 이내 사지를 축 늘어뜨리고 말았다.

그 광경을 목격한 순간부터 연숙은 얼이 반쯤 나가버렸다. 부끄러운 줄도 모르고 징징 울면서 이 거리 저 거리로 인파 속을 마구 헤매고 다녔다. 열에 들떠서 혼자 몇 시간을 마구 쏘다니다가, 연숙은 밤늦게야 자취방으로 돌아왔다. 집에 들어서자마자 연숙은 부엌으로 나가서 그 동안 밀쳐두었던 빨래를 혼자 시작했다. 남동생은 이미 잠들어 있었다. 이즈음 연숙은 동생 둘을 데리고 자취를 하고 있었다. 19일 오후, 난리가 터졌다는 소문에 시골에서 아버지가 부랴부랴 올라오셨지만, 연숙은 곧 학교에 다시 나가게 될 거라며 광주에 남겠다고 고집을 부렸다. 결국 아버지는 여동생만을 데리고 시골로 내려갔고, 연숙은 남동생과 단둘이 자취방에 남겨졌던 것이다.

새벽 두시가 넘도록 꼼꼼히 빨래를 다 마친 연숙은 이튿날 아침, 남동생에게 근처 고모네 집에 가 있으라고 한 다음 무작정 도청으로 찾아갔다. 제가 도울 일이 없을까요. 무슨 일이든 할 수 있어요. 정말이에요. 연숙은 총을 든 시민군 청년을 붙잡고 말했다. 그 청년이 연숙을 식당으로 데려갔고, 거기서 예의 그 양자언니를 만났다. 연숙은 그때부터 도청 안에서 일을 거들게 된 것이다.
"으마, 어째서 이쪽으로 돌지? 화순으로 가려면 저리로 가야 할 텐데…… 아저씨. 이 차, 화순 가는 거 맞아요?"
커트머리의 처녀가 놀라 묻는다. 그러고 보니, 버스가 반대편으로 커브를 틀고 있다.
"걱정들 마쇼. 잠시 양동시장에만 들렀다가 곧장 화순으로 갈 텐께."
앞자리에서 누군가 대답한다.
"그래요? 난 또 차를 잘못 탔나 했네."
"아유, 가만 좀 있어, 언니. 기다리고 있으면 어련히 안 데려다 주까."
"춘자 넌 모르면 잠자코 있어. 아까도 그랬잖은갑네. 화순까지 데려다준다고 해놓고는 엉뚱하게 시내만 빙빙 돌아다니지 않든? 그나저나 너, 꼭 오늘 집에 가야 돼?"
"할아버지 제삿날은 온 식구가 다 모이기로 했단 말이야. 왜, 또 가기 싫어져서 그래? 아까는 언니도 집에 가봐야 된다고 해 놓고는."
"회사 때문에 걱정이 되니까 그렇지."
"회사는 왜?"
"혹시 당장 내일 아침에라도 출근하라고 연락이 올지도 모르잖은갑네."
"차암, 언니는 걱정도 팔자다. 벌써 시골로 내려간 애들이 최소한 절반은 더 될 것인디, 뭘 걱정하우?"

"그래도…… 반장한테 전화라도 해놓고 나올걸 그랬능갑다."

커트머리의 처녀는 여전히 찜찜해하는 기색이다. 그녀의 이름은 고형자. 올해 스물두 살. 긴 머리의 앳된 처녀는 김춘자. 열여덟 살. 둘 다 방직공장 여공인 그녀들은 네 살이나 나이 차가 있긴 해도, 고향에서는 초등학교 선후배 사이인 데다가 집도 골목 하나를 사이에 두고 있어서 전부터 친한 사이였다. 그녀들은 지금 고향인 화순읍으로 갈 작정이다. 오늘은 마침 자기 할아버지 제사가 있는 날이어서 기어코 집에 가야 한다고, 춘자가 아침부터 기숙사 방으로 형자를 찾아와서는 함께 내려가자고 졸랐던 것이다. 형자는 별로 내키지 않았지만 춘자의 부탁도 있고, 또 회사도 임시 휴무 상태였으므로 차라리 집에 내려가 있는 게 낫겠다 싶어 따라나섰다. 하지만 막상 시내에 나와보니 시외버스는 물론이고 시외전화까지 불통이었다. 마침 누군가가 귀띔을 해주어서 둘은 도청으로 갔다. 거기서 시민군들에게 화순으로 가는 차량을 얻어탈 수 있게 해달라고 부탁했던 것이다.

"그나저나, 이렇게 빈손으로 내려가게 되었으니 이 일을 어째. 이럴 줄 알았으면 정육점에서 고깃근이라도 끊어 가는 것인디……"

방금까지도 차를 얻어타지 못할까봐 애를 태우더니, 이제 춘자는 빈손인 게 걱정이었다.

"괜찮아, 이것아. 온 시내가 난리법석인디, 제삿날 찾아내려가는 것만도 효도하는 것이제. 이따가 읍내 가서 사면 될 것 아녀?"

"하기야, 이따가 집에 전화해서 뭐가 필요하냐고 물어봐서 사지 뭐."

"너도 참 어지간허다. 부모 제사도 아니고 할아버지 제산데, 한 번쯤 빠진다고 무슨 천벌이라도 받을 것처럼 그리 안달이냐."
"언니가 몰라서 그래. 우리 할아버지, 얼마나 나를 귀여워해주셨는디…… 어릴 때, 어머니랑 아버지가 인천에 계시는 동안에 우리 할아버지가 날 업어서 키우다시피 했거든. 다른 사람이라면 몰라도, 내가 빠지면 절대로 안 돼."
"아이고, 알았다 알았어. 또 그 소리."

형자가 이죽거리자 춘자는 입을 가리고 웃는다. 싫다는 걸 억지로 끌고 나오다시피 한 까닭에 형자언니한테 조금은 미안했다.

춘자는 초등학교만 마치고는 한동안 집에서 살림을 도우며 지냈다. 진학을 하고 싶었지만, 가난한 살림에 동생들이 많아서 중학교 얘긴 아예 꺼내보지도 못했다. 그러다가 이 년 전 광주로 올라와 아주 어렵사리 방직공장에 취직을 했다. 공장 기숙사에선 방 하나에 오륙 명씩 함께 생활했다. 춘자는 학력이 낮다는 이유로 지난해까지는 임시직이었다가 두 달 전부터 정식 사원으로 바뀌었다. 최근엔 수출 물량을 대느라 날마다 삼교대로 작업을 계속해온 터에 몸도 마음도 무척 지쳐 있는 참이다.

사실 춘자는 요 며칠 사이 광주 시내에서 벌어진 상황에 대해 자세히 아는 게 별로 없었다. 지금껏 기숙사 안에서만 시간을 보냈던 까닭이다. 삼교대 근무인 공장은 18일 야근조까지 작업을 마쳤다. 19일 아침이 되자 회사측에선 도저히 정상 근무가 어렵다고 판단했는지, 작업을 쉰다고 알려왔다. 그리고 기숙사 인원 전체에 대해, 위험하다고 밖에 나가지 못하도록 출입을 통제했다. 모두들 불안해하며 기숙사 방안에 갇혀 있다시피 했는데, 바로 인접한 C방직공장에선 이미 노조측에서 시위에 가담하기로 결정했다는 소문이 들려오기도 했다. 이날 오후엔 인근 전남고등학교 학생들이 수백 명이나 정문 앞으로 몰려와, 대열을 지어 담 밖을 뛰어다니면서 "방직공장 여직원들을 내보내라, 안 그러면 불을 질러버리겠다" 하고 외쳐댔다. 그걸 지켜보던 동료들은 동요했고, 노조측과 회사측 사이에선 나가야 한다느니 안 된다느니 옥신각신하다가 결국은 그날 밤을 새웠다.

그리고 이튿날, 불안하고 어수선한 분위기 속에서 기숙사 창문 너머로 바깥 거리를 내다보고 있을 때였다. 공장 앞으로 용달차 한 대가 피투성이 시체 한 구를 싣고 천천히 지나갔다. 아무것도 덮은 게 없이 전신을 그대로 드러낸 그 시체는 고등학생이라고 했다. 용달차 뒤로 열 명 가량의 사람들이 따르고 있었고, 맨 앞에서 아버지인 듯한 남자가 완전히 갈라진 목소리로 모여든 시민들을 향해 외치고 있었다.

"여러분. 내 말 조까 들어보시요들! 나는 담양 봉산면에 사는 농사꾼이오. 저기 저놈이 하나배끼 없는 우리 아들인디, 도서관에서 돌아오는 아이를 공수놈들이 몽둥이로 때려가꼬 저 지경을 만들어놓았단 말이요오. 이 일을 어째야 쓸까라우. 저 개같은 공수놈들을 어뜨케 해야 쓸까라우. 아이고오. 나는 인자 어찌 살란 말이요. 여보시오들, 내 말 조까 들어보시란께요오……"

남자는 악을 쓰다가 통곡을 쏟다가 하며 천천히 멀어져갔다. 그걸 보며 춘자는 서럽고 불쌍하고 분해서 엉엉 울었다. 창가에 매달린 동료들도 함께 부둥켜안고 울었다.

다음날인 21일, 회사측에서도 더 이상 붙잡아둘 수만은 없다고 판단했는지, 집에 갈 사람은 가고 남을 사람은 남고 각자 알

아서들 하라면서, 기숙사 출입문을 열어주었다. 동료들 중 일부
는 죽을 때 죽더라도 시골 부모님께 가야 한다고 떠났고, 대개는
좀더 지켜보자며 그대로 남아 있었다. 어차피 교통이 두절되었
다는 소문이었으므로, 춘자 역시 기숙사에 일단 머물기로 했다.
그날 오후부터 동료들 중 더러는 시내로 나가 시위에 가담하거
나 구경을 하다가 돌아오기도 했다. 놀랍게도 시민들과 함께 자
동차를 타고 장성이나 나주까지 나갔다가 돌아온 동료도 있었
다. 그러나 겁이 많은 춘자는 형자와 함께 방에 틀어박혀 한번도
바깥 출입을 하지 않았다. 그러다가 공수부대가 물러갔다는 소
문이 들렸고, 비로소 오늘 아침에야 고향으로 내려갈 작정을 하
고 둘은 기숙사를 나선 것이다.
 양동 복개상가에서 버스가 멎었다. 그 부근은 장의업을 하는
가게 대여섯 채가 몰려 있는 곳이다. 대부분 문이 닫혔고, 두 집
만 문이 반쯤 열려 있었다. 청년 서넛이 가게로 들어갔다가 잠시
후 버스로 되돌아왔다.
 "뭐래?"
 "시내에 널빤지가 이미 동이 나버려서 더 이상 만들 수도 없다
는구만."
 "원참, 널빤지가 없으면 제재소를 덮쳐서라도 확보하면 될 게
아녀? 정 안 되면 하다못해 베니어판으로라도 관을 짜야제. 니
기미, 전두환이랑 공수놈들 덕분에 장의사들만 돈 벌게 생겼구
마이."
 "여하튼, 당장 화순으로 직행합시다. 다른 차량들은 벌써 담양
이랑 장성 쪽으로 관 구하러 출동한 모양이니까."
 천변도로를 따라 달리던 버스는 광주공원 앞에서 또 한번 정

차했다. 니미럴, 어째, 앞바쿠 한 개가 시원찮은디. 빵구가 난 거요? 아니, 그 정도는 아닌디. 에이, 그러믄 일단 한번 가보더라고. 바퀴를 점검한 뒤 운전사가 자리로 되돌아왔다. 그 사이, 길가에 서 있던 웬 소녀가 머뭇머뭇 다가오더니, 출입문 옆에 앉은 청년에게 말을 걸었다.

"저어, 이 차, 혹시 지원동 쪽으로 안 가나요?"

"지원동? 왜?"

"오빠들을 찾으러 나왔는데, 지금 다시 집으로 들어가려는 참이거든요."

"좋아. 가다가 내려줄 테니까, 타."

소녀는 좋아라 얼른 차에 올랐다. 연숙이 춘자 쪽으로 몸을 바싹 붙여 앉아 소녀에게 자리를 만들어주었다. 이제 여자는 모두 네 명으로 늘었다. 빈자리가 없이 완전히 들어찼다. 차 안에 탄 인원은 여자들 넷을 포함 열여덟 명으로 늘었다.

"고맙습니다아."

소녀는 인사를 하며 생글생글 웃어보였다. 열대여섯 살쯤 되어 보이는, 큰 눈에 포동포동 귀여운 얼굴. 꽤나 오래 걸어다녔는지, 연노랑색 블라우스 등허리가 땀에 축축이 젖어 있었다.

"어쩌죠? 비좁은데, 저 때문에."

"괜찮아. 근데, 누굴 찾아다니는 길이라고?"

"네에. 오빠들이 그저께 시내 구경한다고 집에서 나갔는데, 아직까지 돌아오질 않아서요."

"으마, 저걸 어째. 전화 연락도 없고?"

"네에."

"설마 무슨 일이야 있을라고? 너무 걱정하지 말어, 학생."

이번엔 형자가 한마디 위로를 던진다.
"네에……"
소녀의 눈가에 얼핏 엷은 그림자가 스쳤다. 뭔가 두려운 예감에라도 사로잡힌 듯, 소녀는 고개를 숙인 채 말없이 무릎만 내려다보고 있었다.
소녀의 이름은 홍금순, 열여섯 살짜리 여고 일학년생이다. 금순은 이틀째 어머니와 함께 오빠들을 찾아 시내를 헤매고 다니는 참이었다. 전남대에 다니는 큰오빠와 고등학교 삼학년인 작은오빠는 이틀 전 시내로 나간 뒤 전혀 소식이 없었다. 도청 앞에서 군인들의 총에 수많은 시민들이 죽었다는 소문을 듣자마자 어머니는 안절부절이었다. 어제부터 지금까지 금순과 어머니는 안 가본 데가 없다. 종합병원은 물론이고 시내 대부분의 개인병원·도청·상무관·광주공원까지 몇 번씩이나 뒤졌다. 수많은 시체들을 헤집어보고, 부상자들을 일일이 확인했다. 조금 전에도 시민군들의 집결지라는 광주공원 길목을 지키고 앉아서, 오가는 시민군들 속에 혹시 오빠들이 있나 애타게 찾았다. 그러다가 금순은 이번엔 어머니마저 잃어버렸다. 혹시 그 사이 전화 연락이라도 있었나 싶어 집으로 전화를 걸어본 뒤 돌아와보니, 어찌 된 셈인지 어머니가 보이지 않았다. 두 시간이나 어머니를 찾아다니다가 결국 금순은 집에서 기다리기로 작정하고 혼자 되돌아가는 길이다.
"아야, 금순아이. 어째야 쓸거나. 아무래도 무슨 안 좋은 일이 있능갑서야. 간밤 꿈자리가 암만 생각해도 요상하지 뭣이냐. 내가 느이 외갓집 큰밭에서 지심을 매고 있는디, 느그 오빠들이 나란히 손을 잡고 저만치 동네 앞 고갯길을 마악 돌아가더란 말이다. '아그들아, 어디 가냐아' 하고 목이 터져라고 몇 번이나 불렀는디, 들은 척도 않고 그냥 성큼성큼 고개 너머로 사라져버리는 것이여……"

불현듯 금순은 아침나절 집을 나설 때 들었던 어머니의 꿈 얘기를 기억해낸다. 그땐 무슨 소리냐고 핀잔을 주었지만, 자꾸만 마음이 불안했다. 병원과 도청에서 보았던 수많은 시체들. 혹시 오빠들이 그 속에 끼여 있었는데도 모르고 지나친 건 아닐까. 그런 방정맞은 생각이 자꾸만 고개를 들었다.

'아니야. 내가 무슨 소릴 하고 있담. 오빠들은 절대 아무 일도 없을 거야. 아마 친구 집에서 놀고 있을지 몰라. 하지만…… 전화라도 해줄 수 있을 텐데. 혹시…… 군인들한테 잡혀갔다면? 만일 그게 사실이라면, 어쩌면 좋아. 공수놈들이 어디론가 끌고 가서 쥐도 새도 모르게 암매장을 하기도 한다던데…… 에이, 아냐. 설마 그럴 리는 없어. 미쳤어, 증말. 난 왜 맨날 이렇게 엉뚱한 상상만 하는지 몰라. 아참, 그래, 맞았어. 내가 전화 걸러 간 사이, 엄마가 용케 거기서 오빠들을 발견했는지도 모르잖아. 그래서 엄만 오빠들을 끌고 곧장 집으로 돌아가셨을 거야. 내가 공중전화 앞에서 꽤 시간을 지체했잖아? 웬 사람들이 그렇게 전화 부스 앞에서 줄을 서 있는지, 정말 미칠 지경이었어…… 그래, 내 짐작이 틀림없을 거야. 아니라면, 그렇게 내가 눈이 빠져라고 찾았는데도 엄마가 어딜 갔겠어? 맞아. 모든 게 잘될 거야. 내 예감은 늘 신기하게도 잘 맞는 편이었잖아.'

금순은 혼자 그렇듯 연신 묻고 대답했다. 그러자 마음이 약간 가벼워진다. 차창 밖으로 광주천이 보였다. 메마른 바닥을 드러낸 채 빈약하고 오염된 물줄기가 느리게 흘러가고 있다. 금순은 차창 유리에 힘없이 머리를 기대었다. 갑자기 전신이 나른해지면서 한꺼번에 졸음이 몰려왔다. 오전 내내 시내를 헤매고 다니느라 어지간히 지친 탓이리라. 금순은 어느새 끄덕끄덕 졸기 시작했다.

바로 옆자리의 연숙은 졸고 있는 금순의 얼굴을 무심히 들여다본다. 비껴 들어오는 햇살에 소녀의 작은 귓불에 돋아난 솜털이 보얗게 비쳐 보였다. 연숙은 소녀의 피부가 참 곱다고 생각한다. 고운 피부를 지닌 친구들이 연숙은 늘 부러웠다. 엷은 주근깨가 콧잔등이며 뺨에 검은깨마냥 자잘하니 깔려 있는 자신의 얼굴이 연숙은 불만이었다. 학교를 졸업하기만 하면 그날로 당장 화장품 가게로 달려가서 주근깨 없애는 화장품부터 구입할 생각이었다. 아니 참, 졸업식까지 기다릴 필요도 없겠다. 앞으로 석 달, 아니 두 달 반만 더 있으면 그까짓 화장품 정도가 문제인가.

연숙에겐 가을이 어서 오기를 기다릴 만한 충분한 이유가 있었다. 가을이면 마침내 멋진 직장 여성이 될 것이기 때문이다. 실업계 고등학교 삼학년인 연숙은 이미 취업이 확정된 상태였다. 칠월부터 광주은행에서 일하게 된 것이다. 은행원은 상업학교 여학생들이 가장 선망하는 직업이었다. 해마다 각 은행에서 뽑는 인원이 극소수여서 자리를 얻기란 결코 쉬운 일이 아니었지만, 연숙은 학교의 추천을 받아 용케 학년초에 벌써 취직이 확정되었다. 학교 성적도 좋고 타자와 주산, 부기 등의 자격증을 일찌감치 따놓은 덕분말고도, 무엇보다 훤칠한 키에 예쁘장한 얼굴에서 점수를 후하게 받았을 거라고들 주변에선 얘기했다. 솔직히 연숙 역시 그 점에 대해서는 부인하고 싶지 않았다.

취직이 확정되었다는 소식을 담임선생님으로부터 전해들었을 때를 떠올리면 연숙은 지금도 가슴이 울렁거린다. 수업 시간이 끝나자마자 매점으로 달려가 시골 식구들에게 전화를 걸었다. 맨 먼저 동생이 받았고, 아버지·어머니·할머니까지 번갈아가며 통화를 했다.

"아빠, 이제부턴 고생하시지 않아도 돼요. 월급 받으면 부지런히 적금 들어서 꼭 논을 사드릴 거야. 진짜라니까, 아빠?"

"오냐오냐. 어디 우리 딸년이 사준 논에서 나온 쌀밥 한번 배터지게 묵어보자꾸나. 잘했다. 참말로 장하다, 장해!"

아버지는 연신 '장하다, 장해' 소리만 되풀이하고, 어머니는 기뻐서 아예 전화통에 대고 눈물 바람이었다. 그 며칠 동안 연숙은 아침에 눈을 뜨기만 하면, 혹시나 무슨 착오가 있었노라고 은행에서 불쑥 합격 취소 통지서가 날아오지나 않을까 하는 걱정부터 했다. 친구들의 부러워하는 눈초리를 받으며 지내는 매일매일이 꿈을 꾸는 것만 같았다. 달력에 빨간 색연필로 동그라미를 그려놓고, 첫 출근날까지 얼마나 남았나 하고 하루에도 몇 번씩 세어보곤 했다. 첫 월급을 받으면 무슨 선물을 할까 벌써부터 고민하기도 했다. 대학생이 되고 싶었던 꿈도 앞으로는 말끔히 잊어버리기로 했다.

'첫 월급부터 아껴가지고 먼저 적금부터 들어야겠어. 열심히 모아서 아빠한테 꼭 논을 사드릴 거야. 동구 밖에 있는 예전의 우리집 논. 그 다섯 마지기 논 문서만은 기어코 내 손으로 되찾아서 아빠한테 갖다드릴 거야. 그러기 전엔 절대로 시집도 안 갈 거라구.'

그것은 연숙이 남몰래 혼자 간직해온 첫번째 소원이었다. 동네에서도 토질 좋기로 소문난 그 논은 본디 연숙의 집 소유였다. 그러나 돌아가신 할아버지가 평생을 구두쇠처럼 모은 돈으로 샀다는 그 논을 아버지는 어머니의 수술비를 마련하느라 팔아버렸고, 내내 그것을 아쉬워했다. 지금도 남의 집 소작을 부치고 있는 아버지. 연숙은 오래 전부터 그 논만은 제 힘으로 기어코 되찾아오리라고 마음먹고 있었다. 그런데 마침내 그 꿈을 실현할 날이 눈앞으로 성큼 다가오고 있는 것이다.

그런 생각에 연숙은 가슴이 두근거렸다. 처참한 시체들의 기억도, 공포도, 분노도 이 순간엔 잠시 까맣게 잊어버렸다. 연숙은 어느새 행복한 눈빛이 되어, 차창 밖으로 스쳐가는 변두리 동네의 밋밋한 풍경을 바라보고 있었다.

형자는 네 여자들 틈에 비좁게 끼여 앉아 있는 탓에 아까부터 몸이 영 거북하다. 벌써 목이며 겨드랑이에서 땀이 솟았다. 손수건으로 땀을 찍어내다 말고 형자는 퍼뜩 놀라 작은 손가방을 더듬어 찾는다. 다행히 그것은 종아리 사이에 끼여 있었다. 형자는 손가방을 무릎에 올려놓았다. '큰일날 뻔했네. 잠시 한눈을 팔았지 뭐야.' 손가방 안에는 그녀의 저금통장과 도장이 들어 있다. '참말로, 속 뒤집어져 못 살아! 나 혼자 죽어라고 뼈빠지게 벌어봤자 무슨 소용이람. 식구들이라고 해야 평생 도움은 못 될망정 허구한 날 돈 잡아묵는 귀신들뿐이니……'

형자는 절로 한숨이 새어나왔다. 지난 사 년 반 동안 공장에 다니면서 그녀는 악착같이 돈을 모으려고 했다. 기숙사 생활에 필요한 최소한의 물품들 외에는 결코 사는 법이 없었다. 휴일이면 동료들은 영화관에도 가고 등산도 가는데, 그녀는 온종일 기숙사 안에서 텔레비전을 보거나 공원에 나가 바람을 쐬다 오는 게 고작이었다. 시장통 입구에서 파는 그 흔한 오징어 튀김 한번 사준 적 없는 형자더러, 동료들은 찔러도 피 한 방울 안 나올 여자라고 입을 비쭉였다.

하지만 정작 형자는 늘 빈털터리였다. 잔업 수당을 합쳐도 몇 푼 안 되는 월급을 꼬박꼬박 저축해보았자 몇 달 간격으로 시골집 식구들이 번갈아가며 꼭 뭔가 한 가지씩 큰일을 내곤 했다. 술 취한 아버지가 몰고 가던 경운기가 이장집 다섯 살짜리 아들을 치는 바람에 두 해 동안 모은 저금과 곗돈이 날아갔고, 제대하자마자 고교 동창생의 앞니를 두 개나 부러뜨린 작은오빠 밑으로 기한도 못 채운 적금이 훌렁 빠져나갔다. 작년 겨울엔 할머니가 된장을 푸러 나갔다가 장독대에서 미끄러져 멀쩡하던 다리 하나를 분지르더니, 이번엔 또 아버지가 달포 전, 밭에 거름을 져내다가 고혈압으로 덜컥 쓰러졌다. 읍내 병원에서 일주일 만에 퇴원을 했지만, 입원비며 치료비 때문에 어머니는 빚을 진 모양이다. 얼마 전 집에 다녀온 뒤로 형자는 화가 나 견딜 수가 없었다. 하지만 아버지 병환 때문이라는데 어쩔 도리가 없었다.

오늘은 기어코 그냥 넘어가진 않을 것이다. 이번에야말로 마지막 남은 돈마저 탈탈 턴 것이니 알아서들 하라고, 형자는 그 저금통장을 식구들 앞에 내놓는 자리에서 한바탕 울음이라도 터뜨려보일 작정이다. 사실 형자는 앞으로 몇 년만 더 착실하게 돈을 모아서 결혼도 하고, 또 미용 기술을 배워서 오래 전부터 꿈꾸던 미장원을 고향 동네에다가 차릴 생각이었던 것이다. 하지만 이젠 아무래도 그 꿈이 물거품이 될 것만 같은 예감이 들었다. 그런저런 속상한 생각들 때문에 형자는 자꾸만 부아가 치밀어올랐다.

오후 1시 30분

　기우뚱. 버스가 거칠게 멎었다. 맨 뒷자리의 여자들은 놀라서 밖을 내다보았다. 학동 다리 부근. 거기서부터는 시 외곽 지역이다. 빈 드럼통이며 부서진 용달차 한 대를 엄폐물 삼고 시민군 수십 명이 다리 양쪽에 모여 있었다. 전경대 방석모를 우스꽝스레 뒤집어쓴 청년 두 명이 총을 들고 급히 다가왔다.
　"정지! 어디를 가려는 거요?"
　"어이, 수고들 하시는구만. 도청 시민수습위에서 지시를 받고, 관을 구하려고 화순으로 출동하는 차량이요."
　운전사가 고개를 내밀고, 상황실에서 받은 통행증을 건네주며 말했다. 방석모가 차 안을 슬쩍 들여다본다.
　"화순으로 간다고라우? 거, 위험할 텐디."
　"왜요? 공수놈들은 시방 어디에 있다요?"
　"아마 제2수원지 조금 못미처에 주둔하고 있는 모양입디다. 우리도 방금 전에 교대를 해놔서 정확한 건 모르겠고, 화순 쪽에서 걸어서 들어오는 사람들 얘기가 그래요."
　"총 쏘는 소리는 들립니까?"
　"오전까지만 해도 간간이 사격을 했는디, 시방은 아주 잠잠허요. 그놈들도 점심을 묵는가 어쩌는가 모르겄소만."
　"어쩌지? 공수놈들이 있기는 한 모양인디."
　운전석의 사내가 차 안을 돌아보며 물었다. 일순 모두들 표정이 불안해졌다.
　"그러게 말요. 괜히 무턱대고 나갔다가 그놈들한테 당하는 거 아닌가 몰르겄네. 좀더 살펴보고 나서 결정하는 게 좋겄는디요."

봄 날　95

"설마 다짜고짜 사격하기사 할라고?"
"무슨 소리여? 어저께도 여기서 콩 볶듯이 쏴댔다든디."
"에이, 겁부터 먹지 맙시다. 놈들이 어디 있는지, 정확히는 모른다고 하잖소. 일단 저속으로 슬슬 가봅시다."
"그럽시다. 만약 낌새가 이상하다 싶으면, 그 자리서 얼른 되돌아와버리면 되잖은갑네. 여기까지 왔는디, 어떻게 빈손으로 그냥 돌아간단 말요."
"맞어. 우리가 시방 다른 목적으로 가는 것도 아니고, 사망자 처리를 위해 관을 구하러 가는 길인디, 그놈들도 사정을 알고 나면야 막지는 않을 거요."
"어따, 우리 사정을 그놈들한테 어떻게 알린단 말요? 그러기도 전에 사격을 해오면 끝장일 것인디."
"이렇게 오락가락하지 말고 조장이 얼른 결정을 내리시요."
　모두의 시선이 일제히 운전석의 사내에게 집중했다. 사내는 담배를 피워물고 잠시 망설이기만 한다. 그러자 또 다른 청년이 입을 열었다.
"에이, 별일 없을 것이요. 저기들 좀 내다보시요. 사람들이 저렇게 왕래하고 있는 참인디, 만일 공수놈들이 길을 막고 있다면 어떻게 저렇게 사람 통행이 가능할랍디까?"
　청년의 말에 앞쪽을 바라보니, 과연 화순으로 이어진 도로를 따라 띄엄띄엄 오가는 사람들이 보였다. 둘씩 셋씩 혹은 대여섯씩 뭉쳐서 사람들은 걸음을 옮기고 있다. 시내에서 화순으로 빠져나가는 사람도 있고, 거꾸로 이쪽으로 들어오는 사람도 있다. 차량 통행이 끊겨버린 까닭에 어쩔 수 없이 도보로 왕래하고 있는 것이다. 그래도 차 안에 탄 사람들은 주위를 유심히 살펴보았다. 주변 논밭이며 양쪽 산기슭에도 특별히 수상쩍은 기척 같은 건 느껴지지 않는다. 그 모두가 얼핏 보기엔 퍽이나 평화롭고 한가한 풍경들이다.

"일단 조금만 더 가보기로 합시다. 민간인들이 저렇게 왕래하고 있는디, 함부로 총을 쏘지는 못할 것인게."

"그럽시다. 낌새가 수상하다 싶으면, 그때 되돌아오면 된다니까요."

"오케이! 니미럴것, 한번 밟아보는 거여!"

운전석의 사내가 호기 있게 소리를 질렀다. 이내 버스가 움직이기 시작했다. 다리 위의 청년들 몇이 뒷자리에 탄 여자들을 발견하고는 장난스레 손을 흔들었다. 피잇. 형자와 춘자가 웃음을 터뜨렸다.

버스는 아주 조심스런 속도로 달리고, 운전사와 청년들은 고개를 움츠린 채 좌우를 열심히 살폈다.

"거봐. 괜찮을 거라고 했잖어."

"새끼들, 인제는 철수해부렀능가? 그래도 경계를 늦추면 안 돼요."

"어이, 재식이. 담배 한 대 주소."

이제 버스는 조금씩 속력을 내기 시작했다. 도로 왼쪽으로는 산비탈, 오른쪽으로는 논밭들이 나타났다. 한참 물이 오른 나무들과 온갖 풀들, 그리고 어느새 가지런하게 성큼 자라난 벼포기들…… 세상은 온통 싱싱한 녹음으로 어우러져 있다. 광주천 상류를 흐르는 물줄기가 햇살을 받아 은어떼처럼 반짝이고, 맑게 갠 오월 하늘엔 솜털구름도 떠 있다.

"아아, 시원해라!"

봄 날 97

연숙은 입을 벌리고 한껏 심호흡을 했다. 열어제친 차창으로 불어들어오는 싱그러운 바람. 물에 씻기는 듯, 가슴이 어느새 후련해온다. 연숙은 이 길을 기억했다. 바로 지난 봄 학교에서 이 길을 걸어 제2수원지로 행군을 갔었다. 조금만 더 가면 수원지로 꺾어지는 길목이 나타나리라. 아아, 그래. 수원지 제방가에 늘어서 있던 그 벚꽃나무들. 난분분 꽃잎이 지기 시작할 무렵, 그 아름드리 벚꽃나무들은 흡사 연분홍 면사포를 쓰고 있는 것만 같았다. 그날 연숙은 벚꽃나무 그늘에서 벌어진 오락 시간에 학급대표로 나가 노래를 불렀고, 상으로 꽤 근사한 앨범 한 권을 받았다. 목련꽃 그늘 아래서 베르테르의 편지를 읽노라…… 그때 불렀던 노래를 입 속에서 가만히 되뇌어보다가 연숙은 불현듯 입을 다물고 만다. 편지. 그 이름 모를 젊은이의 시체 호주머니 속에 들어 있던 편지가 갑자기 뇌리에 떠올랐던 것이다.
 비교적 작은 체구에 텁수룩한 머리의 청년. 어제 오후, 교도소 부근에서 실려왔다는 세 구의 시신들 가운데 하나였다. 정확히 가슴 한복판에 총을 맞았는데, 피를 너무 흘린 탓인지 얼굴이 종잇장 같았다. 양자언니랑 함께 청년의 잠바를 벗겨내리는데, 얼핏 손에 잡히는 게 있어 꺼내어보니, 반으로 접힌 편지 봉투였다. 앞면엔 서울 영등포 어디라고 씌어 있는데, 발신자란엔 '광주에서 친구가'라고 적혀 있을 뿐이었다. 우표가 붙어 있지 않은 채 밀봉이 된 걸로 보아, 미처 보내지 못하고 몸에 지니고 다녔던 모양이다.
 혹시 신원을 알 수 있을까 싶어, 연숙은 양자언니와 함께 봉투를 찢었다. "그리운 혜영씨 보십시오. 봄 화단을 화려하게 장식하던 목련꽃이 아쉽게도 지는가 싶더니, 어느새 화창한 오월이

되었나봅니다……" 비뚤비뚤 서투른 볼펜 글씨로 그렇게 시작된 편지. 아마도 답장 한번 보내주지 않는, 짝사랑하는 여자에게 쓴 것 같았다. 그러나 안타깝게도 편지 어디에도 발신자의 이름이나 주소 같은 건 발견할 수 없었다. 말미에 적힌 글귀 역시 '당신을 사랑하는 물망초로부터'가 고작이었으니까.

신원 확인을 위해 필요할 거라면서, 양자언니는 그 편지를 수습위 상황실에 제출했노라고 말했다. 하지만 아까까지도 그 청년의 시신은 여전히 도청 내 신원 불명 사망자들 가운데 남겨져 있었다. '영등포에 산다는 그 혜영이라는 여자에게 혹시라도 소식이 전해진다면, 신원이 밝혀질 수도 있을 텐데. 바보 같은 남자. 편지 봉투에다가 자기 주소라도 써놓지 않고서……' 연숙은 새삼스레 가슴이 아파왔다.

창가에 앉은 금순은 은근히 짜증이 난다. 깜박 졸다가 눈을 떠 보니, 내려야 할 곳을 이미 지나친 다음이었다. 늦게라도 내려달라고 하려다가, 용기가 없어 그만두었다. 물어보니, 화순까지 갔다가 되돌아올 거란다. '아유, 난 어째서 맨날 이 모양인지 몰라. 하필이면 이럴 때 졸았담. 어쩔 수 없지 뭐. 어차피 이따가 돌아오는 길에 내려달라고 하는 수밖에……' 금순은 짜증을 억누르며 애써 차창 밖으로 시선을 던졌다.

버스가 커브길을 돌았다. 정면 저만치 작은 집들이 몇 채 보이기 시작했다. 주남마을이다. 그때 별안간 누군가 차도 앞으로 불쑥 뛰어나왔다. 끼이익. 동시에 버스가 급브레이크를 밟았다. 차체가 옆으로 자빠질 듯 기우뚱거렸다.

"뭐, 뭐야!"
"아이쿠! 저, 저거!"

"공수부대다!"
터져나오는 다급한 외침. 맞다. 공수다. 크, 큰일났다. 차도로 뛰어나온 얼룩무늬가 총을 겨눈 채 소리쳤다.
"정지! 정지하라!"
운전석 사내의 낯빛이 하얗게 질렸다.
"워메! 어, 어쩌제?"
"안 돼! 서지 맛! 밟아!"
"통과해, 통과! 저 새끼들한테 잡히면 죽는단 말여!"
숨가쁜 외침들. 부아앙. 짧은 순간 멈칫멈칫하던 버스가 갑자기 전속력으로 돌진하기 시작했다. 차도로 뛰어나왔던 공수부대 병사가 깜짝 놀라 길 가장자리 풀섶으로 뛰어들었다. 엄마아! 아이고, 아부지잇! 뒷자리의 여자들이 숨넘어가게 비명을 내질렀다.
타타타타타……
순간, 도로 왼쪽의 산기슭에서 총알이 쏟아졌다.
"안 되겄소! 돌아갑시다!"
"차 돌려! 빨리잇!"
운전사가 급제동을 걸어 차를 세웠다. 방향을 돌리려고 급후진. 미친 듯 핸들을 돌려 다시 전진시키려 하는 순간, 타타타타…… 또다시 집중 사격이 쏟아졌다. 파바바밧. 차체 측면으로 총알 박히는 소리. 운전석 사내의 상체가 옆으로 풀썩 허물어졌고, 차가 덜컹 멎었다. 버스는 이제 차도를 비스듬히 가로막은 채 중앙에 완전히 정지했다.
"총에 맞았어! 조장이 죽었다고!"
"와이고메! 여기도 당했당께!"

"저 개새끼들을 그냥!"
 청년이 벌떡 일어나 카빈총을 내밀고 응사했다. 탕. 타앙. 타앙…… 야, 이 씨팔놈들아아! 누군가는 악을 쓰고, 누군가는 미친 듯 울부짖으며 방아쇠를 당겼다. 기다렸다는 듯, 어마어마한 총성이 산 쪽에서 날아들었다.
 타타타타타타…… 투투투투투……
 M16 자동소총 수십 정이 일시에 토해내는 집중 사격. 기관총의 둔탁한 연발음…… 비명조차 없이 청년들의 몸뚱이가 맥없이 퍽퍽 나가떨어졌다. 창유리며 벽체에 곽곽 튀겨 붙는 붉은 피, 살점들…… 한동안 콩 볶듯 쏟아지던 총성이 뚝 멎었다.
"안 되겠소! 항복합시다!"
"전부 일어나! 쏘지 말라고 소리를 치자고!"
 남자들이 허둥지둥 일어나, 총을 머리 위로 치켜들고 외치기 시작했다. 차창 밖으로 총과 머리를 내밀고 마구 흔들어댄다.
"쏘지 마씨요오! 쏘지 말아요옷!"
"사격 중지잇! 살려주시요옷!"
"항보옥! 항보옥!"
 맨 뒷자리의 여자들도 와락 창가에 들러붙었다.
"안 돼요! 이 차에 여학생들이 타고 있어요옷!"
"살려주세요오! 아저씨드을!"
 춘자와 형자는 두 팔을 창밖으로 내밀고 미친 듯 내저었다. 연숙은 일부러 저쪽에서 잘 보이도록 얼굴을 차창 밖으로 내민 채 울부짖고, 금순도 창가에 붙어서서 두 팔을 흔들었다. 살려주세요오. 여자들이 타고 있어요오. 남자들도 여자들도 일제히 소리쳤다. 목이 터져라, 팔이 떨어져라, 미친 듯 몸부림치며, 외치며,

허우적거렸다…… 총성이 멎은 불과 몇 초 동안의 정적. 차 안에 갇힌 그들은 그 짧은 정적에, 한 순간 희망을 가졌다. 그래. 이제야 발견한 모양이다. 여학생들까지 타고 있다는 걸. 그러나, 이내 대답 대신 총성이 터졌다.

타타타타타타……

투투투투투투……

폭포처럼 일시에 터지는 어마어마한 총성. 이번엔 차 앞쪽에서도, 뒤쪽에서도, 수백 수천 발의 총알이 한꺼번에 쏟아졌다. 파바바바밧. 유리창이 터지고, 파편이 튀어올랐다. 차체를 뚫고 미친 듯 날아드는 총탄. 창가에 몰려 있던 몸뚱이들이 피를 튀기며 풀썩풀썩 쓰러졌다.

"으아아아. 엄마아앗!"

창가에 매달린 채 금순은 울부짖었다.

"엎드려! 빨리잇!"

금순의 머리채를 뒤에서 누군가 와락 잡아챘다. 금순은 얼결에 차체 바닥에 얼굴을 처박았다. 파바밧. 바로 눈앞, 차체 바닥에서 불똥이 튀었다. 금순은 앞쪽을 향해 무릎으로 불불 기어나갔다. 남자들이 몸뚱이가 포개진 채로 죽어 엎어져 있다. 으아아. 와이고 어무니이. 사, 사람 살려. 살려줘어…… 사방에서 질러대는 신음 소리. 비명 소리. 핏물이 흥건하게 고인 바닥. 금순은 두 손으로 얼굴을 가린 채 핏물 웅덩이에 납작 엎드렸다. 두두두두두…… 타타타타타타…… 폭포처럼 어마어마한 총성은 계속 울렸다. 아아, 엄마아. 엄마아. 금순은 헛소리처럼 엄마 소리만 되풀이했다. 문득 한쪽 종아리가 따끔한 느낌. 바닥을 흘러내린 핏물이 뺨에 질척거렸지만, 금순은 엎드려 웅크린 채 바들

바들 떨기만 했다. 그렇게 얼마나 지났을까…… 이윽고, 꿈결처럼 아득하게 울리던, 폭포 소리가, 마침내, 멎었다.
정적.
금순은 눈을 뜨고 힘없이 고개를 들었다. 확 끼쳐오는 피비린내. 그리고 천천히 시야로 들어오는 악몽 같은 풍경. 둘씩 셋씩 뒤엉킨 채 쓰러져 있는 피투성이들. 의자 사이에 처박히거나 혹은 의자 위에 나자빠진 사람들. 총탄에 찢겨 스펀지가 튀어나온 의자 등받이들. 무수한 총알 구멍으로 벌집이 된 차벽과 천장. 걸레처럼 너덜너덜해진 좌석…… 그 어디나 온통 피범벅이다.
누군가 차창 밖으로 고개를 내민 채 죽어 있었다. 바로 옆자리에 앉았던 그 여고생, 연숙이다. 춘자와 형자는 서로 껴안고 몸을 포갠 채 나자빠져 있다. 금순은 배를 밀어 간신히 그쪽으로 기어갔다. 어……언……니. 언……니. 팔을 뻗어 춘자의 어깨를 건드리려던 금순은 혹 숨을 삼켰다. 피. 춘자의 가슴 복판에서 콸콸 쏟아져나오는 새빨간 피. 그 밑에 깔린 형자의 목과 가슴에서도 피가 도랑물처럼 콸콸 쏟아져 바닥에 질펀했다. 연숙이도, 형자도, 춘자도, 온몸이 총탄에 갈기갈기 찢겨졌다.
'이게 사람의 몸뚱이일까. 사람이 이렇게도 변할 수 있는 것일까. 아아, 엄마아. 어떻게 된 거야. 어쩌다가…… 세상에…… 어쩌다가…… 엄마아, 엄마아.'
금순은 열에 들뜬 아이처럼 훌쩍훌쩍 울었다. 눈물이 줄줄 쏟아졌다. 금순은 바닥에 주저앉아, 초점 풀린 눈으로 멀거니 주위를 돌아본다.
"으으, 나, 나 좀 살려주우……어으으…… 살려줘…… 제바……알……"

어디선가 들려오는 희미한 목소리. 금순은 천천히 고개를 돌렸다. 바로 앞쪽 의자에 누군가 등을 기댄 채 웅크리고 있다. 금순은 그 얼굴을 기억했다. 아까 금순에게 문을 열어주었던 청년. 좀 전의 그 기묘한 소리가 정말 저 사람의 입에서 흘러나왔을까, 금순은 의심했다. 얼핏 청년의 앞부분이 이상했다. 허리에서부터 차체 바닥까지 질척하니 쏟아져나와 있는 끈적하고 희끄무레한 덩어리들…… 그것이 청년의 뱃속에서 나온 내장이라는 것을 금순은 깨달았다. 으으……으으으. 희미한 신음 소리를 다시 내는가 싶더니, 청년의 고개가 모로 푹 꺾였다.

저벅저벅. 바깥에서 군홧발 소리가 들렸다. 금순은 본능적으로 바닥에 엎드렸다.

"임마, 조심해! 숨어 있을지 몰라."

"거기 좀 밀어보십쇼."

"아이쿠, 이런!"

낮게 주고받는 사내들의 목소리. 덜커덩, 문이 열렸다. 얼룩무늬 둘이 차례로 들어왔다.

"햐아, 끔찍하구만. 아이구, 이 새끼 봐. 창자가 왕창 쏟아졌군. 퉤퉤."

차 바깥에서도 안을 들여다보며 소릴 지른다.

"야, 확실히 확인해! 아직 살아 있는 놈이 있을 끼라."

"전멸한 거 같은데요? 차가 이렇게 완전 벌집이 됐는데, 안 죽고 배겨요."

"새꺄, 헛소리 까지 마라. 아이쿠, 이건 또 뭐야!"

병사들이 시체들 사이를 걸어다니며, 발길로 툭툭 차본다. 몸뚱이를 이리저리 뒤집어보다가 침을 퉤퉤 뱉기도 한다. 금순은 어금니를 악물었다. 턱이, 무릎이, 아니 전신이 바들바들 떨렸다. 숨이 끊어질 듯, 심장이 쿵쾅쿵쾅 뛰어올랐다. '정신을 잃으면 안 돼. 호랑이 굴에 들어가도 정신만 바짝 차리면 된다잖아. 아아, 하느님.' 금순은 눈을 질끈 감았다.
"어, 이 새끼, 살았네!"
"사, 살려주세요. 나, 나는 아, 안 쏘았어라우!"
교련복 차림의 청년이 울부짖었다.
"이 폭도새꺄, 일어나!"
병사가 청년을 밖으로 질질 끌어냈다. 금순은 얼굴을 바닥에 붙인 채 와들와들 떨었다.
"야, 여기도 있다. 이 새끼, 일어나! 뒈진 척하고 자빠졌으면 모를 줄 알아?"
병사가 또 한 명을 의자 사이에서 찾아내어 밖으로 끌어낸다. 군홧발 소리가 금순의 바로 머리 위에서 울렸다.
"이거 봐. 여자들도 있잖아? 둘, 셋, 네 명이야."
"씨펄, 이게 도대체…… 끔찍해서 못 보겠구먼. 젠장."
금순은 필사적으로 숨을 멈춘다. '움직여선 안 돼. 하느님. 살려주세요……' 병사가 옆구리를 툭 내질렀다. 악, 금순의 입에서 비명이 터졌다.
"야, 일어서!"
금순은 일어서려다가 비칠 앞으로 고꾸라졌다.
"일어나, 쌍년아. 머리에 두 손 올리고! 빨리!"
병사가 등을 세차게 내질렀다. 금순은 시체들을 물큰물큰 밟으며 끌려나왔다. 병사들이 금순을 길 아래 논바닥으로 끌고 내려갔다. 앞서 끌려나온 청년 두 명. 그 중 하나는 무릎을 꿇은 채 머리에 두 손을 얹고 있고, 다른 하나는 땅바닥에 눕혀져 있었다. 눕혀진 청년은 중상을 입은 듯 출혈이 심했다. 한쪽 허리부터 허벅지까지 피에 홍건히 젖었다. 꿇어앉은 청년은 교련복 차림인데, 파편을 맞은 듯, 솜으로 틀어막은 한쪽 눈에서 피가 연신 흘러내렸다. 금순도 청년의 곁에 꿇어앉아 머리에 두 손을 얹었다.

　주위로 수십 명의 병사들이 모여들어 빙 에워쌌다. 대위 하나가 미니버스 쪽에서 내려왔다.

"모두 몇 놈이야?"

"열여덟 명입니다. 차내에 있는 열다섯 명은 사망했고, 여기, 생존자 세 명입니다."

"사망자는 확인했나?"

"예. 틀림없습니다."

　대위가 앞으로 다가와 그들을 쓱 훑어보았다.

"겁대가리 없는 새끼들. 죽을라고, 우리한테 총을 쏴?"

"아, 아녀라우! 나, 나는 안 쐈습니다. 참말입니다."

　누워 있는 청년이 고개를 치켜들려고 버둥거리며 애원했다. 대위가 이마를 잔뜩 찌푸린 채 교련복 청년에게 물었다.

"넌 직업이 뭐야?"

"대학생입니다."

"너는?"

"무, 무직이오."

　누워 있는 청년이 대답했다.

"그리고 넌, 몇 살야."

"열여, 여섯 살예요."

"몇 학년?"
"고, 고등학교 일학년……"
　금순은 고개를 숙인 채 와들와들 떨기만 했다.
"야, 이놈들 소지품 검사해봐."
"몸에 지닌 거, 모두 꺼내봐."
　병사가 말했다. 교련복 청년의 호주머니에서 학생증과 천원짜리 지폐 한 장이 나왔다. 금순은 손수건 한 장, 그리고 먹다 남은 쥬시 후레쉬껌 몇 개뿐이다. 병사가 누워 있는 청년의 주머니에서 카빈 실탄 몇 발을 끄집어냈다.
"이 쌍누무 폭도새꺄. 이래도 안 쐈다고 해?"
"차, 참말이어라우. 갖고만 있었제, 한 발도 안 쐈다고요. 장교님. 믿어주시요. 참말이란께요."
　청년은 애원하면서 컥컥 울음을 터뜨렸다. 새꺄, 아가리 닥쳐. 병사 하나가 그를 걷어찼다.
"야, 저 여학생, 응급 처치라도 해줘라."
　대위가 금순을 가리키자, 위생병이 구급상자를 내려놓고 금순의 손을 들여다본다. 그제서야 금순은 왼쪽 손에서 피가 흐르고 있음을 깨달았다. 한쪽 장딴지와 허벅지에서도 피가 흘러나왔다. 파편에 맞은 걸까. 반쯤 떨어져나가 덜렁거리고 있는 손가락 두 개를 위생병이 붕대로 감았다. 그때 마을 쪽에서 경운기 한 대가 탈탈탈, 굴러왔다. 영문도 모르고 붙잡혀온 듯, 삼십대 민간인 사내가 잔뜩 겁먹은 얼굴로 핸들을 움켜쥐고 있었다.
"추상사. 이자들을 본부로 데려가라구. 오하사하고 한하사, 그리고 너희들도 같이 따라가."
　대위의 명령에, 병사들이 대학생과 금순을 일으켜세워 경운기에 태웠다. 또 다른 청년은 들것에 실려 경운기 바닥에 눕혀졌다. 경운기는 도로를 벗어나 산기슭으로 난 좁은 둑길로 접어들었다. 경운기가 기우뚱대는 바람에 금순이 쓰러질 듯하자, 따라오던 병사가 얼른 금순의 어깨를 부축했다. 순간 금순은 와락 설움이 복받쳐 병사의 손을 움켜잡았다.
"아, 아저씨. 왜 이래야 되는 거예요? 우린 동족인데, 같은 동족끼리, 어째서……"
금순은 울먹인다. 병사가 곤혹스런 표정으로 금순을 흘깃 쏘아보았다. 잠시 묵묵히 걷기만 하던 하사가 낮게 말했다.
"애, 너무 걱정하지 마라. 너희들은 멋모르고 휩쓸린 거야. 간첩에게 포섭된 불순분자들이 계획적으로 난동을 부리고 있어서, 우리가 출동한 거란 말야."
"아녜요, 아저씨. 내 눈으로 똑똑히 봤는데도요. 그래도 설마설마 했는데, 이렇게 죄 없는 사람들을 죽여도 되는 건가요? 아까 그 사람들은요, 관을 구하려고 화순으로 가는 참이었어요. 제가 알아요. 똑똑히 들었으니까요."
금순은 흥분해서 빠르게 지껄였다. 병사는 대꾸가 없다.
"아저씨, 지금 우릴 어디로 데려가는 건가요. 아저씨."
그러자 또 다른 병사 하나가 대검을 쑥 빼들더니, 금순의 눈앞에 들이대며 으르렁거렸다.
"쌍년아. 아가리 닥쳐! 너도 유방 하나 짤리고 싶어서 지랄이야?"
"야, 임마, 임상병! 대검 안 치워!"
하사 하나가 빽 고함을 지르자, 병사는 슬그머니 손을 거두었다.

"이 계집애가 아가리를 멋대로 나불거리잖습니까, 오하사님."
"겁 그만 줘. 쬐그만 어린애잖아. 얘, 너무 걱정하지 마. 아무 일도 없을 테니까. 너희들은 헬기로 병원에 옮겨질 거다. 그러니까 마음을 진정하고, 순순히 그냥 따르기만 해. 알았지."
하사가 금순과 대학생을 내려다보며 말했다. 어딘가 우울해 보이는, 그러나 선량해 보이는 눈빛이라고 금순은 느꼈다.
경운기가 멎었다. 거기서부터는 비탈진 산길이었으므로 걸어야 했다. 금순과 대학생은 머리에 손을 얹은 채 걷고, 중상자는 들것에 실렸다. 대학생은 심하게 절뚝거렸다. 흘러내리는 피 때문에 눈에 박은 솜뭉치는 이미 빨갛게 젖었다. 십여 분쯤 걸어 오르자 약간 평평한 숲 그늘이 나타났다. 수십 명의 병사들이 각자의 방어호 주변에 흩어져 있었다. 거기에서 일행은 잠시 대기했다.
마침내 소령 하나가 나타났다. 어깨가 딱 벌어진 다부진 체구. 소령은 세 사람을 보자마자 이마를 한껏 찌푸렸다. 뭔가 몹시 못마땅한 표정으로 인솔자인 상사를 흘깃 째려본다.
"빌어먹을. 귀찮게 이놈들은 뭣 하러 여기까지 끌고 왔어. 현장에서 해결하지 않고."
"중대장님 말로는 헬기로 후송시킬 거라고 했습니다만, 대장님."
얼굴이 약간 얽은 상사가 차렷자세를 취하며 대답했다. 소령은 여전히 불쾌한 눈초리로 세 사람을 쓱 훑어본다.
"저놈은 어차피 오래 못 가겠구만. 야, 추상사. 알아서 처치해 버려."
"세 명 다 말입니꺼, 대장님."

봄 날 109

소령의 등에 대고 상사가 말했다. 소령이 휙 돌아서더니, 신경질적으로 대답했다.
"임마, 알아서 하라고 했잖아! 저 계집앤 빼고. 나머지 둘만 말야."
"알겠습니다."
사라지는 소령을 잠시 바라보고 서 있던 상사가 돌아섰다.
"야, 임상병하고 유이병은 날 따라와. 저 두 놈을 끌고 오란 말이다. 그러고, 오하사랑 한하사, 니들은 저 기집아 데리고 헬기장으로 먼저 올라가."
상사는 혼자서 먼저 반대편 수풀 쪽으로 성큼성큼 걸어들어갔다. 병사 둘이 청년들을 끌고 상사의 뒤를 따라 수풀 속으로 내려가기 시작했다. 금순은 쪼그려앉은 채 그들의 뒷모습을 지켜보았다.
"어쩌자는 거지? 설마……"
금순의 곁에 서 있던 하사가 긴장한 얼굴로 중얼거렸다. 또 다른 하사가 말했다.
"놔둬. 씨팔…… 니기미. 될 대로 되라지."
"아냐. 아무래도, 안 되겠어!"
첫번째 하사가 갑자기 휙 몸을 돌리더니, 수풀 쪽으로 급히 내려가기 시작했다.
"야, 오하사. 왜 그래?"
또 다른 하사가 불렀지만, 그는 벌써 수풀 속으로 들어서고 있었다.
소나무 몇 그루가 서 있는 비탈진 풀밭. 두 청년이 머리에 두 손을 얹은 채 꿇어앉아 있고, 세 명의 병사가 총을 겨눈 채 그들을 에워싸고 서 있다. 상사가 소총을 집어들더니, 철커덕, 실탄을 장전했다. 순간 교련복 청년이 와락 엎어지며, 상사의 다리를 그러안고 미친 듯 울부짖었다.
"사, 살려주십시요. 제발, 한번만 용서해주세요, 상사님. 다시는 데모하지 않을 테니까, 목숨만 살려주십시요오. 으허엉."
청년은 두 손을 싹싹 비벼댔다.
"살려주십시요. 참말로 나는 억울해라우. 고, 고향에 우리 어머니가 계셔라우. 상사니임."
또 다른 청년도 드러누운 채 풍뎅이처럼 팔다리를 마구 버둥거리며 울부짖었다.
"이 폭도쌔키들. 놔! 이거 안 놀 끼고!"
상사가 총구를 대학생의 머리에 겨누었다.
타앙! 타앙! 타앙! 타앙!
정확히 네 발의 총성이 숲을 뒤흔들었다. 다급하게 뒤쫓아내려오던 하사가 소스라치게 놀라며 우뚝 걸음을 멈추었다. 하사는 저만치 소나무 사이, 풀섶 위에 엎어져 있는 두 청년들을 발견했다. 상사는 그 곁에서 담배를 피워물고 서 있고, 두 병사가 야전삽으로 구덩이를 파고 있었다.

두 명의 병사들을 따라 가파른 산길을 오르던 금순도 그 네 발의 총성을 들었다. 그 총성이 무엇을 의미하는지 금순은 깨달았다. '울지 마. 울어서는 안 돼.' 금순은 피가 나도록 입술을 짓씹었다. 자꾸만 눈물이 줄줄 흘러내렸다. 금순은 발을 헛딛고 주저앉았다. 병사 하나가 일으켜세웠다.
헬기장은 골짜기 위쪽에 있었다. 몇 개의 텐트가 서 있는 그곳은 부대의 임시본부였다. 얼마 후 헬기 한 대가 나타났다. 프로펠러가 쏟아내는 세찬 회오리바람을 맞으며 금순은 헬기에 올랐다.

"이건 또 뭐야! 세상에, 이런 철딱서니 없는 계집아이들까지 날뛰고 다니다니, 진짜 한심하구만."

"그러게 말입니다. 아이구, 누군지는 몰라도 부모가 안됐지 뭡니까."

"대한민국이 장차 어찌 되어가려는지, 큰일이야 큰일."

금순을 보자마자 조종석의 두 장교는 어처구니없다는 표정이었다.

헬기의 동체가 새처럼 가볍게 허공으로 떠올랐다. 나무들과 골짜기가 발 아래로 가라앉았다. 헬기가 천천히 마을 위를 지나갈 때, 구불구불 뻗어나간 아스팔트 차도 위에 벌렁 누운 미니버스가 조그맣게 내려다보였다. 병사들이 꺼내놓은 시체들이 논바닥에 즐비했다. 금순은 부옇게 흐려지는 눈을 연신 손등으로 닦아내며, 유리에 얼굴을 가져다대었다.

'울지 마, 홍금순. 아아, 절대로 울어서는 안 돼. 두 눈을 뜨고 똑똑히 지켜볼 거야. 죽는 날까지 절대로 잊어버리지 않도록, 똑똑히 기억해둘 테야……'

금순은 이를 악물고 그렇게 뇌까렸다. 눈물이 자꾸만 쏟아졌다.*

---

* 홍금순(실제 이름은 홍금숙): 당시 여고 1년생으로 주남마을 학살 사건의 유일한 생존자인 그녀는 현재 광주시 봉선동에서 살고 있다.
　주남마을 학살 사건의 여성 사망자: 박현숙(18세, 신의여상 3년), 고영자(22세, 일신방직 노동자), 김춘례(18세, 일신방직 노동자).

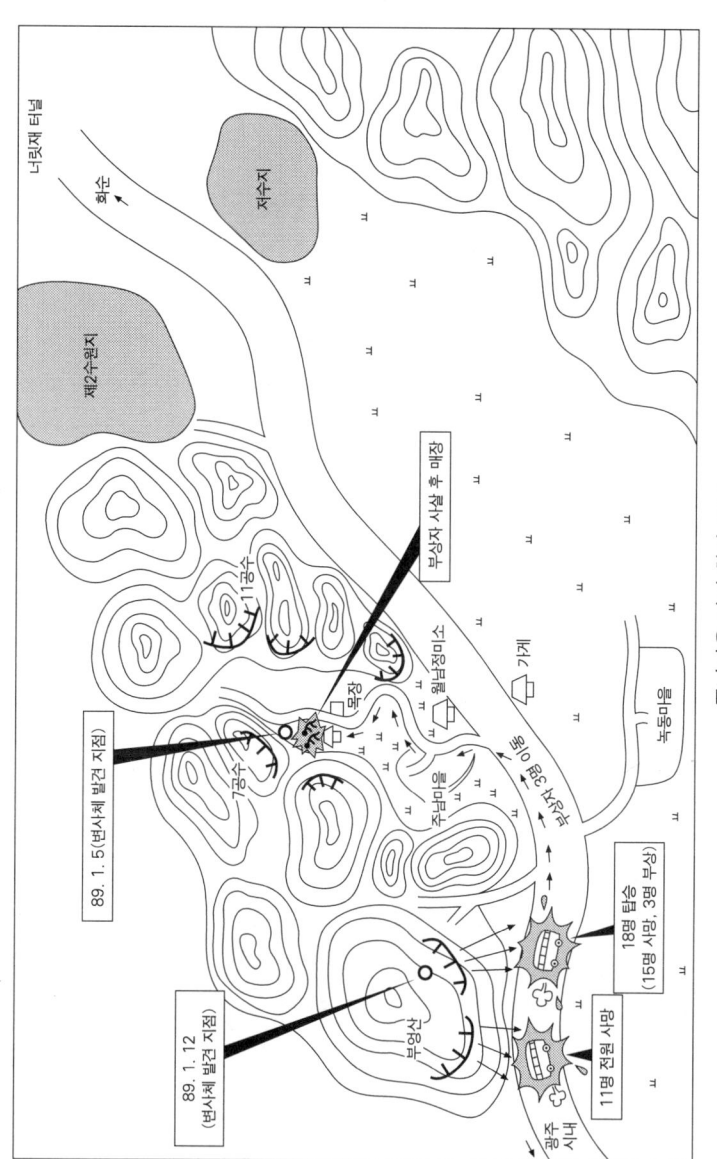

주남마을 양민 학살 요도

> "일시적인 흥분과 감정에 의해 잘못된 일이 있었다고 해도 정부는 최대한의 관용을 베풀고, 불문에 부칠 것을 약속합니다."
> —— 최규하 대통령, 80. 5. 25. 특별 담화 방송

5월 23일 15 : 00, 도청 광장

범시민궐기대회가 열리기로 예정된 도청 앞 광장은 오후 세시가 되자 인파로 가득 찼다. 광장은 물론 금남로 1가까지 거의 발 디딜 틈도 없을 지경이었다. 김상섭은 동료 기자들과 함께 광장 한 귀퉁이에서 궐기대회 현장을 지켜보고 있었다.

시민들은 이미 두어 시간 전부터 모여들어, 광장 중앙의 분수대를 중심으로 자연스레 집회 분위기를 형성하기 시작했다. 아직도 인파는 계속 불어나고 있었다. 자전거를 타고 나온 사람들이 유난히도 많았다.

간밤에 무슨 일이 벌어졌을까. 밤사이에 뭔가 희망적인 뉴스가 나오지 않았을까. 최소한 정부에서도 지금쯤은 사태의 진상을 파악하고서, 어떤 식이든 평화적인 수습을 위한 노력을 기울이기로 결정을 내리지 않았겠는가…… 김상섭은 시민들의 얼굴에서 그 같은 간절한 기대를 읽어낼 수 있었다. 그러나 아직까지는 그 기대를 충족시킬 만한 아무런 소식도, 소문도 들려오지 않

고 있었다. 시민들의 복잡한 표정 속엔 기대와 실망, 분노와 불안이 뒤섞여 있었다.

계엄군 철수 후 이틀째인 오늘, 시가지의 분위기는 조금씩 질서를 되찾아가고 있는 것 같았다. 거리를 달리는 시민군 차량들도 어제와는 달리 안정된 속도를 유지하고 있었고, 불필요한 운행도 많이 줄어든 듯싶었다. 대신 일반 시민들을 태운 임시버스들이 많이 눈에 띄었다. 도청 지도부의 차량 통제가 그런대로 이루어지고 있다는 증거일 터였다.

간밤 시가지는 비교적 평온한 편이었다. 새벽녘 외곽 일대에서 산발적인 총성이 들리긴 했지만, 시민군의 방송 차량은 이른 아침부터 시내를 돌아다니며 시민들에게 거리 청소에 나서줄 것을 호소하고 다녔다. 그래선지, 중심가에선 빗자루와 삽을 들고 나와 청소를 하는 모습들이 보였다. 금남로 2가에선 삼사십 명의 고등학생들이 교복 차림으로 길거리 청소를 했다. 어지럽게 널린 돌멩이며 도로 복판에 버려져 있는 불타거나 파괴된 차량들은 차도 옆으로 치워졌다. 화재로 폐허처럼 변한 문화방송국 건물 앞과 광주역 부근의 도로에서도 주민들이 나와서 빗자루로 길바닥을 쓸어내느라 여념이 없었다.

전날까지 대부분 닫혀 있던 중심가의 상가들도 부분적으로 문을 열기 시작하는 듯했다. 규모가 큰 상점이나 빌딩은 아직 대부분 셔터가 내려진 상태였으나 소규모 점포나 구멍가게들은 거의 문을 열었다. 어쨌건 그나마 시가는 조금씩 제 모습을 찾아가고 있는 분위기였다.

"광주 시민 여러분! 이 나라의 민주주의는 그냥 주어지는 것이 아닙니다아. 우리들의 고귀한 피를 바쳐 싸워서, 우리 힘으로 쟁

취하는 것입니다아!"

임시 연단으로 마련된 분수대 위에서 남자 대학생이 마이크를 쥐고 외치자, 와아아, 박수와 함성이 터져나온다.

"무기를 무조건 반납하다니요! 정부 당국으로부터 공식 사과는 커녕 사후 보복을 않겠다는 단 한마디 약속조차 받아내지 못한 마당에, 어떻게 우리 스스로 무장 해제를 한단 말입니까아! 그것은 비겁하고 굴욕적인 투항일 뿐입니다아. 억울하게 죽어간 영령들의 피와 목숨을 우리 손으로 팔아넘겨야 되겠습니까아!"

이번엔 여학생의 카랑카랑한 외침. 다시 박수와 함성이 터졌다. 사회를 보고 있는 그들 두 남녀 대학생은 극단 '광대' 회원들이라고 스스로를 소개했다. 때로는 격정적이고 때로는 다분히 감상적인 어조로 그들은 상처받은 시민들의 심정을 능숙하게 조율해내고 있었다.

제1차 범시민궐기대회는 예정대로 세시부터 진행중이었다. 십만이 넘는 인파. 적어도 오늘 대회는 계엄군 철수 이래로 한 자리에 모인 시민의 숫자로는 가장 큰 규모이자 본격적인 집회인 셈이었다. 사실은 이와 유사한 궐기대회가 전날에도 열렸었다. 그러나 김상섭이 판단할 때 오늘 대회는 그 성격에서 전날의 그것과는 뚜렷한 차이가 있었다. 수습위 대표들이 계엄사측과의 협상 결과를 보고하는 자리였던 전날의 대회는 '선 무기 반납, 후 질서 회복'을 시민들에게 설득하려고 했던 대회였던 셈이다. 그에 반해 오늘의 대회는 전날의 주장을 투항주의라고 비판하고, 아울러 시민 여론을 '시민 투쟁' 및 '결사 항전'을 위한 조직화의 필요성 쪽으로 급선회시키고자 하는 의도가 역력해 보였다. 대회를 주도하고 있는 쪽에서 명칭을 일부러 '제1차 민주 수호 범시민궐기대회'라고 붙인 이유도 그래서일 터이다.
"김선배님. 아무래도 무기 반납이 아니라, 끝까지 싸우자는 쪽으로 대세가 기우는 것 같은데요."
박기자가 귓속말로 말했다.
"그렇군요."
"결국 수습대책위 내부의 갈등이 노골적으로 표면화되기 시작했다는 얘기가 아닙니까. 어째, 일이 좀 묘하게 돌아가는 것 같은데요."
"어쨌든 좀더 지켜보면 뭔가 가닥이 잡혀가지 않겠습니까."
궐기대회장의 열띤 분위기를 지켜보면서 김상섭은 시종 마음이 착잡했다. 광주 시내 분위기가 충격 속에서도 그런대로 안정을 되찾아가고 있는 것과는 대조적으로, 정작 사태를 수습하기 위해 각계 인사들이 모여 있는 도청에서는 갈등의 진폭이 확대되어가고 있었다. 그 갈등의 핵심은 바로 무기 회수 문제였다. 무기 반납만이 더 이상의 희생을 피할 수 있는 지름길이라는 주장에 대해, 시민의 희생에 대한 정부의 사과 등 아무런 조치를 보장받지 못하는 상황에서 무기 반납은 절대 안 된다는 주장이 팽팽히 맞서고 있는 것이다.
현재 도청을 중심으로 사태 수습을 위해 활동중인 사람들은 대략 다섯 개 그룹으로 나눠볼 수 있었다. 그 첫번째 그룹은 어제 22일 오전에 최초로 구성되었던 도청의 '시민수습위원회.' 그들은 어제 오후 계엄사와의 협상 후 도청 광장에 돌아와 무기 반납을 주장했던 쪽이다.
두번째 그룹은 이른바 '남동성당수습위'로서 일부 재야 원로들, 진보적인 대학교수들, 천주교 신부들, 변호사 등으로 이루어진 그룹이다. 이들은 도청수습위 그룹에 합류하기로 결정하고 아까 오전에 도청을 방문했었다. 그러나 무조건 반납을 주장하는 도청수습위 쪽의 주장에 이의를 제기, 막상 세부적인 문제에 대해서는 완전한 합의를 얻어내지 못하고 있는 상태였다.

세번째 그룹은 어젯밤에 구성된 '학생수습위'인데, 짧은 시간에 나름대로 조직을 구성하여 오늘 오전부터는 장례, 차량 통제 등 실질적인 질서 유지 활동을 담당하기 시작한 그룹이다.

네번째 그룹은 박남선이란 인물을 중심으로 도청 내 상황실을 장악하고 있는 무장 시민군. 실제로 그들은 예의 시민·학생수습위와는 전혀 별개의 독립된 조직으로, 순전히 그들 자체적으로 운용되고 있는 그룹이었다.

그리고 마지막으로 윤상현이 구심점이 된 학생 및 청년 운동 그룹이 있었다. 이들은 아직까지는 도청에 직접 모습을 드러내지 않고 있지만, 녹두서점을 중심으로 수시로 모임을 갖고, 흩어진 학생 운동권을 규합하는 한편 도청 내 학생수습위와도 내부적으로 접촉하고 있는 눈치였다. 지금 이 순간 광장에서 열리고 있는 범시민궐기대회 역시 바로 이들 그룹에 의해 이루어지고 있다는 사실을 김상섭은 알고 있었다.

이처럼 수습 대책 방안을 놓고 복잡하게 얽혀 있는 와중에서, 아까 오전엔 도청수습위원회가 확대 개편되기도 했다. 어제 오후 보고대회에서 드러난 시민들의 반발 분위기를 감안, 수습위원 다섯 명이 사퇴하고 여기에 전남대와 조선대의 학생 대표 각 열 명씩을 추가시킴으로써 수습위원은 모두 삼십 명으로 늘어났다. 하지만 개편된 수습위에서도 현재 수습 방안을 놓고 여전히 의견 충돌이 이어지고 있는 참이었다.

이들 각 그룹들의 수습 노력을 통합하는 데 가장 큰 걸림돌은 물론 무기 반납 문제였다. 그러나 어제부터 오늘 오전까지 나름 대로 의견의 합치를 보기 시작한 부분도 없지는 않았다. 최소한 각 그룹들은 희생자들의 장례를 시민장으로 치르는 문제와 차량 통제 문제에 대해서는 의견을 모았다. 그리고 비록 약간의 입장 차이는 있었지만, 현재 무분별하게 시내에 나돌고 있는 무기를 일단 회수해야 할 필요성에 대해서는 대부분 공감하고 있는 분위기였다. 총기가 함부로 나돌고 있다는 사실에 시민들이 불안해하는 데다가, 돌발적인 사고의 위험이 충분하다는 점엔 이론의 여지가 없는 까닭이었다.

게다가 때마침 총기 사고에 대한 불안감을 증폭시킨 몇 개의 불길한 사건이 밤사이에 일어났다. 새벽에 금호고등학교 인근 주택가에서 노인 한 명과 학생 두 명을 포함한 일가족이 피살된 채로 발견되었던 것이다. 김상섭은 그 소식을 아침에 도청 상황실에 들렀다가 처음 알게 되었다.

신고를 받은 지휘본부에서는 학생수습위원회의 대학생들을 현장에 출동시켰는데, 신고 내용은 사실이었다. 자정 넘은 시각에 총을 든 괴한 세 명을 보았다는 인근 주민의 증언 외에는 별다른 단서 같은 것은 찾아내지 못했다. 원한 관계가 아닐까 추측되긴 했지만, 일단 지휘본부 쪽에서는 그것을 민간인으로 위장한, 군인으로 보이는 무장 괴한들의 소행이라고 결론을 내리고 있었다. 그러나 김상섭 기자의 판단으로는 그 같은 결론은 다소 신빙성이 부족해 보였다. 충분한 증거도 없이 범인을 민간인으로 위장한 군인들일 거라고 단정한 것은, 행여 계엄사 쪽에서 이 사건을 빌미로 시민군 속에 다수의 불량배와 범죄자들이 섞여 있는 양 몰아붙일지도 모른다는 우려 때문인 듯했다.

　강력 사건은 또 있었다. 지휘본부엔 또 다른 강도 사건들에 대한 신고가 들어왔다. 어젯밤 열시쯤 카빈총으로 무장한 괴한 세 명이 황금동의 한 개인병원 안집에 들어가, 잠자던 주인을 위협하고 현금과 패물 등을 탈취해갔다. 또 변두리 지역인 봉주동에선 강도에게 현금 팔십만 원을 강탈당했다는 신고가 들어오기도 했다.

　그 같은 일련의 사건 소식에 접한 지휘본부는 무척 충격을 받은 분위기였다. 전날까지만 해도 도청 지휘부에서는, 시민들이 높은 자율 의식을 발휘해준 덕택에 이렇다 할 사고 없이 질서가 잘 유지되고 있다고 자부하고 있었기 때문이다. 김상섭이 상황실에 들렀을 때는, 이 사고 소식에 당황한 학생수습위원들이 대책회의를 여느라 부산한 참이었다. 여기서 학생들은 우선 무기를 회수해야 한다는 데 의견을 모으고 이에 앞장서기로 결정했다. 이에 따라 아침 일찍부터 그들은 총기 회수반과 차량 통제반을 편성, '대학생'이라는 휘장을 두른 채 시내를 돌아다니며 무기 회수와 질서 유지에 나서기 시작했다. 지금 이 순간에도 학생수습위원들과 시민수습위원들의 일부는 시 외곽 지역을 돌아다니면서 무기를 회수하느라 설득 작업을 벌이고 있는 중이었다.

　그러나 무기 반납을 둘러싼 충돌은 정작 그 다음 문제에 있었다. 일단 무분별하게 나돌고 있는 무기를 회수해야 한다는 점에서는 의견이 일치했지만, 그것을 앞으로 어떻게 처리할 것인가에 대해서는 판이하게 입장이 달랐기 때문이다. 아까 열두시쯤에 김상섭은 바로 그 문제로 도청에 들어가, 몇 사람과 만나서 어렵사리 취재를 했다.

무기 회수와 반납이 동시에 이루어져야 한다고 주장하는 사람들의 입장은, 더 이상의 무력 저항은 결국 더 큰 피해만을 초래할 것이라는 보다 현실적인 우려 때문이었다.
 "이보시오, 기자양반. 솔직히 나는 한시 바삐 우리가 무기를 버리고 평화적인 시위를 해야 한다고 백번 믿고 있는 사람이오. 아니, 나라고 해서 남들만큼 정의감이 없고 국가와 민족을 걱정 안 하는 줄 아쇼? 그렇지만 지금 당장 무엇보다 중요한 것은 시민들의 생명과 재산을 보호하는 일이 아니냔 말요. 학생들 주장이 틀렸다는 게 아니오. 어떤 의미에서는 당연히 끝까지 싸우는 게 옳은 일이겠지. 그러나 생각 있는 사람이면 빤히 알겠지마는, 솔직히 우리가 계엄군을 상대로 싸워봤자 새발의 피지, 어떻게 막강한 수만 군대와 맞서서 이긴단 말요? 안 그래요? 명분만 내세우다간 이제야말로 온 시민이 떼죽음을 당할 판국인데, 어떻게 저 멋모르고 날뛰는 청년들한테 우리 목숨을 맡겨놓고 있겠느냐는 말요. 내 말이 틀렸소? 아, 투쟁도 좋고 정의감도 좋지만, 우선은 살아남고 봐야 될 게 아니냔 말요. 죽고 나면 무슨 소용이겠소? 민주주의건 자유건간에 살아남은 다음에야 재차 싸우든지 어쩌든지 할 수 있을 게 아니냐 그 말이오. 허참 내, 어쩌자고 제 고집만 옳다고 저렇게 마구잡이로 설치는 것인지, 애간장이 타서 죽을 지경이오⋯⋯"
 어제 협상 결과를 보고하는 자리에서 시민들에게 봉변을 당했던, 사업가인 장 모씨는 절박한 표정으로 그렇게 말했다. 그에 반해, 학생 무기 회수반에 참여하고 있는 한 전남대학교 학생은 자신들의 입장을 이렇게 설명했다.
 "무기가 함부로 시중에 나돌고 있다는 점에 대해서야 우리도 위험성을 충분히 인식하고 있습니다. 하지만 우리가 무기 회수에 일단 찬성하기로 한 이유는 꼭 그래서만이 아니에요. 현재 무분별하게 나돌아다니고 있는 무기들은 일단 회수하기로 하되, 시민군을 보다 조직적으로 편성한 뒤에 그 무기들을 체계적인 방식으로 재지급함으로써, 이제부터는 실질적이고 효과적인 방어 체계를 제대로 갖추자는 얘기입니다. 그런데 시민수습위 쪽에선 아예 투쟁 자체를 포기해버리고 무장 해제를 시켜 투항해야 한다고 주장하고 있으니, 그게 말이나 되는 얘깁니까. 무고한 시민들이 얼마나 많이 죽었는데…… 이제 우리는 어차피 싸울 수밖에 없어요. 죽을 각오가 되어 있다구요. 절대로 이대로 무력하게 물러날 수는 없습니다."

그 같은 강경한 주장도 있었지만, 일부 학생수습위원 가운데는 보다 구체적인 대안을 제시하는 사람들도 적지 않았다. 그들은 무조건적인 무기 반납을 반대하면서, 시민들이 납득할 수 있는 최소한의 요구 조건이 관철된 상태에서라야만 반납 여부 문제를 결정할 수 있다는 입장이었다. 그 같은 요구 조건으로서 대략 네 가지를 들었다. 즉 광주 시민들이 폭도가 아니라는 사실을 언론을 통하여 공개 인정하고 정부가 사과할 것, 구속 학생과 시민들을 무조건 전원 석방할 것, 부상자와 사망자에 대한 충분한 치료와 피해 보상을 해줄 것, 그리고 장례식은 시민장으로 거행해야 한다는 것이었다.

어쨌거나 그 같은 상이한 여러 입장들이 한데 뒤엉켜, 사태 수습을 위해 모인 도청 내부의 지휘부는 현재 갈피를 잡지 못하고 있었다.

"이 친구들, 여기 박혀 있었구만."

누군가 등뒤에서 어깨를 툭 치며 말했다. 돌아보니, 지사장이 땀을 뻘뻘 흘리며 씨익 웃고 있다. 오기자도 함께였다. 오기자는 어디서 구했는지 '보도'라고 박힌 완장을 어깨에 차고, 이제는 거리낌없이 카메라를 손에 들고 있었다.
"나원 참. 여기 있는 줄은 모르고 삼십 분이나 찾아다녔지 뭐여."
지사장은 어째선지 자못 상기된 표정이다.
"김기자, 얼른 이리 좀 와봐."
"왜요?"
"하여간 와보면 알어. 보여줄 것이 있으니까."
지사장은 김상섭의 어깨를 잡아끌더니, 사람들 틈을 헤치고 차도를 빠져나왔다. 뭔가 긴한 얘기가 있는 눈치였다. 박기자와 오기자도 따라왔다. 광장 모퉁이에 있는 진내과병원 담장 앞에서 지사장은 신문 한 장을 꺼내어 김상섭의 손에 쥐어주었다.
"이게 뭡니까?"
"보면 모르겠나? 오늘 날짜로 발행된 우리 신문이라구."
"그래요?"
김상섭은 황급히 신문을 펼쳐들었다. '광주 사태 엿새째'라는 커다란 제목과 함께 광주 관련 기사가 1면 전체를 채우고 있다. 가장 치열했던 21일의 군중 시위 장면 사진 두 장이 시야로 확 들어온다. 각목과 쇠파이프 등으로 무장한 시민들의 모습. 그리고 검은 연기를 내뿜는 여러 대의 차량들과 함께 금남로를 메운 대규모 시위대가 찍혀 있다. 그것은 오기자가 촬영해 천신만고 끝에 시내 바깥으로 내보낸 필름들이다.
'군경 시민 사상자 많이 발생' '파출소-세무서-방송국 등

불타' '도청—시청은 비어' '18일 전남대생 시위, 군경 충돌하며 격화' '기관총·소총·수류탄·장갑차·실탄 등 탈취' 따위 소제목들이 찍혀 있다. 그 아래쪽엔 '광주 유지 15명, 7개 요구 사항 제시'라는 제목과 함께 '학생들 스스로 치안 유지, 총기 회수 나서'라는 소제목의 기사. 그리고 그 옆엔 '김대중 수사 결과 계엄사서 중간 발표' 기사도 보인다.

김상섭은 그것들을 훑어내려갔다. 박기자도 얼굴을 거의 맞댈 듯이 붙어서서 함께 읽는다. 1면의 기사 전체가 날짜별 시위 관련 기사로 채워져 있었다. 사회면에는 '광주 시외전화 두절'이라는 기사만 헤드라인으로 나와 있다. 최초의 보도. 마침내 광주에 대한 기사가 처음으로 찍혀나온 것이었다. 김상섭은 흥분을 억누를 수가 없었다.

"어디서 이걸 입수했죠?"

"조금 전, 전주에서 사람이 내려왔어. 말도 마. 가져오느라고 죽을 고생을 다한 모양이야."

"몇 부나 가져왔답니까?"

"열 부."

"아니, 겨우 그것밖에요?"

"그것밖에라니. 혓바닥이 빠질 지경이 되어가꼬 찾아왔던데, 무슨 소리여."

"이 판이 확실히 서울 시내에 배포가 되었다는 말이죠?"

"그렇다니까. 이게 나가자마자 서울 시내가 발칵 뒤집혔다데. 순식간에 가판대에서 매진되어버렸다지 뭐여."

"다른 신문들도 나왔어요?"

"천만에. 우리 신문밖엔 없어. 경쟁지들이 다들 놀라서 난리법석인 모양이여."
"됐어! 결국 해냈구만!"
박기자가 감격해서 손뼉을 탁 쳤다.
오늘 날짜로 나오긴 했어도, 그것이 발행된 것은 어제 오후인 셈이다. 너무나 때늦은 보도이긴 했지만, 이제라도 첫 기사가 나왔다는 것만으로도 감격할 만했다. 기실 벌써부터 각 신문사들은 다투어 취재진을 광주 현장에 급파, 하나같이 광주 사태 기사에 신경이 곤두서 있었으나, 정작 어디에서고 제대로 된 기사는 단 한 줄도 나오지 못하고 있던 터다. 신문 검열권을 쥔 계엄사령부는 일방적으로 자신들의 발표문만을 게재하도록 강요하는 한편 일체의 광주 관련 기사를 철저히 차단하고 있었다. 때문에 19일 이후 실린 기사는 모두 계엄사령관의 담화문뿐이었다. 어제 도착한 본사 기자들의 얘기로는, 그 때문에 기자들이 제작 거부 움직임을 보이기 시작했다고 했다. 그런 내부의 저항 때문인지, 아니면 계엄사측에서도 더 이상 전적인 보도 통제가 어렵다고 판단한 탓인지, 어쨌건 마침내 이렇듯 최초의 기사가 터져나온 것이다.
그러나 김상섭은 한편으로는 기사 내용에 대해 불만스러웠다. 말할 나위도 없이 계엄사의 철저한 검열로 원고의 대부분이 삭제당한 탓이겠지만, 어쨌거나 전체적인 기사 내용은 광주 시민들의 요구나 사태 발생의 당위성에 대한 언급은 거의 찾아볼 수 없고, 대신 계엄사령부의 일방적인 주장만 그 대부분을 차지하고 있는 까닭이었다.
"서울서 내려온 본사 기자들도 이걸 봤습니까?"
"그래. 조금 전 도청에서 차장을 만나 전해줬네."

"그럼 이건 내가 보관해도 되겠군요."
"왜? 시민군 쪽 사람들한테 전달할 생각이라면, 그럴 필요 없네. 내가 아까 상황실에다가 서너 부 직접 건네주고 왔으니까."
"아뇨. 보여줄 사람이 따로 있습니다."
김상섭은 신문을 접어 윗옷 주머니에 쑤셔넣었다. 문득 윤상현이 떠올랐기 때문이었다. 그들은 다시 광장으로 걸어나왔다.
"계속들 수고하라고. 나는 또 사무실로 들어가봐야겠네."
지사장은 손수건으로 연신 이마의 땀을 훔쳐내며 사라졌다.
궐기대회는 여전히 진행중이다. 열띤 구호와 함성, 노랫소리로 광장은 달아오르고 있었다. 박기자와 오기자가 가로수 그늘에서 잠시 쉬고 있는 동안 김상섭은 중앙의 분수대 부근으로 갔다. 아까 그 부근에 윤상현이 서 있는 것을 먼발치에서 우연히 보았던 것이다. 그러나 그 사이 어디로 갔는지, 윤상현의 모습은 찾을 수 없었다. 김상섭은 단념하고 바깥으로 빠져나왔다.
광장 북쪽에 위치한 상무관 앞엔 여전히 시민들이 줄을 잇고 있었다. 사망자 팔십여 구의 시신이 안치되어 있는 그곳에서는 밀려드는 시민들을 위해 건물 안에서 이틀째 끊임없이 추도식을 거행하고 있는 참이다. 김상섭도 지금껏 몇 번이나 그곳을 들러 보았었다. 안에서 피워내는 향불 타는 내음이 상무관 건물 주변까지 눅진하게 퍼져 있었다. 또 다른 추도식이 열리는 참인지, 안에서「애국가」소리가 들려왔다.
광장 주변의 빌딩 담벼락엔 전날보다 훨씬 많은 벽보가 나붙었다. 전일빌딩 벽에서 아까까지 보지 못했던 '민주시민강령'이라는 제목의 벽보를 김상섭은 발견했다. '시민군을 믿고 적극 협조합시다' '시민군으로 위장한 계엄군 및 불순분자를 주의합시다' '질서 회복에 힘씁시다' '평소 생활로 복귀합시다.' 도청 지휘부가 내건 4개 항목의 강령이었다.
 그 옆에 붙어 있는 또 다른 벽보 앞에서 김상섭은 걸음을 멈추었다. 대학생대책본부 이름으로 된 '공고문'이었다. 가슴에 검은 리본을 답시다. 이웃끼리 식량과 연탄을 나누어 씁시다. 생계곤란자는 동별로 파악하여 본부에 연락해주십시오…… 그런 맨 마지막에 뜻밖의 내용이 적혀 있었다.

 지금 부산에는 미항공모함 2대가 정박중에 있습니다. 잔인무도한 저들의 살육을 더 이상 방지하고 광주 시민을 지원하기 위하여 왔습니다. 시민 여러분, 안심하십시오……

 김상섭이 그것을 수첩에 열심히 적고 있을 때였다. 누군가 뒤에서 등을 가볍게 쳤다. 윤상현이었다. 움찔 놀라서 돌아보다가 김상섭은 웃었다.
 "아, 상현이 자네로군. 난 또……"
 "이 사람, 뭘 그리 놀라나?"
 "말도 말게. 누가 또 시비를 붙여오나 하고 긴장했지 뭔가."
 "시비라니?"
 "어제도 그런 일이 있었거든. 벽보를 메모하고 있는데, 대학생 두 녀석이 대뜸 내 수첩을 빼앗아서 땅바닥에 팽개치지 뭔가? '나오지도 않을 게 뻔한 기사를 뭐 하러 적느냐, 그까짓 거 적어봐야 오히려 검열받는답시고 계엄사한테 이쪽 정보를 제공하는 것밖에 더 되느냐,' 그러면서 눈을 부라리는 거야."
 "언론에서 일언반구가 없으니, 시민들이 반감을 갖는 것도 당연하겠지."
 "누가 아니래나. 그 친구들 말이 하나도 틀린 게 없으니, 나도 할말이 없더군. 지사에도 아침저녁으로 '신문이 뭘 하고 있느냐' '신문사를 폭파해버리겠다'는 항의와 협박 전화가 수없이 걸려온다네. 참, 그렇잖아도 마침 자네를 찾고 있던 참이야."
 "날?"
 "잠깐 이리 좀 와보게. 보여줄 게 있으니까."
 김상섭은 한쪽으로 윤상현을 데리고 가서 신문을 꺼냈다. 그것을 훑어보고 있는 윤상현의 표정을 김상섭은 곁에서 지켜보았다.
 "이게 광주 기사로는 처음 나온 것인가?"
 "그런 셈이지."
 "서울이나 여타 지역에서도 배포된 건가? 아니면……"
 "어제 오후부터 전국에 배포되었을 걸세."
 우연히도 윤상현은 조금 전 김상섭이 지사장에게 던졌던 질문을 똑같이 반복하고 있었다.
 "나 역시 조금 전에야 이걸 받았네만, 광주 시민들이 알면 불만이 대단할 거야. 기사 내용이 일방적으로 계엄군측 입장에만 치우쳐 있잖은가."
 김상섭의 말에 윤상현의 대답은 의외였다.
 "그거야 예상했던 일이고, 마침내 이 사태에 대한 보도가 공식적으로 나왔다는 것만으로도 충분히 의미가 있네. 지금쯤은 대부분의 국민들도 광주에서 뭔가 엄청난 일이 벌어지고 있다는 사실은 짐작하게 되었을 테니까 말이지. 안 그런가, 상섭이?"
 윤상현의 말이 약간 빨라지는 것 같았다.

"그럴 거야. 서울 시내 가판대에 깔리자마자 순식간에 매진되었을 정도였다네."
"맞아! 그게 중요하다구. 그러면 된 거야. 이제부터가 시작이라구."
 혼잣말처럼 그렇게 중얼거리는 윤상현의 표정은 분명 조금은 흥분되어 있었다. 김상섭은 윤상현의 내심을 짐작할 수 있었다. 이제부터가 시작이야. 시작이라구. 그렇게 윤상현은 내심 부쩍 기대에 부풀어 있음에 틀림없었다. 이제 우리는 혼자가 아니다. 수많은 국민들이 마침내 광주에 시선을 집중하기 시작한 것이다. 이제부턴 뭔가 새로운 국면이 벌어질 게 틀림없다. 지금껏 잠잠해 있던 국민들도 결코 우리를 외면하지 않을 터이므로. 이제 광주는 혼자가 아니다. 이제야말로 해볼 만한 싸움이 된 것이다…… 윤상현의 눈빛은 그렇게 말하고 있는 것 같았다.
"외신에서도 벌써부터 상당한 관심을 보이고 있는 모양이네. 물론 상섭이 자네가 더 잘 알겠지만.「미국의 소리」방송만 해도 연일 광주 얘기뿐이야. 녹두서점에 초단파 라디오가 있거든. 우리가 확인한 정보로는, 뉴욕 타임스나 워싱턴 포스트 같은 미국 주요 일간지들엔 날마다 광주 기사가 1면 톱으로 쏟아져나오고 있다고 해. 신문만이 아니라 라디오·텔레비전 방송들도 거의 매시간 한국 사태를 뉴스로 내보내고 있다는 거야. 일본에서도 마찬가지고. 그렇듯 국제적인 여론이 온통 이곳으로 집중되기 시작한 터에, 이젠 국민들까지 술렁이기 시작할 거라구. 이리 되면 놈들도 지금쯤 극도로 당황해하고 있을 게 틀림없어. 안 그런가?"
 상기된 얼굴로 돌아보며 윤상현은 말했다. 그런 윤상현의 모습에 김상섭은 잠시 어리둥절했다.
"자네 말대로, 전세계의 이목이 지금 이곳에 집중되어 있는 건 사실이야. 국민들도 이젠 조금씩 귀가 열리기 시작한 셈이니, 여러모로 희망적인 사실인 것만은 분명하고. 하지만, 너무 지나친 낙관은 아직 이르지 않을까 싶은데."
김상섭은 짐짓 그렇게 말했다. 그 사이 윤상현은 다시 평소의 침착하고 신중한 표정으로 되돌아와 있었다.
"난 지금 낙관이 아니라 가능성을 얘기하고 있을 뿐이네. 그것조차도 너무 성급한 판단일까?"
시선을 광장에 둔 채로 윤상현이 말했다.
"아닐세. 나 역시 그러길 간절히 믿고 싶네."
김상섭은 짧은 침묵 끝에 조심스레 다시 물었다.
"한 가지 묻고 싶네. 상현이 자네는 확신하고 있나?"
"무엇에 대해서 말인가."
"시민들이 승리할 수 있다는 확신 말일세."
잠시 윤상현은 광장을 향해 서서 말이 없다가, 입을 열었다.
"솔직히 아직은 나 역시 잘 모르겠어. 그렇지만 이것 한 가지만은 분명해. 어떤 결과를 만들어내느냐는 건 아직까진 우리 시민들의 손에 달려 있다고 확신하네. 나 역시 주저앉아서 막연히 결과를 기다리고 있는 줄에 서지는 않겠어. 아니, 그럴 수도 없게 되어버린 거지. 이미 생사를 건 싸움은 시작된 거야."
윤상현의 음성은 또렷했다.
"시민 여러분! 지금 막 들어온 긴급 뉴스 한 가지를 전해드리겠습니다아. 제가 들고 있는 이 신문이 보이십니까. 이것은 오늘 날짜로 발행된 K일보입니다. 여기에 광주 사태 기사가 1면 톱으로 실려 있습니다. 여러분, 기뻐해주십시오! 마침내 국내 언론에서도 광주 사태를 전면적으로 다루기 시작한 것입니다아. 아아, 잠시만 조용해주십시오! 제가 지금부터 기사를 읽어드리겠습니다······"

분수대 위에 설치된 임시 연단 위에서 확성기 소리가 커다랗게 울려나왔다. 사회자인 키 큰 남자 대학생이 한 손을 높이 치켜들고 외쳤다. 손에 쥔 것은 신문이었다. 아까 지사장이 상황실에 건네주었다는 바로 그 신문인 모양이다. 사회자가 기사를 한 줄 한줄 읽어내려가는 동안 조용히 귀를 모으고 있다가, 시민들은 기사 내용에 따라 박수를 치거나 우우우, 불만에 찬 야유를 보내기도 했다. 그러나 전체적으로 광장의 분위기는 잔뜩 들떠 오르고 있음이 분명했다.

한동안 기사를 읽고 나더니, 이번엔 여학생 사회자가 마이크를 잡고 외쳤다.

"시민 여러부운! 또 한 가지 반가운 뉴스가 들어왔습니다아. 긴급 입수된 외신에 의하면, 현재 부산항에는 미국 항공모함 두 척이 도착해서 정박중이라고 합니다. 여러부운! 이 사실이 무엇을 의미하는지 아십니까! 미국 정부가 마침내 전두환 일당의 살육 만행을 저지하고, 우리 광주 시민을 보호하기 위해서 출동한 것이 아니고 무엇이겠습니까아······"

옳소오오. 시민들의 함성이 일제히 터져나온다. 벌떡 일어나 두 팔을 치켜올리고 장난스레 덩실덩실 춤을 추는 시늉까지 하는 이도 있다.

"시민 여러부운! 이젠 안심하십시오. 간악한 살인 집단 전두환 일당의 최후가 멀지 않은 것입니다아. 우리의 우방인 미국은 계엄군의 학살 만행을 절대로 간과하지 않을 것입니다아……"
　이번엔 남학생 사회자가 마이크를 넘겨받았다.
　"여러분. 또 다른 반가운 소식입니다. 어제 오후부터 서울에서 대학생들이 대규모 시위를 벌이기 시작했다고 합니다아. 광주 사태 소식에 분노한 일반 시민들까지 점차 합세하고 있다고 합니다아! 여러부운! 이젠 서울뿐만 아니라 부산·마산·인천에서까지 대학생들과 시민들의 가두 투쟁이 벌어질 것이라고 합니다아!"
　"여러부운! 힘을 내십시요오. 용기를 잃지 마십시요오. 이제 광주는 조금도 외롭지 않습니다아. 전국 방방곡곡 온 국민들이 열화같이 일어나 마침내 전두환 일당과 허수아비 정권을 때려눕히고 말 것입니다아. 미국도 우리를 지원하기 시작했습니다아. 여러부운! 승리의 순간이 눈앞에 멀지 않은 것입니다아……"
　그때마다 함성과 박수 소리가 쏟아져나왔다. 광장은 마치 축제일처럼 뜨겁게 끓어오르고 있었다. 어쩌면 그 굉장한 함성과 열기 속에서도 두 남녀 대학생 사회자의 말에 반신반의하는 사람도 없지는 않으리라. 하지만 그들조차도, 제발 그 모든 게 사실이기를 바라는 간절한 기대와 소망으로, 함께 함성을 지르고 손바닥을 두드려대고 있을 터였다.
　물론 김상섭이 알고 있는 한, 그것들은 분명 사실과는 전혀 다른 내용이었다. 아니 정확히 말해 그것들은 순전한 사실의 왜곡이고 조작된 내용이다. 김상섭은 그 광경을 착잡한 표정으로 지켜보다가, 윤상현의 반응이 궁금해서 이따금 고개를 돌려 그의 표정을 살피곤 했다. 팔짱을 낀 채 광장을 바라보고 있는 윤상현의 표정은 내내 담담했다. 김상섭은 불쑥 화가 치밀었다. 조작된 사실 자체에 대한 기자로서의 본능적인 거부감 같은 것인지도 모른다. 그러나 이 친구가 결코 사전에 그것을 모르고 있었을 리는 없다. 이건 일종의 조작이 아닌가. 이 친구는 대체 무슨 생각을 하고 있단 말인가. 처음으로 김상섭은 한순간 윤상현에게 적잖은 실망감마저 느꼈다.
 왜냐하면 지금 눈앞에서 진행되고 있는 궐기대회 자체가 바로 다름아닌 윤상현의 발상에서 비롯된 것임을 김상섭은 이미 알고 있었기 때문이다. 남학생 사회자만 해도 어제 윤상현과 함께 녹두서점에 갔을 때 거기서 만났던 학생이었다. 아까 집회가 시작되기 직전에도, 집회를 준비중인 청년들을 한쪽에 모아놓고 윤상현이 뭔가 이런저런 지시를 내리고 있는 모습을 김상섭은 먼발치서 목격했던 것이다.
 "난 지금 저 친구들이 왜 저런 얘길 하고 있는지 이해할 수가 없군. 어떻게 된 건가?"
 "뭘 말인가."
 "미국 항공모함 얘기도 그렇고, 서울에서 어제 대규모 시위가 일어났다는 얘기 말일세."
 김상섭은 윤상현의 얼굴을 똑바로 쳐다보며 물었다. 김상섭이 알고 있는 한, 항공모함 얘기는 전혀 엉뚱한 비약이었다. 어제 서울에서 대학생 대규모 시위가 일어났다는 것도, 그리고 다른 대도시의 시위 움직임 얘기도 전혀 신빙성이 없는 소리였다.
 오늘 아침, 지사에서 간단한 회의가 열렸었다. 특별 취재반 팀장으로 서울에서 급히 내려온 사회부 차장이 그 항공모함에 관한 정보를 알려주었다. 어제 미국 정부가 오키나와에 배치된 조기 경보기 두 대와 필리핀에 정박중인 항공모함 '코럴시 호'를 한국 근해에 긴급 출동시켰다고 발표했다는 것이다. 처음 그 말을 들었을 때, 김상섭 역시 그것이 뭔가 미국 정부에서 한국 정부에게 가하려는 의도적 압력을 의미하는 게 아닌가 여겼었다. 그러나 그 다음에 이어지는 미국무성 성명 내용은 그게 아니었다.

　……미국은 한반도 남쪽에 위치한 광주에서 일어난 소요 사태에 대해 깊은 우려를 표하며, 이 사태와 관련된 모든 당사자들에게 최대한의 자제와 대화를 통해서 평화적인 사태 수습 방안을 모색하도록 촉구하는 바이다. 불안 사태가 계속돼 폭력 사태가 가열된다면 외부 세력이 위험한 오판을 할 가능성이 있다. 미국 정부는 현재의 한국 사태를 이용하려는 어떠한 외부의 기도에 대해서도 한미상호방위조약에 의거, 강력히 대처할 것임을 다시 한번 강조한다……

그들이 여기서 말하는 '위험한 오판을 할 가능성이 있는 외부 세력'이란 말할 것도 없이 북한을 의미했다. '뉴욕 타임스'의 사설도 소위 그 '불순 세력'으로 공산주의와 북한을 지칭하고 있었다. 결국 미국 정부는, 그들이 언제나 그래왔듯이, 자기들의 국익을 최우선시하는 정책으로부터 한걸음도 벗어나지 않겠다는 속셈이 분명했다. 설사 카터 정부의 외교 정책이 제3세계의 인권 문제를 중요시하고 있음을 줄곧 천명해온 터이기는 하지만, 미국으로서는 전세계에서 가장 민감한 지역인 한반도의 경우에 있어서까지 소위 그 인권 정책이란 걸 제대로 적용시킬 것인가는 아무래도 의심스러웠다. 차장이 건네주는 21일자 '워싱턴 포스트'의 사설은 그 의심을 확신으로 만들기에 충분했다.

　미국은 한국의 군사 지도자들에게 어떤 의미 있는 압력을 가할 계획이 없다. 보복 조치로 주한 미군 철수 위협을 할 생각도 없다. 서울과 워싱턴의 미국 관리들은 안보가 제일이라고 느끼고 있으며, 남한에 간섭하려는 어떠한 시도도 이미 분단된 국가를 더욱 악화시킬 것으로 생각하고 있다. 지금으로서는 여하한 군사적·경제적·외교적 압력도 가할 계획이 없다는 것이 가장 정확한 상황 분석일 것이다……

　이들 미국 주요 신문들의 논조를 통해 맥락을 짚어보자면, 한국 내의 '인권 문제 혹은 민주주의의 발전'이라는 문제는 결국 동북아시아에서의 미국의 국익과 직결된 '안보 문제' 다음의 하위 개념으로 간주되고 있음이 명백했다. 다시 말하면, 광주 사태를 인권과 민주주의의 차원에서라기보다는 '안보 제일주의'의 차원에서 다루고자 하는 의도를 뚜렷하게 드러내고 있는 것이었다. 따라서 항공모함 파견은 다만 그 같은 미국의 의도가 실천에 옮겨지고 있는 것에 다름아니었다. 항공모함은 절대로 광주 시민을 위해서가 아닌, 오히려 전두환을 비롯한 신군부 세력을 옹호하기 위해 부산항으로 들어오고 있는 것이다.

　그러나 지금 눈앞 광장에서 시민들은 퍽이나 낙관적인 희망에 부풀어 잔뜩 흥분해 있는 터였다. 적어도 미국이 한국의 민주주의를 위해서 싸우고 있는 광주 시민의 편에 서주리라고, 그리하여 조만간 뭔가 구체적인 조치를 취해줄 것이라고, 그래서 마침내는 시내를 포위중인 신군부의 계엄군 특수부대가 미국의 압력에 굴복하여 물러나게 될 것이라는 따위의 소박한 기대와 희망에 시민들은 들떠 있었다. 이 순간 분수대 위에서 격앙되어 외치고 있는 대학생들도 그렇고, 금남로 주변의 상가와 빌딩 벽마다 나붙어 있는 수많은 벽보들도 그렇고, 다같이 미국 항공모함의 부산항 입항 소식을 마치 무슨 구원의 나팔 소리쯤으로 확신하고 있는 것이었다.

김상섭은 윤상현에게 자신의 취재 수첩에 메모해놓은 그 같은 자료들을 보여주었다. 윤상현은 심각한 표정으로 그것들을 읽고 나더니, 한동안 양미간에 깊은 주름을 만든 채로 뭔가 골똘히 생각에 빠져 있었다.

"상현이 자네는 미국이 광주 시민의 편을 들어주리라고 믿나? 최소한 더 이상의 유혈 사태를 저지하기 위해 신군부 세력을 어떤 식으로든 견제해주리라고 믿느냐는 말일세."

김상섭은 표정을 살피며 조심스레 질문을 던졌다. 윤상현의 의중이 궁금했다.

"자네는 빤히 알면서도 묻고 있는 것 같군. 물론 나 역시 미국이란 나라를 전적으로 신뢰하지 않네. 양키들은 세계 각처에서 늘 어김없이 민중의 혁명 의지를 배반해왔으니까. 자기네 이익을 위해서 결국엔 독재 정권을 지지하고, 무기와 군수 물자를 대주고, 고도의 정치 공작을 펴서 민중을 압살하도록 만들었어. 니카라과에서 그랬고, 볼리비아·엘살바도르·페루에서도 그랬지."

"의외로군. 미국을 믿지 않는다면서, 왜 지금 저 대학생들은 미 항공모함이 우리를 도와주러 온 거라고 얘길하고 있는지, 나로서는 잘 이해가 가지 않는데."

윤상현은 잠시 웃음기 같기도 한 묘한 표정을 지어보였다.
"일종의 전략이라고나 해둘까."
"전략이라니?"
"미국이 결국 전두환의 손을 들어주게 될 가능성이 다분하다는 건 나도 예상하고 있어. 하지만, 또 다른 가능성 역시 아직 남아 있다고 봐. 앞으로 광주 시민, 아니 우리 국민 전체의 저항의 강도가 어느 정도로 커지느냐에 따라 상황은 얼마든지 바뀔 수가 있어. 미국으로서는 지금 최종적인 판단만은 아직 유보하고 있는 것인지도 몰라. 말하자면, 현재 이곳 광주의 항쟁이 전국으로 확산될 경우, 그래서 신군부 세력의 힘의 중심이 흔들리게 될 경우, 미국은 그때 비로소 자기네 국익을 위해 민중과 군부 독재 세력, 둘 중 어느 쪽을 선택할 것인가라는 문제를 최종적으로 결정하게 될 거라는 얘기지. 그 유보된 시간 간격이 얼마나 될지는 아무도 몰라. 우리로서는 그 지극히 짧은 시간을 최대한 이용할 수밖에 없어."
"이용한다는 건 무슨 뜻인가?"
"현재로서는 지금과 같은 광주 시민의 투쟁 의지를 계속 유지시키고 강화시키는 방법밖에는 없다는 얘기야. 그것이 가능하기만 하다면, 시간이 길어질수록 우리에겐 유리하지. 아직까지는 잠잠하지만, 시간이 갈수록 틀림없이 서울이나 다른 지역에서도 저항이 일어나기 시작할 테니까…… 어쩌면 우린 지금 도박을 하려 하고 있는지도 모르지. 지금은 이렇듯 뜨거운 시민들의 투쟁 열기도 언제 어느 때 급격하게 시들어버릴지 아무도 몰라. 군중이란 으레 그런 법이잖던가. 불꽃이 일단 끓어오를 때는 순식간에 거대한 불기둥으로 변하기도 하지만, 승리에의 전망이 엷어지고 또 그 기간이 길어지면 길어질수록 급격히 열기가 약화되고 마는 법이거든. 결국 우리로서는 지금 이 순간의 저 거대한 불기둥에 기름을 부어넣어, 그 불꽃이 꺼지지 않도록 필사적인 노력을 기울여야만 해. 그러기 위해선 대다수 시민들이 가지고 있는 미국에 대한 환상을 깨뜨려서는 안 될 것이네. 아니 오히려 그것을 효과적으로 역이용해야 해. 저 분노에 찬 시민들을 이 광장에 최대한 오래 붙들어놓기 위해서는 여하한 선전 방식이라도 모두 동원할 수밖에 없어. 그래, 시간이야. 결국은 시간의 문제라구. 우리에겐 절대적으로 시간이 필요한 거야. 우리가 버티고 있는 그 사이 서울에서, 부산에서, 또 다른 불꽃이 거대한 불기둥으로 타올라주기만 한다면, 우리는 그때야말로 승리의 가능성을 믿어도 되겠지."

윤상현은 침착한 어조로 그렇게 말했다. 둘은 길모퉁이에 나란히 서서 잠시 광장 쪽을 바라보았다.

맞은편에서 군용 트럭 한 대가 거칠게 달려오다가 광장에 이르러 속도를 줄인다. '병력 수송'이라고 페인트로 휘갈긴 글씨. 뒤칸엔 십여 명의 시민군들이 탔다. 카빈소총을 하나씩 어깨에 메거나 쥔 그들 중 절반은 복면을 하고 있다. 무전기를 등에 멘 청년도 눈에 띈다. 시민들 틈을 헤치고 도청 정문으로 사라지는 트럭의 뒷모습을 눈으로 좇던 김상섭은 마침내 입을 열었다.

"상현이 자넨, 이 싸움이 더 계속될 경우, 틀림없이 타지역 주민들의 지원이 있을 거라고 확신하고 있는 모양이네만, 글쎄…… 그렇게 될까. 솔직히 난 잘 모르겠네."

그 말에 윤상현은 고개를 돌려 김상섭의 얼굴을 잠시 말없이 바라보더니 말했다.

"이봐. 난 민중의 혼을, 폭발력을 믿고 싶네. 아니, 확실히 믿네. 자네도 지난 며칠 동안의 그 놀라운 싸움을 보지 않았나? 누구도 예상치 못했던 엄청난 일이 우리들 속에서 일어난 거야. 그것만으로도 우린 이미 절반쯤 승리한 것인지도 몰라. 자, 그럼 난 가봐야겠네. 다시 만나세."

그 말을 남기고 윤상현은 돌아섰다. 때마침 집회는 끝나가고 있는 참이었다. 광장의 인파를 혼자서 헤치며 사라지고 있는 윤상현의 뒷모습을 지켜보던 김상섭은 어느 순간 가슴이 철렁해왔다.

'상현이 저 친구, 어쩌면 이미 죽음을 각오하고 있는 건 아닌가……'

문득 그런 불길한 생각이 김상섭의 뇌리를 퍼뜩 스치고 지나갔다.

아아, 광주여 무등산이여
죽음과 죽음 사이에
피눈물을 흘리는
우리들의 영원한 청춘의 도시여
—— 김준태, 「아아, 광주여……」에서

5월 24일 02 : 00, 소태동 주남마을 뒷산

바스락.

바로 앞쪽 어둠 속에서 수상한 기척이 들렸다. 바위에 등을 기대고 주저앉아 있던 임상병이 재빨리 소총을 움켜잡는다. 일순 명치도 바위에 엎드려 목을 곧추세웠다.

둘은 한 순간 호흡을 삼킨 채 소리가 난 쪽을 날카롭게 주시했다. 먼 곳보다도 오히려 바로 눈앞 지척의 거리가 더 캄캄하다. 십오륙 년생 정도의 소나무와 상수리나무들, 그리고 그 발치에 더부룩이 자라난 풀 무더기들은 먹빛 어둠 속에서 한덩어리로 엉켜 윤곽조차 분간할 수 없다. 그래도 아래쪽으로 약 삼십여 미터 떨어진 도로는 어슴푸레하게나마 시야에 들어온다. 지금은 도로 쪽 역시 인기척이 없이 잠잠하다.

"뭐야?"

"틀림없이 무슨 소리가 났는데……"

"난 또. 얌마, 아무것도 아냐."

명치는 맥이 풀린다. 철모를 벗고는 뒤로 벌렁 드러누워버렸다.

"니기미…… 쥐새낀가?"

임상병도 총을 내려놓으며 한숨을 내쉰다. 그때 소총이 땅바닥으로 미끄러지며 딸그락 소리를 냈다. 순간 뒤편 소나무숲에서 푸드덕, 날갯짓 소리가 들렸다. 나무 위에서 새가 놀란 모양이다.

"아이고, 놀래라!"

임상병이 가슴을 쓸어내리는 시늉으로 투덜거린다.

"짜식. 그까짓 걸 갖고 뭘 호들갑이냐. 계집애처럼."
"어따, 반장님도. 내가 지금 사람이 무서워서 그럽니까?"
"사람이 아니면. 뭐 헛것이라도 나타날까봐?"
"어제 오늘만 해도 우리들 총에 맞아 죽은 송장만 스무 명이 넘 잖습니까. 솔직히 내가 세상에 태어나서 이렇게 많은 송장을 본 것도 처음이라구요. 그것도 어디 몸뚱이가 성한 게 하나라도 있어야 말이지. 죄다 걸레쪽마냥 엉망진창이 된 송장들뿐이니, 니기미, 꿈에라도 나타날까봐 생각만 해도 끔찍스럽단 말요."
"새꺄. 그 얘긴 꺼내지 마."
"내참, 애당초 말을 시킨 게 누군데 그래요."

임상병에게서 엷은 술 냄새가 훅 풍겨온다. 아까 경계 근무를 나서기 전부터 어디선가 이미 한 모금 마신 눈치였다. 명치는 윗옷 주머니를 뒤져 담뱃갑을 꺼냈다. 빈 갑이다. 명치는 임상병의 장딴지를 발로 툭 건드렸다.

"담배 한 개비 이리 던져."
"그러다가 중대장한테 걸리면 어쩔라고요."
"짜샤, 내놔. 장사 한두 번 하냐?"
"조금 있으면 순찰 돌 시간인데……"

임상병이 마지못해 담배를 꺼내어 손에 쥐어준다. 명치는 불빛이 새어나가지 않도록 판초 우의를 머리 끝까지 뒤집어쓴 다음 라이터를 켰다. 습기로 담배가 눅눅해진 탓에 불이 잘 붙질 않았다. 임상병도 한 대 피워문다. 두 사람은 저마다 손바닥으로 둥지를 만들어 담뱃불을 감춘 채 한 모금씩 빨아들였다.

명치는 바위에 등을 기댄 채 비스듬히 누워 하늘을 올려다보았다. 담배 탓인가. 가벼운 현기증이 일었다. 밤하늘은 별 하나

없이 캄캄하다. 커다란 물방울 하나가 뺨 위로 톡 떨어져내렸다. 소나무 가지에 맺혀 있던 빗물이리라. 오후 늦게부터 가랑비가 내렸었다. 비는 두어 시간 줄금거리다가 저녁 무렵에 멎었지만, 여전히 하늘은 잔뜩 흐리고 대기는 습기를 머금어 눅눅하다. 후텁지근한 게 금방이라도 다시 쏟아낼 것만 같다.

어디선가 짧게 두런거리는 소리. 저만치 골짜기 건너 맞은편 숲에서 들리는 소리다. 순찰중인가. 뭔가 대답하는 듯한 목소리, 그리고 플래시 불빛 같은 것이 어둠 속에서 언뜻 비쳤다가 사라진다.

"7여단 새끼들, 야간 경계 근무 수칙도 모르나. 츳, 촌놈들."

발딱 고개를 세웠던 임상병이 다시 엎드리며 투덜거렸다.

그쪽 골짜기 맞은편은 7여단 담당 경계 구역이다. 부근 일대는 광주시 남쪽 외곽의 산악 지대. 뒤쪽으로는 무등산의 두터운 산자락으로 이어지고, 남쪽으로는 제법 험한 구릉 지대와 연한 지점. 그닥 깊지 않은 골짜기가 끝나는 자리엔 광주와 화순을 잇는 국도가 반원을 그리며 휘어져 지나고 있고, 그 언저리에 이삼십 호 남짓한 조그만 마을 하나가 붙어 있다. 소태동 주남마을. 지금 공수부대는 바로 그 마을 뒷산 일대에 주둔중인 것이다.

명치네 11여단 전병력은 골짜기를 중심으로 북쪽 능선에, 그리고 7공수여단 병력은 골짜기 맞은편인 남쪽에 매복해 있다. 7공수여단의 임시 지휘본부는 골짜기에 설치되었고, 명치네 여단의 임시본부는 골짜기 안쪽, 즉 차도로부터 약 1.5킬로미터 들어간 지점에 위치해 있다.

그들 2개 공수여단 병력이 현재의 지점으로 이동한 것은 사흘 전인 21일, 전병력이 도청에서 철수한 직후였다. 장갑차를 앞세우고 위협 사격을 실시하면서 도보로 조선대학교 운동장으로 철수한 시각이 오후 일곱시. 거기서 전사병은 개인당 60발씩의 실탄을 지급받았다. 이때부터는 병사 누구에게건 방어를 위한 임의 발포가 공식적으로 허용되었다. 등뒤에서 시민군의 간헐적인 사격이 이어지는 가운데 병사들은 최소한의 장비만 갖춘 채 조별로 산개해서 조선대학교 뒷산 등성이를 타고 신속하게 퇴각했다. 목적지는 임시 집결 지점인 무등산 자락의 소태동 주남마을.

그날 명치네 조는 낙오되어 하마터면 위험한 지경에 빠질 뻔했다. 정신없이 조선대 뒷산을 넘어 무등산 기슭에 닿았을 때였다. 이미 날은 저물고 지칠 대로 지쳐 있는 상태였으므로, 명치네 조 여섯 명은 어느 묘지 옆에서 잠시 휴식을 취했다. 그러다가 어느 틈엔가 모두 잠에 곯아떨어져버리고 말았던 것이다. 깨어나 보니, 본대는 그 사이 어디론가 사라져버리고 그들 여섯 명만 낙오되어 있었다. 다행히 무전을 통해 본대와 연락을 취할 수는 있었지만, 칠흑같이 어두운 산속에서 길을 찾지 못해 몇 시간을 헤매기만 했다.

천신만고 끝에 평지가 보이는 곳까지 도착해 보니, 뜻밖에도 그곳은 시내 학운동 부근 변두리 주택가였다. 무려 대여섯 시간 동안 그들은 고작 삼사 킬로미터 남짓한 반경 내에서 다람쥐 쳇바퀴 돌 듯하고 있었던 것이다. 혼이 빠질 지경으로 놀란 그들은 근처 야산으로 되돌아가서 풀섶에 은신해 있다가, 새벽 동이 틀 무렵에야 다시 출발했다. 그러고도 얼마나 산속을 헤매었을까. 멀리 무등산 서쪽 산자락 근방에서 군용 헬기가 연신 이착륙하고 있는 것을 발견한 그들은 무작정 그쪽을 향해 전진했다. 생각보다 멀고 험한 거리였다. 그들이 본대의 임시 숙영지를 찾아냈을 때는 어느덧 석양 무렵이 다되어 있었다.
  임시 주둔지인 산중턱엔 온종일 헬기 두 대가 이착륙을 하며 장비와 물자를 실어다놓았다. 여단본부 주변엔 굉장한 양의 실탄과 수류탄, 식량, 유류 등이 쌓여 있었다. 삼면이 가파른 봉우리로 에워싸인 그곳은 천혜의 요새였다. 도로가 내려다보이는 골짜기 좌우측에 장갑차 두 대를 은폐시켜놓고, 양쪽 숲 주변엔 병력을 매복시켜놓았다.

  그곳 주남마을 뒤편 골짜기에 집결한 병력은 명치네 여단 외에도 7공수여단 2개 대대가 더 있었다. 명치네 여단에겐 화순-광주간의 국도와 인근 너릿재의 터널을 봉쇄 차단하는 임무가 주어졌고, 다른 나머지 병력에겐 주둔지 일대의 경계·매복·차단 및 주변 수색 정찰 임무가 맡겨졌다.
  도청에서 철수한 21일 밤을 기점으로 계엄군은 시 외곽의 일곱 개 주요 지점에 주둔지를 설정, 광주시를 다른 지역과 차단·봉쇄하는 작전으로 전환했다. 그 일곱 개 주요 지점은 송정리 방면으로 통하는 화정동, 화순 방면의 소태동 주남마을, 목포 방면의 송암동, 여수와 순천 방면의 고속도로 길목인 문화동, 31사단 방면의 오치, 장성 방면의 동운동, 그리고 광주교도소 일대 등이었다. 그 중 명치네 11여단 전병력과 7여단의 일부가 화순 방면 도로 봉쇄 임무를 맡고, 3공수여단 병력은 광주교도소 경계 및 여수-순천 방면 도로 봉쇄 임무를 맡았다. 그외 21일 오전 10시에 증파된 보병 20사단 병력 중 일부가 광주-목포간 도로 차단, 다른 일부는 화정동 통합병원과 송정리 군용 비행장 그리고 광주-전주간 고속도로 봉쇄 임무를 수행중이었다. 결국 현재 광주시 외곽 전역은 계엄군에 의해 완전 포위된 상황이었다.
"탕. 타타탕. 타앙……"
돌연 몇 발의 총성이 허공을 날카롭게 울리기 시작한다. 명치는 반사적으로 어깨를 바싹 웅크리며 철모를 뒤집어썼다. 임상병도 재빨리 소총을 끌어당기며 전방을 주시하고 있다.
앞쪽 도로 주변에선 별다른 기척이 없다. 이번에도 역시 총성이 난 곳은 저지선으로부터 훨씬 먼 거리 저쪽, 지원동 다리 부근임을 두 사람은 잘 알고 있다. 약 일 킬로미터 떨어진 그 지점엔 폭도들이 길목을 차단중인 것이다. 폭도들은 한참 동안 잠잠하다가도 이따금 심심풀이라도 하는 양 그렇듯 허공에 대고 제멋대로 총알을 갈겨대곤 했다.
"타탕. 타타타—앙……"
아니나다를까, 이내 바로 옆 골짜기 너머에서 한바탕 요란한 총성이 응답한다. 저지선의 맨 측방인 그 골짜기 어귀엔 1지역대가 매복중이었다.
"개쌔키들! 한 주먹도 안 되는 놈들이…… 씨발."
거총 자세로 엎드린 임상병이 낮게 씨부렁거렸다. 개머리판에 뺨을 댄 채 명치는 두 눈을 감았다. 씨발. 니기미…… 임상병이 또 혼자 내뱉는다. 그런 임상병의 목소리가 반쯤 울음에 잠겨 있다. 그러나 명치는 아무 말도 하지 않았다. 코끝으로 눅눅하니 젖은 흙과 풀 냄새가 스며들어왔다.
아마도 임상병은 지금 혼자 애써 목울음을 삼키고 있을 것이다. 아까 유이병 녀석이 별안간 머리가 휘까닥 돌아버린 꼴을 보고 나서부터 임상병의 눈치가 조금 이상해지기 시작했던 것이다. 경계 근무 직전임에도 어디선가 몰래 술을 마신 것도 그래서

일 테고. 임상병 역시 충격을 받았음에 틀림없다.
　어제 낮에 폭도 열다섯 명이 몰살을 당한 그 미니버스 사건. 하필이면 그때 명치네 지역대가 도로 차단 임무를 수행중이었다. 멋모르고 접근해오는 버스를 향해 최초로 사격을 한 것도 그들이었고, 벌렁 나자빠진 버스 안을 맨 처음 수색했던 것도, 걸레쪽처럼 처참하게 찢어지고 해체된 남녀 열다섯 구의 시체를 일일이 밖으로 끌어내야 했던 것도 명치네 대원들이었다. 무엇보다 그때 현장에서 산 채로 붙잡힌 세 명 가운데 청년 둘을 추 상사가 숲속으로 끌고 가 직접 쏘아죽였는데, 그 시체들을 끌어다가 땅을 파고 묻었던 사람이 바로 유이병과 임상병이었던 것이다.
　문득 임상병이 크흑, 콧물 섞인 울음을 낮게 터뜨리기 시작했다. 명치는 축축한 땅바닥에 누운 채 먹장 같은 허공만 올려다보고 있었다. 이윽고 임상병의 목울음이 멎었다. 패앵. 손가락으로 코를 풀더니, 임상병이 불쑥 뇌까린다.
　"에이, 쪼다 겉은 새끼······"
　"········."
　"유호섭, 그 고문관새끼 말요."
　명치는 그냥 듣고만 있었다. 술기 탓인가. 임상병의 목이 쉬어 있다.
　"반장님. 유이병 그 새끼, 저러다가 영영 또라이 돼버리진 않겠죠? 예?"
　떡갈나무 이파리 하나를 떼어내어, 명치는 어금니로 질경질경 씹었다. 쌉쌀한 풋내가 입 안에 찼다.
　"병신새끼······ 신병 교육대서 따블백 메고 전입온 첫날부터 내일찌감치 알아봤지. 어뜬 미친놈이 그런 완전 고문관새낄 공수부대로 차출했는지 몰라. 완전히 에프엠 동사무소 물방위감인 고문관새낄…… 니기미."
"그만 해, 임마."
 명치가 말했다. 그래도 임상병은 계속한다.
"벼엉신…… 사람 뒈지는 거 첨 봤나. 그게 어째서 유이병 제 탓이냔 말요. 추상사, 그 곰보새끼가 죽인 거지, 지가 총을 쐈어 어쨌어? 니기미, 우리 같은 쫄따구들이야 무슨 죄가 있간디. 좆으로 밤송이를 까라면 까는 거지, 어쩌란 말여…… 그런데 그 고문관새낀, 아, 왜 느닷없이 제가 죽였노라고 헛소리를 하는 거여? 그 새끼, 아무래도, 완전히 확 돌아뻐렸는개비요. 아까, 눈깔 봤지요, 반장님? 유이병새끼, 그 눈깔 돌아가는 거 말이라우."
 흥분을 하긴 한 모양이다. 평소와 달리, 어느새 임상병의 입에서 사투리가 심하게 튀어나오고 있다. 듣다못해 명치는 임상병의 어깨를 주먹으로 한 방 내질렀다.
"야, 임상병! 아가리 닫으라니까."
"왜요? 니기미, 이래 죽으나 저래 죽으나 이판사판요. 나, 솔직히 까놓고 말해버릴라요. 나도 전라도놈이고 반장님도 전라도놈요. 전라도 땅에서 나고 대가리 굵어진, 피차 똑같은 별볼일 없는 따블백 전라도놈들 아니냔 말요. 맞지라우? 그런디, 시방 우리가 고향땅에 와가꼬, 무슨 미친 개지랄을 하고 있는 것이요? 광주놈들은 모조리 빨갱이라고라우? 그러니 닥치는 대로 싸그리 긁어버리자고라우? 허, 개쌍누무시키들. 반장님도 그 말을 믿소? 솔직히 말해보쇼. 언제부터 전라도놈들이 싸그리 빨갱이들이 됐단 말요, 예? 대관절 우리가 이래도 된단 말요? 어린애들, 여자, 노인네들까장 그야말로 개돼지 잡디끼, 이렇게 닥치는 대로 죽여도 되느냐고요. 두고 보시오. 이번 작전 끝나고 나면, 우리들은 너나없이 군사 재판감이요. 장교새끼덜 가운데 총살당할 놈들도 몇 놈은 될 테니까, 두고 보란 말요."
"이 자식이 점점."
"개씹 겉은 군대…… 이 좆겉은 군대 안 왔으면, 반장님이나 나나 틀림없이 폭도가 돼가꼬, 지금쯤 저놈들처럼 카빈 들고 좆나게 설치고 다니고 있었을 거요. 내 말이 틀렸소? 나, 인간 임상규, 빨갱이 잡을라고 공수부대 왔제, 죄 없는 고향 사람들 개돼지 잡듯 때려쥑일라고 온 거 아니요. 그런디 어쩌다가, 아이고메, 어쩌다가……"
임상병은 목이 잠겨 말을 잇지 못한다. 명치는 담배만 빨아댔다. 목구멍에서 무엇인가 뜨거운 덩어리가 울컥 치밀어올랐다.
"반장님. 참말로…… 참말로 나, 미치겠소. 나, 엊그제 도청 앞에서 담양 우리 동네 친구들을 봤소. 진짜 우연히 말요. 그 양아치새끼덜, 쇠파이프 들고, 해필이면 맨 앞줄 버스에 탔습디다. 미친 새끼덜, 그냥 촌구석에 대가리 처박고 자빠졌제, 즈이들이 뭣 빤다고 광주까지 기어나온단 말요? 발포 명령이 떨어졌을 때, 솔직히 나는 하늘에 대고 쏴부렀소. 눈 질끈 감고, 미친 척 하늘에다가 막 갈겨부렀단 말요…… 그런디, 어쩌다가 얼핏 보니까, 저만치서, 친구 중에 한 놈이 벌렁 나자빠지더란 말요. 이 두 눈으로 똑똑히 봤어라우. 양두진이라고, 나랑은 젤로 친한 불알친군디, 그 새끼가, 작년 휴가 때 나랑 둘이서 즈그 애인 만날라고 진주까지 내려가서, 이박 삼일로 촉석루랑 구경하고 왔었는디…… 큭…… 그 새끼를, 내 눈앞에서, 다른 친구 두 놈이 달려와가꼬 질질 끌고 내빼더란 말요. 워메, 미치겠습디다. 두진이 그 자식, 틀림없이 죽었을 겁니다. 밴지 가슴인지 피투성이가 돼가꼬, 워메에, 이렇게 축 늘어져버렸더란 말요. 에라이, 니기미……"

 기어코 임상병이 컥컥 흐느끼기 시작한다. 그 곁에서 명치는 잠자코 웅크리고 앉아 있었다.

 그것은 평소의 임상병답지 않은 짓이었다. 키는 작아도 합기도로 다져진 단단한 체격의 임상병은 평소 말이 없고 감정 표현도 무딘 성격이었다. 전남 담양이 고향인 데다가 광주에서 고등학교를 나왔다는 사실 때문인지, 은연중 명치를 따르는 편이었다.

 학교 졸업 후 서울로 올라가 호텔 사우나 종업원으로 몇 달 일하다가 입대했다는 임상병은 평소 유이병을 고문관이라고 어지간히 구박했던 터였다. 하지만 임상병은 실상 내심 무척 정이 많은 친구였다. 겉으로는 구박하는 듯했지만, 부대 내에서 늘상 놀림감 취급을 받는 유이병을 무슨 일이 있을 때마다 눈에 띄지 않게 형처럼 뒤를 챙겨주곤 한다는 사실을 명치는 알고 있었다.

 그런 임상병이긴 했지만, 설마 유이병의 일 때문만으로 그렇게 충격을 받았을까 싶었다. 사실 임상병은 모든 면에서 자타가 인정하는 가장 모범적인 공수부대 병사였으니까. 구보·특수전·태권도 시범에서도 거의 언제나 최고 점수를 땄고, 낙하 훈련시엔 시범조로 뽑히기까지 했다. 또 그 때문에 여러 차례 포상 휴가를 받았다. 그런 특전부대 모범 사병답게 당연히 광주에 투입된 직후부터 지금까지 내내 열심히 뛰어다녔던 임상병이었다.

봄 날 149

고향이 이쪽이라는 사실이 무색할 만큼 시위대를 다루는 방식이 때로는 남보다 되레 더 난폭하고 거칠게 보이기도 했었다. 그런 임상병에게서 눈물을 보게 될 줄은 뜻밖이었다. 그러나 이 순간 임상병에게서 친구의 죽음을 목격했다는 얘기를 듣고 나자 명치는 비로소 그의 심정을 충분히 헤아릴 수 있을 것 같았다.

하지만 그게 어디 단지 임상병뿐인가. 명치는 가슴이 터질 것만 같다. 지난 일주일 간 겪어낸 시간들이 도무지 현실이라고는 믿어지지가 않는다. 악몽. 모든 게 끔찍한 악몽 같다. 아니 악몽이라기엔 너무나 길고 너무나 소름끼치는 시간들이었다. 진흙 구덩이. 거대한, 끝도 없는 진창 구덩이 속에 빠져 허우적거리고만 있는 듯한 느낌.

"피, 피가 지워지지 않습니더, 바, 반장님예."

유이병의 겁에 질린 음성이 바로 곁에선 듯 또렷하게 되살아났다. 명치는 바위에 한쪽 뺨을 붙인 채 눈을 감아버렸다. 바위 표면의 축축한 물기가 냉기와 함께 뺨에 전해져왔다. 총소리. 최루탄의 폭음. 아우성. 사람 살려어어. 쏘지 말아요옷. 여자들이 타고 있어요오. 비명 소리. 피. 벌렁 나자빠진 버스 안 여기저기에 온통 팥죽처럼 눅진하게 괴어 있는 핏물 웅덩이.

"반장님예. 피가, 피가 안 지워진다고예."

피투성이가 된 손등을 대검으로 마구 긁어대며 징징 울고 있는 유이병……

유호섭 이병이 갑자기 이상해진 것은 아까 저녁 배식이 있기 직전이었다. 새벽부터 오후 세시까지의 경계 근무를 마치고 교대한 뒤 명치네 중대는 막사 주변에서 휴식을 취하던 참이었다.

"반장님. 일 터졌습니다. 일어나보세요, 빨랑요."

소나무 그늘에 판초 우의를 깔고 누워 있던 명치는 강상병의 다급한 목소리에 벌떡 일어났다.
"유이병, 유, 유호섭이가, 어째 이상합니다."
"무슨 뻘소리야!"
"그 새끼가, 머리가, 해까닥한 것 같아요. 빨리 내려와보십쇼."
"뭐야?"
명치는 강상병을 뒤쫓아 내려갔다. 골짜기 아래 조그만 감자밭. 그 밭 귀퉁이에 손바닥만한 물 웅덩이 하나가 있었다. 유호섭은 골짜기의 도랑물을 받아놓은 그 웅덩이 한가운데 옷을 입은 채로 철버덕 주저앉아 대검으로 제 손등을 박박 긁어대고 있었다. 살가죽이 너덜너덜 벗겨져나간 손등은 온통 피투성이였다.
"저 새끼가 미친 모양요. 참호를 파고 있다가 느닷없이 물 속으로 들어가더니, 저 지랄을 하지 뭡니까."
"야, 뭘 하는 거야. 당장 안 나왓!"
명치가 소리를 질러도 유호섭은 손등만 긁어댔다. 강상병과 둘이서 뛰어들어가 멱살을 잡아 끌어냈다. 대검을 빼앗자 이번엔 손톱으로 마구 긁어대기 시작했다. 손등은 짓이겨진 닭발처럼 끔찍하게 찢겨져나가 있었다.
"너, 왜 그래? 무슨 짓이냐니까!"
"반장님예. 왜 이렇지예? 피가, 아무리 해도 피가 안 지워져예. 피가, 피가…… 어흐흐으."
징징 울음을 터뜨리며 손등을 후벼파고 있는 녀석의 낯빛은 완전히 공포에 질려 있었다. 초점을 잃고 허둥대는 녀석의 눈빛을 보는 순간 명치는 가슴이 철렁했다. 미쳤구나. 명치는 직감했

봄 날   151

다. 중대장과 추상사가 뛰어내려왔다.
"이런 쪼다시키! 공수부대 망신 다 시키고 안 있나. 놔두쇼, 중대장님요. 이 시키가 진짜 미친 기 아니라요. 군기가 빠져가꼬, 후송갈라꼬 연극을 하는 기라요. 이런 쌍누무시키는 누깔이 튀어나올 때까지 반쯤 쥑여놔야 된다꼬요."

추상사는 대번에 유이병을 물 구덩이에 처박더니 마구 발길질을 퍼부었다. 개처럼 질질 끌려다니면서도 유이병은 악을 쓰며 울었다. 피가 지워지지 않는다는 엉뚱한 소리만 되풀이하면서. 뒤늦게 달려온 오하사와 함께 명치는 추상사에게서 유이병을 간신히 떼어냈다.

피와 진흙으로 엉망진창이 된 유이병을 막사로 데려갔다. 엄청난 기세로 버둥거리는 유이병을 여럿이 달겨들어 팔다리를 붙잡고 있는 사이, 군의관이 주사를 놓았다.

"모, 모릅니다. 내가 쥑인 게 아니라예. 피, 피가 지워지지를 않아예. 아아으흐으."

흰자위를 드러낸 채 두 눈을 홉뜨고 버둥거리던 유이병은 이내 의식을 잃었다. 중대장은 녀석의 팔다리를 밧줄로 묶게 한 다음 중대원들에게 교대로 지키고 있으라고 명령했다.

"진정제를 투여했으니까 일단 깨어날 때까지 두고 보죠. 충격을 받은 모양인데, 증세가 호전되지 않으면 내일 아침 후송을 시키는 게 좋겠습니다."

의무장교는 중대장에게 그렇게 말했다.

병사들에게 중대장은 입단속을 지시했지만, 이미 소문은 전 부대에 퍼져 있었다. 가뜩이나 어수선하던 대원들의 분위기가 그 일 때문에 더욱 뒤숭숭해졌다. 덕분에 석식 후 명치네 지역대

전원은 예정에도 없던 정신 교육을 두 시간 가까이 받아야 했다. 게다가 정신 교육을 마친 다음, 명치는 중대장 변대위, 오하사와 함께 셋이서 지역대장 막사에 따로 불려가 유이병에 관한 몇 가지 정황 보고까지 해야 했다.

부산에서 미술대학 재학중 입대했다는 유이병은 애당초 병영 생활에 대한 적응력 자체가 부족해 보였다. 더더구나 공수부대 체질은 전혀 아니었다. 키만 껑충했지 체력도 약질이고 무엇보다 지나치게 심약했다. 그런 녀석이 도대체 어떻게 공수특전사에 차출되었는지 알다가도 모를 일이었다. 갓 전입해온 신병들이 간혹 그러하긴 했지만, 녀석은 애당초 도저히 구제할 길 없는 고문관이었던 것이다.

명치는 유이병의 낌새가 언제부터 이상했던가를 되짚어보았다. 광주에 투입된 직후, 시위 진압에 소극적이라고 중대장으로부터 몽둥이찜을 당했던 일. 비가 억수같이 퍼붓던 날 밤, 계림동 서점 앞 계단에 쪼그려앉아 혼자 찔찔 울고 있던 모습. 참, 그 날도 손에 피가 묻었다고 녀석은 울상을 했었다. 그러나 녀석이 결정적으로 충격을 받은 것은 어제 있었던 바로 그 사건들 때문이었을 것이다.

명치네 지역대는 첫날부터 지금까지 주남마을로 이르는 국도 주변에 대한 경계 및 통행 차단 임무를 수행중이었다. 광주와 화순을 잇는 국도인 그 이차선 도로를 통해 아침부터 저녁까지 민간인들이 몇 명씩 무리를 지어 지나갔다. 대부분 아녀자들이거나 중장년층 남자들이었다. 등에 배낭을 메거나 간단한 손가방을 든 그들은 도시를 빠져나가는 피난민들이었다. 대학생과 청년들은 무조건 연행해간다는 소문 때문인지, 젊은이들은 거의 없었다. 공수대원들은 도로변에 잠복해 있다가 통행인을 발견하면 불러세워 검문 수색을 했다. 그 중엔 거꾸로 화순 쪽에서 광주 시내로 들어오는 사람들도 많았다. 대부분 자식을 광주시의 학교로 보낸 시골의 부모들인데, 난리가 터졌다는 소식을 듣고 자식들 걱정 때문에 부랴부랴 올라오는 사람들이었다. 차량 통행이 전면 중단된 까닭에 화순읍에서부터 그들은 걸어 들어와야만 했다. 고흥이나 강진, 장흥, 심지어는 멀리 완도나 해남에서부터 식구들을 찾아나선 그 시골 사람들은 군인들을 보자마자 낯빛이 금세 누렇게 질리기부터 했다.

병사들은 시내를 향해 들어오는 사람은 대체로 그냥 보내는 대신, 시내를 빠져나가는 사람들은 일일이 조사를 했다. 특히 이삼십대 남자들 중 조금만 수상쩍다 싶으면 당장에 끌어냈다. 그리고는 한바탕 넋이 달아날 정도로 흠씬 두들겨팬 뒤 트럭에 실어 상무대로 속속 보내곤 했다.

그러나 차량 통행은 철저히 봉쇄했다. 지원동 쪽에서 차량이 얼씬거리기만 하면 가차없이 집중 사격이 가해졌다. 접근하는 차량들에 대한 사격은 지난 사흘 동안 십수 차례나 이어졌다.

첫날인 22일 저녁 명치네 지역대를 포함한 2개 지역대에겐 정찰 임무가 주어졌다. 명치네 조가 오백 미터쯤 전진, 지원동 시내버스 종점 부근까지 진출했을 때였다. 돌연 맞은편에서 총알이 쏟아지기 시작했다. 다리와 부근 건물 옥상에는 예상외로 폭도들의 숫자가 많아 보였다. 삼사백 미터 거리를 사이에 두고 반시간 가까이 치열한 교전이 벌어졌다. 폭도들 서너 명이 고꾸라지는 게 보였고, 그들을 구하려고 후진해오던 지프가 집중 사격을 받고 도랑에 처박혔다.

그 와중에 명치네 중대원 하나가 허벅지에 총알을 맞았다. 3지역대에도 서너 명의 부상자가 생겼다. 극도로 흥분한 병사들은 미친 듯 쏘아대며 부상자들을 업고 황급히 철수했다. 그 순간엔 명치 역시 제정신이 아니었다. 순식간에 탄창 대여섯 개를 다 비웠다. 정신없이 주둔지로 돌아왔을 때는 전신이 땀에 흠뻑 젖어 있었다. 그것이 명치가 최초로 겪은 교전이었다.

부상병들은 즉시 통합병원으로 실려갔다. 그날 밤은 거의 잠시도 쉬지 않고 총격이 이어졌다. 어두워지면서 피난민들의 행렬도 끊어지고 차량은 얼씬도 하지 않았지만, 병사들은 분풀이를 하듯 다리 쪽을 향해 엄청난 총탄을 쏟아부었다. 바로 앞쪽의 주남마을에도 뭔가 얼씬거리는 듯한 기척만 있으면 가차없이 난사했다. 그렇게 몇 시간이 지나고 병사들의 총격도 한동안 뜸해진 자정 무렵, 이번엔 어둠 속 맞은편 산자락 어딘가로부터 총알이 날아들기 시작했다. 아마도 폭도들이 그쪽 들판 끝 개천을 타고 올라온 모양이었다. 계엄군은 즉각 응사를 시작했고, 그날 밤 내내 총격전이 벌어졌다.

다음날 아침, 도로 주변과 마을 앞 들판 일대에 대한 수색 작전을 벌였다. 부근 두어 개 마을의 집들까지도 빠짐없이 수색했다. 밤새 뜬눈으로 지새운 마을 주민들은 문을 걸어잠근 채 공포에 떨고 있었다. 지붕과 벽에까지 총탄 자국이 보였다. 젊은 남자들은 모두 끌려나와 조사를 받았다. 명치네 중대는 부상을 입은 주민 두 명을 손수레에 태워서 끌고 나왔다. 미친 듯 울부짖으며 골목까지 따라나오려는 가족들을 억지로 떼어놓고, 명치는 대원들과 함께 그들을 여단본부로 데려갔다.

부상자는 오십대의 농부와 고등학교 일학년짜리 소년이었다.

어깨에 총상을 입은 소년은 집 마당에서, 그리고 오십대 농부는 새벽녘 돼지밥을 주려고 나왔다가 총에 맞았다고 했다. 농부는 온몸에 예닐곱 군데나 총상을 입어 거의 숨이 끊어져가는 참이었다. 소년은 걷게 하고, 농부는 대원들이 교대로 등에 업고 여단본부까지 옮겨야 했다. 전신이 피투성이가 된 채 낯빛이 벌써 백지장으로 변해가는 농부를 업었을 때, 명치는 농부의 몸이 의외로 가볍고 앙상한 것에 놀랐다.

그들을 헬기에 실어보내고 나서 주둔지로 돌아오는 길에, 어째선지 유이병이 자꾸만 뒤로 처지는 눈치였다. 혼자 풀섶에 쪼그리고 앉아 질금질금 울고 있는 녀석을 발견했을 때, 명치는 까닭 모르게 울화가 치밀어올라서 철모로 녀석의 머리통을 몇 번 갈겨주고 말았다. 유이병의 손과 전투복 상의는 여기저기 핏물에 젖어 있었다. 농부를 업었을 때 묻은 피였다. 그건 명치도 마찬가지였다. 담배를 피워 물려주고 함께 앉았을 때, 유이병은 그렇게 떠듬떠듬 얘기하던 것이었다.

"그 아저씨를 떡 보니까예, 갑자기…… 울아부지 생각이 나서예…… 미안합니더, 반장님예……"

녀석이 농사꾼의 아들이었다는 걸 명치는 그때 처음 알았다. 말이 부산이지, 멀리 들녘 저편으로 을숙도가 바라다뵈는 작고 가난한 농촌 마을이 고향이라고, 그 가난한 농촌에서 평생 농사를 지으며 살아온 아버지에게 자신은 단 하나뿐인 아들이라고, 녀석은 말했던 것이다.

그날은 내내 고약한 일들만 이어졌다. 이틀 전 조선대에서 철수할 때, 차량으로 이동하던 동료대원들 중 사망자와 부상자가 있었노라는 소식이 들려왔다. 장갑차를 선두로 차량 제대가 조선대 교정을 빠져나오는 도중, 폭도들로부터 집중 사격을 받아 정훈장교 한 명과 앰뷸런스 운전병이 현장에서 즉사하고, 칠팔 명이 부상을 당했다고 했다. 앰뷸런스에 탔던 의무장교 하나는 머리에 총을 맞아 정신이 돌아버렸다는 말도 들렸다. 또 대원 하나가 차에서 떨어져 달아나다가 붙잡히고 말았는데, 폭도들이 그 대원을 무수히 칼로 난자해서 죽여버린 다음, 하루종일 온 시내로 시체를 질질 끌고 다녔노라는 믿기 어려운 소문도 병사들의 입에서 입으로 나돌았다. 그 소식을 들은 대원들은 극도로 흥분했다. 그렇지 않아도 바로 전날, 수색중에 교전이 붙어 부상자가 여럿 생겨난 터였다.

"쌔끼들아. 이러고도 느이들이 특전사 마크를 달고 있을 자격이 있다고 생각하냐? 느이 전우들이 얼마나 죽었는지, 대체 알기나 하냔 말야. 그들도 느이들과 마찬가지로 고향에서 기다리는 부모 형제가 있고, 사랑하는 애인도 있다. 희생당한 전우들의 원수를 느이들이 갚지 않으면 누가 갚겠는가. 이 새끼들아. 이건 전쟁이야. 장난이 아니란 말씀야. 현재 광주 시내는 온통 빨갱이들로 우글우글하다. 정보에 의하면, 이미 북에서 남파된 간첩들이 수십 명이나 시내에 침투해들어와 폭도들을 선동하고 있다고 한다. 이 새끼들아, 지금 우리가 무너지면 대한민국이 무너지고, 대한민국이 무너지면 느이들은 물론이고 고향의 부모 형제들도 다 죽는 거란 말이다. 알아듣겠나!"

장교들은 병사들을 모아놓고 그렇게 정신 교육을 반복했다.

병사들은 너나없이 흥분했다. 그들의 눈빛은 극도의 분노와 증오와 복수심으로 지글지글 타올랐다. 그때부터 병사들은 부쩍 빈번하게 총격을 해대기 시작했다. 일체의 차량은 시야에 들어

봄 날

오기만 하면, 검문 절차도 없이 무조건 집중 사격을 받았다. 피난길을 나섰음이 분명한 승용차, 앞에 백기를 달고 저속으로 다가오던 봉고트럭도 예외 없이 변을 당했다. 그 바람에 도보로 근처를 지나가던 애꿎은 민간인들까지 풀썩풀썩 나자빠지기도 했다.

병사들은 그 정도로 그치지 않고 이따금 저지선을 넘어 훨씬 먼 거리인 지원동 버스 종점 부근까지 진출, 눈 깜짝할 새에 폭도들의 진지를 쑥밭으로 만들어놓고 재빨리 귀환하곤 했다. 그런데도 도보로 피난길을 나서거나 혹은 시내로 들어오는 민간인들의 행렬은 좀체 줄어들지 않고 있었다. 한차례 그렇듯 콩 볶는 듯한 총격전이 벌어지고 나면 잠시 뜸해졌다가도, 얼마 후면 아무 영문도 모른 채 길을 나선 피난민들의 모습이 도로에 다시 나타나곤 하는 것이었다.

그러다가 아까 오후 두시경, 돌연 미니버스 한 대가 나타났던 것이다. 갑자기 출현한 미니버스를 발견하고 도로로 뛰어나가 정지 신호를 보냈던 사람은 바로 명치 자신이었다. 그때 버스가 정지했더라면 그런 엄청난 일은 벌어지지 않았을지도 모른다. 도망치려는 걸 보고 골짜기 양쪽에 매복해 있던 병력들로부터 일제 사격이 개시되었고, 버스는 벌집으로 변해버렸다. 명치는 몸을 굴려 길 아래로 피했는데, 그 순간 버스 차창으로 여자들이 상체를 내놓고 미친 듯 팔을 흔들어대는 모습을 명치는 똑똑히 보았다. 살려주세요오. 쏘지 말아요옷. 여학생들이 타고 있어요오……

모든 게 눈 깜짝할 새에 벌어진 일이었다. 옆으로 나동그라진 버스 안의 광경을 명치는 아마 죽을 때까지도 잊지 못할 것이다.

피. 그것은 피의 웅덩이였다. 인간의 몸뚱이에서 그렇게 엄청난 양의 피가 쏟아져나올 수 있다는 게 믿어지지가 않았다. 그 끔찍한 열다섯 개의 살 덩어리들을 명치네 중대원들은 하나씩 논바닥으로 끌어내야 했다. 창자가 쏟아져나오고 목이 덜렁 끊어져버린 시체. 붉은 염료에 담근 듯 긴 머리채가 온통 끈적한 핏물에 젖은 처녀. 무려 수십 발의 총탄에 전신이 걸레쪽처럼 너덜너덜해진 어린 여학생도 있었다. 넓은 들판 한가운데인데도 코가 막힐 정도로 번지는 비릿한 피내음 때문에 명치는 몇 번이나 헛구역질을 했었다.

그 열다섯 구의 시신들 외에 놀랍게도 세 명의 생존자가 있었다. 여고 일년생 소녀 하나와 두 명의 청년. 청년 하나는 중상이었지만, 다른 둘은 기적처럼 총상이 가벼웠다. 그들을 끌고 본대로 귀환한 것도 명치네 중대였다. 그들이 당연히 병원으로 보내질 줄로만 알았었다. 그러나 지역대장은 처치해버릴 것을 명령했고, 추상사는 임상병과 유이병을 시켜 그 두 청년을 골짜기까지 끌고 내려가게 한 다음 그 자리에서 자신이 직접 사살해버리고 말았던 것이다. 유이병은 바로 그 일로 심한 충격을 받았을 게 틀림없다. 정확히 두 발씩 추상사는 그들의 머리를 쏘았고, 그것은 유이병과 임상병의 눈앞에서 벌어진 일이었다. 게다가 추상사의 명령에 따라 그들은 구덩이를 파고 시체들을 직접 자신들의 손으로 묻어야 했던 것이다.

"가만!"

"반장님, 누가 와요!"

돌연 인기척 소리. 명치와 임상병은 퍼뜩 놀라며 거의 동시에 총을 움켜쥐었다. 골짜기 경사면으로 검은 그림자 하나가 얼핏 비친다. 임상병이 철모를 재빨리 눌러쓰고는 '정지' 하고 낮게 소리쳤다.

"손 들고 뒤로 돌앗."

그림자가 우뚝 멈춰서더니 돌아섰다.

"고양이."

"생쥐."

"누구냐."

"나야, 임상병. 오하사라구."

둘은 한숨을 내쉬며 총을 내렸다. 오하사가 바위를 돌아오더니 경계호 옆에 멈추었다. 명치는 몸을 일으켜 경계호 밖으로 기어올랐다.

"어떻게 된 거야, 오하사. 오늘밤엔 추곰보가 순찰 아니었나?"

"대신 날보고 나가라더군. 그 작잔 술에 취해 지금쯤 뻗었을 거야."

"어참, 시껍했지 뭡니까. 잠깐 한눈을 팔고 있었는데."

임상병이 철모를 벗으며 말했다.

"임상병, 넌 그만 돌아가라. 내가 대신 서줄 테니까."

오하사가 말했다. 그리고 보니 그의 어깨엔 소총이 걸려 있다.

"순찰은 어쩌고요."

"일 없어. 여기가 마지막이었으니까."

"괜찮습니다. 나도 여기 있을랍니다."

"아냐, 들어가보라니까. 한하사하고 얘길 좀 할 게 있어서 그래."

"그럼 수고하십시오."

가볍게 경례를 붙이고 나서 임상병은 사라진다. 명치는 오하사 곁에 나란히 앉았다. 풀밭은 물기에 젖어 있었다. 오하사가 허리띠를 풀더니, 수통을 꺼내 든다.

"이거, 마시자."

"웬일이냐. 영창 가고 싶어?"

"까짓 거, 처넣으래지. 차라리 당장이라도 그래줬으면 좋겠다."

"완전히 돌았구만."

"왜. 이 판국에 돌지 않을 놈 누가 있냐? 잔소리 말고, 마시자. 취하지라도 않으면 미쳐버릴 것 같아서 왔다."

오하사는 벌써 수통을 입에 대고 있다. 그의 목소리엔 묘한 비웃음 같은 게 섞여 있다. 명치도 수통을 받아들고 한 모금 털어넣었다. 목구멍을 할퀴는 듯한 강렬한 느낌과 함께 어깨가 부르르 떨려왔다.

"고량주구나. 어디서 났냐, 이거."

"아까 마을에 내려가서 두 병 구했어. 이것도."

오징어였다. 둘은 몇 모금씩 더 나누어 마셨다. 차츰 취기가 돌기 시작하고, 몸은 오히려 더 떨려온다. 한동안 둘은 말없이 술만 홀짝였다.

"유이병은 어때?"

"그대로 잠들어 있어. 개새끼들. 무슨 개돼진가, 팔다리까지 결박해놓다니……"

오하사가 중얼거렸다. 둘은 한동안 입을 다문 채 어둠 속을 노려보고 있었다. 소쩌―억. 소쩌―억. 뒤쪽 산등성이 어딘가에서 새가 울기 시작했다.

'악아, 저놈이 소쩍소쩍 하고 울면 흉년이 들고, 솟적다솟적다 하고 울면 그해는 풍년이 든단다야. 솥이 적응께 더 큰 놈으로

봄 날 161

준비를 하라고 말이다이⋯⋯'
 어렸을 때 그 얘길 해준 건 할머니였을까. 불현듯 식구들의 얼굴이 떠올랐으므로 명치는 가슴이 답답해온다. 명치는 수통을 들어 또 한 모금을 마셨다.
 "한하사. 너, 언젠가 나한테 그렇게 물었던 적이 있지. 대학까지 다니는 먹물 주제에 왜 하필이면 특전사를 자원했느냐고. 남들은 어떻게든 편하게 군대 삼 년 때우려고 기를 쓸 텐데, 힘들기로 소문난 공수부대를 제 발로 기어들어온 이율 모르겠다고 말야. 기억 안 나?"
 오하사가 불쑥 입을 열었다. 취기 때문인가. 녀석의 목소리가 심상찮게 떨리고 있음을 명치는 알아차린다. 명치는 대꾸하지 않았다.
 "그 일이 있기 전까진 나는 그야말로 아무것도 모르는 맹물이었어. 당연한 일이지. 난 언제나 모범생이었으니까. 부잣집 외아들이라 초등학교 때부터 가정교사를 두었고, 반장은 늘 내 차지였지. 학교에서도 집에서도 나는 언제나 칭찬만 받았고, 모두들 내게 엄청난 기대를 걸었어. 재수 끝에 결국은 삼류 대학으로 낙착되자 부모들은 낙담이 이만저만 아녔지만, 난 그런대로 대학 생활이 즐거웠어. 적어도 그 일이 터지기 전까지는 말이다."
 오하사는 엉뚱한 얘기를 꺼내고 있었다. 명치는 잠자코 술만 홀짝였다.
 "거기서 친구 하나를 만났지. 좋은 녀석이었어. 내가 세상에서 처음이자 마지막으로 얻은, 정말이지 멋진 친구였어. 전라도 깡촌 출신인 그 녀석은 내겐 없는 모든 걸 다 가진 놈이었다구. 난 녀석에게 반했지. 어디든, 무슨 일을 하든 졸졸 따라다녔으니까…… 그렇지만 정작 나는 녀석이 학생 운동권 핵심 멤버였다는 건 감쪽같이 몰랐어. 아니, 알았더라도 난 아무것도 이해하지 못했을 거야. 그만큼 세상 물정에 어두운, 그저 행복한 부잣집 외아들이었을 뿐이니까……"

 명치는 그냥 말없이 앉아 있다. 그에게는 다만 낯설고 맥풀리는 얘기로 들릴 뿐이다. 오하사는 다시 한 모금을 거칠게 들이켰다.

 "어느 날 등교해 보니, 교정에 웬 잠바 차림의 사내들이 쫙 깔려 있는 거야. 알고 보니, 형사들이었어. 그때는 박정희 유신 정권하였지만, 탄압이 너무 심해선지 학생 시위 따윈 거의 없을 정도였지. 그런데 마침 우리 대학에서 모종의 시위 계획이 있었고, 그게 사전에 발각되어 형사들이 주동자들을 검거하기 위해 투입되었다는 소문이 나돌더군. 난 뭐 그러려니 여기고 말았을 뿐야…… 첫 시간이 문학개론 과목이었는데, 어째선지 그 녀석이 보이질 않는 거야. 그날 밤 녀석한테서 집으로 전화가 왔어. 돈이 약간 필요하다는 거말고는 별다른 얘기도 없이 끊었어. 다음 날 녀석과 만나기로 한 다방으로 가려고 학교를 나서려는데, 웬 사내가 나를 불러세우더니 녀석의 행방을 물었어. 녀석의 사촌형이라면서, 시골에서 막 올라온 참인데 찾을 수가 없다는 말에 난 아무 의심도 없이 그자를 이끌고 약속 장소로 갔던 거야."

 오하사는 어느덧 취해 있다. 담배를 꺼내어, 손으로 가리지도 않고 불을 붙인다. 장교들의 눈에 띄기라도 하면 큰일이었다. 하지만 명치는 막지 않았다.

 "녀석은 내 눈앞에서 수갑이 채워졌어. 그때 그 친구가 나한테 뭐랬는 줄 알아? 개자식. 네가 이럴 수가 있어. 설마 네가 프락치일 줄은 몰랐다…… 난 그 형사놈한테 대들지조차 못했어. 그냥 겁에 질린 채 그 자리에 주저앉아서, 녀석이 끌려나가는 걸 멍하니 구경만 하고 있었던 거야. 겁이 나서, 그냥 앉아만 있었단 말이다……"

크흑. 엉뚱하게도 오하사의 입에서 묘한 신음 소리가 흘러나왔다. 수통을 한 손에 쥔 채, 머리를 처박고 오하사는 낮게 큭큭거린다. 명치는 한숨을 내쉬었다.

"며칠 후 신문이며 텔레비전에 녀석의 사진이 대문짝만하게 나오더군. 어마어마한 죄목이었어. 재판이 열리고, 녀석은 자그마치 5년형을 선고받았지…… 난 학교를 그만두었어. 견딜 수가 없었으니까. 꼬박 한 달을 앓아 누웠어. 아무것도 먹을 수가 없었고, 불면의 밤은 미칠 것만 같았지. 집을 뛰쳐나와서 미친개처럼 떠돌아다니기도 하고, 죽어버리려고도 했지만 끝내 그러지도 못했어. 난 무엇보다 내 자신을 용서할 수 없었어. 나를 노려보던 녀석의 그 무서운 눈. 나를 향해 던지던 그 적의에 찬 말과 눈빛…… 한하사. 이해할 수 있겠니?"

명치는 오하사를 말없이 쏘아보았다. 이해할 수 있느냐고 물었지만, 명치는 다만 가슴에 무엇인가 얹힌 듯 막막한 기분이었다. 히죽, 오하사는 소리도 없이 혼자 기묘한 웃음을 흘리더니, 고개를 돌려 다시 어둠 속을 노려본다.

"난, 내 자신을 철저하게 파괴해버리고 싶었어. 마침 영장이 나왔고, 그런 자포자기 심정으로 난 공수부대에 자원했던 거다. 어쩌면 난 조금이나마 보상해주고 싶었던 것인지도 몰라. 날 증오하면서 끌려간 그 녀석에게, 아니 내가 끝내 죽이지 못한 내 자신을 위해서 말이다…… 그 혹독한 훈련을 수없이 받으면서도,

난 오히려 쾌감을 느꼈어. 괴롭고 고통스러울수록 난 그만큼 통쾌할 수가 있었지. 그렇게 고통스러워하는 내 자신의 모습을 바라보는 순간엔, 잠시나마 그 두려운 기억으로부터, 죄책감으로부터 조금은 벗어날 수 있을 것 같기도 했던 거야…… 그래. 난 이제는 그만 자유를 얻고 싶었어. 나를 짓누르고 있는 그 고통스런 기억으로부터 벗어나게 되기를, 그래서 모든 걸 훌훌 벗어던지고 또 다른 내 몫의 시간을 새롭게 시작할 수 있게 되기를, 정말이지 난 미치도록 원했어. 적어도, 며칠 전까지는…… 그러나, 이젠 그 모든 게 영영 틀려버리고 만 거야. 한하사. 어쩌다가 우리가 이렇게까지 되어버린 거지? 우리가 지금 이 도시에 내려와서, 도대체 지금 무슨 짓을 저지르고 있는 거냐구. 아아, 믿어지지가 않아. 어떻게, 내가…… 한하사. 넌, 내가, 이 두 손으로, 무슨 짓을 했는지 알아? 알기나 하느냔 말야."

마침내 오하사는 두 손으로 머리를 감싸쥔 채 격하게 흐느끼기 시작한다. 한참이나 어깨를 들먹거리고 나서야, 오하사는 비로소 차분해졌다.

"한하사. 그때, 난 봤어. 여자들을, 이 두 눈으로 똑똑히 말야. 그 미니버스에서 총구가 불쑥 튀어나오는 순간, 나도 모르게 겁에 질려서 총을 갈겨버렸어. 그런데 바로 그 순간에 여자들이, 여자들의 얼굴이, 창밖으로 나타났어. 그런데도 난…… 난, 계속 방아쇠를 당기고 있었던 거야."

명치는 눈앞 어둠 속을 쏘아보며 돌처럼 굳어 있었다. 살려주세요오. 쏘지 말아요옷. 여자들이 타고 있어요오. 아저씨이…… 여자들이 차창 밖으로 두 팔을 미친 듯 흔들어대고 있었다. 피. 피의 웅덩이로 변해버린 버스 안. 희멀겋게 쏟아져나온 내장을 손바닥으로 그러안은 채 숨을 헐떡이던 청년. 아아, 하나씩 차례로 끌려나와 논바닥에 나란히 눕혀진 그 괴물 같은 살덩이들. 그리고 부상을 당한 채 살아남은 두 청년의 공포에 질린 얼굴, 그 허둥거리던 눈빛들. 그들의 머리를 정확히 겨냥하고 방아쇠를 당기는 추상사. 그것을 지켜보고 있는 유호섭과 임상병. 그리고 그 네 발의 총성. 타앙, 타앙, 타앙, 타앙……

명치는 무릎 사이에 머리를 쑤셔박았다. 그리고 뱃속에 든 것을 아주 천천히, 꾸역꾸역 쏟아내기 시작했다.

소쩌억. 소쩌—억. 골짜기 어디선가 새가 울기 시작했다.

예비군 창설 이래 최대 규모로 지난 23일부터 수도권에서 실시되고 있는 예비군 동원 훈련은 예고 없이 실시되었으나 100%의 응소율을 보임.
—— 조선일보, 80. 5. 25.

5월 24일 12 : 30, 소태동 주남마을

마을 앞 국도는 공수특전단 군인들로 새까맣게 덮여 있다. 이 천여 명의 병력은 마을을 중심으로 오백여 미터 거리의 차도를 꽉 메웠다. 그들은 약 두 시간 전부터 산 위의 주둔지에서 철수하기 시작, 국도로 내려와 부대별로 정렬해 있는 참이다.

저만치 뒤편 골짜기로 난 작은 길을 아직도 내려오고 있는 병사들의 모습이 보인다. 그들은 맨 마지막까지 숙영지에 남아, 주변을 마저 정돈하고 내려오는 참이다. 골짜기 위쪽 산등성이엔 이제 막 착륙을 시도하려는 헬기의 프로펠러 소리가 요란하다.

아침부터 대형 헬기 서너 대가 쉴새없이 오가며 갖가지 장비와 물품들을 실어날랐다. 목적지는 송정리 공군 비행장. 수천 개의 탄약 상자, 식량, 통신장비, 의료 및 막사용 자재, 중요한 특수 화기 등등 부피가 큰 장비들은 대부분 헬기에 실려 보내졌다.

"젠장, 7여단 자식들만 편하게 됐군."

"누가 아니래나. 저 자식들은 잠자리 타고 쌩쌩 날아가는 판에 우리들만 고물 도라꾸 신세라니, 쪽팔려서 원."

아스팔트 바닥에 주저앉은 병사들이 하늘을 올려다보며 투덜거린다. 머리 위로 마침 또 다른 헬기 한 대가 요란한 프로펠러 음을 쏟아내며 산 쪽을 향해 접근하고 있다. 장비며 자재들을 모두 옮긴 다음 헬기들은 얼마 전부터는 병력을 실어나르기 시작한 참이다.

"대관절 우리 여단장은 어찌 된 거야? 자기 새끼들은 고생시키고 왜 남의 부대만 좋은 일 시키는가 몰라. 맥빠지게."

"헤, 우릴 의붓자식 취급하는 기고 뭐꼬?"

"얌마, 그럼 너 같으면 남의 부대 병력은 밀쳐놓고 자기 부하들만 편히 헬기 태워 보내겠냐? 속 빤히 보이는 짓이지."

"딴은 그렇네. 손님 대접은 해야지."

병사들은 여단장이 정작 자기 부하들은 놔두고 다른 부대 병

봄 날 167

력만 헬기로 이동하도록 조치한 것에 대해 불만스러운 눈치들이다.

이날 새벽 1시 30분, 부대는 특전사 임시작전본부가 위치해 있는 전교사(전투병과교육사령부)로부터 긴급 명령을 하달받았다. 당일 정오를 기해 광주-화순간 도로 봉쇄 작전 임무를 보병 제20사단에게 인계하고, 부대 교대 후 전원 철수할 것. 이동 목적지는 송정리의 광주비행장. 이후 비행장에서 전교사 예비 부대로서 기동타격대 임무를 수행할 것.

명령이 하달된 즉시 부대는 철수 준비에 착수했다. 현재 주남마을 일대에 주둔중인 병력은 제11여단 3개 대대와 제7여단 2개 대대였다. 제11여단장은 이들 5개 대대에 대한 임시 지휘권을 갖고 있었다. 철수 방식은 차량과 헬기에 의한 두 가지. 여단장은 자신의 부하들인 11여단 병력은 차량으로 철수하도록 하고, 7여단 병력은 따로 헬기를 이용하여 먼저 이동시키기로 결정했다. 이에 따라 제11여단 전병력 및 제7여단의 치(輜)중대 병력은 주남마을 앞 도로로 이동, 그들을 수송해갈 차량을 기다리고 있는 중이다. 그들과 교대할 부대는 보병 제20사단 61연대였다.

"짜식들, 도대체 뭘 꾸물대고 있는 거야?"

여단장은 팔뚝에 찬 시계를 들여다보며 한껏 이마를 찌푸린다. 두어 걸음 떨어져서 작전참모가 이제 막 무전기로 통화를 마치고는 뒤를 돌아본다.

"이봐, 작전참모. 이리 와보라구."

"옛. 장군님."

작전참모가 허둥지둥 달려왔다.

"어떻게 된 건가. 도착 예정 시각이 넘었잖아."

"옛, 장군님. 아무래도 예정 시각보다 다소 지연될 것 같습니다."

"뭐야! 얼마쯤?"

"최소한 삼십 분 정도 소요될 겁니다."

"미친 새끼들, 무슨 야유회 나오는 줄 아나. 지금은 전시야 전시! 실제 상황이란 말야. 전시 상황에서 삼십 분 오차라면 사단병력이 전멸하고도 남을 시간이라구. 쌍."

"예정 시각에 정확히 출발했다는데, 도중에 갑자기 진로를 변경했답니다. 폭도들이 습격할 우려가 있다는 정보를 받은 모양입니다."

"젠장, 하여간 보병부대는 믿을 게 못 돼."

여단장은 허리에 찬 권총을 손바닥으로 탁탁 두들긴다. 별 계급장이 박힌 철모와 검은 선글라스를 쓴 얼굴엔 짜증이 묻어 있다. 그는 고개를 좌우로 돌려 잠시 부하들의 대열을 둘러본다. 도로 이쪽에서 저쪽까지, 병사들은 개인 화기와 배낭을 휴대한 채 단위 부대별로 정렬해 있다.

"차단조는 제대로 배치시켰겠지?"

"옛. 양쪽 진입로에 각각 2개 중대씩 보냈습니다."

"폭도들의 낌새는."

"현재까지는 잠잠합니다."

"좋아. 그럼 나머지 병력은 휴식 시켜."

"예?"

"이런, 답답하기는. 차량 도착시까지 저대로 마냥 세워둘 거야?"

"알겠습니다, 장군님."

작전참모는 급히 물러나더니, 전령들을 불러모아 지시를 하달한다.
"주모옥! 현위치에서 잠시 휴식을 취한다. 개인 화기는 각자 휴대할 것. 현재의 대오를 유지하고, 휴식 군기를 준수하도록. 이상."
명령이 떨어지자 병사들은 일제히 수런거리며 길바닥에 털썩털썩 주저앉기 시작한다. 철모와 배낭을 벗고, 너도나도 담배를 피워문다. 이내 병사들의 대열 주변으로 몽글몽글한 연기가 피어오른다.
병사들의 몰골은 하나같이 추레하기 그지없다. 그들은 이미 지칠 대로 지쳐 있다. 얼굴은 땀과 구정물에다가 햇볕에 그을려 숯덩이처럼 새카맣다. 세수는커녕 손을 물에 담가본 기억조차 까마득하다. 극도의 수면 부족과 피로 때문에 너나없이 벌겋게 충혈된 안구. 온몸의 근육과 관절이 한꺼번에 흐물흐물 녹아내리고 말 것만 같다. 이대로 드러누워서 잠시만이라도 눈을 붙여볼 수만 있다면. 하지만 그건 턱도 없는 소리다. 벌써 며칠째던가. 광주에 도착해서 지금까지 단 하루도 제대로 눈을 붙여보지 못했다. 아니다. 이미 서울에서부터 수면 부족은 누적되어왔다. 무엇보다 지난 일주일 동안, 광주 시내에서의 그 지긋지긋한 폭동 진압 작전 내내 그들은 잠시도 느긋하게 앉아서 휴식을 취할 겨를이 없었다. 배고픔은 또 얼마나 고통스러웠는가. 제대로 된 밥은 고사하고, 비상 식량만이라도 제대로 먹을 수 있었으면 싶었다. 온종일 휴식조차 없이 뛰어다니면서도 비상 식량 한 봉지만으로 하루를 때워야 했던 게 몇 번이던가.
이곳 주남마을로 이동해온 다음에도 사정은 별로 달라지지가 않았다. 식량이 있어도 취사 시설이 제대로 갖춰지지 않은 탓에 질이 형편없었다. 그나마도 제때 조달이 어려워 여러 끼니를 휴대용 비상 식량으로 때워야 했다. 병사용 막사는 애당초 없었으므로, 판초 우의를 이용 각자 간신히 비와 이슬만 가린 채 가수면을 취해야 했다. 폭도들의 기습에 대비한 경계 임무는 턱없이 과중하게 밤낮 안 가리고 주어졌고, 장교들은 그 어느 때보다 혹독하게 병사들을 통제했다. 어설프기 그지없는 화력이긴 했지만 폭도들은 시도때도없이 제멋대로 총질을 해댔고, 그 때문에 시종 긴장을 풀 수가 없었던 것이다.

장교 사병 가릴 것 없이 완전히 녹초가 되어 있었다. 지금껏 그 어떤 특수 훈련도 이번처럼 힘들고 고통스럽지는 않았다. 온몸의 기력은 벌써 오래 전에 바닥이 났지만, 그들은 오로지 '깡다구' 하나로 초인적으로 버텨왔다. 그러나 그것도 어느덧 한계에 달해 있는 참이었다. 이날 아침 갑자기 부대 교체 명령이 하달된 것도 어느 정도 그 같은 상황을 사령부 쪽에서 감안한 탓이기도 할 것이다.

오후 1시.
"반장님. 저거 보십쇼. 휴식을 취하는 모양인데요?"
정일병이 명치를 부른다. 본대 쪽을 바라보니, 과연 집결해 있던 병력의 대오가 흐트러져 있다. 길바닥에 주저앉아 휴식중인 듯, 한꺼번에 뿜어대는 담배 연기가 허옇게 떠다니고 있다.
"어, 정말. 또 작전이 바뀐 거 아닌가?"
"설마. 수송 차량이 도착하려면 시간이 좀 걸릴 모양이구마."
"야, 잡담 말고 제자리나 지키란 말야. 한하사, 똑바로 못 해!"

봄 날

뒤쪽, 논둑 아래서 무전병과 함께 앉아 있던 중대장 변대위가 소리쳤다.
"니기미, 내가 뭘 어쨌다고 지랄야."
명치는 입에 물었던 풀잎을 칵 뱉어내며 투덜거렸다.
지금 명치네 중대는 3중대와 함께 본대로부터 따로 떨어져나와, 도로 차단 및 적진 경계 임무를 띠고 전진 배치되어 있는 참이다. 본대와의 거리는 오백여 미터. 둥글게 휘어져나간 도로의 꼭지점. 명치네 중대는 바로 그곳 차도 아래쪽 논둑에, 그리고 3중대는 길 건너 언덕 위에 매복해 있는 참이다. 맞은편 약 1.5킬로미터 전방엔 지원동 버스 종점이 바라다뵌다. 어째선지 폭도들의 모습은 별로 보이지 않는다. 이따금 한둘이 총을 쥐고 다리 부근을 조심스레 왔다갔다할 뿐. 아마 점심을 먹는 중인지도 모르겠다.
"야, 어디로 이동한다고 그랬지?"
"송정리 비행장이래잖우."
"그건 알지만, 거기서 다른 곳으로 다시 이동할 게 아냐?"
"혹시 헬기 태워서 자대로 복귀시킬라고 그러는 거 아뇨."
"새꺄, 꿈꾸지 마. 특전사 명예가 있지, 이대로 당하기만 하고 그냥 물러날 거 같냐. 지금까지 전우들이 몇 명이나 죽었는데."
"보병 애들하고 교체하는 걸 보면, 혹시 누가 알우?"
"이런 쪼다!"
"어따, 골통 좀 때리지 마슈. 하여간 강상병님은……"
"얌마, 특전사 사전에 철수는 있어도 후퇴는 읎어!"
"이게 어째서 후퇴요."
"후퇴가 아니믄. 너, 이대로 여기서 쪽팔리게 그만둘 거야? 지금껏 당한 게 이가 갈리지도 않냐 말야. 시내로 쳐들어가서 M16 이라도 한번 맘껏 갈겨봐얄 것 아냐."
"하기는. 에이, 어저께 예정대로 소탕 작전 떴어야 하는 긴데. 어째서 연기시켰나 몰라."
"두고 봐, 폭도시키덜! 특전사가 어떤 것인지, 뜨거운 맛을 봬줄 테니까. 알아?"
"염려 딱 붙들어매슈. 이번에야말로 나도 사그리 갈겨버릴 거요."
"이것저것 따지고 자시고 할 것도 없어. 눈앞에 떴다 하면, 무조건 사살해버리는 거야. 쌍누무시키들. 내 손으로 딱 스무 놈만 잡을 테니까."
"어따, 그러믄 보나마나 강상병님 위로 휴가는 따논 당상이구만요."
"웃기지 마, 새꺄. 재수 없으면 빈총 맞고 국군묘지 직행야."
 곁에서 대원들이 지껄이는 소리를 명치는 애써 무시해버리려 애쓴다. 소탕 작전이 개시되기만 해봐라. 이번에야말로 나가기만 하면 싹쓸이를 해버릴 테다. 원수를 갚아야 할 게 아닌가. 벌써 아군 쪽에서 살상자가 상당수 생긴 판인데, 보복을 해야 한다…… 그렇듯 별의별 살벌한 이야기들이 오가는 판이다.
 그건 이제 전혀 새삼스러울 것도 놀라운 얘기도 아니다. 모두들 증오와 복수심이 팽배해 있었다. 장교건 사병이건 모이기만 하면 그런 얘기뿐이었다. 죽고 부상당한 전우들에 대한 연민과 안타까움, 온몸을 덮쳐누르고 있는 피로와 허기, 극도의 긴장감, 죽음과 부상에 대한 공포. 우리가 대체 누구를 위해, 무엇 때문에 여기까지 내려와서 이 고생을 견뎌내야 한단 말인가…… 그

봄 날 173

런 모든 불만과 고통의 원인은 오로지 저만치 눈앞에 보이는 도시에 존재했다. 병사들에게 그것은 자연스레 그 도시와 시민들을 향한 유독한 분노와 적개심으로 바뀐 지 오래다.

'불순분자와 용공 세력들이 날뛰고 있는 도시. 그자들이 폭동을 계획하고 선동했다. 놈들은 명명백백한 대한민국의 적이다. 게다가 상당수의 북괴 간첩까지 이미 침투했다잖은가. 그러나 놈들을 소탕하기 위해 출동한 우리들을 저 우매하기 그지없는 시민들은 까닭 없이 적대시하고, 등을 돌리고, 야유를 퍼붓고, 돌과 화염병을 던지고, 마침내는 총기를 탈취해 우리를 향해 쏘기까지 하고 있지 않는가.'

그런 생각에 병사들은 복수심과 증오심으로 지글지글 타올랐다. 지휘관들은 그들에게 수차 되풀이해서 말했다.

"죽은 전우들의 원수를 갚아야 한다. 우리가 타도해야 할 적은, 남파되어 현재 시내에서 암약중인 북괴 간첩들만이 아니다. 총을 들고 설치는 불순분자와 용공 세력들 역시 대한민국 국민이 아닌, 빨갱이들이자 김일성의 졸개들이다. 거기에 엉뚱한 양아치들, 구두닦이, 불량배들까지 덩달아 제 세상 만났다고 설치는 판이다. 그놈들로부터 다수의 선량한 시민들을 구출해내야 한다. 이번엔 우리 중 누가 총에 맞게 될지 모른다. 이건 엄연한 전투다. 먼저 쏘지 않으면 내가 죽는, 생과 사의 게임이다. 이 나라의 운명이 너희들의 어깨에 달려 있는 것이다……"

모두들 적의에 가득 찬 눈빛을 하고서 명령을 기다리고 있었다. 저 도시를 향해 밀물처럼 쳐들어가, 폭도들을 남김없이 소탕해버릴 진압 작전 명령을. 그런데 사실은 이미 한차례 바로 그 작전 명령이 하달된 적이 있었다. 어제 정오 무렵, 전지휘관들은 여단장 막사로 급히 소집되었다. 여단장이 말했다.

"귀관들. 고대하고 있던 진압 작전 명령이 떨어졌다. 작전 개시 시각은 당일 밤 여덟시. 전병력이 광주 시내로 진격한다. 각 단위 부대별로 담당 작전 구역을 정해주겠다. 각 중대, 각 팀별로 담당 구역의 지리 및 기타 상황을 철저히 숙지시켜라……"

여단장 막사에서 나오자마자 장교들은 상기된 얼굴로 급히 병사들을 집합시켰다.

"제군들, 잘 들어라. 오늘밤, 개인당 실탄 560발과 수류탄 1발씩을 휴대하고 시가지로 진입한다. 지금부터 즉시 각자 총기 손질을 철저히 실시하도록!"

명치네 지역대가 장악해야 할 담당 구역도 하달되었다. 4지역대는 충장로 1가부터 3가 그리고 금남로 3가와 4가를 맡았다. 명치네 팀은 그 중 충장로 3가로 정해졌다. 부대는 돌연 활기를 띠기 시작했다.

"마침내 출동이다! 진압 명령이 떨어졌단다."

병사들은 모여앉아 총기 손질을 하며 흥분한 목소리로 떠들었다. 장교건 사병이건, 이번에야말로 닥치는 대로 갈겨버리겠다며 전의를 불태웠다. 실추된 공수특전사의 위대한 전통과 명예를 회복할 기회라고, 희생된 전우들의 원수를 갚아야 한다고, 이번 작전을 성공리에 마치고 귀대하면 위로 휴가가 주어질 것이라고…… 저마다 흥분과 기대에 들떴고, 동시에 긴장된 표정이었다.

총기 손질을 마치고 나자 즉시 재교육이 실시되었다. 마을 뒤 공터와 밭으로 전원 집결했다. 탱크가 한 대씩 각 대대에 지원되었다. 탱크가 앞장을 서고 병사들은 뒤따랐다. 절대로 물러서지 말라. 탱크를 엄폐물 삼아 진격하라. 장교들이 악을 썼다.
 그러나 출동 개시 시각 두 시간 전인 저녁 여섯시. 돌연 작전이 취소되었다는 지시가 하달되었다. 병사들은 무척 실망하고 허탈해했다. 어차피 실행될 작전이라면 한시라도 빨리 치르는 편이 나았다. 무엇보다 이 지긋지긋한 도시로부터 벗어나고 싶었다. 한바탕 후련하게 폭도들을 청소해버리고 나서 어서 자신들의 부대로 복귀하기를 바랐다. 그러나 도리가 없었다. 또다시 출동 명령이 내려질 때까지 대기하는 수밖에.
 그렇게 또 하루가 지나갔다. 그런데 이번엔 이렇듯 이동 명령이 떨어진 것이다. 송정리 비행장이라니, 그나마 다행이다. 거기 가면 적어도 제대로 된 식사와 잠자리는 주어질 것이니까.
 "반장님. 유이병 그 자식 지금쯤 병원에 누워 있겠구만요."
 곁에서 문득 임상병이 혼잣말처럼 묻는다. 명치는 대꾸 없이 앞만 바라본다. 휘잉. 바람이 스쳐지나간다. 줄기가 제법 굵어진 벼 이파리가 바로 눈앞에서 흔들린다. 벼포기 사이에서 작은 청개구리 한 마리가 팔짝 뛰어나왔다. 놈은 부드러운 흙더미 위에 가만히 웅크린 채 정지해 있다. 동그랗고 마알간 두 개의 눈. 기묘하게 불룩거리는 놈의 조그만 배를 명치는 들여다본다.
 '사라져버리고 싶다. 수증기처럼, 증발해버리고 싶다……'
 불현듯 누군가 가슴속에서 그렇게 속삭이는 소리를 명치는 들었다. 정말, 그랬으면. 이 넌더리나는 무기와 군복, 철모 따윈 훌훌 내던져버리고 당장 벌떡 일어나 마구 달리고 싶다. 미친 듯이 저 들판을 질러, 아무도 없는 어디론가, 인간이란 존재 따윈 하나도 보이지 않는 그런 세상으로, 사하라 사막 같은 곳으로…… 흔적도 없이 날아가버리고 싶다. 탈출하고 싶다.

눈앞에 아직 청개구리가 앉아 있다. 명치는 손가락을 내밀어 그것의 불룩거리는 조그만 배를 가만히 건드린다. 팔짝, 청개구리가 달아났다.
 명치는 힘없이 눈을 감는다. 어째서일까. 까닭도 없이 핑글, 눈물이 솟는다. 이런 게 아니었다. 정말로 이렇게까지 해야 되는 건 아니었다. 내가 자라난 도시, 낯익은 고향 사람들이 이렇듯 처참하게 죽어가는 꼴을 보게 되리라곤 상상조차 못 했다. 머잖아 최후의 출동 명령이 내리는 날, 이번에야말로 무서운 살상극이 벌어지리라. 지금까지보다 훨씬 많은 사람들이 죽게 되리라. 난 어떻게 할 것인가. 그날이 오면, 그 순간이 닥쳐오면……?
 차라리 진작 부상이라도 당해버렸더라면 좋았을걸. 명치는 그런 생각까지 해본다. 죽음이 두려워서가 아니다. 누군가를 향해 방아쇠를 당겨야 한다는 사실, 누군가를 자신의 손으로 죽여야만 한다는 사실이 두렵다. 아니, 자신의 손으로 쓰러뜨려야 할 그 대상이 전혀 불분명하다는 사실이, 그 해괴한 혼돈이 무엇보다 두렵고 무서운 것이다.
 '도대체 적은 어디에 있는가? 내가 쓰러뜨려야 할 적은 누구인가? 저 팔십만이나 되는 시민들 모두가 우리의 적이란 말인가? 내 식구들, 아버지와 어머니, 동생들 그리고 친구들, 친척들, 이웃 사람들…… 그들 모두가 지금 저 도시 안에 있다. 그들 역시 내 적이란 말인가? 아니라면, 총을 들고 설치는 '폭도들'만이 적이라고 할 텐가? 과연 그들이 적인가? 애당초 그들로 하여금 총을 쥐게 만든 것은 우리가 아니던가? 그런데도 총을 들었다는 바로 그 이유만으로, 이제 그들은 당연히 죽어야만 한단 말인가? 그렇다면 나는, 여기 지금 저 도시를 향해 총을 겨누고 있는

봄 날 177

우리들은 또 누구인가? 저 수많은 익명의 시민들을 쏘아죽여도 좋을 권리가 우리에게 있는 것인가? 아아, 왜 내가 이 자리에 엎드려 있어야 하지? 무엇 때문에, 왜 저들을 죽여야 하지? 왜, 어째서? 무엇을 위해서? 도대체 그 누구를 위해서?'

명치는 퍼뜩 눈을 떴다. 들녘 너머로 도시가 보였다. 유난히도 맑게 갠 하늘. 한 순간 명치는 마치 꿈속처럼, 그 도시의 하늘 위로 길다랗게 드리워져 있는 거대한 환영 하나를 언뜻 보았다. 그물. 그것은 어마어마한 그물이었다. 그 거대한 그물은 도시의 하늘을 완전히 뒤덮고, 명치가 있는 들녘에까지도 까마득히 뻗쳐 있었다. 그 의문의 답을, 명치는 그제서야 어렴풋이 알 것도 같았다.

지금 이 순간, 저 눈앞의 도시 전체와 팔십만의 시민들, 그리고 그들을 향해 총을 겨누고 있는 병사들──그들 모두가 그 거대한 그물 속에 한꺼번에 갇혀 있는 거였다. 그들 모두는 서로가 똑같이 포획당한 물고기일 뿐, 결코 적도 원수도 아니었다. 적은 정작 다른 곳에 있을 터였다. 병사들을 일순간에 맹목적인 증오와 폭력과 광기의 노리개로 만들어서 동족을 처참하게 살육하도록 만들고, 마침내는 형제와 친구끼리 서로 총구를 맞대도록 만들고 있는 자들. 저 거대한 그물을 한 손에 쥔 채 제멋대로 뒤흔들고 있는 자들. 이 추악한 범죄를 처음부터 음모하고, 조종하고, 관리하고 있는 자들. 바로 그들이었다, 적은.

"새애끼, 차라리 잘되었지라우. 후송 보내졌다가 의병 제대하면 귀가 조치될 테니까…… 씨발."

염병헐, 더러운 놈의 군대. 곁에서 임상병이 중얼거렸다.

명치는 무심코 윗옷 주머니에 손을 가져간다. 담배 생각이 간절하다. 하지만 지금은 작전중이다. 고개를 돌려 오하사를 눈으로 찾는다. 저만치 논둑 가장자리에 몇 걸음 떨어져서 오하사는 혼자 엎드려 있다. 무슨 생각을 하고 있는 걸까. 오하사는 논둑에 돋아난 풀섶 사이, 소총 위에 턱을 고인 채 전방을 말없이 주시하고 있을 뿐이다. 아까 유이병을 헬기에 태워 보내고 돌아섰을 때 얼핏 보았던, 오하사의 그 물기 젖은 눈빛을 명치는 떠올린다.
  아침 점호가 끝나자마자 명치는 오하사와 함께 유이병을 찾아갔었다. 얼핏 곤히 잠든 줄만 알았는데, 눈을 뜬 채였다. 두 팔은 노끈으로 결박된 채 가슴 위에 모아져 있고, 발목 역시 묶여 있었다. 명치가 어깨를 흔들어보았지만 녀석의 시선은 허공 어디쯤에 아득하게 풀려 있을 뿐이었다.
  "임마, 고문관. 나야. 한명치란 말이다."
  그래도 대답이 없었다. 녀석의 눈동자는 미동도 하지 않았다. 대원들이 들것에 유이병을 싣고 산등성이의 헬기장으로 옮겼다. 또 다른 환자 두 명과 함께 유이병은 헬기에 실려졌다.
  "얌마, 유호섭. 걱정 마라. 잘될 거다. 응."
  헬기 안으로 들것을 밀어넣을 때 명치가 말했다. 프로펠러 소리 때문에 유이병의 귀에 대고 고함을 쳐야 했다. 유이병은 두 눈을 커다랗게 벌린 채 그냥 얌전히 누워 있을 뿐이었다. 녀석은 꿈꾸는 아이처럼 보였다.
  "유이병, 잘 가라. 잘 가란 말여!"
  임상병이 큰 소리로 말했다. 엄청난 바람을 쏟아내며 헬기는 이륙했고, 그들은 다시 골짜기를 내려와야 했다. 임상병이 연신 주먹으로 눈물을 훔쳐냈다.

"어쭈, 느이 애비 죽었냐. 빙충이 겉은 새끼."
추상사가 이죽거렸지만 누구도 대꾸를 하지 않았다.

"이봐! 당신들, 거기 정지햇!"
돌연 앞쪽에서 고함 소리가 들린다. 도로 쪽이다.
언제 나타난 것일까. 앞쪽에서 민간인 대여섯이 손수레를 에 워싸고 조심스레 접근중이다. 모두 사오십대의 남자들뿐이다. 손수레 위엔 뭔가 울긋불긋한 궤짝 같은 것이 실려 있다.
"어이, 당신들 이리 와봐!"
차도 한가운데서 사격 자세를 취한 채 3중대장과 병사들이 손 짓을 한다. 민간인들은 멈칫멈칫하더니, 이내 겁을 먹고 부랴부 랴 다가온다. 손수레에 실린 것이 상여라는 것을 명치는 그제서 야 깨달았다. 장례 행렬이다. 조잡하게 꾸며진 상여엔 꽃술도 만 장도 보이지 않는다. 손수레를 끄는 남자도, 양옆의 남자들도 역 시 두건조차 쓰지 않은 허름한 평상복 그대로다. 상주인 듯싶은 오십대 남자는 연신 눈물을 줄줄 흘리고 있을 뿐.
"당신들, 어디 가는 길요!"
3중대장이 총을 겨누고 성큼성큼 다가간다. 와들와들 떨며 퍼 렇게 공포에 질려 있는 사람들의 모습. 그들은 아마 바로 길모퉁 이 뒤편에 있는 마을의 농부들인 듯싶다.
"보, 보시다시피, 초상이 나서……"
농부들이 뭐라고 대답하는 소리. 그때 마침 본대 쪽에서 나오 던 소령 하나가 서둘러 다가갔다. 뚱뚱한 몸집의 소령은 어느새 권총을 뽑아들고 있다.
"뭐야! 비켜봐. 어쨌다고?"

소령이 손수레를 잡은 농부에게 큰 소리로 묻는다.
"우리 고숙 되시는 양반이시요. 선산이 저어기 너릿재 근방에 있는디, 부득이 매장은 해야겄고 해서…… 살펴주십쇼, 장교양반."
"어떻게 죽은 거요? 총에 맞은 거 아냐?"
"아, 아니여라우. 올해 칠순이신디, 오래 신병으로 누워 계시다가 그저께 밤에 가셨는디요."
"참말요? 좋아, 이쪽으로 비키쇼!"
철커덕. 소령은 권총에 실탄을 장전하더니 농부들을 비켜나게 한다.
"야, 느이들 상여, 벗겨봐. 조심하란 말야, 짜식이!
병사 둘이 상여를 걷어내자 소령은 꼼꼼히 안을 확인하고 나서, 다시 말했다.
"관짝 뚜껑도 벌려봐!"
"잘 안 열리는데요."
"뭐? 안 되기는, 새끼들아! 대검으로 뜯어내란 말야."
병사들이 달겨들어 대검을 널빤지 사이에 억지로 쑤셔넣는다. 와이고오. 아부니임. 상주로 보이는 오십대 농부가 울음을 터뜨렸다. 그러면서도 울음 소리가 새어나올까봐 주먹으로 입을 틀어막은 채, 농부는 차마 못 보겠다는 듯 등을 돌리고 만다.
"됐어. 닫아!"
관 뚜껑을 열고 흘긋 들여다보더니, 소령은 몸을 홱 돌이키며 명령했다. 뚜껑을 닫고 난 병사들은 소총 개머리판으로 못을 쾅쾅 박아넣었다.
"이거 매우 죄송하게 됐소이다. 임무상 어쩔 수 없는 일이니까 양해해주시오."

소령은 손을 들어 농부들을 향해 짧게 거수경례를 붙인다.
"좋아. 이봐, 통과시켜."
소령은 손수건을 꺼내더니, 돌아서서 팽 하고 코를 푼다. 그리고는 또 크악크악 가래침을 땅바닥에 뱉고 있다. 손수레를 몰고 농부들은 허겁지겁 멀어지기 시작했다. 울긋불긋한 원색의 상여가 흔들거렸다. 그러나 농부들 앞엔 또다시 이천여 명의 군인들이 차도를 메운 채 기다리고 있다. 농부들은 그곳을 통과해야만 하리라.

명치는 고개를 돌려버린다. 그 초라한 장례 행렬의 뒷모습을 차마 더는 보고 싶지가 않았다. 불현듯 가슴속에서 뭔가 뜨거운 덩어리가 울컥 치밀어올랐다. 명치는 어금니를 악물었다.

이윽고 앞쪽에서 차량이 이동해오는 소리가 들려왔다.
"저거 봐! 도라꾸야."
"왔구나!"

명치는 고개를 돌렸다. 의외로 그쪽은 포장된 국도가 아니다. 들판 건너 왼편 나지막한 야산으로 이어진 지점. 좁은 비포장 도로 모퉁이로 군용 트럭들이 마악 모습을 드러내고 있다. 그 길은 평소 자동차 통행이 없는 샛길이다. 다섯 대, 일곱 대, 열 대······ 거대한 구렁이처럼 트럭의 행렬은 연신 꼬리를 물고 구물구물 다가온다. 이내 차량의 선두는 국도로 꺾어들고 있다.

"휴식 끄-읕!"

본대 쪽에서 고함 소리가 들려왔다. 허물어져 있던 병사들의 대오가 갑자기 빠르게 움직이기 시작했다.

"아직 총기를 들고 다니는 청소년은 지금이라도 늦지 않으니 총기를 반환합시다. 집으로 돌아가 가족을 안심시켜줍시다. 우리가 항상 잊어서는 안 될 일은 이러한 대결 상황을 북한 공산 집단이 악용하고자 한다는 사실입니다."
── 최규하 대통령, 80. 5. 25. 특별 담화 방송에서

5월 24일 13 : 30, 주남마을-송암동 삼거리

보병 제20사단 병력과 임무 교대를 마친 공수부대는 전원 차량 탑승을 완료했다. 병력 수송 트럭은 모두 합쳐 54대. 조금 전 보병 제20사단 병력을 태우고 왔던 차량들이다.

주남마을로부터 화순 방향의 국도를 따라 차량은 끝이 보이지 않을 정도로 길다랗게 늘어섰다. 차량 행렬의 맨 선두엔 장갑차, 이어 지휘관용 지프 다섯 대, 그리고 차량 제대의 순서. 탱크 두 대는 54대의 트럭 행렬 중앙과 후미 쪽에 각각 배치했다. 목적지인 송정리 비행장까지는 대략 삼십여 킬로미터. 평시엔 시내를 통과하면 훨씬 빠른 길이다. 그러나 현재로서는 부득이 시 외곽 지역 도로로 우회할 수밖에 없다. 결국 공수부대는 아까 20사단 병력이 이동해왔던 역코스를 택하기로 결정했다.

〈주남마을 출발-15번 도로(2Km 직진)-소태동 삼거리 버스 종점에서 우회-작전도로 경유, 효덕초등학교-송암동 삼거

봄 날 183

리—1번 도로—819번 도로 경유—전교사 착〉

트럭 제대의 선두 차량. 선임 탑승자인 소령은 앞자리에 앉아서 손에 쥔 메모지를 다시 한번 훑어본다. 소령은 창밖으로 고개를 내밀고 전방을 주시한다. 선글라스를 낀 여단장은 지프 위에 서서, 후미 쪽을 살피고 있다. 지프 뒷자리엔 부관과 무전병이 탔다. 이윽고 여단장이 한쪽 팔을 쳐들더니, 아래로 크게 원을 그렸다.

"자, 출발해!"

소령이 큰 소리로 외쳤다. 마침내 선두의 A. P. C. 장갑차부터 출발했다. 이어 차량들은 차례대로 꼬리를 물고 서서히 움직이기 시작한다. 탱크와 장갑차 그리고 육십여 대의 차량들이 한꺼번에 터뜨리는 엔진음. 주위는 돌연 어마어마한 굉음으로 출렁거린다. 차량의 행렬은 흡사 거대한 구렁이처럼 둔중하게 꿈틀거리며 요란한 굉음과 함께 도시 쪽을 향해 곧장 전진해갔다.

약 오 분 후, 선두는 소태동 삼거리에 접근했다. 주변은 논밭과 야산 골짜기 사이로 인가가 드문드문 흩어져 있을 뿐인 시 외곽의 초라하고 한적한 풍경. 흔히 광주 시민들이 지원동 버스 종점이라 부르는 지점이다. 시내버스 차고가 보이고, 조금 더 가서 작은 콘크리트 다리가 나타난다.

버스 차고의 지붕이 백여 미터 전방에 포착되었을 즈음, 돌연 선두 대열의 이동 트럭으로부터 요란한 총성이 터져나왔다. 이른바 선제 위협 사격이다.

투투투투두두…… 투타타타타……

선두의 장갑차 그리고 트럭 제대의 앞쪽 차량들로부터 거의 동시에 사격은 시작되었다. 목표물은 발견되지 않았다. 그러나 어차피 병사들은 아예 M16 소총을 연발로 장전한 채 대기중이었다. '사격 개시.' 명령이 떨어지자마자, 그들은 트럭 위에서 앞뒤좌우 사방으로 미친 듯 방아쇠를 당기기 시작했다. 주택의 지붕, 벽, 담벼락, 골목 어귀, 느티나무…… 수백 수천 발의 총탄이 비 오듯 날아간다. 특별히 집중 사격의 표적이 된 곳은 콘크리트 교량과 그 주변이다. 요 며칠 동안 폭도들이 줄곧 진을 치고 있었던 바로 그 지점. 폭포처럼 퍼붓는 총탄들. 교각에, 차도 바닥에, 공장 담벼락에 불꽃놀이처럼 튀어오르는 탄환, 탄환…… 다리 끝에 서 있던 봉고차 한 대가 순식간에 벌집으로 변했다. 그러나 어찌 된 셈인지 폭도들의 모습은 발견할 수 없다. 엄청난 차량 행렬에 겁을 먹고 도망친 것이리라.

다리에 이르기 직전, 선두 차량이 급히 좌회전을 했다. 비포장 좁은 길. 왼쪽 들판 사이로 난 그 좁은 길은 평소엔 농로로나 이용될 뿐인 군작전도로다. 뒤따르던 트럭들도 꼬리를 물고 그 소로로 진입한다. 투타타타타. 후미의 차량에서 난사해대는 총성이 계속 이어지고 있다. 이윽고 맨 후미의 차량이 마을을 완전히 벗어났을 때에야 총성은 멎었다.

차량들은 이제 그리 넓지 않은 들판을 가로질러 쿵쾅쿵쾅 달리기 시작한다. 여기저기 움푹움푹 패어 있는 노면. 좁고 굴곡이 많은 길이라 속도를 내지 못한다. 차량들이 뿜어올리는 엄청난 흙먼지.

맨 선두 트럭의 선임 탑승자인 소령은 기침을 토해낸다. 바퀴가 쿵쾅쿵쾅 튀어오를 때마다 요동을 치는 탓에 한 손으로 손잡이를 꽉 움켜잡아야 한다. 소령은 고개를 돌려, 등뒤 조그만 창으로 적재칸의 부하들을 살펴본다. 양켠에 길게 붙어 있는 의자에 두 줄로 앉아 있는 이십여 명의 무장한 병사들. 저마다 총을 움켜쥔 채 상기된 표정들이다.

그들 선두 차량에 탑승한 병사들에겐 경계 및 저격 임무가 주어져 있다. 폭도들이 언제 어디서 급습해올지 모르므로, 선두 차량은 사전에 적의 공격을 차단·격멸시켜야 한다. 때문에 도로 주변에 조금이라도 수상한 낌새가 포착되면 그들은 즉각 방아쇠를 당기는 것이다.

"야아, 이거 쌈빡하네! 연발로 놓고 긁어대니까, 탄창 하나가 순식간에 날아가버리는구만."

"근데, 왜 한 놈도 안 보이냐?"

"아침까지만 해도 다리 부근에 꽤 많이 깔렸든데."

"겁먹고 토낀 거지."

"쓰발, 아깝다. 모처럼 몇 놈 사냥해뻐릴라고 했는데 말씀야."

병사들은 좀 전의 흥분이 채 가시지 않은 표정들이다. 모처럼 맘껏 갈겨대고 나니 속이 다 후련하다. 그러나 그들도 은근히 불안해하고 있다. 이건 실제 상황 아닌가. 저 수풀 더미 속에서, 혹은 저 바위 뒤에서 폭도들이 어느 순간 불쑥 뛰쳐나와 갈겨댈지도 모르잖은가. 저마다 신이 나서 낄낄대다가도, 병사들은 내심 잔뜩 긴장한 채 두리번거린다. 그 사이 차량 행렬은 들판을 지나 제법 가파른 야산의 골짜기 사이로 진입하고 있다. 산기슭 여기저기 몇 채의 허름한 독립 가옥이 흩어져 있는 지점.

"야, 저거!"

병사 하나가 소리치며 재빨리 가늠쇠에 뺨을 갖다댄다.

"어디!"

"저거, 염소다."

타타탕. 총성이 울리고, 밭둑 가장자리에 멍청하게 서 있던 흰 염소 두 마리가 거의 동시에 풀썩 나자빠진다. 야호, 명중이다. 타타타탕. 이내 또 다른 표적이 나타났다. 저만치 산비탈에 얹혀 있는 작은 슬레이트 가옥 한 채. 그 집의 축사 옆에 황소 한 마리.
"비켜, 임마. 이번 건 내게 맡겨!"
타타타탕. 황소가 우워엉, 비명을 지르며 벌렁 고꾸라진다. 독립 가옥의 담벼락과 지붕에서도 파파팟, 불똥이 튀었다.
"오케이! 오케이! 단방에 잡았다! 봤지?"
병사가 낄낄거린다. 벌렁 나자빠져서 아직 버둥거리고 있는 황소. 그놈을 향해 또 다른 총성이 터진다. 이번엔 바로 뒤따라오는 차량에서 누군가가 장난으로 갈긴 모양이다.
그 몇 번의 사냥놀이는 병사들을 한층 들뜨게 했다. 그들은 저도 모르게 벌써 방아쇠에 손가락을 걸고 있다. 그들은 저마다 새로운 사냥감을 찾아내기 위해 빠르게 좌우로 눈길을 돌려대기 시작한다. 그러다가 무엇인가 얼핏 움직이는 기척만 느껴지면, 다투어 방아쇠를 당겨대곤 한다.
쿵쾅쿵쾅…… 그들은 어느덧 골짜기를 지나고 있다. 저만치 전방에 들녘이 시작되는 지점. 길 왼편으로는 아담한 시골 마을, 오른편에 작은 저수지가 시야에 들어오기 시작한다. 선두 차량의 소령은 지도를 펴들고 현지점을 확인해본다.
"가만, 저수지라면……아, 여기쯤이군. 원제저수지라."
부대가 진행중인 도로 왼편이 저수지, 오른편은 원제부락이다. 그 다음이 진월부락이고 조금 더 가면 효덕초등학교. 그리고 초등학교를 막 지나면 송암동 삼거리다. 지금의 이 작전도로와 광주-목포간 국도가 교차하는 지점.

봄 날 187

소령은 고개를 낮추고 전방을 주시한다. 넓어진 시야. 과연 저만치 마을들이 보이고, 광주-목포간 도로인 듯싶은 차도가 눈에 잡힌다. 주택들이 제법 몰려 있는 저 부근이 송암동 삼거리가 틀림없다. 소령은 지도를 덮는다. 지금까진 별다른 일이 없었지만, 이제부터는 위험 지역이다. 십중팔구 폭도들이 길목을 지키고 있을 것이다. 소령은 차창 바깥으로 상체를 내밀고, 뒤쪽 병사들을 향해 고함을 친다.
"야, 여기서부터는 정신 똑바로 차려! 사주 경계, 철저히 하란 말야!"
"옛, 알았습다!"
소령은 고개를 집어넣기 전에, 뒤따르는 차량 행렬을 눈으로 잠깐 확인한다. 각각 사오 미터 정도의 차량 간격을 유지한 채 트럭들은 구물구물 꼬리를 잇고 있다. 행렬이 너무 길어서 맨 후미는 눈에 잡히지도 않는다. 이내 소령의 머리통이 차창 안으로 쑥 들어갔다. 저만치 효덕초등학교 건물이 보이기 시작했다.

같은 시각(13 : 50), 송암동 삼거리 마을*

효덕초등학교 뒤편 도로. 이곳은 행정 구역상 진월동과 송암동의 경계선이 맞닿은 지점. 국도 옆으로는 순천으로 이어지는 경전선 철길이 있다. 시민들은 이곳을 가리켜 흔히 송암동 삼거리 또는 효덕초등학교 삼거리라고도 부른다.

삼거리로 이어지는 샛길 길목 어귀의 허름한 구멍가게. 그 구

---

* 이 지점은 실제로는 진월동 삼거리라는 명칭이 더 정확하다. 그러나 1989년 국회 청문회 이후 일반에게 '송암동 오인 전투'로 널리 알려져 있기 때문에, 여기에서도 그렇게 하기로 했다.

멍가게 앞에서 동네 사람 네댓이 주저앉아 이런저런 얘기를 나누고 있다. 그때 시내 쪽에서 군용 트럭 한 대가 빠른 속도로 달려온다. 구멍가게 앞 사람들은 잠시 말을 멈추고 일제히 그쪽을 주시한다.

"저기, 또 한떼가 몰려오는구마이. 대학생들이여."

"대학생이 뭣이라요. 시민군이제."

"아까참에 여기 있다가 시내로 들어가등마는, 또 오는갑소."

"아녀. 아까 그 사람들하고는 다른 모양인디그려."

트럭이 속도를 늦추더니, 그들 앞에서 멎었다. 앞자리에서 스물대여섯 살 가량의 청년 하나가 튀어나온다. 이마에 띠를 질끈 두르고 카빈소총을 쥔, 우락부락한 인상이다.

"아저씨들, 혹시 이 근방에서 계엄군들 못 봤소?"

"못 보기는? 며칠 전부터 저기 도로 양쪽에 진을 치고 있는디."

모자를 쓴 사십대 남자가 엉거주춤 일어나서 손가락으로 맞은 편을 가리킨다. 그가 가리킨 곳은 삼거리로부터 목포 방향으로 약 삼사백 미터 지점. 도로를 중심으로 양쪽 비탈진 숲속에 계엄군이 매복중이라고 남자는 설명한다. 그러나 삼거리에선 매복 지점이 잘 보이지 않는다. 도로의 커브 지점, 바로 그 후사면에 매복한 모양이다.

"몇 명이나 되든가요?"

청년이 다시 묻는다. 그 사이 트럭 뒤칸에서 십여 명의 시민군들이 내리더니, 그들 앞으로 모여들었다. 철모를 쓴 사람도 있고, 교련복 차림의 고등학생 몇, 그리고 수건 따위로 어설프게 복면을 한 청년들도 있다. 모두들 카빈총 한 자루씩 쥐고 있다. 그들을 내려놓자마자 트럭은 이내 방향을 돌려 시내 쪽으로 횡

사라져버린다.
"몇 명이라니? 엄청난 숫자여. 삼백 명도 넘을 것이여."
"삼백 명이 뭣이다우? 오백 명은 될 것이구마."
"말도 마시요. 도라꾸로 수없이 군인들을 실어다가 저기다 퍼놓등마는, 양쪽 숲속으로 새까맣게 기어올라갔어."
"총만 가진 것이 아녀. 대폰지 박격폰지, 굉장한 것들까장 끌고 올라갔네."
주민들은 눈이 동그래져서 설명한다.
송암동 삼거리. 이 부근은 계엄군의 발포에 의한 희생자가 가장 많았던 지역으로, 지난 나흘 동안 내내 총성이 그치지 않았다. 계엄군이 광주—목포간 도로를 차단하기 시작한 21일 오후부터 주민들은 하루도 밤잠을 이루지 못했다. 밤낮없이 콩 볶는 듯한 총성이 터져나왔고, 그때마다 수많은 사람들이 죽어나가는 꼴을 목격해야 했다.
시외로 빠져나갔다가 돌아오던 시민군 차량들은 예외 없이 벌집이 되었다. 밤사이 엄청난 총성이 터진 다음날이면 도로변·논밭 할 것 없이 여기저기 피투성이의 흉측한 시체들이 거꾸러져 있었다. 시체 중 더러는 군인들이 거적에 담아 싣고 가고, 혹은 시민군들이 실어갔다. 차량에 탄 사람들뿐만 아니라, 피난길에 나선 애꿎은 행인들까지 길바닥에서 총을 맞고 한꺼번에 둘씩 셋씩 눈앞에서 나뒹굴기도 했다. 그 동안 이 부근에서 죽은 사람만도 삼사십 명은 족히 넘을 것이고, 부상자는 그 몇 배는 될 거라고 주민들은 말했다.
"어쩌지라우, 소대장님."
주민들의 말에 청년들은 잔뜩 질린 낯빛이다. 벌써 겁을 집어

먹고 주위를 두리번거리는 고등학생도 있다. 그러나 그들이 타고 왔던 트럭은 이미 돌아가버리고 없다.
"어쩌기는. 이쪽을 지켜야제. 왜, 겁이 나서 그려?"
"아, 아니요."
"이봐, 자네하고 자네, 둘이서 탄통 조까 가져와."
소대장이라고 불린 예의 그 우락부락한 청년이 말했다. 교련복 입은 고교생 둘이 트럭에서 실탄 상자를 꺼내왔다.
"자, 탄창은 두 개씩만 지급할 텡께, 더 필요하면 이따가 말해."
청년의 말에 그들은 차례로 탄창을 집어든다.
바로 그 순간, 초등학교 정문 부근에서 굉장한 소리가 들려온다. 쿠르르르르. 둔중한 바퀴 소리. 뭔가 거대한 쇠붙이 같은 것이 땅을 짓뭉개며 굴러오는 듯한 소리. 구멍가게 앞에 모여 있던 사람들은 깜짝 놀라 일제히 고개를 돌린다. 저만치 학교 정문 앞에 장갑차의 거대한 몸체가 보인다. 그 뒤로 엄청난 숫자의 트럭이 따르고 있다.
"워메! 공수부대여!"
"아이고, 큰일났다."
"숨어! 빨리!"
그들은 후닥닥 흩어진다. 골목길로, 도로변 구멍가게와 통닭집으로, 혹은 인가로 허둥지둥 뛰어든다. 바로 그 순간, 장갑차가 그들을 발견하고 기관총을 갈겨댔다.
두두두두두……
투타타타타……
장갑차의 캘리버50 중기관총이 불을 뿜는다. 그와 동시에, 뒤따르던 차량들로부터 M16 소총 탄환이 우박처럼 쏟아지기 시작

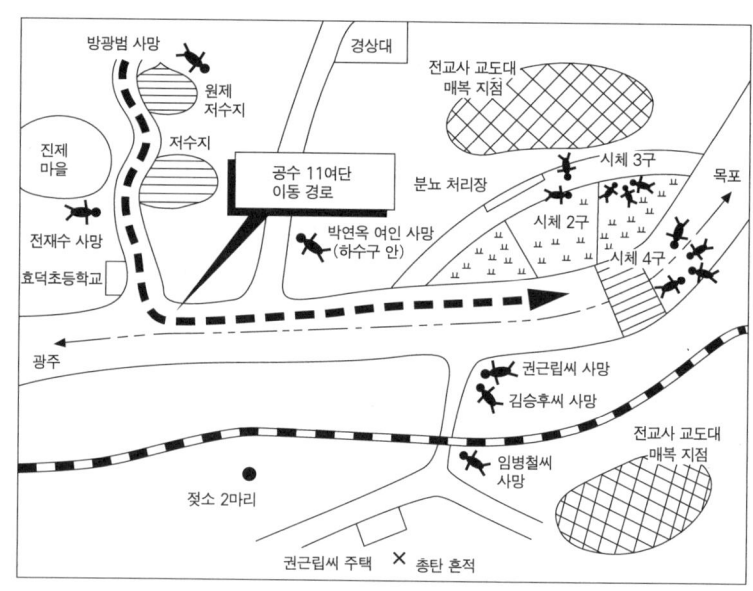

광주시 송암동 양민 학살 현장 요도(1980. 5. 24)

했다.

같은 시각, 송암동 삼거리 보병학교 교도대 매복 지점

송암동 삼거리로부터 목포 방향으로 약 삼백여 미터 지점. 이 차선 국도를 중심으로 양쪽 산기슭에 중대 규모의 병사들이 매복해 있다. 그들은 상무대에 위치한 보병학교의 병력이다. 본디 초급장교 대상의 훈련을 전담하는 부대인 까닭에, 병력 구성원은 주로 사병과 하사관 중심인 교도 중대원들이다.

이들에겐 이날 새벽 지휘부로부터 작전 명령이 긴급 하달되었다. 대규모의 폭도들이 광주를 탈출, 목포로 진출하려 한다는 정보가 들어왔다는 것. 특히 이들 폭도들은 대부분 예비군으로 구성된, 만만치 않은 규모가 될 거라고 했다. 명령을 받자마자 부대는 즉각 출동, 이른 아침부터 이곳 송암동 삼거리 일대를 차단했다. 그들은 국도 양쪽 산 경사면에 매복하고, 중화기인 3.5인치 대전차 격파용 화기와 90밀리 무반동총까지 설치했다. 또 폭도들의 대규모 습격에 대비하여, 침투 예상 지점마다 대량 살상용 크레모아도 상당량 설치했다.

그들은 벌써 한나절 내내 매복 지점에서 폭도들이 나타나기를 기다리고 있는 참이다. 이만하면 그야말로 만반의 준비가 갖춰진 셈이다. 이 정도 화력이면 그까짓 폭도 오합지졸쯤이야 몇백 명이 몰려온다고 해도 한 순간에 궤멸시키고도 남을 것이다.

그러나 의외로 오전 내내 별다른 충돌 따윈 없었다. 봄날 하늘은 맑게 떠 있고, 산들거리는 바람결은 천연덕스레 부드럽다. 피곤에 지친 몸은 어느덧 은근히 나른해져온다. 그들은 조금씩 지루해지기 시작했다. 게다가 비상 식량으로 점심을 마친 직후이

기도 했다. 보나마나 잘못된 정보일 테지. 이렇게 내내 잠잠하잖은가…… 그들은 덩달아 하품을 했다. 더러는 소나무에 등을 기댄 채 새우눈을 뜨고 있는 참이다.

바로 그때, 돌연 총성이 터져나왔다. 삼거리, 효덕초등학교 부근 같다. 처음엔 단발인 듯싶더니, 이내 굉장한 총성으로 이어진다.

"아이쿠, 이건 또 뭐얏!"

소나무 그늘에 앉아 있던 지휘관. 물었던 담배를 내던지며 벌떡 일어났다.

"청음조, 어딨어! 빨리 확인해!"

지휘관이 소리친다. 곁에서 작전장교가 무전기에 대고 악을 쓴다. 국도변에 전진 배치시킨 청음조의 보고가 무전기를 통해 다급하게 날아왔다.

"야, 새꺄앗! 뭘 하고 자빠졌는 거얏!"

다급해진 지휘관이 악을 썼다.

"폭도 출현이랍니다!"

"뭐얏! 어디!"

"삼거립니다! 엄청난 수가 트럭을 몰고 접근중입니다!"

작전장교가 수화기를 쥔 채 흥분해서 외친다.

"아이쿠, 삼거리? 청음조새끼들은 지금까지 뭘 하고 자빠졌던 거얏!"

아뿔싸, 이럴 수가! 폭도들이 이렇게 코앞까지 급습해오다니. 더구나 저 정도의 총소리라면 이만저만한 규모가 아니잖은가! 큰일났구나. 지휘관은 한 순간 눈앞이 노오래진다.

"사격! 사격 개시햇!"

지휘관은 철모를 뒤집어쓰고는, 매복한 부하들 쪽을 향해 자빠질 듯 내달리며 소리쳤다.
"90밀리! 발포 개시잇!"

같은 시각, 송암동 삼거리, 공수부대 이동 지점
최초의 총격. 그것은 비행장을 향해 이동중인 공수부대의 선두 차량들이 샛길에서 삼거리로 막 진입했을 때였다. 달아나는 십여 명의 폭도들을 선두의 A. P. C. 장갑차 사수가 가장 먼저 포착, 기관총을 갈겨댔다. 동시에 차량 제대에 탑승한 병사들도 일제 사격을 퍼부었다. 총격이 계속된 건 약 이삼 분 정도. 폭도들로부터의 반격은 전혀 없었다. 그러는 동안에도 차량은 계속 전진했다.
'가만! 부대를 세우고, 저 새끼들을 소탕해버려?' 한바탕 지져댄 직후, 지프에 탄 여단장은 한 순간 망설인다. 숨어 있는 지점은 초등학교 뒤편 같다. 폭도들은 극히 소수임이 분명하다. 놈들은 부대의 출현을 전혀 예상치 못했던 눈치다. '에라, 참자. 그냥 통과하고 말지.' 여단장은 바로 앞쪽의 장갑차를 향해 한 손을 들어 계속 전진하라는 신호를 보냈다. 그런데 바로 그 순간. 여단장의 눈앞에서 번쩍, 불기둥이 솟구쳤다.
"콰—ㅇ!"
엄청난 굉음과 함께 장갑차 윗부분이 순식간에 박살났다. 기관총 사수의 몸뚱이가 몇 미터쯤 공중으로 획 솟구쳤다가 아스팔트 바닥으로 곤두박질쳐 떨어진다. 새처럼 날아올랐다 추락하는 그 광경을 여단장은 똑똑히 보았다. 아이쿠! 비명을 지르며 여단장은 반사적으로 엎드렸다. 고막이 얼얼, 눈앞은 캄캄하다.

시커먼 연기. 불타는 냄새. 우수수 날아드는 파편들. 아차, 벼락이 떨어졌구나! 한 순간 여단장은 그렇게 생각했다.
"콰-앙!"
이내 또 다른 폭음이 고막을 찢었다. 여단장은 폭음 소리를 좇아 고개를 돌렸다. 이번엔 바로 뒤따라오던 트럭이다. 펑, 소리와 함께 트럭 앞부분이 불기둥과 함께 공중으로 십여 미터나 훌쩍 날아올랐다 떨어졌다.
"콰쾅! 콰쾅! 콰쾅!"
또다시, 이삼 초 간격으로 연달아 터지는 폭음. 검은 연기와 함께 허공으로 확 솟구치는 불기둥. 포탄은 첫번째 차량과 세번째, 다섯번째, 일곱번째 트럭에 정확히 명중했다. 그것들이 차례차례 박살이 나는 광경에 여단장은 벌써 혼이 빠졌다.
"투타타타타타타. 두두두두두……"
이번엔 사방에서 엄청난 총알이 폭포처럼 날아들기 시작한다. 화력 규모로 보아 수백 명. 사격 지점이 대체 어딘가! 정면, 아니 전방 좌측, 우측? 정확하게 분간조차 안 된다. 펑, 퍼펑, 펑. 수류탄까지 동시에 날아든다. 순식간에 주위는 아수라장이다. 장갑차는 완파되고, 선두의 트럭 넉 대가 박살났다. 즉사한 시체들이 여기저기 나뒹군다. 검은 연기와 불기둥, 화약 냄새, 총성, 연달아 터지는 수류탄의 폭음, 부상자들의 비명, 아우성…… 로켓포에 앞부분이 날아가버린 지프엔 운전병이 핸들 위에 엎어져 있다. 중령이 무전기를 움켜쥐고 고래고래 고함을 질러댄다.
"무장 헬기 지원! 헬기 지원! 뭐, 뭐얏! 이 씨팔놈들아, 내 새끼들 다 죽는단 말이다앗!"
미친 듯 악을 써대는 중령. 얼굴과 어깨는 이미 피투성이다.

바로 옆에선 무전병이 비명을 지르며 사지를 버둥거린다. 파파파팟. 아스팔트 위로 튀어오르는 탄환, 탄환.

공수부대 병사들, 일제히 용수철처럼 뛰어내려 도로변에 산개했다. 총알은 어디선가 비 오듯 날아드는데도, 적은 안 보인다. 병사들은 이미 제정신이 아니다. 불시에 당한 급습. 눈앞에서 상관과 전우들이 처참하게 죽어가고 있다. 비 오듯 쏟아지는 총탄, 수류탄의 폭음, 불탄 차량이 내뿜는 연기, 화약 냄새, 비명 소리, 아우성 소리. 그 동안에도 병사들은 계속 여기저기서 풀썩풀썩 나자빠지고 있다. 적이 안 보인다! 적은 어디에 있는가! 당황한 병사들은 전후 좌우 사방으로 미친 듯 난사하기 시작한다. 눈에 보이는 모든 것들이 표적이 되었다. 가옥 · 골목 · 학교 · 창고 · 논둑 · 야산…… 특히 바로 인접한 마을 전체가 무차별 사격을 당한다. 지붕 · 담벼락 · 대문 · 헛간 · 축사 · 변소 등등 가릴 것 없이 수백 명의 대원들은 마구 갈겨댄다. 투타타타타타…… 퍼펑. 퍼퍼펑…… 타타타타타타……

반쯤 넋이 달아나버린 여단장. 지프를 엄폐물 삼아 길바닥에 바짝 엎드린 채 그는 한동안 정신을 못 차린다. 이럴 수가! 폭도들에게 이런 화력이 있었다니! 중대, 아니 최소한 대대 규모 이상이잖는가. 아이쿠. 이미 부대는 엄청난 타격을 입은 상황. 벌써 수십 명의 살상자가 생겼으리라. 여단장은 눈앞이 캄캄하다. 희생당한 부하들에 대한 죄책감과 비통함. 가슴이 미어진다. 난 이제 모든 게 끝장이다. 이 엄청난 사태에 대한 책임을 어찌 감당하랴. 끝장이라구. 크으윽! 그는 입술을 악물고 비통한 신음을 터뜨린다. 양쪽 어깨에 빛나는 별을 달게 되기까지 지금껏 바쳐온 수십 년의 경력, 온갖 수고와 노력, 고통스럽고 힘겨운 모든 순간들이 뇌리를 획획 스친다. 그런데, 이제 그 모두가 물거품이 될 판이다.
'대체 이게 어찌 된 일인가. 폭도들이 그 사이 로켓포까지 탈취했단 말인가. 어떻게 이처럼 정확한 사격술이 가능하단 말인가. 예비군들이 본격 가담했다더니, 설마 이 정도일 줄이야. 이건 정규 부대의 사격술을 오히려 능가할 정도다. 가만, 아무래도 이건 예사 폭도가 아니다. 틀림없어. 뭔가 이상해.'
"이봐, 저거 로켓포 아냐?"
바로 곁에 엎드려 있는 소령에게 여단장은 숨을 헐떡이며 묻는다.
"90밀리 무반동총 같은데요!"
"90밀리라고? 그럴 리가 있나. 폭도들이 언제 그걸 손에 넣었단 말야."
"트, 틀림없습니다, 여단장님."
"그럼 당장 특공조를 보내!"
"알겠습니다."
"저 90밀리부터 당장 파괴시켜버리란 말얏!"
"옛."
소령이 허리를 굽힌 채 총탄 속을 뚫고 달려갔다. 두두두두. 우박처럼 쏟아지는 총탄들. 여단장은 눈이 확 뒤집힌다. 아이고오, 우리 부하들 다 죽는구나아! 다급한 비명이 여단장의 목구멍에서 터져나왔다. 핑. 피융. 총알이 여단장의 머리 바로 위를 스친다. 여단장은 벌떡 일어난다. 권총을 뽑아들고 부하들 쪽으로 뛰어가며 그는 악을 썼다.
"쌔끼들아앗, 응사해! 응사!"

같은 시각, 송암동 삼거리 주변 마을

삼거리에서 불과 백여 미터 떨어진 원제부락. 그 부락 맞은편 작전도로에 붙어 있는 조그만 저수지. 조무래기 아이들 열대여섯 명이 멱을 감고 있다. 아직 오월이지만 며칠 전부터는 초여름처럼 더워진 날씨. 시내에선 난리가 터졌다고 어른들은 야단들이지만, 아이들이야 까짓 거 알 바 아니다. 덕분에 초등학교까지 임시 휴교령이 내려졌다. 아이들은 느닷없는 방학에 마냥 신이 났다. 물놀이에 정신이 팔려 점심때가 넘었다는 것도 잊었다.

"어, 저거 봐라이! 탱크다 탱크!"

문득 방둑 풀밭에 나와 앉은 아이가 소리쳤다. 물놀이하던 아이들이 고개를 돌리고 일제히 탄성을 터뜨린다.

"우와! 국군 아저씨들이다야!"

"벼엉신, 저건 탱크가 아니라 장갑차여."

웬일인가. 난데없는 대규모 차량 대열이 저수지 바로 옆 작전도로를 지나고 있는 것이다. 지원동 쪽에서 삼거리 방향으로 진행중. 장갑차인지 탱크인지 모를 근사한 것이 맨 앞에서 달리고, 그 뒤를 셀 수 없이 많은 군용 트럭들이 줄을 지어 구물구물 따라온다. 차량마다 가득가득 실린 군인 아저씨들.

"와아, 도라꾸들이 엄청나게 온다야!"

"저거, 공수부대다!"

"아녀, 바보야. 공수는 얼룩무늬 옷이란께."

그들이 무늬 없는 일반 전투복으로 갈아입었다는 사실을 아이들은 모른다. 아이들은 마냥 흥분한다. 군인 아저씨들이다. 저렇게 엄청나게 많은 트럭들이랑 장갑차는 난생 처음 본다. 와, 게

봄 날

다가 탱크까지!
 "열일곱, 열여덟, 열아홉…… 스물다섯, 스물여섯……"
 어느 틈에 아이들은 모두 둑 위로 기어나왔다. 함빡 젖은 몸에서 물이 줄줄 흘러내린다. 하나같이 발가숭이들. 파래진 입술. 배꼽 밑에서 고추들이 조그맣게 오그라붙었다. 아이들은 입을 벌린 채 그 굉장한 행렬을 정신없이 바라본다. 트럭은 가도가도 끝없이 이어지고 있다.
 "야아, 근사하다!"
 "야아! 저기, 탱크다. 저것이 진짜 탱크여, 임마!"
 바로 그때다. 투타타타타. 저만치 왼쪽, 삼거리에 진입한 선두 차량 부근에서 돌연 벼락 같은 총성이 터져나왔다. 잇달아 쾅, 쾅, 쾅, 쾅. 어마어마한 폭음과 함께 총소리가 한꺼번에 벼락같이 터져나오기 시작했다. 그와 동시, 아이들의 눈앞을 지나가던 트럭 행렬이 일제히 급정거했다. '적이다!' '전원 하차!' '전투 준비!' 별안간 도로 위에선 난리가 났다. 군인들이 순식간에 트럭 위에서 메뚜기떼처럼 우르르 튀어나오고, 두두두두두…… 사방에다 대고 마구 총을 쏘아대기 시작한다.
 "우아아! 엄마얏!"
 "오메! 큰일났다이!"
 "내 옷! 내 옷 어디 갔다냐!"
 방둑 위에 멍하니 서 있던 아이들은 깜짝 놀랐다. 엄마야아! 비명을 터뜨리며, 아이들은 벗어놓았던 저마다의 옷을 움켜쥐었다. 옷을 입을 겨를조차 없다. 방둑 반대쪽엔 움푹한 고랑이 있고 하수구도 있다. 그곳으로 피해야 한다는 걸 아이들은 본능적으로 깨달았다. 아이들은 옷가지와 신발을 그러안고 방둑 반대편으로 우르르 내달렸다.
 타타타……탕.
 순간, 뒤돌아 도망치는 아이들을 향해 총격이 가해졌다.
"어억!"
 맨 뒤에서 달리던 사내아이 하나. 지푸라기처럼 푹 고꾸라진다. 아이들은 고랑으로 뛰어들었다. 땅바닥에 엎드려 머리통을 한데 모은 채 벌벌 떨었다. 머리 위로 총알이 지나간다. 딱, 따닥, 따악, 피웅, 피웅. 한참 뒤에 총성이 뜸해졌다. 고개를 들어 앞을 살피던 한 아이가 저만치 방둑 위에 엎어져 있는 작은 몸뚱이 하나를 발견했다. 벌거벗은 등. 아! 머리 한쪽이 없어져버렸다. 땅바닥에 핏물이 흥건하다.*
"엄마야! 죽었능갑다이!"
"누구다냐!"
"광범이다! 광범이가 총에 맞았당께!"
"엄마얏!"
 아이들은 동시에 비명을 내지르며 서로 와락 부둥켜안았다. 으아아아. 엄마아아. 공포에 질린 아이들의 울음 소리, 비명 소리. 투타타타타…… 삼거리 쪽에서는 아직도 콩 볶는 듯한 수천 수만 발의 총성이 하늘과 땅을 뒤흔들고 있었다.

같은 시각. 삼거리 벽돌공장 입구
 아낙네 둘이 연탄공장을 지나 삼거리 쪽으로 걸음을 옮기고 있다. 한쪽은 후줄근한 치마 저고리 차림에 흰색 고무신을 신었

---

* 방광범(남, 13세) 1968년 9월 21일생, 전남중학교 1학년 재학중 원제저수지에서 사망. 사인—총상(두부 관통).

다. 손엔 큼직한 보퉁이 하나. 또 다른 아낙은 검정 바지에 티셔츠. 둘 다 땅딸막한 키에 꾀죄죄한 모습. 첫눈에도 가난과 노동에 찌든 사오십대 시골 아낙들. 다 같이 농부의 아내인 그녀들은 이웃지간으로, 현재 인근 송암동에서 살고 있다.

"으마, 군인들이 겁나게 깔렸네이."

"어디라우?"

앞서 걷던 검정 바지 아낙이 주춤 서더니, 턱짓으로 산 쪽을 가리켰다. 삼거리 조금 못미쳐서 기역자로 꺾인 지점. 국도 왼쪽 산비탈에 군인들이 진을 치고 있다. 모두들 총을 들었고, 무슨 소형 대포 비슷한 것들을 풀숲에 오똑하니 앉혀놓은 모습도 보인다.

"오메, 그쪽만 아니라 이쪽에도 있네야."

"어디? 아이고, 참말이네."

치마 입은 아낙이 반대편을 가리키자 검정 바지 아낙도 눈이 휘둥그래진다. 정말, 반대쪽 벽돌공장 맞은편 산속에도 또 한 부대가 숨어 있다. 결국 삼거리 초입의 국도 양쪽 산기슭에 군인들이 잔뜩 깔려 있는 것이다.

"어쩨사 쓸꼬. 못 가게 막지 않을라나 몰라."

아낙들은 불안해져서, 오도가도 못 하고 그 자리에 서 있다. 그녀들은 알고 있다. 벌써 며칠째 이 부근에서 밤낮으로 총격전이 벌어졌고, 시체들이 나뒹구는 끔찍한 광경을 여러 번 목격했던 것이다.

"안 되겠네. 다른 길로 돌아가세."

"우리 같은 여편네들한테까장 총질이사 할라든가요?"

"누가 알어? 만일에."

"에이, 괜찮하겄소야. 대낮이고, 또 시민군들도 안 보이는디."
"그럴랑가…… 사정을 말하믄 설마 어쩌지는 않겄제."
"그냥 가보잔께라우."
"하기사, 저 사람들도 그냥 지나가는구만그래."
 마침 두 아낙 앞서서 저만치 시내 쪽을 향해 걷고 있는 사람들이 눈에 띄었다. 또 다른 두 아낙네와 젊은 청년 하나. 그들도 별 탈 없이 삼거리 쪽으로 가고 있는 걸 보고 아낙들은 마음이 좀 놓였다.
"조심조심 가봅시다."
"그러세나."
 두 아낙은 어깨를 나란히 붙이고, 걸음을 재게 옮기기 시작한다. 일부러 앞만 보고 걷는데, 무릎이 발발 떨리고 가슴이 쿵쿵거린다. 치마 입은 아낙은 보퉁이를 들어올려 머리에 인다. 그녀는 지금 공장에 다니는 둘째아들을 찾아보러 시내로 들어가는 길이다. 시내가 온통 난리 속이라는데, 전남대 뒤에서 자취를 하고 있는 아들녀석이 걱정이었다. 보퉁이 속엔 아들에게 줄 김치랑 옷가지가 들어 있다. 지난번 남평장에 나갔다가 운동복 한 벌을 샀던 것이다. 함께 가고 있는 검정 바지 아낙은 시내로 약을 사러 가는 길이다.
 두 아낙이 막 벽돌공장으로 빠지는 샛길 어귀에 이르렀을 때, 갑자기 맞은편 효덕초등학교 앞 작전도로에서 수십 대의 군용 트럭 행렬이 나타났다. 트럭 행렬이 삼거리를 막 돌아서는가 싶을 때 돌연 요란한 총성이 터지더니, 이번엔 이편 국도 양쪽 산기슭에 매복중인 군인들이 삼거리 쪽 군용 트럭들을 향해 집중사격을 퍼붓기 시작했다. 쾅, 쾅, 쾅, 쾅. 산기슭에서 무슨 대포 소리 같은 게 잇달아 터지고, 삼거리를 빠져나오던 장갑차와 트럭 몇 대가 펑펑 박살이 났다. 불기둥과 함께 치솟는 시커먼 연기……

느닷없는 날벼락에 두 아낙은 벽돌공장 쪽 샛길로 미친 듯 달아났다. 앞서가던 또 다른 두 여자와 청년도 그쪽으로 달려왔다. 그들 다섯 사람은 엉겁결에 길 옆 도랑으로 뛰어들었다. 맞은편에 콘크리트 하수관 입구가 보였다. 청년이 재빨리 하수관 속으로 들어가 몸을 숨긴다. 그러자 치마 입은 아낙도 얼결에 무릎으로 기어서 따라들어갔다. 하수관 안은 메말라 있다. 나머지 세 명의 아낙은 도랑가 모래 더미 뒤에 엎드려 있었다.

치열한 교전은 반시간 가까이나 계속되었다. 하수관 속의 아낙과 청년, 바깥 도랑의 세 여자. 그들 모두는 영락없이 하늘이 쪼개지고 땅이 갈라지는 줄로만 알았다. 하나같이 두더쥐처럼 바닥에 얼굴을 처박고 웅크린 채 두 손으로 귀를 틀어막았다. 그렇게 얼마나 와들와들 떨어대고 있었을까. 마침내 날벼락이 멈추었다.

문득 이쪽으로 다가오는 어지러운 군홧발 소리. 병사 하나가 하수관 속에 엎드려 있는 둘을 발견했다.

"야! 이 구멍 속에 두 놈 숨었다!"

"이 폭도쌔키덜! 이리 나왓!"

공수부대 두 명이 하수관을 향해 총구를 들이대며 고함을 쳤다. 치마 입은 아낙은 눈앞이 아뜩했다.

"아이고, 엄니잇! 나, 나는 아무것도 몰라라우!"

아낙은 보퉁이를 껴안고 울부짖으며 몸을 웅크렸다.

"구, 군인 아저씨! 포, 폭도가 아니라우. 그냥 지나가다가……

와이고!"

공포에 질린 청년이 갑자기 반대편 출구를 향해 움직였다. 그 순간 병사들의 총구가 그 하수관 구멍을 향해 불을 뿜었다. 타타타타탕!

하수관 안을 잠깐 들여다보고 나서 주변을 확인하던 병사들은 이번엔 도랑가 모래 더미에 얼굴을 처박은 채 한덩어리로 엉켜 있는 세 여자를 발견했다. 그들은 여자들을 흘긋 내려다보더니, 그대로 두고 급히 되돌아가버렸다.

"물, 물…… 으으."

그 소리에 검정 바지 아낙은 고개를 들었다. 맞은편 하수관 안에서 치마 입은 아낙이 기어나오고 있었다. 도랑으로 북북 기어나오자마자 아낙은 얼굴을 처박고 시커먼 구정물을 벌컥벌컥 들이켜기 시작했다. 검정 바지 아낙은 그쪽으로 급히 기어갔다.

"아이고, 아줌니! 괜찮소?"

치마 입은 아낙의 아랫도리가 피에 흥건했다. 검정 바지 아낙이 어깨를 껴안아 일으키려고 했을 때였다. 아낙의 머리가 등뒤로 딸각 넘어가버렸다.

"오메엣! 주, 죽어부렀네엣!"

아낙이 빽 비명을 질렀다. 공수부대 서너 명이 우르르 몰려온다.

"두 손 머리에 올려! 이쪽으로 기어나왓!"

총구를 들이대며 소리치는 군인들을 향해, 세 여자는 무릎으로 북북 기어갔다. 또 다른 군인들이 하수관 안에서 청년의 시체를 끌어내고 있었다. 치마 입은 아낙의 시체도 길 위로 옮겨졌다. 청년은 머리와 가슴에 총을 맞은 듯했다. 군인들이 그 두 구의 시체를 질질 끌고 가버렸다.
"머리 위로 팔 올려, 빨랑!"
세 아낙은 깜짝 놀라, 두 팔을 만세 부르듯 높이 쳐들었다.
"따라와!"
병사들이 그녀들의 앞뒤에 섰다. 두 팔을 높이 들고 세 아낙은 걷기 시작했다. 검정 바지 아낙은 무심코 개천 쪽을 내려다보았다. 무엇인가 희끗한 것이 그녀의 눈에 비쳤다. 하수구 앞 바닥에 반쯤 물에 잠겨 있는 보퉁이와 김치통. 그것은 죽은 아낙이 아들에게 가져다줄 것들이었다.*

같은 시각, 삼거리 옆 진제마을

동네 앞, 작전도로와 붙어 있는 솔밭 언덕. 한 무리의 조무래기 아이들이 땅뺏기 놀이를 하고 있다. 대부분 초등학교 아이들. 네댓 명씩 패를 지어 손을 잡고 이리저리 몰려다니는 아이들. 소나무 둥치를 손으로 찍으면 지는 놀이다. 너 잽혔다이. 아니다. 살짝 피했단께. 거짓말 마, 잽혔어야. 아이들의 새된 목소리가 솔밭을 재잘재잘 굴러다닌다. 그때 한 아이가 외쳤다.
"와, 군인 아저씨들이다!"
"정말! 가보자!"
아이들은 손을 놓고 일제히 작전도로 쪽으로 달려나갔다. 엄청나게 많은 트럭들. 장갑차도 보이고 탱크까지 있다. 아이들은 눈이 휘둥그래졌다.

---

* 박연옥(여, 49세) 1930년 8월 10일생. 송암동 도로변 하수구에서 사망. 사인-총상 (복부맹관, 회음부 관통 총상).
신원 미상의 남자, 송암동 도로변 하수구에서 사망.

"아저씨이! 국군 아저씨이!"
"와아! 아저씨, 안녀엉!"
언덕 끝까지 숨차게 달려간 아이들은 너도나도 고사리 손을 흔들며 외쳤다. "우리나라를 지켜주시는 고마운 국군 아저씨. 늠름하고 씩씩한 우리 국군 아저씨……" 교과서에 나오는 국군 아저씨는 언제나 근사하기만 하고, 담임선생님도 맨날 그렇게 말씀하시지 않았던가.
"쾅쾅쾅쾅. 투투투투투. 타타타타타……"
그때, 별안간 삼거리 쪽에서 벼락치는 듯한 굉장한 소리가 터져나왔다. 포탄 터지는 소리, 총소리, 비명 소리…… 아이들의 눈앞에서 트럭 행렬이 일제히 정지했다. 순간, 트럭 쪽에서 느닷없이 아이들을 향해 총탄을 퍼부었다. 타타타타탕. 처음엔 공포 같더니, 아니다! 아이들의 발 앞쪽에서 파바밧, 흙먼지가 튀어올랐다.
"엄마야앗!"
"우아아앗!
아이들은 솔밭 쪽으로 우르르 달아나기 시작했다. 맨 꽁무니에서 도망치던 사내아이의 검정 고무신 한 짝이 훌러덩 벗겨졌다. 아이는 얼른 뒤돌아서 달려와 고무신을 움켜쥐었다. 순간, 막 돌아서는 아이의 등뒤에서 총성이 터졌다.
"타타타타탕."
아이의 작은 몸뚱이가, 팽이처럼 핑그르르 돌다가, 푹석 고꾸라졌다.*

---

* 전재수(10세) 1970년 8월 16일생, 효덕초등학교 4학년 재학중 송암동 진제마을 도로변에서 사망. 사인―총상(흉부·대퇴부 등).

봄 날 207

같은 시각. 효덕초등학교

학교 운동장에서 동네 친구들 십여 명과 함께 야구를 하고 있던 이 학교 5학년 김문수(11세)는 공수부대의 무차별 난사에 부상을 당했다. 운동장을 향해 무차별 사격이 가해지자 놀라서 도망치다가 총탄에 맞았다. 운동장 화단가 비석 옆에 쓰러져 있는 것을 친구들이 발견했다. 총상 부위—어깨에 한 발, 허리에 두 발.

같은 시각. 송암동 삼거리 마을

이 마을 김금순씨의 집에 살고 있는 세 명의 청년은 이날 한꺼번에 사살되었다.

김금순씨의 집 안방. 그녀는 막내와 둘이서 점심을 먹고 있었다. 아들 권근립은 밥맛이 없다고 제 방에서 나오지 않았다. 그때 돌연 삼거리 쪽에서 펑펑, 벼락치는 듯한 소리와 함께 엄청난 총성과 폭발음이 한꺼번에 터져나오기 시작했다. 삼거리 쪽과 국도 양켠의 산 쪽간에 교전이 붙은 것이다.

그녀의 집에도 총탄은 우박처럼 쏟아졌다. 장독이 와장창 박살나고, 벽과 지붕·마루에도 두두두두 박히는 총탄. 안방 유리창이 쨍그렁 깨어지며 유리 파편이 와르르 방바닥으로 쏟아졌다. 와이고옷. 비명을 지르며 그녀는 막내를 데리고 부엌으로 숨었다. 두두두두두. 부엌에까지 날아드는 총알들. 벽과 찬장에도 꽉꽉꽉 박힌다.

"아이고, 이제는 죽었네에!"

그녀는 아이를 껴안고 부엌 바닥에 납작 엎드린 채 와들와들

떤다. 그렇게 얼마나 지났을까? 삼십 분? 한 시간? 그녀에겐 그것이 하루만큼이나 길었다. 이윽고 총성이 그쳤다. 이웃집 사람들이 허옇게 질린 채 그녀의 집으로 뛰어들어왔다.
"워메워메, 이것이 뭔 일이다요!"
"난리요 난리! 바깥에서는 시방 수십 명이 죽고, 불이 나고, 전쟁판이라요."
"방안에 있으면 위험한께, 지하실로 피합시다."
그들은 함께 지하실로 내려갔다. 갑자기 문짝이 떨어질 듯 요란하게 열리며 군인들이 마당으로 들이닥쳤다. 이내 안으로 들어가는 발소리. 방안이며 화장실, 부엌을 뒤진다. 쿠당탕, 안방 장롱을 뒤엎고 이불을 팽개친다. 군인들은 밖으로 나오더니, 탕탕탕, 공포를 쏘고는 소리쳤다.
"이 빨갱이새끼들, 어디 숨었어! 다 죽여뻐리기 전에 당장 나왓!"
지하실에서 그녀들은 두 손을 쳐들고 밖으로 나온다. 각자 자기 방에 숨어 있던 세 청년, 권근립·김승후·임병철은 이미 끌려나와 있는 참이다. 권근립은 김금순의 아들이고, 다른 둘은 그녀의 집에서 세들어 살고 있다.
"너희들 셋은 따라와. 얌전히."
세 청년을 끌고 나가려는 병사에게 그녀는 애원했다.
"오메에, 어쩔라고 그러시요! 이 아그들은 우리집 식구들이요. 아무 짓도 안 허고 집안에서 쉬고 있는 참이란 말이요."
"염려 마쇼. 몇 가지 물어볼 게 있어서, 동네 남자들은 다 집합시키는 거요."
병사들이 세 청년을 끌고 집을 나갔다. 그녀는 그런가 보다 하고, 우선 방안으로 달려들어간다. 방안은 온통 난장판이다. 장롱은 엎어져 있고, 이불이며 옷가지가 엉망으로 흩어져 있다. 서랍이 열렸기에 살펴보니, 담배와 라이터 그리고 남편의 손목시계가 보이지 않는다. 개겉은 놈들 봐아. 도둑질까지 해갔네그랴. 그녀는 욕을 퍼부어대며 방안을 치우기 시작했다.

한편, 세 청년은 손을 들고 큰길까지 끌려나갔다. 동네 사람들 거의 대부분이 이미 큰길에 끌려나와 있다. 주민들을 한 군데 몰아세워놓고 병사들은 총구를 들이대고 에워싼다. 장교 하나가 앞으로 나서더니, 눈을 부라리며 말했다.

"이 빨갱이새끼덜! 다 알고 있으니 사실대로 말해. 너희들이 여기다가 지뢰를 묻었지!"

병사들은 장갑차와 트럭 여러 대를 순식간에 날려버린 것이 지뢰일 거라고 여겼던 것이다. 겁에 질린 주민들은 무슨 소린가 싶다. 한 사람이 나서서 애원하듯 대답한다.

"무슨 말씀이신지 모르겠습니다. 지뢰라니요. 우리가 그런 걸 어디서 나서, 어떻게 묻어놓겠습니까요. 저기 커브길 쪽에 상무대 군인들이 와가꼬 주둔해 있었는디, 아마 그 군인들이 그랬는가 모르겠네요. 참말입니다이."

"뭐가 어째? 상무대 군인들? 이 자식, 사기치면 당장 죽여뻐려!"

"아, 아닙니다. 참말입니다요."

"폭도들, 어디 숨겼어!"

"모, 몰라라우. 뒷산으로 숨었는가 어쨌는가······"

"좋아! 이 작자들, 본때를 한번 뵈줘?"

어째선지 군인들은 하나같이 극도로 악에 받쳐 있다. 시뻘겋게 충혈된 눈들이 분노와 복수심으로 번들거린다. 장교는 분에 겨워 씩씩대더니, 주민들 가운데서 대뜸 세 청년을 지목했다.
"너, 너, 그리고 너! 이쪽으로 따라왓!"
 청년들이 손을 들고 엉거주춤 걸어나온다. 주민들이 깜짝 놀라 사정한다.
"장교님. 이 사람들은 대학생도 아니고 수상한 사람도 아녀라우. 우리 동네 주민이요. 한번 확인해보면 아실 것 아닙니까요. 여기 근립이는 포항에서 회사 다니다가 마침 즈그 집에 다니러 온 참이고, 여기는 공장에 다니는 사람이요. 그리고 이 사람은 저쪽 송암동 연탄공장 트럭 운전기삽니다."
"몇 가지만 물어보고 나서 돌려보낼 테니, 염려 마쇼."
 장교가 대답하더니, 병사 서넛과 함께 세 청년을 끌고 내려간다. 주민들은 조마조마 지켜보고 서 있었다.
 큰길에 내려서던 그들. 돌연 병사 하나가 대검을 뽑아들더니, 권근립을 향해 홱 하고 찌르려 했다. 엉겁결에 대검을 움켜잡는 권근립. 병사가 칼을 쭉 뽑아내는 순간, 다른 병사가 총을 쏘았다. 타앙! 벌렁 고꾸라지는 권근립. 아앗! 지켜보던 주민들의 경악에 찬 비명.
 권근립을 내버려두고 병사들은 다시 나머지 두 청년을 끌고 내려간다. 철로변에 도착하자마자 병사들은 청년들을 꿇어앉혔다. 이내 청년들이 철길 옆 언덕에 가슴을 대고 나란히 엎드렸다. 병사 두 명이 총구를 들이대고 탕탕탕, 방아쇠를 당겼다. 그러자 이번엔 옆에 있던 또 다른 하사관이 총을 움켜쥐었다. 탕, 탕, 탕! 탕, 탕, 탕! 그는 정확히 세 발씩, 청년들에게 확인 사살을 가했다.

"으아아아. 내 아들! 내 아들, 근립아아!"

목구멍이 찢어지는 듯한 처절한 비명과 함께 한 여자가 골목에서 뛰쳐나왔다. 김금순씨. 그녀는 미친 사람처럼 철길로 달려 내려가더니, 피투성이로 엎어져 있는 세 구의 시신 앞에서 우뚝 멈춰섰다. 한 순간 그렇게 멍하니 서 있던 김금순씨. 우아아아…… 무서운 고함 소리를 내지르다가 정신을 놓아버렸다.*

오후 2시 30분, 송암동 삼거리

무려 삼십 분 동안이나 계속되던 치열한 교전이 마침내 멎었다. 상대를 무력화시키는 데 결정적 역할을 한 것은 특공조였다. 여단장의 명령에 따라 특공조가 즉각 조직되었고, 그들은 상대의 90밀리 무반동총 공격 진지를 급습, 일단 화력을 잠재웠던 것이다. 특공조는 90밀리 무반동총 진지에서 1명을 사살, 7명을 생포해왔다. 엉뚱하게도 그들은 폭도가 아닌, 대한민국 국군의 보병부대였다.

"장군님. 야단났습니다. 폭도가 아니라, 아군의 오인 사격입니다."

"오인 사격!"

"예. 그게, 폭도가 아니라 보병학교 교도대였습니다."

"뭐, 뭐야!"

---

* 권근립(남, 25세) 1955년 7월 21일생. 직업: 공원(노동자), 송암동 자택 앞 노상에서 사망. 사인—총상(흉부), 우측 손목 절단.
김승후(남, 17세) 1963년 8월 20일생. 직업: 공원(선반공), 송암동 집 앞 철로변에서 사망. 사인—총상(흉부 등).
임병철(남, 24세) 1956년 12월 26일생. 직업: 운전기사, 송암동 자택 앞 노상에서 사망. 사인—총상(흉부).

여단장은 눈앞이 노래졌다. 이미 의심은 하고 있었지만, 그래도 설마했다.
"이게, 어, 어떻게 된 거야."
"폭도들이 이쪽으로 다수 이동할 것이라는 정보를 받고, 이를 저지키 위해 매복중이었답니다. 폭도들도 장갑차를 탈취해서 몰고 다니는 판이고 또 군복으로 위장하는 경우가 많아서, 우리 부대를 폭도로 오인한 모양입니다."
"보병학교 교도대라고! 미친 개새끼덜! 그놈들은 지금 어딨어?"
"무반동총 진지가 파괴되자마자 차량으로 도주해버렸습니다."
"끄응."
핏기가 완전히 빠져나가버린 여단장의 얼굴. 눈앞이 캄캄해진다. 세상에, 이럴 수가 있는가. 오인 사격이라니. 지금껏 아군끼리 미친 듯 전투를 벌이고 있었다니. 이럴 수가…… 그는 한동안 넋 빠진 사람처럼 멀거니 서 있다.
전투는 끝났지만, 마을 일대에선 아직도 여기저기서 총성이 간헐적으로 쏟아져나오고 있다. 적을 찾지 못한 병사들은 온 마을을 휩쓸고 다니며 화풀이로 마구 무차별 사격을 퍼부어댄다. 으아아. 와이고오. 사방에서 공포에 질린 주민들의 비명과 울음이 터진다. 남자들은 모조리 끌려나오고, 청년 셋이 철로변에서 사살당했다. 아이들이 여럿 죽고 다쳤다. 야산과 가옥에 숨어 있던 폭도 셋이 잡혔다. 한 명은 그 자리에서 사살하고, 둘을 끌고 왔다. 마을 양계장에선 수백 마리의 칠면조가 떼죽음을 당했다. 논에서 피를 뽑던 농부, 벽돌공장에서 담배를 피우고 있던 주민 세 명이 중상을 입고 끌려왔다. 마을 뒤편 언덕에서는 전재산을 잃어버린 농부의 통곡이 터져나온다. 축사에 있던 젖소 두 마리가 총에 맞아죽었기 때문이다.

삼십 분 가까이 삼거리 주변 마을 일대를 한바탕 휩쓸고 나서야 병사들은 하나둘 되돌아오기 시작했다. 거대한 코브라 헬기 두 대가 공중을 선회하고 있다. 월남전에서 위세를 떨쳤다는 최고 성능의 헬기. 그러나 뒤늦게 출동한 그것들은 아무런 도움도 되지 못했다.

병사들은 하나같이 어안이 벙벙하다. 그들은 아직도 총을 단단히 움켜쥔 채 금방이라도 방아쇠를 당길 태세다. 열이 채 식지 않은 총구. 그러나 그들의 눈앞에 적은 보이지 않는다. 어디로 사라졌단 말인가. 지금껏 우리는 허깨비하고 싸우고 있었을까?

눈앞에 펼쳐진 광경들. 병사들은 마치 꿈을 꾸고 있는 것만 같다. 엉망으로 파괴된 차량들, 아직도 불타고 있는 트럭, 검은 연기, 여기저기 나뒹구는 전우들의 시체, 단말마의 비명을 질러대는 부상병들, 고함 소리, 주민들의 비명과 울음 소리, 매캐한 화약 냄새…… 그것은 지옥의 풍경 그대로다. 충격을 견디지 못한 병사들은 더러 주저앉아 울음을 터뜨리기도 했다.

헬기가 잇달아 국도상에 착륙했다. 지휘관들이 줄줄이 쏟아져 나왔다. 특전사령관, 여단장들…… 그들의 표정 역시 참담하다.
"피해 상황은?"
사령관이 여단장에게 묻는다.
"옛. 사망자는 63연대 정보참모 차성한 소령 등 9명. 부상자는 63대대장 조상구 중령 등 38명. 총 47명입니다."
보고하던 여단장은 비통함을 참지 못해 크흑, 목울음을 터뜨리고 만다. 사망자들과 부상자들을 사방에서 옮겨오고 있다. 그걸 지켜보고 있는 지휘관들의 눈에 분노와 눈물이 뒤섞인다. 머리가 달아나버린 병사, 로켓포에 정통으로 맞아 몸뚱이가 두 동강난 대위······

형체가 완전히 망가진 시신들은 모포로 둘둘 말아 쌌다. 사방엔 피내음이 진동했다. 민간인 시체 대여섯 구도 땅바닥에 질질 끌려서 옮겨졌다. 헬기엔 부상자부터 실려진다. 십여 명의 민간인 부상자들도 부상병들과 함께 헬기에 실었다. 부상자와 사망자를 실은 헬기가 모두 떠난 뒤, 포로들은 트럭에 실려졌다. 그 사이 파괴된 장갑차와 차량들이 도로변으로 치워졌다.

일부 병사들은 출발하기 직전, 마지막으로 그들의 울분을 해소하기 위한 일종의 특별한 의식을 준비했다. 그들 수십 명의 병사들은 한 줄로 정렬하더니, 일제히 마을 뒤편 야산을 향해 총구를 겨누었다. 저기 수풀 속, 아직 숨어 있는 폭도들이 남아 있을지 모른다. 아니, 틀림없이 있을 것이다. 있어야만 한다······

"실탄 장전!"
"발사앗!"

타타타타타타타······ 그러자 좌우에서 또 다른 병사들마저 가담, 양쪽 산기슭을 향해 미친 듯 방아쇠를 당기기 시작했다. 수천 발의 총성이 허공을 발기발기 찢어대고 있었다. 잠시 후 전병력은 차량에 탑승했다.

"선두 차량부터, 출바알!"

지휘관이 지프 위에 서서 팔을 들어올리자 맨 앞 트럭이 움직이기 시작했다. 공터에 끌려나와 있던 주민들은 육십여 대의 군용 트럭이 눈앞을 차례차례 지나가는 광경을 숨도 못 쉰 채 지켜보았다. 마침내 맨 마지막 차량이 삼거리 커브길을 마악 돌아섰을 무렵.

"으아아아아……!"

그때까지 숨을 죽이고 있던 주민들의 입에서 엄청난 통곡 소리가 일제히 터져나오기 시작했다.

> 아아, 비가 내리면 빗속에서
> 눈이 내리면 눈길 위에서
> 가을이 오면 나무들의 어깨 속에서
> 파아란 등불처럼 타오르는 광주……
> —— 김준태, 「光州」에서

5월 24일 19:00, 전남도청

저녁상을 물리고 나자마자 김상섭은 옷장에서 잠바를 찾아 입었다. 늦가을에나 입던 두툼한 잠바였다. 아무래도 밖에서 또 밤을 새워야 할 것 같았던 것이다.

"아니, 또 나가시려구요?"

설거지를 하던 아내가 놀란 얼굴로 달려나온다.

"명색이 기자인데, 이러고 있을 때가 아니잖아."

"안 돼요, 오늘만은."

그녀는 김상섭의 팔을 다급하게 움켜잡으며 말했다. 전에 없이 완강하게 가로막는 아내의 눈빛은 불안과 두려움으로 잔뜩 질려 있었다.

"안 된다구요, 제발. 오늘밤 계엄군이 쳐들어온다면서요?"

"누가 그런 소릴 해?"

"온 시내에 소문이 파다하게 깔렸는데, 아니란 말예요 그럼?"

"염려 마. 그렇게 쉽사리 진입하진 못할 거야. 소문일 뿐이라구."

"그러다가 만일 진짜로 들이닥치기라도 하면 어쩌려고요. 난 정말이지 애간장이 타서 죽을 지경인데……"

며칠 사이에 몰라보게 수척해진 아내의 얼굴. 김상섭은 안쓰러워서 말없이 그녀의 손을 잡아주었다. 김상섭은 지난밤 이틀 만에야 집에 들어와 모처럼 단잠을 잤다. 그리고 이날 아침 다시 집을 나서서 온종일 돌아다니다가 바로 조금 전에야 들어왔던 참이다. 사실 몸이 천근 만근 무거워서 오늘밤도 그냥 집에서 쉬고 싶었으나, 아무래도 그럴 수가 없다는 생각이 들었던 것이다.

"걱정 말라구. 일찍 들어올 테니까. 아무 일도 없을 거야."

김상섭은 아내의 등을 토닥여주고는 집을 나섰다. 몸과 마음이 더없이 무거웠다.

밖엔 가랑비가 내리고 있었다. 오후부터 한바탕 쏟아지던 소나기가 이젠 한풀 꺾인 듯, 거리를 추적추적 적시고 있다. 비 때문인지 기온이 약간 내려간 듯싶다.

김상섭은 우산을 펴들고 큰길로 나섰다. 비가 내리는 데다가 어둠이 깃들인 거리는 인적이 뜸했다. 가게문도 대부분 닫혀 있어서 을씨년스럽기만 한 거리로 이따금 시민군 차량이 빠르게 지나가곤 했다. 지프 안엔 전투경찰용 철모와 방석복 그리고 비옷 따위를 거추장스레 뒤집어쓴 청년들이 네댓 명씩 타고 있었다. 시민군 기동순찰대원들일 것이다.

이날 오전부터 도청 학생수습위에서는 시민군을 재정비, 4개조의 기동순찰대를 조직했다. 그들은 군용 지프를 타고 외곽 지역을 수시로 순회하며 계엄군의 동태를 파악하거나, 시민들로부터 신고가 들어오면 출동해서 거동이 수상한 자나 범죄자를 연행해오기도 했다. 또 주로 중심가를 돌면서 질서 유지를 위한 순찰 임무도 수행하고 있었다.

사태 발발 7일째로 접어든 이날, 도시는 표면상으로는 모처럼 평온을 되찾은 것처럼 보였다. 전날까지와는 달리 외곽에서도 별다른 충돌이 없는 듯했고, 총성도 훨씬 뜸해진 것이 사실이었다. 간밤엔 시내 변두리 지역에서 총소리가 이따금씩 이어지곤 했었다. 주로 화순 방면으로 통하는 길목인 지원동·소태동·학운동 부근이었다. 때문에 어둠을 틈타 계엄군이 마침내 진입해들어오는 게 아닌가 하고 많은 시민들이 밤새 불안에 떨어야 했다.

이날 아침 여덟시엔 그간 중단되었던 KBS 라디오 방송이 재개되었다. 계엄사는 "총기를 소지한 사람은 24일 정오까지 국군통합병원이나 경찰서에 무기를 반납하면 책임을 묻지 않겠다"는 협박투의 방송을 연신 내보냈다.

어느덧 시민들의 표정엔 불안한 그림자가 역력히 드러나기 시작하고 있었다. 시간은 자꾸 흘러가는데도, 기대했던 사태 수습의 가능성이나 해결의 기미 같은 건 보이지 않고 있었다. 시민들의 열기는 눈에 띄게 식어가고 있었고, 짧은 승리와 해방감으로 들떠 있던 눈빛들은 초조함과 두려움으로 바뀌어가고 있었다.
"설마 계엄군이 정말로 진압 작전을 개시할 생각일까라우? 만약 그리 된다면, 이번에야말로 광주 시내가 온통 피바다로 변해버릴 텐디."
"진압 작전도 문제지마는 정작 그 이후에 벌어질 일도 큰일일 것이구만그래. 지금까지 총 들고 나선 사람 숫자가 얼만디, 저놈들이 보복을 안 하고 얌전히 가만 놔두겠능가? 틀림없이 수백, 수천 명씩 붙잡혀들어갈 것이여."
"아니, 대관절 이 판국에 국민들은 뭣 하고 자빠졌다요?"
"그러게 말여. 광주 시민이 다 죽어갈 때까장 팔짱 끼고 구경만 하고 있을 작정인가. 최소한 서울에서 한번 터져주기만 하면, 전두환이도 더는 못 버틸 것 아녀."
"서울이랑 전주에서 데모가 터졌다는 소문도 나돌던디, 그게 참말이라요?"
"니미럴. 다 헛소문이랑께. 서울에서 터지기는 뭣이 터졌겄어? 여기서 이런 난리가 벌어지고 있다는 사실이나 제대로 알고 있능가 몰라."
"아니, 그러믄 우리는 장차 어쩌란 말여! 이러다가 죄 없는 우리 광주 사람들만 모조리 죽어나가란 말인가!"

시민들은 불안한 표정으로 수군거리고 있었다. 그건 직접 총을 들고 나선 시민군들도 마찬가지였다. 아까 낮에 김상섭은 시민군들이 경계 근무를 서고 있는 외곽 지역 몇 군데를 대충 돌아다녀보았다. 성능이 형편없는 개인 화기를 들고 계엄군과 대치해 있는 시민군들의 표정 역시 하나같이 초조와 불안감이 감돌았다.

이틀 전부터 시민수습위원회 사람들이 수시로 돌아다니며 무기를 회수함에 따라 그 사이 상당한 양의 총기가 거둬들여지고, 병력도 갈수록 줄어드는 추세였다. 그런 판국에 형편없는 구식 총기로 무장한, 불과 몇백 명밖에 안 되는 자신들의 힘만으로 탱크와 각종 최신 무기로 무장한 수만 명의 계엄군을 막아낼 수 있으리라고 믿는 사람은 아무도 없을 터였다.

'우리는 장차 어떻게 될 것인가. 저들이 진압 작전을 개시하는 날엔 우리들은 모두 죽게 되리라. 설사 용케 살아서 도망친다 하더라도, 이 작은 도시 어디에 숨을 곳이 있겠는가……'

시민군들의 피곤에 지친 눈빛은 그렇게 말하고 있는 듯했다. 게다가 이날 오후부터 내린 비로, 시 외곽 지대에서 계엄군과 대치중이던 시민군 상당수가 하나둘 이탈하기 시작했다. 계엄군의 진압 작전이 임박했다는 소문에 겁을 집어먹은 데다가 비는 계속 쏟아지고, 너나없이 피곤이 쌓이기도 했으리라. 특히나 수습대책위에서 무기 반납을 계속 요구하고 있는 터여서, 이탈하는 병력의 숫자가 눈에 띄게 늘고 있는 참이었다.

한편, 벌써 나흘째 외부와의 통행이 완전 두절되면서 시내에선 양곡과 채소, 생활 필수품 부족 현상이 갈수록 심해져가고 있었다. 대부분의 쌀가게에선 이미 이틀 전부터 쌀이 떨어졌고, 라면이나 빵, 우유조차 구하기 어려운 상태였다. 극히 소량의 쌀과 채소가 인근 농촌으로부터 간혹 반입되기도 했지만, 턱없이 값이 비싼 데다가 그나마도 쉽게 구할 수가 없었다. 오전부터는 시청 직원들이 동원되어 양곡상과 식료품 가게를 돌아다니며 문을 열도록 종용하고 다니는 형편이었다.

그렇지만 아직까지는 예상 외로 시민들이 어려움을 잘 참아내고 있는 분위기였다. 각 동별로 자율적으로 나서서 품절된 생활필수품 나눠쓰기 운동을 벌이고, 시민군을 위해 주먹밥이며 반찬 등을 모아 가져오기도 했으며, 병원마다 부상자 치료에 필요한 헌혈 행렬이 이어지고 있었다. 또 이날부터는 수습위의 요구에 따라 시청에서 비축미를 방출해서 쌀 품귀 현상이 심한 지역부터 우선 공급하고 있었다.

무엇보다 다행스러운 일은 경찰의 치안력이 공백 상태임에도 아직까지 은행이나 주요 상가 어느 곳에서건 별다른 절도 사건 하나 발생하지 않고 있다는 점이었다. 오히려 평상시에 비해 범죄율 자체가 훨씬 낮은 편이었다. 김상섭도 믿기 어려운 일이었다. 그 놀라운 현상은, 어쩌면 너나없이 한덩어리로 죽을 고비를 함께 견디어내면서 어느 사이엔가 시민들간에 형성된, 어떤 끈끈한 공동체 의식 같은 것 때문일 터였다.

어제 이후로 도청 수습위는 무기 반납과 함께 질서 유지에 협조해달라는 안내 방송을 계속하고 있었다. 또 시민들에게 평시와 같이 생활에 복귀해줄 것을 설득하는 한편, 직장 복귀, 택시와 버스의 정상 운행, 상점의 영업 재개, 생활 용품 조달 등을 당부하고 있었다.

노동청 사거리를 지나 김상섭은 남동성당으로 향했다. 이날 저녁 윤공희 대주교가 집전하는 특별 미사가 있을 예정이었다. 때가 때인지라 미사의 분위기도 살펴볼 겸 거기서 정베드로 신부를 만나볼 생각이었다.

도청 건물 바로 뒤편에 위치한 그 성당 안으로 들어서니, 미사는 이미 진행중이었다. 꽤 넓은 회당의 좌석은 모두 들어차 있었다. 김상섭은 뒤편에 서 있는 사람들 틈에 섰다. 회당 안에 모인

봄 날 221

신자들은 대략 천여 명 가량. 흐릿한 조명등 탓만은 아니게, 회당 안의 분위기는 무겁고 침통하게 가라앉아 있었다. 제대 앞엔 윤대주교가 미사를 집전하고 있고, 그 뒤편 사제석엔 장백의 차림의 신부 대여섯이 나란히 앉아 있다. 그 중엔 정베드로 신부의 모습도 보였다.

윤대주교는 마침 김수환 추기경의 특별 메시지를 대신 낭독중이다. 그것은 추기경이 이틀 전 윤대주교로부터 광주 사태에 대한 보고를 받고 나서, 23일자로 전국 교회의 신자들에게 급히 내려보낸 것이다.

"…… 여러분은 이미 보도를 통하여 광주 지역에서 일어나고 있는 불행한 사태에 대해 들으셨을 것입니다. 사랑하는 같은 민족이 신체적으로 정신적으로 엄청난 상처를 입고 있습니다. 그 상처는 우리 민족이 근래에 당해보지 못한 시련을 동반하고 있습니다. 정확한 숫자를 알 수 없는 사상자를 낸 유혈 사태가 광주시를 비롯한 인근 전역에 확대되었고, 이로 인하여 전국민이 참으로 긴장과 불안과 슬픔 속에 내일을 걱정하게 되었습니다…… 그리스도를 믿고 따르는 모든 교형 자매들은 지금 단식과 기도로 주님께 애원해야 되겠습니다. 각 본당 차원에서, 가정 차원에서, 우리 아버지이신 하느님께 혼신을 다하여 용서와 은총을 간청해야 하겠습니다. 주께서는 우리의 기도를 들어주실 것입니다……"

대주교가 추기경의 메시지를 읽어내려가는 동안 회당 안 여기저기서 가느다란 흐느낌이 흘러나왔다. 강론을 마친 대주교가 기도를 올렸다. 저들의 총칼에 무고하게 희생당한 수많은 영혼들을 돌보아주시고, 저들에게 포위당한 채로 죽음의 공포와 절망에 떨고 있는 시민들을 위로해주시고, 동족의 가슴에 총칼을 겨누고 있는 자들로 하여금 참회하도록 해주십사고 대주교는 간절히 기도했다. 또 야만적인 폭력 앞에서 이 순간에도 쓰러져가고 있는 의로운 이들을 구해주시고, 이 버림받은 도시를 죽음과 공포로부터 구원해주십사고 기도했다.

대주교의 목소리는 시종 떨려나왔고, 이따금 감정에 북받쳐 말이 한참씩 끊어지곤 했다. 신자들 속에선 점차 흐느낌 소리가 커졌다. 두 손으로 얼굴을 가린 채 눈물을 흘리다가, 끝내 어깨를 들먹이며 격한 울음을 터뜨리는 이들도 있었다. 이윽고 기도가 끝나고, 모두들 일어나 성가를 부르기 시작했다.

불의가 세상을 덮쳐도 불신이 만연해도
우리는 주님만을 믿고서 살렵니다
얼마나 많은 사람이 죽어들 가는가
어둠이 내린 세상을 천주여 비추소서……

김상섭이 맨 뒷자리에서 엉거주춤 따라 일어섰을 때, 누군가 등뒤에서 다가와 성가책을 그에게 건네주었다. "가난과 주림에 떨면서 원망에 지친 자와 괴로워 우는 자를 가련히 여기소서 얼마나 많은 사람이 불행히 사는가 어둠이 내린 세상을……" 어색한 입놀림으로 마지못해 가만가만 노래를 따라부르던 김상섭은 한 순간 저도 모르게 눈물이 혹 솟구치고 말았다.

그는 항상 무신론자임을 자처해온 사람이었다. 그런데 엉뚱하게도 눈물이 쏟아지고 있었다. 그 낯설고 숙연한 미사 의식 때문만은 아닐 터였다. 버림받은 우리를 구원해달라는 기도. 죽음과 절망과 공포에 짓눌려 있는 이 버림받은 도시를 구해달라는 기도. 다만 그 간절한 몇 마디 말만으로도 김상섭은 소리없이 울음이 북받치고 있었다. 그랬다. 그건 상처였다. 요 며칠 동안의 엄청난 참극을 지켜보는 동안, 어느샌가 그 자신의 마음과 영혼 역시 얼마나 크고 깊은 상처를 입고 말았는가를 김상섭은 비로소 깨닫고 있었다.

미사가 끝나고 신자들이 흩어지기 시작했다. 한 발 앞서 회당을 빠져나온 김상섭은 복도에서 정베드로 신부와 만났다. 정신부는 의외라는 듯 김상섭을 쳐다보았다.

"아, 누구시라고. 웬일이십니까? 여기까지."

"마침 지나가는 길에, 잠시 신부님을 뵐까 하고 들렀습니다. 특별 미사가 있다는 얘길 들었거든요."

"무슨 급한 용무라도……"

"꼭 그런 것만은 아닙니다. 그냥 궁금한 게 몇 가지 있어서요. 괜찮으시다면 잠시 몇 말씀 듣고 싶습니다만."

"그러셨군요. 안 그래도 지금 다시 도청으로 들어가보려던 참인데, 잠시만 여기서 기다려주시겠소?"

정신부는 사제관으로 서둘러 들어갔다. 김상섭은 한동안 복도에 서 있다가, 담배 생각이 간절해서 현관으로 나와 그를 기다리기로 했다.

사람들이 모두 돌아가고 난 성당 뜨락엔 여전히 가랑비가 내리고 있었다. 바람이 부는가. 뜰 한쪽 놀이터의 빈 그네가 이따금 흔들릴 때마다 삐걱이는 소리를 냈다. 빗발이 무심하게 날리고 있는 어두운 허공을 바라보고 있노라니, 가슴이 터질 듯 답답해왔다.

'아아, 장차 일이 어찌 되어가려는 것인가. 지금 우리들 앞에는 어떤 운명이 기다리고 있는 것일까⋯⋯'

김상섭은 길게 한숨을 내쉬었다. 이 엄청난 사태가 발발한 지 오늘이 꼬박 일주일째. 고립은 장기화되어가고 있었고, 행여나 뭔가 밝은 빛줄기 같은 게 나타날까 하고 기다리던 시민들도 차츰 지쳐가고 있었다.

이 도시는 현재 완전히 절해의 고도나 마찬가지였다. 외곽 전 지역은 계엄군에 의해 철통같이 차단되고, 시외 전신 전화도 두절된 상태여서 외부와의 모든 연락이 불가능했다. 일체의 대중 교통 수단은 물론 자가용·화물트럭·오토바이·자전거조차 통행이 막혔다.

그런데도, 조만간 계엄군의 진압 작전이 개시될 거라는 소문에 불안해진 시민들은 연일 시외로 빠져나가기 위해 줄을 잇고 있었다. 또한 별의별 끔찍한 소문에 놀란 전남 각 지역의 시골 주민들은 저마다 식구들 걱정 때문에, 거꾸로 시내로 끊임없이 들어오고 있는 상황이기도 했다.

그러나 도시를 빠져나가기 위해 계엄군의 포위망을 넘는다는 것은 거의 목숨을 건 도박과도 같았다. 양측의 대치점인 외곽 지역, 특히 화순과 목포·담양으로 통하는 세 곳의 계엄군 검문소 주변에서는 연일 총성이 터져나왔고, 이곳을 통과하려던 젊은이들은, 시위 가담 여부와 무관하게, 대부분 체포되어 군부대로 끌려가거나 혹은 도망치다가 사살되기도 했다. 외곽 지역에서 사망자가 속출한다는 소식이 연일 끊이지 않았고, 그때마다 도시를 뒤덮은 죽음의 그림자는 갈수록 짙어만가고 있었다. 이제 도시의 대기엔 온통 죽음의 냄새와 피비린내가 눅진하게 배어 있었다.

어제, 23일 새벽엔 해남에서 광주로 돌아오던 무장 시위대가 해남군 옥천면 우슬재에서, 매복중이던 군부대의 집중 사격으로 20명 이상 사망한 사건이 터졌다. 1개 중대 병력의 계엄군은 기관총과 수류탄까지 퍼부었다. 그 소식은 현장에서 용케 빠져나온 생존자 몇의 입을 통해 알려지게 된 것이다.

같은 날, 시 북동쪽 교도소 부근에서는 트럭을 타고 담양으로 나가려던 시위대가 교도소 경비중인 계엄군의 총격을 받아, 3명이 죽고 2명이 부상당했다. 이 부근에선 이날 저녁 일곱시에도 시민군 한 명이 사살되고 여러 명이 붙잡혀갔다.

특히 오후 두시경, 소태동 주남마을에서 벌어진 참극은 실로 처참했다. 공수부대가 시민과 학생 18명을 태운 미니버스를 향해 집중 난사, 그 중 15명이 현장에서 죽고, 여학생을 포함한 3명이 생포된 것을 주민들이 목격했다. 끌려간 그들 부상자 3명의 생사 여부는 아직까지 불분명한 상태였다.

충격적인 소식은 오늘 24일 역시 마찬가지였다.

오후 두시경, 목포로 가는 길목인 송암동 삼거리에선 무려 한 시간 가까이 치열한 전투가 벌어졌다. 그곳 주민들의 말에 따르면, 대전차 로켓포와 크레모아까지 총동원된, 굉장한 교전이었던 모양이다. 자초지종을 정리해보니, 놀랍게도 그것은 계엄군 간의 오인 사격이었음이 분명했다.* 이동중인 공수부대의 대규

---

* 이 기간중, 계엄군끼리의 오인 사격은 또 있었다. 계엄사 상황일지에 따르면, "5월 24일 10시 30분, 호남고속도로(운암동 톨게이트 부근)상에서 31사단 96연대 3대대 장교 2/사병 29명이 사단에서 영광으로 복귀중, 매복중인 기갑학교 병력 3/117명이 폭도로 오인 사격. 사망 5명, 중상 11명(민간인 1명), 경상 11명(민간인 1명)"이라고 기록되어 있다.

모 병력과 매복중이던 보병부대 사이에 뭔가 착오가 있었던 듯 싶다. 그로 인해 공수부대측은 상당한 피해를 입은 모양으로, 사망자만 해도 십수 명, 부상자는 오륙십 명이 넘으리라고 주민들은 증언했다. 문제는 거기에 그치지 않았다. 그 와중에서 공수부대가 엉뚱하게도 마을 일대를 급습, 민간인들을 닥치는 대로 학살했다. 김상섭이 확인한 숫자만 해도 민간인 사망자 여덟 명 가운데는 초등학생과 중학생까지 끼여 있었다.

이보다 앞선 22일 오후 다섯시경, 시 서쪽 외곽인 국군통합병원 부근인 쌍촌동·화정동 일대에서는 계엄군의 무차별 난사 사건이 있었다. 통합병원은 시민군의 바리케이드가 설치된 공단 사거리와 대건신학대학 사이에 위치해 있다. 이 시각 계엄군은 통합병원 통로를 확보하기 위한 축출 작전을 불시에 전개, 탱크를 앞세운 채 진입하면서 양쪽 주택가를 향해 무차별 사격을 가했던 것이다. 이로 인해 사망자와 부상자 대부분이 집 안에서 피해를 당했다.

이때의 총격으로 이매실(68세) 노인이 현장에서 즉사하고, 주부 3명과 노인 1명이 부상을 당했다. 그 중 임신 3개월의 이추자씨(23세)는 우측 눈 옆에서부터 귀까지 관통상을 입었다. 그녀는 집에 혼자 남아 있다가 탱크를 보고 놀라 2층 창문을 닫으려는 순간 총을 맞았다. 또 주부 손명선씨(32세)는 다섯 살짜리 아들과 함께 부상을 당했는데, 그녀는 한쪽 턱이 떨어져나갔고 아이는 손목에 부상을 입었다. 당시 그녀는, 총소리에 놀라 울음을 터뜨리는 아이를 안고서 무심코 방안에서 일어나려는 순간, 창문으로 쏟아져들어온 집중 사격에 쓰러졌던 것이다.

그외에도, 계엄군이 외곽을 차단하기 시작한 지난 21일 밤 이후, 계엄군의 저지선 곳곳에서 크고 작은 총격이 끊임없이 이어졌고, 그로 인해 사망자와 부상자 숫자는 시시각각 불어나고 있는 상황이었다. 사망자들의 시신은 속속 도청으로 옮겨졌고, 시내 병원마다 늘어나는 부상자들로 북새통을 이루고 있었다.

바야흐로 죽음의 그림자가 도시의 하늘을 한꺼번에 덮어 누르고 있었다. 외곽으로부터는 충격적인 학살 소식이 잇따르고, 도청 앞 상무관의 시신 숫자는 그때마다 늘어가고 있었다. 죽음은 빨래처럼 도처에 널렸고, 통곡과 절규는 돌멩이만큼이나 흔하고 낯익었다. 사람들은 피비린내와 시체 썩는 냄새로 가득 찬 대기를 헐떡헐떡 들이마시면서 밤낮없이 죽음의 공포에 몸서리를 치고 있었다.

죽음의 도시. 절망의 도시. 구원과 기적 같은 평화의 계시를 갈구하는 절박하고도 간절한 기도의 도시. 통곡의 도시…… 그리고, 모두에게서 버림받은 도시.

그러나 그런 긴박한 상황임에도 불구하고, 구원의 계시는 아직 어디에서도 모습을 드러내지 않고 있었다. 적어도 김상섭이 보기엔, 모든 것은 절망적이었다. 저 포위망 바깥쪽, 이 나라 어느 도시에서도 미미한 저항의 낌새조차 들려오지 않고 있었다. 계엄군측 태도 역시 조금도 변하지 않고 있는 눈치였다. 아니, 오히려 훨씬 더 강압적이고 오만한 태도로 바뀌어가고 있었다.

때문에, 계엄군이 탱크를 앞세우고 당장 쳐들어온다는 소문이 이미 이틀 전부터 파다하게 퍼져 있었고, 시간이 갈수록 시민들의 공포와 불안은 커져가고 있었다. 실제로 23일 오후 다섯시경, 외곽에서 계엄군이 시내로 진입하고 있다는 충격적인 제보가 잇따라 도청 상황실로 들어왔다. 이에 놀란 도청 지휘부에서는 이미 회수된 무기들을 청년·학생들에게 급히 재지급해 전투 준비를 갖추는 등 한바탕 소동이 일어났다. 그러나 잠시 후, 그것은 고속도로 길목인 동운동에서 군 병력이 상무대로 이동하는 과정에 벌어진 해프닝임이 밝혀지기도 했다.

그런 긴박한 상황임에도 불구하고, 도청 수습대책위 내부에선 무기 회수 문제를 둘러싼 대립과 갈등이 갈수록 심화되고 있을 뿐이었다. 계엄군측의 태도 변화를 더 이상 기대하기 어려운 상황에서, 한쪽에선 무기를 반납하고 사태를 더 이상 확대시키지 않는 것만이 수습을 위한 최선책임을 주장하는 데 반해, 다른 쪽에선 시민들의 희생에 대한 정부의 공식적 사과 및 보상, 사후 보복 금지 등 최소한의 구체적 조치를 보장받지 못한 상황에서는 결코 스스로 무장 해제를 할 수 없다고 팽팽히 맞서고 있는 것이었다.

그러나 시간이 갈수록 도청 지도부 내부의 전체적인 분위기는 무기를 회수하여 반납하자는 쪽으로 기울고 있었다. 지역 유력 인사들로 구성된 시민수습위의 대부분 사람들 역시 그 밖에는 다른 대안이 없다는 분위기였다. 이제 어떻게든 사태는 수습되어야 했다. 언제까지 이런 상태로 버틸 수는 없으며, 시간이 지날수록 수습은 더 어려워질 것이라는 생각들을 하고 있었다. 김상섭이 판단하기에, 많은 시민들의 의견 역시 마찬가지였다. 그에 비하면, 무기 반납 불가를 주장하는 쪽은 상대적으로 소수인 셈이었다.

"오래 기다리셨지요."

정신부가 어느샌가 곁에 서 있었다. 잠바 밑에 로만칼라를 받쳐입은 차림이다.

"그런데, 잠시 더 기다려야 할 것 같군요. 남신부님과 함께 가기로 했는데, 지금 대주교님과 얘길 나누고 계시는 중이라서요. 미안합니다만, 저쪽에 본당 사무실이 있어요. 거기서 차라도 마시면서 기다리기로 하죠."
"예. 좋습니다."
두 사람은 우산을 펴들고 뜰을 가로질렀다. 사무실은 마침 비어 있었다. 정신부는 전열기 위에 주전자를 올려놓고 돌아와 소파에 마주앉았다.
사흘 만에 대하는 정신부의 얼굴이 몰라보게 수척해 보여 김상섭은 놀랐다. 아마 며칠 동안 잠도 제대로 자지 못했으리라. 지난 사흘 동안 정신부가 수습위에 들어가 여러 가지로 무척 애를 쓰고 있다는 사실을 김상섭은 잘 알고 있었다. 성직자의 몸으로 이 절박한 상황 한가운데 직접 뛰어들어 동분서주하고 있는 모습에 김상섭은 새삼스레 가슴이 뭉클해왔다.
사실 사태 발발 이후, 이 지역 각계각층의 인사들이 자발적으로 뛰어들어 수습을 위해 노력을 기울이고 있었다. 그 중에서도 가톨릭 교회의 참여가 특히 두드러졌다. 도청 수습위만 해도 정신부를 비롯한 두 명의 신부가 수습위원으로 활동중이었다. 윤공희 대주교 역시 이곳 사태의 정확한 실상을 외부로 알리기 위해 여러모로 애쓰고 있었고, 어제 개편된 새로운 수습위원회의 위원장을 잠시 맡기도 했다. 또 시내 각 성당에서는 매일같이 추모 미사를 여는 등, 교구 차원에서 신자들과 시민들의 상처받은 마음을 위로하고, 아울러 정신적인 응집력을 불러일으키기 위하여 나름대로 노력하고 있었다.
"아까 김수환 추기경이 보낸 메시지를 대주교님이 낭독하시는 것 같던데요. 그 사이 서울 쪽과는 접촉이 있었습니까."

김상섭이 먼저 입을 열었다.

"대주교께서 추기경님께 비밀리에 서한을 보내, 이곳 상황을 알리신 줄로 압니다. 마침 미국인 신부 한 분이 본국 대사관의 훈령에 따라 철수하게 되어, 그 편으로 서한과 함께 추기경님께 자세한 사정을 보고해주도록 부탁하신 겁니다."

"미국 대사관에서 미국인 신부들한테까지 철수 지시를 내렸습니까?"

"그렇습니다. 미국뿐만 아니라 다른 나라들도 마찬가집니다. 우리 교구 내 아일랜드 신부들한테도 자기네 대사관에서 조속히 철수하라는 연락이 왔다는군요. 송정리 비행장 미군 부대 안에 임시 숙소를 마련해놓았다고요. 하지만 많은 외국인 신부들은 아직 떠나지 않고 남아 있어요."

미국 정부가 이틀 전 대사관을 통해 광주시에 거주하는 모든 미국인들에게 철수 지시를 내렸다는 것은 김상섭도 아는 사실이다. 이젠 다른 대부분의 국가에서도 자국민을 철수시키기 시작한 모양이다. 도시를 빠져나오는 외국인들을 위해 송정리 미군 부대 내에 숙소는 언제든지 마련되어 있다고 했다. 재개된 KBS 라디오 방송도 이날부터 이미 수차례 "시내에 남아 있는 모든 외국인들은 속히 광주에서 철수하라"는 방송을 내보내고 있는 참이었다.

아까 점심 무렵, 김상섭은 우연히 한 미국인 선교사를 만나 얘기를 나눌 기회가 있었다. 광주에서만 칠 년을 살았다는 그 선교사는 한국말이 유창했다. 그의 말에 따르면, 미국 대사관 직원들은 이틀 전인 22일 아침에 이미 시내를 빠져나갔다. 혼자 남은 공사 대표 역시 송정리 미군 기지에 피신중이었다.
 벌써 상당수의 외국인들이 도시를 빠져나갔지만, 자신은 신앙인으로서의 의무 때문에 거절했노라고 그는 말했다. 그 선교사는 현재도 미대사관과 전화로 계속 연락을 주고받고 있는 중이었다. 모든 시외전화가 불통인 상태지만, 모종의 경로를 이용, 미군 기지와 통화가 가능하다고 했다. 미국 대사관은 자신들이 안전을 확인하고자 하는 외국인들의 연락처와 신상 메모를 그에게 알려주면서, 그들과 속히 접촉해서 철수 준비를 마칠 수 있도록 협조해달라고 요청해왔노라고 했다.
 "좀 전에 AFKN 방송을 듣고 나온 참입네다. 화가 나서 참을 수가 없었어요. AFKN 역시 한국 정부에서 발표한 내용과 조금도 다르지가 않습네다. 뉴스의 헤드라인이 '7일 간의 학생 유혈 폭동'이었는데, 블러드셰드 *bloodshed*, 그 말 뜻은 모든 사태의 발발 원인이 학생들의 유혈 폭동에 있다는 얘기입네다. 오우, 나, 정말로 실망했습네다……"
 현재 미국측에서는 광주 상황에 대해 어떻게 보고 있느냐는 김상섭의 질문에, 그 선교사는 꽤나 분개조로 대답하는 거였다.
 "신부님께서는 앞으로의 사태 수습 전망을 어떻게 보십니까. 도청 쪽의 갈등이 무척 심각해 보이는 것 같습니다만."
 "그러게 말입니다. 어떻게든 더 늦기 전에 뭔가 생각들을 모아야만 할 터인데, 이렇게 시간만 허비하고 있으니 참으로 걱정입니다."
 정신부는 착잡한 표정으로 무거운 한숨을 내쉬었다. 김상섭은 담배를 꺼내어 그에게 권했다. 두 사람은 잠시 말없이 연기만 뿜어냈다.

무기 회수 여부를 둘러싸고 갈등이 심화됨에 따라, 현재 도청 내 수습위는 둘로 나누어진 처지였다. 주로 지역 원로와 종교인들로 구성된 시민수습위원회는 벌써 두어 차례 개편을 거치는 등 가닥이 잡히지 않은 데다가, 수습위원으로 정해진 사람들 역시 회의장에 나오다 말다 들쭉날쭉이었다. 또 다른 조직인 학생수습위원회의 경우, 무기 회수를 주장하는 이른바 '투항파,' 이를 반대하는 '항쟁파'로 나뉘어 심한 대립을 보이고 있었다. 결국 시민수습위와 학생수습위간의 대화 통로도 원활치 못한 데다가, 피차 각각의 수습위 내부에서조차 의견의 일치를 보지 못하고 혼미를 거듭하는 상황인지라, 도청 내부의 전체적인 분위기 자체가 어수선하고 복잡하게 오락가락할 수밖에 없었다.

시민수습위가 맨 처음 무기 회수를 결정한 것은 이틀 전인 22일 저녁, 수습위 대표들이 계엄사와의 1차 협상을 마치고 돌아온 직후였다. 수습위의 결정이 알려지자 상당수 시민들이 무기를 반납하기 시작, 다음날인 23일 아침까지 전남도청 상황실에는 대략 1,500정의 소총이 반납되었다. 대략 5,400여 정으로 추산되는, 시내에 유출된 무기 가운데 30% 정도가 회수된 셈이었다.

그러나 시민군 상당수는 이에 반발, 확실한 대책이 없는 한 자위를 위한 무기가 필요하다는 주장과 함께 무기 반납을 거부하고 있었다. 결국 시민수습위는 22일 밤부터 다음날 오전까지 격론을 벌인 끝에 15명의 수습위원을 30명으로 재편하고, 계엄사와의 타협안을 결정했다.

1. 계엄군·공수부대의 지나친 과잉 진압을 인정하라.
2. 연행자를 석방하라.

3. 계엄군의 시가지 투입을 금지하라.
4. 시민·학생의 처벌 및 보복을 엄금하라.
5. 정부 책임하에 사망자·부상자의 피해를 보상하라.
6. 방송 재개 및 사실 보도를 촉구한다.
7. 자극적인 어휘 사용을 금지하라.
8. 시외 통로를 열라.

이 같은 8개항의 요구 조건을 내걸고, 수습위는 일단 그때까지 회수된 무기 중 일부만을 조건부로 반납한 뒤 계엄사의 의중을 확인해보기 위해 협상을 시도했다. 이에 학생수습위원장인 김영길을 비롯한 시민수습위 대표들은 총기 100정을 차량에 싣고, 어제 오전 계엄사를 방문했다. 여기엔 정신부도 동행했다. 이른바 2차 협상이었다.

"사실 우리측 대표들로서는 처음부터 어쩔 수 없이 수세적인 입장을 취할 수밖에 없었습니다. 그만큼 상황이 절박했으니까요. 전날의 1차 협상 때와는 달리, 솔직히 나 역시 조금은 타협 가능성을 기대했었지요. 우리가 준비해간 요구 사항 자체가 시민들로서는 너무나 당연하고 또 어찌 보면 소박하기조차 한 것이었으므로, 최소한 이 정도는 상당 부분 받아들여질지도 모른다고 여겼으니까요."

정신부는 커피에 설탕을 탄 다음 잔을 내밀었다. 김상섭은 두 손으로 잔을 감싸쥐었다. 손바닥에 온기가 전해져왔다.

"계엄사측에선 전번처럼 전교사 부사령관인 김소장이 대표로 나왔는데, 그외엔 전에 본 얼굴도 있고 처음 나온 장군들도 있더군요. 우리는 처음부터 적극적이었지요. '계엄사측에서 이 요구

조건에 대해 확실한 보장만 해준다면, 우리가 목숨을 걸고 직접 나서서 시민들을 설득, 무기를 빠른 시일 내에 회수하겠다'고 간곡하게 몇 차례나 다짐을 했지요. 적어도 계엄사측에서 어떤 가시적인 입장 변화라도 보여주기를 간절하게 촉구했던 겁니다. 하지만 그들은 눈 하나 까딱하지 않았습니다. 아니, 애당초 우리들의 요구 내용이 무엇이건간에, 저들은 아예 전적으로 수용하지 않기로 미리 결정을 하고 나타난 눈치였습니다. 전 첫눈에 그걸 간파할 수 있었습니다……"

정신부는 그 막막하고도 절망적인 협상 장소의 분위기를 똑똑히 기억하고 있었다. 시종 고압적인 자세로 딱딱하게 굳은 채 이쪽을 쏘아보던 그들의 냉랭한 표정들. 때로는 경멸하듯, 조롱하듯, 혹은 뭐랄까, 퍽 가소롭다는 투로 빤히 건너다보던 눈빛들…… 정신부는 마치 절벽 앞에 마주서 있는 듯한 막막함을 느꼈다. 그들 노련한 직업군인들의 표정과 태도에선 전날과 같은 약간의 긴장감마저도 찾아보기 어려웠다. 언성을 높여 흥분하거나 화를 내지도 않았고, 설득하거나 회유하려는 태도는 더더구나 아니었다.

그때 이미 정신부는 사태를 짐작했다. 그리고 절망했다.
'협상은 이미 불필요한 것이로구나. 수습이니 타협의 가능성 따위는 벌써 물 건너간 것이다. 저들은 이미 모든 결정을 내려놓고 있다. 아아, 저들은 결국 피를 보고야 말겠다는 거로구나. 옥쇄 작전. 그렇다. 저들은 끝내 엄청난 학살극을 결행하기로 결정한 것이다……'

정신부는 눈앞이 캄캄해왔다. 눈앞에 닥친 끔찍한 집단 살육의 예감에 그는 몸서리를 쳤다. 그래도 수습위원들은 그들을 이해·설득시키려고 무척 애를 썼다.
 "장군님. 우리 수습위원들의 마음 역시, 하루빨리 무기를 회수하여 사태를 수습하는 것만이 더 큰 불행을 막을 수 있는 최선의 길임을 믿고 있습니다. 하지만, 계엄사에서도 한번만 시민들의 입장으로 돌아가서 생각해보시기 바랍니다."
 "기왕에 벌어진 일은 차치하고서라도, 시민들은 계엄군이 들어온 다음에 엄청난 보복을 당할지도 모른다는 사실 때문에 극도로 불안해하고 있습니다. 우리도 현재 무기 회수를 위해 최대한 노력하고 있습니다만, 시민들이 안심하고 집으로 돌아갈 수 있게끔 계엄사측에서 뭔가 구체적인 보장을 해주어야 할 것이 아니겠습니까."
 "그렇습니다. 사태의 발생 원인과 그 책임 소재의 규명, 그리고 차후 보복을 하지 않겠다는, 신변 안전에 대한 대책과 보장이 마련되지 않는다면 무기 회수가 불가능합니다. 보복을 당할 게 뻔하다면, 누가 순순히 총을 내놓으려고 하겠습니까. 안 그렇습니까?"
 "솔직히 우리 수습위 대표들에겐 시민들을 지휘·통솔할 권한이나 실질적인 영향력은 없습니다. 그러나 계엄사측에서 뭔가 시민들이 납득할 만한 보장만 해준다면, 여기 모인 우리들 모두가 목숨을 걸고 나서서 무기를 회수하겠습니다. 제발, 우리를 믿어주시오. 더 이상의 참극만은 막아야 하지 않겠습니까."
 수습위 대표들은 참으로 절박하고 통절한 심정으로 그렇게 너나없이 그들을 설득시키고자 노력했다. 그러나 그들의 대답은 처음부터 끝까지 한치도 변함이 없었다.
 "물론, 여러분들의 노고와 수고는 충분히 이해합니다. 또 피해를 최소한으로 막고 사태를 무난히 수습해야 한다는 충정 또한 백번 이해하고도 남습니다. 저 역시 군복을 입고 있소만, 여러분과 똑같은 전라도 사람이올시다. 고향을 사랑하고 고향 사람들을 아끼는 마음이야 어찌 다르겠소. 나 역시 이 엄청난 사태를 어떻게 큰 피해 없이 수습할 것인가로 밤잠을 못 자고 고민하고 있소이다. 정말입니다."

김소장은 그렇게 말하며 무척 괴로운 표정을 지어보이기도 했다. 그 말이 거짓만은 아니리라고 정신부는 믿었다. 사실 전날의 협상 때도 그랬지만, 김소장에게서 받은 인상이 그다지 나쁘지만은 않았다. 자신의 말마따나 고향 사람이어선지는 모르겠지만, 어쨌건 나름대로 수습을 위해 적잖게 고민하고 있는 듯 보이기도 했다.

그래서인지, 수습위원들 중 일부는 1차 협상 이후 김소장에 대해 상당한 기대를 아직도 가지고 있는 터였다. 그러나 정신부는 그것이 얼마나 소박한 기대인가를 잘 알고 있었다. 설사 협상 대표로 나선 김소장의 말이 진심이라고 하더라도, 고작 일개 후방부대의 부사령관에 불과한 인물이 아닌가. 눈앞에 벌어지고 있는 이 엄청난 사태의 모든 열쇠는 훨씬 더 높은 권력의 핵심부, 저 신군부의 손아귀에 쥐어져 있는 것이다.

"수습위 대표 여러분, 이 자리에서 충심으로 말씀드리겠소. 이젠 더 이상 지체할 시간이 없습니다. 우리 군도 상당한 피해를 입었음에도 불구하고, 그 동안 인내할 만큼 인내해왔소이다. 현재 우리는 무장 헬기와 탱크까지 대기중이오. 광주를 진압하려고 하면, 불과 몇 분 안에 간단히 작전을 완료할 수 있습니다. 그러나 가급적 인명 살상을 초래하지 않으려고 지금껏 작전 개시를 보류해왔을 따름입니다. 그렇지만 이제 더 이상은 불가능합니다. 군이 인내하는 것도 한도가 있소. 이제 모든 것은 여러분이 결정하시오. 시간이 없습니다. 시간이 없어요."

김소장에게서 들은 마지막 말은 그것이었다. 물론 2차 협상의 소득이 전혀 없는 것은 아니었다. 계엄군측은 연행자 중 34명을 풀어주었다. 또 8개항의 요구 사항 중 상당 부분을 받아들이겠다는 식의 답변을 하기는 했다.

그러나 그것은 실상 대부분 빤히 속셈이 들여다뵈는 눈가림식 답변에 지나지 않았다. 무엇보다 사태 수습 후 처벌 금지를 보장하라는 항목에 대해서, "군 지휘관과 대책위원회의 명예를 두고 약속함"이라는 단서하에, 보복을 안 하겠다고 답변했다. 시민들의 안전이 걸린 가장 중대한 문제에 대하여, 정부 차원의 답변이 아니라 고작 하급부대 지휘관의 명예를 걸고 운운하는 것 자체가 기만 행위나 다름없었다.

특히, 석방자 수가 겨우 34명이라는 사실에 대부분의 시민들은 격분했다. 계엄사측은 "연행자 927명 중 79명을 제외하고 모두 석방했으며, 수습위의 요구에 따라 34명을 추가로 석방했다"고 답변했다. 그 동안 연행되어간 수가 얼마인가. 그런데도 그들 발표대로라면 현재 남아 있는 시민은 단 45명뿐이라는 얘기였다.

오후 한시쯤 도청으로 돌아온 대표들은 곧 회의를 갖고 협상 결과를 발표했다. 예상했던 대로 수습위원들의 상당수가 불만을 나타냈다. 특히 처음부터 무기 회수 자체를 반대했던 사람들은 맹렬하게 반발했다. 그들은 이번 협상 결과를 통해 계엄군측이 일방적인 진압 작전을 강행하겠다는 입장을 노골적으로 드러낸 것이라고 보고, 무기 회수 절대 불가를 선언하고 나섰다.

이에 따라, 오늘 24일 오후 2시 30분부터 도청 광장에서는 '제2차 민주 수호 범시민궐기대회'가 열렸다. 전날의 궐기대회와 마찬가지로, 대회를 주도한 쪽은 도청 내의 항쟁파 그룹, 그리고 그들을 실질적으로 후원하고 있는 윤상현·정상용을 비롯한 녹두서점의 청년 운동 그룹이었다.

이에 대해, 시민수습위 일부 위원들과 '투항파' 학생 그룹에서는 시민들을 선동할 의도가 있다는 이유로 궐기대회 자체를 중지해달라고 요구하기도 했다. 그러나 한동안 옥신각신한 끝에, 궐기대회는 예정대로 열렸다.

궐기대회가 열리는 도청 광장 주변엔 다양한 선전 구호가 적힌 플래카드가 걸리고, 사진·대자보 등이 어지럽게 나붙었다. 광주 시민의 궐기대회 사진이 실린 일본 '마이니치 신문'도 보였다. 수습위원회의 무기 회수 방침에 대해 '투항주의'라고 맹렬히 비난하는 대자보가 유난히 많이 눈에 띄었다.

그런데 그 많은 대자보 중엔 엉뚱하게도 "지금 서울에서 광주 시민을 돕기 위해 대학생 칠천 명이 전라북도 정읍까지 내려와 있다"는 다분히 선동적인 내용도 있었다. 물론 그것이 전혀 근거 없는 소리라는 걸 알고 있는 김상섭으로서는 기분이 못내 개운치 않았다.

이날의 대회에 운집한 시민은 오만여 명. 전날에 비해 집회 규모도 많이 줄어들었고, 대회장의 열기 또한 눈에 띄게 식어 있었다. 공수부대를 몰아냈다는 자부심과 흥분 대신에 계엄군의 봉쇄 작전으로 인한 고립감과 공수부대의 진압 작전이 임박했다는 소문에 대한 불안감이 커져가고 있는 때문인 듯했다.

이를 의식한 듯, 주최측은 대회 명칭을 '시민궐기대회' 대신 '자유성토대회'로 바꾸어놓고 있었다. 단상의 주최측 청년과 학생들은 수습위의 타협주의적 자세를 심하게 비난하고, 절대로 무기를 반납해서는 안 된다고 강력히 주장했다. 주최측이 의도한 대로, 대회장의 분위기는 수습위에 대한 불신과 불만이 커져가면서 마침내는 현재의 수습위 자체를 해체시켜야 한다는 주장으로까지 확산되어갔다.

대회장에 모인 시민들의 요구에 밀려 수습위 대표들이 등장, 전날의 계엄군측과의 협상 내용을 마지못해 발표했다. 그러나 터져나오는 심한 야유와 불만의 목소리에 그들은 쫓기듯 단상을 내려가고 말았다.

대회 도중, 갑자기 소나기가 퍼붓기 시작했다. 비를 피해 군중이 어수선하게 흩어지기 시작했을 때였다. 단상의 남학생이 마이크를 잡고 외쳤다.

"여러분! 흩어져선 안 됩니다. 이 비는 원통하게 돌아가신 민주 영령들께서 차마 눈을 감지 못하고 흘리는 분노의 눈물입니다아……"

가슴을 찢어내리듯, 청년은 울부짖고 있었다. 그 말에, 시민들은 하나둘 제자리로 돌아오기 시작했다. 돌연 광장은 숙연한 분위기로 변했다. 억수같이 퍼붓는 빗줄기에 몸뚱이를 고스란히 내놓은 채로, 수많은 시민들은 자리를 뜨지 않았다. 대회 분위기는 순식간에 뜨겁게 달아올랐다. 각종 성명서가 낭독되고, 애끓는 추모시가 읽혀졌다. 남녀노소 많은 시민들이 번갈아 단상으로 올라와 계엄군의 만행을 규탄하고, 앞으로의 수습 대책을 놓고 논란을 벌였다. 사망자와 부상자 명단이 발표되기도 하고, 즉석에서 장례 준비를 위한 모금 운동이 벌어지기도 했다. 마지막 순서로, 어설프게 만들어진 '전두환 허수아비'가 등장했다. 밤사이 녹두서점에서 청년들이 제작한 것이었다. 허수아비에 불이 붙는 순간, 시민들은 일제히 손뼉을 치며 함성을 질렀다.

"전두환을 찢어죽이자!"
"전두환을 처단하자아!"
"최후의 일인까지, 최후의 일각까지 싸우자아."

그렇듯 격렬한 결사 항전의 구호와 외침을 끝으로, 오늘의 제2차 시민궐기대회는 막을 내렸던 것이다.

"커피, 더 드시겠습니까?"

정신부가 물었다.

"괜찮습니다. 그런데, 신부님께서 무척 피곤해 보이십니다. 너무 무리를 하시는 게 아닌가 싶어 걱정되는군요."

김상섭은 진심으로 말했다. 정신부는 뺨이 움푹 들어갈 만큼 수척해진 얼굴에 피로가 역력한 모습이었다. 수면 부족 탓인 듯 몹시 충혈되긴 했지만, 두 눈은 오히려 또렷하게 빛나고 있었다. 정신부가 사흘째 밤낮으로 무기 회수 작업에 동분서주하고 있다는 것을 김상섭은 알고 있었다. 수습위원들 중에서도 가장 적극적으로 나서고 있는 사람이 바로 정신부였다. 때문에 김상섭은 무기 회수 문제에 관한 그의 심중을 듣고 싶었다.

"솔직히 무리인 줄 압니다만, 어쩔 수가 없군요. 이틀째 잠을 못 잤더니, 몸이 공중에 붕 떠 있는 기분이에요. 아까 여기 와서 세수를 하는데, 코피가 터지더군요. 하지만 오늘밤도 꼬박 새워야 할 모양입니다."

"오늘은 좀 돌아가서 쉬셔야 할 것 같은데요. 그러다가 쓰러지

봄 날 241

실까 걱정입니다."

"고맙습니다만, 그럴 여유가 없어요. 잠시 후 아홉시부터 수습위 전체 회의가 있기도 하고, 그게 끝나면 수습위원 몇 분과 함께 새벽까지 또 시내를 돌아다녀봐야죠."

"총기 회수 작업 때문입니까."

"예. 회수 작업도 그렇고, 외곽 지역에 나가 있는 시민군 청년들한테 식사 보급도 해야 하니까요."

"아니, 그런 일은 다른 사람들한테 맡기시죠. 너무 고생이 심하시잖습니까."

"제가 원해서 하는 일입니다. 또 어차피 무기 회수 작업은 우리 수습위원들이 나설 수밖에 없습니다. 우리가 나서서 간곡하게 설득을 해도 쉽사리 들어주지 않는 형편인데, 누구에게 맡기기도 곤란합니다."

정신부는 문득 이마를 찡그리며 눈을 감았다. 핑 현기증이 일었다. 이러다간 정말 쓰러지고 말지. 그런 생각이 얼핏 스친다. 사실 정신부는 이미 기진맥진 상태였다. 누구보다 건강만은 자신 있는 그였기에 지금껏 버틸 수 있었는지도 모른다.

지난 사흘 동안 그는 잠시도 쉬지 못한 채 밤낮으로 정신없이 뛰어다녀야만 했다. 시민수습위 일을 보랴, 계엄사와의 두 차례에 걸친 협상에 나가랴, 재야 인사들과 수차례 접촉하면서 도청 상황 등을 알려주고 대책을 논의하랴, 게다가 이틀 전부터는 무기 회수를 위해 저녁부터 다음날 새벽까지 시내 전역을 돌아다녀야만 했던 것이다.

어제 아침부터는 도청으로 운구해온 수십 구의 시체를 정리하는 일까지 맡게 되었다. 성직자 신분인지라 장례 준비반의 일을 맡을 수밖에 없었다. 외곽 지역이나 병원에서 사망자가 생기면 일단 도청으로 옮겨왔다. 신원이 확인된 시신은 염을 마친 후 인근 상무관으로 옮기고, 미확인된 시신들은 도청 뜰 한쪽에 옮겨 놓고 시민들로 하여금 확인하도록 했다. 얼굴이 완전히 망가져 버린 시신만 해도 십여 구가 넘었다. 도청이건 상무관이건 내내 통곡 소리로 들끓었다. 가족임을 확인한 사람은 그래서 울고, 거기서도 찾지 못한 사람들은 또 그래서 울었다.

'아아, 꼭 이렇게 해야만 했을까. 권력이란 게 도대체 무엇이란 말인가. 동족의 가슴에 총을 겨눈 이유가 무엇인가. 발포만이 사태를 해결하는 최선의 길이었을까. 대체 무엇을 위해, 누구를 위해 이 처참한 살육 작전을 벌여야 했단 말인가. 모든 국민들이 그렇게 애타게 기대했던 민주 시대의 여명이 끝내 이렇듯 끔찍한 학살극으로 좌절되고 마는 것인가. 오오, 하느님······'

정신부는 내내 가슴이 찢어지는 것만 같았다. 차마 눈뜨고 볼 수 없는 참혹한 시신들 앞에서, 두 눈이 통통 붓도록 수없이 눈물을 흘려야 했다.

수습위원 중엔 장례 준비반 외에도 무기 회수반이 있는데, 정신부는 거기에도 적극적으로 참여했다. 학생들은 자체적으로 무기 회수 작업을 계속하고 있었다. 정신부는 시신 수습 일을 돕다가도 틈이 나는 대로 무기 회수를 위해 사방으로 뛰어다녔다.

그제와 어제 이틀은 저녁부터 아침까지 또 다른 수습위원 세 사람과 함께 시민군이 나가 있는 외곽 거의 전지역을 순회했다. 백운동 철길 부근, 학운동 다리, 산수동, 계림동, 교도소 부근, 서방 삼거리, 무등경기장 부근, 화정동 공단 입구 등등. 대부분 시민군 중대 병력 규모가 배치된 지역이었다. 버스 한 대를 차출해서 돌아다녔는데, 헤드라이트를 켤 수도 없었다. 계엄군의 사격 표적이 될 위험 때문이었다.

무기 회수 작업은 어디서나 쉽지가 않았다. 입장을 설명하고 설득시켜도 청년들은 대부분 격렬하게 반발하고 나섰다.

"당신들이 누군데, 총을 내놓으라는 거요?"

"우리는 시민 대표 수습위원들이오."

"무기를 반납하면, 시민들의 피와 목숨의 대가를 보장받을 수 있소?"

"우리로서야 보장할 수는 없지만, 계엄사측과 협상을 통해 답을 얻어내려고 최대한 노력하고 있으니, 우릴 믿어주시오."

"그걸 누가 믿는단 말요. 최소한 당신들이 책임질 수 있소?"

"솔직히, 앞으로 일이 어떻게 전개될지는 우리도 모르오. 하지만……"

"뭐요, 당신들 미쳤소? 희생자들에 대한 보상도 없고, 사후 보복을 안 한다는 보장조차도 없다면서 총을 내놓으란 말요? 당장 돌아가시오. 우리는 한 사람도 총을 놓지 않을 테니까!"

사실 그것은 너무나 당연한 얘기였다. 정신부는 수습 후의 문제에 대한 아무런 보장도 대안도 제시 못 한 채 총을 내놓으라고 나선 자신들이 부끄러웠다. 그러나, 현상황에서는 그것만이 평화적인 수습의 유일한 방안임을 믿고 있는 수습위원들로서는 그들을 한사코 설득해야만 했다.

"여러분들의 심정은 너무나 잘 알고 있소. 그러나 현실을 냉정하게 판단해야 합니다. 지금 계엄군은 시한을 정해놓고 무력 진압을 강행하려 하고 있소. 일단 저들이 공격해온다면 얼마나 큰 비극이 초래될 것인지는 잘 알지 않소? 무슨 일이 있어도 그것만은 막아야 해요. 저들은 무기 회수가 된다면 진입하지 않겠다고 약속했소. 만약 끝내 회수가 안 될 경우 저들은 진입할 게 뻔하고, 그리 하면 여러분과 같은 시민군뿐만 아니라 일반 시민들까지 엄청난 인명 피해를 당할 것이오. 무기를 회수해서 항복하자는 게 아니라, 일단 저들의 요구를 들어준 다음 협상을 하겠다는 것이오. 어떻게든, 더 이상의 인명 피해와 불행한 사태가 벌어지는 것만은 막아야 하지 않겠소?"
"뭐가 어째요? 무기를 다 거둬들이고 난 다음에 협상을 하겠다니, 그게 항복이 아니고 뭐요?"
"이보쇼. 당신들이 뭔데, 아무런 보장도 없이 총을 반납하라는 거야! 우리들 목숨을 당신들이 책임질 수 있어? 당장 돌아가쇼!"
거세게 항의하는 그들 앞에서 실상 아무런 답변도 할 수가 없었다. 끝내는 내가 천주교 사제이니 믿어달라고, 오로지 광주 시민의 인명 피해를 줄이기 위해 나도 죽음을 무릅쓰고 이렇게 호소하노라고, 때로는 애원하고 때로는 하소연을 했다. 동료 신부 한 사람은 땅바닥에 무릎을 꿇고 애원하기까지 했다. 그러다 보면 마침내 몇몇이 일어나 말없이 무기를 반납하는 것이었다.
어젯밤의 일이었다. 무기 회수차 산수동 오거리 부근에 갔을 때, 한 청년이 대뜸 철커덕, 실탄을 장전하더니 "이 새끼들, 뭐야!" 하며 정신부의 가슴에 총구를 들이댔다. 순간 가슴이 철렁했지만, 정신부는 흔들리지 않고 청년을 설득했다.
"신부님, 어흐흑. 그렇게도 목숨이 아깝습니까? 시민들…… 얼마나 많은 시민들이 죽었는데…… 어떻게 이대로 그냥 물러선단 말요. 우리들만 살겠다고라우? 안 되라우. 절대로…… 어흐으

봄 날 245

윽."

 청년은 갑자기 울음을 터뜨렸다. 등을 두드려주며 위로해주다가, 정신부는 끝내 청년을 부둥켜안고 함께 울고 말았다. 그들의 젊은 혈기와 정의감, 순수한 용기가 한없이 대견하고 소중하기만 했다. 동시에, 이 엄청난 참극을 자행한 자들에 대한 분노와 증오, 울분과 절망감으로 가슴이 터질 것만 같았다. 그와 함께, '아아, 이 순결한 젊은 목숨들을 더 이상 죽음으로 몰아넣어서는 안 된다'는 생각에 정신부는 입술을 깨물었다.

 그들 시민군 대부분은 십대 고등학생부터 이십대 청년들이었다. 오히려 대학생은 많지 않았다. 나이 어린 공장 노동자, 재수생, 그리고 구두닦이나 음식점 종업원 등 빈민층 청소년들도 상당수였다. 새벽 한기에 몸을 떨면서도, 그들은 변두리 야산의 풀섶이나 주택가 길목의 공터에 엎드린 채 어둠 속을 응시하고 있었다. 그가 등을 두드려주며 혹시 필요한 것이 없느냐고 물었을 때, 그들은 말했다.

"배가 고파요, 신부님."

"아까 점심때 동네 사람들이 가져다줘서 김밥은 묵었는디, 저녁부터는 쫄쫄 굶은 사람이 많어라우."

 외곽 지역에 배치된 시민군들에겐 원래 도청 시민군본부에서 식사를 보급해주도록 되어 있었다. 그러나 사정이 원활치 못한 모양이었다.

 정신부 일행은 한바퀴 돈 다음, 도청으로 돌아오자마자 빵과 음료수 등을 차에 싣고 다시 한번 외곽 지역을 돌며 무기 회수 작업을 계속했다. 한 사람의 목숨이라도 더 구해야 한다는 절박감 때문이었다. 그렇게 해서, 오늘 24일 오후까지 회수된 총기는 모두 2,500여 정. 유출된 전체 총기 가운데 거의 절반 가까이 거둬들인 셈이었다. 회수된 총기는 모두 도청 건물 안에 보관해놓았다.
"말씀을 듣고 보니, 정말 부끄럽습니다. 신부님께선 이렇게 애쓰고 계신데, 저는 막상 아무 일도 못 하고 있으니…… 사실, 한 가지 궁금한 게 있습니다. 아시다시피 무기 회수 문제를 놓고 수습위 내부에서도 그렇지만, 시민들간에도 논란이 많습니다. 솔직히 저로서도 어떤 것이 더 옳은 방법인지, 쉽게 판단을 내릴 수가 없군요. 그런데, 누구보다도 무기 회수 작업에 적극적으로 나서고 계신 신부님을 보고 좀 놀랐습니다."
김상섭으로서는 비로소 정신부를 찾아온 의도를 밝힌 셈이었다. 물론 정신부의 입장을 김상섭 역시 이미 나름대로 이해하고 있었다. 아니 어쩌면 김상섭의 생각 역시 정신부의 입장 쪽으로 많이 기울어 있다고 해야 옳았다.
"무슨 말씀인지 알겠군요. 솔직히 저 역시 그 문제를 놓고 내내 고민해왔습니다. 그건 지금도 마찬가지구요. 흔히들 '투항파'니 '항쟁파'니 하고 얘기들 하지만, 사실 일방적으로 어느 한쪽이 옳다 그르다 식으로는 말할 수가 없어요. 아니, 양쪽 입장 모두 똑같이 옳습니다. 시민들의 생명을 지켜야 한다는 것. 수많은 억울한 죽음의 정당한 대가를 받아내야 한다는 것. 바로 그 목표를 위해 똑같이 고민하고 있는 것이니까요…… 그러나 어차피 더 늦기 전에 평화적인 수습은 되어야 하고, 그러기 위해서는 어쩔 수 없이 그 어느 한쪽 입장을 선택해야만 하니, 이거야 말로 딜레마인 셈입니다."
"저 역시 동감입니다."

정신부는 담배를 뽑아물었다. 한 모금 길게 연기를 토해내고 나서, 정신부는 한참이나 눈을 감은 채 말이 없다. 짙은 고뇌의 빛이 그의 이마에 드리워지고 있었다. 이윽고 정신부는 다시 입을 열었다.

"솔직히 말씀드리면, 저 역시 지금도 내심 망설이고 있습니다. 무기 회수 작업에 나서면서도, 과연 이것이 옳은 방식인 것인가, 내가 정말 올바른 판단을 하고 있는가, 자꾸만 의심이 들곤 하니까요…… 솔직히, 몇 번이나 수습위원직을 그만두고 싶기도 했습니다. 두려웠으니까요. 확신이 서질 않았어요. 그렇게 마음이 약해질 때마다 수없이 주님께 기도를 했습니다. 답을 내려주시라고, 나로서는 도저히 감당할 자신이 없다고 말입니다…… 그러다가, 결국 저는 답을 얻었습니다. 그 어떤 대가를 치르더라도, 단 한 가지, 더 이상의 희생은 막아야 한다는 걸, 더는 무고한 시민들이 죽임을 당해서는 안 된다는 사실을 말입니다."

정신부는 잠시 말을 멈추더니, 다시 입을 열었다.

"두 차례의 협상 과정을 통해, 저는 더 이상 군인들에게서는 아무것도 기대할 수 없다는 사실을 확신했기 때문입니다. 우리가 총기를 회수하건 안 하건간에, 어차피 저들은 진압 작전을 예정대로 개시할 것입니다. 광주 시민의 명예 회복도, 과잉 진압에 대한 정권 차원의 시인도 하지 않을 것이고, 그리고 사후 보복이 없으리라는 약속조차도 저자들은 결코 지키지 않을 것입니다…… 그 사실을 깨달았을 때, 저로서는, 남겨진 선택은 자명해졌습니다. 어서 빨리, 더 늦기 전에 시민들로부터 총을 거둬들여야 한다는 것. 그러면 최소한 더 이상의 비극은 막을 수 있지 않겠는가 하는 생각이 들었던 것입니다. 아니, 혹시 만에 하나, 저들의 요구대로 무기 회수가 완료된다면 저들의 태도가 달라질 수도 있을지 모르잖은가…… 참으로 어리석은 기대겠지요. 하지만, 저로서는 그런 실낱 같은 가능성에 매달리고 싶은 심정입니다."

정신부의 음성은 한없이 무겁고 침통했다. 기도하듯 두 손을 가슴에 모은 채 조용히 눈을 감고 있는 정신부의 지친 얼굴을 김상섭은 말없이 바라보았다. 창밖에선 빗소리가 나직이 들려왔다.

'그래. 정신부는 알고 있는 것이다. 우리들은 결국 패배하고 말 것임을. 우리는 결코 이 외로운 싸움에서 이길 수 없다는 것을…… 그것이 어디 정신부 혼자만의 예감일 것인가. 나 또한 이미 그것을 예감하고, 아니 거의 확신하고 있지 않는가…… 아아, 그러나 결국 이렇게 끝내야만 한다는 말인가. 어떻게, 정말이지 어떻게 이대로 끝낼 수가 있단 말인가.'

김상섭은 두 주먹을 불끈 쥔 채 부르르 떨었다. 끓어오르는 울분에 가슴이 터져버릴 것만 같았다.

"어참, 이거 죄송합니다. 너무 기다리시게 했군요."

남신부가 문을 열고 나타났다. 세 사람은 성당을 나와 도청으로 향했다. 광장은 텅 비어 있었지만, 시신들이 안치된 상무관 건물 안에서는 전등이 환히 켜져 있고 이따금 울음 소리와 진한 향불 타는 냄새가 흘러나오고 있었다.

도청 정문에선 청년 서넛이 경계 근무를 서고 있었다. 비옷을 걸친 채 우두커니 서 있던 그들은 정문을 들어서는 세 사람을 흘 긋 쳐다보았을 뿐이었다.

본관 이층 회의실로 들어섰을 때, 회의는 이미 진행되고 있었다. 두 신부는 테이블 앞자리에 착석했다. 김상섭은 뒷자리에 앉아 있는 사람들 틈에 슬그머니 끼여 앉았다. 예상했던 대로, 무기 회수 문제를 놓고 한참 설전이 오가고 있는 중이었다.

> 서울시경은 24일 광주시에 들어가 학생 시민들의 시위를 무장 폭동으로 유도하고 반정부 선전 및 선동 임무를 띠고 남파된 북괴 간첩 이창룡(46. 평양시 중구역 경림동 36)을 23일 서울 시내에서 검거하고, 통신 장비와 난수표 등 20여 종을 압수했다.
> ― 조선일보, 80. 5. 25.

5월 25일 01 : 00, 도청 회의실

저녁 아홉시부터 도청 상황실에서 열린 시민·학생수습위 전체회의는 열한시까지 이어졌다. 하지만 회의는 끝내 별다른 합의점을 찾지 못한 채 끝났다. 무기 회수 문제를 둘러싼 양측의 주장이 팽팽히 맞서, 급기야 고성이 오가는 격렬한 논쟁 끝에 결국 회의는 중단되고 말았던 것이다.

대부분 중·노년층의 지역 인사들인 시민수습대책위원들은 지치고 참담한 표정으로 자리에서 일어났다. 그들의 표정엔 어느덧 회의와 절망감이 짙게 묻어나오고 있었다. 그들은 특히 이날 오후에 열렸던 궐기대회의 여파로 충격을 받은 상태였다. 그들은 일부 '항쟁파' 학생들이 궐기대회를 통한 여론의 압력에 힘입어 급격히 강경 선회하려는 의도를 드러내기 시작하자, 저마다 회의를 느끼기 시작하는 눈치였다.

실상 시민수습위원들의 전반적인 분위기는 무기 회수를 통한 보다 온건한 수습 방식을 지지하고 있었다. 현상황에서 시민들을 흥분·자극시킬 우려가 있는 궐기대회를 열지 말도록 요구했던 것도 그 때문이었다. 그러나 학생수습위의 일부 청년들이 이에 강하게 반발하면서 분위기가 극도로 험악해졌고, 끝내 대회는 강행되었다. '항쟁파' 그룹 또한 이때부터 시민수습위원들을 '투항파' 측 인사로 간주하고, 노골적으로 불신하는 태도를 드러내기 시작했다.

무엇보다 이날 오후의 궐기대회장에서, 시민수습위원들은 일방적으로 쏟아지는 시민들의 비난과 야유에 밀려 단상에서 쫓기듯 내려와야만 했다. 그것은 심한 당혹감과 참담함을 그들에게 안겨주었다. 때문에 시민수습위원 중 한 사람은 이 일에서 그만 손을 떼겠노라며 퇴장해버렸다.

이로 인해 분위기가 극도로 격앙되면서, 급기야는 총기 반납을 반대하는 항쟁파 학생들도 도청에서 나가겠다며 자리를 박차고 일어났다. 시민수습위원들은 그들을 한사코 만류했다. "수많은 총기가 시중에 나돌고 있는 판국에 대학생들마저 빠져나가버린다면 어떻게 되겠는가. 그야말로 무정부 상태가 되어 불량배나 범죄자들이 총을 들고 설치게 될 게 뻔하잖은가. 그러니 제발 학생들이라도 도청에 남아서 힘을 모아야 할 게 아니냐." 그렇게 설득하는 바람에 학생들은 다시 자리에 앉았고, 어렵사리 회의는 진행될 수 있었다. 그러나 결국 이날 밤의 회의는, 무기 회수 작업을 계속해야 한다는 종래의 원칙론만을 재확인했을 뿐, 양쪽 서로 다른 입장간에 뚜렷한 합의점을 찾아내지 못한 채 어수선하게 끝나고 말았다.

회의 직후 시민수습위원 대부분은 귀가했다. 사실 밤만 되면 계엄군들이 기습 공격을 개시할지도 모른다는 두려움 때문에, 대부분의 시민수습위원들은 귀가했다가 이튿날 아침에 다시 나오곤 하는 참이었다. 그러나 일부 수습위원들은 도청에 남아 청년들과 함께 밤을 새웠다. 그들 중 정베드로 신부와 남신부를 비롯한 네댓 사람은 이날 밤에도 무기 회수 작업을 위해 다시금 도청 밖으로 나갔다.

한편, 수습위 전체회의가 끝나자마자 학생수습위 대표들은 다시 옆방으로 자리를 옮겨 그들끼리 회의를 계속하기로 했다. 참석 인원은 이십여 명. 학생수습위원들 외에 윤상현, 정상용 등 녹두서점측 청년들도 자리를 함께했다.

테이블을 사이에 두고 마주앉은 이십여 명의 청년들. 하나같이 굳은 표정들. 금방이라도 폭발할 듯 팽팽한 긴장감이 감돈다. 방금 전까지 격렬한 언쟁을 하고 난 터라, 흥분이 채 가시지 않은 분위기.

먼저 사회를 맡은 청년이 말문을 연다.

"지금부터 임시회의를 시작하겠습니다. 흥분을 가라앉히고, 냉정하고 진지한 분위기 속에서 회의가 진행될 수 있도록 도와주시기 바랍니다. 이 회의는, 무기 회수 및 반납 문제를 놓고, 서로 다른 양쪽의 명분과 입장을 각자 허심탄회하게 밝힘과 아울러 대화를 통해 우리 학생수습위의 노선과 방향을 결집시키고자 모인 자리입니다. 먼저 위원장이신 김영길씨부터, 현재의 상황을 어떻게 생각하고 있는지 말씀해주십시오."

"아까도 누누이 밝혔지만, 나는 총기 회수를 반대하는 입장에 대해서도 어느 정도는 충분히 공감하는 바요. 나뿐만 아니라, 회수를 찬성하는 다른 사람들도 마찬가지로 군의 학살 만행에 치를 떨고 울분을 감출 수가 없소. 그러나 분노만으로는 눈앞에 직면한 사태를 해결할 수가 없습니다. 그 어떠한 명분에서건, 더 이상 시민들이 무고한 피를 흘려서는 안 됩니다."

그 말에 부위원장 김종배가 나선다.

"좋소. 피를 흘리지 말아야 한다는 점에는 우리도 전적으로 동감이오. 시민들의 생명을 지키자는 데 누가 반대하겠소? 그러나 어느 쪽이 진정으로 시민의 생명을 보호할 수 있는 방법인가 하는 것이 문제요. 지금 상태에서 일방적으로 무기를 반납하자는 것은 스스로 손 들고 나가 항복하자는 얘기나 마찬가지요. 그 다음 어떤 결과가 벌어질지 몰라서 하는 말이오?"

"항복이라니, 말 조심하쇼! 저들 요구대로 일단 총을 회수해서 이쪽의 수습 의지를 보여준 다음, 계엄군과 협상을 벌여 우리의 요구 조건을 관철시키자는 것이지, 그게 어째서 항복이란 말요. 누구는 영웅이고, 누구는 비겁자로 만들자는 겁니까?"

이번엔 다른 학생이 나섰다.

"설사 반납을 할 때 하더라도, 최소한의 요구 조건이 관철되어진 다음에 해야죠. 저들이 애당초 우리의 요구 사항을 하나도 받아들이지 않겠다는 판에, 무작정 무기를 반납한다는 것은 완전한 자살 행위입니다. 그게 시민들의 피를 팔아먹는 행위가 아니고 뭐란 말입니까."

"요구 사항이 전적으로 거부된 건 아니잖소? 비록 적은 숫자이긴 하지만, 오늘만 해도 저들은 연행자 34명도 석방했고, 사태 수습 후 처벌 금지도 약속했잖소?"

"무슨 말요? 그것이 순전히 눈가림에 지나지 않는다는 걸 빤히 알잖습니까. 고작 34명을 풀어주고 이제 남은 연행자가 불과 몇십 명뿐이라니, 그걸 누가 믿겠소? 또 일개 하급부대 지휘관의 이름으로 내건 보복 금지 약속을 그대로 믿으란 말요? 상부에 진정해보겠다느니, 그러도록 힘쓰겠다느니 따위의 말장난만 할 뿐이잖소?"

"물론 우리도 저들의 태도에 무척 실망하고 있소. 그렇지만, 협상을 해나가면서 그나마 조금씩 진전이 있었던 것도 사실이오. 어차피 현상황에선 일단 계엄군을 믿어볼 수밖에 다른 도리가 없지 않소? 그들도 정부 당국과 여러 가지 사후 처리 문제를 협의해보겠다고 약속했으니까, 무조건 불신만 해서도 안 됩니다. 저들로서도 어떻게든 수습할 필요성이 있지 않겠소? 그러니 일단 무기를 회수한 다음, 저들과 신중하게 협상을 계속해나가는 게 옳다는 얘기요."

"계엄군을 믿으라니! 저들의 속셈을 모르고 하는 소립니까? 바로 엊그제까지, 아니 지금 이 순간에도 벌어지고 있는 잔혹한 학살이 왜 자행되었습니까? 우리가 무슨 죄가 있거나 진짜 폭도들이어서 그랬소? 저들이 정말로 수습할 의지가 있다면, 지금이라도 최소한의 성의는 보여줘야 할 게 아뇨?"

"좋소. 그렇다면 무기 회수말고, 현상황에서 수습 가능한 무슨 다른 대안이라도 있다는 얘기요? 있다면, 어디 한번 들어봅시다."

"물론 우리도 현상황을 어떻게 돌파해야 할지는 잘 모르겠지만, 최소한 지금 상황에서 무기 반납만은 절대로 안 됩니다. 무기를 반납한다는 건 곧 무장 해제이며, 그 순간부터 엄청난 탄압이 닥칠 것이오. 그 역시 또 다른 피를 흘리게 되는 것이잖소? 이래도 죽고 저래도 죽어야 한다면, 어차피 싸우는 길밖에 없소."

"그렇소. 설사 우리가 여기서 무기를 반납한다고 하더라도, 저들은 우리 광주 시민들한테 대대적인 보복과 처벌을 자행할 게 뻔합니다. 지난번 사북탄광 사태에서 똑똑히 확인하지 않았소? 절대로 처벌하지 않겠다고 약속해놓고는, 광부들이 손을 들고 나오자마자 기다렸다는 듯이 혹독한 처벌과 대규모 구속 사태를 몰고 왔잖았소? 이번 광주의 사태는 그때와는 비교도 안 되게 큰 사건이오. 보나마나 놈들은 우리가 총을 놓는 순간부터 우리를 진짜 폭도·불순분자·양아치들로 만들어버리고 말 게 뻔해요. 실로 엄청나게 많은 시민들이 처벌을 당하고, 광주 시민은 모두가 폭도라는 누명을 뒤집어쓰게 될 거요. 그런데도 아무 대책 없이, 싸울 무기도 사람도 명분도 포기해버린 채, 저들에게 학살과 진압의 명분만 고스란히 안겨주자는 말이오? 그건 절대로 안 됩니다! 무기를 버리면 우리는 끝장이오!"

"이봐요. 나 역시 우리의 주장이 충분히 관철되었다고는 생각하지 않소. 그러나 어떤 일이 있더라도 더 이상 피를 흘려서는 안 됩니다. 계엄군을 상대로 맞서 싸운다면 광주 시내는 순식간에 피바다가 됩니다. 자, 솔직히 까놓고 얘기해봅시다. 육이오 때 쓰던 완전 고물총에다가, 오합지졸에 불과한 몇백 명을 가지

봄 날 255

고 계엄군 대부대에 맞서 이길 수 있겠소? 또 그로 인해 얼마나 많은 사람이 죽게 될 것인지, 한번이라도 생각해봤소?"
"아니, 그렇다고 싸워보기도 전에 우리 스스로 무장 해제를 하잔 말요? 그것이야말로 비겁한 패배주의요!"
"뭐라구! 당신 말 다했어?"
"그럼, 패배주의가 아니란 말야? 아까 궐기대회에서 못 봤어? 모든 시민들이 당신들의 투항주의에 대해 얼마나 분개하고 있는가를 똑똑히 봤으면서도, 아직도 그 따위 주장을 해?"
"무슨 소리! 오히려 대부분 양식 있는 시민들은 타협하기를 요구하고 있어! 그 궐기대회를 뒤에서 조종하고 있는 게 당신들이라는 걸 모를 줄 아나?"
"말 다했어? 조종이라니! 혹시 당신 전두환 프락치 아냐?"
"뭐얏! 이 짜식들이, 보자보자하니까!"
홍분을 참지 못해 몇몇이 의자를 박차고 벌떡벌떡 일어난다. 금방 주먹다짐이라도 벌어질 듯한 험악한 분위기. 주변에서 그들을 달래어 자리에 다시 주저앉혔다.
"잠깐, 홍분하지들 맙시다. 지금 우리가 반드시 계엄군과 정면 대결을 벌여야만 한다고 주장하고 있는 것은 아니잖소? 최대한 버틸 때까지 버티면서 시간을 오래 끌어가면, 저들은 분명 흔들리게 될 거요. 광주의 진상이 알려지게 되면 틀림없이 국민들이 반발하게 될 테니까. 또 설사 그런 일이 당장은 일어나지 않는다 하더라도, 다급해진 저들로부터 최대한 유리한 협상을 끌어낼 수 있을 것이오."
"버틸 때까지 버티다니! 상황을 제대로 알고나 하는 얘기요? 우린 지금 시간이 없소. 무기를 자진 반납하지 않으면 즉각 무력으로 진압하겠다고, 계엄군측 대표가 공식적으로 우리에게 몇 번이나 통보했단 말요. 저들은 벌써 어젯밤에 작전을 개시할 예정이었소. 우리 수습위원들이 기어코 무기 회수를 완료하겠노라고 애원하다시피 해서, 간신히 작전 계획을 일단 연기해놓고 있을 뿐이란 말요. 만약 회수 작업이 더 이상 늦어진다면, 저들은 당장에라도 탱크를 앞세우고 쳐들어옵니다. 내 말을 그렇게 못 알아듣겠소?"

"천만에. 놈들은 절대로 그렇게 쉽사리 들어오지 못해!"

"왜! 어째서 못 들어온단 말요? 당신이 뭘 알아!"

"우리에겐 아직까진 무기가 있소. 게다가 여기 도청 지하실엔 화순탄광에서 옮겨다놓은 어마어마한 양의 다이너마이트가 보관되어 있소. 그 정도의 양이면, 지난번 이리역 화약 폭발 사고 때보다 몇 배나 큰 위력이오. 만약 그게 터진다면, 광주 시내 절반은 눈 깜짝할 순간에 완전 쑥밭이 되고도 남을 거요. 그것만으로도 충분히 놈들에겐 절대적인 공포의 대상이란 말요. 섣불리 진압 작전을 개시했다가는 그야말로 엄청난 피해가 생길 게 뻔한데, 제아무리 무모한 저들이라 해도 쉽게 들어오겠소?"

"뭐요? 그러니까, 지하실의 폭약을 폭파라도 시키겠다는 거요? 당신들 미친 거 아뇨? 수십만 시민들의 목숨을 담보로 잡고 도박을 하겠다는 말요? 이거 왜들 이래! 진짜, 당신들 완전히 미쳤구만!"*

---

* 바로 이 시각, 신군부는 한편으로는 협의 사항을 철저히 이행하겠다는 약속과 함께 무기 반납을 계속 요구하는 식의 선무공작을 펼치면서, 이면에서는 무력 진압 작전 준비에 착수, 비밀리에 광주시 외곽의 각 전략 요충지에 병력 배치, 폭약 및 공용화기 설치 등을 시작하고 있었다.

"이 짜식이! 말조심해!"

"뭐! 짜식? 이 새끼가 정말!"

한바탕 옥신각신, 아까보다 더 험악하게 주먹다짐까지 일어날 태세다. 옆에서 간신히 뜯어말리는 바람에 겨우 분위기가 조금 가라앉았다. 잠시 침묵이 끼여들었다. 그때 한쪽에서 누군가 반쯤 울음 섞인 목소리로 말했다.

"제발, 이러지들 맙시다. 우리끼리 왜들 이러는 거요. 우리들 모두 더 이상의 억울한 죽음만은 만들지 말자고 이러는 거 아닙니까. 니기미, 내 한 목숨이야 눈곱만큼도 아까울 거 없소. 하지만, 더 이상 무고한 시민들이 피를 흘리지는 말아야 할 거 아뇨. 다들 알고 있잖소? 솔직히, 우리한테는 백분지 일도 승산이 없소. 버틸 때까지 버틸 수야 있겠지만, 놈들이 밀고 들어온다면 그걸로 모든 것은 끝장이오. 절대적으로 승산이 없는 싸움을 감행한다는 것은 자살 행위나 마찬가지요. 내 말이 틀렸으면 말해 보쇼. 만약 조금이라도 승리할 가능성만 있다면, 나도 총을 들고 계속 투쟁하겠소."

모두들 침통한 얼굴로 한동안 말없이 앉아 있었다.

"승리의 가능성이라…… 좋습니다. 제가 한마디하겠습니다."

그때 누군가 입을 열었다. 모두들 고개를 돌렸다. 지금까지 한 마디도 하지 않고 구석 자리에 앉아 있던 윤상현이 조용히 일어섰다. 그의 목소리는 낮았으나 또렷하고 힘이 있었다.

"나는 승리를 확신합니다. 만약 지금이라도 우리 모두가 힘을 합쳐 목숨을 걸고 싸우기로 작정한다면, 충분히 승리할 수가 있소. 그 근거를 이제부터 설명하겠소."

윤상현은 한 손에 쪽지를 쥐고 있다. 미리 메모를 준비해둔 모양이었다. 이따금 그것을 들여다보며 윤상현은 차근차근 말을 이어나가기 시작했다. 그의 주장은 이러했다.

"첫째로, 전세계의 여론은 지금 이곳 광주에 집중되어 있소. 서울에서 내려온 사람들의 정보에 따르면 미국·유럽·일본 등 전세계 언론은 현정부를 한 목소리로 맹렬하게 비난하고 있는 상황이오. 특히 미국의 여론은 전적으로 우리 광주 시민의 입장에 공감하고 뜨거운 성원을 보내고 있소. 미국 카터 행정부 역시 한국의 민주화가 미국의 이익과 일치된다고 생각하기 때문에, 한국 군부의 강경한 태도를 대단히 꺼림칙하게 여기고 있다고 합니다.

둘째, 현재 최규하 과도 정권은 점차 진퇴양난의 처지로 빠져들고 있소. 국제적인 비난 여론과 아울러 국내적으로는 모든 민주 세력들이 저항하고 있고, 무엇보다 군 내부에서도 상당수 양심적인 고위 장교들이 우리의 투쟁에 동조하여 내심 기회를 엿보고 있다는 소문이오. 현재는 신군부의 위세에 눌려 불만 세력이 잠복하고 있지만, 시간이 갈수록 광주의 실상이 널리 알려지게 될 것이고, 그러면 조만간 다른 군부대에서도 심하게 동요하게 될 것이 틀림없소. 최소한 광주 시민을 학살한 전두환 쿠데타 세력의 집권만은 기필코 저지해야 한다는 사실을 군 고위 장교들도 공감하고 있기 때문입니다.

셋째, 세계 각국에서 현정부에 실제적인 압력을 가하게 될 것이 틀림없소. 만약 우리나라와의 경제적 관계를 단절해버리겠다는 압력을 가한다면, 정부는 치명적인 타격에 직면합니다. 취약한 한국 경제 구조의 특성상, 선진국들이 무역을 단절해버리거나 일련의 보복 조치를 취하게 된다면 현정부로서도 더 이상 버틸 수가 없게 될 것입니다. 또 경제가 악화되면 노동자들도 더 이상 참지 못하고 사방에서 저항 운동을 벌이게 될 테고, 가령 지난번 사북 사태와 같은 투쟁이 일시에 전국으로 번지게 될 가능성이 충분합니다.

넷째, 만약에 현상태에서 계엄군을 외곽에 묶어둔 채로 우리가 앞으로 열흘, 아니 최소한 일주일만 버티게 된다면, 항쟁의 열기는 전라남도 지역뿐만 아니라 삽시간에 전국 각 지역으로 파급될 것이 분명합니다. 지금까지는 국민들이 이곳 광주의 상황을 모르고 있는 까닭에 잠잠했지만, 점차 진상이 알려지게 된다면 절대로 가만히 보고만 있지는 않을 것이오. 만약 서울이나 부산, 인천, 대전 같은 대도시에서 우리 광주에서와 같은 투쟁이 시작된다고 가정해봅시다. 그렇게만 된다면, 아직 집권 기반이 불안정한 저들 신군부 쿠데타 세력은 일시에 허물어지고 말 것이오.

다섯째, 만일 그 같은 상황이 전국적으로 확대되기 시작하면, 미국으로서도 더 이상 한국 군부를 이대로 방치해둘 수만은 없을 것이오. 왜냐하면 현재 한반도는 미국의 태평양 전략에 있어 사활이 걸려 있는 지역이기 때문이오. 미국으로서는 한반도를 포기함은 태평양을 포기하는 것이고, 무엇보다 북한의 위협을 무시할 수 없기 때문에, 차라리 현정권과 정치 군부를 제거해버리는 편이 유리하다는 쪽으로 결론을 내리게 될 것입니다.

여섯째, 설사 만에 하나, 앞서 얘기한 모든 사항이 이루어지지 않는다고 가정하더라도, 우리가 시간을 오래 끌면 끌수록 유리하다는 건 명백하오. 왜냐하면 저들 쿠데타 세력들은 앞으로 자신들이 주체가 되어 군부 정권을 세울 야심을 품고 있는 까닭에,

더 이상 국민들을 학살하지는 못할 것이오. 바로 그렇기 때문에 저들은 결코 쉽사리 진압 작전을 개시하지 못합니다. 우리는 바로 그 점을 이용하자는 겁니다. 시간을 최대한 끌면서 저자들과 협상을 계속해간다면, 분명 지금보다는 훨씬 더 많은 결과들을 이끌어낼 수가 있고, 우리의 요구 사항을 충분히 관철시킬 수가 있소. 바로 그 사실을 알기 때문에 저자들은 다급하게 무기 반납을 요구하고 있는 것입니다. 그럼에도 불구하고, 만약 이 상황에서 무작정 무기를 반납하고 항복해버린다면, 우리는 무고한 시민들의 희생을 헛되게 함은 물론, 또 한번의 엄청난 보복과 희생을 당하게 될 것입니다. 결국 답은 하나, 절대로 무기 반납을 해선 안 된다는 것입니다. 당장 우리가 할 일은 시민들을 조직화하고 체계를 정비함으로써 완벽한 방어 태세를 갖추는 일입니다. 그것만이 계엄군의 진입을 막는 가장 확실한 방책입니다.

 마지막으로, 무엇보다 중요한 사실이 한 가지 더 있습니다. 우리들의 이 싸움은 결코 광주 시민들만의 싸움은 아닙니다. 우리는 이 나라가 또다시 군사 독재의 기나긴 나락으로 떨어지고 마느냐, 아니면 진정한 민주화를 성취하느냐를 결정하는 실로 역사적인 싸움을 치르고 있는 것입니다. 바로 이 시점에서 만약 우리가 저들에게 항복하고 만다면, 조국의 민주화는 또다시 까마득한 거리 저편으로 후퇴해버리고 말 것입니다…… 이 순간 바로 우리들의 손에 조국의 운명이 걸려 있다는 사실을 절대로 잊어버리지 맙시다. 이상입니다."

 윤상현의 발언이 길게 이어지는 동안 모두들 잠자코 귀를 기울이고 있었다. 윤상현이 자리에 앉고 난 뒤에도, 한동안 모두 말이 없었다.

이윽고 위원장 김영길이 입을 열었다.
"나 역시 제발 그렇게 되어주기를 바라고 싶습니다. 그렇지만, 그것은 어디까지나 하나의 가정에 불과할 뿐이오. 문제는 결코 그렇게 단순하지가 않다는 데 있습니다. 설사 그 판단이 모두 정확하다고 칩시다. 문제는, 그 같은 상황이 현실로 나타나기 위해서는 상당한 시일이 필요한데, 지금 우리로서는 절대적으로 시간이 없다는 거요. 만약 상황이 그 예상과는 전혀 다르게 진행되어, 계엄군이 당장 오늘 새벽에라도 쳐들어오게 된다면 대관절 어떻게 하겠소? 당신들이 책임을 지기라도 할 거요? 그건 참으로 무책임하고 무모한 도박일 뿐이오. 그 누구건, 어떤 명분으로건 수십만 시민의 생명을 걸고 도박할 권리는 없소."
"그것이 어째서 도박이란 말요!"
"아니면! 당신들, 지금 이게 어린애들 전쟁놀인 줄 알아? 광주 시민의 목숨이 걸린 문제란 말야! 죽느냐 사느냐 하는 문제라고!"
"이런, 먹통 같은! 고작 그 정도밖에 안 되는 의식 수준을 가지고 뭘 하겠다는 거야! 당신 따위가 어떻게 학생 대표가 될 수 있어!"
"뭐야, 말 다했어!"
"뭐, 이 머저리 같은 놈!"
 자리를 박차고 후닥닥 일어서는 청년들. 카빈총을 덥석 움켜쥐며 와락 덤벼들 태세다.
"이 새끼덜! 보자보자하니까!"
 그 순간 누군가 주먹으로 테이블을 쾅 내리치며 벌떡 일어섰다. 무장 시민군을 실질적으로 이끌고 있는, 상황실장 박남선이었다.
 "야! 이 개같은 새끼들아! 어떤 놈이여! 누가 무기를 반납하자는 거여! 이런 식으로 끝까지 항복하자는 놈 있으면, 차라리 도청을 폭파하고 자폭해버릴란다! 투항하겠다는 놈들은 당장 나가!"
 박남선은 의자를 들어 와당탕 내던지며 고함을 질렀다. 그 바람에 장내 분위기가 완전히 흐트러지고 말았다.
 "이게 무슨 짓들요! 이럴 바엔 차라리 수습위를 해체해버립시다. 난 그만두겠소. 당신네들끼리 잘들 해보시오."
 "이런 상황에선 도저히 더 이상 함께 일할 생각이 없소! 나도 이 순간부터 수습위에서 빠지겠소!"
 대학생 두 명이 회의실 문을 쾅당 열어제치고 나가버렸다. 남아 있는 사람들은 상기된 얼굴로 서로를 적의에 찬 시선으로 쏘아보았다. 회의는 그걸로 끝이었다. 하나둘 자리를 뜨기 시작했다.
 이윽고 투항파 학생들은 모두 회의실을 빠져나갔다. 남은 사람은 예닐곱 명. 윤상현·정상용·이양현 등 녹두서점측 청년들과 김종배·박남선 등 도청지도부 사람들. 그들 모두가 무기 회수를 반대하는 사람들이다.
 "저런 머저리 같은 자식들! 도대체 씨가 먹혀야 말이지."
 누군가 씨근덕거리며 말했다. 한동안 모두들 침통한 표정으로 입을 다문 채 앉아 있다. 담배 연기만 실내에 자욱하게 떠다닌다.
 윤상현은 이마에 두 손을 짚은 채로 생각에 잠겼다. 그는 더 이상 투항파 학생들을 설득하기란 불가능하다는 결론을 내렸다.

봄 날 263

이제부턴 어떻게 해야 할 것인가……

'오늘 오전까지 도청에 회수된 총기류는 대략 3,000여 정. 적어도 절반 이상이 회수된 것이다. 그것만으로도 시민군의 무장력은 현저히 약화된 셈이다. 오늘밤에도 또 얼마나 더 많은 양이 회수될지 모를 일이다. 일부 수습위원들이 외곽 지역을 돌아다니며 설득하는 바람에, 스스로 무기를 내놓고 귀가하는 인원이 점차 늘고 있는 상황. 설상가상으로 가랑비까지 내리고 있다. 아직까지 남아 있는 인원이 얼마나 될까? 오륙백 명? 고작 그 정도의 인원으로 얼마나 버틸 수 있단 말인가.'

윤상현은 가슴이 답답해온다. 아까 오후에 열린 시민궐기대회의 광경이 눈앞을 스친다. 세차게 쏟아지는 비를 온몸으로 고스란히 맞으면서도 끝까지 광장을 떠나지 않고 있던 수많은 시민들. 허수아비가 불에 타기 시작하는 순간 일제히 터져나오던 함성과 박수 소리……

도청 수습위측에선 그 궐기대회 자체를 한사코 막으려 했다. '항쟁파' 학생들이 의도적으로 시민들을 자극시켜 수습위의 무기 회수 노력을 방해하려고 한다는 판단에서였다. 심지어 수습위측이 궐기대회에 쓸 확성기의 전원마저 차단하는 바람에, 행사 준비팀은 무척 애를 먹어야 했다.

"이제부터 어떻게 하죠? 저 친구들을 설득하기란 애당초 틀린 것 같습니다. 벌써 물 건너간 거라구요."

"이미 절반 이상의 무기가 회수된 데다가, 시민군들의 이탈이 늘어나고 있어요. 남아 있는 병력들도 어째야 좋을지 몰라 갈팡질팡하고 있구요. 이러다간 얼마 버티지 못하고 시민군 조직 자체가 완전히 와해되어버릴지도 모릅니다. 이렇게 더 이상 시간을 허비하고 있을 여유가 없단 말입니다."
"이 자리에서 뭔가 다른 대책을 세워봅시다."
"다른 대책이 뭐가 있겠소? 저 비겁한 놈들부터 도청에서 확 밀어내버리고, 시민군을 다시 무장시켜야제."
"그러다가 자칫 우리 내부에서 충돌이 일어날 수도 있잖소?"
"그렇다고 이렇게 계속 우왕좌왕만 하고 있어야 한다는 말입니까?"
"궐기대회를 통해 시민들의 여론을 완전히 우리 쪽으로 돌려놓는다면, 투항파들도 더 이상 무기 회수 주장을 고집하진 못할 겁니다. 투항파 사람들도 더 이상 설 자리가 없게 되면 자연히 물러날 터이고, 그리 되면 우리가 시민군을 재정비하여 장기전으로 밀고 나갈 수 있습니다."
"최소한 계엄 당국으로부터 유리한 협상을 끌어낼 수가 있겠지요."
"맞습니다. 지금껏 궐기대회의 성과도 좋았잖습니까. 시민들의 호응도도 좋은 편이고요. 앞으로 시민들의 여론을 결집시키고 투쟁 방향을 이끌어나가기 위해서는, 궐기대회야말로 가장 효과적인 방식일 것 같습니다."

한동안 논의 끝에, 앞으로도 궐기대회를 계속 개최함으로써 시민들의 여론을 결사 항전 쪽으로 유도해나가자는 데 의견의 일치를 보았다. 나아가, 무기 회수를 고집하고 있는 현재의 도청 수습위를 대신할 새로운 항쟁지도부를 구성해야 한다는 의견이 강력하게 제기되었다. 다시 말해, 더 늦기 전에 도청 지도부의 실권을 '항쟁파'가 장악해야 한다는 얘기였다.

"수습위원들의 투항주의적 태도도 문제지만, 그보다 더 시급한 문제가 있습니다. 바로 계엄군측 프락치들입니다. 현재 시내엔 상당수의 군 정보요원 및 군인들이 사복을 입고 민간인으로 위장, 활동중이라고 합니다. 물론 경찰요원들도 상당수 있을 것입니다. 특히나 시민군 내부에까지 다수가 침투해 있다고 하는데, 우리로서는 정체를 밝혀낼 도리가 없잖습니까. 이대로 가다간 결국 프락치들의 공작에 의해 시민군 조직 자체가 사분오열되고, 시민들 역시 놈들의 심리 전술에 휘말려 엄청난 혼란을 초래하게 될지도 모릅니다. 그러니 더 늦기 전에 도청 지도부를 우리가 장악, 시민군 조직을 실질적으로 재편성해야 합니다."

"맞았소. 지금 도청 내에 있는 시민군 내에도 수상한 자들이 한둘이 아니오. 간밤에도 조사과에 있는 두 놈이 몰래 무전기를 조작하고 있다가 내 눈에 띄었는데, 무슨 암호 같은 게 적힌 쪽지를 들고 누군가와 통화를 하고 있던 참이었어요. 뭐라고 변명을 하기에 어물쩡 넘어가긴 했지만, 아무래도 첩자 같소. 군에서 통신병을 했다기에 무전기를 맡겼는데, 수상한 행동이 한두 가지가 아닙니다."

"순찰대 병력 중에도 수상한 자들이 있소. 신원도 불확실한 데다가, 시종 도청에서 빙빙 돌아다니며 뭔가를 염탐하는 눈칩니다. 차량을 타고 시내를 왔다갔다하면서, 아무 때나 도청 상황실에 불쑥불쑥 들어오곤 합니다."

"나도 그런 보고를 몇 차례 받았소. 외곽에서 전투가 벌어졌다는 연락을 받고 병력을 출동시켰는데, 어째선지 위험 지대는 가지도 않고 엉뚱한 곳만 빙빙 돌아다니며 공포만 쏘아대다가 그냥 돌아오더랍니다."

그것은 그들 대부분이 똑같이 우려하고 있는 문제였다. 사실

상당수의 군·경 정보요원과 공작요원들이 시내에 잠입해 활동하고 있다는 얘기가 공공연히 나돌고 있었다. 특히 도청 내 무장 시민군들 속에도 적잖은 수가 침투해 있을 게 분명했다. 그러나 피차 얼굴을 모르는 형편인 데다가 달리 신원을 확인해볼 방법이 없는 상황이라, 그들을 구별해내기란 애당초 불가능했다. 엊그제 학생수습위를 구성하게 된 배경도 애초엔 거기에 있었다. 그러나 수습위 대표를 대학생 몇몇이 맡게 되었을 뿐, 무장 시민군은 그대로 남아 있었다. 때문에 도청 내에서조차도 서로를 의심하고 경계하는 분위기가 갈수록 심각해지고 있었다. 특히 도청 지도부의 주요 인물들은 각자 경호원을 데리고 다녔고, 밤에도 총기를 휴대한 채 잠을 자야 했다. 누구나 무장을 하고 있는 상황이라, 언제 어디서 총알을 맞게 될지 몰라 한 순간도 긴장을 풀 수가 없는 판국이었다. 결국 현재의 도청 지도부는 안팎으로 적에 둘러싸여 있는 셈이었다.

"지금은 잠잠하지만, 어느 때 그자들이 본격적으로 역공작을 개시하게 될지 모릅니다. 그렇게 되면, 우리 내부에서 엄청난 혼란이 일어나게 될 거요."

"계엄군은 이미 이쪽의 동태를 샅샅이 파악하고 있을 것이 분명합니다. 어차피 우리가 현재 사용중인 무전기들이 모두 계엄군이 쓰던 것들 아닙니까."

그랬다. 시민군들이 노획해서 사용하고 있는 무전기들은 전량이 군용 아니면 경찰용 장비였고, 주파수 역시 그들이 맞춰놓은 그대로였으므로, 시민군의 모든 무선 내용은 고스란히 저들의 통신망에 흘러들어가고 있을 터였다.

한 시간 가까이 계속된 논의 끝에, 마침내 결론이 내려졌다.

시민궐기대회는 계속해서 매일 개최할 것. 현재의 도청 수습위에 대해서는 더 이상 기대할 것이 없으므로, 내일부터 당장 새로운 항쟁지도부의 구성 작업에 들어갈 것. 그리고 시민군 조직을 재편성키 위해서는, 현재의 시민군 병력을 일단 해체시키고 그 대신 신원이 확실한 대학생들을 중심으로 재편성할 것.

"새로운 지도부를 만들자면, 여기 모인 우리들 숫자만으로는 턱없이 부족합니다. 도청 내 시민군을 통제하고 무장 경비를 담당할 실질적인 병력이 최소한 수백 명은 필요할 터인데, 그 정도의 대학생을 어떻게 불러모으느냐가 문제입니다."

"현재 YWCA에 모여 있는 대학생은 몇 명이나 됩니까?"

김종배가 윤상현을 돌아보며 물었다. 그곳엔 소식을 듣고 찾아든 대학생들이 모여 있었다.

"대략 백여 명쯤 될 거요."

"겨우 그 정도밖에 안 됩니까?"

"내일 아침부터 더 많은 학생들을 동원해야 합니다. 고등학생들에게도 도청으로 모여달라는 가두 방송을 합시다."

새로운 항쟁지도부를 구성키로 합의한 뒤, 그들은 앞으로의 투쟁 방향에 대한 구체적인 사항들을 다음과 같이 결정했다.

첫째, 무조건적인 무기 반납은 투항이며, 사북 사태에서와 같은 처벌을 초래할 뿐이다. 고로, 정부 당국의 책임 있는 고위층으로부터 처벌을 하지 않겠다는 확실한 각서를 받기 전까지는 절대로 무기를 반납하지 않는다.

둘째, 정부·군인·국민·광주 시민·경상도민에게 광주 사태의 진상을 알리는 글을 작성, 궐기대회시 발표한다.

셋째, 적십자사를 통해 전국적인 헌혈 운동을 전개함으로써, 은연중에 광주 사태가 유혈 사태임을 알리고 생활 필수품을 지원받도록 한다.
　넷째, 인권 운동 경력이 있는 지역 재야 인사와 학생을 적극적으로 영입하여 협조를 얻어낸다.

　새벽 두시가 훨씬 지나서야 회의는 일단 끝을 맺었다. 그들은 피곤에 지친 기색으로 자리에서 일어났다. 밖엔 어느새 비가 그쳐 있었다.

아아, 꽃 지듯이 떠난 이들의
큰 이름을
소리 높여 부르고,
노래하라 그대.
아직은 온몸에 가득히 눈물뿐이지만,
어찌하여 끝까지
눈물뿐이랴.
──양성우, 「친구를 위하여」에서

5월 25일 08:00, 전남도청

항쟁 8일째. 일요일 아침이 밝았다.

이른바 '독침 사건'이 터진 것은 바로 이날 아침 여덟시경. 그 시각에 윤상현은 도청으로부터 백여 미터 떨어진 YWCA 회관에서 '투사회보'의 원고를 준비하고 있었다.

이층 건물인 YWCA 회관은 갑자기 불어난 사람들로 대단히 북적거렸다. 들불야학팀을 주축으로 한 '투사회보' 제작팀, 이틀 전부터 궐기대회 준비와 홍보를 담당하고 있는 극단 '광대' 팀, 그리고 그 동안 흩어져 있던 다수의 이 지역 운동권 청년 및 대학생들이 궐기대회를 기점으로 하여 이곳으로 모여들고 있었다. 어느 사이엔가 YWCA 회관은 도청과는 별도로, 소위 '항쟁파'의 집결지가 되어 있는 셈이었다. 그외에도 소문을 듣고 찾아온 대학생과 고교생들이 많게는 수백 명에서 적게는 수십 명씩 밤낮없이 들락거렸다. 이틀 전부터 벽보와 가두 방송을 통해, 대학생과 고교생들에게 YWCA 회관으로 집결해달라는 홍보를 계속하고 있었기 때문이다.

이층의 방 두 칸은 투사회보 제작팀과 선전팀이 주로 사용하고, 일층 강당은 학생들의 집결 장소로 이용되었다. 극단 '광대'의 회원들이 중심이 된 선전팀은 궐기대회에 필요한 플래카드·벽보·홍보물 등을 제작하거나 대회 진행을 위한 마이크 설치 작업, 나머지 인원은 가두 방송, 유인물 배포, 벽보 붙이기 작업을 맡았다.

'투사회보'팀은 사흘 전 이곳으로 장소를 옮겨왔다. 열서너 명이던 인원이 갑절로 불어난 데다가, 비교적 성능이 괜찮은 등사기 몇 대를 더 구해온 덕택에 작업량이 대폭 증가했다. 처음엔 하루종일 매달려도 오천 장을 넘지 못했으나, 이젠 최고 이만여 장까지 찍어낼 수 있었다. 선언문이나 격문 형식 일색이던 회보의 내용도 보다 다양해졌다. 일체의 언론이 차단된 상황에서 시민들을 위한 일종의 소식지 역할도 담당해야 한다는 판단 때문이었다. 이에 따라 시민들의 질서 유지를 촉구하는 내용들도 여러 차례 게재했다. 계엄군과의 교전 장소 및 피해 상황, 사망자 명단 등을 싣기도 하고, 궐기대회장에서 함께 부를 노래 가사들을 싣기도 했다.

또 회보 제작량이 늘어나면서 소요 경비와 종이도 그만큼 부족하게 되었으므로, 낮에는 선전팀이 나가서 배포 작업과 함께 종이를 구하러 다니거나 시민들로부터 모금 활동을 벌이기도 했다. 저녁 8시 이후엔 수집된 당일의 모든 상황을 종합하여 회보 초안을 작성했는데, 그 작업은 주로 윤상현의 몫이었다. 초안이 완성되면, 그때부터 모두들 달겨들어 밤을 꼬박 새워가며 교대로 등사기 옆에 매달렸다.

간밤에도 윤상현은 거의 눈을 붙이지 못했다. 도청에서 학생 수습위 회의를 마치고 돌아오자마자 다시 회보 만드는 일을 도왔던 것이다. 잠 한숨 제대로 자지 못한 게 벌써 며칠째였다. 그런데도 피곤을 느낄 여유조차 없었다. 너무 긴장해 있는 탓이리라.

조금 전에도 의자에서 잠깐 토막잠을 자다 깨어나, 부랴부랴 초안을 쓰기 시작한 참이다. 오후에 열릴 궐기대회에서 낭독할 선언문이었다. 몇 줄을 써놓고 나서, 윤상현은 잠시 창밖으로 시선을 던졌다. 한동안 그쳤던 비가 다시 추적추적 뿌리고 있었다.

그때 야학의 강학 하나가 문을 열고 헐레벌떡 뛰어들었다.
"형, 큰일났어요! 사건이 터졌다구요."
"사건이라니. 무슨 소리야?"
"도청 상황실에 있던 사람이 독침에 맞아 쓰러졌답니다."
"뭐, 독침?"
"방금 정보반에 있던 사람 하나가, 독침에 맞았다면서 갑자기 쓰러졌어요. 간첩이 침투했다고, 지금 도청에선 난리가 났다구요."
"무슨 뚱딴지 같은 소리야?"
"그뿐만 아녜요. 그걸 보고 독침을 입으로 빨아내려던 사람까지 쓰러졌어요."

난데없는 독침이라니! 오륙십년대 간첩단 사건에서나 있을 법한 해괴한 얘기였다. 불길한 예감이 퍼뜩 윤상현의 뇌리를 스쳤다.
"그 사람, 지금 어딨어?"
"도청 치안질서반 사무실에 눕혀놓았답니다."
"가보자!"

윤상현은 벌떡 일어나 잠바를 움켜쥔 채 밖으로 달려나갔다.
치안질서반 사무실은 도청 본관 이층에 있었다. 사무실 안은 극도로 어수선했다. 시민군 십여 명이 총을 쥔 채 잔뜩 겁먹은 표정으로 서성거리고 있었다. 그러나 독침에 맞았다는 사람도, 입으로 빨다가 쓰러졌다는 사람도 이미 현장엔 없었다. 조금 전에 차에 싣고 전남대 병원으로 옮겨갔다고 했다. 윤상현은 급히 상황실장 박남선을 찾았지만, 그도 역시 병원으로 뒤따라간 모양이었다.

"간첩 소행이 틀림없어. 그놈들이 독침을 쏘았다니까."
"워메, 그러믄 우리들 중에 간첩이 침투해 있었다는 말요?"
"그러니까 조심들 해. 바로 옆에 간첩이 있어도 우리가 어떻게 알겠어? 이제부턴 믿을 놈이 하나도 없게 되었구만."
"여보쇼, 말조심하쇼. 간첩인지 아닌지 어찌 알고 함부로 그런 소릴 해? 아직 수사도 안 했는디."

저마다 완연히 질린 낯빛으로 수군거린다. 서로를 힐금힐금 쳐다보는 시선들이 잔뜩 의심하고 경계하는 눈치들이다. 윤상현은 가장 먼저 현장을 목격했다는 청년 하나를 붙잡고 자초지종을 물었다.

독침을 맞았다는 쪽은 장계범(23세), 독침 맞은 부위를 빨다가 쓰러졌다는 쪽은 정형규(32세). 두 사람 모두 시민군 정보반원이었다. 무전기 조작법에 능통해서, 처음부터 정보반 일을 맡고 있는 인물들이라고 했다.

"누군가 독침에 찔렸다고 다급하게 소리를 질러대기에 뛰어나와 보니, 복도에 장계범이가 쓰러져 있습디다. 옷을 벗기고 보니까, 오른쪽 등에 팥알만한 크기로 빨갛게 부어오른 자국이 있더라고요. 그 사람 말이, 독침에 맞았으니까 입으로 빨리 독을 빨아내야 한다고 그럽디다. 그래서 내가 빨아줄란다고 하니까, 한사코 정형규씨를 찾아오라지 뭐요. 그때 마침 정씨가 들어와서 독침 맞은 자리를 입으로 빨기 시작했는디, 어따, 갑자기 정씨마저 캑캑거리등마는 입에 흰 거품을 물고 벌렁 나자빠지더란 말요……"

윤상현은 전남대 병원으로 급히 뛰어갔다. 응급실 입구에 시민군 몇몇이 모여 있었다. 마침 상황실장 박남선이 가운 차림의 의사와 얘기를 나누고 있는 걸 보고, 윤상현은 다가갔다.
"그러니까, 독침 같은 것은 안 맞았다, 이 말이요?"
"아직 확실하게 단언할 수는 없지만, 독극물 중독 반응은 전혀 나타나지 않습니다. 혈압과 맥박도 정상이고, 독침으로 인한 이상 현상도 없어요."
"거참, 이상하잖소? 우리가 알기엔 간첩들이 쓰는 독이 혈관에 들어가면 몇 초 이내에 즉사한다는데, 벌써 삼십 분이 지났는데도 저렇게 멀쩡히 살아 있으니 말요."
"그야 어쨌건, 정밀 검사를 해보면 알겠지요."
의사는 안으로 들어가버렸다. 그 두 명은 응급 조치를 받은 뒤 응급실 한쪽 병상에 누워 있는 참이었다. 그 주위로 칠팔 명이나 되는 사람들이 웅성거리고 있는데, 그들은 장계범의 아버지와 여동생 등 가족들, 그리고 나머지는 뜻밖에도 신문 기자들이라고 했다. 장씨 가족의 표정은 의외로 태연해 보였다. 윤상현은 퍼뜩 짚이는 게 있어, 박남선에게 말했다.
"어째 이상하잖습니까? 어느 틈에 가족들이 알고 달려왔죠? 게다가 기자들까지?"
"그러게 말요. 저 새끼들, 아무래도 연극을 하고 있는 것 같은데. 이전부터 행동거지가 왠지 수상했단 말요."
"당장 어떻게 할 겁니까?"
"정밀 검사 결과가 나올 때까진 기다려봅시다. 저놈들을 단단히 감시하라고 몇 명을 남겨놓았으니까, 우리는 일단 도청으로 갑시다. 헛소문 퍼지기 전에 입 단속부터 단단히 해놔야 쓰겠소."
윤상현은 박남선의 지프를 타고 함께 도청으로 돌아왔다. 박남선은 즉시 시민군 간부들을 소집해 대책회의를 열었다. 정밀 검사 결과가 나올 때까지는 철저히 비밀로 해두기로 결정했다. '도청 내의 시민군들조차도 가급적 모르게 해야 한다. 만약 이 소문이 시민들에게 퍼지면 엄청난 혼란이 생길 것이다. 특히 언론 쪽의 접근을 철저히 차단하라……' 그러나 사실상 이미 도청 내엔 소문이 파다하게 퍼져 있는 참이었다.

회의를 마치자마자 상황실장 박남선은 도청 구내의 방송실로 갔다. 이내 그의 굵직한 음성이 확성기를 통해 흘러나왔다.

"동지 여러분. 나는 상황실장 박남선이오. 이 시각부터 독침 사건에 대해 일체 거론해선 안 됩니다. 또 서로를 의심해서, 누구누구가 수상하다는 식의 발언을 하는 사람은, 우리를 분열시키려는 계엄군의 프락치로 간주하고 즉시 사살하겠소. 재차 반복하겠소. 앞으로……"

마이크를 쥔 박남선의 얼굴을 윤상현은 곁에 서서 지켜보았다. 우락부락하고 투박한 인상의 박남선에겐 첫눈에 상대를 위압해버리는 힘이 있었다.

박남선. 올해 나이 스물일곱인 그는 현재 무장 시민군의 실질적인 지휘자였다. 직업은 덤프트럭 세 대를 소유한 골재 채취업자. 그는 남동생이 공수부대에 맞아 부상을 당하자 시위에 참가, 21일 도청 앞 집단 발포 직후부터 차량 시위대를 지휘하게 되면서 어느 사이엔가 무장 시민군의 최고 지휘자로 부각되었다. 예비군 소대장을 지낸 경험에다가 대단히 활동적이고 다혈질의 성격인 그는 처음부터 도청 내 상황실장을 맡아 줄곧 무장 시민군들을 이끌고 있다.

사실상 현재 도청 내의 실세를 장악하고 있는 그룹은 바로 박남선이 이끌고 있는 무장 시민군이었다. 시민군은 수습위와는 전혀 다른 별개의 독자적인 조직이었다. 대부분 노동자나 기층민으로 구성된 시민군 조직은 실제적으로 시민수습위와 학생수습위 그 어느 쪽의 지시나 통제도 전혀 받지 않은 채, 순전히 자체적으로 계엄군의 진입 저지, 외곽 방어, 시내 치안 유지 등에 주력하고 있었다.

사실 박남선은 애초부터 시민수습위와 학생수습위 모두를 신뢰하지 않았다. 관료들과 명망 있는 지역 인사들로 구성된 시민수습위도 그렇지만, 특히 대학생과 운동권 청년들을 불신하고 있었다. 박남선은 그들을, 처음엔 앞장서서 데모를 하다가 상황이 불리해지자 모두 도망을 치더니, 시민의 힘으로 군을 몰아내고 난 이제 와서야 다시금 슬그머니 나타난, 비겁하고 무책임한 자들이라고 노골적으로 비난했다. 더구나 수습위측이 저희들끼리 일방적으로 무기 회수니 반납이니를 결정하고서, 수시로 외곽을 돌며 총을 거두어들이고 있는 것에 대해 무척 분개하고 있었다.

윤상현은 어제 오전 상황실로 박남선을 찾아갔었다. 그들이 단둘에서 직접 대면하기는 이때가 처음이었다. 수습위의 무기반납 시도를 저지해야 하지 않겠느냐는 윤상현의 말에 박남선은 전적으로 공감을 표시했다. 그리고 현재의 수습위를 대체할 새로운 항쟁지도부를 구성하는 작업에 서로 협조하기로 내밀하게 약속을 했던 것이다.

윤상현과 박남선이 상황실로 들어서자마자, 전화벨이 요란하게 울렸다.

"뭐야! 두 놈 다 도망쳤어? 철저히 감시하라고 했더니, 뭣들 하고 자빠졌던 거얏!"
 박남선이 수화기를 쥐고 고함을 질렀다.
"쌔끼들! 역시 프락치들이었구만!"
"어떻게 된 거요?"
"장계범이랑 정형규가 병원에서 감쪽같이 사라졌소!"
 역시 그랬구나. 조작극이었어. 윤상현은 아연해서 한순간 멍하니 서 있었다. 그때 누군가 다급하게 소리를 질렀다.
"실장님! 이걸 좀 들어보십쇼. 뉴스에서 독침 사건 얘기가 나오고 있어라우!"
"뭐야!"
 모두들 일제히 그쪽으로 몰려들었다. 책상 위에 놓인 라디오에서 긴급 뉴스가 흘러나오고 있다.
"긴급 속보입니다. 오늘 아침 8시쯤 전남도청에서 경비를 맡고 있던 무장 시위대원 장계범씨가 종류 미상의 독침을 맞고 쓰러진 사건이 발생했습니다. 발표에 따르면, 장씨는 즉시 병원에 옮겨져 치료를 받고 퇴원했다고 합니다. 장씨는 이날 도청 안에서 식사를 마치고 일어서는 순간, 누군가 뒤에서……"
"이 새끼들, 완전히 조작이여, 조작!"*
"워메! 어떻게 알았간디, 금방 뉴스에 나온다냐!"
"처음부터 죄다 짜놓고 한 일이랑께! 아이고, 미쳤구마이!"
 윤상현은 주먹을 쥐고 바르르 떨었다. 어젯밤의 또 다른 라디

---

* 이 독침 사건은 도청 내부를 교란시키기 위해 계엄군측이 조작해낸 분열 공작이라는 사실이 나중에 밝혀진다. 특히 장계범은 계엄군 진압 작전 직후인 5월 29일, 헌병대에 연행된 사람들 앞에 얼굴을 수건으로 가린 채 군인들과 함께 등장, 항쟁지도부 간부들에 대한 색출 작업에 나선다.

오 뉴스가 퍼뜩 떠올랐다. 어제 서울에서 이창룡이라는 북괴 간첩 한 명이 검거되었다는 뉴스였다. 그 간첩은, 광주시에 잠입해 시민들의 시위를 무장 폭동으로 유도하기 위한 선동 임무를 띠고 남파되었으며, 체포당하는 순간 소지한 독침으로 자살을 기도하려 했다는 거였다. 우연의 일치라기엔 너무나 속셈이 빤했다. 도청 시민군과 지도부, 더 나아가 시민들의 분열을 조장하려는 공작임이 분명했다.

"동지 여러분. 독침 사건은 계엄군이 거짓으로 꾸며낸 조작극이었음이 방금 판명되었습니다. 모두들 조금도 동요하지 말고……"

밖에서 구내 방송이 흘러나왔다. 박남선의 목소리. 시민군의 동요를 막기 위해서일 터였다. 그러나 이미 그것은 도청 내부만의 문제가 아니었다. 시민들 역시 벌써 방송을 듣고 큰 충격을 받았을 것이다. 마음이 다급해진 윤상현은 서둘러 밖으로 나왔다.

윤상현은 시민군의 분위기를 살피기 위해 도청 내를 잠시 돌아보았다. 역시 걱정했던 대로였다. 시민군들은 여기저기 모여서 독침 사건에 대해 수군거리고 있었다. 조작극으로 밝혀졌다는 소식에 대단히 분개하는 이들도 있었지만, 그런 목소리마저도 어딘지 한풀 꺾여 있었다. 서로를 대하는 시선에도, 무심히 나누는 대화 속에도 은연중 의심하고 경계하는 눈치가 역력했다. 혹시 우리들 중에도 프락치나 북괴 간첩이 섞여 있는 건 아닌가…… 실상 피차 신분을 모르는 처지라, 누구도 서로를 믿지 못할 수밖에 없었다. 그것이 조작극이었노라는 상황실의 발표 자체를 내심 의심하는 사람도 아마 적지 않을 터였다. 청년들의 위축된 표정과 불안한 눈빛들을 바라보며, 윤상현은 안타깝고 답답하기만 했다.

간첩. 독침. 프락치. 단지 그 몇 개의 단어만으로도 일순간 그들은 급격히 불안과 의심의 나락으로 추락하고 있었다. 그랬다. 그것은 분단된 이 나라의 역사가 배양해낸 특유의 알레르기 증후군이자, 두 동강이 난 이 땅의 백성들 모두의 체내에 잠복해 있는 세균 바이러스 같은 것일 터였다.

도청을 나선 윤상현은 이번엔 충장로와 금남로를 돌아보았다. 시민들의 분위기 역시 마찬가지였다. 광장에 모인 사람들에게서도, 충장로 거리에 삼삼오오 모여서 수군거리는 이들에게서도 불안과 두려움의 그림자는 역력히 묻어나오고 있었다.

"당최 어디를 믿어얄지 모르겄어. 한쪽에서는 간첩이라고 허고, 다른 쪽에서는 아니라고들 허고."

"어따, 빤한 수작이랑께는 그러요. 해필 요럴 때, 느닷없이 웬 미친놈의 간첩이 독침을 갖고 내려온답디까?"

"어허, 그렇게 단정할 일만도 아녀. 그 진짜 내막이사 우리가 어찌 알겄능가? 만일에 참말로 간첩의 소행이라면, 그야말로 큰 일 아닌갑네이."

윤상현은 숨이 가빠왔다. 예상했던 것보다 상황이 훨씬 심각하게 돌아가고 있다는 판단 때문이었다. 장기간에 걸친 외부와의 단절에서 오는 고립감. 언제 진입할지 모르는 계엄군에 대한 불안감과 긴박감. 거기다가 간첩의 독침 사건에 대한 조작된 방송까지 흘러나오자 시민들은 불안해하는 모습이 완연했다. 포위된 도시를 짓누르고 있는 불안과 초조와 두려움의 어두운 그림자. 그것은 참으로 불길한 징후였다. 결국 계엄군의 분열 공작은 이미 상당한 성공을 거두고 있는 셈이었다.

'저들의 교묘한 분열 공작은 갈수록 더 심해지리라. 그런데도, 저 답답한 수습위원들은 막무가내로 무기 회수 작업을 계속하고 있지 않은가. 시민들의 불안감은 시간이 갈수록 가중되어가고, 더불어 투쟁 의지 또한 현저히 약화되고 있는 듯하다. 무장 시민군 역시 마찬가지다. 투쟁 의지가 약해져감에 따라 하나둘 이탈자가 늘어나게 되리라. 이러다가 자칫하면 계엄군이 들어오기도 전에, 우리 스스로 저항 의지를 포기한 채 무너져버리고 말 것이다. 아아, 이대로 무력하게 물러서야 하는가. 지금까지의 불같은 투쟁을, 그토록 수많은 희생의 의미를 그냥 이대로 물거품으로 만들어버리고 말 것인가. 아니, 절대로 그럴 순 없어. 이젠 시간이 없다. 더 이상 망설이고 있어선 안 돼……'

윤상현은 서둘러 YWCA 회관으로 돌아왔다. 김종배 등 학생 수습위원 네댓 명을 포함, 정상용·이양현·김영철 등 십오륙 명의 청년들이 마주앉았다. 모두들 독침 사건 때문에 잔뜩 긴장하고 있었다. 그들은 머리를 맞대고 의견을 모았다. 자, 이제 더는 시간을 미룰 수 없다. 자칫하면 무기의 절대량이 회수되어버릴지 모른다. 한시 바삐 현재의 수습위를 밀어내고, 새로운 항쟁 지도부를 구성해야 한다. 계획대로 대학생들을 이끌고 오늘 저녁에 도청으로 밀고 들어가자…… 마침내 그렇게 결론이 내려졌다.

"우리들만의 힘으로는 아무래도 부족하지 않겠소?"

"우리들만 있는 게 아니오. 시민군 쪽에서도 적극 협조해주기로 이미 약속이 되어 있소. 박남선 상황실장도 대비하고 있는 중이오."

"어른들한테도 일단 사전에 도움을 요청합시다. 어차피 그분들의 동의를 얻어두는 게 장차 시민들을 설득해나가는 데도 여러모로 유리하지 않겠소?"

"수습위원 몇 분을 포함, 그 밖에 협조해줄 만한 분들을 모셔와서 우리들 의사를 밝히고, 도와달라고 간청해봅시다. 설사 동의를 얻지 못하더라도, 일단 우리 쪽에서도 명분은 갖추게 되는 셈이니까."

"그럼 어떤 분들이 좋을지 거명을 해보기로 합시다."

이윽고 오전 11시경, 연락을 받은 사람들이 하나둘 YWCA 회관으로 모여들었다. 대부분 과거 민주화 운동에 관여해왔던 지역내 유력 인사들이었다. 변호사, 교수, 사회 단체장, 고교 교사, 개신교 장로 등 직업도 다양했다. 청년 대표로는 윤상현과 정상용이 참석했다.

윤상현과 정상용이 자신들의 계획을 밝히고 나자, 참석자들간에 한동안 논란이 일었다. 일부는 더 이상의 희생을 막기 위해 무기를 회수해야 한다는 주장. 또 일부는 이도 저도 아닌 중도적인 입장. 또 일부는 무조건적인 반납은 불가하다며 항쟁지도부 구성에 적극적으로 찬동하고 나서기도 했다. 그러나 예상했던 대로, 끝내 어느 한쪽으로도 의견은 모아지지 않았다.

"감사합니다. 여러 어르신들의 말씀은 잘 들었습니다. 그렇지만 저희 청년·학생들은 이미 결심을 했습니다. 현단계에서는 절대로 무기를 반납해서는 안 되며, 시민군을 재조직하여 방어태세를 완벽하게 갖추어야 한다는 것이 저희들의 일치된 생각입니다. 많은 분들께서 염려하시는 줄은 잘 알고 있습니다만, 저희들은 그것만이 광주 시민과 이 나라의 민주주의를 위한 최선의 길이라고 믿기 때문입니다. 이제부터의 싸움은 저희 청년·학생들이 맡아 하겠습니다. 그러니 어르신들께서는 새로운 도청 수습위에 합류해주셔서 저희들을 지원해주십시오. 충심으로 부탁드립니다."

윤상현은 그렇게 말한 뒤 고개 숙여 인사를 했다. 그리고 오후에 있을 궐기대회에서 새로운 항쟁지도부 구성의 필요성을 알리는 성명서를 발표해달라고 요청했다. 그러나 그에 대해 모두들 무겁게 입을 다문 채 끝내 확실한 수락은 하지 않았다. 윤상현은 실망했다. 그러나 어느 정도는 예상했던 일이었다. 재야인사들은 착잡한 표정으로 자리를 떴다.

오후 세시, 도청 광장에서는 예정대로 극단 '광대' 팀의 진행으로 제3차 민주 수호 범시민궐기대회가 열렸다. 희생자 가족, 전국 종교인, 전국 민주 학생 등에게 각각 보내는 결의문들이 발표되고, 시민군을 대표하여 '우리는 왜 총을 들 수밖에 없었는가' 라는 글이 한 노동자에 의해 낭독되었다. 아울러 그간의 시민들의 피해 상황에 대해 보고했다. 이날까지 도청과 상무관에 안치된 시신은 총 120구, 중상자 520명, 경상자 2,170명, 신고된 행방불명자는 2천 명을 훨씬 넘어서고 있었다.

이날 궐기대회에 모인 숫자는 3만여 명. 전날에 비해 훨씬 줄어든 규모였다. 시민들의 열기가 그만큼 식어가고 있다는 증거였다. 독침 사건에 관한 보도의 영향 탓도 있을 터였다. 전날에 비해 한풀 꺾인 듯한 광장의 분위기를 지켜보며, 윤상현의 마음은 부쩍 다급해졌다. 요 며칠 동안 수십만 시민을 밀물처럼 거리로 쏟아져나오게 만들었던 그 놀라운 불꽃의 열기도 차츰 잦아들기 시작하고 있음이 분명했다.

'그 불꽃을 어서 빨리 되살려내야 해. 그리하여 다시금 전날의 거대한 불덩어리로, 불의 강으로 활활 타오르도록 만들어야만 해.'

윤상현은 숨이 가빠옴을 느꼈다. 이미 잦아들기 시작한 불꽃을 되살리기란 참으로 어려운 일일 터이다. 어쩌면 우리가 한 발 늦어버린 것은 아닌가 하는 두려움. 마치 벼랑 끝에 서 있는 듯한 절박감에 쫓기며 윤상현은 도청으로 들어섰다.

때마침 버스 한 대가 도청 안마당으로 들어섰다. 차 안엔 꽤 많은 양의 소총이 실려 있다. 외곽의 시민군들로부터 회수하여 싣고 들어오는 모양이다. 윤상현은 화가 머리 끝까지 치솟았다. 현관으로 들어서려는데, 마침 후배 하나가 달려나왔.

"형, 시민군들의 동요가 심각해요. 안 그래도 독침 사건 때문에 분위기가 잔뜩 험악해진 판인데, 수습위 사람들의 설득에 벌써 상당수가 무기를 내놓고 빠져나가고 있다구요."

윤상현은 가슴이 철렁했다. 기어코 우려했던 일이 벌어지기 시작한 것이다. 윤상현은 도청 안으로 들어가 김종배·허규정·박남선 등을 만났다. 그리고 오늘 오후 일곱시를 기해 대학생들을 이끌고 도청으로 들어오겠다는 계획을 재차 확인시킨 뒤, YWCA로 되돌아왔다.

저녁 7시

윤상현을 비롯한 녹두서점측 '항쟁파' 그룹의 청년·학생들은 YWCA 회관에 집결했다. 그들은 그곳에 대기중이던 대학생 백여 명을 이끌고 도청으로 들어갔다. 김종배·허규정·박남선 등이 기다리고 있다가 그들을 맞이했다. 결국 이 순간을 기점으로 하여, 도청 지도부는 소위 '투항파' 대신 '항쟁파'가 주도권을 쥐게 된 것이다.

그들은 즉시 이층에서 긴급회의를 열었다. 만일의 충돌에 대비, 대학생 30여 명을 회의실 옆방에 대기시켜놓은 채였다. 먼저 새로운 집행부 구성에 들어갔다. 위원장, 김종배(25세, 조선대생); 내무 담당 겸 부위원장, 허규정(26세, 조선대생); 외무 담당, 정상용(30세, 전남대 졸); 상황실장, 박남선; 기획실장, 김영철(32세, 광천동 빈민운동가); 기획위원에 이양현(30세, 전남대 졸, 노동운동가)과 윤강옥(28세, 전남대 4년); 홍보부장, 박효선(26세, 교사); 민원실장, 정해직(29세, 교사), 그리고 윤상현은 외무 담당 겸 부위원장을 맡았다.

한참 회의가 진행중인데, 학생수습위원장인 김영길이 문을 열고 들어섰다. 모두들 말을 멈추고 일순 긴장해서 김영길을 주시했다. 김영길은 의외로 침착해 보였다. 잔뜩 굳은 표정이긴 했지만, 결국 올 것이 오고야 말았다는 듯한 기색이었다.

김영길은 지금 막 수습위원인 김성용 신부와 함께 계엄사본부에서 돌아오는 길이었다. 이날 오후 2시에 수습위원들과 재야 인사들이 한자리에 모인 긴급회의가 열렸다. 때마침 최대통령이 이날 저녁 광주를 방문한다는 소식을 접한 때문이었다. 수습위는 지금까지의 수습책이 다소 소극적이고 미온적이었다는 사실을 시인하고, 시민의 희생의 대가를 충분히 보상받을 수 있도록 보다 적극적인 수습책을 마련하기로 결정했다. 이에 따라, 김성용 신부가 제안한 4개항을 만장일치로 통과시켜, '최규하 대통령 각하께 드리는 호소문'을 채택했다.

"금번 사태의 원인이 정부의 과오로 초래되었음을 인정할 것.

또 이에 대해 정부가 시민에게 사죄하고 용서를 청할 것. 모든 피해를 국가가 보상할 것. 여하한 보복도 하지 않겠다는 것을 밝힐 것."

　수습위는 위의 네 가지를 최대통령이 직접 방송망을 통하여 전국민에게 밝혀줄 것을 요구하기로 했다. 그리고 김신부와 김영길이 대표로 상무대 계엄사분소를 찾아갔던 것이다.

　그러나 이번에도 역시 소득은 아무것도 없었다. 대통령 면담 요청은 간단히 묵살되었고, 군측은 무기 반납 주장만 되풀이했다. 결국, 수습위에서 무기 회수에 최선을 다하겠으니 병력 진입 시한만은 최대한 뒤로 미루어달라는 요구에 대해서만, 부사령관으로부터 그러겠노라는 대답을 받았을 뿐이다.

　김신부와 함께 도청으로 돌아온 김영길은 그 사이에 도청 지도부가 완전히 바뀌어버렸음을 알았다. 시민수습위원 대부분이 교체되고, 학생수습위원 역시 자신과 뜻을 같이하는 사람들은 거의 모두 빠져나간 상태였다. 새로운 지도부가 들어선 지금, 더 이상 자신이 설 자리는 없었다.

　잔뜩 경계하는 시선으로 자신을 주시하고 있는 청년들을 향해, 김영길은 입을 열었다.

　"너무 긴장할 필요 없습니다. 뭘 따지거나 항변하겠다고 올라온 것은 아니오. 그간의 과정이야 어쨌건, 이제부터 광주 시민의 생명은 여러분들에게 달려 있소. 모쪼록 최선을 다해서 이 비극적인 사태를 수습할 수 있도록 힘써주시기를 진심으로 바라겠소. 다만 마지막으로 한 가지만 당부를 하고 싶소. 제발 어떠한 일이 있더라도, 우리 팔십만 시민의 목숨을 담보로 위험한 도박은 말아주시오. 진심이오."

끝부분에서 목소리가 어쩔 수 없이 불안하게 흔들렸다. 사실 김영길도 그들 '항쟁파'의 주장을 전혀 이해 못 하는 건 아니었다. 그러나 그는 시민군이 절대로 계엄군을 이길 수 없다는 상황 판단을 처음부터 내려놓고 있었다.

'패배할 줄 뻔히 알면서도 저항한다는 것은 어리석은 일이 아닌가. 비록 당장은 굴욕을 감수하더라도 명예롭게 항복하는 편이 오히려 용기 있는 행동이지, 명분이나 혈기에 사로잡혀서 총을 들고 끝까지 버티다가 맞는 개죽음이란 너무나 무의미하지 않은가. 무고한 시민들이 떼죽음을 당하고 난 뒤에, 설사 민주주의가 이루어진들 무슨 의미가 있단 말인가. 무엇보다 저 수많은 시민들의 생명을 어떻게든 지켜야 할 게 아닌가. 대관절 그 어떤 근사한 명분, 어떤 위대한 이데올로기라 한들 저 수많은 생명들보다 더 가치가 있느냐 말이다…… 어쨌건 학생수습위원장을 맡게 된 나로서는, 애당초 수습위에서 합의된 무기 회수 결정을 실행해야 할 의무가 있었고, 때문에 지금껏 최대한 노력해왔다. 물론 내가 생각을 바꿔, 시민들에게 총을 나누어주면서 끝까지 싸우자고 외칠 수도 있었겠지. 그러나 그 후에 닥칠 엄청난 결과를, 그 수많은 희생들을 내가 어떻게 책임질 수 있겠는가. 아니 다른 어떤 누군들 책임질 수 있단 말인가. 그것이야말로 또 다른 독단이자 폭력이 아닌가……'

그것이 지금 이 순간 김영길의 솔직한 심정이었다. 때문에, 눈앞에 앉아 있는 '항쟁파' 지도부를 지켜보는 그의 마음은 불안하고 걱정스러웠다. 그의 눈에 비치는 그들은 위험천만한 모험을 시도하려는 고집불통의 인간형들이었다. 불 같은 분노와 맹목적인 정의감, 추상적인 가치와 명분에 사로잡혀서, 자신들뿐만 아니라 무고한 시민들의 목숨까지를 파국으로 몰아가려 하는, 참으로 무모하기 그지없는 이상주의자들로 보였다.
'더더구나, 폭약! 무엇보다 지금 이 건물 지하실엔 어마어마한 양의 폭약이 쌓여 있잖은가. 눈 깜짝할 찰나에 도시의 거의 절반을 쑥밭으로 만들어버릴 정도의 가공할 위력을 가진 폭약이 말이다. 그런데, 저들은 그 폭약을 담보로 계엄군의 진압 작전 시도를 저지하겠노라고 공공연히 말하고 있지 않는가. 만일 기어코 계엄군이 진입할 경우, 저들은 정말로 그 폭약에 불을 붙여버릴지도 모른다……'
그런 생각 때문에, 김영길은 앞으로 펼쳐질 사태에 대해 두렵기만 했다.
"김형, 어쨌건 일이 이렇게까지 진행된 것에 대해서는 미안하게 생각하오. 그러나 우리로서는 어쩔 수가 없었소."
정상용이 자리에서 일어나 김영길에게 악수를 청하며 말했다. 윤상현도 걸어나가 그의 손을 잡았다.
"나 역시 미안하다는 말을 하고 싶소. 그 동안 애써준 것에 대해 감사하오. 그리고 지금 우리들에겐 김영길씨의 도움이 절대적으로 필요합니다. 다 같은 젊은이로서, 이제부터 함께 힘을 합해서 노력해봅시다. 우릴 도와주시오. 부탁하오."
윤상현은 진심으로 말했다. 그 역시 김영길에 대한 특별한 반감은 처음부터 없었다. 따지고 보면, 김영길은 스스로 이 급박하고 위험한 상황 속으로 뛰어들어, 지금껏 나름대로 최선의 노력을 바쳐온 청년이었다. 그의 순수한 정열과 용기를 윤상현은 소중하게 여기고 있었다. 다만, 피차 현상황에 대한 판단과 입장이 뚜렷하게 다를 뿐이었다.

"잘 알겠소. 이젠 아무 권한도 자격도 없지만, 도움이 된다면 기꺼이 돕겠소. 가령 계엄군의 동향이나 그간의 수습위의 활동 사항 같은 것에 대해서라면 내 설명이 필요할 거요. 또, 원한다면 계엄사와의 접촉 창구 역할도 협조해주겠소. 그럼, 난 이만 아래층으로 내려가보겠소."

김영길은 윤상현과 악수를 하자마자 곧 방을 나갔다.

조직 구성을 마친 새로운 항쟁지도부는 즉시 도청 내 시민군의 재편성 작업에 들어갔다. 먼저 YWCA 회관에 대기중이던 대학생 병력 70명을 투입하여, 도청 일대를 경비중인 시민군 병력과 경계 근무를 교체했다. 동시에 이들에게 각기 실탄 15발씩과 카빈소총을 지급하고, 일부 병력을 즉각 야간 경계조에 배치시켰다. 또 도청 식당의 취사부 활동을 지원하기 위해, 역시 YWCA에서 대기중인 '송백회' 회원들 및 여대생과 여고생, 여성 노동자들로 취사부를 편성한 뒤, 밤 11시에 인수인계를 마쳤다.

항쟁지도부는 다시 철야대책회의를 열고, 투쟁이 장기화될 것에 대비, 전체적인 현황을 점검하는 등 구체적인 대책 마련에 들어갔다. 그리고 계엄군의 총공세를 최대한 지연시키기 위해, 최악의 사태 발발시엔 도청 지하실의 폭약을 폭파하겠다는 위협을 협상 조건의 하나로 내세울 것도 검토했다.

화순광업소 등지에서 탈취해온 다이너마이트, TNT를 비롯한 수백 발의 신형 수류탄, 최루탄 등등의 폭약류는 현재 도청 지하 식당에 산더미처럼 쌓여 있었다. 만에 하나, 순간의 실수에 의해서라도 그것이 폭발할 경우, 도청은 흔적도 없이 사라지고 최소한 반경 이삼 킬로미터 지역은 완전 폐허로 변해버릴 터였다. 때문에 시민군은 폭약 관리팀을 따로 편성해 지하실 주위를 철저히 경비하고, 일반인은 물론 시민군들의 접근마저도 막고 있었다.*

이와 함께, 지도부는 '시민장'으로 치를 예정이던 합동 장례식을 '도민장'으로 변경하여 29일 오전부터 대대적으로 거행키로 확정했다. 또 시민들의 일상 생활을 정상화시키기 위한 제반 사항을 검토했다. 그 내용으로는 시내버스 정상 운행, 공무원 및 경찰의 업무 재개에 의한 일상 업무 정상화, 상가와 시장의 영업 정상화, 식량 공급 조절을 위한 시청 비축미 방출, 지역 언론 기관 가동, 유류 사용 통제, 시외전화 개통, 그리고 시내 치안 유지를 위한 순찰대 재편 및 기동타격대 운용 등이 포함되었다.

새벽 무렵이 되어서야 회의는 대강 마무리되었다. 너나없이 책상이나 의자에 아무렇게나 쓰러져 눈을 붙이기 시작했을 때, 윤상현은 자리에서 일어났다. 화장실에서 얼굴을 씻으려는데, 무엇인가 세면기 위로 툭툭 떨어져내렸다. 코피였다.

윤상현은 복도로 나왔다. 창가에 몸을 기댄 채, 그는 어둠에 덮인 도시를 말없이 바라보았다. 아까까지 세차게 퍼붓던 빗발은 어느새 그쳐 있었다. 광장은 텅 비었고, 시신이 안치된 맞은편 상무관 건물에선 흐릿한 불빛이 새어나왔다.

멀리 어디선가 몇 발의 총성이 짧게 울리다 그쳤다. 이 시각 외곽 어디에선가는 이름도 얼굴도 모르는 시민군 청년들이 졸음과 싸우며 웅크리고 앉아 있으리라. 그들의 초라하고 지친 모습

---

* 그러나 바로 이 시각, 문제의 폭약이 저장된 지하실엔 이미 계엄군이 보낸 폭약 전문가 1명이 잠입하여 은밀히 폭약 성능 파괴 작업을 진행중이었다. 지하실 경비 책임을 맡은 반원들 일부가 사전에 계엄군측과 접촉, 그를 지하실로 몰래 들여보냈던 것이다. 항쟁지도부는 그들이 모두 두 차례에 걸친 뇌관 제거 작업을 통해 대부분의 폭약을 무용지물로 만들어버린 사실을 뒤늦게까지 까맣게 모르고 있었다.

을 떠올려보던 상현은 불현듯 가슴이 서늘해져왔다. 아무런 대가도 보상도 바라지 않고 다 스스로 총을 쥐고 뛰어든 그들의 순수한 열정과 용기가 새삼 윤상현의 눈시울을 뜨겁게 했다.
"그래. 마침내 이제야말로 시작인 셈이다. 온 시민들이 다시금 한덩어리로 뭉치게 될 때까지 내 모든 것을 바치리라. 하지만, 문제는 시간이다. 아아, 하느님. 앞으로 닷새만, 아니 사흘만 더 저희에게 시간을 허락해주십시오!"

윤상현은 절박한 부르짖음을 입 안으로 삼켰다. 그러나 어째서일까. 시간이 얼마 남아 있지 않으리라는 불길한 예감이 자꾸만 목덜미를 짓누르고 있었다.

어느덧 하늘 한쪽이 희부옇게 밝아오고 있었다. 윤상현은 아래층 상황실로 내려갔다. 안으로 들어서자, 때마침 라디오에서 귀에 익은 음성이 흘러나오고 있다.

"……일시적인 감정이나 흥분으로 말미암아 난동에 가담한 사람들, 특히 청소년들은 그 결과가 어떠한 것이 될지 이성을 되찾고 냉정히 다시 한번 생각을 해주셔야 되겠습니다. 어떠한 문제가 있다면 대결을 통해서가 아니라 서로 대화를 통해서 해결을 해야 될 것입니다……"

최규하 대통령의 육성 녹음이었다. 광주를 방문한다더니, 엊저녁 헬기로 상무대에 내린 뒤 군인들의 보고만 대충 받고 나서 불과 한 시간 만에 되돌아간 허수아비 대통령. 그가 떠나기 전에 남긴 것이라곤 바로 그 특별 담화문 한 장뿐이었다.

어느 세상 이보다 아름다운 노래 있으랴
모두가 한 입 되어 외쳐부르던 민주의 노래
서기 일천구백팔십년 오월
── 작자 미상, 5·18 당시 도청 광장에서 낭독됨

5월 26일 03:00, 도청 앞 상무관

'안내'라고 적힌 완장을 찬 청년 하나가 새 양초를 가져왔다. 무석은 그것을 관 위의 빈 콜라병 주둥이에 꽂은 다음 성냥불을 붙였다. 양초는 질이 안 좋은 탓인지 두어 시간마다 새것으로 갈아야 했다.

"어따, 봉배자식, 그래도 죽어서 호강허는구마이. 태극기도 덮어주고, 촛불까장 근사허게 꼬실라주니 말여. 허! 참말로 호강이네그려, 호강여……"

촛불을 멀거니 바라보던 한기가 자조 섞인 탄식을 뇌까렸다. 잔뜩 쉬어빠진 목소리에, 혀가 많이 풀려 있다. 한기는 또다시 비닐잔에 소주를 채워 단숨에 비워낸다. 저녁부터 비운 것만 해도 벌써 두 병째였다.

"자네, 이젠 그만 마시지 그래."

무석의 말에 한기는 이를 드러내고 키득키득 웃는다.

"어째서라우? 친구를 둘씩이나 잃어부렀는디, 끅, 이런 기맥힌

날에 내가 술을 안 묵으면 언제 마시겠소? 안 그러요, 형님?"
　허탈한 웃음을 흘리다 말고, 한기는 기어코 어깨를 들먹이며 큼큼 울음을 터뜨린다. 이제는 쏟아낼 눈물도 남아 있지 않은 모양이다. 아까 오후에 전남대 병원에서 봉배의 시신을 이곳으로 옮겨온 다음부터 한기는 줄곧 소주를 홀짝였다. 장내에서는 술을 마시면 안 된다고, 안내를 맡고 있는 대학생들이 몇 번 만류를 했지만 한기는 혼자 밖으로 나가서 술을 몰래 사오곤 했다.
　낮게 흐느끼다가 또 뭐라고 혼자 중얼거리고 있는 한기의 곁에 앉아서, 무석은 말없이 체육관 안을 돌아본다. 농구장 하나 크기가 채 될까말까 한 체육관 실내. 천장에 매달린 몇 개의 형광등을 모두 켜놓았는데도 체육관 안은 무척 어둡다. 그것은 흡사 무덤 속의 풍경 같다. 이쪽 끝에서 저쪽 끝까지, 모두 팔십여 개의 관이 두 줄로 길게 놓여져 있다. 자욱한 향불 연기. 그 연기와 함께 끊임없이 허공을 떠돌고 있는 악취, 그리고 쉬파리떼. 그것은 시신들로부터 풍겨나오는 악취였다. 살과 내장이 썩어가는 냄새와 자욱한 향불 내음이 한데 뒤섞여, 숨을 들이쉬기조차 힘들었다. 하지만 무석은 이제 그 냄새조차 무감각해진 느낌이다. 너무 지독한 냄새에 후각 신경마저 마비되어버린 모양이다.
　자정이 지나면서부터는 찾아오는 사람들의 발길마저 뚝 끊겼다. 일반 시민들의 추모 행렬은 오후 다섯시에 끝났고, 찬송가를 불러대던 교회 신자들과 뻔질나게 드나들던 언론사 기자들의 모습도 밤이 되기가 무섭게 사라졌다. 조금 전까지 목탁을 두드리며 독경을 하던 젊은 승려 역시 이제는 보이지 않는다. 어둠이 내리면 사람들은 약속이나 한 듯이 부랴부랴 집으로 돌아갔다. 밤사이 계엄군이 쳐들어올지 모른다는 소문 때문이었다.

"아이고오, 내 새끼야아. 어미는 어찌 살라고오……"

한쪽에서 아낙의 울음이 다시 시작되고 있다. 스무 살짜리 외아들의 관을 손바닥으로 쓸어내리며 그 오십대 아낙은 홍타령을 읊조리듯 꺼이꺼이 울고 있다. 방위병인 아들은 나흘 전 31사단에서 훈련을 받고 돌아온 직후 행방불명이 되었다는데, 오늘 오후에야 시체를 적십자병원에서 찾아냈다고 한다. 식구들 대여섯이 한꺼번에 몰려와 한참을 서럽게 울어대더니, 이젠 딸인 듯싶은 처녀와 아낙 단 둘만 남아 있다.

그래도 그 아낙은 아직 터져나올 울음이라도 남아 있는 모양이다. 시신을 찾은 지 벌써 여러 날째인 경우, 가족들은 아예 소리내어 통곡할 힘조차도 없는 처지였다. 목쉰 까마귀처럼 꺽꺽 울어대다가 지쳐 반쯤 얼이 나간 사람처럼 멀거니 주저앉았거나, 시도때도없이 바닥에 벌렁 드러누워 혼절하듯 곯아떨어지기도 했다. 더러는 곁에 있는 똑같은 처지의 사람들끼리 둘러앉아, 식구가 어디서 어쩌다가 변을 당했는지, 또 앞으로 장례는 어떻게 치러질 것인지 따위에 대해 심각한 표정으로 얘기를 주고받기도 했다. 그러다가도 한쪽에서 누군가 울음을 터뜨리면, 그제서야 생각난 듯이 새삼스레 덩달아 와락 통곡을 쏟곤 했다. 그런 지경에도 끼니때가 되면 집에서 간단한 도시락 같은 걸 싸와서, 체육관 구석진 곳에 삼삼오오 퍼질러앉아 밥을 먹는 사람들도 있었다. 바로 옆에 부패해가는 시신들이 놓여 있어도, 코피가 터질 정도로 지독한 시취 속에서도, 어쨌거나 먹어야 하는 게 인간이었다.

"이보쇼, 무석이형님. 말 조까 해보쇼. 니기미, 어쩌다가 일이 이렇게 돼부렀으까라우. 칠수 그 자식은 어디서 죽었는지 살았는지도 모르는 판에, 인제는 봉배까장 진짜로 죽어부렀으니……
와이고, 봉배야! 지지리도 불쌍한 봉배 너까장…… 워메에, 미
치고 환장해 죽겄네에!"
　한기가 갑자기 열이 북받치는 듯, 봉배의 관을 주먹으로 쿵 내
리치며 소리를 질렀다. 물기가 찔걱이는 한기의 두 눈이 시뻘겋
게 충혈되어 있다. 무석도 다시금 핑그르르 눈물이 솟구쳤다.
　"칠수는 살아 있을 거여, 이 사람아…… 어딘가에 붙잡혀 있을
것이여."
　"아녀라우. 필시 그놈도 죽었을 것이요. 틀림없어라우. 예감이
그래라우. 어저께 꿈에 그 새끼가 뵈든디, 어째, 나한테 한마디
말도 안 하고, 그냥 뒤돌아서 핑 가버리드란 말요. 허어, 칠수 아
부지는 지금도 그놈 찾는다고 사방팔방으로 헤매고 다니실 것인
디…… 허으으."
　"꿈은 항상 반대라는 소릴 못 들었는가?"
　"아뇨. 틀림없어라우. 그놈이랑 나랑은 눈길만 마주쳐도 속마
음까장 훤히 아는 사이란 말요."
　한기가 술잔을 무석에게 건넨다. 무석은 말없이 그것을 받아
마셨다. 무석 역시 벌써 여러 잔째였다.
　"어따메, 이 꼴이 뭣이당가! 저걸 좀 보쇼, 형님. 송장이 그냥
지천으로 깔려부렀구마이. 이누무 세상, 인제는 사람 목숨이 개
돼지 목숨만도 못하구마이! 허어, 이것이 뭔 일이여, 뭔 일!"
　한기가 줄줄이 늘어선 관들을 손짓하며 실성한 사람처럼 주절
거렸다. 취기로 머리가 어찔어찔해옴을 느끼며 무석은 그쪽으로
눈길을 주었다. 똑같이 무명천으로 포장된 직사각형의 관, 관,
관들…… 태극기에 덮인 팔십여 개의 관 위엔 각기 빈 음료수병

이 하나씩 놓여 있고, 거기에 양초를 꽂아놓았다. 무명천엔 사망자의 이름과 나이, 그리고 '열사'라는 글씨가 적혀 있다. 부패해가는 시신들로부터 끊임없이 흘러나오는 오물을 받아내기 위해서, 관 밑바닥엔 흰 종이나 신문지 혹은 얇은 비닐을 깔아놓았다. 시신들은 이곳 상무관에만 있는 게 아니었다. 아직도 도청 마당엔 신원이 밝혀지지 않은 시신 오십여 구가 가족들이 찾아오기를 기다리고 있었다.

"열사――박봉배."

봉배의 관 위에 휘갈겨진 검은 글씨. 태극기에 덮인 그 관을 무석은 멀거니 내려다보았다.

"워메, 내가 진짜로 초, 총알에, 맞아부렀는갑서야! 어쩔끄나. 어쨰사 쓰까라우, 예에?"

풀섶을 북북 기어오고 있는 걸 발견하고 둘이서 달려갔을 때, 피가 콸콸 쏟아져나오는 옆구리를 한 손으로 틀어쥔 채로 봉배는 그렇게 소리를 질렀다. 도무지 믿어지지가 않는다는 듯, 절대로 이렇게 될 리가 없다는 듯, 한 순간 봉배는 비명보다도 먼저 헛웃음을 흘리던 거였다.

그제인 24일 오후 두시경, 계엄군끼리의 오인 전투가 벌어졌던 송암동 삼거리. 하필이면 무석과 한기, 봉배는 바로 그 현장에 있었다. 그 전날 전남대 이학부 강의실에서 칠수의 옷가지를 발견하고 칠수가 교도소로 끌려간 것을 확인한 직후, 그들 셋은 곧장 도청으로 찾아가 총을 하나씩 받았다. 그날 밤엔 교도소와 인접한 동일실업고등학교 옥상에 배치되어, 한바탕 총격전을 벌이기도 했다.

그들 셋은 다음날 도청으로 돌아왔는데, 이번엔 송암동 쪽으로 출동하라는 지시를 받고 다른 십여 명의 시민군들과 함께 그 곳으로 갔던 것이다. 송암동 삼거리에 도착하자마자 난데없이 대규모 공수부대 병력과 딱각 마주쳤고, 세 사람은 정신없이 도망쳐 어느 민가의 헛간에 몸을 숨겼다. 이내 저희들끼리 무시무시한 총격과 로켓포까지 동원된 치열한 전투가 벌어졌고, 잠시 뜸해지는 듯싶은 순간에 그들은 뒷담을 뛰어넘어 도망치기 시작했다. 바로 그때 맨 뒤에서 달려오던 봉배가 소나무 아래 풀섶에 벌렁 나동그라졌다. 총알이 관통한 옆구리 한쪽은 이미 걸레처럼 너덜너덜해진 상태였다.

전남대 병원으로 옮겨졌을 때까지도 봉배는 아직 의식이 남아 있었다. 급히 수술을 받은 뒤 중환자실로 옮겼는데, 의사는 살아날 가망이 없다고 말했다. 어제 아침, 봉배는 끝내 숨을 거두고 말았다.

"아, 안 돼라우. 안 죽을라요. 나는 죽으면 안 된단 말여. 내 동생들, 보, 봉구랑, 봉순이를 차, 찾아야 하는디…… 나, 나가 장남이란 말여. 어무니가, 내 손으로 동생들을 찾아가꼬 셋이서 한군데 모여서 사, 살아야 한다고, 나한테 유, 유언을 허셨단 말여. 그렁께 나, 나는 죽어서는 안 되는디…… 절대로, 절대로……"

숨을 거두기 직전, 봉배가 남긴 마지막 말이었다. 부모가 일찍 세상을 떠나는 바람에 초등학교도 마치지 못한 채 삼남매가 뿔뿔이 흩어져버리고 말았다는 봉배. 언젠가는 돈을 벌어서, 기어코 동생들을 찾아내어 근사한 집 한 채를 짓겠노라고, 그래서 봉구랑 봉순이랑 셋이서 함께 오손도손 모여 살겠노라고, 그것이 이 세상에서 바라는 단 한 가지 소원이라고, 그렇게 늘상 입버릇처럼 외곤 하던 봉배. 그래서였을까. 봉배는 숨이 끊어진 다음에도 눈을 반쯤 뜬 채로였다.
"무석이형님도 고향이 섬이라고 그랬지라우. 헤, 그래도 우리 고향 도초도만큼 좋지는 않을 것이요. 우리 동네 바닷가 풍경이 얼마나 아름다운지 모르지라우? 우리집 바로 담 너머가 백사장 인디, 모래알이 어찌나 맹글맹글하니 곱고 깨끗한지, 맨발로 걸으면 꼭 비단결 같어라우. 거기다가 해당화는 또 어찌나 흐드러지게 피어나는지 아쇼. 요새도 나는 꿈속에서 고향 동네랑 모래밭이랑 해당화를 보곤 한단 말요. 젠장, 그런 꿈을 꾼 날이면 속이 아리고 지랄같어서 그냥 미치겠당께라우……"

언젠가 그렇듯 무석에게 제 고향 자랑을 늘어놓던 봉배. 그 애길 하던 순간 봉배의 두 눈에 얼핏 차오르던 축축한 물기. 봉구와 봉순이라고 했지. 봉배의 두 동생들은 어디서 뭘 하며 살고 있을까. 그들은 지금 봉배의 죽음을 행여 짐작이라도 할까…… 그런 생각을 하노라니, 무석은 또 울컥 목이 잠겨왔다. 그때 누군가 무석의 어깨를 가만히 흔들었다.

"오빠, 나예요."

무석은 얼른 눈 밑을 훔치며 고개를 돌렸다. 미순이었다.

"아, 미순씨. 눈이라도 좀 붙이지 않고 왜 또……"

"오빠들 시장할 거 같아서 이거 좀 가져왔어요. 아까 아줌마들이 도청으로 가져온 건데, 다들 나눠주고 나니까 몇 개밖에 안 남았네요."

미순은 비닐봉지에 담긴 빵과 우유를 두 사람 앞에 내밀었다.

"어따, 무석이형님 줄라고 가져온 것인디, 나까지 묶어서야 쓰겄소?"

"아니에요. 일부러 두 사람 몫을 가져온 건데. 한기씨는 저녁도

봄 날 297

안 먹었다면서, 술만 자꾸 마시면 어쩔려고 그래요? 자, 두 사람 다 얼른 일어나요. 밖에 나가서 먹고 들어오면 되잖아요."

"아니, 나는 진짜로 생각 없응께, 내 걱정은 말고 형님이나 데리고 나가쇼."

한기가 한사코 마다했으므로, 무석은 마지못해 몸을 일으켰다. 돌아서려는 미순을 한기가 뒤에서 부르더니 한마디했다.

"미순씨! 두고 보쇼. 내가 이누무 공수새끼덜, 싸그리 쥑여버리고 말 텡께! 내 손으로, 이 원수를 기어코 갚아줄 것이요!"

두 사람은 밖으로 나왔다. 문을 나서려던 미순은 뒤를 가리키며 말했다.

"은숙이도 함께 나왔어요. 자기 이모네 식구들이랑 함께 앉아 있잖아요."

맞은편 구석진 자리에 은숙의 모습이 보였다. 이름이 운봉인가 하는, 그 중학생 조카의 관 옆에 서너 명이 둘러앉아 있다. 조카의 시신을 돌아보기 위해 은숙은 아까도 두어 차례나 찾아왔었다.

현관을 나선 두 사람은 길을 건너, 남도예술회관 입구의 계단에 나란히 앉았다. 바깥은 제법 냉기가 감돌았다. 새벽 다섯시가 가까워오는 시각. 머잖아 동이 트려는지, 하늘 한켠이 희부옇게 밝아오고 있었다.

미순은 빵과 우유 봉지를 무석의 손에 쥐어주었다. 입 안이 깔깔했지만 그런대로 먹을 만했다. 그러고 보니, 저녁에 도청 안에서 김밥 몇 덩이를 먹었을 뿐이다. 그것 역시 미순이 가져다준 것이었다.

"조금 있으면 날이 밝으려나봐요. 난 아직까지 한숨도 못 잤어요. 다른 사람들은 의자에 기댄 채로 잘들 자든데…… 오늘밤에 군인들이 쳐들어올지도 모른다는 소리에 겁이 나서 혼났어요. 오빠도 못 잤죠?"

무석은 빵을 씹으며 말없이 웃기만 했다.

"그 봉배씨라는 사람, 참 안됐어요. 고향집엔 연락이 되었나요? 그런데 왜 아직 아무도 안 왔을까요?"

"알릴 만한 가족이 아무도 없답니다. 동생들이 둘 있다는데, 오래 전에 헤어져서 소식을 모른다는군요."

"어머나, 어쩌면 좋아……"

세상에, 그 사람도 나랑 똑같은 처지였나보구나. 불쌍해라. 미순은 금세 눈물을 글썽이며 혼자 중얼거린다. 미순은 봉배라는 사람에 관해선 별로 아는 게 없다. 그저 얼굴만 기억할 뿐, 얘기 한번 나누어본 적도 없다. 하지만 가족 하나 없는 처지였다는 얘기에 새삼스레 가슴이 아파온다.

미순은 은숙과 함께 꼬박 이틀째 도청 식당에서 취사일을 도와주고 있는 참이다. 사실 미순은 처음부터 그 일에 뛰어들려고 했던 건 전혀 아니었다. 상무관에서 은숙의 조카 운봉이의 참혹한 시신을 보았을 때만 해도, 그저 너무나 무섭고 끔찍해서 당장 도망치고만 싶었다. 은숙을 따라 마지못해 도청으로 들어섰을 때만 해도 그랬다. 그러나 안마당에 놓인 그 수많은 시신들을 손수 일일이 닦아내는 일을 해나가면서 미순은 차츰 두려움을 이겨낼 수 있었다.

그 이름 모를 시민들의 참혹한 모습들. 그것은 이미 인간의 모습이 아니었다. 그 어떤 인간이라도 결코 그렇게 죽어서는 아니 되었다. 그 누구건, 어떤 이유에서건간에 인간이 다른 인간을 그처럼 잔혹하고 처참하게 파괴해버릴 권리는 없는 거였다. 미순은 형체도 분별할 수 없도록 망가진 그들의 시신을 수습하면서 끊임없이 눈물을 흘리고 끝도 없이 절망했다. 그런 어느 순간 미순은 불현듯 깨달았던 것이다.

'그래. 이 사람들 곁에 누군가 있어줘야만 해. 살아 있는 동안엔 이 사람들도 누구 못지않게 귀하고 소중한 존재들이었으리라. 누군가의 귀한 아들딸이었을 것이고, 부모였을 것이고, 또 누군가의 소중한 식구, 친구 혹은 사랑스런 연인이기도 했으리라. 그런 사람들이 이토록 추악한 살과 뼈와 내장의 조각조각으로 해체된 채, 지금 여기 쓰레기보다 못한 몰골로 내버려져 있는 것이다. 한줌의 자존심도 없이, 인간으로서 최소한의 존엄성도 없이, 이런 몰골로 동족의 손에 살해당하여 누워 있는 것이다. 아아, 어디로 사라져버렸을까, 이들의 소중한 영혼은? 이들의 소중한 꿈, 아름다운 추억과 애틋한 소망들은? 아아, 안 돼. 이 불행한 사람들을 결코 지금 이대로의 모습으로 떠나도록 만들어서는 안 돼. 이토록 추하고 부끄러운 모습을 하고서 이 세상에서의 마지막 순간을 마감하도록 만들어서는 안 돼. 누군가가 곁에 있어줘야만 해……'

미순은 그들 곁을 차마 떠날 수가 없었다. 그것은 천벌을 받을 짓이라고 생각했다. 그리하여 미순은 그 불행한 망자들의 얼굴을 닦아내고 피를 씻어주면서, 내내 마음속으로 망자들에게 빌고 또 애원했던 것이다. 제발 인간들의 이 추악한 범죄를, 이 추악한 세상을, 이 추악한 시대를 잊어달라고…… 그래서 혼백이나마 고이고이 저세상으로 떠나가시라고.

무엇보다 박연숙이라는 아이가 죽었다는 소식을 전해들었을 때, 미순은 눈앞이 한꺼번에 무너져내리는 것만 같았다. 겁에 질려 있던 미순에게 시신을 수습하는 요령을 자상하게 가르쳐주던 그 단발머리 여고생. 밝고 환한 웃음이 무척 인상적이던 그 소녀는 화순으로 관을 구하러 가는 미니버스를 타고 떠났었다. 그런데 불과 한 시간도 채 지나지 않아, 그 미니버스를 타고 갔던 사람들이 한꺼번에 몰살을 당했다는 충격적인 소식이 들어왔던 것이다. 매복중이던 공수부대가 화순 너릿재 부근 주남마을 앞을 통과하려는 미니버스에 집중 사격을 퍼부었다고 했다.

그때부터 미순은 은숙과 함께 아예 도청에 남아서 일을 돕기로 작정했다. 어제 오전부터는 시신 수습 일은 대학생들에게 맡기고, 취사조에 본격적으로 합류했다. 임시 식당은 민원실 건물 이층에 있었다. 여자들은 모두 취사조에 편성되어, 하루종일 시민군에게 제공할 밥을 짓고 반찬을 준비했다. 사오백 명이 넘는 인원에다가 외곽에 나가 있던 병력이 시도때도없이 들이닥쳤으므로, 그야말로 잠시도 쉴 틈이 없었다. 가끔 시민들이 쌀이나 김밥 따위를 모아서 가져오기도 했는데, 무엇보다 반찬이 부족했다. 반찬이라고 해야 고추장과 멸치, 단무지, 된장국이 고작이었지만, 청년들은 순식간에 깨끗이 먹어치우곤 했다.

취사조 인원은 스무 명에서 서른 명까지 들쭉날쭉이었다. 주로 여고생들이 많았는데, 미순이나 은숙과 같은 노동자들, 재수생, 그리고 특히 유흥가인 금동의 술집에서 일하는 아가씨들도 세 명이나 끼여 있었다. 거기에 어젯밤부터는 YWCA에 있던 여성 노동자들 십여 명이 들어와 새로 합류하게 되어, 이제부터는 두 팀으로 나누어 교대로 일하기로 한 참이었다.

"아무래도 너무 무리하는 게 아닌가? 미순씨도 이젠 그만 집으로 돌아가지 그래요. 일할 사람은 많다면서."

"아녜요. 정신없이 움직여도 일손이 달리는데요 뭐. 그리고 난 솔직히 이런 일을 할 수 있다는 게 기쁜걸요. 이런 기분 첨예요. 뭐랄까, 지금까진 늘 내 자신만 생각하면서 살아왔는데, 나도 다른 사람들을 위해 뭔가 도움이 되는 일을 할 수 있구나 싶으니까 보람 같은 것도 느껴지고, 뭐 그래요."

"그렇기는 하지만, 잠도 제대로 못 잔다면서……"

무석은 혼잣말처럼 중얼거리며 슬몃 미순을 돌아다본다. 그의 어눌한 말 속에 숨어 있는 은근한 애정에 미순은 가슴이 찌르르해온다. 미순은 그의 옆얼굴을 말없이 바라보았다. 꺼칠해진 얼굴. 수염이 꽤 자란 것 같다. 착한 사람…… 그의 초췌한 모습을 들여다보던 미순은 불현듯 가슴 밑바닥이 따뜻하게 젖어옴을 느꼈다. 미순은 무석의 어깨 위에 뺨을 가만히 내려놓았다. 무석의 어깨가 가늘게 떨리고 있었다. 미순은 혼자 배시시 미소를 떠올리며 눈을 감았다. 행복했다.

"아, 참 포근해서 좋다아. 이러고 그냥 밤새 앉아 있었으면…… 오빠, 전번에 내가 한 얘기 기억나요? 우리 엄마…… 참 가엾은 분이셨어요. 평생 이용만 당했으면서도, 아빠한테서 끝내 벗어나질 못했으니까. 엄만 그게 사랑이라고 말했지만, 난 그건 노예일 뿐이라고, 엄만 스스로를 기만하고 있는 거라고, 맨날 그렇게 대들곤 했어요…… 결국 엄만 죽는 날까지 그랬지요. 하지만 난 절대로 그렇게 바보처럼 살진 않겠다고 결심했어요. 남자를 사랑하는 일 따윈 죽어도 않겠다고, 결혼 같은 건 세상에서 가장 못난 여자들이나 하는 거라고 말예요. 어머, 내 말이 우스운가 봐…… 그게 아녜요. 난 정말 독신으로 살아갈 자신이 있었다구요. 지금까진 진짜로 그랬어요. 근데, 참 이상하죠. 오빨 만나고 나서…… 맞아 참, 겨우 며칠밖에 안 됐는데…… 아마 이게 운명인가 보다, 하는 생각이 들어요. 오빠가 내 앞에 나타난 게 말예요……"

 미순은 문득 말을 멈추었다. 무석의 손이 가만히, 아주 가만히 다가와 그녀의 손을 어루만지고 있었다. 미순은 다른 쪽 팔로 그의 넓은 등을 꽈악 껴안았다. 그의 몸이 가느다랗게 떨리고 있음을 알았다. 둘은 한참 동안 그렇게 서로의 몸을 밀착한 채 계단 위에 나란히 앉아 있었다.

 이윽고 미순이 먼저 일어섰다.

 "나 이제 들어가봐야 해요, 오빠. 교대할 시간이거든. 이따가 아침 먹으러 오면 꼭 나를 찾아야 해요. 내가 밥을 꾹꾹 눌러서 담아줄게요. 알았죠?"

 미순은 깡총거리듯 잰걸음으로 광장을 질러 사라졌다.

 무석은 상무관으로 향했다. 체육관 안으로 들어서니, 뜻밖에 명기가 한기와 함께 앉아 있었다.

 "명기 너, 어떻게 된 거냐. 왜 또 여기 왔어?"

 "마침 회보 작업이 끝나서, 큰형 보려고 왔죠 뭐."

 명기는 엉거주춤 일어서며 말했다. 어제 오후 봉배의 시신을 병원에서 옮겨왔을 때, 도청 안마당에서 우연히 명기를 만났었다.

 "이 녀석, 지, 집으로 들어가라고 했더니만."

 "그러려고 했는데, 그쪽 일손이 너무 달려서요. 더구나 이제부턴 윤상현형이랑 우리 팀 선배들이 도청 지도부를 맡게 되어서, 어차피 더욱 바빠지게 됐거든요. 형 말대로, 아버지가 걱정하실 것 같아 아까 집으로 전활 했어요."

"그래. 뭐, 뭐라시든."

"당장 들어오라고 펄펄 뛰시죠 뭐. 내일 오후엔 꼭 들어가기로 약속하고 끊었어요."

명기는 대충 둘러붙인다. 아버지와 약속했다는 건 거짓말이었다. 마침 어머니 청산댁이 전화를 받기에, 난 아무 탈 없이 잘 있으니 염려 말라고, 조금만 더 일을 도와주다가 들어가겠노라고, 그렇게 일방적으로 말해놓고는 끊어버렸던 것이다. 아버지가 자신을 찾기 위해 무척 애쓰고 있음을 명기도 잘 알고 있었다. 그저께는 YWCA 현관 앞을 지키고 서 있는 아버지와 하마터면 맞닥뜨릴 뻔한 적도 있었다. 하지만 그 동안 매일 한차례씩은 집에 전화를 걸어 안부를 전했으므로, 큰 걱정은 하지 않으실 거라는 생각이 들었다.

"혹시 너……"

"에참, 걱정 말아요. 큰형을 봤다는 얘긴 꺼내지도 않았으니까."

무석의 불편한 표정을 재빨리 읽은 명기가 대답했다.

"그런데 너, 얼굴이 그게 뭐냐."

"아, 이거요. 등사용 잉크가 묻었어요. 기름이라 세수를 해도 잘 지워지지도 않고, 차라리 그냥 이대로 지내는 게 편해요."

명기의 몰골이 엉망이다. 얼굴은 물론이고 목덜미·손등까지 온통 새까맣다. 그건 현재 YWCA에서 모여 있는 '투사회보' 제작팀의 인원 모두가 마찬가지였다.

"이봐, 명기 학생. 그나저나, 끄윽, 공수부대새끼들이 오늘내일 쳐들어온다는 소문이든디, 그것이 정말인가?"

한기가 반쯤 내리감긴 눈을 하고 묻는다.
"설마 그리 쉽게야 들어오겠습니까? 진입하기만 하면 당장 도청 안에 있는 폭약을 터뜨려버리겠다고 우리 쪽에서 경고를 하니까, 아마 겁을 먹고 대기중인 모양이에요."
"다이너마이트랑 폭탄을 엄청나게 쌓아놓았다고들 하든디, 참말로 그렇게 많어?"
"나도 안 봐서 모르지만요, 진짜로 어마어마한 양이라든데요. 그게 터지는 날엔 광주 시내 절반은 순식간에 날아가버릴 정도래요. 하지만 설마 그걸 터뜨리기야 하겠어요?"
"니기미, 폭파하면 했제, 어째서 못 한단 말여! 그놈들이 쳐들어오면 어차피 이판사판, 다들 끝장이 나는 판인디. 안 그래?"
그때였다. 애애애애―앵. 난데없이 바깥에서 사이렌 소리가 커다랗게 울리기 시작했다. 이내 도청 옥상의 대형 확성기로부터 다급한 목소리가 터져나왔다.
"시민군 여러분에게 알립니다! 지금 즉시 무장을 하고 현관 앞으로 집결하기 바랍니다! 계엄군이 화정동에서 시내로 진입했습니다! 지금 즉시……"
무석과 명기는 거의 동시에 벌떡 일어났다.
"뭐야! 계엄군이 들어온다잖아!"
"와이고, 그 개새끼들이 기어코 쳐들어오는갑네이!"
체육관 안에 있던 사람들 모두가 하얗게 질린 낯빛으로 우왕좌왕 어쩔 줄을 모른다. 청년들이 후닥닥 밖으로 뛰쳐나갔다. 한기가 벌떡 일어나 무석의 팔을 잡고 소리쳤다.
"형님! 이러고 있을 때가 아뇨. 우리도 빨리 도청으로 갑시다!"
"형, 나도 얼른 가봐야겠어요."

"며, 명기야! 잠깐만!"

그러나 명기는 이미 현관으로 달려나가고 있었다. 무석은 한기와 함께 허둥지둥 밖으로 뛰어나갔다. 그들이 도청 정문에 이르렀을 때, 확성기에서 또 다른 방송이 흘러나왔다.

"여러분, 잠시 대기해주시오. 방금 들어온 보고에 따르면, 계엄군이 전면 진입한 것은 아닌 듯합니다. 정확한 내용이 확인될 때까지 현위치에서 대기해주시오……"

에이, 대관절 어떻게 된 거여? 아니라고 그러잖능갑네. 허둥지둥 튀어나왔던 청년들이 저마다 놀란 가슴들을 쓸어내리며 투덜거렸다.

돌아오는구나
그대들의 꽃다운 혼,
못다 한 사랑 못다 한 꿈을 안고
죽음을 넘어 시대의 어둠을 넘어
─── 문병란, 「부활의 노래」에서

5월 26일 10 : 00, 양림동 K종합병원

　복도에서 한원구는 잠시 서성거렸다. 중환자실은 외부인의 출입이 금지되어 있었다. 복도에 서서 기다리고 있는 사람들 속에 천진수의 모습은 보이지 않았다. 벽에 붙은 칠판에도 천정민이란 이름은 없었다. 마침 간호사 하나가 중환자실로 들어가려는 것을 보고 원구는 다가갔다.
　"천정민이라고 그러셨죠? 잠깐만요."
　간호사는 무표정하게 대꾸하고 들어가더니, 잠시 후 고개만 내놓고 말했다.
　"그 환자, 조금 전에 일반 병실로 옮겼으니까 일층 원무과에 가서 물어보세요."
　원구는 그제야 맘이 놓였다. 혹시 그 사이 큰일이 생긴 건 아닌가 했던 것이다. 일층 원무과를 찾아갔다. 창구 앞에 수많은 사람들이 몰려들어 장터처럼 어수선했다. 이름을 말했지만 담당 직원도 제대로 파악하지 못하고 있는 눈치였다. 한참 만에야 간신히 병실을 알아낸 원구는 삼층으로 올라갔다.
　병원 내부는 온통 사람들로 북적거렸다. 긴급한 수술 환자를 실은 운반용 병상이 바삐 오가고, 병실 복도마다 가족들이 서성거렸다. 의사와 간호사들도 피곤에 지친 몰골로 종종걸음을 쳤다.
　환자의 가족들은 물론이고 의사와 간호사, 직원들조차도 거의 제정신이 아니었다. 너나없이 반쯤 얼이 달아난 듯했다. 이곳만 그런 게 아니었다. 요 며칠 동안 원구가 돌아다녀본 시내 어느 병원이고 마찬가지였다. 어디나 수많은 부상자들로 넘쳐나는 바람에 거의 업무가 마비될 지경이었다. 그것은 흡사 폭격을 맞았거나 혹은 대규모 역병이 휩쓸고 지나간 직후의 임시 구호 병원을 떠올리게 했다.

천진수의 전화를 받은 것은 두 시간 전. 천진수의 아들 정민이 중환자실에 누워 있다는 말에 원구는 부랴부랴 찾아오는 길이다. 택시도 버스도 다니지 않는 판이라, 산수동에서부터 줄곧 걸어와야 했다.

병실로 들어서니, 천진수가 의자도 없이 맨바닥에 우두커니 주저앉아 있었다. 병실 안은 제대로 걸음을 옮기기도 어려울 지경이다. 병상 여섯 개짜리 병실 안에는 무려 열 개의 병상이 들어차 있다. 그나마도 그 중 두 명의 환자는 간병인용 간이 침대에 누워 있었다.

"이보게, 대체 어찌 된 일인가!"

원구가 손을 와락 움켜잡았을 때에야 천진수는 고개를 들었다.

"아, 자네가 왔구먼. 미안허이, 공연히 먼 길을 오게 만들어서······"

"이 사람, 무슨 쓸데없는 소릴. 그나저나 아이는?"

"진통제를 맞고 나서 이제 막 잠이 든 참이네."

원구는 아이를 들여다보았다. 첫눈에 전신이 온통 붕대 뭉치처럼 보였다. 머리와 두 다리 그리고 한쪽 팔까지 붕대로 감겨 있다. 머리가 엄청나게 부풀어 보였다. 눈·코·입만 내놓은 얼굴 역시 부기가 심했다.

"의사 얘기로는 위급한 고비는 일단 넘겼다는구만. 예상외로 수술 결과가 좋아서, 이대로만 간다면 큰 걱정은 없을 거라고 했어."
 "머리를 심하게 다쳤나본데……"
 "몽둥이 같은 걸로 뒷머리를 맞은 모양이네. 함몰된 부위가 깊어서 처음엔 가망이 없다고 여겼다는데, 막상 열어놓고 보니 요행으로 치명상은 아니더라지 뭔가. 하지만 도려낸 환부가 다 아물고 나더라도 후유증이 나타날 가능성도 많다니까, 아직 안심할 처지는 아닌 것 같구만."
 "양쪽 다리는 어쩌다가 이리 된 건가."
 "대검에 찔린 자리 같다는구먼. 상처 부위의 살점을 주먹 크기만큼이나 도려냈다네. 그냥 두면 썩어들어간다고…… 의사 말이, 상처가 아물더라도 십중팔구 한 쪽 무릎은 제대로 쓰지 못하게 될 것 같다네."
 천진수는 말끝을 흐리며 원구의 시선을 외면해버렸다.
 "짐승 같은 놈들. 이 어린 것한테까지…… 그래도 수술 결과가 좋아서 불행중 다행일세."
 "그러게, 나도 이제야 조금 정신이 돌아오나 싶어. 처음 저 녀석 몰골을 봤을 땐 눈앞이 캄캄하더군. 늦게야 얻은 자식놈을 먼저 보내는구나 싶어서…… 변을 당한 게 아마 21일쯤인 모양인데, 도청 앞 어느 건물 복도에 쓰러져 있는 걸 시민들이 옮겨왔다는군. 도착하자마자 뇌수술을 했다는데도, 애비란 놈은 이틀 뒤에야 도착했지 뭔가. 나주까지 택시로 와서, 거기서부터는 산을 타고 걸어왔지. 도착해 보니 녀석은 저 지경이고……"
 "아니, 그런데 이제야 내게 연락을 했단 말인가?"
 "워낙 경황중이라 정신이 없었네. 솔직히 이젠 영 틀렸는가 싶어서, 조만간 시신이라도 수습해야 할 때가 되면 자네한테 알릴

봄 날 309

생각이었지. 미안허이."

"허참, 이런 한심한 사람 봤나. 아무리 그렇다고 원."

그때 간호사 하나와 고등학생쯤으로 뵈는 사내아이가 들어왔다. 천진수가 그 둘을 원구에게 소개했다.

"오, 마침 잘 왔다. 인사드려라. 얘는 정민이랑 함께 자취하고 있는데, 이 녀석이 낙일도로 전화를 해줘서 알았다네. 또 얘는 수희라고, 이 병원 간호사로 일한다네. 이번에 이 아이들 덕을 톡톡히 봤지 뭔가. 참, 내 정신 좀 봐. 자네도 이 아이들을 기억하고 있겠구면."

"으응, 수희라고 했지? 그러고 보니, 어렸을 때 얼굴 모습이 아직 남아 있구나."

원구는 어색하게 그들의 인사를 받았다. 막단의 자식들이라…… 귀단이 있었을 때, 처제인 막단은 어린 수희를 데리고 이따금 일송리에 들르곤 했었다. 뜻밖의 자리에서 그 아이들과 마주치고 나자 원구는 마음이 무거웠다. 수희 역시 불편해하는 기색이더니, 바쁘다며 금방 자리를 떴다.

마침 수길이 정민 곁을 지키고 있겠다고 했으므로, 원구는 천진수와 함께 바깥으로 나왔다. 화단가에 앉자마자 천진수는 담배를 피워물었다. 아침나절까지 간간이 질금거리던 이슬비는 멎었으나, 하늘은 여전히 무겁게 가라앉아 있었다. 오가는 사람들로 어수선한 병원 뜨락을 두 사람은 잠시 말없이 바라보았다.

군용 트럭 한 대가 경사진 차도를 따라 올라오더니 맞은편 영안실 앞에 멎었다. 이내 영안실 쪽에서 울음 소리가 터져나왔다. 주위에 있던 사람들이 그쪽으로 모여들었다. 청년들이 건물 안에서 두 개의 관을 하나씩 들고 나와 트럭 위에 옮겨 싣기 시작했다. 가족들이 소리 높여 통곡을 터뜨렸다. 그들 중 서너 명이 뒤칸에 올라앉고 나자 트럭은 이내 출발했다. 남겨진 가족들은 걸어서 가려는지, 울먹이며 비탈길을 내려가기 시작했다.
"오늘만 해도 벌써 두 명이나 실려나가는구만. 방금 그 사람은 연세가 예순다섯인 영감님이라는디, 세상에, 그런 노인네들한테까장 몽둥이질을 해대는 놈들이 대체 사람 새끼들여?"
"말세여 말세! 이누무 세상, 아무래도 갈 데까장 가버린 모양이시."
"그 말 들었소? 오늘 저녁에 군인들이 밀고 들어온답디다."
"그런 소문 나돈 것이 어디 오늘뿐인가. 어저께도 그렇고, 그저께 밤에도 들어온다고 했잖여?"
"아니, 오늘은 진짜랍디다. 상무대에서 정식으로 통보를 했다든디요. 오늘밤 자정을 기해서 작전 개시를 할 틴께, 살고 싶으면 모두 총을 놓고 집으로 돌아가라고 말요."
"으마, 장차 이누무 일을 어째야 쓸란고. 그놈들이 쳐들어오는 날엔, 이번에야말로 떼죽음이 날 것이 뻔한디."
화단가에 모여서 저마다 숙덕거리는 소리를 원구와 천진수는 듣고 있었다. 잠자코 담배 연기만 토해내고 있던 천진수가 문득 고개를 숙인 채 혼잣말처럼 뇌까렸다.
"난 아직까지도 마치 꿈을 꾸고 있는 것만 같지 뭔가. 대관절 대명천지에 어떻게 이런 일이 벌어질 수가 있는 것인지, 아무리 해도 난 믿어지지가 않네. 여보게, 원구. 이래도 되는 것인가. 이런 험한 꼴을 당하고서도, 이런 끔찍스런 세상에 뭘 더 바랄 게 있다고, 내가 이렇게 살아 있어야만 하는 것인가 말여. 허어, 기가 맥혀서…… 정민이 그놈이 반송장이 되어 누워 있는 꼴을 보

봄 날 311

는 순간, 나도 모르게 그 자리에 주저앉아 뱃속에 든 것을 다 게 워내고 말았네. 내가 인간으로 태어났다는 것이, 이런 무서운 세상에서 살고 있다는 사실이 그토록 저주스러울 수가 없었네. 인간의 탈을 쓰고서야 어떻게 그 어린 것의 머리를 몽둥이로 내리친단 말인가. 그도 모자라서 대검까지, 그것도 두 번씩이나······ 어흐윽."

끝내 천진수는 두 손으로 얼굴을 가린 채 오열했다. 원구는 말없이 그의 어깨를 잡아주었다. 무슨 위로를 해주어야 할지, 아무 말도 떠오르지 않았다. 가슴이 터질 것만 같았다.

잠시 후, 원구는 혼자서 병원 문을 나섰다. 천진수는 한사코 마다했지만, 갈아입을 옷가지며 간단한 세면 용구 따위를 챙겨서 내일 아침 다시 찾아오겠노라고 약속을 했다.

광주천변을 벗어나 원구는 도청을 향해 걸었다. 거리마다 사람들이 불안하게 오가고 있었다. 하나같이 뭔가에 심하게 얻어맞고 난 듯한 표정들. 웃는 법을 잊어버린 사람들처럼 한없이 불안하고 음울하게 서로를 흘금거리곤 하는 시선들. 지난 아흐레 동안 엄청난 일들을 겪어오면서 모두들 반쯤 정신이 나가버린 것 같았다. 점포들은 대부분 문을 닫아걸었고, 차량 통행이 그친 차도엔 자전거들만 눈에 띄었다. 버림받은 도시처럼 황량하고 어수선하기만 한 거리를 따라 원구는 조급하게 걸음을 옮겼다.

"명기 이 자식을 그냥······ 찾기만 해봐라!"

원구는 속이 부글부글 끓어오른다. 도대체 이 철딱서니 없는 녀석은 어디 박혀 있는 것인가. 제까짓 게 뭘 안다고, 이 난리통에 세상 무서운 줄 모르고 뛰어다닌단 말인가. 원구는 명기 걱정으로 밤마다 잠을 이루지 못했다. 녀석은 매일 한 번씩 전화만

했을 뿐, 벌써 일주일 가까이 들어오질 않고 있었다. 그것도 제 어미 대신 원구가 수화기를 들면 대번에 끊어버리곤 했다. 원구는 며칠째 온 시내를 돌아다녔지만 명기를 찾지 못했다. 명기와 단짝인 태영이라는 아이에게 전화를 했더니, 녀석도 잘 모른다는 거였다. 태영에게서 명기 친구 서너 명의 전화번호를 알아내긴 했는데, 어찌 된 셈인지 하나도 연락이 닿질 않았다. 진작 녀석의 주변을 좀더 살펴봤어야 했는데, 모든 게 자신의 불찰이었다.

도청 앞 광장에서는 오늘도 궐기대회가 열리고 있는 참이다. 모인 시민들의 숫자도 전에 비해 훨씬 줄어든 데다가 대회장의 분위기 역시 완연히 가라앉아 있는 것 같다. 원구는 두어 시간이나 군중 틈을 비집고 다니다가 끝내 포기했다. 명기녀석은 어디에도 보이지 않았다. 허기 때문인지 더 이상 걸어다닐 힘도 없었다. 엊저녁에 제 어미한테 한 전화로는, 오늘 오후엔 집에 꼭 들어오겠다는 약속을 했다는 거였다. 일단은 돌아가서 기다려볼 작정을 하고서 원구는 집으로 향했다.

노동청 네거리를 돌아서던 원구는 앞서가는 청년의 눈에 익은 뒷모습을 보고, 혹시나 해서 잰걸음으로 뒤쫓아갔다. 그러나 그 청년은 무석이 아니었다.

"그러면 그렇지. 그 녀석이 광주에 있을 턱이 있나……"

원구는 숨을 몰아쉬었다. 어제 오후, 동네 복덕방 이씨가 찾아와 느닷없는 소리를 했던 것이다. 시민군 지프에 탄 청년들 중 하나가 틀림없는 무석이더라는 거였다. 더구나 녀석이 총을 쥐고 있더라는 얘기까지 했다. 원구는 가슴이 철렁했었다. 설마설마 하면서도, 자꾸만 그것이 무석일 거라는 예감이 들었다.

봄 날 313

'만일 그게 정말 무석이 그 녀석이라면? 허어, 세상에 대관절 이런 기막힌 일도 있단 말인가. 그렇다면 형제끼리 서로 총을 겨누고 있는 셈일세그려!'

눈앞이 아뜩해와서, 원구는 주춤하고 그 자리에 서버렸다. 명치녀석이 지금 광주에 내려와 있다는 사실을 원구는 이미 알고 있었다. 명치에게서 전화가 걸려온 것은 꼭 한차례, 바로 이틀 전이었다. 송정리에 있는 비행장으로 철수해서 대기중이라는 말만 남기고 이내 끊어버리던 거였다.

원구는 눈앞이 아뜩해왔다. 이럴 수가 있는가. 어쩌다가 이런 엄청난 비극을 내 자식들 세대까지도 겪어야 한다는 말인가. 감당할 수 없는 허탈감이 전신을 폭포처럼 짓누르기 시작했다. 요 며칠 동안 겪어온 충격적인 일들이 원구에겐 마치도 삼십여 년 전의 그 끔찍한 시간들의 반복처럼 여겨졌다.

개펄 위에 참혹한 모습으로 버려져 있던 아버지 한조합장의 시신, 실성해서 뛰어다니던 아내 귀단의 모습, 그리고 집을 뛰쳐나가기 전날 증오에 가득 찬 눈으로 쏘아보며 "난 대체 누구입니까, 당신에게 나는 무엇이냔 말입니까" 하고 소리치던 무석의 얼굴…… 그런 고통스런 영상들이 원구의 눈앞으로 어지러이 떠올랐다.

순간 원구의 영혼 깊숙한 자리 어딘가에서, 지금껏 세상과 타인에 대해 스스로 둘러쳐놓고 있었던 완강한 아집과 증오의 담벼락이 한꺼번에 와르르 허물어져내리기 시작했다. 원구는 비로소 어렴풋이나마 깨달을 수 있을 것 같았다. 한 시대의 어마어마하게 파괴적이고 폭력적인 수레바퀴 밑에서 개개인의 삶과 운명이란 얼마나 미미하고 무력하기 그지없는 것인가를. 그 수레바퀴를 피할 수 있는 사람은 누구도 없다. 누구든 자신의 의사와는 무관하게 그 거대한 역사의 소용돌이 속에 휩쓸린 채, 마침내는 폭포의 까마득한 낭떠러지까지 떠밀려가 저마다 무수히 찢기고 부서지고 바스라질 뿐이다. 삼십 년 전의 전쟁 또한 그렇게 닥쳐왔고, 그 속에서 원구의 아버지와 용술, 수많은 낙일도 사람들, 그리고 이 땅에 살았던 헤아릴 수 없이 많은 사람들 또한 그러했던 것이다. 그리고 원구 자신 또한 그러했다.

'……이보게 원구, 전쟁을 모르고 태어난 우리 아이들에게까지 우리 세대가 지고 있는 이 무거운 사슬을 또다시 떠맡게 할 수는 없지 않은가……'

원구는 삼 년 전 어느 날 밤 낙일도에서 천진수가 했던 말을 불현듯 떠올렸다. 그랬다. 동족끼리 총을 겨누고, 형제의 피로 손을 적시는 그런 참혹하고 부도덕한 역사는 결코 다시는 이 땅에서 되풀이되어선 안 될 거였다. 삼십 년 전의 그 전쟁은 차라리 허울 좋은 이데올로기라는 망령이라도 존재했었다. 하지만 지금 이 도시에서 벌어지고 있는 이 기막힌 상황은 도대체 무엇을, 누구를 위한 것인가. 대관절 누구인가. 제 나라 군대로 하여금 맨주먹뿐인 시민들을 학살하게 만들고, 마침내는 다 같은 젊은이들끼리, 형제끼리, 이웃끼리 이렇듯 서로 총부리를 들이대도록 만들고 있는 자들은 누구인가……

원구는 이 땅의 불행한 역사에 대해 끝없이 절망하고 저주했다. 그와 함께 지금껏 긴 세월 동안 그 자신 스스로 붙잡혀 있었던 그 깊고도 어두운 미망의 시간들이 또렷하게 되살아나기 시작했다. 가엾은 아내 귀단의 얼굴, 무석과 명치, 그리고 용술의 처와 그녀의 아들 천만채의 얼굴까지 눈앞으로 어지러이 떠올랐

봄 날 315

다 사라졌다.

"아아, 미쳤던 거여. 내가, 내가 지금껏 미친 꿈을 꾸고 있었던 거여. 평생 동안 스스로 밑도끝도없는 증오의 덫에 묶여서, 내 모든 소중한 것들을, 심지어 내 가족조차도 철저하게 망가뜨리고 파괴해왔던 거여. 아아, 어찌하면 좋단 말인가. 이제 와서, 그 엄청난 죄를, 어떻게 감당할 수 있단 말인가……"

원구는 쓰러질 듯 비칠거렸다. 가까스로 길가 담벼락에 손바닥을 짚었다. 그리고 한참이나 눈을 감고 그렇게 서 있었다. 원구는 비로소 깨닫기 시작했다. 그 동안 자신이 얼마나 오랜 세월을 캄캄한 늪 속에서 헤매고 있었는가를.

열흘 전 우연히 용술의 처와 아들을 만났던 그날 저녁, 그래서 아버지 한조합장과 용술의 사이에 숨겨져 있던 그 놀라운 비밀을 깨닫고 난 바로 그 순간, 원구의 눈앞을 지금껏 포위하고 있던 그 거대한 어둠의 벽은 일순간에 무너져버리고 말았던 것이다. 그제서야 원구는 그 벽이 사라진 자리에 남겨진 자신의 벌거벗은 실체를 처절한 고통과 함께 확인해야 했다. 거기엔 세상과 인간에 대한 뒤틀린 증오와 염오에 사로잡힌 한 사내의 흉측한 몰골이 기다리고 있었다. 그 무서운 증오의 씨앗을 안겨준 것은 전쟁이었지만, 그 증오의 덫으로부터 빠져나와야 하는 일은 오직 그 자신의 몫이라는 사실을 왜 깨닫지 못했을까. 그럼에도 오히려 그 덫에 스스로 갇힌 채 자기 자신은 물론이고 귀단과 무석마저 불행하게 만들어버리고 말았다는 사실을 깨달았을 때, 원구는 끝없이 절망했다. 그의 생애는 껍데기의 삶이었다. 허무. 그리하여 이제 그의 손에 쥐어져 있는 것은 다만 그렇듯 완벽한 허무, 그것뿐이었다.

이윽고 원구는 눈을 떴다. 그리고 천천히 주위를 돌아보았다. 골목의 풍경이 어딘가 눈에 익었다. 맞은편에 미장원의 간판이 보였을 때, 원구는 소스라치게 놀랐다. 귀단이 살고 있는 바로 그 미장원이었다. 어찌 된 셈인가. 자신도 모르는 사이에 원구는 거기까지 와 있었던 것이다.

"제가 중학교 일학년이던 해, 어머니는 처음 우리집으로 들어오셨어요. 화순 읍내 식당에서 허드렛일을 돕고 계시던 분을 아버지가 데리고 오셨지요. 이따금 정신이 흐려지시곤 하지만, 그래도 많이 나아졌답니다. 아버지가 탄광에서 사고로 재작년 겨울에 돌아가신 뒤로, 식구라곤 어머니랑 저랑 둘만 남았어요. 괜찮으시다면, 잠시 들어가서 만나보시겠어요?"

사흘 전 원구가 찾아갔을 때, 미장원 처녀는 무척 상냥하게 말했다. 귀단은 마침 방에서 자고 있노라고 했다. 그러나 원구는 그냥 되돌아나오고 말았다. 귀단에게는 누가 찾아왔었다는 얘긴 하지 말라는 당부와 함께. 그런데 왜 또다시 이곳까지 오게 되었는지, 원구는 스스로도 이해할 수가 없었다.

원구는 서둘러 미장원 앞을 지나쳤다. 가게문은 닫혀 있었다. 갑자기 원구의 입에서 느닷없이 흐느낌이 터져나왔다.

"아아! 여보, 용서하구려. 무석아, 이 애비를······"

눈물이 쏟아져내렸다. 참으로 오래도록 잊고 있었던 눈물이었다.

"……난 공군 기지의 데이브 힐과 전화 통화를 했다. 그는 자신이 알고 있지만 모종의 밝힐 수 없는 게 있다고 불길하게 말했다. 후에 난 그로부터 한국 공군이 공격의 일환으로써 도시에 폭탄을 투하할 계획을 세웠다는 사실을 들었다. 미군들은 분명 한국군에게 그 계획을 바꾸도록 압력을 가했던 것 같다."
—아놀드 A. 피터슨 목사 증언. 「5·18 The Kwangju Incident」에서

5월 26일 12 : 00, 전남도청

"비상! 비사앙! 계엄군 탱크가 저지선을 넘어 들어오고 있소!"

시 외곽의 시민군으로부터 다급한 무전 연락이 날아든 것은 새벽 다섯시 반경. 상무대 방향인 농성동에서 탱크를 앞세운 계엄군이 돌연 시내로 진입하고 있다는 거였다. 순간 도청 내 지도부는 발칵 뒤집혔다. 놀란 시민군과 대학생들이 총을 쥐고 허둥지둥 달려다니고, 전투 준비를 외치는 고함 소리, 겁에 질린 비명 소리들로 한동안 혼란은 극에 달했다. 상황실에서는 사태를 확인하기 위해 무장한 순찰대 병력을 급히 현지로 출동시키고, 전 시민군에 대해 비상경계령을 하달했다.

얼마 후 또 다른 보고가 들어왔다. 시민군 바리케이드를 부수

고 들어온 탱크는 약 1킬로미터쯤 진입하더니, 현재는 한국전력 광주지점과 농촌진흥원 사이에 정지해 있다고 했다. 마침내 본격적인 진압 작전이 시작된 줄로만 알았던 지도부로서는 일단 안도의 숨을 내쉬었다. 그러나 그것이 전면적인 진압 작전의 사전 단계인지, 아니면 시민군의 전투 의지를 시험해보기 위한 일종의 교란 전술에 불과한 것인지는 당장 판단하기 어려웠다. 초비상이 걸린 시민군은 만일의 사태에 대비하여 전투 준비에 부산했다.

이 시각 도청 이층 회의실에 모여 있던 시민수습위원들에게도 그 급박한 소식은 전해졌다. 그들은 위원장인 홍남순 변호사를 비롯하여 이성학 장로, 이기홍 변호사, 김성용 신부 등 모두 17명이었다. 이른바 남동성당측 수습위원들로 불리는 그들은 주로 재야 인사들로서, 그 중 상당수는 전날 새로 개편된 학생수습위의 출범과 더불어 시민수습위에 새로 참여한 사람들이었다. 그들은 이날 밤을 기해 계엄군의 무력 진압이 개시될 거라는 소문에 모두들 도청을 지키기로 하고 철야회의를 계속하고 있던 참이었다.

계엄군이 더 이상은 진입하지 않고 있다는 소식에 수습위원들은 급히 대책을 강구했다. 바로 어제까지도 수습위의 무기 회수 노력을 지켜보겠다던 계엄군이 불시에 저지선을 무너뜨리고 진입했다는 사실에 그들은 심한 충격을 받았다. 그것은 계엄군측의 명백한 약속 위반이었다. 어떻게 할 것이냐. 저들이 밀고 들어오면 우리 모두 이 자리에서 자폭하자…… 다급해진 그들의 입에서는 별의별 말들이 바삐 오갔다. 정확한 의도를 알아보기 위해 전화통을 붙잡고 사방으로 전화를 해보기도 했다. 의자에

봄 날 319

서 잠들어 있던 정시채 부지사는 사태를 확인해보겠다고 부랴부랴 어디론가 나가더니, 끝내 나타나지 않았다.

정베드로 신부는 연신 손톱을 물어뜯으며 앉아 있었다. 극도로 불안하거나 초조해질 때면 나타나는 좋지 않은 습관이었다. 이 긴박한 사태에 어떻게 대처해야 할 것인가. 그러나 그 역시 어찌해야 할지 갈피를 잡을 수가 없었다. 흥분한 나머지 누군가로부터 모두 자폭해버리자는 말이 튀어나왔을 때 정신부는 눈앞이 찔했다. 최후의 순간엔 지하실의 폭약을 폭파시켜버리자는 얘기였다.

안 그래도 전날 밤 수습위 회의에선 그 폭약의 처리에 대한 논의가 있었다. 만에 하나 불순분자의 손에 의해 그것들이 터지기라도 한다면 그야말로 모두가 파멸하고 말 것이다. 그럼에도 현재 폭약을 지키고 있는 사람들은 피차 얼굴도 모르는 처지인 데다가 지휘 체계도 제대로 서 있지 못한 상태가 아니냐. 그것을 안전하게 지키려면 신원이 확실한 사람들에게 맡겨야 한다. 수습위원들 중 신부와 목사가 여럿이니, 이들이 나서서 청년 신자들에게 도움을 청해보면 어떻겠는가…… 그런 의견들에 따라, 어젯밤 정신부는 자신의 본당으로 돌아가서 청년 열두 명을 데리고 돌아왔었다. 그런데 그 사이 새로 들어선 항쟁지도부가 폭발물 경비 인원을 대학생들로 대체시켰다는 사실을 알고, 정신부는 청년들을 돌려보냈던 것이다.

새벽 한시가 조금 지났을 때, 윤공희 대주교로부터 도청 회의실로 전화가 걸려왔다. 조금 전 자정을 기해 전남 및 광주 지역에 거주하는 외국인들이 대부분 철수했다는 정보를 받았다는 거였다. 전화를 받은 정신부가 그 얘기를 전하자 장내는 돌연 절망감이 감돌았다. 그것은 계엄군의 무력 진압이 코앞에 다가왔다는 신호였기 때문이다. 잠시 후, 느닷없이 상황실장 박남선을 비롯한 십여 명의 시민군이 총을 움켜쥔 채 회의실 문을 걷어차고 뛰어들었다. 그들은 극도의 두려움과 절박감으로 무섭게 흥분해 있었다.

"이것 보쇼! 당신들은 사태를 수습한다면서 우리를 팔아먹었어! 계엄군새끼들이 오늘밤 탱크를 몰고 도청으로 들어온단 말요!"

수습위원들은 당황했다. 몇몇이 급히 나서서 흥분한 청년들을 설득했다.

"이봐! 죽어도 우리가 먼저 죽을 거야. 경솔한 행동은 하지 말라구!"

"좋아, 쏠 테면 나부터 쏘게. 그렇게도 우리를 못 믿겠단 말인가?"

그들의 결연한 태도와 설득에 눌려 청년들은 사과를 하고서 물러났다. 그런 소동이 한바탕 있고 난 후 수습위원들의 얼굴은 더욱 어두워졌다. 이런 분위기에선 더 이상 일할 수가 없다면서, 급기야는 몇 사람이 일어나 밖으로 나가버렸다. 하지만 누구건 나서서 그들을 만류할 수도 없는 일이었다. 어차피 스스로 원해서 수습위에 참여했던 사람들인지라, 본인이 싫다고 이탈하는 걸 막을 수도 없었다. 그렇게 해서 처음엔 서른 명 가량이던 수습위원들 중 17명이 남게 된 것이었다.

정신부는 기도하듯 두 손을 모았다. 이 일을 어찌해야 좋단 말인가. 자칫 잘못하면 모두가 파멸하고 만다. 만일 계엄군이 정말로 밀고 들어오기 시작한다면, 흥분한 젊은이들이 우발적으로 폭약을 폭파시키는 극단적인 행동을 시도할 가능성도 전혀 없지 않다. 더구나 청년들은 장기간 잠도 자지 못한 채 극도의 불안과 긴장, 누적된 피로에 의해 몸과 마음이 지칠 대로 지쳐 있는 상태가 아닌가. 무슨 일이 있어도 그 엄청난 파국만은 막아야 한다. 청년들의 흥분을 진정시키고, 이 절대절명의 위기를 넘어서야만 한다. 오오, 주여. 어쩌면 좋습니까. 저희들을 구해주소서. 저희에게 이 난관을 극복할 지혜와 용기를 주소서…… 정베드로 신부는 눈을 감고 속으로 부르짖었다. 그때 누군가 자리에서 벌떡 일어섰다. 김성용 신부였다.

"여러분, 제 말씀을 들어주십시오. 시민들과 저 수많은 젊은이들의 생명을 지켜야 합니다. 여기 있는 우리 어른들이 목숨을 걸고 탱크 앞으로 나아갑시다. 지금 이런 상황에선 설사 발포할지도 모르는 탱크 앞으로 나아가더라도 죽을 것이고, 어차피 여기 앉아 있어도 죽을 것입니다. 그러므로 우리 모두 지금 당장 탱크 앞으로 나아가 드러누울 각오를 합시다. 그 대신 젊은이들은 남아서 이 자리를 지켜주시오."

김신부의 말에 장내는 숙연해졌다. 이내 너도나도 비장한 얼굴로 동의했다.

"그들과 대화를 할 수 있게 된다면, 먼저 강력하게 항의합시다. 왜 약속을 어겼는가를 해명하도록 요구하고 사죄를 받아내야 합니다. 그들에게 요구할 사항들을 지금 이 자리에서 결의한 다음, 모두 함께 나가기로 합시다."

김신부의 제안에 따라 그들은 다음과 같은 사항들을 결의했다. 〈군은 한 시간 이내에 본래의 위치로 철수하라. 그렇지 않으면 전시민의 무장화를 호소하고, 게릴라전을 개시하겠다. 만약

최후의 순간이 오면 폭약을 폭파시켜 전원 자폭하겠다.〉

새벽 6시 30분

마침내 17명의 수습위원들은 도청을 나섰다. 잔뜩 찌푸린 하늘엔 먹구름이 무겁게 내려앉아 있었다. 광장의 분수대 앞을 지날 때 카메라의 플래시가 사방에서 터졌다. 외신 기자들이 질문을 던졌다.

"지금 어디로 가는 길입니까?"

"우리는 수습위원들이오. 군이 무력 진압을 감행한다면 광주 시민은 모두 죽습니다. 차라리 그러기 전에 우리가 먼저 나가서 시민들보다 앞서 죽을 작정이오. 우리는 지금 죽으러 가는 길이오."

17명의 수습위원들은 텅 빈 금남로를 일렬 횡대로 늘어서서 나란히 걷기 시작했다. 아직 어둠이 완전히 가시지 않은 차도엔 그들의 발소리만 무겁게 울리고 있었다. 그들의 발걸음은 한없이 무거웠다. 어쩌면 그들 앞에는 죽음이 기다리고 있는지도 모를 일이었다. 보도진이 십여 미터의 거리를 두고 뒤따랐다. 시민들 역시 하나둘 그들의 뒤를 따라 걷기 시작했다.

금남로를 벗어날 무렵, 어느 사이엔가 뒤따르는 시민들의 숫자는 수백 명으로 불어나 있었다. 가느다란 빗발이 부슬부슬 내리기 시작했다. 누구도 내내 입을 열지 않았다. 그 무겁고 기묘한 침묵의 행렬은 마치도 경건한 순례자들의 행렬처럼 보였다. 행렬은 그렇게 양동을 지나고 돌고개를 지나서, 농촌진흥원 앞까지의 4킬로미터 거리를 걸어 이윽고 목표 지점에 이르렀다.

눈앞엔 차도를 가로막은 채 거대한 탱크가 괴물처럼 포문을 세우고 서 있었다. 수습위원들은 이중으로 설치된 바리케이드 앞으로 다가갔다. 소령 하나가 나오더니, 부사령관이 올 때까지 기다리라고 말했다.

어느덧 9시

   시민들은 점점 불어났다. 탱크 양쪽엔 착검한 군인들이 실탄을 장전한 채 버티고 섰고, 길 양쪽 건물의 이층과 옥상엔 기관총이 설치되어 있다. 금방이라도 방아쇠를 당길 태세로 총구를 시민들에게 향하고 있는 그 광경에 정신부는 기가 막혔다. 그 동안에도 외국인 기자들은 계엄군 진영을 마음대로 오가며 카메라를 들이대곤 했다. 텔레비전과 신문을 통해 이 광경을 대하는 외국인들의 눈에 한국이라는 나라는 과연 어떤 모습으로 비칠 것인가. 참으로 부끄럽고도 참담한 광경이었다.
   한참 만에야 검은 세단 한 대가 나타났다. 차에서 내리는 부사령관의 철모엔 두 개의 별이 박혀 있었다. 그는 즉석에서 대변인으로 선택된 김성용 신부에게 다가갔다.
   "여기서 얘기할 게 아니라, 부대로 자리를 옮기는 게 어떻겠소."
   "지금 당장 계엄군은 어젯밤의 위치로 후퇴하시오. 그렇지 않는 한, 우리는 여기서 한 발짝도 옮길 수가 없소."
   김신부가 단호한 어조로 말했다. 장군은 잠시 난감한 기색이더니, 돌아서서 전차병을 향해 명령을 내렸다.
   "이봐! 원위치로 복귀하라!"
   탱크가 굉음을 울리며 서서히 몸을 틀었다. 탱크와 함께 병력이 뒤로 물러나자, 지켜보고 있던 시민들은 일제히 함성과 함께 박수를 쳤다.
 부사령관의 제의를 받아들이기로 하고, 수습위원들 중 열한 명이 상무대로 갔다. 여기엔 학생 대표 자격으로 김영길이 포함되었다. 김영길은 전날 새로 개편된 항쟁지도부의 학생수습위에선 물러나 있었으나, 시민수습위원들과는 여전히 긴밀한 관계를 유지하고 있었기 때문이다.
 회의실 책상 앞에 착석한 시각이 열시. 부사령관 외에 소장과 준장이 각각 두 명, 그리고 헌병대장이라는 중령이 동석했다. 김신부가 먼저 얘기를 꺼내려는 순간, 부사령관이 대뜸 말문을 막았다.
 "잠깐, 오늘은 길게 얘기할 시간이 없소이다. 딱 삼십 분만 얘기합시다."
 "무슨 말씀입니까. 대화란 피차 대등한 입장에서 이뤄져야 하는 것인데, 그렇게 일방적으로 위협하고 시간을 제한한다면 어떻게 정상적인 대화가 가능하겠소?"
 김신부는 약속을 위반하고 저지선을 넘어 탱크를 이동시킨 데 대해 먼저 항의하고, 엄중히 사과할 것을 요구한 다음 이쪽의 결의 사항을 밝혔다. 그러나 부사령관 김소장의 태도는 그 어느 때보다 완강했다.
 "우리는 명령에 따라 무조건 실행해야 하는 군인일 뿐, 정치에 대해선 모르오. 대화를 하겠다면 먼저 무기부터 회수하시오. 그것이 안 된다면, 군은 부득이 무력으로 작전을 수행할 수밖에 없소. 오늘밤 자정까지 모든 무기를 회수, 우리에게 반납하시오. 이것은 최후 통첩이오."
 부사령관은 한마디로 그렇게 단호하게 못을 박았다. 수습위원들은 돌연 긴장하며 일제히 그를 주시했다. 그간 몇 차례의 협상이 있었지만 이번처럼 그의 입에서 명확한 시각까지 언급된 적은 아직 없었다. 잔뜩 굳어 있는 김소장의 표정 역시 전에 없이 어떤 절박감마저 느끼게 했다.

"오늘밤 자정이면 불과 열두 시간도 채 안 남았는데, 그때까지 회수를 하라니, 대체 그게 말이나 됩니까? 그건 너무나 촉박하오. 진입을 일주일만 연기해주시오. 그때까진 어떻게든 수습을 해보겠소."

"그건 불가능하오."

"그렇다면 닷새, 아니 사흘만이라도 여유를 주시오."

"절대로 안 됩니다."

"애당초 군 쪽에서 먼저 약속을 깨뜨리고 저지선을 넘지 않았소? 그 때문에 우리가 지금껏 해온 무기 회수 노력이 자칫 물거품이 될 위기에 놓였소. 대관절 오늘 자정까지 어떻게 회수 작업을 완료할 수 있겠소? 좀더 충분한 시간을 주시오."

"불가능하다고 이미 몇 번이나 답변해드렸소. 이건 군의 사기에 관한 문제요. 우리 군은 지금껏 장시간을 인내해왔고, 심지어 시민의 생명을 보호하기 위해 일시 후퇴라는 불명예까지도 감수했소. 대한민국 국군은 언제 어디서나 반드시 승리해야 하오. 우리 군으로서는 이제 더 이상 양보할 여지가 없소."

"그렇다면 약속을 위반하고 탱크를 전진시킨 이유가 무엇이오? 그 이유를 밝히고, 그에 대해 시민들에게 정중히 사과해주시오."

"이미 방송을 통해 시민들에게 전했소. 고속도로에서 통합병원으로 들어가는 진입로를 확보하기 위해 부득이 취한 조처였소."

"어떤 경우에라도 군은 절대로 무력으로 진입해선 안 됩니다.

이미 군의 무자비한 살상을 직접 당하거나 목격한 시민들로서는 결코 군을 용서하지 않을 것이고, 그리 되면 또 한번 엄청난 비극이 초래될 것임은 불 보듯 뻔한 일이잖소?"

"어째서 시민측 피해자만 일방적으로 얘기하는 거요. 이미 우리 군도 막심한 피해를 입었소. 현재 국군통합병원엔 부상병들이 넘쳐 병상이 태부족한 상태요. 전우가 살상당하는 모습을 보고 수많은 병사들이 분개하고 있소. 혈기 넘치는 젊은 병사들이 그나마도 참고 있는 것은 평소에 애국 애족에 관한 정신 교육을 충실히 받아온 덕분인 줄 아시오."

"군이 진입하면 또다시 피를 흘리게 될 가능성이 많으니, 대신 경찰에게 치안을 담당하도록 해주시오. 그러면 좀더 충분한 시간을 가지고서, 시민들을 진정시켜갈 수 있지 않겠소?"

"그건 내 권한 밖의 문제요. 내 개인적으로도 그 방법이 좋겠다는 생각이오만, 어쨌거나 그것은 먼저 무기 회수가 완료된 다음의 문제일 뿐이오."

"계엄군 쪽에서 언론 보도를 통해 일방적으로 사태를 왜곡 보도하면서, 또 한편으로는 화해를 요구하는 태도에 대해 시민들이 몹시 분노하고 있소. 시민들의 감정을 자극시키는 그 같은 방식을 지양하고, 전달할 사항이 있다면 도청의 직통 전화를 이용하거나 전령을 통하는 방법을 택해주시오."

"그 문제라면, 나도 노력해보겠소."

계엄군측의 태도는 시종 냉담하고 간단명료했다. 수습위원들의 말을 별로 귀담아듣는 것도, 신중하게 답변하는 것도 아니었다. 차라리 모든 답은 이미 결정된 상태에서 그저 형식적으로 그 자리에 앉아 있을 뿐이라는 사실을 노골적으로 드러내고 있었다. 벼랑 끝에 몰린 심정으로 어떻게든 출구를 찾아보려고 애쓰던 수습위원들은 마침내 완전히 절망했다. 네 시간 반 동안이나 계속된 그 최후의 협상은 결국 그렇게 막을 내렸다.

수습위원들은 참담하기 그지없는 모습으로 자리에서 일어섰다. 그런데 두 신부가 회의실을 맨 마지막으로 빠져나오려 할 때, 김소장이 슬그머니 다가왔다. 그는 팔을 잡고 두 사람을 출입문 옆으로 데려가더니, 얼른 주위를 살피고 나서 낮은 소리로 말했다.

"신부님들, 잘 들으십시오. 절대로 이건 거짓말이 아닙니다. 진압 작전은 오늘밤 자정에 개시됩니다. 이미 상부로부터 명령이 하달되어, 전부대가 출동 준비를 완료한 상태요. 나로서도 어떻게든 그것만은 막아보려고 애를 썼지만, 아시다시피 내겐 아무 권한이 없습니다."

"지금이라도 무슨 대책이 없을까요!"

두 신부는 절박하게 되물었다.

"이젠 틀렸습니다. 그 어떤 방법으로도 작전을 변경시키기엔 이미 늦었소. 더 이상 시간이 없습니다. 어서 돌아가서, 어떻게든 무고한 양민들의 피해를 최대한 줄이도록 해주십시오. 아시겠지요? 이건 군인으로서가 아니라, 한 인간으로서 진정으로 드리는 부탁입니다. 저 역시 같은 전라도 사람으로서 참으로 마음이 괴롭습니다. 일단 작전이 개시되면, 집 밖으로 나오는 사람은 누구건 위험하다는 사실을 알려주시오. 여러분들께서도 자정 전까지는 반드시 귀가해야 합니다. 자, 어서들 가세요. 시간이 없습니다."

정신부는 김소장의 말을 믿어야 한다는 걸 알았다. 그의 절박하고 간절한 표정과 음성엔 분명 진실이 담겨 있었다. 마침내 이젠 계엄군과 시민군의 정면 대결 이외엔 어떤 길도 남아 있지 않은 것이었다. 두 다리가 후들거렸다.
 '아아, 이제는 끝장이로구나. 결국 이렇게 끝나게 되고야 마는구나. 오, 하느님……'
 계단 모서리에 발이 걸리는 바람에 정신부는 넘어질 듯 휘청거렸다. 김신부가 얼른 그의 팔을 잡아 부축했다.
 "신부님, 이 일을 어쩌면 좋습니까. 또다시 수많은 사람들이 피를 흘리게 되었으니……"
 "약해지면 안 됩니다, 신부님. 어차피 수습은 더 이상 불가능하게 되었지만, 어떻게든 무고한 희생은 막아야지요. 죽기를 각오하고라도, 어서 돌아가서 시민들에게 호소해봅시다. 남은 길은 다만 그것뿐인 것 같소."
 두 신부는 대기중인 트럭에 맨 마지막으로 올랐다. 이내 차는 출발했다. 미루나무들 사이로 연병장이 보였다. 군용 트럭, 장갑차, 탱크 등등 수백 대의 차량과 각종 장비들로 드넓은 연병장은 가득 차 있었다. 맞은편 병영 막사 앞에는 대규모의 병력이 대오를 갖춘 채 대기중이었다. 어디에나 출정을 목전에 둔 군대의 진지답게 무거운 긴장감이 감돌고 있었다.

 수습위 대표들이 상무대에서 계엄군측과 마주앉아 있는 사이, 도청 앞 광장에서는 오전 열시부터 제4차 시민궐기대회가 열렸다. 계엄군이 이날 새벽녘에 탱크를 몰고 진입을 시도했다는 다급한 가두 방송을 듣고 수많은 시민들이 모여들었다. '대한민국 국군에게 보내는 글' '전국 언론인에게 보내는 글' '최규하 대통령에게 보내는 글' 등의 성명서가 낭독되고, 광주 시내 예비군의 총궐기를 호소하는 목소리도 터져나왔다. 궐기대회 직후 시민들은 대형 태극기와 천여 명의 고등학생들을 앞세우고 가두 행진을 벌였다.

새로 출범한 항쟁지도부는 결사 항전을 결의하고, 투쟁력 강화를 위한 업무에 급히 착수했다. 가장 긴급하고 중요한 일은 시민군의 체계를 효율적으로 재편성하는 일이었다. 먼저 도청과 무기고 경계 병력을 대학생 병력 중심으로 교체 내지 보강했다. 또 기존 시민군 순찰대를 증원, 기동타격대 조직으로 바꾸고 그 밑에 모두 13개 조를 편성했다. 기동타격대는 각 조당 오륙 명의 조원과 한 명의 조장으로 구성되어 지프 한 대와 무전기 한 대씩이 지급되었다. 이들의 임무는 시내 순찰, 계엄군 동태 파악 및 잠입 저지, 거동 수상자 체포, 치안 유지, 그리고 외곽 배치 시민군과의 연락 등이었다. 또한 시 외곽에는 각 동별 예비군 조직과 시민군이 대오를 편성, 계엄군의 재진입에 대비토록 했다.

한편, 이날 오전 도청 광장 부근에선 특별한 사건 하나가 일어났다. 그 동안 가두 방송을 맡아 시민의 투쟁 열기 확산에 지대한 역할을 해왔던 전옥주가 거리에서 계엄군측 요원들로 보이는 두 명의 남자에게 붙잡혀 보안대로 넘겨진 것이다. 이날도 그녀는 동료인 차명숙과 함께 가두 방송 차량을 타고 시내를 순회하던 참이었다. 도청 부근에 왔을 때, 갑자기 한 남자가 앞을 가로막고 시민들을 향해 소리쳤다.

"여러분! 저 여자가 수상합니다. 북에서 교육을 받고 내려온 간첩이 틀림없소. 어제 그 독침 사건도 저 여자가 범인이오! 저 여잘 당장 잡아다가 당국에 넘깁시다!"

"맞았소! 아무래도 수상하더라니! 간첩이 아니고서야 저렇게 말을 잘할 수가 없지!"

곁에 있던 또 다른 스포츠머리의 청년이 튀어나오더니, 대뜸 전옥주의 팔을 잡아채어 차에서 끌어내렸다. 주변의 시민들이 우르르 몰려들었다. 이내 두 남자는 그녀의 양쪽 어깨를 틀어잡고 대기중인 지프에 태웠다. 소총을 휴대한 그 두 남자는 자신들을 시민군이라고 밝혔다.

느닷없는 소동에 의아해진 시민들은 차를 에워싸고 사내들에게 몇 마디 물어보다가, 별다른 저항도 없이 그들에게 순순히 길을 터주었다. 사내들은 분명 군 수사요원들로 보였으나, 전날의 독침 사건으로 인해 충격을 받은 시민들은 사내들의 정체에 대해 반신반의하면서도 엉겁결에 그들을 보내주고 만 것이었다.*

오후 네시경, 도청 회의실에서는 이미 예고되었던 대로 항쟁 이후 최초의 내외신 기자회견이 열렸다. 새로운 항쟁지도부의 대변인을 맡게 된 윤상현이 이 자리에 참석했다. 윤상현은 이날 오전부터 주로 외신 기자들과의 개별적인 인터뷰를 하느라 내내 분주히 움직이고 있었다. 모여든 내외신 기자 삼십여 명 가운데 김상섭도 앉아 있었다.

윤상현이 자리에 앉자 사방에서 플래시가 터지고 비디오 카메라가 부산하게 작동했다. 윤상현은 침착하고 확신에 찬 목소리

---

* 그 직후 전옥주는 차명숙과 함께 보안대로 넘겨진다. 수사관들은 그녀를 북한 모란봉에서 2년 동안 간첩 교육을 받고 남파된, 암호명 '모란꽃'이라는 간첩으로 조작하기 위해 모진 고문을 무수히 자행했으나, 그녀는 끝내 굴복하지 않았다. 그녀는 80년 9월 15일 군사 법정에서 차명숙과 함께 15년형을 선고받고 복역중, 이듬해 4월 석방된 뒤 현재 고문 후유증에 시달리면서 남편과 함께 두 아들을 데리고 서울에서 살고 있다.

로, 먼저 항쟁의 배경과 시민의 입장을 대변하는 것으로 회견을 시작했다.

"우리 광주 시민은 지난 9일 동안 이 나라의 민주주의를 지키고 군사 독재를 거부하기 위해 싸워왔습니다. 여러분도 직접 목격했다시피, 폭력적인 군인들에 의해 수많은 무고한 시민·학생들이 참혹하게 학살당하고, 또 수많은 사람들이 끌려가 아직 생사조차 확인할 수가 없습니다. 우리들은 바로 그 같은 학살 만행 앞에서 자신과 이웃의 생명을 지키기 위해 스스로 무장을 할 수밖에 없었습니다. 우리는 군부 쿠데타에 의한 권력 찬탈의 음모를 저지하고 이 나라의 민주주의를 지키기 위해 봉기한 것입니다. 여기서 우리는 특히 미국의 태도를 예의 주시하고 있습니다. 신군부 전두환 일당을 지지할 것인가, 아니면 광주 시민을 선택할 것인가를 말입니다."

한 외국인 기자가 손을 들었다. 그는 'AP 통신'의 테리 앤더슨이라고 자신을 밝혔다. 통역은 외신의 어느 한국인 기자 한 사람이 맡아주었다.

"왜 미국이 이 사태에 개입해야 한다고 생각합니까?"

"미국은 지금까지 늘 한국에 대해 일정한 영향력을 가지고 있었고, 이번에도 역시 계엄군부에 그 영향력을 행사할 수 있으리라 믿기 때문입니다. 지금 한반도 남쪽 바다에 미국이 항공모함을 파견하고 있는 게 그 단적인 예가 아닐까요?"

"정부 당국과의 협상을 계속할 생각은 없습니까?"

"우리 광주 시민은 이 사태가 평화롭게 해결되기를 바라고 있고, 계엄 당국과 협상할 준비가 언제든지 되어 있습니다. 하지만 계엄 당국은 우리에게 일방적으로 무기를 반납하고 항복할 것을 강요하고 있습니다. 우리의 주장은 이렇습니다. 계엄 해제, 전두환 일당 퇴진, 구속자 석방, 대 시민 사과, 진상 규명과 책임자 처벌, 민주 정부 수립, 이상입니다."

간간이 짧은 영어 한마디씩을 섞어가며 윤상현은 시종 여유 있고 부드러운 표정으로 말을 이어갔다. 미리 준비해온 차트를 보여주면서, 지금까지의 피해 상황에 대한 설명을 하기도 했다.

"내가 보기에, 현재 시민군의 무장력은 대단히 취약한 상태입니다. 그럼에도 불구하고 시민군이 끝까지 저항한다면 그 결과는 사망자의 숫자를 늘리는 것뿐이라고 생각되는데, 어떻습니까. 그래도 끝까지 저항할 건가요 아니면 항복할 건가요."

볼티모어 선지의 브래들리 마틴이라는 기자의 질문에 윤상현은 잠시 입을 다물었다. 그리고 신중하고 진지한 눈빛으로 그 기자를 바라보았다.

"우리 중 그 누구도 더 이상 피를 흘리기를 원치 않습니다. 사태 해결의 열쇠는 현정부의 결단에 달려 있습니다…… 물론, 군이 탱크를 동원해 진압하겠다면 우리는 어차피 질 수밖에 없겠지요. 그러나 그 같은 무력 진압이 오늘의 사태를 근본적으로 해결해주지는 못할 것입니다. 비록 오늘 이 자리에서는 패배한다 할지라도 우리는, 그리고 광주 시민들은 영원히 패배하지는 않을 것입니다."

"대변인의 이름을 밝혀주시겠습니까?"

누군가의 말에 윤상현은 입가에 가벼운 미소를 띠었다.

"미안합니다만, 규칙상 제 이름을 밝힐 수는 없습니다. 물론 계엄군이야 이미 저를 빤히 알고 있겠지만 말입니다. 감사합니다."

기자회견은 약 한 시간 만에 끝났다.

한편 바로 그 시각, 기자회견이 이어지고 있는 도청 바깥의 광장에서는 오후 세시부터 또 한차례의 시민궐기대회가 열리고 있었다. 때마침 상무대에서 협상을 마친 재야 수습위원들이 도청에 도착했다. 협상 결과를 광장의 시민들에게 알리기 전에 몇 가지 논의를 하기로 하고, 수습위원들은 이층 회의실로 들어섰다. 그들에겐 또 하나의 절망적인 소식이 기다리고 있었다. 계엄군은 정시채 부지사를 통해, 이날 오후 여섯시까지 무기를 반납하라는 최후 통첩을 보내왔던 것이다.

"이럴 수가! 여섯시라면 불과 두 시간밖에 안 남았잖소."

"이건 무기를 회수하라는 얘기가 아닙니다. 진압 작전을 알리는 실질적인 선전 포고지요."

그들의 얼굴엔 하나같이 절망의 빛이 떠올랐다. 이제야말로 진압 작전은 명백한 현실로 다가오고 있었다. 작전 개시 시각인 자정까지는 이제 여덟 시간밖에 남아 있지 않았다.

"정신부님, 잠깐 좀 나오십시오."

김신부가 다가와 말했다. 정신부는 급히 복도로 나왔다. 복도에는 웬 낯선 청년 하나가 기다리고 있었다. 무엇 때문인지 김신부의 표정은 몹시 굳어 있었다.

"신부님, 더 늦기 전에 저는 출발해야겠습니다."

"출발하시다뇨, 어디로 말씀입니까?"

정신부는 깜짝 놀라 그를 쳐다보았다.

"조금 전 교구청의 몇 분과 급히 상의를 했습니다. 대주교님께도요. 아무래도 저들이 무력 진압을 감행할 모양인데, 이렇게 앉아서 지켜보고만 있을 수는 없지 않겠습니까. 더 늦기 전에 서울로 빠져나가서 추기경님을 만나볼 생각입니다. 가능한 모든 수단을 동원해서 이곳 실상을 알리고, 어떻게든 저들의 무력 진압만은 막아볼 방도를 찾아보겠습니다."

"아니, 서울까지 어떻게 가신단 말입니까. 계엄군이 모든 길목을 차단하고 있는데, 그러다가 만일……"

"죽음은 각오하고 있습니다. 일단 포위망을 뚫기만 하면, 밤을 새워 걸어서라도 내일 낮까지는 기어코 서울에 도착해야죠. 제발 이틀만, 아니 내일 밤까지만이라도 저들이 작전을 늦춰주어야 할 텐데…… 그나저나 정신부님만 이렇게 남겨두고 떠나게 돼서 어쩌지요? 혹시나 시민들이 날더러 비겁하게 도망친다고, 아무것도 못 하는 무력한 교회라고 손가락질이나 하지 않을는지 모르겠습니다."

"무슨 말씀이십니까. 누군가 외부에 진실을 알리고, 뭔가 더 늦기 전에 대책을 세워야 하고말고요. 다만 신부님 안전이 걱정입니다. 제발 무사하십시오."

"염려 마십시오. 하느님께서 지켜봐주실 것입니다. 그럼."

김신부는 정신부의 손을 꽉 움켜쥐고 나서 이내 청년과 함께 복도를 빠져나갔다. 그 청년이 길을 안내해주기 위해 서울까지 동행할 모양이었다. 그들이 도청 정문을 나서는 모습을 창 너머로 지켜보던 정신부는 회의실 안으로 돌아왔다.*

상무대로부터 돌아온 수습위원들한테서 협상 결과를 전해받은 항쟁지도부는 궐기대회장에 모인 시민들 앞에 나가서, 즉각 그 내용을 공식적으로 발표했다. 광장에 모인 시민들의 숫자는 몰라볼 정도로 줄어들어, 대략 오천 명 정도에 불과했다.

---

* 김성용 신부는 다음날인 27일 밤 10시경 서울 명동성당에 도착, 얼마 후 체포되어 15년형을 선고받고 복역중, 이듬해 8·15 특사로 석방되었다.

봄 날　335

이미 모든 협상은 결렬되었고 오늘밤 자정을 기해 계엄군이 마침내 공격해올 것 같다는 말에, 광장은 일순 물을 끼얹은 듯 가라앉았다. 시민들은 바야흐로 자신들의 눈앞으로 새까맣게 덮쳐오고 있는 산더미 같은 죽음의 공포를 보았다. 싸움의 전망은 불을 보듯 빤했다. 설마설마 했던 운명의 순간이 마침내 눈앞에 닥쳐온 것이었다.

'아아, 끝내 이렇게 되고 마는 것인가. 이 나라의 국민들은 무엇을 하고 있단 말인가. 서울은, 부산은, 대구·인천·대전 사람들은 이 순간 대체 어디에 있는 것인가. 그토록 구원의 손길을 기다려왔는데도, 끝끝내 아무도 달려와주지 않고 마는구나. 아아, 결국 우리들만, 우리들의 도시만 이토록 홀로 처참하게 버림받고 말아야 한단 말인가……'

광장에 모인 오천여 명의 시민들의 눈에는 아뜩한 절망과 분노, 공포와 슬픔이 폭풍 직전의 먹장구름처럼 소리없이 떠오르고 있었다. 지난 아흐레 동안의 그 처절한 싸움, 그 비통한 절규와 비명과 구호는 모두가 헛된 것이었단 말인가. 그 수많은 사람들의 죽음도 피투성이로 바친 희생조차도 이젠 모두 물거품이 되고 마는 것인가. 그 참혹하고 무서운 악몽의 시간들은 오로지 우리들만의 몫으로 남겨질 뿐이란 말인가…… 시민들은 감당할 수 없는 고통과 두려움에 사로잡힌 채, 뭔가 기적 같은 구원의 계시라도 찾으려는 듯 일제히 고개를 젖히고 하늘을 올려다보았다.

바로 그 순간, 허공을 흔들어대는 프로펠러음과 함께 군용 헬기 한 대가 그들의 머리 위로 나타났다. 그것은 까마득하게 높이 떠서 광장 주위를 천천히 선회하고 있었다. 이내 헬기로부터 무수히 많은 자잘한 꽃가루 같은 것들이 아주 느리게 펄럭이며 지상으로 떨어져내려오기 시작했다.

총을 든 학생 청년 여러분!
총을 놓고 집으로 돌아가십시오.
총을 들고 있으면 폭도로 오인됩니다.
군은 곧 소탕에 나섭니다.
내 생명은 내가 지킵시다.

그것은 '소탕 작전'이 임박했음을 알리는 전단이었다. 순간 누군가의 제의에 따라 시민들은 자리를 박차고 일어나 가두 행진을 시작했다.
"계엄군은 물러가라!"
"우리는 최후까지 싸운다!"
"광주를 사수하자!"
구호를 외치며 행렬은 중심가를 돌았다. 하지만 그들의 목소리는 갈수록 힘이 빠져가는 듯했다. 거리에서 행렬을 지켜보는 시민들의 표정에도 어느덧 불안과 체념, 두려움과 피곤에 지친 흔적이 역력했다. 행렬은 금남로, 유동 삼거리, 양동 복개상가를 거쳐서, 계엄군과 대치한 농성동 부근까지 나아갔다가 도청으로 되돌아왔다. 세 시간에 걸친 시가 행진이 끝난 후, 도청 앞 광장엔 이삼백 명의 시민들만이 남아 있었다.
어느덧 거리엔 어둠이 그을음처럼 소리없이 짙게 내려앉기 시작하고 있었다. 도시의 지붕을 조금씩 덮어누르고 있는 그 어둠의 그물은 납덩이처럼 무겁고 완강해 보였다. 그 어둠의 그물에 포획된 채 시민들은 가쁜 숨을 몰아쉬며 한동안 광장 한가운데 묵묵히 서 있었다. 그때 누군가 연단 위로 올라서서 외쳤다.
"여러분! 이제 최후의 순간이 닥쳐오고 있습니다. 조국의 민주화와 광주 시민의 의로운 투쟁을 위해 기꺼이 죽을 수 있는 사람만 남고, 나머지는 모두들 집으로 돌아가십시오. 오늘밤 계엄군이 쳐들어오면 우리는 끝까지 싸울 것입니다. 최후의 한 사람까지 모두 다 죽을 것입니다!"
청년의 반쯤 울음 섞인 목소리는 비장했다. 짙어가는 어둠 속에서 사람들은 비로소 저마다 등뒤로 엄습해오는 죽음의 그림자를 확인하고 있었다. 그들은 머뭇거렸다. 죽음·공포·배신·비겁함·용기·가족·목숨…… 따위의 말들이 짧은 순간 그들 저마다의 뇌리에서 어수선하게 떠올랐다 지워지곤 했다.
"여러분, 남을 사람만 남고, 나머지는 어서 돌아가십시오! 괜찮습니다. 어서 집으로 돌아가십시오. 그리고 먼 훗날, 우리들의 뜨거웠던 싸움을 여러분의 자녀들에게 반드시 전해주십시오. 자, 안녕히들 돌아가시기 바랍니다……"
청년의 목소리는 애써 태연을 가장하고 있었다. 사람들이 하나둘 돌아서고 있었다. 고개를 숙인 채, 축 처진 어깨들을 하고 그들은 저마다 광장을 빠져나갔다. 마지막까지 남은 사람은 백오십 명 정도였다.

> 가장 낮은 땅에 가장 낮은 키를 가진 들꽃을 묶어, 그대의 꽃병에 담아두고 싶습니다. 봄날, 이 땅에 지천으로 피어오르는 자운영, 토끼풀, 엉겅퀴, 달래, 냉이, 씀바귀, 민들레꽃과 같이 다년생 풀뿌리를 가진 그대들을 기리며, 흐리고 음습한 날이면, 맑은 오월의 바람으로 그대들의 슬픈 얼굴을 닦겠습니다……
> ─ 임동확, 「서른세 송이의 꽃 묶음으로」에서

5월 26일 16 : 00, 공군 광주비행장

"가만 있자, 내가 A형이든가 AB형이든가. 영 헷갈리네."

"이런 쪼다 겉은 자식. 자기 혈액형도 몰라?"

"그게 아니라요, 박중사님. 중학교 땐 담임이 AB형이라기에 그런 줄만 알았는데, 입대할 때 신체 검사에는 A형으로 나왔거든요. 근데, 이런 걸 뭣 땜에 적어내는 겁니까?"

볼펜을 쥔 채 강상병이 물었다.

"그딴 거 알아서 뭐 해? 잔말 말고 쓰기나 해."

박중사가 강상병의 머리통을 쿡 쥐어박는다. 조금 전 박중사는 종이를 들고 나타나, 거기에 대원 각자의 집 주소·혈액형·전화번호 따위를 정확히 기입하라고 말했다. 박중사는 이틀 전 죽은 추상사 대신 임시로 인사계 일을 맡고 있는 참이었다. 그것을 무엇 때문에 적어내야 하는지를 박중사는 일체 설명하지 않았다. 하지만 모두들 이미 잘 알고 있었다. 앞으로 몇 시간만 있으면 작전이 개시된다. 만일 작전중 부상을 당하거나 죽게 될 경우, 그것들은 퍽 유용하게 쓰일 터였다.

 진압 작전 명령이 내려졌다는 것을 명치가 안 것은 점심 시간 직후였다. 중대장으로부터 단독 군장 차림으로 즉시 집합하라는 지시가 떨어졌다. 복장은 얼룩무늬복 대신 일반 전투복으로 갈아입을 것. 공수부대의 투입 사실을 감추기 위해 보병인 양 위장하려는 속셈이었다. 격납고 앞 공터에 중대별로 집합한 그들은 각자 실탄과 탄창, 수류탄, M203 유탄발사기 등의 인명 살상용 장비, 그리고 방탄 조끼를 지급받았다. 이어서 전대원에게 지역 대장은 작전 내용에 대해 간략하게 설명했다.

 "제군들, 마침내 상부로부터 작전 명령이 하달되었다. 작전 개시 시각은 오늘밤 한시 정각. 광주시 전역을 대상으로 각 지역대 단위로 목표를 부여, 야음을 틈타서 침투하여 전목표를 동시에 제압한다. 본 작전은 2단계로 구분 실시한다. 먼저 1단계로, 광주시를 3개 지역으로 분할하고 2개 통제선을 부여, 지역 내 폭도들을 타격·소탕한다. 제2단계로서, 1단계 작전 종료 후 우리 공수부대는 책임 지역을 제20사단에게 인계한 뒤 집결한다. 이번 작전에 투입되는 병력 편성과 임무는 다음과 같다. 우리 공수특전사 3개 여단은 특공부대 임무를 맡고, 보병 제20사단과 제31사단은 공격부대를, 그리고 보병학교·포병학교·기갑학교 병력은 봉쇄부대 임무를 각각 담당한다. 이에 따라 우리 공수부대가 장악할 목표물은 현재 무장 폭도들의 중심 거점인 도청 및 그와 인접한 전일빌딩, YWCA, 관광호텔 그리고 광주공원이다. 그런데 한 가지, 제군들에게 알려줄 중요한 사항이 있다."

그 대목에서 지역대장은 잠깐 말을 멈추더니, 눈앞의 병사들을 천천히 둘러보았다. 부동 자세로 서 있던 병사들은 긴장한 시선으로 일제히 그를 주시했다.

"그것은 제군들에게 특별한 임무가 주어졌다는 사실이다. 최전위부대로서 적진을 급습, 조기에 타격할 특공 침투조를 각 여단마다 선발했는데, 본 여단에서는 바로 우리 지역대가 침투조로 뽑혔다. 물론 어렵고 위험이 따르는 중차대한 임무다. 그러나 우리는 조국을 위해서라면 어떠한 상황에서라도 생명을 걸고 명령에 복종해야 하는 군인이다. 지금 이 순간 국가의 운명이 제군들의 양 어깨에 달려 있다는 사실을 잊지 말도록. 아울러 이 같은 중차대한 임무가 특별히 제군들에게 부여되었다는 사실 그 자체를 크나큰 영광으로 받아들이기 바란다. 이상."

명치는 눈앞이 아찔했다. 하필이면 도청 침투조라니. 위험 부담이 크다는 이유 때문만은 아니었다. 거점을 방어하려는 시민군들과 직접 총격전을 벌이게 될 경우, 어쩔 수 없이 살상을 하게 될 게 뻔하기 때문이었다. 바로 옆에 서 있는 오하사의 표정도 잔뜩 굳어 있었다.

다른 대원들 역시 불안감을 감추지 못하는 눈치가 역력했다. 사실 진압 작전 계획은 23일부터 25일 사이에 세 차례나 연기되었다. 바로 당장 진압 작전이 개시될 거라는 소문이 날마다 나돌았지만, 매번 몇 시간 후엔 취소되곤 했던 것이다. 한시 바삐 상황이 종료되어 철수하기를 바라는 병사들로서는 그때마다 맥이 풀렸다.

그러나 이 순간 막상 작전 개시 시각이 확정되고, 더구나 자신

봄 날 341

들이 침투조로 결정되었다는 사실에 대원들은 겁을 내고 있었다. 이미 거점을 확보하고 있는 상대로서는 필사적으로 방어하려 할 터이고, 당연히 그들과 가장 먼저 근접전을 벌여야 될 침투조로서는 적지 않은 희생을 각오해야만 했다.

이어 침투조로 선발된 각 여단의 병력들은 한군데로 집결, 정신 교육 및 작전에 대한 세부 지침을 교육받았다. 지휘관의 정신 교육은 판에 박은 내용이었다.

"이번 사태는 소수의 빨갱이들과, 그들의 선동에 현혹된 일부 불순분자들이 군경 무기고에서 무기를 탈취하여 반란을 일으킨 것이다. 현재 난동자 중에는 가발 사용자와 복면한 자 등이 다수 포함되어 있으며, 특히 서울에서 온 대학생이라고 자처하는 자 20여 명이 있는 등, 명백히 북괴로부터 침투한 것으로 의심되는 세력이 활개를 치고 있는 상황이다. 폭도들은 대표를 보내 수차 협상을 시도하고 있으나, 이는 순전히 시간을 벌자는 그들의 술책에 불과하다. 폭도들은 현재 호를 구축해 장기 저항 태세를 갖추고 있으며, 광주 시민은 사실상 현재 인질 상태로서 억류된 처지다. 만약 현사태가 장기화된다면 시민들의 피해가 극심할 것으로 예상될 뿐만 아니라, 선량한 시민의 대정부 원성이 심화될 것으로 판단된다. 고로, 더 늦기 전에 작전에 착수할 수밖에 없다……"

정신 교육이 끝나자, 광주 시내의 현상황에 대한 개괄적인 설명이 있었다. 시가지 지도를 걸어놓고 작전시 필요한 약도를 숙지시키고, 현재 폭도들의 동태에 대한 설명도 했다. 담당 장교의 장담대로라면 시내 장악은 시간 문제였고, 소탕 작전은 불과 한 시간 내에 간단히 완료될 거였다. 한 가지 문제는 도청 내부에 적재되어 있다는 대량의 폭약이었다. 인근 탄광 등지에서 약탈해온 다이너마이트, TNT, 그리고 수백 발의 수류탄 등 도합 약 4톤이 넘는데, 폭도들은 군이 진입할 경우 그것들을 폭파시키겠다고 위협중이라고 했다. 만약 그것이 폭발할 경우, 아군은 물론 도청을 중심으로 최소한 반경 3킬로미터 이내는 흔적도 없이 날아갈 정도의 어마어마한 위력이라는 거였다.
 "제군들, 그에 대해서는 조금도 걱정할 것 없다. 이미 아군의 특수 정보요원이 잠입, 뇌관 분리를 성공적으로 완료했기 때문에, 폭약은 완전 무용지물로 변해버린 상태다. 그러나 만에 하나 이 사실을 폭도들이 알아채고 다시 어디선가 뇌관을 구해 장착하게 될 경우, 문제는 대단히 심각해진다. 물론 현재로서는 그 가능성은 대단히 희박하므로 안심해도 좋다. 그럼, 마지막으로 작전시 유의해야 할 점을 세부적으로 알려주겠다. 한눈 팔지 말고, 정확히 숙지해주기 바란다……"
 작전 지도 지침 내용은 대충 다음과 같은 것들이었다. 지하실 작전시엔 가스탄을 사용하여 무력화시킨 후 공격할 것. 폭도들에 대한 사격은 가급적 하복부를 지향할 것. 전차와 A. P. C. 장갑차는 요청에 의해 지원되며, 자동적으로 배속·전환한다. 각 지역대 단위로 시가지 지리를 안내할 경찰관 2명씩을 배정·운용한다. 작전은 불순분자들의 생포를 위주로 실시하되, 불가피할 경우 무력화시켜라. 안보 유지를 철저히 하고 작전중엔 무선 사용을 금지한다. 폭도와 양민을 최대한 분리함으로써 양민의 피해를 최소화할 것…… 등등.
 이와 함께 병사들에게는 일정한 규격으로 자른 흰색 천이 하나씩 지급되었다. 아군끼리의 오인 사격을 방지하기 위한 일종의 약정된 표식. 병사들은 그것을 각자의 철모 표면에 두른 다음 단단히 고정시켰다.

"제군들, 이 표식을 절대로 분실해서는 안 된다. 만일의 경우, 엉뚱하게 아군의 표적이 되는 불상사가 초래될 수도 있음을 명심하도록! 알겠나!"

해산하기 직전, 장교는 그렇게 강조했다.

병사들은 임시 숙소인 격납고로 돌아와, 병기 손질 등을 하며 대기했다. 명치네 지역대에게 주어진 임무는, 오늘 오후 여섯시에 헬기로 출발하여 조선대학교 뒤편 산악 지대에 침투한 뒤, 도보로 목표 지점인 도청 인근의 관광호텔로 진입하는 것이었다. 목표점에서의 행동 개시 시각은 새벽 4시였다.

박중사가 다가와 용지를 내밀었다. 기입한 다음 그것을 돌려주자, 박중사가 명치를 힐긋 돌아보며 말했다.

"참, 한하사 집이 광주였지? 어때, 지금 기분이?"

순간 명치의 표정이 험악하게 일그러졌다. 명치가 잠자코 쏘아보자, 박중사는 빤히 짐작하겠다는 듯한 표정을 짓는다.

"짜식, 너무 속끓일 것 없어. 재수 없이 하필 이럴 때 군대 온 게 잘못이지, 누구 탓도 아냐. 내 처갓집도 광주다, 임마."

박중사는 한숨을 푹 내쉬더니, 명치의 등을 가볍게 툭 쳐주고 돌아선다.

명치는 매트리스 위에 벌렁 드러누웠다. 가슴이 터질 듯 답답했다. 명기의 얼굴이 불쑥 떠오른다. 어둠 속으로 허겁지겁 달아나던 명기의 뒷모습. 녀석도 혹시 시민군에 섞여 있는 건 아닐까…… 그러자 마음이 한층 조급해진다. '그 철딱서니 없는 자식. 제까짓 게 뭘 안다고 그 따위 유인물을 뿌리고 다녀? 명치는 전번에 딱 한차례 집으로 전화했을 때, 명기녀석에 대해 자세히 물어보지 못한 게 못내 후회스럽다. 어떻게든 그 자식을 잡아다가 집 안에 가둬둬야 한다고, 안 그러면 개죽음을 당하고 만다고, 그렇게 식구들한테 단단히 일러뒀어야만 했던 것이다. 결국 이제야말로 최후의 소탕 작전이 개시될 판이다. 얼마나 많은 사람들이 죽어갈 것인가. 참으로 답답하고 한심하지 뭔가. 그런 구식 케케묵은 장난감 총으로 이 엄청난 병력과 어떻게 맞서보겠다는 건가…… 침투조라니. 하필이면 왜 우리란 말인가. 니미럴, 대체 날보고 어쩌란 말인가. 씨펄, 니기미!' 명치는 머리가 빠개질 듯이 욱신거려왔다.

"오하사 어디 갔나? 이 녀석만 빠졌잖아. 야, 한명치! 오하사 찾아서 빨랑 기입하라고 해!"

박중사는 그 말을 남기고 밖으로 나갔다.

"임상병, 오하사 어디 가든?"

"글쎄요. 아까부터 안 보이던데요. 찾아볼까요?"

"됐어. 내가 찾아보지."

명치는 혼자 격납고 밖으로 나왔다. 이틀 전, 주남마을로부터 이곳 비행장으로 이동해온 직후부터 부대는 그 격납고를 임시 숙소로 사용하고 있었다.

주변 일대는 대단히 소란하다. 수많은 트럭이 왼편의 후문을 통해 연신 꼬리를 물고 들어오고 있다. 격납고 뒤 널따란 잔디밭엔 이미 수많은 차량들이 빽빽하게 들어차 있다. 작전에 동원되어질 병력 수송용 차량들이다. 장갑차와 탱크들도 대기중이다. 그 너머 잔디밭엔 스무 대가 넘는 헬기들이 보인다.

격납고 주변을 찾아봤으나 오하사는 보이지 않았다. 명치는

봄 날 345

맞은편 격납고를 향해 걸음을 옮겼다. 어제도 그 부근에 앉아 있는 오하사를 얼핏 보았던 것이다. 거기서는 탁 트인 활주로가 눈앞에 펼쳐졌다.

격납고 모퉁이를 돌아서던 명치는 문득 걸음을 멈추었다. 역시 오하사는 어제처럼 잔디밭에 혼자 주저앉아 있었다. 무슨 생각을 하는지, 이쪽으로 등을 돌린 채 발치만 내려다보고 있다.

요 며칠 사이 오하사는 전혀 딴사람처럼 보였다. 벙어리가 된 듯 갑자기 말이 없어졌고, 식사도 거의 손을 대지 않은 채로 맨먼저 식기를 들고 나가곤 했다. 집합 때나 이동시에는 허깨비처럼 힘없이 움직였고, 잠도 잘 이루지 못하는 눈치였다. 어젯밤에도 그랬다. 취침 시간에 명치가 문득 깨어나 보니, 오하사는 휴대용 전지를 켜놓고 엎드린 채 일기인지 편지인지 모를 것을 끄적이고 있었다.

명치는 오하사가 필시 그때의 충격 때문에 그러려니 짐작할 따름이었다. 며칠 전 주남마을 뒷산에서 경계 근무중 오하사와 함께 술을 마시며 주고받았던 얘기를 명치는 기억했다. 그 미니버스에 탄 여자들을 향해 엉겁결에 방아쇠를 당겼노라는 얘기. 자신의 눈앞에서 끌려갔다는 대학교 때 친구의 얘기. 또 유호섭 이병의 급작스런 발작과 후송…… 바로 그날 밤 이후부터 오하사는 갑자기 이상해졌던 것이다. 참, 그리고 또 한 가지 사건이 있었다. 바로 다음날 비행장으로 이동중, 삼거리에서 벌어진 그 엄청난 전투 말이다. 아군끼리의 어이없는 오인 사격으로 밝혀지긴 했지만, 그로 인해 병사들은 극심한 충격을 받았다. 바로 눈앞에서 참혹한 시체로 나뒹구는 동료들의 모습을 지켜본 병사들은 아직도 그 충격에서 완전히 벗어나지 못한 상태였다.

"왜 여기서 혼자 청승을 떨고 있냐?"

명치는 다가가 곁에 멈춰서며 말을 던졌다. 한번 힐긋 올려다보았을 뿐, 오하사는 다시 시선을 돌려버린다. 그 표정이 너무나 음울해서 명치는 흠칫 놀랐다. 흡사 죽은 사람의 얼굴 같았다.

"담배 줄까?"

"아니."

명치는 잔디밭에 주저앉았다. 둘은 한동안 말없이 눈앞에 펼쳐진 활주로를 바라보았다. 끝간데가 눈에 잡히지 않을 만큼 아스라히 곧게 뻗어나간 활주로는 마치도 영원한 미지의 세계로 이어지는 통로처럼 보였다.

"얼른 인사계한테 가봐."

"깨곰보가…… 왜?"

"깨곰보는 왜 찾냐? 저승에 간 지가 언젠데."

"뭐, 언제?"

명치는 고개를 돌렸다. 뜻밖에 오하사는 무표정했다.

"장난치지 마. 추상사 죽은 줄 몰라서 그래?"

"참…… 그랬지."

그제서야 기억이 난다는 듯한 표정. 명치는 어이가 없다. 이틀 전 송암동 삼거리에서의 오인 전투 때, 추상사는 현장에서 즉사했다. 대열의 맨 선두 차량로부터 서너 번째 트럭에 타고 있다가, 정면에서 날아든 로켓포의 직격탄을 맞았던 것이다. 가슴 위쪽부터 머리까지 걸레쪽처럼 발기발기 찢겨진 추상사의 시신은 너무나 처참했다.

"너, 완전히 넋이 나갔구나. 대관절 왜 그래?"

"추상사, 그 자식…… 운이 좋은 놈야. 언젠가 내 손으로 해치워버릴 생각이었거든. 그놈은, 악마였어."

오하사는 멀리 활주로 너머에 시선을 둔 채로 낮게 뇌까렸다. 깊은 동굴 속에서 울려나오는 것 같은 한없이 차갑고 음습한 목소리. 명치는 불현듯 섬뜩함마저 느꼈다.

"박중사가 널 아직 찾고 있을 거야. 혈액형이랑 집 전화번호를 써서 내라고."

"그런 걸, 왜?"

"빤하잖냐. 전사하면 국군묘지에 보내주겠다는 거지."

오하사는 대꾸가 없었다. 멀거니 풀린 눈동자가 여전히 활주로 너머 어딘가를 맥없이 떠돌고 있었다. 명치는 담배를 피워물었다. 최신형 전투기 편대가 엄청난 굉음을 토해내며 머리 위를 낮게 스쳐지나갔다. 소음이 멎었을 때, 문득 오하사의 입에서 한없이 낮고 차가운 목소리가 흘러나왔다.

"한하사. 마지막으로 너한테 말해줄 게 하나 있어. 그날 밤, 기억하지? 노동청 앞에서던가, 시위대랑 백병전을 하듯이 한바탕 맞붙었던 그날 밤 말야."

"쌔키, 마지막 좋아하네. 당장 죽기라도 할 놈 같구나."

명치가 픽 하고 실소를 흘렸지만, 오하사는 무표정하게 앞만 보고 있었다.

"그러고 나서, 도청 광장 아스팔트 바닥에 누웠을 때, 기억나니? 내 전투복에 묻어 있는 피를 보고, 네가 놀라면서 나한테 물었었지? 내가 그때 대검을 썼었느냐고 말야. 그때 난 대답하지 않았지. 난, 널 속였던 거야. 사실은……"

"이 친구, 또 무슨 쓸데없는 소릴 할라고 그래? 그만 일어나자."

순간 일어서려는 명치의 손을 오하사가 덥석 움켜잡았다. 손목을 틀어쥔 힘이 놀랍게도 완강했다. 명치는 엉거주춤 주저앉았다.
"안 돼, 한하사. 잠시만 내 얘길 들어다오. 넌 그래야만 해. 말하자면, 이건 고해 같은 거야. 고해성사 말야…… 그날 밤의 일, 이제야 사실을 말해주마. 그때 난 분명히 내 손으로 대검을 뽑았고, 찔렀어. 누군가를 말야. 난 정말 그럴 생각이 전혀 없었는데, 어쩌다가 그렇게 된 거야…… 어둠 속에서 한덩어리로 뒤엉켜 밀고 밀리는데, 갑자기 누군가 내 옆구리를 갈겼어. 쇠파이프였는지도 몰라. 순간 그자와 엉킨 채로 뒹굴었지. 그런데, 어느 순간엔가 난 대검을 뽑아들고 정신없이 그자를 쑤셔대고 있었던 거야. 두 번, 두 번씩이나 말야. 내 가슴패기로 푹 고꾸라지는 그자의 머리를 얼결에 그러안았는데, 박박 밀어붙인 민숭한 머리였어…… 어린애였던 거야. 고등학생? 아니, 중학생이었는지도 몰라. 그때 녀석의 입에서 얼핏 흘러나오던 소리. 그게, 그게 뭐였는 줄 알아? 엄마. 그래 꼭 한 번, 엄마아, 그랬어……"
마침내 참다못해 명치는 발딱 일어섰다. 그리고 마구 고함을 질렀다.
"이 자식이 보자보자 하니까! 야, 이 못난 새꺄, 뭐가 어째? 그래! 찔렀으니까 어떻단 말야. 그래서, 그놈이 죽어버렸으니까 어쨌다는 거야. 이 자식아, 너만 괴롭고 고통스러운 줄 아냐? 우리들은 양심도 죄책감도 없는 짐승들인 줄 알아? 너 혼자만 잘난 척하지 마, 못난 자식!"
명치는 홱 몸을 돌이켜 잔디밭을 성큼성큼 걸어나왔다. 녀석을 마구 두들겨패주고 싶은 충동마저 일었다. 돌아보니, 오하사

봄 날 349

는 머리를 무릎 사이에 처박은 채 아직 주저앉아 있었다.

숙소로 돌아오자, 대원들이 저녁 식사를 하기 위해 바라크 앞에 모여 있었다. 명치는 대원들을 인솔해서 식당으로 갔다. 오늘 저녁은 특식이 제공될 거라는 소문이었다. 그래선지 구수한 고기 냄새가 풍겨나는 식당 안은 유난히 북적거리고 있었다.

"야, 소고기에다가 닭고기까지 있잖어? 냄새 한번 끝내주는군."

"엄청나게 쌓였구만. 저걸 누가 다 먹냐."

"게다가 자유 배식이라 안 카나. 원하는 대로 맘껏 가져다 묵어도 좋다네. 얌마, 너 오늘 살판났데이."

빈 식판을 챙겨들고 차례를 기다리며 서 있는 병사들은 한마디씩 떠들어댔다. 하지만 여느 때 같지 않게 표정들이 굳어 있었다. 보기 드물게 풍성한 식단이었다. 전대원이 맘껏 먹고도 남을 정도로 많은 양의 불고기와 통닭, 돼지고기 따위가 커다란 알루미늄 용기에 그득그득 쌓여 있다. 전에 없이 지휘관들까지 사병 식당에 나타나 이리저리 돌아다니며 병사들을 격려했다.

"이봐, 양껏 먹어둬. 고기는 얼마든지 있으니까, 부족하면 맘대로 가져다가 먹으라구."

"중대장님, 근데 맥주 같은 건 안 나옵니꺼?"

병사 하나가 농담 삼아 일부러 한마디 던지자 장교는 웃음으로 받아넘긴다.

"짜식, 이번 작전만 끝나봐. 그땐 코가 삐뚤어지도록 마시게 해줄 테니까."

"정말입니꺼?"

"맥주뿐인 줄 알어? 이번 작전을 성공리에 마치고 나면, 대대적인 포상 휴가가 기다리고 있을 거란 말씀야. 알았어?"
"포상 휴가라! 아하! 그거 끝내주는데요."
 명치는 식판을 들고 자리에 앉았다. 게걸스레 고깃점을 뜯고 있는 대원들도 있었지만, 병사들의 표정은 대부분 무거워 보였다.
"웬일이여? 이렇게 고기가 푸지게 나온 건 또 생전 첨이네."
"그걸 몰라서 그래. 작전중에 골로 가는 놈도 있을 테니, 마지막으로 고기맛이나 보라는 거겠지."
"맞다. 이런 걸 보고 최후의 만찬이라고 하는 기라."
"까짓거, 내일 당장 어찌 되든간에 먹고나 보는 거죠 뭐. 먹고 죽은 귀신은 때깔도 좋다잖아요."
"씨펄놈. 재숫대가리 없는 소리 자꾸 헐래? 고기맛 떨어지게시리."
 병사들이 식당 입구로 들어설 때마다 명치는 고개를 들곤 했다. 오하사의 모습은 끝내 보이지 않았다. 잔디밭에 혼자 웅크리고 앉아 있던 오하사의 구부정한 뒷모습이 자꾸만 마음에 걸렸다. 내가 너무 심한 소릴 한 게 아닌가. 명치는 수저를 내려놓고 자리에서 일어났다. 불고기 몇 점을 억지로 먹었을 뿐, 식욕이 전혀 당기지 않았다.
 명치는 혼자 먼저 식당을 나섰다. 먹다 남은 음식을 식당 바깥에 설치된 잔반통에 처리하고 막 돌아서려 할 때였다. 퍼렇게 질린 임상병이 명치를 발견하고 헐레벌떡 달려왔다.
"크, 큰일났습니다. 오하사가 죽었어요."
"뭐, 뭐야!"
"총구를 턱에 대고 방아쇠를 당긴 모양요. 내무반에 나 혼자 남아 있는데 들어오더니, 자기가 대신 지킬 테니까 가보라고 하잖습니까. 바깥으로 나오자마자 총성이 들려 뛰어가봤더니……"
 쥐고 있던 식기를 내던지고 명치는 미친 듯 달려내려갔다. 격납고 안엔 벌써 십여 명이 몰려들어 허둥대고 있었다.
 "안 돼! 들어오지 말란 말얏!"
 중대장이 입구를 두 팔로 가로막고 서서 명치에게 소릴 질렀다. 모로 엎어진 오하사의 얼굴 한쪽이 얼핏 보였다. 박중사가 오하사를 담요로 덮어버렸다. 벽을 붙잡고 서 있던 명치는 무너지듯 땅바닥에 주저앉았다.
 "이대로 그냥 방치하면 어떻게 해! 빨랑 치워야 할 거 아냐!"
 "의무장교가 올 때까진 현장 보존을 해얄 거 아닙니까."
 "무슨 소리야. 대원들 사기에 영향을 주면 안 돼! 의무대엔 연락했어?"
 "지금 오고 있을 겁니다."
 "빌어먹을 자식! 출동 직전인데 이런 사고가 터지다니. 대관절 어떤 새꺄?"
 안에서 장교들의 흥분한 목소리가 들려왔다. 앰뷸런스가 도착했다. 위생병들이 뛰어들어갔다. 들것에 실려나오는 오하사의 몸뚱이는 흰 시트에 덮인 채였다. 앰뷸런스가 떠났고, 대원들이 바닥의 핏자국을 물로 완전히 씻어냈을 때까지도 명치는 문밖 땅바닥에 그대로 멀거니 주저앉아 있었다. 울음도 눈물도 나오지 않았다.
 "출동 준비! 전원 장비 착용하고 집합!"
 중대장이 고함을 질러댔다. 대원들이 서둘러 뛰어나오기 시작했다. 그제서야 명치는 텅 빈 격납고 안으로 힘없이 들어섰다.

내무반 안엔 오하사와 명치의 군장만 남겨져 있었다.
　배낭을 짊어지려는 순간, 무엇인가 명치의 발 앞으로 툭 떨어져내렸다. 명치는 그것을 집어들었다. 편지 봉투 두 개. 오하사의 필체였다. 하나는 서울에 있는 오하사의 집 주소. 또 하나엔 '한하사에게' 라고 적혀 있다. 명치는 급히 봉투를 찢었다.
　"난 더 이상 이 추악한 음모에 가담하지 않겠어. 피는 지금 이 두 손에 묻어 있는 것만으로도 충분하다…… 한하사, 그 동안 정말 고마웠다."
　내용은 그뿐이었다. 명치는 그것을 북북 찢어버린 뒤 밖으로 나왔다. 헬기 앞에서 중대장이 당장 달려오라고 사납게 고함을 내지르고 있었다. 명치는 소총을 어깨에 메고 뛰기 시작했다.
　이윽고 헬기가 천천히 이륙했다. 발 아래로 격납고 지붕들이 점점 작아졌다. 오하사가 앉아 있던 잔디밭이 내려다보였다. 아직 누군가 그 자리에 남아 있는 것만 같아, 명치는 몇 번이나 창유리에 얼굴을 가까이 가져가곤 했다.
　발 아래로 아스라하게 도시의 풍경이 나타났다. 집들이 장난감처럼 보였다. 어둠이 차츰 짙어가는 시각, 시가지는 보석함을 한꺼번에 쏟아부어놓은 듯 셀 수 없이 많은 불빛들로 영롱하게 빛나고 있었다. 참으로 아름다운 도시였다. 그 오밀조밀한 장난감 집들 안에서 사람들은 아직 전혀 짐작조차 못 하고 있을 터였다. 자신들을 향해 대규모 무장한 군인들이 이렇게 그림자처럼 숨어들고 있다는 사실을.
　지금쯤 저 반짝이는 불빛 하나하나마다엔 식구들이 저녁상 앞에 도란도란 둘러앉아 있으리라. 하지만 몇 시간 후 저 불빛이 하나둘씩 꺼지고 나면, 바로 그 순간부터 그들은 아마도 평생토록 지워지지 않을 무서운 악몽의 기억을 저마다 하나씩 간직하게 되리라……

헬기가 점점 고도를 높이고 있었다. 명치는 창유리에 얼굴을 붙인 채 눈을 감았다. 볼을 타고 눈물이 천천히 흘러내렸다.

존경하는 대통령 각하. 광주 사태의 수습을 위해 지금이라도 어떠한 방법으로든지 사태 발단의 진실을 정부와 군이 인정을 하고 겸손한 사죄의 표시를 하여야 할 것이고, 군인들의 만행에 대한 명령 책임자를 엄중히 처단할 것을 약속하셔야 우선 급박한 현사태의 수습이 가능할 것입니다……
—윤공희 천주교 광주대교구장, 80. 5. 26. '대통령께 보내는 호소문'에서

5월 26일 18：00, 전남도청

도청 본관 이층의 부지사실에선 수습위 전체회의가 열리고 있었다. 오후에 계엄군측과의 협상을 마치고 돌아온 시민수습위원들을 비롯 윤공희 대주교·조아라 여사·이애신 여사·독립투사 최한영옹·정시채 부지사·김영길, 그리고 항쟁지도부의 윤

상현·정상용·김종배·윤강옥·이양현·허규정·김영철 등 모두 서른 명 가량이 한자리에 모였다.

　회의장의 분위기는 그 어느 때보다도 무겁게 긴장되어 있었다. 한결같이 침통한 표정들. 폭포의 낭떠러지를 향해 접근해가는 물살처럼 그들 모두는 절박한 위기감과 두려움에 사로잡혀 있었다. 계엄군의 무력 진압은 이미 분명한 사실로 굳어진 상태였다. 도청과 연결된 직통 전화를 통해 계엄군은 벌써 세 차례나 금일 자정을 기해 작전이 개시될 것임을 통보해왔다. 아울러 자정 이후부터는 도청에 남아 있는 사람은 모두 폭도로 간주하겠다는 거였다. 다급해진 수습위원들이 여기저기 알 만한 사람들에게 전화를 걸어 확인한 결과, 역시 그것은 의심할 여지가 없는 듯했다.

　정베드로 신부는 저도 모르게 자꾸만 시계를 들여다본다. 시간이 없다. 저들이 통보해온 작전 개시 시각은 자정. 불과 여섯 시간도 채 남지 않은 셈이다. 협상은 이미 물 건너갔고, 외부에 어떤 식으로든 도움을 청해볼 묘책도 여유도 없다. 이미 카운트다운은 시작되었고, 정해진 시각이 되면 저 가공할 화력을 갖춘 대규모 병력은 일제히 시내로 밀고 들어올 것이다. 아니, 지금쯤 이미 엄청난 병력이 도시 외곽의 주요 거점으로 이동, 만반의 준비를 갖춘 채 명령만을 기다리고 있을지도 모른다. 어찌할 것인가. 저들과 맞서 싸운다면 패배는 너무나 자명하고, 또다시 이 불행한 도시에선 무고한 생명들이 수없이 죽어나갈 것이다. 무슨 일이 있어도 그 비극적인 사태만은 막아야 한다. 이제 남아 있는 길이라곤 단 하나, 어떻게든 공격이 개시되기 전까지 항쟁파 청년 학생들에게 무장 해제를 하도록 설득하는 것뿐이다. 그

봄 날　355

래서 단 한 사람의 고귀한 생명이라도 더 구해내야만 한다. 그 어떤 다른 선택도 없다. 죽느냐 사느냐, 남아 있는 것은 오직 그뿐인 것이다.

그건 정베드로 신부 혼자만의 생각이 아니었다. 재야 인사들인 시민수습위원 거의 대부분의 생각 또한 마찬가지였다. 어제까지만 해도 끝까지 항쟁하겠다는 청년 학생들의 입장에 동의를 표했던 몇몇 인사들조차도 이제는 투항하자는 쪽으로 기울어 있었다. 죽음은 바로 눈앞까지 다가와 있었고, 모두들 어떻게든 피해를 줄여야 한다는 절박감에 몸을 떨고 있는 거였다.

"이렇게 설왕설래하고 있을 시간이 없습니다. 계엄군은 절대 물러서지 않아요. 오늘이 지나면 틀림없이 쳐들어온단 말입니다. 무력 진압이 개시된다면 광주 사람들 절반은 피해를 입게 됩니다. 여기 모인 우리들이 그 책임을 질 수 있습니까?"

김영길이 강경한 어조로 말했다. 그러자 또 다른 수습위원이 나섰다.

"이보게, 오늘이 지나서가 아니라 바로 오늘밤이네. 앞으로 다섯 시간 후면 자정인데, 당장 오늘밤을 어떻게 무사히 넘기느냐가 문제란 말일세. 이러고 마냥 미적거리고만 있다가, 정작 저놈들이 밀고 들어오는 날엔 모두가 끝장일세, 끝장!"

"계엄사에 전화를 걸어가지고, 지금 당장 밖으로 나가서 무기를 전량 회수하겠으니 작전을 연기해달라고 하면 안 되겠습니까?"

"더 이상 그럴 시간이 없어요. 수차 사정을 해봤지만, 부사령관도 자기로선 불가능하다고 하잖았소?"

"이젠 다른 방법은 없습니다. 지금까지 회수된 무기를 모두 반납하고, 우리가 책임을 져야 한다면 처벌을 받도록 합시다. 그 길밖엔 없소."

"현재까지 거둬들인 총기가 모두 얼마나 됩니까?"

"오늘까지 대략 사천 정이랍니다."

"그 정도면 거의 칠팔십 퍼센트가 되는 셈이잖소. 조금만 더 회수한다면……"

그러자 정상용이 발끈하고 나선다.

"처벌을 받자니! 우리가 대관절 무슨 죄를 졌다고 내 발로 걸어 들어가 처벌을 받는단 말요? 진짜 처벌을 받아야 할 자들은 저들이오. 우리가 무엇 때문에 총을 들었습니까? 자신과 시민의 생명을 지키기 위해 어쩔 수 없이 무장을 했는데, 저들은 최소한 총을 든 사실에 대한 책임만이라도 묻지 말아달라는 요구조차 거부하고 있잖소? 그런 판국에, 어떻게 총을 놓는단 말요."

"허참, 그러면 어쩌겠다는 얘긴가? 막무가내로 버티다가 애매한 시민들까지 사지로 몰아가야겠단 말여? 시민들의 생명을 지키는 일보다 더 중요한 것이 뭐란 말인가?"

이번엔 정상용이 목소리를 높인다.

"지금에 와서 항복하자는 것이야말로 너무나 굴욕적인 짓이고, 시민들의 피를 팔아먹는 행위입니다. 궐기대회 때마다 터져나오는 시민들의 함성을 못 들었습니까? 지금까지 계엄사에서 우리의 요구를 들어준 것이 뭐가 있습니까. 아무것도 없잖습니까? 이런 상황에서 어떻게 항복을 한단 말입니까. 또 지금껏 여러 차례 협박으로 그치고 말았던 것처럼, 저들이 정말로 오늘밤에 들어온다는 보장도 없습니다. 현재 미국이 항공모함을 한반도에 이동시켜놓은 상태이고, 그외 여러 가지로 우리에게 유리한 상황들이 전개되고 있습니다. 앞으로 며칠만 더 버틴다면, 승리는 우리의 것이 될 수 있단 말입니다."
"맞습니다. 여기서 우리가 항복해버린다면, 지금까지 무고하게 희생된 수많은 광주 시민의 목숨은 어떻게 보상받습니까? 더구나 저놈들은 타협도 안 하겠다, 처벌하지 않는다는 약속도 못 해주겠다는 판국이니, 어차피 우리는 이래도 죽고 저래도 죽습니다. 이렇게 된 바엔 차라리 이 자리에서 총에 맞아 죽을지언정 불명예스런 항복은 절대로 하지 않겠습니다."
"여보게, 청년들. 이제 또다시 그런 똑같은 얘길 반복해서 무슨 소용이 있겠나? 시간이 없네, 시간이. 제발 흥분을 가라앉히고……"
"무기를 반납하겠소, 아니면 무모하게 끝까지 버티다가 죽겠소? 결정을 내립시다!"
"여러 말 할 것 없어. 무기를 반납하는 거여!"
"누구 맘대로 반납해? 그 따위 협박에 우리가 순순히 무기를 내놓을 것 같소?"
"계엄사측에서도 무기만 내놓는다면 무력 진압은 안 하겠다고 하잖았소? 아무리 그래도 사령관의 약속인데, 그 말을 못 믿겠소?"
"아니, 그러면 당신은 그놈들 말을 진짜로 믿는단 말여?"
"안 믿으면! 지금에 와서 그것마저 안 믿겠다면 달리 어쩌겠소?"
"말도 안 되는 소리 집어치우쇼. 당신들 혹시, 그놈들하고 뭔가 꿍꿍이속이 있는 거 아녀?"
"뭐야? 말이면 단 줄 알아!"

"이 사람, 그게 무슨 짓인가. 말이 되는 소리를 해야지 원. 여기 계신 분들이 어떤 분들이라고 함부로 그 따위 표현을 쓰는 거야?"

"죄 없는 시민들을 무차별 학살한 놈들을 믿으라니! 당신들이야말로 광주 시민을 사지로 몰아넣으려 하는 게 아니고 뭐요!"

"도대체 그럼 다 같이 죽잔 말요, 뭐요?"

"최규하보고 직접 나와서 사죄하라고 그래. 아니면 전두환이가 모가지를 내놓거나!"

"죽고 싶어 환장했구만. 당신들이 계엄군을 상대로 대항해서 이길 것 같소?"

"이봐, 당신! 그렇게도 죽는 게 겁이 나나?"

"뭐가 어째? 죽으려면 당신 혼자나 죽지, 왜 무고한 시민들까지 함께 죽이려고 하느냔 말야. 당신 같은 사람들 때문에 폭도란 말을 듣는 거야!"

"뭐야? 폭도! 말 다했어?"

양쪽 청년들 사이의 격렬한 언쟁이 점점 수위를 높여가고 있는 순간이었다. 갑자기 누군가 테이블을 쾅당 두드리며 고함을 쳤다. 조아라 여사. 올해 나이 예순여덟. 오랫동안 광주 YWCA 회장직을 맡아오고 있는 그녀는 지난 유신 정권하에서 민주화 운동에 활발하게 앞장서온 인물이다.

"이봐요, 청년들! 정말 왜들 이러는 거야! 형제들끼리 왜 그렇게 서로 다투고 그래! 나, 한마디할 테니까, 이 늙은이의 말도 한번 들어봐요. 우리가 왜 이렇게 나섰지요? 민주주의 하자고, 옳은 세상 한번 만들어보자고 다들 일어선 것이 아닌가요? 민주주의는 총칼로, 무력으로 하는 것이 아니라 맨주먹으로 하는 것이에요……"
　그녀의 목소리에 울음이 섞여나왔다. 희끗희끗한 반백의 머리를 한 그녀의 두 눈에 비통한 눈물이 고이고 있었다.
　"맨주먹이라구요? 허어, 맨주먹…… 저놈들한테 가서, 어디 맨주먹으로 하자고 해보십시오."
　윤강옥이 크흑, 목울음을 삼키며 주먹으로 눈물을 닦았다.
　"이봐요 청년들…… 결국은 젊은 자네들만 억울하게 희생되고 말아요. 무기도 제대로 쓸 줄 모르는데, 거기다 좋은 총도 아니고, 다 낡아빠진 구식총 몇 정 가지고서 군대와 맞서 싸우겠다고 나서다니…… 이봐요, 젊은이들. 그건 어리석은 짓이야. 제발 생명을 소중하게 여겨요. 생명보다 더 중한 게 세상에 어디 있단 말인가. 흐으윽."
　조아라 여사는 끝내 울음을 터뜨리고 만다. 모두들 한없이 침통한 표정으로 말없이 앉아 있었다. 한동안 그녀의 흐느낌 소리만 들렸다. 이윽고 재야 인사들 중 누군가 입을 열었다.
　"자, 더 이상의 논쟁은 이제 그만두기로 합시다. 그리고 여기 모인 사람들끼리 거수로 결정을 하는 게 좋을 듯싶소이다. 어떻습니까?"
　"그게 좋겠소. 무기를 회수할 것인지 아니면 끝까지 싸울 것인지, 거수로 결정합시다."
　"난 무기 반납엔 무조건 반대요. 광주 시민들 얼굴에 똥칠하는 짓은 못 해!"
　"이보게, 진정하게. 여기 모인 수습위원들은 아무런 생각이 없어서 이렇게 입 다물고 있는 줄 아는가?"
　"자, 냉정하게 판단해서 결정을 내리도록 합시다. 우선 무기를 반납하자는 의견에 찬동하시는 분은 손을 들어주시오."
 잠시 머뭇거리다가 하나둘 손이 올라갔다. 바로 그 순간, 와당탕 소리와 함께 문짝이 부서질 듯 열리며 상황실장 박남선이 뛰어들었다. 그와 함께 십여 명의 시민군 청년들이 총을 들고 복도에서 출입문을 막아섰다. 잔뜩 흥분한 박남선은 대뜸 허리에서 권총을 빼들더니, 철커덕, 실탄을 장전했다. 그리고 좌중을 향해 총구를 겨눈 채 고함을 쳤다.
 "어느 놈여! 누가 마음대로 무기 반납을 결정했단 말여!"
 장내는 순식간에 싸늘하게 얼어붙었다. 금방이라도 방아쇠를 당길 듯한 일촉즉발의 긴장감이 감돌았다. 박남선은 앞자리의 수습위원 하나에게 똑바로 총을 겨누며 다시 소리쳤다.
 "잘 들어! 앞으로 누구건 시민들의 피를 배신하고 그 따위 비겁한 소릴 지껄이기만 하면 모두 죽여버리겠어!"
 그때 수습위원 중 한 사람이 허옇게 질린 얼굴로 주춤주춤 일어서며 말했다.
 "여, 여보게, 젊은이. 그게 무슨 소린가. 이제 더 이상은 피를 흘리지 말고, 그만 수습을 해야잖겠나. 안 그러면 어찌할 도리가 없지 않은…… 억!"
 순간 박남선이 손에 쥔 권총 손잡이로 사내의 등을 세차게 내리쳤다. 사내는 맥없이 바닥으로 퍽 주저앉았다. 모두의 낯빛이 누렇게 질려버렸다. 누구 하나 자리에서 움직이지 못했다. 더러는 반쯤 입을 벌린 채 빳빳하게 굳어 있다.
 "비겁한 인간들! 시민 전체의 의사를 무시하고, 계엄군놈들과 내통해서 무조건 항복하자는 자들은 지금 당장 도청을 떠나쇼! 알았소?"

박남선은 살기등등하게 소리치고는, 성큼성큼 회의실 밖으로 나가버렸다. 쓰러진 사내를 누군가 부축해서 일으켰다. 장내 분위기는 완전히 굳어버렸다. 하나같이 충격을 감당치 못해 참담한 표정으로 한동안 주저앉아 있었다. 이제야말로 모든 게 틀려버리고 말았다는 사실을 그들은 알고 있었다.
정신부는 책상 위에 두 손을 모은 채 기도하듯 눈을 감았다. 결국 이렇게 끝나고 마는구나. 오오, 하느님. 정신부는 비통하게 부르짖었다. 청년들은 끝내 죽음을 각오하고 있는 것이다. 어떻게든 시민의 피해를 줄여야 한다는 생각에 정신부는 지금껏 무기 회수를 위해 무진 애를 써왔다. 그러나 끝까지 항쟁해야 한다는 그 청년들의 주장이 원칙적으로는 너무도 옳다는 사실을 자신 또한 잘 알고 있었다. 청년들은 이 불의한 현실 앞에서 몸을 피하기보다 차라리 죽음을 선택하겠다는 거였다. 그 당당한 용기와 젊은이다운 순수한 정의감은 참으로 아름다웠다. 바로 그 때문에 정신부는 더더욱 가슴이 아팠다. 왜 저 순수한 젊은 목숨들이 희생되어야 한단 말인가. 어째서 정의와 선은 이렇듯 늘 현실에서 패배를 당해야 한단 말인가. 오, 하느님. 당신의 뜻은 진정 어떤 것입니까…… 정신부는 울컥 목이 잠겨왔다.
"젊은이들! 제발, 제발 내 말 좀 들어요. 무기를 버리는 것을 왜 꼭 비굴한 일이라고만 생각해? 어떻게든 살아남아야 할 거 아닌가아. 우선은 살아남아야, 살아 있어야 다시 싸울 수 있을 게 아닌가. 이봐요, 젊은이들. 자네들은 참으로 장한 일을 한 거야. 이만큼 해온 것만으로도 너무나 장해. 젊은이들은 할 만큼 다한 거야. 이러지들 마. 이래선 안 돼애…… 살아야 한다구, 살아남아야…… 흐으으윽."

자리에서 말없이 일어서려는 윤상현의 손을 붙잡더니, 조아라 여사가 격하게 울음을 터뜨렸다. 윤상현은 잠시 눈을 감은 채 그대로 서 있었다. 모두들 고개를 숙인 채 말이 없었다. 더러는 소리없이 비통한 눈물만 흘리고 있었다. 윤상현은 깊고 차분하게 가라앉은 시선으로 장내를 천천히 돌아보고 나서 이윽고 입을 열었다.
 "어르신들, 죄송합니다. 저희들을 염려해주시는 마음은 너무도 잘 알고 있습니다. 저희들 역시 어찌 죽음이 두렵지 않겠습니까. 아니, 사실은 너무나 두렵습니다. 그럴 수만 있다면, 눈앞에 닥쳐온 이 운명으로부터 어떻게든 벗어나고 싶습니다…… 하지만 이젠 그럴 수가 없군요. 저희들은 이 현실을, 정의가 뒤집혀 불의가 되어버린 이 현실을 차마 용서할 수가 없기 때문입니다……"
 윤상현은 잠시 말을 멈추었다. 그의 음성은 놀랍도록 차분하고 조용했다. 모든 격한 감정의 파문을 지워버리고 난 듯한, 퍽이나 평온하고도 담담한 어조였다.
 "이러는 저희를 설익은 용기나 무모한 객기 탓이라고 책하신다 해도 좋습니다. 하지만 저희들에겐 아직도 찾아야 할 그 무엇인가가 남아 있는 것 같습니다. 지난 며칠 동안 저희들은 참으로 많은 죽음들과 고귀한 희생들을 보아왔습니다. 그리고 지금껏 저희들이 살아온 모든 시간들을 다 합쳐도 얻지 못할 소중한 교훈들을, 그 이름없는 수많은 사람들을 통해 저희는 배웠습니다. 죽음보다도 더 소중한 그 어떤 것이 세상엔 있다는 사실을 말입니다…… 저희들이 여기 남으려고 하는 것은 바로 그래서인지도 모릅니다. 이 자리를 텅 비어둔 채로, 그냥 아무런 흔적조차 없이 저들에게 이곳을 고스란히 내줄 수는 없습니다. 그것만이 저 수많은 고귀한 희생들을 헛되지 않게 할 수 있는 길이라고 믿기 때문입니다…… 어르신들. 너무 걱정하지 마십시오. 어차피 이 싸움을 마무리할 누군가가 필요합니다. 어느 누군가 지금 이 자리를 지켜야 한다면, 누군가 여기 남아서 이 싸움의 마침표를 찍어야만 한다면, 그렇다면 기꺼이 저희들이 남겠습니다. 다만 그것뿐입니다. 죄송합니다……"

윤상현은 정중히 고개를 숙였다. 그리고 말없이 밖으로 나갔다.

이윽고 사람들이 하나둘 자리에서 일어나, 한없이 무겁고 침통한 표정으로 회의실을 빠져나가기 시작했다. 책상에 엎드려 흐느끼고 있는 조아라 여사를 윤대주교와 정신부가 부축했다. 두 사람의 눈에도 눈물이 고여 있었다.

이층 계단을 내려오는데, 김영길이 울먹이며 다가와서 정신부의 팔을 잡았다.

"신부님. 전 정말이지, 이렇게 되기를 원하지 않았습니다. 저는 시민들의 생명을 담보로 그런 모험을 한다는 데에는…… 도저히 찬성할 수가 없었습니다. 그런데, 그런데 결국……"

김영길은 어깨를 들먹이며 가늘게 흐느끼고 있었다. 정신부는 그의 어깨를 어루만지며 말했다.

"김군. 이제는 더 이상 어쩔 도리가 없네. 끝까지 싸우자는 쪽도, 그리고 김군처럼 더 이상 피를 흘리지 말자는 쪽도 모두 그럴 만한 충분한 이유가 있네. 어차피 이젠 각자의 선택만 남은 것 같으이. 죽고 사는 일이니, 누구건 다른 사람에게 자기 입장대로 선택을 강요할 수도 없는 일 아닌가? 다만, 여기까지 이르게 된 현실이 참으로 안타깝고 비통할 따름이네……"

그의 등을 가볍게 두드려주고 나서 정신부는 윤대주교를 따라 계단을 내려섰다. 현관 앞에서 기다리고 있던 사무장 요한 씨와 또 한 명의 신자가 정신부를 보고 급히 다가왔다.

"신부님, 어서 가셔야겠습니다. 성당에서 신자들이 기다리고 있습니다."

요한 씨가 재촉했다. 시계를 보니 어느새 여덟시였다. 이날은 마침 자신이 봉직하고 있는 K동 성당의 축일이었다. 교회로서는 일 년에 한 번인 생일에 해당하는 날이라, 미사를 보기 위해 많은 신자들이 벌써 한 시간 전부터 그를 기다리고 있는 중이었다. 정신부는 우선 윤대주교를 전송하기 위해 정문으로 나갔다. 대기중인 지프에 막 오르려던 윤대주교가 물었다.

"왜, 정신부도 나랑 함께 타지 그래."

"대주교님 먼저 들어가십시오. 저는 일단 본당에 가서 미사를 봉헌한 뒤, 다시 도청으로 돌아올 생각입니다."

"도청으로요? 그러다가 만일 저들이 들어오게 되면 어쩌려고 그러시오."

"그건 너무 염려 마십시오. 제가 잘 알아서 처신하겠습니다."

"허참, 위험할 텐데. 어쨌건 부디 몸조심하시오."

윤대주교는 착잡한 표정으로 떠났다. 정신부는 두 사람과 함께 본당을 향해 걸음을 옮기기 시작했다. 그는 미사를 마친 뒤 되돌아오겠노라고 방금 대주교에게 말했었다. 하지만 어째선지 그는 그렇게 될 것 같지가 않았다. 돌아와본들 무슨 대책이 있을 것인가. 그러나 저 젊은이들만 사지에 남겨놓은 채 어떻게 혼자서만 잠자리에 들 수 있단 말인가. 정신부의 마음은 한없이 무겁고 착잡하기만 했다. 그는 걸음을 옮기다가 몇 번이나 뒤를 돌아보았다.
'넌 정말 돌아오겠는가. 이곳으로 다시 돌아올 수 있겠는가……'
누군가 가슴속에서 자꾸만 그렇게 묻고 있었다. 불현듯 정신부는 막시밀리안 콜베 신부를 떠올렸다. 이차 대전 당시 나치의 강제 수용소에서 다른 사형수를 대신하여 스스로 아사감방(餓死監房)으로 걸어들어가, 비참한 최후를 맞았다는 폴란드의 신부. 날마다 살육 행위가 자행되는 그 지옥 같은 수용소에서도 타인을 위해 기꺼이 목숨을 바친 그 사제의 모습이 정신부의 눈앞에 어른거렸다. 한 사람의 사제로서, 아니 인간으로서 그는 견딜 수 없이 부끄러웠다. 비겁하게 혼자서만 살기 위해 도망치는 듯한 느낌. 저 수많은 젊은이들에겐 어쩌면 이 밤이 마지막이 될 것이라는 생각…… 정신부의 눈에서 눈물이 흘러내리기 시작했다. 손수건을 꺼내어 닦고 또 닦아도 눈물은 그치지 않고 흘러내렸다.

"우리의 피를 원하신다면 하느님, 이 조그만 한
몸이 희생되어 자유를 얻을 수 있다면…… 양심이
무엇이길래 이토록 고통스럽습니까…… 하느님, 하
느님, 도와주소서!"
  ── 박용준, 유고일기에서(그는 5월 27일
    YWCA에서 최후 항전중 스물일곱의 나이로
    사살되기 직전, 이 일기를 남겼다.) .

5월 26일 22 : 00, 전남도청

"어따, 후라쉬 조까 제대로 비쳐봐! 뭐가 눈에 봬야 손을 보든지 말든지 하제."

한기가 곁에 쪼그리고 앉은 청년에게 투덜거렸다.

"거, 빵구 난 차바쿠 한 개 갈아끼우는디 뭐가 그리 힘들어?"

"니기미, 스패너가 완전 개판이라 아귀가 안 맞는단 말요. 남은 힘들어죽겠구마는."

한기가 볼멘소리를 한다. 조금 전 시내 순찰을 마치고 돌아와서 보니 앞바퀴 하나가 펑크였다. 한기가 손을 보겠다고 나서더니, 보조용 바퀴를 축에 장착하느라 한참을 낑낑대는 중이다. 아까 점심 무렵 시민군 지휘부는 병력을 재편성하여 기동타격대를 조직했다. 각 조마다 오륙 명씩으로 구성, 조당 지프 한 대와 무전기, 그리고 개인 무기로는 카빈소총 1정과 실탄 1클립이 지급되었다. 무석과 한기는 모두 7개 조로 편성된 타격대에서 제3조에 배정되었던 것이다.

"두식아 임마, 그 얘기 계속해봐. 그래서 돈을 받아내긴 했냐?"
"어따, 조장님도 그걸 말이라고 하쇼? 내가 이래뵈도 그 바닥에선 알아주는 해결사 아뇨? 내 손에 걸렸다 하믄 어뜬 놈도 돈을 안 토해내고는 못 배기제이. 목포 어느 중학교 교감 선생 하나가 걸려들었는디, 섯다판에서 팔백만 원이나 빚을 졌등만. 내가 전화로 불러냈드니, 첨엔 만만히 보고는 실실 갖고 놀라고 허드란 말여. 어쭈, 이것 봐라 하고는, 다음날 새벽같이 그 영감 집으로 쳐들어가꼬 다짜고짜 안방에 척 드러누웠제. 밥도 같이 묵고 잠도 같이 자고, 아 그랬등마는 사흘 만에 두 손 싹싹 빌면서, 제발 그 돈 줄 팅께 집에서 나가기만 해달라는 거여. 그래서, 간단히 한탕 끝냈지라우."

두식이란 청년은 목포에서 건달 노릇을 할 때, 남의 노름빚을 대신 받아내주고 개평을 받았던 얘기를 신이 나서 늘어놓고 있다. 스물두 살이라는 그는 지금은 충장로 나이트클럽에서 웨이터 일을 하고 있다고 했다. 그 얘기에 나머지 조원들이 킬킬댄다.

"햐, 끝내주는구마이. 낯짝이 어지간히 두껍지 않고서야 그 짓거리 허겄냐?"
"그래서 일당은 얼마 받았소?"
"짜샤, 일당이 아니라 작업 수당이다. 그 껀으로는 이백 받았제."
"이백만 원이나! 어메, 내가 그 돈 벌려면 구두 몇천 개는 닦아도 모자라겄구마이."

목욕탕에서 구두닦이를 한다는 창규가 입을 딱 벌렸다.
"야, 목욕탕 구두닦이만 해도 보증금이랑 자릿세가 솔찬허다는디, 너는 그것만 갖고도 부자 아녀?"
"모르는 소리 마쇼. 주인은 따로 있고, 나는 일당 받고 쌔 빠지게 닦아주기만 허요."
"한 달에 얼마 받는디?"
"쪽팔린께로, 말 안 할라요."
그때 한기가 손을 툭툭 털며 돌아와 땅바닥에 철모를 깔고 주저앉았다. 그 철모는 경찰 기동대가 남겨놓은 것이었다. 철모 외에도 경찰 전투복까지 조원들에게 한 벌씩 지급되었던 것이다.
"그나저나 조장님. 나, 조장님 공장에 취직 자리 하나 알아봐주쇼."
한기가 조장인 만석에게 말했다. 예비역 하사라는 그는 광천동 주물공장에서 기술자로 일하고 있다고 했다.
"취직 자리? 자네 무슨 기술 같은 거 있나?"
"기술이 뭐 있겠소. 아는 거라곤 운전 한 가지뿐인디, 우리 철물점 주인 꼰대가 돌아오면 보나마나 해고시킬 게 뻔해서 그러요. 어디, 운전기사 하나 안 필요하겠소? 자리만 나온다면야 내일 당장이라도 뛸 수 있어라우."
"내일 좋아하네. 이봐, 오늘밤 당장 계엄군새끼들이 밀고 들어올 거라고들 난린디, 내일이 어딨어? 내일 아침이면 송장으로 실려나갈지도 모르는 판에."
조장의 말에 갑자기 모두들 불안해지는 기색들이다.
"그런디, 오늘밤에 그놈들이 진짜로 쳐들어올랑가요?"
임동의 한 고물상에서 잡일을 하고 있다는 종대가 약간 질린

봄 날 369

목소리로 물었다.

"에이, 겁묵지 말어. 그 새끼들 들어온다고 공갈친 것이 어디 첨이냐? 이번에도 뻥 치는 거여."

"아녀, 오늘은 아무래도 낌새가 안 좋은 거 같어. 아까도 상황실장 말 안 들었냐? 밤 열두시까장 도청을 비우지 않으면 무조건 폭도로 간주하고 사살하겠다고 통보를 했다잖든."

"씨팔놈들! 들어오든 말든 뭐가 상관요. 한번 신나게 갈기다가 죽어뻐리면 그만이제."

이번엔 창규가 씨부렁거리며, 크악 하고 가래를 내뱉었다.

"짜샤, 큰소리치지 마. 세상에 죽고 싶은 놈이 어딨냐."

"아니라우. 어째, 나는 죽더라도 별로 후회 안 할 것 같어라우. 솔직히 말해서, 나는 고아원 출신요. 그런디, 요 며칠 동안 첨으로 나도 인간 대접 한번 제대로 받아본 것 같으요. 나 같은 놈도 세상에 태어나서 뭣인가 훌륭한 일 한번 해보고 죽게 되얏응께, 그걸로도 나는 만족할라요."

무석은 열아홉 살인 창규의 얼굴을 새삼스레 쳐다보았다. 창규의 목소리엔 진심이 담겨 있었다. 잠시 모두들 입을 다문 채 가로등이 환히 켜진 정문 쪽을 바라보고 있었다. 그때 왼편 식당 쪽에서 누군가 이쪽으로 다가오는 게 보였다. 그것이 미순임을 무석은 금방 알아보았다. 한기가 어깨를 툭 건드리며 웃었다.

"무석이형. 저기, 애인 오구만요."

"취사조에 있든 그 아가씨 아녀? 어따메, 부러와서 죽겄구마이."

무석은 일어나 그녀에게 다가갔다. 미순이 그의 어깨를 잡고 화단가로 데리고 갔다.

"오빠, 배 안 고파요? 이거, 호주머니에 넣어뒀다가 먹어요."
"괘, 괜찮은데 또."
"빼돌린 거 아녜요. 내 몫으로 받은 건데, 이따 오빠 먹으라니깐."
 미순은 억지로 빵봉지를 무석의 바지 호주머니에 쑤셔넣어준다.
"근데, 어쩌죠? 나, 오늘밤은 은숙이네 이모 집에서 자고 내일 아침에 나올까 봐요."
 미순은 아무래도 은숙이를 따라가봐야 할 것 같다고 말했다. 마침 은숙이가 몸살기가 심한 데다가, 상무관에서 아들의 시신을 지키고 있던 은숙의 이모도 지금 집으로 들어가는 길이라는 거였다.
"좀 전에 대학생들이 와서, 여자들은 모두 집으로 돌아가라고 했어요. 상무관에 있는 유가족들까지도 오늘밤엔 한 사람도 남아 있어선 안 된다면서, 억지로 내보냈다지 뭐예요. 오늘밤 계엄군이 쳐들어온다는 게 진짜예요, 오빠?"
 미순이 도청에서 나간다는 말에 무석은 무척 반가웠다. 안 그래도 그녀를 찾아가서 집으로 돌아가라고 말할 참이었던 것이다. 과연 소문대로 계엄군의 작전이 오늘밤 시작될 것인지에 대해서는 무석으로서도 모를 일이었다. 현재 시민군들의 전체적인 분위기 역시 반신반의하는 편이었다. 어제나 그제처럼 다만 엄포에 지나지 않으리라는 추측이 오히려 더 많았다. 하지만 무석으로서는 불안했던 것이다.
"잘됐어요, 미순씨. 어서 돌아가요. 아무래도 계엄군이 들어올 모양이니까."

봄 날 371

"네에? 진짜란 말예요? 어쩌면 좋아. 그럼 오빠는……"

미순은 대뜸 겁에 질린 얼굴로 무석의 두 손을 꽉 그러쥔다. 무석은 그녀를 안심시켜야만 한다고 생각했다. 안 그러면 그녀는 돌아가지 않겠다고 고집을 부릴지도 모를 일이었다. 저만치 정문 쪽에서 은숙과 그녀의 이모가 이쪽을 향해 서 있는 게 보였다.

"여, 염려 말아요. 적어도 사나흘 동안은 들어오지 않을 거라고들 하니까. 진짜로 쳐들어온다면, 우리가 이렇게 한가하게 있겠소? 어서 가요."

무석은 그녀의 등을 떠밀듯이 하며 애써 웃었다.

"진짜루요?"

"그래요. 그렇다니까……"

"하지만…… 그럼 나, 갈게요."

그녀는 잠깐 머뭇거리다가 두어 걸음을 떼어놓았다. 그러더니 문득 몸을 돌이켜서 무석에게 되돌아왔다.

"아참, 깜박 잊은 게 있었네. 오빠, 잠깐만 이쪽으로 와봐요. 얼른요."

그녀는 다짜고짜 무석의 팔을 잡아끌고서 반대편 건물 뒤편으로 돌아갔다. 그쪽은 후미진 데다가 꽤 큰 나무들이 서 있어서 무척 어두웠다. 나무 그늘에 가려진 지점에 이르자마자 미순은 갑자기 홱 돌아서더니, 무석의 목을 두 팔로 와락 껴안았다. 이내 그녀의 입술이 무석의 입술을 찾아 대뜸 밀고 들어왔다. 엉겁결에 밀어내려던 무석은 저도 모르게 그녀를 힘껏 껴안고 말았다. 미순의 입술은 뜨겁고 부드러웠다. 한 순간 무석은 꿈을 꾸는 것만 같았다. 두 눈을 감은 채 무석은 미순의 그 뜨거운 입김을, 달뜬 체온을 온몸으로 빨아들였다. 어느새 미순은 그의 가슴에 얼굴을 묻은 채 속삭이고 있었다.
"오빠, 나, 미친 여자 같지? 맞아, 나 진짜로 미쳤나봐…… 어제부터 내내 오빠 생각만 했지 뭐야. 나도 모르겠어. 오빨 놓치고 말 것 같은 예감. 어째선지 그런 불길한 예감이 자꾸만 들어서 견딜 수가 없었어. 만약 오빨 영영 놓쳐버린다면, 난 죽어버리고 말 거 같애. 그뿐이야, 오빠. 날 버리면 안 돼. 절대로, 절대로 그러면 안 돼…… 난 알아. 우린 운명처럼 만난 거라구. 아까 엄마한테 기도했어. 엄마가 뭐랬는 줄 알아? 우린 절대로 헤어져선 안 된대. 날더러 오빠 곁에 있어줘야 한다고, 오빨 떠나선 안 된다고, 엄마가 그랬어. 나, 우습지? 그지?"
미순이 고개를 들고 배꽃처럼 하얗게 웃고 있었다. 무석은 그녀의 눈을 말없이 들여다보았다. 가슴속에서 환한 불덩이 같은 것이 천천히 피어나고 있는 듯한 행복감. 그것은 무석이 한번도 느껴보지 못한 어떤 완벽한 평화로움 같은 것이었다. 무석은 가슴 터질 듯한 감격에 떨며 다시 한번 그녀를 힘껏 껴안았다. 한동안 둘은 꿈결처럼 서로의 체온과 체온을 확인하고 있었다.
이윽고 둘은 화단가를 돌아나왔다. 히야아, 그림 조오타. 휘익 휘익. 이쪽을 향해 청년들이 휘파람을 불어대며 낄낄대고 있었다.
"오빠, 나 그럼 갈게. 내일 아침에 식당에서 봐요."
미순은 한 손을 들어 까닥 해보이고는 이내 돌아서서 정문을 향해 뛰어갔다. 그래, 내일…… 무심코 그렇게 중얼거리던 무석은 문득 입을 다물었다. 어쩌면 이게 마지막이 될지도 모른다는 불길한 예감이 불현듯 뇌리를 스쳤다.

봄 날 373

그녀들의 모습은 곧 담장 너머로 지워져버렸다. 무석은 그녀가 사라진 쪽을 한참이나 바라보고 있었다.

밤 11시

그 동안 잠시 휴식을 취했던 무석의 조는 4조와 교대를 했다. 도청 후문 쪽의 경계 근무였다. 무석은 카빈총을 철제 울타리에 기대놓은 채 담배를 피워물었다. 한기는 담에 등을 기대고 앉아 또 다른 조원 한 명과 함께 수통에 담은 소주를 번갈아가며 홀짝홀짝 마시고 있는 참이다.

근무중엔 술을 마셔선 안 된다는 규칙이 정해져 있었지만, 그걸 지키는 사람은 별로 없는 것 같았다. 도청 주변 대부분의 가게에선 술이 떨어진 지 벌써 오래 전이라는 소문이었다. 하지만 뒷전으로는 얼마든지 구할 수 있는 모양이어서, 청년들은 틈만 나면 눈치껏 구해와서 마시곤 했다. 하긴 술조차 마시지 못한다면 더 이상 몸을 버틸 수 없을 터였다. 누적된 수면 부족과 충분치 못한 식사, 거기다 끊임없이 계속되는 긴장 상태 속에서 그들은 예외 없이 몸과 마음이 지칠 대로 지쳐 있는 상태였다. 빈 위장에 술이라도 마시고 나면 그나마 몸이 따뜻해지고 일시적이나마 기분도 풀어지는 것 같았다. 그러다가 졸음이 쏟아지면 그들은 도청 내 사무실 책상이나 의자 위에서 아무렇게나 새우잠을 자다가, 느닷없이 떨어지는 출동 명령이나 경계 근무 명령에 허둥지둥 밖으로 달려나가곤 했다. 며칠째 세수도 못 한 까닭에 수염은 더부룩하고, 땀과 구정물에 새까맣게 전 옷에선 고약한 냄새가 풀풀 풍겼다.

"젠장, 계엄군놈들이 우리보고 폭도니 양아치니 하는 것도 틀린 말이 아녀. 한번 거울 조까 들여다보랑께. 이건 산적 중에서도 진짜 산적이 따로 없단 말여."

화장실에 다녀오다가 거울에 비친 제 모습을 보고, 좀 전에 한기도 그렇게 낄낄거리던 거였다. 무석은 낮은 울타리 너머로 거리를 바라보았다. 점포는 모두 문을 닫아걸었고, 거리를 오가는 사람은 아무도 없었다. 오늘따라 유난히 도시는 적막하고 조용했다. 텅 빈 거리의 풍경이 까닭 모르게 가슴을 후벼파는 듯한 기분이었다.

"형님, 이거 한 모금 마실라요?"

한기가 돌아보며 물었다.

"아니, 생각 없어."

"어따, 밤이 되니까 몸이 으슬으슬하구만. 쐬주가 들어가면 그래도 추운 기가 가실 것인디 그요?"

"어째 뱃속이 좀 쓰려서 그래. 빈속이라서 그런가."

"그러믄 이거라도 오물거려보시든가."

한기가 오징어 다리 하나를 쥐어주었다. 마지못해 그걸 받아 무석은 입에 넣었다. 가죽처럼 질기고 맛이 없었다. 그때 뒤쪽에서 두런거리는 말소리가 들렸다. 상황실장 박남선과 수습위의 간부들 네댓 명이 근무중인 병력을 둘러보고 다니는 모양이었다. 한기가 재빨리 수통 마개를 닫고 일어서더니, 상황실장에게 경례를 했다.

"근무중 이상 무."

"아따, 동지들 수고들 하쇼. 오늘밤 암구호, 숙지하고 있소?"

"옛, 압니다. 담배, 연깁니다."

"계속 수고들 하쇼. 놈들이 들어온다는 소문이 있으니, 오늘밤

봄 날 375

은 단단히 경빌 서야 허요."

상황실장은 이내 다른 조의 근무 지역으로 이동했다. 그들 일행 속에서 윤상현이 혼자 빠져나오더니, 무석의 곁으로 다가왔다. 윤상현은 무석의 등을 한 팔로 껴안으며 웃었다.

"어때, 해볼 만해? 아침에는 몸살 기운이 있다더니."

"이젠 괘, 괜찮아."

둘은 이날 아침에 도청 내 식당에서 마주쳤었다. 며칠 전 광천동 집 앞에서 우연히 만난 뒤로, 무석이 도청에 들어와서 윤상현과 마주친 것은 그때가 처음이었다. 어깨에 총을 멘 무석을 보고 윤상현은 깜짝 놀랐던 거였다. 무석은 상현과 함께 담배를 피워 물었다.

"칠수라고 했던가, 그 친구 행방은 찾아냈어?"

윤상현이 물었다.

"아니. 교도소로 끌려갔을 거라는 얘긴 들었는데, 아직 모르겠다."

"후배 중에 하나가 어떤 교도관하고 통화를 했다는데 말야. 교도소 안에 사망자가 이삼십 명 생겼다더군. 공수놈들이 인근 야산에 암매장을 한 눈치라고 하더라. 우리 쪽에서 한번 그 부근을 확인해보자는 얘기도 나왔는데, 도저히 접근할 수가 없어. 설마 그 칠수라는 친구야 무슨 일 있겠냐만."

"어, 어떻게, 확인해볼 방도가 없을까. 그 친구 아버지가 날마다 찾아다니시는 중이거든."

"글쎄, 우리로선 방도가 없어. 그렇게 끌려가서 행방을 모르는 사람이 천 명도 더 될 거다, 아마."

무석은 다시금 가슴이 무겁게 내려앉았다.

"오늘밤 계엄군이 들어온다는 게 사실이냐?"
"글쎄…… 솔직히 확률은 반반이야. 아까 낮에 수습위에서 도지사하고 만났는데, 합동 장례식을 하루 연기해서 29일 치르기로 확정했다. 우리들 생각엔 놈들이 최소한 그때까지는 기다려주지 않을까 예상하고 있는데, 그거야 모르지. 내 생각엔 오늘밤이 최대의 고비야. 아무래도 조짐이 심상치가 않아."
바로 그때였다. 애애애애―ㅇ. 돌연 본관 옥상에 설치된 비상 사이렌이 찢어질 듯 울리기 시작했다. 다급한 목소리가 확성기를 통해 울려나왔다.
"비상! 비상! 전대원은 즉시 본관 앞으로 집합하라! 외곽에서 계엄군이 들어오고 있다는 보고가 들어왔다. 비상! 비사앙!"
"뭐야!"
윤상현이 담배를 내던지고 재빨리 뛰어갔다. 순식간에 주위는 충격에 휩싸였다. 사방에서 대원들이 소리를 지르며 본관 쪽으로 허둥지둥 몰려가고 있었다. 무석은 총을 움켜쥔 채 한기와 함께 달리기 시작했다.

봄날 377

지금 내 가슴은 불타오르고
친구여. 네가 떠난 아득한 길
푸른 나무 사이
온종일 죽은 듯이 비가 내린다.
아니야. 그래도 살아남아야지.
절대로 비겁하지 않고 떳떳하게.
—— 양성우, 「여름비」에서

5월 27일 01 : 00, 전남도청

정각 자정이 되자마자 갑자기 도청 내의 모든 행정 전화망이 끊어졌다. 계엄사와 연결된 직통 전화 역시 일체 응답을 하지 않았다. 그것은 계엄군의 진입 작전이 현실로 다가왔음을 알리는 최초의 불길한 신호였다.

바로 그 직전인 열한시 오십분, 상황실 내에 설치된 직통 행정 전화로 김종배가 서울 정부종합청사 상황실을 급히 불러냈다. 초조함을 견디다 못해, 어떻게든 계엄군의 진입을 저지해야겠다는 생각 때문이었다.

"나는 광주 도청 투쟁위원회 위원장이오. 계엄군이 오늘밤 시내로 진입한다는 통보를 해왔소. 그게 사실이오?"

"우리로서는 전혀 모르는 사실인데요."

"경고해두겠소. 만약 계엄군이 작전을 개시한다면, 우리는 이곳 지하실에 보관중인 다이너마이트로 전원 자폭하겠소. 지금 당장 진압 작전을 취소하시오! 알겠소?"

"........."

저쪽에서는 아무 응답이 없었다. 그 짧은 통화가 끝나고 불과 몇 분 후, 행정 전화는 완전히 불통이 되었다. 시내 전체의 시외전화망이 벌써 며칠째 완전 불통인 상태에서, 도청 내에 유일하게 남아 있던 시외전화선마저 끊겨버린 것이다. 그나마 시내전화망이 아직까지는 살아 있어서 다행이었지만, 저들이 그것마저도 언제 끊어버릴지 모르는 일이었다.* 도청 내부의 분위기는 급격히 동요하기 시작했다. 그것을 계엄군의 진입을 알리는 신호라고 판단한 지도부는 즉시 도청 내의 모든 전등을 급히 소등시켰다. 도청은 순식간에 암흑 천지로 변해버렸다.

새벽 1시

마침내 계엄군이 출현했다는 최초의 무선 보고가 들어왔다. 나주로 나가는 길목인 백운동의 시민군 척후조로부터였다. 이내 지원동과 농성동 쪽에서도 똑같은 보고가 숨가쁘게 들이닥쳤다. 저지선 너머로 병력의 이동이 포착되기 시작한 것이다.

급보에 접한 지휘부는 충격에 휩싸였다. 이미 서너 차례의 최후 통첩을 받은 상태이긴 했지만, 사실 이때까지만 해도 작전이 오늘밤 당장 개시될 것인가에 대해 상당수가 반신반의하는 분위기였던 것이다.

'아무리 무지막지한 저들이라고 해도, 설마 시민들의 엄청난

---

* 실제로는 이날 시내전화망이 끊어진 시각은 밤 12시였으나, 여기서는 소설 구성상 도청 진입 작전 직전인 새벽 3시 30분으로 설정했음을 밝힌다

희생을 무릅쓰면서까지 섣불리 무모한 진입을 시도하겠는가. 더구나 오늘 낮에 도지사로부터 합동 장례식 날짜를 29일로 확정지어놓은 마당이니, 극도로 충격에 빠져 있는 시민들의 분위기를 고려한다면 최소한 그날까지야 기다려주지 않겠는가. 무엇보다 지하실에 엄청난 양의 폭약이 아직 건재하지 않은가. 또 연일 개최된 궐기대회를 통해, 유사시에 시민군에 대거 합류하여 싸워줄 것을 시민들에게 계속 호소해오고 있음을 저들도 모를 리가 없잖은가……'

그런 제반 상황들을 고려할 때, 저들이 아예 도시 전체를 피바다로 만들 작정을 하지 않는 바에야 아무려면 그렇게까지 급작스럽게 무력 진압을 개시할 수는 없지 않겠느냐는, 다분히 기대 섞인 판단 때문이었다.

지도부로서는 최소한 오늘밤만 무사히 넘긴다면 어느 정도 희망을 가질 수 있다는 판단을 내리고 있었다. 이제부터는 새로운 항쟁지도부를 중심으로 전체적인 질서가 잡혀가고 있으므로, 그동안 회수된 무기를 바탕으로 병력의 충원 및 체계적인 운용을 통해 점차 장기전 태세로 전환시켜갈 자신도 있었다. 병력 충원을 위해 학생들의 참여를 계속 호소하고, 궐기대회를 통해 시민들에게 재무장의 의지를 고취시키는 한편, 각 동별로 예비군 조직을 적극 활용한다면 그것은 충분히 가능하다는 판단이었다.

급보에 접한 지도부는 즉각 전시민군에게 비상령을 하달했다. 도청을 최후의 방어점으로 삼기로 결정하고 병력 재배치를 위한 작업에 착수했다. 상황실장 박남선을 비롯 시민군 간부들과 항쟁지도부 간부들이 급히 상황실로 모였다.

박남선이 상황판과 비상 병력 배치도를 책상 위에 펼쳤다. 광주 시가지의 약도 위에 붉은색 연필이나 사인펜으로 그린 갖가지 표시들이 어지럽게 덮여 있었다. 어젯밤 수습위 전체 회의가 끝난 직후, 시민군 병력 상당수가 수습위원들의 회유에 따라 무기를 놓고 도청을 빠져나갔다. 김영길을 비롯한 수습위원 일부가 도청 내를 일일이 돌아다니면서, 오늘밤 진압 작전이 개시되니 늦기 전에 집으로 돌아가도록 설득을 했기 때문이었다. 그 바람에 상황판과 병력 배치도의 표기 내용도 여러 차례 수정되어야 했다.

"현재 도청 내에 있는 인원은 시민군 약 200명, 그외 지도부 간부들과 대학생을 합하면, 많아야 250명 정도요. 그리고 광주공원에 나가 있는 병력이 100명쯤 될라나?"

박남선이 상황판을 손가락으로 짚어가며 설명했다. 그러나 사실상 병력의 숫자는 신빙성이 대단히 부족했다. 어차피 체계 없이 급조된 조직이라 임의로 들락날락하는 인원이 많았으므로, 애당초 정확한 파악 자체가 불가능한 실정이었다. 또 단위 부대별 편성 역시 그 들락날락하는 인원들을 대상으로 그때그때 편한 대로 정해주는 식이라 통제력도 구속력도 별로 없었다. 심지어 병력의 명단조차 없는 실정이었는데, 그것은 사후에 불이익을 당할 염려 때문에 애당초 작성하지 않기로 했기 때문이다.

"그리고 외곽 지역에 배치된 인원으로는 계림초등학교 30명, 유동 삼거리 10명, 덕림산 20명, 전일빌딩 40명, 학동과 지원동 방면에 30명이오. 또 기관총을 전일빌딩과 전대병원, 그리고 도청 옥상에 설치했는데, 그것까지 합하면 외곽에 배치된 시민군 병력은 대략 130명 내지 150명이 될 거요. 참, 덕림산과 학동 쪽엔 각기 200명 정도의 자체 예비군 병력이 협조해주기로 했는데,

그쪽은 아무래도 믿을 수가 없고 또 현재 정확한 숫자도 파악하지 못했소."

그 중 어제 궐기대회 직후 광장에 남은 지원자들 가운데 군복무를 마친 80여 명을 학동, 유동 삼거리, 광주고등학교 등에 집중 배치했다고 박남선은 설명했다. 그 세 지역은 계엄군의 주진입로가 될 가능성이 가장 높은 간선도로의 길목이었다. 박남선이 윤상현 쪽을 돌아보며 묻는다.

"현재 YWCA와 YMCA 건물에 남아 있는 인원들은 얼마쯤 됩니까?"

"YMCA에는 아까 궐기대회 후까지 남은 군대 미경험자와 고등학생들을 포함 약 100여 명쯤 되고, YWCA엔 경비 담당 20명과 홍보팀 30명, 그리고 여자들이 20명 가량 남아 있소."

윤상현이 대답했다. 상황실 요원이 그때마다 현황판에 숫자를 바꿔 기입했다. 대충 수정을 마친 병력 배치도엔 곳곳에 구멍 뚫린 듯 빈칸이 새로 생겨나 있었다. 애당초 태부족한 병력으로 광범위한 시내 전지역을 방어하겠다는 계획 자체가 너무도 어리석은 짓이었다.

박남선과 함께 윤상현은 도청과 인근 건물들을 둘러보기 위해 현관을 나섰다. 그들 곁엔 무장한 경호원 두 사람이 동행했다. 양쪽 담장을 따라 청년들이 둘씩 셋씩 짝을 지어 경계 근무를 서고 있었다. 현재 도청 건물을 지키고 있는 인원은 고작해야 200명 남짓. 훈련도 안 된 데다가 낡아빠진 자동 화기 몇 정과 구식 개인 화기만으로 무장한 채 그들은 삼삼오오 담벼락에 몸을 기대고 서 있었다. 정문 앞에서는 기관총이 거치된 군용 트럭을 세워놓고 순찰대 병력이 출동을 준비중이고, 기동타격대의 지프

두 대가 빠른 속도로 금남로를 향해 질주해가고 있었다.
　두 사람은 광장을 가로질러 맞은편의 YMCA 회관 안으로 들어섰다. 체육관 마룻바닥에 모여 앉아 있는 인원은 모두 칠팔십 명쯤. 그 중 스무 명 가량은 남녀 고등학생들이다. 박남선이 관람석 계단 위로 올라서서 입을 열었다.
　"저희들과 함께 광주를 지키고자 남아주셔서 감사합니다……"
　간단한 인사말을 마친 박남선은, 계엄군의 진입이 임박한 것 같으니 지금이라도 원하는 사람은 집으로 돌아가라고 말했다. 그러나 한 사람도 움직이지 않았다. 이번엔 윤상현이 말했다.
　"정 그렇다면, 청년들만 남고 고등학생과 여학생들은 돌아가시오. 동참하겠다는 뜻은 고맙지만, 오늘밤은 대단히 위험합니다. 이곳은 우리가 남아 지키겠소. 설사 우리가 죽게 되더라도, 여러분은 반드시 살아남아서 훗날 오늘의 싸움을 세상 사람들에게 얘기해주어야 합니다. 그것이 여러분이 해야 할 몫이라고 생각합니다. 자, 어서 집으로 돌아가시오."
　그래도 그들은 가지 않겠다고 너도나도 버티었다. 우리도 할 수 있어요. 교련 시간에 다 배웠단 말입니다. 총을 쏠 줄 모르면 총알이라도 나를게요, 아저씨…… 윤상현과 몇몇 청년들이 나서서 고등학생들을 설득했다. 한사코 가지 않겠다고 버티던 그들은 결국 하나둘 일어나 체육관을 빠져나갔다. 여학생들은 울음을 터뜨렸다. 남학생 칠팔 명은 끝까지 나가지 않고 문가에 버티고 서 있었다. 결국 그들에겐 남으라고 할 수밖에 없었다.
　남은 사람은 육십여 명. 대부분이 군대 미경험자들이었다. 그 중엔 마침 뒤늦게 합류한 대여섯 명의 예비군이 끼여 있었다. 한 동네에 살고 있는 주민들인데, 가두 방송을 듣고 함께 찾아왔노라고 했다. 그들 중 이십대 후반의 사내 하나가 나오더니, 자신은 황씨라는 사람으로 예비역 대위인데 뭔가 도울 일을 맡겨달라고 자청했다. 박남선은 그에게 현재 남아 있는 사람들에게 간단한 무기 조작법과 사격술을 가르쳐달라고 부탁했다.

"황대위님. 우리로서는 대단히 불리한 상황이지만, 어떻게든 시간을 끌어서 오늘밤을 무사히 넘겨야 합니다. 날이 밝기만 하면 시민들이 우리를 도와주러 나올 테니까 말요. 교육이 끝나는 대로 이 사람들을 인솔해서 도청으로 와주시오."

"알겠소. 우리가 나서서 한번 해보지요."

윤상현과 박남선이 회관 정문을 막 나서려 할 때였다. 상황실 근무자 청년 하나가 숨이 턱에 차서 달려왔다.

"큰일났소! 놈들이 움직인다는 보고가 들어왔어요."

"뭐야!"

그들은 광장을 질러 허둥지둥 달렸다.

애애애애—앵.

순간, 허공을 난폭하게 찢어발기며 도청 옥상의 사이렌이 미친 듯 울부짖기 시작했다. 계엄군이 마침내 움직이기 시작했다는 보고가 들어온 곳은, 이번에도 백운동이었다. 수십 대의 트럭과 병력이 아까보다 훨씬 더 접근했다는 것이다. 백운동 로터리라면 군 저지선으로부터 훨씬 안쪽이다. 대규모 병력이 어느 틈에 그만큼 시내로 압축해들어왔다는 얘기다. 이내 또 다른 척후조로부터 다급한 무선이 속속 날아들었다.

"여기는 농성동 로터리! 대규모 병력이 탱크를 앞세우고 이동 중이다! 아무래도 곧 저지선을 돌파할 것 같다! 이상!"

"당소는 학운동이다! 놈들을 포착했다. 대규모 병력을 실은 차량이 화순 쪽에서 오고 있다, 이상! 어떻게 할 것인가 지시를 내려달라, 이상!"
 "일단 현위치에서 놈들의 동태를 계속 감시하기 바란다, 이상!"
 "잘 알았다, 이상!"
 그와 동시에 상황실 책상 위의 전화통이 연달아 찌릉찌릉 울려댄다.
 "거기, 시민군 본부 맞지라우! 우리집 앞으로 군인들이 겁나게 많이 지나가고 있소! 여기요? 동운동이요, 동운동 삼거리란 말요!"
 "워메, 얼릉 피하시요! 계엄군들이 시방 시내로 들어가고 있어라우!"
 "큰일났소, 큰일! 여기는 두암동 교도소 근방인디, 시방 군인들이 막 왔다갔다하고 있소!"
 외곽 지역의 주민들로부터 다급한 제보가 잇달아 쏟아져들어왔다. 학운동, 두암동, 오치, 농성동, 화정동, 백운동…… 그것은 시 외곽의 전지역이었다. 계엄군은 동서남북 거의 모든 방향으로부터 일제히 움직이기 시작한 것이다. 시내를 한꺼번에 에워싸고 일시에 포위망을 압축해들어올 속셈이 분명했다.
 급보에 접한 시민군은 즉각 비상 경계 태세에 돌입했다. 도청 안은 숨가쁘게 돌아갔다. 서둘러 병력을 재배치하고, 외곽의 상황을 무선으로 계속 확인했다. 기동타격대 차량들이 총동원, 정확한 상황 파악을 위해 외각 각 지점을 향해 잇달아 출동했다. 전화통은 아예 불이 났고, 그때마다 사방에서 계엄군의 동태를 제보해오는 시민들의 다급한 목소리가 터져나왔다.
 그런데 어찌 된 셈인지, 이때부터 한 시간 가까이 지나도록 계엄군은 더 이상 움직이지 않고 잠잠하기만 했다. 외곽으로부터 들어오는 보고들은 하나같이 계엄군이 현재 지점에서 정지해 있다는 거였다.
"요상허네. 어째 이리 잠잠하지?"
"그러게. 시내로 들어올라고 했으면 벌써 한바탕 벌어졌을 텐디 말여."
"진짜로 놈들이 쳐들어올라는가?"
"온다면, 몇 시쯤부터나 시작할라는고?"
"도청을 비우라는 시한이 자정까지니까, 늦어도 새벽 전엔 시작하겠지."
"에이, 설마! 진짜로 전면적인 진입이야 하겠어? 이번에도 엄포일 거여."
"맞아. 어제 아침처럼 포위망을 좁혀놓으려고 그러는 것인지도 몰라. 안 그러면, 이렇게 잠잠해 있을 리가 없지. 안 그래?"
지도부 간부들은 상황실에 모여 시시각각 들어오는 무선 보고를 확인하면서, 연신 초조하게 주고받고 있었다. 불안과 두려움으로 잔뜩 짓눌려 있는 표정들. 설마 정말로 밀고 들어오지는 않으리라는 실낱 같은 기대에 그들은 한사코 매달리려 애쓰고 있었다. 하지만 그들의 목소리엔 이미 어쩔 수 없는 절망감이 짙게 묻어나왔다.
'아니야. 놈들은 이미 진입을 시작했어. 은밀하게 외곽에서부터 서서히 조여오고 있음에 틀림없어.'
윤상현은 혼자서 이미 그렇게 확신하고 있었다. 모든 정황으로 보아 그것은 명백한 현실로 다가오고 있었다. 그런 한편으로 윤상현은 내심 자신의 판단이 잘못된 것이기를 간절히 빌고 있었다. 자꾸만 목이 말라왔다. 윤상현은 연신 마른침을 삼키며 무선 내용에 귀를 모았다.

그때 상황실 안으로 누군가 약간 쭈뼛대며 들어섰다. 조금 전 YMCA에서 만났던 그 예비역 대위라는 황씨였다. 총기 조작법과 사격술 교육을 마치고 병력을 데려왔노라고 황대위는 박남선에게 말했다.

"애쓰셨소이다. 함께 나가봅시다."

박남선을 따라 윤상현도 밖으로 나갔다. 현관 앞에 모인 60여 명은 어느새 저마다 카빈소총 한 정씩을 쥐고 있었다. 일단 그들은 일층 사무실 한 칸에 들어가서 휴식을 취하게 하고, 상황이 벌어지면 그때 배치하기로 했다. 그리고 저녁을 굶은 상태인 그들을 위해 음료수와 빵을 들여보냈다.

상황실로도 간단한 요깃거리가 들어왔다. 그들은 저마다 음료수와 빵을 집어들었다.

"이것이 마지막 음식일지도 모르니, 다들 먹어둡시다."

"허, 그러니까 '최후의 만찬'인 셈이구만."

모처럼 그들은 농담을 지껄이기도 했다. 바로 그때, 문을 벌컥 열고 누군가 다급하게 뛰어들었다. 조사반의 청년이었다.

"실장님! 큰일났소. 폭약이 몽땅 무용지물이 됐어라우!"

"뭐, 뭐야?"

"방금 지하실에 내려갔더니, 다이너마이트 뇌관이 몽땅 없어졌지 뭐요. 알고 본께, 경비반 조원 중에 프락치들이 있었다요. 그저께랑 어저께 밤에 계엄사 특수요원이 몰래 잠입해가꼬 뇌관을 모조리 분리해부렀답니다."

"아뿔싸! 당했구나. 이런 개자식들이!"

봄 날 387

놀란 박남선이 우당탕 튀어나가고, 모두들 그 뒤를 허둥지둥 따라나갔다.

새벽 3시 20분

사위는 여전히 잠잠했다. 그 길고 기이한 침묵은 사람을 극도로 불안하게 만들고 있었다. 초조감을 이기지 못해 윤상현은 의자에 털썩 주저앉았다. 막 담배에 불을 붙이려는 순간이었다. 투투투…… 투투투투…… 느닷없이 어디선가 총성이 터져나왔다. 최초의 총성이었다. 윤상현은 튕기듯 일어섰다.

"아이쿠! 저게 뭐얏!"

"시, 시작했구나! 저 씨펄놈들이, 기어코!"

"어디지? 어느 쪽이여!"

순식간에 모두들 낯빛이 허옇게 질린 채 허둥거렸다. 기어코 올 것이 왔구나! 충격 지점은 서방 삼거리 아니면 계림동 방향 같았다. 이내 또 다른 방향에서도 총성이 터져나오기 시작했다. 투투투투투…… 이번에는 서쪽과 남쪽에서도 총성이 이어졌다. 무전기로부터 다급한 외침이 터져나왔다.

"아앗! 탱크다, 탱크! 여기는 6조! 상황실, 상황실! 탱크가 진입한다. 저지할 수 없다! 안 돼! 도저히 불가능하다! 퇴각하겠다!"

"본부! 여기는 서방 삼거리! 엄청나게 몰려온다! 병력 지원! 아아!"

"본부 나오라! 여, 여기는 유동 삼거리! 탱크, 탱크가 들어온다! 위험하다! 아이쿠! 저 새끼들이!"

사방에서 연신 터져나오는 외침. 완전히 겁에 질려 하나같이 미친 듯 고래고래 소리를 질러댄다. 박남선이 무전기의 송화기를 빼앗아 들고 다급하게 외쳤다.
"전대원, 철수하라! 도청으로! 전원 철수! 철수하라!"
무전병에게 송화기를 넘겨주자마자 박남선은 밖으로 튀어나갔다. 이내 도청 내의 확성기를 통해 그의 다급한 음성이 흘러나왔다.
"동지들! 놈들이 마침내 쳐들어오고 있소! 전투 준비! 동지들! 즉시 전투 준비 하쇼!"
주변은 순식간에 수라장으로 변했다. 총을 집어들고 밖으로 내달리는 사람, 어찌할 바를 몰라 우왕좌왕하는 사람, 온다, 온다, 하고 실성한 듯 고함만 질러대는 사람…… 극도의 충격과 공포에 휩싸인 채 시민군들은 한동안 갈피를 잡지 못하고 허둥거렸다.
상황실에선 급히 간부회의가 열렸다. 불빛이 새어나가지 않게 커튼을 치고 전등을 켰다. 투투투투…… 총성은 이미 어디라 할 것 없이 외곽의 모든 방향에서 간헐적으로 터져나오고 있었다. 두다다다다…… 헬기의 프로펠러 소리도 들려왔다. 허둥지둥 달려들어온 지도부 간부들의 얼굴엔 완전히 핏기가 가셨다. 충격과 두려움에 질린 눈빛들을 하고 그들은 박남선을 중심으로 모여 앉았다. 박남선 역시 눈초리가 잔뜩 움츠러들어 있었다.
"여러분. 마침내 놈들이 공격을 개시한 모양이오. 탱크와 무장 헬기까지 총동원된 엄청난 병력이 틀림없소. 그나마 마지막까지 믿고 있었던 폭약마저 완전 무용지물로 변해버린 판이니, 이제 우리는 맨손바닥밖에 없는 것이나 마찬가지요. 자, 솔직하게 여기서 먼저 한 가지 문제를 결정하도록 합시다."

봄 날 389

박남선은 문득 말을 멈추고, 그들의 얼굴을 초조하게 바라보았다. 죽음을 눈앞에 두고 한 순간 박남선은 흔들리고 있었다. 집안의 장남인 내가 이대로 죽어버린다면 식구들은 어찌 될 것인가. 어서 돈을 벌어 어머니를 모시고 동생들이랑 함께 여봐란 듯 살고 싶었는데…… 참, 고모님 댁이 근처에 있었지. 오 분 거리도 안 될 텐데, 슬쩍 빠져나가버릴까…… 아니, 안 돼. 차마 어떻게 그럴 수가 있단 말인가. 모두 다 같이 나가기로 한다면 몰라도…… 안 돼. 비겁한 짓은 도저히 할 수 없어. 더구나 난 명색이 상황실장이 아니냐…… 박남선은 주먹을 불끈 쥐었다. 그리고 말했다.

"자, 이제부턴 어쩔 거요? 우리는 고작 삼백 명도 채 안 돼요. 여기서 끝까지 남아 놈들과 싸울 거요, 아니면 무기를 버리고 각자 몸을 피할 거요? 이건 우리뿐만 아니라, 저 밖에 있는 동지들의 생사가 함께 걸린 문제요. 지금 당장 결정을 내립시다. 기탄없이 말해보시오."

박남선의 말에 모두들 입을 다문 채 그 자리에 굳어 있다. 지극히 짧은 순간이었지만, 그들의 뇌리에서 온갖 생각과 갈등과 망설임이 한꺼번에 빠르게 뒤섞였다. 여기 남는다면 십중팔구 죽는다. 설사 살아남는다 해도, 총에 맞아 불구가 되거나 아니면 평생 감옥 생활을 하게 될지도 모른다. 어떻게 할까. 눈 딱 감고 돌아서기만 하면 난 살 수 있다. 하지만, 그게 옳은 판단인가. 아니면…… 그때 누군가 숨을 헐떡이며 되물었다.

"차, 참말로 놈들이 여기까지 공격해올까요?"

"지금 그걸 말이라고 하쇼!"

"실장님은 어쩔 생각이쇼?"

박남선은 잠시 머뭇거리다가, 단호하게 대답했다.
"이왕에 여기까지 왔으니, 난 끝까지 싸우겠소. 솔직히 난 이래도 죽고 저래도 죽을 목숨이오. 윤상현씨 의견은 어떻소?"
모두의 시선이 일제히 윤상현에게로 쏠렸다. 윤상현은 입을 굳게 다문 채 동료들의 얼굴을 둘러보았다.
'물론 난 여기 남는다. 그러나 저 바깥의 사람들은? 저들에게 무기를 들고 끝까지 싸우자고 하는 것이 과연 옳은 선택인가? 지금이라도 무기를 버리고 해산하자고 해야 할까? 그러면 더 이상의 희생은 막을 수 있지 않겠는가……'
수많은 질문과 대답들이 그의 뇌리에서 어지럽게 뒤엉켰다. 윤상현은 지금 이 순간 자신의 대답이 모두에게 결정적인 영향을 주게 되리라는 사실을 알고 있었다. 마침내 윤상현은 굳은 표정으로 입을 열었다.
"물론, 오늘밤 우리는 패배할 것입니다. 아마 죽게 될지도 모르지요. 그러나 우리 모두가 총을 버리고 그냥 이대로 아무 저항 없이 이 자리를 넘겨줄 수는 결코 없습니다. 그러기엔 지난 며칠 동안의 항쟁이 너무도 뜨겁고 장렬했습니다. 이제 도청은 결국 이 싸움의 마침표를 찍는 자리가 된 셈입니다. 시민들의 그 뜨거운 저항을 완성시키고, 고귀한 희생들의 의미를 헛되게 하지 않기 위해서는 누군가가 이곳을 마지막까지 지켜야만 합니다. 저는, 끝까지 여기 남겠습니다. 물론 다른 분들은 각자의 결정에 따르도록 하십시오."
"결정은 무슨 놈의 결정! 죽든지 살든지 저놈들과 끝까지 싸워야제, 어떻게 이대로 물러난단 말요. 살고 싶은 사람들은 모두 돌아가라고 해! 나는 내 동생의 원수를 갚을 테니까!"

갑자기 순찰반장이 불쑥 나서며 격한 고함을 내질렀다. 그는 고등학생인 동생을 21일 도청 앞 집단 발포 때 총격으로 잃은 처지였다. 그의 외침에 비장한 표정으로 너도나도 입을 열었다.
"나도 남겠소."
"나도요."
"나 역시 마찬가지여."
결국 만장일치로 계엄군과 맞서 싸우기로 결정이 내려졌다. 박남선은 홍보 차량을 당장 시내로 출동시켜 가두 방송을 통해 시민들의 도움을 요청하라고 지시했다. 두두두두두…… 총성은 쉬지 않고 들려왔다. 좀 전보다 훨씬 더 또렷해진 것 같았다. 간부들도 급히 무장을 하기 시작했다. 몇은 벌써 총을 움켜쥐고 밖으로 뛰어나가고 있었다.
"실장님, 여자들과 고등학생들은 돌려보내야겠소."
윤상현이 박남선에게 말했다.
"아참, 그럽시다. 식당의 취사조와 YWCA에 즉시 연락해서 여자들과 청소년은 귀가시키도록 하겠소."
"YWCA엔 내가 직접 갔다오죠."
윤상현은 급히 밖으로 뛰어나갔다. 정문을 향해 헤드라이트를 켠 차량들이 잇달아 허둥지둥 들이닥치고 있었다. 외곽으로부터 철수해오는 타격대 차량들이었다.
"놈들의 탱크가 돌고개까지 진출했소!"
"엄청난 숫자요! 총을 쏠 엄두가 안 난단 말요!"
청년들이 허겁지겁 뛰어내리며 고함을 질렀다. 윤상현은 YWCA 회관을 향해 광장의 어둠 속을 달렸다. 지금 그곳엔 여자들과 투사회보팀, 선전팀 등 70여 명이 남아 있을 터였다. 그때 등뒤에서 확성기 소리가 커다랗게 터져나오기 시작했다.
"시민 여러분! 지금 계엄군이 쳐들어오고 있습니다. 수습을 위한 타협이 되지 않은 상태에서 계엄군이 시내 곳곳으로 들어오고 있습니다. 우리 학생들을 살려주십시오! 시민들의 단결된 힘을 보여주십시오오……"
어느새 도청 정문을 나서고 있는 가두 홍보 차량이 보였다. 시민 여러분! 사랑하는 광주 시민 여러부운…… 여학생의 애절한 목소리를 싣고 그것은 금남로를 따라 달려가고 있었다.

하느님도 새떼들도
떠나가버린 광주여
그러나 사람다운 사람들만이
아침 저녁으로 살아남아
쓰러지고, 엎어지고, 다시 일어서는
우리들의 피투성이 도시여
―― 김준태, 「아, 광주여……」에서

5월 27일 03 : 40, 전남도청 민원실
두두두두두……

투타타…… 투타타타……

총성이 점점 거리를 좁혀오고 있었다. 먼 곳의 폭포 소리처럼 혹은 거대한 톱니바퀴의 맞물림 소리처럼, 그것은 아주 느리고 치밀한 속도로 조금씩조금씩 다가왔다. 도시는 칠흑 같은 어둠에 짓눌린 채 헐떡이고 있었다. 거리 어디에서고 불빛 하나 보이지 않았다. 날카로운 총성이 간헐적으로 터져나올 때마다 먹지 같은 하늘이 한꺼번에 찢어져내릴 듯 부르르 전율을 일으켰다. 그 짙은 어둠을 뚫고 끊임없이 울려오는 확성기 소리.

"시민 여러분! 지금 계엄군이 쳐들어오고 있습니다. 사랑하는 우리 형제, 우리 자매들이 계엄군의 총칼에 숨져가고 있습니다. 시민 여러분은 어서 도청으로 나와주십시오오. 우리 모두 총을 들고 저들을 막아냅시다아……"

여학생은 절규하고 있었다. 잔뜩 갈라진 애절한 목소리가 피를 토해내듯 시내 곳곳을 메아리치고 있었다. 금남로에서 유동으로, 대인동에서 동명동으로, 산수동에서 계림동으로, 양동에서 또다시 양림동으로…… 점점 압축해오는 포위망 속에서도 여학생은 쉬지 않고 이동하며 목이 터져라 외치고 있었다.*

---

* 이날 가두 방송 목소리의 주인공은 박영순(21세, 송원전문대 2년)과 이경희(목포전문대) 두 여학생이었다. 그녀들이 토해내는 애절한 절규는 어둠과 총성으로 뒤덮인 심야의 광주시 전역에 자정부터 무려 세 시간이 넘도록 메아리쳤다. 80만 광주 시민 모두가 이를 들었으나 누구도 집 밖으로 나올 수가 없었다. 이미 계엄군이 시 전역을 장악한 상황에서 그것은 곧 죽음을 의미했기 때문이다. 계엄군은 이들을 빤히 보면서도, 새벽 4시로 정해진 도청 기습 작전 직전까지 소위 '기도비닉'을 위해 저격하지 않았다.

"……시민 여러분! 사랑하는 광주 시민 여러부운! 계엄군이 쳐들어오고 있습니다. 어서 도청으로 나와주십시오오……"
 크으흑. 곁에서 누군가 갑자기 울음을 터뜨렸다. 위원장 김종배였다. 윤상현은 다가가 말없이 그의 등에 손을 얹었다.
 "개같은 놈들! 이, 이럴 수가 있는 겁니까. 어떻게…… 크흐윽."
 김종배는 어깨를 들먹이며 격하게 흐느끼고 있었다. 윤상현은 한 손으로 그의 어깨를 껴안은 채 두 눈을 감았다. 그리고 한참을 그대로 서 있었다.
 '그래, 결국 여기까지 오고 말았구나. 제발 이런 순간만은 오지 않기를, 이렇게 끝나게 되지 않기를 그렇게도 간절히 바랐는데……'
 뜨거운 눈물이 울컥 솟구쳤다. 윤상현은 주먹으로 눈물을 훔치며 말없이 돌아섰다. 그리고 불빛 한줌 흘러들지 않는 어두운 회의실 안을 돌아다보았다. 광장 쪽을 향해 나 있는 예닐곱 개의 창문. 유리창이 모조리 깨어져나간 그 창문마다 소총을 움켜쥔 채 붙어 있는 청년 이십여 명의 거뭇한 뒷모습을 윤상현은 어둠 속에서 잠시 응시했다. 그들은 주로 대학생·노동자·재수생 들이었고, 고등학생도 서너 명 끼여 있었다.
 지금 그들은 모두들 어둠 속에서 감당할 수 없는 공포와 불안에 몸을 떨고 있었다. 극도로 긴장한 탓에 조금 전 누군가는 서 있는 채로 바지에 오줌을 줄줄 흘리기까지 했다. 이 순간 그들의 뇌리엔 온갖 생각들이 오가고 있을 터였다. 죽음에 대한 공포, 가족들과 친구들 생각, 이루지 못한 것들에 대한 회한, 혼자만이 아는 갖가지 기억들…… 그리고 왜 진작 이곳을 빠져나가지 않앉던가 하는 때늦은 후회까지. 그 중 더러는 어제 저녁에 잠깐 빠져나가 마지막으로 식구들을 만나고 되돌아온 사람도 있다는 걸 윤상현은 알고 있었다.

　그들의 잔뜩 웅크린 뒷모습을 바라보며 윤상현은 불현듯 목이 메었다. 누군들 목숨이 소중하지 않으랴. 그런데도 지금 그들은 끝까지 이 자리를 지키고 있었다. 시민군 병력 중 대다수는 명예도, 재산도, 지식도, 그럴듯한 직업도 못 가진 사람들이었다. 공원, 일용·노동자, 구두닦이, 식당이나 유흥업소 종업원, 고아, 넝마주이…… 그러나 사회의 그늘에서 초라하게 살아온 그들의 가슴속엔 놀랍게도 그 누구보다도 따스한 인간애와 순수한 정의감, 뜨거운 용기가 숨어 있었다. 그것은 작은 불씨처럼 그들의 가슴속 어딘가에 묻혀 있다가, 어느 한 순간 불꽃처럼 확 피어올라 그들의 몸과 영혼을 한꺼번에 태워버리는 거였다. 지난 며칠간의 그 뜨거운 싸움 속에서 윤상현은 수없이 많은 그 불꽃들을 목격해왔다. 바로 그 무수한 이름없는 불꽃들이 총과 태극기를 움켜쥔 채 총탄 앞으로 내달리고, 부상자를 들쳐업고 뛰어가고, 차량을 몰고 돌진하고, 맨손만으로 공수부대를 향해 파도처럼 밀려들었던 것이다. 그리고 지금 이 도청 안에서 두려움에 떨며 최후의 순간을 기다리고 있는 저들 하나하나가 또한 그 불꽃들이었다.

　현재 도청 내에 남아 있는 인원은 약 200명. 한 시간 전쯤, 상황이 급박해지자 외곽에 나가 있던 타격대와 순찰조 병력들은 전원 도청으로 급히 철수했다. 설사 외곽에 아직 남아 있는 인원이 있다 하더라도, 도청으로 되돌아오기에는 이미 때가 늦었다. 그들은 이미 뿔뿔이 흩어져 어딘가 숨어 있거나 아직 몸을 피할

곳을 찾지 못해 허둥대고 있을 것이다. 광주공원 쪽에 잔류 병력이 있다고도 했지만, 몇 명인지 혹은 벌써 흩어졌는지는 알 수 없었다.

지도부는 외곽으로부터 철수해온 병력까지 포함, 최후 결전을 대비해 병력을 재배치했다. 본관 상황실과 조사반에 50여 명, 현관에 30명, 민원실 이층에 20명, 후문 40명, 그리고 정문 앞엔 군용 트럭 다섯 대를 한 줄로 세워 바리케이드를 치고 10명을 배치시켰다. 그리고 YWCA 회관에도 2, 30명이 남아 있었다. 항쟁지도부 간부들은 이곳 민원실 건물 이층의 회의실을 택했다. 어제 오후 윤상현이 기자회견을 가졌던 바로 그 장소였다.

윤상현은 창가로 되돌아왔다. 손에 전해져오는 묵직한 쇠붙이의 중량과 촉감. 그것은 섬뜩한 죽음의 감촉이었다. 어느 결엔가 거짓말처럼 총성이 뚝 멎어 있었다. 총성이 멎은 도시는 돌연 혼곤한 정적 속에 가라앉았다. 흐린 불빛, 가느다란 소음 하나 없는 그야말로 완벽한 어둠과 정적. 그러자 이내 총성에 묻혀 있던 여학생의 목소리가 홀연히 되살아나기 시작했다.

"시민 여러분. 계엄군이 쳐들어옵니다. 어서 도청으로 나와주십시오. 여러분. 시민 여러분……"

순간, 기다렸다는 듯이 두두두두두, 투타타타타, 총성이 이어지기 시작했다. 총성은 아까보다 훨씬 앞쪽에서였다. 정면 방향의 총성은 이미 금남로 5가 지점으로 들어선 것 같았다.

윤상현은 창밖을 응시했다. 길 건너 맞은편으로 상무관 건물이 곧장 시야에 들어왔다. 지금 이 순간 전등이 모두 나가버린 그 체육관 안에는 살아 있는 사람이라곤 아무도 없다. 어제 저녁 유가족들까지 모두 집으로 돌려보냈기 때문이다. 호곡도 향불도 그쳐버린 체육관의 어둠 속에 즐비하니 놓여져 있을 백여 구의 시신들. 지금 그 수많은 시신들 역시 관 속에 누워, 점점 가까이 죄어오고 있는 저 총성을 듣고 있으리라……

윤상현은 바스러지도록 어금니를 악물었다. 갑자기 격렬한 분노와 절망이 폭풍우처럼 난폭하게 그의 전신을 휩싸안았다. 윤상현은 카빈총을 움켜쥔 채 창밖 어둠을 차갑게 쏘아보았다.

'결국 이렇게 끝나고 마는 것인가. 그 어디서고 끝내 구원의 손길 하나 내밀어주지 않은 채로, 이렇게 우리들만 죽어가야 한다는 말인가. 이 도시만 끝끝내 버림받고 마는 것인가…… 처음부터 그 모두가 헛된 환상이었을까. 서울이여! 부산, 대전, 인천, 대구여! 당신들이 달려와주기를 우리는 기다렸다. 저들의 총칼에 쓰러져가면서도, 맨주먹만으로 수백 수천의 총구를 향해 미친 듯 달려나아가면서도, 참혹하게 죽어간 자식의 시신을 껴안고 가슴이 찢어지도록 몸부림치고 통곡하면서도, 그래도, 그래도 그 기다림이 있었기에 우리는 아직 절망하지 않을 수 있었다. 우리가 이 외로운 싸움을 포기하지 않는다면 마침내 당신들이 곳곳에서 떨쳐일어나주리라고, 그리하여 저들의 포위망을 부수고 우리들의 도시를 이 악몽으로부터 건져내어주리라는 사실을 우리는 한번도 의심하지 않았다. 그 가슴 벅찬 해방의 순간을 기다리며, 저 악몽의 열흘 동안 이 도시의 시민들은 지금껏 피투성이가 된 채로 버텨왔다…… 그런데, 그런데, 당신들은 끝끝내 아무도 달려와주지 않았다. 마침내 이렇게 최후의 순간이 눈앞에 닥쳐왔는데도, 당신들의 손길도 목소리조차도 영영 확인할 수가 없다…… 아아, 지금 이 순간 당신들은 도대체 무얼 하고 있는가. 왜 이 도시를 잊어버렸는가. 우리는 이렇게 죽어가고 있는

데, 지금 당신들의 잠자리는 평안한가. 당신들이 꾸는 꿈은 아름다운가. 그대들과 우리들은 이 순간 얼마나 아득하게 멀리 떨어져 있는 것인가……'

윤상현은 걷잡을 수 없는 격정에 사로잡혀 그렇게 속으로 절규했다. 그러나 윤상현은 곧 냉정을 되찾았다. 그래, 그것이 어찌 그들만의 탓이겠는가. 저들의 손에 의해 모두들 철저하게 귀와 눈과 입이 틀어막혀 있잖은가…… 생각하면 나를 포함한 항쟁지도부 역시 얼마나 어리석었던가. 미국이 도와줄 것이라는 철없는 환상에까지 한사코 매달려왔지 않은가……

그 순간 누군가의 웃음 소리가 윤상현의 귀에 환청처럼 들려왔다. 껄껄껄껄. 그것은 이 무서운 집단 살육의 음모를 꾸민 자들의 오만한 웃음 소리였다. 윤상현은 그들을 저주했다. 이 참혹한 비극을 음모한 자들을, 이 그지없이 부도덕하고 추악한 그자들의 범죄를, 또 그자들의 야만과 폭력을 저주하고 또 저주했다. 그리고 그 범죄자들의 힘 앞에 이렇듯 패배를 당한 채 끝나야만 하는 이 어처구니없는 현실에 대해, 정의의 무력함에 대해 끝없이 분노하고 절망했다.

'이제 잠시 후면 모든 것은 종결되리라. 훗날 이 열흘 간을 두고 사람들은 뭐라고 얘기할 것인가……'

문득 그런 생각을 떠올리다가, 윤상현은 고개를 저었다. 쓴웃음이 나왔다. 그것은 살아남은 자들의 몫일 뿐, 자신들에겐 오로지 눈앞에 닥쳐온 최후의 순간을, 그 예정된 운명을 저마다 혼자서 맞이하는 일만 남아 있을 뿐이었다. 그러자 감당할 수 없는 외로움이 한꺼번에 파도처럼 밀려들어왔다.

'그래. 모든 건 끝났다. 이젠 시간이 얼마 남지 않았어……'

봄 날

윤상현은 마침내 죽음을 맞을 준비를 해야 할 때가 다가왔다는 사실을 깨달았다. 그는 이미 자신의 죽음을 예감하고 있었다. 어쩌면 투사회보를 만들겠다고 결심했던 그 순간부터 이미 운명은 정해져 있었던 것인지도 모른다. 천천히 그리고 길게 심호흡을 몇 번 했다. 죽음을 각오하고 나니, 비로소 마음이 차분하게 가라앉았다.

문득 지나온 삼십 년의 시간들이 눈앞에 파노라마처럼 빠르게 스쳐지나갔다. 개구쟁이 어린 시절, 매일 등하교길에 건너던 실개울, 고향 마을 들녘, 사춘기 때의 풋사랑, 정든 대학 캠퍼스, 일 년 동안의 은행원 생활, 선배들, 들불야학의 강학들과 학생들, 그리고 가족들…… 뜨듯한 눈물이 두 볼을 타고 흘러내렸다. 무엇보다 식구들 생각에 윤상현은 가슴이 아팠다. 평생을 흙 속에 파묻혀 살아온 아버지와 어머니. 그리고 가난 때문에 진학을 포기해버린 두 동생들의 얼굴이 자꾸만 눈앞에서 어른거렸다. 흘러내리는 눈물을 윤상현은 닦지 않았다. 어룽진 눈으로 윤상현은 창밖 어둠을 응시했다.

'윤상현! 넌 왜 스스로 죽음을 택하려 하는가?'

누군가 가슴속에서 심판관처럼 그렇게 묻고 있었다. 그래, 왜 난 죽으려 하는 거지? 윤상현은 스스로에게 똑같이 되물었다.

'누군가는 이 자리를 지켜야 해. 지난 열흘 동안 수많은 사람들이 목숨을 바쳐 이어온 이 뜨거운 항쟁의 마침표를 누군가는 찍어야 해. 그리고 그것을 누군가 해야 한다면, 그렇다면, 내가 하겠다는 거야. 이유는 다만 그것뿐이야. 저 불의한 압제자들에게 이 자리를, 아무 일도 없었던 것처럼, 그냥 고스란히 내어줄 수는 없어. 절대로. 그것이야말로 저들의 승리를 완전히 인정해주는 것이 되고 말 터이므로…… 이 싸움은 아직 끝나지 않았어. 설사 이 순간엔 우리의 싸움이 패배한다고 할지라도, 그것은 결코 끝이 아니라 또 다른 시작일 뿐이야. 훗날 다른 누군가가 이 싸움을 다시 시작하겠지. 그래, 아무것도 헛된 것은 없어. 우리가 꿈꾸었던 것, 사랑하고 소망하고 투쟁했던 것, 진정 그 어떤 것도 헛된 것은 없어……'

 윤상현은 말없이 광장을 내려다보았다. 먹물 같은 어둠이 무겁게 가라앉아 있을 뿐 광장은 텅 비어 있었다. 그러나 윤상현은 저 열흘 동안의 뜨거운 싸움을 또렷하게 기억하고 있었다. 한덩어리로 격렬하게 끓어넘치며 밀물처럼 저 광장으로 쏟아져나오던 수만 수십만의 사람들을. 그들의 노도와 같은 함성을. 저마다 가슴속에 간직한, 한겨울 보리싹마냥 작고도 지순한 인간애의 불꽃, 자유와 정의와 생명을 향한 찬란한 그리움의 불꽃들을. 그리고 그 작은 불꽃들 하나하나가 모여 수백 수천 수만의 불기둥이 되고, 마침내 거대한 불의 강을 이루며 뜨겁게 굽이쳐 흘러가는, 그 찬란한 인간의 신화를. 그리움과 희망의 신화를…… 바로 그 모든 것들을 윤상현은 지난 열흘 동안 똑똑히 지켜보았었다. 그리하여 이 순간, 그 아름다운 불꽃의 기억들을 가슴속에 간직하게 된 것만으로도 윤상현은 행복하게 죽을 수 있을 것 같았다. 불현듯 가슴 저 깊은 곳에서 불꽃 하나가 환하게 피어나는 것을 윤상현은 느꼈다. 그것은 그의 가슴을 소리없이 녹이고, 살과 피를 녹이고, 마침내는 영혼까지를 환하게 밝히는 것만 같았다. 윤상현의 입가에 희미한 미소가 떠올랐다.
 "아아, 하느님! 제게 최후의 순간이 닥쳐왔을 때, 그 누구도 미워하지 않고 죽어갈 수 있게 해주소서……"

난생처음으로 윤상현은 그렇게 기도를 했다. 마음이 한없이 평온해져왔다. 이제 윤상현은 더 이상 죽음이 두렵지 않았다.

그때 누군가 그의 어깨를 잡았다. 돌아보니, 무석이 서 있었다.

"아, 너였구나! 짜식."

윤상현은 반가움에 무석의 손을 힘껏 쥐고 흔들었다. 무석은 본관 이층에 배치되어 있다가 한기와 함께 윤상현을 찾아나선 참이었다.

"여, 여기 있는 줄 모르고, 한참이나 찾았다."

"그래, 잘 왔다. 여기서 나와 함께 있자."

"그런데, 명기, 그 녀석이 걱정이다. 어디 있는 줄 알고 있어?"

무석은 잔뜩 조바심에 찬 표정이다.

"아참, 내가 잊고 있었군. 너무 걱정하지 마라. 명기는 지금쯤 무사할 거다. 아까 YWCA에 가서 내가 직접 확인했으니까. 여자들을 안전한 곳으로 피신시키기 위해 남학생 몇 명이 데리고 나갔는데, 명기도 거기 함께 있었어."

"저, 정말이냐! 아아, 그랬구나. 난 또…… 고맙다. 정말 다행이야."

무석은 가슴을 쓸어내리며 금방 표정이 밝아졌다. 명기가 이미 빠져나갔다는 말에 눈물이 나올 만큼 반가웠다. 차량을 몰고 외곽으로 출동했다가 돌아왔을 때는 이미 명기를 찾을 수가 없어서, 혼자 줄곧 가슴을 태웠던 것이다.

"시민 여러분! 우리들을 살려주십시오! 우리는 끝까지 광주를 사수할 것입니다. 우리를 잊지 말아주십시오. 시민 여러분. 아아, 사랑하는 광주 시민 여러부운……"

여학생의 절규는 극도로 다급해져 있었다. 두두두두두두. 투타타타타타…… 잠시 주춤했던 총성이 되살아났다. 이제는 멀리서 탱크의 굉음도 들리기 시작하는 것 같았다.

무석은 카빈총을 단단히 그러쥐었다. 손에 자꾸만 땀이 고였다. 한기는 총을 가슴에 껴안은 채 창틀 모서리에 붙어 서 있고, 윤상현도 굳게 입을 다문 채 어둠에 묻힌 광장을 노려보고 있었다.

점점 포위망을 좁히며 다가오는 총성, 총성. 무석은 마침내 최후의 순간이 임박했음을 알았다. 죽을지도 모른다는 생각에 바로 조금 전까지 무석은 내내 숨을 헐떡이고 있었다. 그러나 막상 지금은 이상하리만치 그다지 두렵지가 않았다. 어머니의 얼굴이 떠올랐다. 아아, 불쌍한 어머니. 동생들의 얼굴. 그리고 아버지…… 무석은 입술을 악물었다. 납덩이가 얹힌 듯 가슴이 한없이 무거웠다.

무석은 문득 자신이 어쩌다가 지금 여기에 서 있게 되었는지 어리둥절해지기까지 했다. 지난 며칠 동안의 일들이 꿈만 같았다. 칠수의 얼굴, 봉배의 얼굴이 떠올랐다. 봉배의 참혹한 시신. 한없이 울기만 하던 칠수의 아버지. 죽어가면서도 동생들을 찾아야 한다고 뇌까리던 봉배. 그리고 자신의 눈으로 지켜보았던 다른 수많은 사람들의 참혹한 죽음…… 그러자 무석은 두려움이 훨씬 가라앉는 듯했다.

'두려워하지 말자. 만일 죽게 된다면, 그래, 촛불이 한 순간 깜박하고 꺼지듯이, 그냥 그렇게 죽고 마는 것이겠지. 후회 같은

봄 날 403

것, 이젠 하지 말자…… 내가 어쩌다가 이렇게 총을 들게 되었을까. 칠수, 봉배, 헌혈하고 나오다가 총에 맞아 죽은 그 여학생, 그리고 다른 수많은 사람들. 그들은 모두 이미 죽었거나 피를 흘리고 쓰러졌다. 나 역시 잠시 후면 그들처럼 죽을 수도 있을 테지. 그뿐이다. 이유는 그것만으로도 충분해. 민주주의니, 자유니, 정의니 하는 거창한 주제 따위를 생각해본 적은 별로 없어. 난 다만 이 추한 현실을 용서할 수 없었을 뿐이야. 인간이 인간에게 이렇게까지 할 수는 없다는 것. 사람이 이렇게 개나 돼지처럼 처참하고 비루하게 죽임을 당할 수는 없다는 것. 그래서 나도 모르게, 정말 어쩌다가 보니까 총을 들게 되었을 뿐이지. 그래. 그 강의실에서 칠수의 옷과 허리띠를 찾아냈을 때, 그리고 봉배의 죽어가는 모습을 그냥 지켜보기만 해야 했을 때, 난 그때 이미 죽어도 좋다고 생각했었어…… 그런데, 총을 맞으면 무척 아프겠지. 얼마나 고통이 심할까. 머리를 정통으로 맞으면 통증을 느낄 틈도 없이 죽는다던데. 어차피 죽을 바에야 고통 없이 금방 죽을 수 있게 되었으면……'

무석은 고개를 들고 창밖으로 시선을 보냈다. 두두두두…… 투투타타타…… 총성이 아까보다 더 가까워져 있었다. 불현듯 산수동 식구들 생각이 떠올랐다. 식구들도 지금 저 총성을 듣고 있으리라. 명기가 집에 돌아왔을까. 아니, 그럴 만한 시간 여유가 없었을 것이다. 식구들이 얼마나 걱정하고 있을까. 무석은 전화를 해줘야겠다고 생각했다. 회의실 한쪽으로 치워놓은 책상 위에 전화기 한 대가 놓여 있었다. 아까부터 청년들이 번갈아가며 전화통에 매달리고 있는 참이다. 아마도 누군가에게 저마다 마지막 인사라도 전하는 것이리라.

무석은 책상 앞으로 다가갔다. 대학생 하나가 수화기를 붙잡고 있었다. 응? 아니, 염려 말어라. 사람이 그렇게 쉽게 죽기야 할라든. 그래. 그래. 솔직히 시방 나는 별로 후회 안 한다. 요 며칠 동안, 세상에 태어나서 모처럼 사람답게, 열심히 살았던 것 같다야. 그래. 잘 있어라…… 대학생이 돌아섰다. 무석은 수화기를 집어들었다. 뚜우. 신호음이 가자마자 아버지 한원구의 음성이 다급하게 흘러나왔다.
"여보세요? 여보세요!"
"………"
"며, 명기냐! 너, 명기지! 응?"
무석은 입술이 열려지지가 않았다. 아버지의 목소리. 불안과 조바심, 기대와 두려움이 뒤범벅된 그의 목소리를 듣는 순간 무석은 눈을 감았다.
"명기야! 명기 맞제! 이 녀석아! 거기, 거기가 어디냐!"
"저…… 접니다."
"누, 누구?"
무석은 간신히 입을 열었다.
"명기는 걱정하지 마세요. 지금쯤 안전하게 몸을 피했을 겁니다……"
"너, 너, 무, 무석이! 무석아! 진짜 무석이구나! 이 자식아! 어디냐. 거기 어디여! 여보! 무석이가……"
"아버지…… 아버지…… 용서해주세요…… 절, 저를……"
순간 무석은 울음이 왈칵 쏟아져나왔다. 눈물이 마구 흘러내렸다.
"아이고, 이 자식아! 아니다, 내가 잘못했다. 모두가 내 잘못이여. 어서 집으로 들어와라. 거기 어디냐, 응? 무석아, 내 아들, 내 아들아!"

그 순간 돌연 통화가 뚝 끊겼다. 더는 아무런 잡음조차 들리지 않는다. 옆에서 기다리고 있던 청년이 수화기를 받아들고 전화통을 마구 두드리다가 소리쳤다.

"워메! 저 새끼들이 이제는 시내전화도 끊어부렀네! 몽땅 불통이여!"

무석은 창가로 되돌아왔다. 눈물이 아직도 철철 흘러내리고 있었다. 그렇게 한참이나 무석은 소리없이 흐느꼈다. 아버지의 목소리를 듣는 순간, 무석은 비로소 깨달았던 것이다. 사실은 자신이 얼마나 아버지의 사랑을 갈구하고 있었던가를. 그리고 자신이 지금껏 얼마나 저 까마득한 바다 밑바닥에 가라앉아 있었는가를…… 아버지의 그 흐느낌 섞인 음성을 듣는 순간, 무석은 차갑고 단단하게 얼어붙어 있었던 가슴이 소리없이 녹아내리기 시작함을 느꼈다. 무석은 눈물을 닦고 심호흡을 했다.

미순의 얼굴이 떠올랐다. 하얀 치아를 드러내고 배꽃같이 활짝 웃던 미순의 모습. 그 불같이 뜨거운 입맞춤의 기억. 난생처음 진정으로 따뜻한 애정을 받아 누릴 수 있게 해준 그녀. 이 세상에서 처음으로 내게 사랑을 고백해준 여자. 그리고 헤어지던 순간에 해주던 그녀의 말. 오빠, 날 버리면 안 돼. 절대로 그러면 안 돼. 우린 절대로 헤어져선 안 된대. 날더러 오빠 곁에 있어줘야 한다고, 오빨 떠나서는 안 된다고, 엄마가 그랬어…… 무석은 빙그레 웃었다.

'그래, 이제 더 이상 나는 불행하지 않다. 설사 오늘밤이 내 생애의 마지막이 될지라도…… 그건 운명이겠지. 나를 여기까지

데려다준 운명에게 모든 걸 맡기자. 죽고 난 후? 그건 생각하지 말자……'

무석은 그렇게 혼자 중얼거리고 있었다.

새벽 4시

두두두두…… 투타타타타…… 총성이 바로 코앞까지 접근해 오고 있었다. 앞에서도, 뒤에서도, 양쪽 측면에서도 총성이 다가왔다. 도청을 중심으로 반경 오백 미터 내까지 접근해왔음이 분명했다. 그런 어느 순간, 포위망을 압축해오던 총성이 돌연 일제히 멎었다. 창가에 몸을 가린 채 시민군들은 광장을 살펴보았다. 어디서도 군인들의 모습은 보이지 않는다.

정적. 일 분, 이 분…… 그 기이한 정적은 시민군들의 피를 말리고 있었다. 호흡을 멈추고 몸을 웅크린 채 그들은 쉴새없이 눈을 굴렸다. 손바닥에서도, 목덜미에서도, 땀이 줄줄 흘러내렸다. 공포에 질려 스산하게 움직이는 눈동자들. 옆사람의 헐떡이는 숨소리가 들렸다. 다닥 다다닥. 턱이 떨릴 때마다 이빨이 부딪치는 소리. 크으윽. 구석 쪽에서 누군가 겁에 질려 흐느꼈다. 아무도 그를 제지하지 않았다. 흐느낌은 곧 멎었다. 삼 분, 사 분…… 문득 누군가의 목소리가 그 침묵을 깨뜨렸다.

"동지, 우리 저승에서 만납시다."

"그럽시다. 그때는 좋은 세상에서 만나기로 합시다."

두 사람은 짧게 얼싸안았다. 다른 청년들도 서로 마지막 인사를 나누었다. 악수를 하기도 하고, 부둥켜안기도 하고, 어깨를 툭툭 두드리기도 했다. 형씨, 저세상에서 만납시다. 그래요. 거기서 만나서 함께 삽시다이. 남섭이, 자네는 죽지 말고 꼭 살아남소. 형님이야말로 그래야지라우…… 짧은 시간 동안 그 기묘한 인사를 나누고 나서, 그들은 다시 총을 움켜쥔 채 창밖을 주시했다.
"저기! 놈들이다!"
누군가 다급하게 소리쳤다. 길 건너 상무관 건물 측면. 벽에 바짝 붙은 채 민첩하게 움직이는 검은 그림자들이 얼핏 비쳤다. 수십 명의 검은 그림자들은 들짐승처럼 재빠르게 이동했다. 누군가 철컥, 소리를 냈다.
"쏘지 마! 기다려!"
"놈들이 사격할 때까진 절대로 쏘지 마랑께!"
그들은 다급하게 주고받았다. 돌연 허공 위에서 두다다다…… 소리가 들렸다. 헬기의 프로펠러 소리. 순간 펑, 소리와 함께 강렬한 불빛이 터져나왔다. 눈앞이 대낮같이 밝아졌다. 조명탄의 창백한 불빛에 정문과 광장의 분수대가 환하게 드러났다. 이내 헬기가 기수를 낮추자마자 도청을 향해 기관총을 발사했다. 그와 동시에 사방에서 일제 사격이 퍼부어지기 시작했다.
두두두두두두두……
투타타타타타타……
폭포처럼 쏟아지는 수천 수만 발의 탄환, 탄환, 탄환. 유리창이 박살나고 불꽃이 파파파팟 튀었다. 쾅! 콰쾅! 수류탄의 폭음. 유탄 발사기의 폭음…… 순식간에 도청은 아수라장으로 변했다. 총성, 폭탄 터지는 소리, 검은 연기와 화약 냄새, 아우성 소리로 가득 찼다. 그 엄청난 위력에 눌려 시민군들은 창틀 아래 웅크린 채 제대로 응사조차 하지 못했다. 그때 뒷문이 왈칵 열리며, 시민군 십여 명이 허둥지둥 뛰어들어왔다.

"후문이 뚫렸다! 놈들이 밀고 들어왔어!"
"정문도 무너졌어! 본관은 완전 포위됐어!"
 그렇게 사오 분 가량 쏟아지던 폭포 소리가 뜸해지더니, 일순 뚝 정지했다.
"폭도들은 들어라! 너희들은 완전 포위되었다. 총을 버리고 투항하라!"
 돌연 정면에서 확성기 소리가 터져나왔다.
"뭐, 폭도! 야, 이 씨펄놈들아, 네놈들이야말로 폭도다!"
"개새끼들! 지랄하네! 어디, 와서 죽여봐랏!"
 탕탕탕탕. 서너 명이 벌떡 일어나 창 너머를 향해 방아쇠를 당겼다. 덩달아 너도나도 합세해서 쏘기 시작했다. 그 순간, 기다렸다는 듯이 계엄군의 일제 사격이 개시되었다. 투투투투투. 타타타타타…… 순식간에 또다시 도청은 지옥으로 변해버렸다. 총탄은 유리창을 뚫고 들어와 벽면에 파파파팟, 박혔다. 사방에서 불똥이 튀어올랐다.
"어이쿠, 나 죽네엣!"
 대학생 하나가 퍽 주저앉았다. 윤상현이 재빨리 달려가더니, 그를 부축해 회의실 안쪽으로 옮겼다. 가슴에 총을 맞은 청년은 가망이 없어 보였다. 몸을 일으켜 창 쪽을 향해 막 돌아서려던 순간, 윽, 비명을 토하며 윤상현이 앞으로 엎어졌다. 청년들이 그쪽으로 달려갔다.
"윤상현씨! 정신차리쇼!"
"사, 상현아! 야, 임마!"
 무석이 상현을 안고 흔들며 악을 썼다. 옆구리에 몇 발을 맞은 윤상현은 이미 숨을 거둔 뒤였다. 회의실 안까지 총알이 파파팟 날아들었다. 누군가 구석에서 얇은 이불을 말아들고 기어오더니, 그것을 윤상현의 시신 위에 덮어주었다. 으아아아아! 청년은 윤상현을 부둥켜안고 미친 듯 악을 쓰고 있었다. 무석은 윤상현의 손을 찾아 그러쥐었다. 아직도 온기가 남아 있었다. 무석은 벌떡 일어나 총을 움켜쥔 채 창가로 달려갔다.

"이야아아앗! 이 개새끼들아앗!"

미친 듯 고함을 치며 무석은 정신없이 방아쇠를 당기기 시작했다. 그런 어느 순간 무석은 억, 소리와 함께 뒤로 퍽 주저앉았다. 가슴에서 피가 벌컥벌컥 솟구쳤다. 한기가 달려와 무석을 부둥켜안았다. 무석이 뭔가 말하려는 듯 입을 달싹였다. 한기는 무석의 얼굴에 귀를 바싹 붙였다.

"형니임! 뭐라고라우! 예에?"

"어, 어머……니……"

한기가 알아들은 말은 그것뿐이었다. 무석의 고개가 툭 떨어졌다.

새벽 5시

도청 건물 전체를 완전 포위한 계엄군의 총격은 숨돌릴 겨를 없이 무려 한 시간 가까이 계속되었다. 폭포처럼 쏟아져들어오는 총탄 앞에서, 건물 안에 갇힌 시민군들은 이젠 제대로 응사조차 못 하고 바닥에 웅크리고 앉아 있었다. 건물 안으로 진입한 공수부대 병사들은 벌써 소탕 작전의 마무리 작업을 진행중이었다.

마침내 이층 회의실 출입문을 찾아낸 병사들은 문을 향해 미친 듯 총탄을 갈겨댔다. 한바탕의 총성이 멎자마자, 안쪽에서 다급한 외침이 터져나왔다.
"사격 중지! 사격 중지잇!"
"항복! 항복하겠소오!"
병사들은 총을 겨눈 채 재빨리 문을 열어제쳤다. 공포에 질린 처참한 얼굴들이 두 손을 머리에 올린 채 유령들처럼 한켠에 몰려 서 있었다. 회의실 바닥 여기저기에 뒹굴고 있는 대여섯 개의 몸뚱이들.
"머리에 손 올리고, 한 줄로 나왓!"
"허튼 짓 하면 당장 배때기에 구멍을 뚫어버려!"
병사들이 쓰러진 사람들을 아무렇게나 발로 툭툭 건드려보았다. 아직 신음 소리를 내는 부상자도 있다. 병사 하나가 무석의 뒷덜미를 잡아 질질 끌고 나오는 것을 한기는 보았다.
"이놈은, 어떻게 할까요?"
"그누마, 벌써 디졌다. 놔둬뻐라."
다른 병사가 침을 탁 내뱉으며 대답했다. 병사가 얼른 손을 놓자, 무석의 몸뚱이가 맥없이 고꾸라져버렸다.
"새꺄, 뭘 봐!"
병사가 한기의 가슴을 세차게 걷어찼다. 한기는 만세를 부르듯 두 팔을 하늘로 쳐들고 복도로 끌려나왔다. 복도 끝에 모로 쓰러져 있는 시체 한 구, 그리고 계단 위에도 한 구가 엎어져 있었다.
그들이 건물 현관을 나서자마자 십여 명의 병사들은 한바탕 무차별 구타를 퍼부었다. 잠시 후 그들은 정문 쪽으로 다시 끌려갔다. 먼저 끌려나온 백여 명의 청년들이 땅바닥에 한 줄로 길게 엎드려 있었다. 그들의 등에는 예외 없이 빨간색 매직펜으로 '극

봄 날 411

렬분자, 총기 휴대'라고 휘갈겨져 있다. 한기는 얼굴을 땅바닥에 처박은 자세로, 맨 뒷줄에 풍뎅이처럼 바짝 엎드렸다. 굴비를 엮듯, 병사들이 밧줄로 그들의 양 팔과 손목을 등뒤에서 단단히 묶기 시작했다.*

---

* 5월 27일 진압 작전에 의한 사망자

윤상원(남, 30세) 들불야학 교사, 도청 최후 항전중 사망.
김동수(남, 22세) 조선대 공대 3년, 도청 최후 항전중 사망.
김종연(남, 19세) 재수생, 도청 최후 항전중 사망.
이강수(남, 19세) 재수생, 도청 최후 항전중 사망.
박성용(남, 17세) 조대부고 3년, 도청 최후 항전중 사망.
유동운(남, 19세) 한신대 2년, 도청 최후 항전중 사망.
안종필(남, 16세) 광주상고 1년, 도청 최후 항전중 사망.
문재학(남, 16세) 광주상고 1년, 도청 최후 항전중 사망.
민병대(남, 20세) 양계장 종업원, 도청 최후 항전중 사망.
홍순권(남, 19세) 재수생, 도청 최후 항전중 사망.
박진홍(남, 21세) 표구사 점원, 도청 최후 항전중 사망.
문용동(남, 26세) 호남신학대 4년, 도청 최후 항전중 사망.
서호빈(남, 19세) 전남대 2년, 도청 최후 항전중 사망.
박병규(남, 20세) 동국대 1년, 도청 최후 항전중 사망.
이정연(남, 20세) 전남대 2년, 도청 최후 항전중 사망.
김종철(남, 17세) 자개공, 도청 최후 항전중 사망.
오세현(남, 24세) 회사원, YWCA 최후 항전중 사망.
박용준(남, 23세) 신협 직원, YWCA 최후 항전중 사망.
유영선(남, 27세) 회사원, 전남대 2년 휴학, YWCA 최후 항전중 사망.
염행렬(남, 16세) 금호공고 1년, 도청 최후 항전중 사망.
이금재(남, 29세) 한약방 종업원, 전남여고 앞에서 사망.
양등선(남, 45세) 광주고교 수위, 계림초등학교 앞에서 사망.
김성근(남, 31세) 목공, 무진중학교 앞에서 사망.
조행권(남, 38세) 노동, 동운동 노상에서 사망.
조일기(남, 35세) 식당 주방장, 광주공원에서 사망.
김명숙(여, 14세) 서광여중 3년, 27일 밤, 전대 부근 집 앞에서 수하 불응으로 총격, 사망.

> 너를 민주의 聖地라 부르기엔
> 아직 이르다.
> 살아남은 자의 부끄러운 입으로
> 너를 위대한 도시라 찬양하기엔
> 아직도 우리의 입술이 무겁기만 하다.
> ── 문병란, 「광주에 바치는 노래」에서

5월 27일 04 : 00, K동 천주교회

 정베드로 신부는 침실에서 그 엄청난 총성을 듣고 있었다. 외곽으로부터 시작된 총성은 이젠 도청에 집중해 있었다. 그는 밤새 내내 흐느끼고, 기도하고, 고통에 몸부림쳤다. 확성기를 통해 들려오는 그 애끓는 여학생의 절규에 그의 가슴은 갈기갈기 찢어졌다. 시민 여러분. 우리를 살려주십시오. 어서 나와서 우리를 구해주세요……
 아아, 저 우박처럼 퍼붓는 총탄에 지금 젊은이들이 죽어가고 있구나. 그들만이 외롭게 남아 쓰러져가고 있구나. 그런데도 나는 이렇게 방안에 숨어 떨고 있다니. 나는 저들을 버린 것이다. 사제란 자가, 저 혼자 살겠다고, 저 의로운 생명들을 죽음의 구덩이 속에 놓아둔 채 도망쳐오다니…… 정신부는 감당할 수 없는 분노와 슬픔, 죄책감과 부끄러움에 머리를 쥐어뜯으며 몸부

봄 날 413

림쳤다.

어젯밤 그는 도청으로 되돌아오겠노라고 스스로 말했었다. 그러나 결국 그것은 거짓말이 되고 말았다. 어제 저녁의 미사는 처음부터 끝까지 눈물 바다였다. 오늘밤 계엄군이 쳐들어올 거라는 정신부의 말에 모든 신자들이 함께 울음을 터뜨렸다. 왜 우리들만 이렇게 당해야만 하느냐. 무슨 죄가 있길래 우리 광주 사람들만 이렇게 죽어가야 한단 말이냐. 우리는 이렇게 죽어가고 있는데, 국민들은 뭘 하고 있단 말이냐…… 버림받은 자의 절망, 외면당한 자의 배신감, 죽음 앞에 홀로 선 자의 처절한 외로움에 사로잡혀 신자들은 서로 부둥켜안고 흐느꼈다. 성당은 울음 소리로 가득 찼고, 정신부도 눈물 때문에 말을 잇지 못했다.

미사중에 정신부는 신자들 앞에서 그렇게 기도했었다. 억울하게 죽어간 영혼들을 천국으로 인도하시고, 고통당하고 있는 시민들의 영혼을 위로해주시라고. 또 어둠의 수렁에 빠진 이 민족과 나라를 굽어살피시고, 이런 비극이 하루빨리 이 땅에서 사라지게 해달라고. 그러나, 지금 무고한 시민들의 가슴에 총구를 들이댄 채 참혹한 살육을 저지르고 있는 자들과 그들의 죄를 용서해달라는 대목에 이르자, 정신부는 차마 입이 떨어지지 않았다.

그렇게 미사가 끝났을 때, 정신부는 더 이상 몸을 가누지 못할 만큼 지쳐 있었다. 잠시만 휴식을 취한 다음 도청으로 나가리라 하고 사제관으로 돌아와 소파에 주저앉았는데, 엄청난 피로가 한꺼번에 몰려오면서 어느 순간 무너지듯 잠에 빠져들었다. 최초의 총성에 놀라 깨어났을 때, 그는 이미 모든 것이 돌이킬 수 없게 되었다는 사실을 알았다. 콩 볶듯 퍼붓는 총소리와 살려달라는 여학생의 애끓는 절규를 들으면서도, 이제 그가 할 수 있는 일이라곤 다만 기도하고, 흐느끼고, 머리털을 쥐어뜯으며 홀로 몸부림치는 것밖에 없었다.

돌연 사제관 문짝을 사납게 두드리는 소리가 났다. 거실로 나가 문을 열기도 전에, 우당탕, 군홧발로 문짝을 차 부수고 계엄군 네 명이 들이닥쳤다. 대검을 꽂은 M16 소총을 그들은 대뜸 정신부를 향해 들이댔다.

"이곳은 천주교 신부가 사는 사제관이오. 도대체 이게 무슨 짓이오!"

"폭도들이 이쪽으로 도주해오는 걸 봤소. 어디다 숨겼소!"

"이렇게 무례한 행동이 어딨소? 사제관 안에까지 군화를 신은 채 들어오다니! 당신들 지휘관이 누구요!"

정신부의 호통에 병사들은 주춤하는 눈치였다. 그들은 부엌, 침실, 사무실의 바닥을 군홧발로 더럽혔고, 천장을 대검으로 쿡쿡 찔러보기도 했다. 정신부의 항변은 들은 척도 하지 않은 채 그들은 본당 일이층을 샅샅이 뒤진 다음, 이번엔 수녀원까지 쳐들어갔다. 두려움에 새파랗게 질린 두 수녀는 울음을 터뜨렸다. 이내 수색을 마친 스무 명 가량의 계엄군은 성당 뒤편 고등학교의 담벼락을 따라 낮은 포복 자세로 민첩하게 접근해갔다. 돌연 앞쪽에서 고함 소리가 터졌다.

"저쪽이다!"

"놓치지 말앗!"

우두두두두. 군홧발 소리가 성당 뒤편의 캄캄한 언덕 쪽으로 몰려갔다. 타타…… 타타타탕. 이내 총성이 울렸다. 정신부는 두 수녀를 이끌고 황급히 수녀원으로 들어가 안에서 출입문을 걸었다.

봄 날

"아아, 어쩌면 좋아! 어쩌면 좋아!"
수녀들이 서로 부둥켜안고 울음을 터뜨렸다. 정신부는 두 눈을 감은 채 그 자리에 돌처럼 굳어 있었다. 그의 두 눈에서 눈물이 철철 흘러내렸다.

새벽 4시 30분, 양림동 K종합병원

도청 쪽에서는 아직도 총성과 폭음이 그치지 않고 있었다. 오히려 더욱 치열해지는 것 같았다. 수희는 응급실 안에서 그 소리를 듣고 있었다. 응급실 안에 있는 사람은 당직 의사와 간호사 둘, 그리고 환자가 일곱이었다. 첫 총성을 들은 것은 새벽 세시쯤. 병원에서 멀지 않은 백운동 로터리 방향에서였다. 그때 수희는 약물 중독 환자의 위를 씻어내고 있던 참이었다. 칠십대 노인이 박카스병에 담아놓은 농약을 잘못 마시고 실려왔던 것이다.

최초의 총성이 들렸을 때, 수희는 마침내 올 것이 오고 말았음을 짐작했다. 그리고 나서 이내 그 여학생의 처절한 가두 방송 소리를 들었다. 살려달라고, 도청으로 나와달라고, 목이 터져라 외치는 그 목소리는 바로 병원 앞까지 왔다가 되돌아갔다. 그 애절한 목소리에 수희는 한없이 울었다. 이제 더 이상 그 여학생의 음성은 들리지 않고, 소나기처럼 퍼붓는 총성과 폭음만 도청 쪽에서 들려오고 있었다. 그 여학생은 벌써 죽었을 거라고 수희는 생각했다. 박간호사는 아직도 책상에 엎드려 훌쩍이고 있다. 수희는 혈압계와 체온계를 들고 일어섰다. 그 순간, 두다다다다, 찢어지는 듯한 총성이 건물을 뒤흔들었다.

"엄마야앗!"
박간호사가 비명을 지르며 책상 밑으로 기어들었다. 놀랍게도 총성은 바로 병원 앞, 길 건너편 언덕에서였다. 이내 정문 수위 두 사람이 헐레벌떡 응급실 안으로 뛰어들어왔다.
　"큰일났소! 공수부대가 바로 건너편 교회까지 올라왔단 말요!"
　"소등해요! 빨리!"
　수위들이 복도를 뛰어다니며 고함을 질렀다. 수희는 얼른 스위치를 내렸다. 응급실 안은 어둠에 파묻혔다.
　"출입문 잠궈요, 이간호사! 얼른요!"
　당직 의사가 소리쳤다. 수희가 달려가 출입문을 잠그려는 순간, 느닷없이 밖에서 한 무리가 우르르 밀려들어왔다. 엄마야앗! 수희는 기절할 듯 놀라 비명을 질렀다. 시민군 청년 세 사람이 파랗게 질린 채 도망쳐온 것이다. 그들이 위험하다는 걸 수희는 퍼뜩 깨달았다. 수희는 손에 잡히는 대로 거즈와 붕대 뭉치를 집어들었다.
　"이쪽으로 와요! 빨리요!"
　수희는 앞장서서 복도로 뛰어나갔다. 복도가 깜깜했다. 병원 전체가 완전 소등에 들어가, 어디고 동굴 속처럼 암흑이었다. 수희는 청년들을 이끌고 계단을 뛰어올랐다. 이층 입원실 문을 열자마자 아앗, 엄마얏, 놀란 비명이 터져나왔다. 그곳은 출산을 마친 임산부들의 병실이었다.
　"놀라지 마세요, 여러분. 간호사예요. 이 사람들을 숨겨야 해요. 급해요!"
　어둠 속에서도 모두들 재빨리 움직였다. 여자들이 급히 내려오자마자 청년들이 침대로 기어올랐다. 수희는 청년들의 머리에 붕대를 아무렇게나 감아주고는 시트를 뒤집어씌웠다. 오들오들 떨고 서 있는 여자들을 간병인용 보조 침대에 앉게 하고 나서 그녀는 말했다.
"놀라지 마시고 침착하세요. 군인들이 오면, 아줌마들은 가족인 척하세요. 아셨죠?"
"아, 알았어요. 아아, 어쩌면 좋아."
나머지 한 청년을 똑같은 식으로 옆 병실에 숨긴 다음 수희는 복도로 나왔다. 그 사이 또 다른 시민군 청년 대여섯이 병원 안으로 도망쳐온 모양이었다. 그들을 병실 안에 숨기느라고 복도마다 의사들과 간호사들이 이리저리 뛰어다녔다. 뒤편 결핵 환자 병동에도 몇 명을 숨겨놓았다고 했다. 이미 입원해 있는 경상자들도 중상자처럼 보이기 위해, 간호사들은 아무데나 붕대를 감아놓기도 했다. 너나없이 겁에 질려 있었지만, 마치 연습이라도 해둔 것처럼 직원들은 빠르게 움직였다. 안 그래도, 계엄군이 진입하면 병원을 샅샅이 뒤져서 대학생과 청년들을 모두 죽여버릴 것이라는 끔찍한 소문이 병원 내에 퍼져 있는 참이었다. 설마 그럴까 싶으면서도, 계엄군의 잔학 행위를 누구보다 잘 알고 있는 병원 직원들로서는 그 소문을 믿을 수밖에 없었다.
응급실로 급히 내려가려던 수희는 기절할 듯 놀랐다. 계단 아래 쪽에서 어지러운 군홧발 소리가 들려왔다. 수희는 뒤돌아서 이층 간호사실로 정신없이 달려갔다. 동료 간호사들과 함께 바들바들 떨고 있으려니, 군인들이 총을 움켜쥔 채 계단으로 우두두두 뛰어올라왔다. 동료들이 얼굴을 감싸며 테이블 밑으로 주저앉았다. 수희는 의자를 지키고 앉았다. 장교 하나가 대뜸 다가왔다.
"이봐, 아가씨. 여기 폭도들 들어왔지?"
"무슨 말씀이시죠? 여긴 병원입니다."

수희는 태연하게, 눈초리를 꼿꼿하게 세운 채 대답했다. 장교는 흘긋 째려보다가 잠자코 등을 돌렸다. 한 무리가 삼층으로 뛰어올라가고, 한 무리는 이층 병실을 뒤지고 다녔다. 문을 벌컥벌컥 열고 들어가, 총구를 불쑥불쑥 들이댔다. 십여 분 후, 그들은 다시 한덩어리가 되어 계단을 우두두두 뛰어내려갔다. 군인들이 병원을 완전히 빠져나간 것을 확인하고서야 모두들 가슴을 쓸어내렸다. 잡혀간 사람은 아무도 없었다.

여전히 시가지 쪽에선 엄청난 총성이 계속 터져나오고 있었다. 아아, 저 소리. 얼마나 많은 사람들이 죽어가고 있을까. 그녀는 또 걷잡을 수 없이 눈물이 터져나왔다. 응급실로 가기 위해 복도를 걸어나오던 수희는 닥터 윤의 진료실 앞에서 걸음을 멈추었다.

수희는 조심스레 문을 열었다. 어둠 속, 창가에 닥터 윤이 등을 돌린 채 혼자 서 있었다. 조용히 안으로 들어섰을 때, 수희는 그가 혼자 울고 있다는 걸 알았다. 결혼식이 지난 일요일로 잡혀져 있었는데도, 결국 시내를 빠져나가지 못하고 병원에 남아 있어야 했던 그였다. 끊임없이 실려 들어오는 참혹한 부상자들과 시신들. 외과의사인 닥터 윤으로서는 가운이 온통 피범벅이 된 채로 잠시도 쉬지 않고 뛰어다녀야 했다. 부상자들의 참혹한 모습들을 앞에 놓고 그가 눈물을 흘리는 모습을 수희는 지금껏 여러 차례 훔쳐보았었다. 수희는 지금 이 순간 그의 비통한 울음을 이해했다.

수희는 천천히 다가가, 등뒤에서 그를 두 팔로 조용히 껴안았다. 그는 가만히 서 있었다. 아직도 들먹이고 있는 그의 등에 얼굴을 묻은 채, 그녀는 낮게 흐느끼기 시작했다.

아침 6시

　계엄군의 도청 진압 작전이 완료된 것은 새벽 5시 21분. 계획대로 새벽 4시 정각 도청 후문에 도착한 3공수여단 특공조는 전격적인 진압 작전에 돌입, 1시간 21분 만에 항쟁의 심장부인 도청을 점령했다. 또 7공수 특공조는 무려 4시간여의 교전 끝에, 새벽 5시 42분 광주공원 점령에 성공했다. 11공수 특공조는 4시 46분에 전일빌딩과 관광호텔을 별다른 저항 없이 확보했으나, YWCA 회관에서는 격렬한 저항을 받은 끝에 2시간 만에 내부 진입에 성공했다. 이들 3개 공수여단 특공조들은 아침 7시 30분 전까지 각각 점령 지점을 20사단에게 인계한 뒤 모두 철수했다. 광주 진압 과정을 초조하게 지켜보던 신군부는, 도청 점령 완료 시각인 새벽 5시 20분, '광주 진압 완료'를 선언한다.

　그러나 도청 점령 이후에도 계엄군은 이날 오전 내내 '잔여 폭도' 소탕 작전을 계속, 시내 곳곳에서 간헐적인 총성이 계속되었다. 이에 따라, 전일빌딩 옥상에서 2명(10:30), YWCA에서 5명, 수협지부 건물에서 고교생 1명(12:20), KBS 신축 공사장에서 11명(12:30)이 뒤늦게 검거되었다.

　신군부가 이날의 진압 작전에 투입시킨 병력은 도합 8,000여 명. 부대별로 보면, 3개 공수여단 특공조 376명, 20사단 4,200여 명, 31사단 700여 명, 보병학교 · 포병학교 · 기갑학교 등 3개 학교 2,700여 명 등이다. 그에 반해 도청, 광주공원, YWCA 등에 마지막까지 남아 있던 시민군은 낡은 카빈소총으로 무장한 이삼백 명에 불과했다.

　광주 진압 작전에는 이들 정예 병력 외에도 온갖 막강한 신예

장비가 총동원되었다. 전차 18대, 장갑차 9대, 지휘용 500MD 헬기 1대, 무장 500MD 헬기 4대, 수송용 헬기 1대, 코브라 무장 헬기 2대 등. 한편, 이와 함께 미국은 오키나와 기지에 있는 무장헬기 2대와 필리핀에 정박중이던 항공모함 '코럴시 호'를 한국 해역에 파견, 소탕 작전에 나선 신군부를 위한 암묵적인 '지원'을 행사했다.

당시 계엄사는 이날 광주 진압 작전 과정에서의 사망자는 17명, 체포되어 연행된 시민은 295명이라고 발표했다. 그러나 이후 1990년까지 추가 확인된 수를 포함, 실제 사망자 수는 총 26명에 이른다.

아침 6시 30분, 도청 앞 광장

아침 해가 밝았다. 유난히도 맑고 투명한 봄날 아침이었다. 바로 어제까지 잔뜩 찌푸려 있던 하늘은 마치 이날을 기다리고 있었다는 듯, 구름 한 점 없이 활짝 개어 있었다.

도시는 간밤 내내 잠들지 못했다. 팔십만 시민 모두가 깨어나 그 엄청난 총성과 폭음, 그리고 피를 토하듯 울부짖는 여학생의 절규를 들어야 했다. 더러는 방안에서 이불을 뒤집어쓴 채로, 혹은 온 식구가 한 방에 모여 바들바들 떨면서, 혹은 비통한 통곡을 소리 죽여 터뜨리면서, 온 시민은 그 끔찍한 악몽의 밤을 뜬눈으로 고스란히 지새야 했다.

전화는 먹통이었고, 라디오만이 집 바깥으로 이어진 유일한 통로였다. 그들은 이불 속에서 라디오 볼륨을 한껏 줄여놓은 채 귀를 기울였다.

"폭도들은 투항하라. 도청과 광주공원은 완전 포위됐다. 총을 버리고 투항하면 생명은 보장한다……"

　새벽 네시의 광주 KBS 방송은 그렇게 연신 반복했다. 경고 방송 간간이 경쾌한 행진곡이 쿵작쿵작 흘러나왔다.「콰이강의 다리」도 흐르고「돌아온 병사」도 흘러나왔다. 칠흑 같은 어둠 속, 바깥에선 다다다다, 투투타타타, 벼락 같은 총성이 천지를 뒤흔드는데, 라디오에선 쿵작쿵작 쿵작작, 신나고 흥겨운 행진곡이 이어지고 있었다. 그 경쾌한 음악을 들으며, 시민들은 분노와 절망, 슬픔과 굴욕감에 끝없이 치를 떨었다.

　마침내 격렬한 일제 사격의 총성이 일단 멈춘 새벽 5시 12분. 경고 방송의 내용이 바뀌었다.

　"군은 4시 30분 현재 시가지를 완전 장악했습니다. 저항하던 폭도는 모두 진압되었습니다. 시민들은 불안해하지 말고, 절대로 밖으로 나오지 마십시오. 계속 라디오를 청취하면서 집 안에 안전하게 계십시오. 외국인도 신분 여하를 막론하고 밖으로 나오면 안 됩니다……"

　"모든 공무원은 7시 30분까지 출근하십시오. 출근하지 않는 공무원은 근무지 이탈로 간주합니다."

　다시 쿵작쿵작, 쿵자자작, 행진곡이 신나게 흘러나오고, 외국인을 위한 영어 방송도 나왔다. 5시 25분엔 계엄분소장의 첫 담화가 발표되었다.

　"……군은 지난 21일 철수한 후 일주일 간을 인내하며 기다렸습니다. 그 동안 군이 진입하지 않기로 시민 대표들과 약속했으나 성과가 없었으며, 불량배·깡패·전과자 등이 시민군을 조직, 이적 행위를 해 어쩔 수 없이 진입했습니다…… 우리 군은 성공리에 작전을 끝마쳤습니다. 시민 여러분은 질서 회복에 앞장서주시기 바랍니다……"
 쿵작쿵작 쿵자작. 쿵다라락 쿵작쿵.
 "……시민 여러분, 폭도들은 진압됐지만 일부 잔당들이 주택가에 침입을 기도하고 있습니다. 절대로 폭도들을 숨겨줘선 안 됩니다. 폭도들을 숨겨주면 똑같은 처벌을 받게 됩니다. 보는 즉시 계엄군이나 경찰서에 신고합시다……"
 이윽고 꿈결처럼 총성이 멎고, 아침이 밝아왔다.
 언제나처럼 찾아온 아침이었지만, 그러나 그것은 더 이상 그들이 지금껏 알고 있었던 낯익은 아침이 아니었다. 시민들의 눈에 비친 도시는 유령의 마을처럼 보였다. 집들의 지붕, 골목, 빌딩, 거리, 가로수…… 그 어디에나 간밤의 그 어마어마한 총성과 폭음, 화약 냄새, 전차의 굉음, 고함 소리, 군홧발 소리, 그리고 아아, 여학생의 그 애끓는 절규와 통곡 소리가 아직도 메아리처럼 쟁쟁 떠돌고 있는 것만 같았다.

아침 7시 30분, 도청 앞 광장

 맑고 투명한 햇살은 도청 광장 위에도 유리알처럼 쏟아지고 있었다. 그 광장에 김상섭은 서 있었다. 그의 눈앞에는 기관총이 장착된 거대한 두 대의 탱크가 광장의 시계탑을 중심으로 괴물처럼 버티고 서 있었다. 탱크는 포신을 정확히 금남로를 향해 겨냥한 채로였다.
 김상섭 역시 간밤 내내 뜬눈으로 세웠다. 도청과 인접한 금동의 어느 여관 삼층에서 김상섭은 동료 기자들과 함께 그 악몽의 시간을 견뎌내야 했다. 총알이 방안까지 날아들어왔다. 옆방의 한 미국인 기자는 바로 귓전을 스치고 지나간 총탄 때문에 반쯤 얼이 빠져 허둥지둥 그들의 방으로 뛰어들기도 했다. 새벽 다섯 시경, 계엄군 두 명이 총에 대검을 꽂은 채 방안으로 들어와 손을 들라고 고함을 쳤다. 기자 신분증을 보여주자 순순히 방을 나갔다. 하지만 그들은 다른 방에 들어 있던 투숙객 중 젊은이들을 밖으로 끌고 나갔다. 기자들은 도청이 점령되었다는 방송을 들었지만, 창밖의 살벌한 분위기에 질려 나갈 수가 없었다. 그러다 조금 전에야 외신 기자들이 나서는 걸 보고, 동료 기자들과 함께 광장으로 나왔던 것이다.

도청 일대는 완전히 전쟁터 그대로였다. 청사 안마당엔 파괴된 차량들이 엉망으로 뒤엉켜 있고, 총기류, 각종 장비 등등 깨지고 부서지고 흩어진 온갖 기물들로 난장판이었다. 건물 곳곳에 총격과 수류탄의 흔적이 무수히 남았고, 수천 장의 유리창은 온전한 게 거의 없었다. 간밤의 전투가 얼마나 치열했었는가를 여실히 드러내주는 풍경들이었다. 일부 군인들은 아직도 총을 쥔 채 도청 주변을 경계중이고, 도청 옥상 및 광장 주변의 빌딩 옥상마다 기관총이 설치되어 있었다. 도청 안마당에선 철수하려는 공수부대 특공조가 이제 막 모여들고 있었다.

"비켜요, 비켜!"

"임마, 기자들 좀 접근 못 하게 막으란 말야!"

정문 쪽이 돌연 소란해졌다. 체포된 시민군들이 이제 막 정문 밖으로 끌려나오기 시작했다. 하나같이 뒤로 두 손을 묶인 채 고개를 푹 숙인 청년들. 완전히 얼이 빠진 모습들이었다. 그들의 등에는 하나같이 '극렬분자' '총기 난동' 이라는 붉은색 글씨가 휘갈겨져 있었다. 굴비를 엮어놓은 듯 십여 명씩 줄줄이 끌려나오는 그들을 향해 외국인 사진 기자들이 우르르 몰려들었다. 셔터를 누르고, 촬영기를 들이대고, 녹음용 마이크를 가져다대느라 법석이다. 체포된 청년들 중 상당수는 부상을 당한 상태였다.
"어이, 총 맞은 모습은 찍지 마시오. 사진에 안 나오게 하란 말요!"

앞에서 장교 하나가 엉뚱하게도 외국인 기자들에게 우리말로 소리치며, 카메라 앞을 손으로 가로막는 시늉을 했다. 양손을 뒤로 묶인 채 앞사람의 등에 이마를 대고 그들은 줄줄이 끌려나왔다. 대부분 십대와 이십대 청년들. 그 중엔 중학생 정도로 보이는 어린 소년도 끼여 있었다. 퀭하니 뜬 그들의 두 눈은 절망과 두려움으로 잔뜩 질려 있었다. 그것은 분명 적군에 사로잡힌 포로들의 모습이었다. 체포된 시민군들은 정문 앞에 대기중인 몇 대의 버스에 빽빽하게 실려졌다. 대략 이백 명 가량 되어 보였다. 버스는 차례로 광장을 돌아나갔다.

그때 갑자기 외국인 기자들이 정문 안쪽으로 급히 몰려들어가고 있었다. 김상섭도 재빨리 뒤따라 들어갔다. 정문 안으로 막 들어서는 순간, 김상섭은 경악했다. 시체들이었다. 대여섯 구는 화단 옆에 한꺼번에 겹쳐서 쌓여 있고, 또 한쪽엔 군용 우의를 깔고 서너 구가 엎어져 있다. 역한 피비린내와 악취가 코를 찔렀다. 피에 젖은 그들의 몸뚱이 주위로 벌써 파리떼가 몰려들고 있었다.

아직도 건물 안에 시신들이 남아 있는 모양이었다. 본관 오른편의 민원실 건물에서 병사들이 군용 우의에 또 몇 구의 시체를 담아 질질 끌고 내려오기 시작했다. 한 병사는 혼자서 시신의 두 다리를 거꾸로 움켜쥔 채 함부로 질질 끌고 왔다. 흡사 잔칫날에 개나 돼지를 잡아 끌고 오는 것 같은 광경에 김상섭은 진저리를 쳤다. 외신 기자들이 그 광경을 신나게 찰칵찰칵 찍어댔다. 끌려 나오는 청년들 중엔 부상자도 보였다. 그 부상자들 역시 시체들 옆에 엎드리게 하고는 등뒤로 양 손목을 결박해놓는다.
 그런 어느 순간, 민원실 건물에서 끌려나오고 있는 한 구의 시체가 언뜻 김상섭의 시야에 들어왔다. 순간 김상섭은 헉, 숨을 멈추었다. 윤상현이었다.
 김상섭은 차마 그 광경을 볼 수가 없었다. 등을 돌린 채 그는 한참 동안 목울음을 삼켰다. 가눌 수 없는 분노와 슬픔에 가슴이 찢어지는 것만 같았다. 한쪽에선 도청 직원들이 수도꼭지에 호스를 연결해서 곳곳에 고여 있는 핏자국들을 씻어내고 있었다.
 갑자기 정문 쪽에서 합창 소리가 들려왔다. 임무를 성공리에 완수한 한 무리의 공수부대 병사들이 대열을 갖춘 채 소리 높여 군가를 부르고 있었다.

 보아라, 장한 모습 검은 베레모
 무쇠 같은 우리와 누가 맞서랴
 하늘로 뛰어올라 구름을 찬다
 검은 베레 가는 곳에 자유가 있다……

 반동 자세를 취한 채 좌우로 몸을 움쭐움쭐 흔들어대는 병사들. 박박 악을 쓰듯 목청껏 불러대는 그들의 군가 소리가 광장을 쩌렁쩌렁 흔들어대고 있었다. 문득 머리 위에서 헬기의 요란한 프로펠러 소리가 들려왔다. 김상섭은 고개를 젖혔다. 헬기의 꽁무니에서 전단이 뿌려지고 있었다. 눈부신 오월 아침의 하늘을 수놓으며, 그것들은 축제일의 꽃가루처럼 하얗게 펄럭이며 내려오기 시작했다.

"시민 여러분, 유언비어를 믿지 맙시다. 터무니없는 유언비어를 믿지 맙시다. 혼란이 계속되면 손뼉을 치는 것은 북한 공산당뿐입니다……"

헬기에서 들려오는 소리였다.

김상섭은 혼자 천천히 정문을 걸어나왔다. 어제까지만 해도 시민들의 인파로 붐비던 그 광장엔 거대한 탱크가 포신을 늘어뜨린 채 위압적으로 버티고 서 있었다. 김상섭은 광장에 시선을 고정한 채로 한참을 붙박인 듯 서 있었다. 불현듯 며칠 전 윤상현이 바로 이 자리에서 했던 말이 김상섭의 귓전을 울려왔다.

"이봐. 난 민중의 혼을, 폭발력을 믿고 싶네. 아니, 확실히 믿네. 자네도 지난 며칠 동안의 그 놀라운 싸움을 똑똑히 보지 않았나? 누구도 예상치 못했던 엄청난 일이 우리들 속에서 일어난 거야. 그것만으로도 우린 이미 절반쯤 승리한 것인지도 몰라……"

김상섭은 흐려진 눈을 주먹으로 훔쳤다. 저만치 광장 주변을 조심스레 서성이며, 하룻밤 사이에 또다시 주인이 뒤바뀐 도청 건물을 멍하니 바라보고 있는 시민들의 모습이 보였다.

그때 땅바닥을 뒤흔드는 엄청난 굉음이 들려왔다. 노동청 사거리 방향으로부터 거대한 탱크부대의 행렬이 광장을 향해 다가오고 있었다. 한 대, 두 대, 다섯 대…… 무려 14대의 탱크가 위용을 자랑하며 광장으로 들어섰다. 크르르르르…… 그것들은 거대한 공룡의 무리처럼 으르렁거리며 금남로를 향해 일렬로 천천히 이동해가기 시작했다. 이른바 무력 시위였다. 점령군의 위세를 과시하고 자신들의 승리를 자축하기 위해, 그들은 지금 시가지를 의기양양하게 누비고 있는 거였다.
 쿵작쿵작 쿵자작, 쿵자자작 쿵자작…… 등뒤에서 느닷없이 경쾌한 행진곡이 커다랗게 울려나오기 시작했다. 도청 옥상의 확성기에서 흘러나오는 소리였다. 김상섭은 두 눈을 질끈 감았다. 분노, 분노, 굴욕감, 굴욕감. 쿵작쿵작 쿵작작. 김상섭은 이를 악문 채 두 주먹을 불끈 쥐었다.

에필로그

1980년 5월 31일 06 : 00, 전남 목포항

매점에서 우유 한 병을 샀다. 밖엔 아직 엷은 어둠이 남아 있었다. 출항 시각 십 분 전. 대합실에 있던 사람들이 일제히 개찰구 앞으로 몰려들고 있었다. 선박회사의 직원 두 사람이 승선표를 거둬들이고 있을 뿐, 뜻밖에 경찰관은 보이지 않았다. 명기는 개찰구를 통과하자마자 안도의 숨을 내쉬었다. 사람들 틈에 섞여 승선장으로 이어진 통로를 따라 걸음을 옮겼다. 그러나 그게 아니었다.

통로를 벗어나 작은 잔교로 올라서던 명기는 가슴이 철렁 내려앉았다. 그가 타고 가야 할 여객선 바로 앞에 경찰관들이 보였다. 총을 멘 전경 두 명과 전투복 차림의 경사 하나. 길목을 막고 서, 배에 오르려는 승객들의 신분증을 확인하는 중이다. 명기는 망설였다. 되돌아 나갈까. 하지만 그러기엔 이미 늦었다. 명기는 운명에 맡기기로 했다. 경사는 한 손에 얇은 종이 뭉치를 쥐고, 특히 젊은 사람들일 경우 거기 수록된 명단과 일일이 대조해보는 것 같다. 명기는 그 명단이 무엇을 의미하는지를 안다. 도청이 진압된 바로 그날 오후부터 벌써 경찰은 대대적인 검거 작업에 돌입했던 것이다.

"당장 몸을 피해라. 투사회보팀 중 벌써 두 사람의 집으로 놈들이 들이닥쳤어. 놈들은 이번 일에 가담한 사람들 명단을 벌써부터 확보해놓고 있었던 거야. 아무에게도 행선지는 알리지 마. 물론 우리끼리도 비밀이다. 일단 집을 나선 다음부터는 집에건 어디에건 전화도 해선 안 돼. 절대로 말야. 자, 조심해라. 살아서 만나자."

민호는 다급하게 전화를 끊었다. 그때가 28일 아침이었다. 전화를 받자마자 명기는 간단한 옷가지만 가방에 담고 집을 빠져나와, 아버지의 고향 친지라는 분의 집에서 이틀 밤을 숨어 지냈다. 그러나 큰아들이 공무원이라는 그 집에서 오래 머무를 수는 없었다. 아버지에게만 행선지를 밝혔다. 돈을 손에 쥐어줄 때 아버지의 충혈된 눈에 물기가 고이는 걸 보았다. 시내버스를 타고 광주를 빠져나와, 화순에서 기차와 완행버스를 네댓 번이나 갈아탄 끝에 어제 저녁 목포에 도착, 변두리의 여인숙에서 밤을 지낸 뒤 부두로 나섰던 것이다.

명기는 신안군에 있는 어느 작은 섬으로 떠날 작정이었다. 거기엔 고등학교 때 담임선생이 시를 쓰며 혼자 살고 있었다. 명기에게 처음으로 문학에 눈을 뜨게 해준 분이었다. 설사 그쪽 사정이 여의치 않아 금방 되돌아오게 될지도 모르는 일이었지만, 어째선지 몹시도 그분을 만나고 싶어졌던 것이다.

후드득, 빗방울이 떨어졌다. 줄이 좁혀질수록 심장이 더욱 빠르게 뛰었다. 앞에 열 명 가량 남았을 즈음 갑자기 굵은 빗발이 세차게 쏟아지기 시작했다. 때아닌 소나기였다. 승객들도 경찰관들도 다급해졌다. 승객 몇이 검문 절차를 무시하고 배 안으로 뛰어들어가갔다. 순식간에 옷이 젖었다. 경사는 명기의 얼굴을 슬쩍 쳐다보았을 뿐, 주민등록증은 제대로 확인하지도 않았다. 명기는 배에 오르자마자 선실로 들어갔다. 동그란 쪽창으로 내다보니, 그들은 비를 피해 허둥지둥 잔교 위를 뛰어가고 있었다. 배가 천천히 후진하기 시작했다. 그제서야 위기를 일단 넘겼다는 생각과 함께 갑자기 온몸에서 힘이 쭉 빠졌다.

승객은 고작 스무 명 남짓. 연안에 깔려 있는 수많은 자잘한 섬들 사이를 경유, 운항하는 그 선박은 무척 낡았다. 대부분 섬 주민들로 보이는 승객들은 벌써부터 비닐장판이 깔린 선실 바닥을 제각기 차지하고 앉거나 드러누웠다. 명기는 한쪽 구석에 쪼그려앉았다. 배의 규칙적인 진동에 몸이 따라 흔들렸다. 민태는 어디로 피했을까. 순임이는…… 친구와 선배들의 얼굴이 떠올랐다. 또다시 두 눈에 눈물이 차올랐다. 명기는 무릎 사이에 얼굴을 묻었다.

그날 밤, 도청이 함락되기 직전에 명기는 여자들을 이끌고 YWCA를 빠져나왔었다. 민태와 순임, 그리고 선배들 다섯 명도 함께였다. 거기서 멀지 않은 교회에 숨어 그 밤을 지낸 뒤, 27일 오후에 제각기 숨을 곳을 피해 흩어졌다. 그 다음부터는 모두와 연락이 끊어졌다. 오직 민호와의 그 단 한차례 전화를 통해 대충 몇 가지 소식을 들었을 뿐이다. 명기네가 출발한 직후 민호도 다른 몇몇 선배들과 함께 그곳을 급히 빠져나온 까닭에, 마지막까지 남은 사람이 누구였는지는 저도 모른다는 거였다. 도청 쪽에서는 항쟁지도부의 간부들 대부분이 체포되었고, 윤상현형과 박용준형은 현장에서 사살되었다고 했다.

……계엄사령부는 이번 광주 사태에서 민간인 144명, 군인 22명, 경찰 4명 등 모두 170명이 사망했으며, 민간인 127명, 군인 109명, 경찰 144명 등 380명이 크게 다쳤다고 오늘 아침 공식 발표했습니다. 또 5월 18일 이후 5월 27일까지 현지에서 1,740명을 검거했으며, 이 중 1,010명을 훈방했고 현재 조사중인 사람은 730명이라고 밝혔습니다. ……이번에 연행된 사람들 중 사태 주동자, 극렬한 악질 행위자, 살인범 등을 엄격히 선별하여 계엄군법회의에 회부, 엄중 처단할 계획이며……*

명기는 퍼뜩 고개를 들었다. 선실 한쪽 벽에 걸려 있는 낡은 라디오에서 흘러나오는 소리였다. 갑자기 온몸이 부들부들 떨려오기 시작했다. 형언할 수 없는 분노와 절망, 증오와 슬픔이 전신을 짓눌러왔다. 어제도 그랬고, 그제도 그랬다. 완행버스 안에서도, 기차에서도, 거리의 전파사 앞을 지나다가도, 라디오 뉴스가 흘러나오면 명기는 어느샌가 발작처럼 전신에 경련이 일어나곤 했다. 아니, 지나치는 사람들의 대화 속에서 '광주' 얘기만 귀에 언뜻 들어와도 명기는 벌써 제정신이 아니었다. 들끓어오르는 뜨거운 분노와 슬픔의 불덩어리가 전신을 휘감으며 눈앞을 캄캄하게 만들어버리곤 했다.

---

* 1989년 국회 광주 청문회 기간 전까지 정부가 일방적으로 발표한 광주 항쟁의 사망자 수는 민간인 168명, 군인 23명, 경찰 4명 등 총 195명이다. 이 중 군 사망자 23명 가운데 12명은 군부대간의 상호 오인 사격으로 인해 발생한 사망자들이다. 한편, 1988년 5월 18일부터 6월 30일까지 정부가 실시한 광주 항쟁 당시 행방불명자 신고 기간에 접수된 행방불명자는 총 102명. 이들은 대부분 사망한 것으로 추측된다. 결국 광주 항쟁으로 인한 정확한 사망자 수는 어쩌면 영영 미궁 속에 남겨지게 될지도 모른다.

"금방 저 소리, 들었소? 광주서 죽은 민간인이 백사십사 명이라고 하는구만요."
"택도 없는 소리! 이천 명도 넘을 것이라든디?"
"그건 소문이고, 천 명 정도나 될 거랍디다."
"뭔 소리당가. 광주 사위헌테 어저께 전화로 자세히 들었단 말이시. 저놈들 허는 소리는 순전히 국민들 속일라고 지어낸 거짓말이고, 그 동안 공수부대가 수도 없이 도라꾸에 실어다가 암매장시킨 사람만 해도 엄청나다고 허드랑께."
"맞어라우. 시방 광주시청에 행방불명된 사람을 신고하느라고 가족들이 어찌나 몰려드는지, 일을 제대로 못 볼 지경이라고 합디다. 온 시내가 완전히 초상집 분위기라여."
"어디 광주 사람들뿐이간디? 시골에서 자식들을 광주에 있는 학교로 올려보낸 사람들만 해도 그 숫자가 얼마겄어? 그야말로 전라도 전체가 초상집이 된 거나 마찬가질세."
"도촌리 김영만이네 둘째아들은 총 맞어서 죽었다잖든가."
"우리 마을만 해도, 광주서 난리 터졌다는 소리 듣고 쫓아올라간 집만 다섯 집이요. 면장집 아들은 대학생도 아니고 회사원인디, 다리에 총을 맞아가꼬 병신 되게 생겼다고 안 헙디여."
"허참, 기가 맥힐 노릇이여! 이누무 세상, 아무래도 망할라능갑서."

화투판을 벌여놓고 앉은 남자들이 주고받았다. 그러면서도 그들의 손은 여전히 능숙하게 화투장을 뒤집었다. 나머지 승객들은 대부분 바닥에 드러누워 잠들어 있었다. 명기는 불현듯 외로움에 휩싸였다. 그들에겐 다만 그것은 멀리 떨어진 한 불행한 도시의 이야기이거나 미처 확인되지 못한 흉흉한 소문일 뿐이었

봄 날 433

다. 하지만 명기에게 그것은 너무도 생생한 현실이었고, 영원히 치유받지 못할 상처였다. 지금 이 배 안에서 그 악몽의 시간을 저 혼자만 기억하고 있다는 사실, 그리고 자신은 그 악몽의 기억과 함께 앞으로도 평생을 살아가게 되리라는 사실에, 명기는 숨이 막히도록 외로움을 느꼈다.

명기는 선실을 빠져나왔다. 빗발이 여전히 세차게 흩뿌리고 있었지만, 바다는 잔잔했다. 선미 쪽으로 돌아가, 기관실 앞에서 비를 피해 섰다. 반쯤 열린 문 사이로 기관실 내부가 들여다보였다. 형편없이 낡은 구식의 엔진이 맹렬한 비명을 터뜨리며 작동하고 있었다. 소음 때문에 고막이 멍멍해졌다. 미친 듯 쿵쾅대는 그것의 난폭한 작동음이 오히려 명기의 들끓어오르는 가슴을 진정시켰다. 기관실 외벽에 등을 기댄 채, 명기는 짙은 잿빛의 바다를 멍하니 바라보았다.

참, 큰형은 어떻게 된 것일까. 분명 그날 저녁까지 도청에 있었던 것 같은데, 어째서 행방이 묘연해진 걸까…… 그 집을 빠져나오던 날, 아버지는 이틀째 무석형의 행방을 수소문하고 다니는 중이었다. 연행된 사람들 속에 있을 것 같아 상무대로 찾아갔지만, 명단조차 알려주지 않더라고 아버지는 말했다. 도청 함락 직전에 꼭 한 번 전화가 왔었다고 했다. 그렇다면 혹시? 명기는 이내 고개를 저었다. 방정맞은 생각. 아마 큰형은 지금쯤 잡혀가 있거나, 아니면 용케 도청을 빠져나와 나처럼 어딘가 숨어 있을지도 몰라…… 명기는 그렇게 믿어버리려고 애썼다.

윤상현형의 죽음을 큰형은 알고 있을까. 윤상현의 얼굴이 떠오르자, 또 가슴이 무너져내렸다. "자, 어서들 서둘러라. 모두가 다 여기 남아 있을 필요는 없어. 누군가 훗날 세상 사람들에게 오늘밤을 증언해줄 사람도 있어야잖겠냐." 그날 명기가 YWCA를 빠져나오기 직전 윤상현은 그렇게 말하며 미소를 지어보였다. 그것이 마지막 모습이었다니…… 명기는 눈을 감았다. 아아, 그렇게 그는 죽고 말았구나. 우리들이 겁에 질려 도망쳐나와버린 그 자리를 그들만이 외롭게 남아 지키다가, 그렇게 홀로, 외롭게 죽어갔구나…… 아아, 나는 비겁하게 도망쳐나왔어. 순임이를, 여자들을 안전한 곳으로 피신시켜야 한다는 핑계로, 난 그들을 뒤에 버려둔 채 빠져나오고 말았어. 그때 난 완전히 공포에 질려 있었지. 점점 다가오는 그 엄청난 총성으로부터 당장 도망쳐야 한다는 생각만 했어. 윤상현형이 우리에게 나가라고 말했을 때, 내심 얼마나 반가웠는지 몰라. 그러면서도 난, 안 가겠다고, 남겠다고, 거짓말까지 했던 거야. 그리하여 이렇게 나는 살아남았고, 그들은…… 아, 그들은 얼마나 외로웠을까. 누구 하나 돕겠다고 달려와주지 않는, 세상 모두로부터 버림받은 그 캄캄한 건물 안에서, 그들은 얼마나 외롭고 쓸쓸하게 죽어갔을까……

명기의 입에서 격렬한 울음이 터져나왔다. 으아아. 으아아아. 미친 듯 쿵쾅거리는 엔진의 소음이 명기의 울음을 삼켜버렸다. 명기는 주먹으로 벽을 퍽퍽 두드리며, 목이 터져라 통곡하고 절규했다.

그렇게 얼마나 울었을까. 폭풍이 휩쓸 듯 한바탕 격렬한 발작의 순간이 지나고 나자, 갑자기 전신으로 엄청난 허탈감이 밀려들어왔다. 명기는 쓰러질 듯 비틀거리는 몸을 간신히 벽에 기댄 채 힘없이 고개를 들었다.

문득, 눈물로 어룽진 시야로 툭 트인 바다가 밀려들어왔다. 물결은 잔잔하고 수면은 한없이 평온했다. 그 위로 비가 내리고 있었다. 바람 한 점 없는 허공을 가득히 채우며 헤아릴 수 없이 많은 물방울들이 바다로, 바다로 곧장 떨어져내리고 있었다. 그 무수한 물방울들은 거울같이 잔잔한 수면에 내려앉는 순간 흔적도 소리도 없이 소멸해버리곤 했다. 명기는 저도 모르게 아아, 낮게 탄성을 내질렀다. 수천 수만의 서로 다른 개체들이 모여 하나가 되는 기적을, 그 놀라운 일치와 화해의 신화를 명기는 보고 있었다.

불현듯 그날 밤 광장에서의 횃불 시위의 광경이 눈앞에 떠올랐다. 연시빛 불빛에 따스하게 젖어 흔들리던 그 이름 모를 수많은 얼굴들. 어둠이 깔린 거리를 따라 흐르던 그 평화롭고 아름다운 행렬. 수천 수만의 목소리를 한데 모아 부르던 노래…… 이내 짙은 잿빛의 수면 위로, 누군가의 얼굴들이 물방울처럼 하나둘 돋아나기 시작했다. 윤상현, 무석형, 칠수, 순임이, 민태, 민호…… 친구들, 선배들, 그리고 이름 모를 수많은 사람들의 얼굴, 얼굴들. 그 하나하나는 저마다 작은 불꽃으로 변해 어느덧 작은 개울을 이루고, 강을 이루고, 마침내 바다를 향해 뜨겁게 굽이쳐 흘러가고 있었다. 명기는 조용히 두 눈을 감았다. 목 안에서 울컥 솟구치는 불덩이 하나를 명기는 아프게 되삼켰다. 뜨거운 눈물이 뺨 위로 흘러내렸다.

비가 그치고, 하늘이 맑게 걷혀가고 있었다. 눈부시게 흰 깃을 가진 갈매기 하나가 머리 위로 천천히 날아갔다. 명기는 고개를 들어 그 새의 부드러운 날갯짓을 오래도록 바라보았다.

"그래, 절망하지 말자. 두려워하거나 증오하지도 말자. 이 추한 세상의 악과 폭력이 오직 절망과 증오만을 가르치려 할지라도, 나는 이제부터 희망을 배워가리라. 인간과 삶을 향한, 가슴 벅찬 소망과 그리움의 노래를……"

명기는 가슴을 펴고 심호흡을 했다.

저만치 맞은편 섬의 둥근 산등성이 너머로 해가 천천히 떠오르고 있었다. 눈부시게 맑은, 늦은 봄날의 아침이었다. 〔끝〕

5·18 일지

80년 5월 16일

15:00 도청 앞 분수대에서 제3차 '민족 민주화대성회' 개최, 4만 명 집결
16:05 제1, 2시국 선언 낭독
       제1시국 선언=5월14일 이내 비상계엄 해제, 휴교령 거부 등(5월 8일 발표)
       제2시국 선언=유신 잔당 주권 찬탈 음모 분쇄, 반민주·반민족 세력과의 성전 선포
17:00 시가 행진(1, 2진으로 나누어)
18:30 횃불성회, 횃불 1천여 개 점화. 대학 교수 4백 명 참여
21:30 도청 앞 광장에서 5·16 쿠데타 화형식
22:40 학생들 도청 앞 쓰레기 수거
       밤: 평화적 횃불 행진 위해 박관현 전남대 총학생회장과 안병하 전남도경국장 비밀 회담

80년 5월 17일

09:00 각군 지휘관 회의(4시간)
17:40 중앙청에서 비상국무회의, 비상계엄 전국 확대 의결
22:00 공수 7여단 33·35대대 광주 향해 출발
22:00 김대중씨 연행. 김종필·이후락씨 부정 축재 혐의, 문동환·김동길씨 등 사회 혼란 및 배후 조종 혐의로 연행
23:40 비상계엄 선포 지역 24시 기해 전국 일원으로 변경

80년 5월 18일

00:05 광주 지역 민주 인사 등 연행
01:00 광주 일원 공수부대 투입
02:00 계엄군, 전남대·조선대·광주교대 점령 학생 112명 체포
08:00 전남대 등 대학교 휴교령(9월 10일까지), 광주·송정·목포 등 고

	교 휴교령
09:00	전남대생들 등교 시작
10:00	전남대 정문 앞에서 학생 50~60명과 공수대원 대치
10:20	전남대생 5백 명 공수부대와 투석전 충돌, 전남대생 계엄 철폐를 외치며 도청으로 진출
10:30	전남대 후문 시민 연행
10:50	광주역 앞 전남대생 2백 명 집결
11:00	시위대 금남로 3가 가톨릭센터 앞 연좌 시위
11:15	시위대 충장로파출소 앞 대치 후 파출소에 투석
11:30	시위대 가톨릭센터 앞 대치, 연좌 농성
11:49	한일은행 앞 시위대 6백여 명 가톨릭센터로 진출
11:50	한일은행 앞 시위대와 합류 가톨릭센터 '비상계엄 해제하라' 플래카드 들고 시위, 경찰 최루탄 발사 해산
12:40	시위대 광주우체국·중앙초등학교 앞서 농성
13:20	학생회관 앞 페퍼포그 차 1대 불지름
14:30	동국대 주둔 공수11여단 광주로 출발
14:42	도청 앞·금남로 일대 1천 5백여 명, 충장로 일대 1천 6백여 명 시위가 격렬해지면서 진압 실패. 7공수 35대대, 31사단 96연대로부터 도청 앞 진압 명령 수령
15:00	공수부대(7공수) 시내 투입, 진압작전 실시 수창초등학교 앞 공수부대 차량 20여 대 집결 — 가톨릭센터: 33대대 — 충장로: 33대대 — 시위 군중 체포(337명) — 공중에서 헬기 3대 선회
15:30	충장로·광주공원 일대 3백~6백 명 단위 시위대 운집
16:00	파출소 파괴 등 적극 공세로 시위 양상 전환
17:00	경찰 20~30명 시위대에 포로로 붙잡힘
18:00	계림동 일대의 치열한 육박전
20:15	1백여 명 시위대 한일은행 부근에 별다른 충돌 없었음
20:20	노동청 앞 등 시가지 2천여 명 산발적 시위
21:00	통금 실시. 전국에서 소요 주동자 544명 검거(광주 연행자 477명)

80년 5월 19일

00:05~05:20	11특전여단 광주 도착, 진압군 재편성
08:00	계엄사, 민주 인사 및 학생 549명 검거(전국 총계). 아침 상황, 금남로 교통 완전 차단
09:00	금남로에 군중들 운집 시작
09:50	33연대 시위 진압 투입

10:00	헬기, 수천 명의 시위 군중에게 해산 종용
10:00	대동고생 교내 시위
10:00	전교사에서 윤흥정 계엄분소장 주재로 기관장대책회의 개최
10:00	중앙여고생 1천 4백 명 교내 집결, 경찰 교문 봉쇄
10:20	금남로, 경찰 및 공수부대 진압에 화염병으로 시위
10:40	충장로 · 광주은행 앞 · 도청 앞 · 광남로 사거리 등 다발적 시위 발생. 시위 광주 시내 전역으로 확산. 계엄령, 장갑차 4대, 군용트럭 30여 대로 시위대 포위
10:52	군용트럭 시위대 연행
11:00	시위 진압 탱크 동원 공수부대 잔혹한 구타, 연행, 총검 사용, 체포된 시위대를 발가벗겨 무릎을 꿇게 한 뒤 머리를 땅에 처박게 하고 군화로 전신 구타. 광주 시내 초등학교 수업 중단 조치, 중 · 고등학교 귀가 조치
11:20	도경 작전과장 데모대 놓아주었다고 동구청 입구서 계엄군 하사 등으로부터 집단 구타, 곳곳 부상자 속출
12:00	수업받던 학원생 연행
12:20	광주일고생 2천 명 운동장 집결
13:00~15:00	가톨릭센터 앞 시위
11:30~13:00	시위대 107명 연행
14:00	연행자 조선대 · 전남대 운동장으로 이동
14:50	일반 시민들의 합류로 시위대 급증
15:15	가톨릭센터 내 CBS 건물 파괴
15:30	격렬해진 시위대 관광호텔 방향으로 진행, 광주 MBC 건물에 들어가 승용차 5대 방화
15:55	35대대 도청에서 금남로 쪽으로 시위 진압
16:00	고등학생들까지 투쟁 대열 합류
16:05	전남도교위, 광주 시내 고교 20일 하룻동안 가정학습 결정
16:50	최초의 발포: 광주고와 계림파출소 사이 동원빌딩 앞에서 고장난 장갑차 1대, 시위대 150여 명이 접근하자 장갑차에서 발포, 4명 중상, 일부는 계엄군이 싣고 감
17:30	광주일고 앞 시위대 40여 명 연행, 시외버스 공용터미널 앞 5백여 시위대 계엄군과 대치, 광주역 앞 5백여 시위대 계엄군과 대치, 가톨릭센터 부근 시위대 계엄군과 대치. 금남로에서 시위 군중 1천 5백~2천 명 재집결
17:40	시외버스 공용터미널 앞 시위대 완전 분산(비가 내리기 시작함)
18:00	시외버스 공용터미널 주차장에 시체 7~8구 목격됨. 광주공원 시위대 수천 명 '전두환 타도' 외침
18:30	광주공원 대학생 8명을 팬티만 입혀 원산폭격 기합을 줌
19:20	시외버스 공용터미널 2천여 명 시위대 해산

19:30 전대 의대 앞 골목길서 최미자양 (당시 19세) 계엄군 대검에 가슴 찔림
19:40 광주고속버스터미널 앞 시위대 1천 명 경남 번호판 화물트럭 방화
19:45 유동에 세워진 대형 아치에 불지름
20:00 시위대 누문동 파출소 점거, 임동 파출소 방화, 전소
21:00 통행금지에도 불구하고 시위 지속
22:00 역전 파출소 점거, 북구청사 유리 파손, 양동파출소 파괴
23:08 3특전여단 광주에 투입

80년 5월 20일

01:00 제7여단 계엄군 서로 지역대를 편성
04:00 시민 궐기문 살포됨
07:20 서2동 전남주조장 빈터에서 대검으로 난자, 살해된 월산2동 김행부씨(36)가 변사체로 발견됨. 오전 대체로 소강(비가 오는 날씨)
09:30 계엄군이 증원 배치, 상가는 절반 가량 철시
10:00 대법원 김재규 등 5명에 사형 확정
10:00 광주 시내 주요 지점마다 집총 경계
10:20 금남로 3가 30여 명의 젊은 남녀가 팬티와 브래지어만 걸친 알몸으로 붙잡혀 기합받는 것이 목격됨. 오전 외신 기자, 독일 NDR · ADR TV 유르겐 힌츠페터 광주 도착
12:50 계엄군 출동 대기
14:20 서방 삼거리 공수부대의 화염방사기에 사망 · 부상자 발생, 광주역 부근 택시기사 20여 명 조직적 대응책 논의, 금남로 일대 제3공수 11대대 15만 군중에 포위당함
14:45 계림동 파출소 앞 대치, 무등경기장 앞 영업용 택시 집결
15:55 금남로 수천 군중 집결
16:00 시외버스터미널 매표 중단
16:18 가톨릭센터 앞 시위대 증가
16:20 가톨릭센터 · 광주고 · 충장로 · 금남로 등지에 시위 확산, 시위대가 도청을 향하는 6개 방면 모든 도로에 밀어닥침
17:00 계엄군 최루탄을 쏘며 진압
17:00 광주천변 계엄군과 투석 대치
17:10 충금 지하상가에서 계엄 해제를 외치며 시위
17:50 충장로 시위대 육탄으로 경찰과 충돌, "광주 시민을 적으로 취급하는 군과 사생결단을 낼 테니 경찰은 비켜달라" 협상 시도
18:00 택시기사 2백여 명 무등경기장 집결
18:20 택시기사 시위 참여. 택시 1백 대가 3줄로 광주역 쪽으로 진출
18:40 전남대 앞 5백 미터 지점, 계엄군

1명 사망. 광주역 쪽에서 택시·화물트럭을 앞세운 시위대 시외버스 공용터미널로 집결
18:50 택시 120대, 화물트럭·버스 20대 라이트 켜고 금남로 차량 시위. 시민 2만 명 뒤따름
19:00 산수동 오거리에서 광주역으로 시위대 이동 계엄군과 공방전
19:15 광주고속 앞 택시 50여 대 집결
19:20 금남로 차량 시위: 버스 6대 앞세우고 도청 향해 진격
19:45 도청 광장 공수부대 포위됨. 시위대 태극기를 흔들며 도청으로 진격
20:00 시위대 MBC 방송국 점령. 체포된 시위대 도청으로 연행. 소방서 시위대 점령. 2~3대의 소방차 도청 앞 6백 미터 지점까지 돌진. 계림동 시위 군중 1만~3만 증가(도청 진격), 전남대 병원 앞 1만 증가 (도청 진격)
20:10 노동청 앞 시위대 MBC에 화염병 투척, 시외버스 공용터미널 시위대에 화학탄 발사
20:30 광주 CBS 방송 중단
20:50 시위 군중 시청 점령
21:00 도청 차고 불탐, 외곽 지역 주유소에서 화염병 제작, 노동청 앞 시위 진압 경찰 4명 사망
21:30 시위대에 의해 광주역 포위됨, 2천여 명 횃불 시위
21:40 MBC 방송국 전소

22:00 심야로 이어지는 투쟁 대열, 광주 시내 모든 거리는 시위 군중 10만 명 이상 운집, 광주역에 투입된 31사단 병력 퇴각, 금남로 3공수 11대대 고립 상태, KBS 앞 3공수 15·12대대 2만 명 시위대와 대치, 전남대 입구 16대대 1백 대 차량, 시위대와 대치, 광주시청 13대대 1만여 명 시위대와 대치, 양동복개상가 20~30명의 계엄군 시위대에 포위당함

80년 5월 21일

00:10 계속 대규모 시위, 전옥주씨 조선대 앞서 스피커로 "전두환 물러가라" 외치며 시위 주도
00:20 조선대 쪽서 계속 총소리
00:35 노동청 쪽 2만여 군중 경찰 저지선에서 격돌
00:45 광주세무서 방화
01:00 31사단 화염방사기 소대 출동
01:40 자가용 승용차 광주역 쪽으로 질주하며 공수대원과 충돌, 광주역 주변 콩 볶는 소리 계속
02:10 3공수여단, 광주역에서 전남대로 퇴각
02:13 시외전화 불통으로 외부와의 연락 두절, 광주 지역 일반 전화선을 지시에 의거 단선 조치
02:30 계엄군 20사단 사령부 및 62연대

	용산역 출발
04:00	광주역에서 계엄군 철수
05:00	KBS 방송국 방화
05:40	시위대, 2.5t 트럭에 시체를 운반
05:50	광주역에서 출발한 시위대 1천여 명 광주은행 본점 앞에서 시체 2구를 리어카에 싣고 연좌 농성
	아침: 계엄사령부 최초로 광주에서 유혈 충돌 공식 발표
08:00	시위대 당국과 협상 시도
08:45	20사단 병력 광주 진입 저지, 광주시 진입 및 타지역으로의 이동을 봉쇄하기 위한 작전
08:50	시위대 광주교도소 기습, 자진 철수
08:58	20사단 사령부 송정리 도착
09:00	시위대 아시아자동차 공장 진입. 대형버스 22대·장갑차 3대·군용트럭 33대·민간트럭 20대를 몰고 나와 도청으로 진격, 버스는 외곽에서 도청으로 시민들 수송, 군인의 과잉 진압 사과 요구, 현정부 규탄, 뉴욕 타임스 특파원 심재훈, 르 몽드지 필립 퐁스 광주 도착
09:20	한국은행과 가톨릭센터 사이 5천 이상 군중, 시체 2구 손수레에 싣고 마이크로 "계엄군은 시체 인도하라"고 주장
09:49	시민군 장갑차를 이용해 도청 공격 시도
09:50	시민 대표와 장형태 도지사의 협상
10:00	각종 차량에 '전두환은 물러가라' '김대중 석방하라' 플래카드 붙이고 다님. 시위 군중 점차 증가, 10만 이상 운집
10:30	군헬기 4대가 도청·조선대·전남대에 이·착륙하며 도청 지하실에 모아놓은 시체와 진압 무기, 주요 기밀 서류 공수 시작. 계엄사령관 담화문 발표
10:48	군헬기에서 "공수 병력 철수시키겠다" 방송. 도지사·시장도 설득 방송
10:56	계엄군 서울로부터 코와 귀를 자극하는 CS액 수송
11:00	시위 군중 계속 집결
11:00~12:00	동별로 시위대에게 음식 제공
11:12	금남로에 시민 30만 육박
11:30	전남 지역 학생 총연맹 명의로 '오후 2시 도청 앞에서 도민궐기대회를 갖자'는 전단 배포. "전남대생은 시외버스 공용터미널, 조선대생은 계림파출소, 서강실업과 간호대는 MBC 방송국, 고교생은 산수 오거리, 시민은 도청으로 집결하라."
11:50	가톨릭센터 앞 벽보 부착: '때려잡자 전두환, 물러가라 최돼지, 사라져라 신현확, 비상계엄 해제하라, 칼부림이 웬말이냐, 너와 나 형제 지방색 타격.'
12:00	2시까지 퇴각하겠다던 계엄군이

약속을 지키지 않자 분노한 시민들이 차량을 앞세우고 도청으로 진격. 공수부대 분수대까지 퇴각, 최초의 집단 발포. 시민들은 공포탄인 줄 알았으나 도로의 시민들이 쓰러짐. 부상자를 구하려는 시민들에게까지 사격. 계엄군은 도청과 수협·전일빌딩 옥상에서 정확한 조준 사격을 함. 전남대 정문에서도 발포. "러닝 셔츠만 입고 한 손에 태극기를 든 청년이 탄 장갑차가 도청을 향해 질주해갔다. 그때 도청 쪽에서 한 발의 총소리가 들렸다. 공수부대의 조준 사격이었다"(증언). "고막을 찢는 듯한 총성과 함께 장갑차에 탔던 청년이 총탄에 맞고 그대로 넘어졌다. 당시 사상자가 얼마였는지는 취재가 불가능"(『월간조선』, 1985. 7)

12:10 돌진하는 시위대의 장갑차에 계엄군 4~5명이 쓰러짐. 계엄군은 살상을 예고하듯 분수대 앞에 횡대로 도열

12:30 분노한 시민, 각목을 든 채 도청을 향해 돌격. 비무장 시민에게 발포, 시위대 맨 앞의 503벤츠 고속버스가 군경의 저지선으로 돌격하자 계엄군 쪽에서 LMG기관총 난사, 차에 탄 시위대 20여 명 살상당함

12:40 버스 4대 화순 중앙파출소에 방화, 주민 합세 후 무기 탈취

12:43 도청 공격을 위해 트럭 2대가 돌격

12:45 시민에게 본격 발포(전교사 작전일지 80-4호), 광주 북쪽 3개 지역 봉쇄

12:55 도청 앞 YMCA에서 계엄군 발사, 시민 수십 명 살상, 분수대 앞 계엄군은 횡대로 앉아 금남로 쪽을 향해 거총 자세

12:58 광성여객 버스 2대가 도청으로 진격, 공수부대 발포, 운전사 사망, 장갑차 1대가 도청으로 진격, 집중 사격을 받았으나 학동 쪽으로 빠져나감

13:00 무장을 시작한 시위대
  - 해남읍에 시위 차량 도착, 약 3천여 명의 군중이 해남교육청 앞에 집결, 성토대회를 갖고 시가행진
  - 시위대 카빈 3백 정으로 무장, 전대 의대와 경찰 쪽으로 진출
  - 도경 쪽에 포위된 군경이 발포 시작, 옥상마다 군인이 올라가 발포
  - 광산 하남파출소 카빈 9정 탈취
  - 함평 신광지서 총기 1백여 정, 실탄 2박스 등 확보

13:30 도청 주변에서 사망·부상자 속출

13:40 군용헬기 1대 도청 광장에 착륙, 일반 계엄군 9명 태우고 이륙, 도청 광장 임시 헬기장이 돼 군용기와 경찰헬기가 수시로 이·착륙,

	공수부대로 부상자와 중요 문서 이송
13:50	전남도청에서 도지사가 시위 군중에게 요구 사항을 승낙할 테니 해산하라고 방송
13:55	"3시까지 연행자를 석방한다"라고 군용헬기 선무 방송
14:00	월산동 로터리와 전남도청 부근 헬기 기총 소사
14:00	무기 탈취를 위한 시외 지역으로 남평지서·나주경찰서·무안 현경면지서·무안 청계면지서·나주 금성동 파출소
14:00	총상당한 환자 병원으로 후송
14:20	비아·영광·나주·영산포·무안·영암·화순·장성 등지 무기·화약고에서 카빈·M1 소총·수류탄·다이너마이트로 무장. 효덕동 파출소 무기 탈취, 전남대에 주둔한 공수부대를 공격하자 발포
14:53	무장 시민군과 계엄군의 무력 충돌, 남평지서에서 무기를 확보한 무장 시위대 광주은행 사거리 도착
15:00	시민군, 저공 비행 헬기에 사격
	―계엄사의 연행자 석방 약속이 지켜지지 않자 시민들 더욱 격분
	―광주 시내 종합·개인병원 총상 환자들로 가득 참
	―광주공원·지산동 법원·유동 삼거리에서 무기 지급, 광주시청 2층에서 계엄군 발포
15:16	화순에서 탈취한 무기, 학동에서 지급
15:20	도청 앞 총격전, 시민 1천여 명 무장
16:00	금남로에서 계엄군과 교전
16:30	광주 지역 공수대원 철수 명령
16:40	전남대 주둔 제3여단에 교도소 사수 명령, 도청 11여단, 35대대순으로 철수
16:43	시민군, 전남대 부속병원 옥상에 기관총(LMG) 2개 설치, 본격적인 총격전 대비
16:45~50	전남방직·일신방직·연초제조창 무기고 탈취
17:00	시민군 총기 교육 후 지역방위대 편성, 광주공원 광장에서 특공대 편성. 헌혈하고 돌아가던 박금희 양 총에 맞아 즉사, 도청에 남은 계엄군 화순 주남마을 쪽으로 철수
17:18	화순광업소에서 다이너마이트 1대분 싣고 와서 국민은행 앞 대기
18:20	20사단 병력 외곽 배치, 남금동 구시청 앞 발포
18:25	3공수 교도소 도착
18:30	35대 철수 준비
18:50~19:00	계엄군 외곽 봉쇄, 광주―목포간 목간도로 차단 위해 송암동 투입, 송정리 확보, 톨게이트 봉쇄
19:00	광주역에서 시청 쪽으로 군부대 트럭 질주(철수), 남평―효천간 계엄군 집단 발포
19:50	광주역에서 총격전

21:00~22:00 송암동 병력 배치, 광주-목포간 도로 시민군 경계 근무
21:15 백운동 지역 자체 경비대 편성
22:11 효천 지역 시민군과 계엄군 접전
24:00 외신 기자, AP통신 테리 앤더슨, 『타임』지 사진기자 로빈 모야 광주 도착

80년 5월 22일

00:05 완도경찰서 파괴
00:40~50 교도소 앞 충돌, 1명 사망
02:00 목포 20여 대의 차량이 공포탄 쏘며 가두 시위
03:00 영광 1천여 명 시위 후 해산
04:55 계엄군 증원 병력 광주 도착(20사단 60연대)
05:00 남평에 매복중인 계엄군의 사격으로 사망 1명, 부상 3명
06:04 강진경찰서 피습
07:00 광천동 공단 입구에 지역방위대 배치
07:30 전남대 교정에서 암매장된 고교생 발견, 아침 뉴욕 타임스와 르 몽드지 1면 머릿기사, 최초로 세계에 알려짐
08:10 도청 간부 수습 대책 논의
08:20 외곽에 배치된 계엄군, 시민 탑승 차량에 발포
09:20 광주교도소 총격전
09:30 계엄군 피란 행렬에 집중 사격

10:00 문화동 고속도로에서 계엄군과 교전, 구용상 광주시장 호소문 50만 매 배포
10:30 2군사령부 자위권 행사 지시, 목포 일부 파출소 피탈
10:50 도청 앞 궐기대회 준비하면서 총리 도착 기다림
11:10 무안서 실탄 탈취한 시위대 광주로 이동
12:00 도청 앞 5만 시민궐기대회 개최, '5·18 수습대책위원회' 결성, 전남일보 현관에서 무기 회수
12:12 함평경찰서 점거, 시위대 수천 명 시위
12:00~15:00 수습위원 계엄사 방문, 협상 결렬
12:30 종합병원에 사망자 인상 착의 적은 벽보 부착
13:00 무등도서관 앞 1명 사망
13:16 화순-광주간 도로에서 공수부대 차량 1대 사격, 1명 사망, 7명 체포
14:00 목포역 광장 시민궐기대회
14:30 광주시장이 비행기에서 호소 전단 살포, 박충훈 총리 호소문 발표
15:00 도청 앞 시민궐기대회 개최, 매일 오후 3시와 9시 2차례 도청 앞 분수대에서 궐기대회 개최 결정
15:18 관 위에 태극기를 덮은 시체 18구 도청 분수대에 안치, 추도식 거행
16:00 부상자를 위한 모금 운동
16:10 영암 미암지서 무기고 습격
16:30 영암 지역 무기 회수 시작

17:00 계엄사와 협상 결과 보고, 통합병원 통로에서 62연대 2대대와 시민군 교전: 사망 3, 연행 25, 부상 10명
17:55 848명의 연행 시위대 석방
18:00 학생수습위원회 구성, 도청 상황실에서 증명서 발급, 쌍촌아파트 교전
18:30 공수부대 화순 너릿재 터널 트럭으로 봉쇄, 전대병원 시체 18구 도청 분수대 앞으로 옮겨 추도식, 관 구입을 위한 모금 운동 전개
18:40 함평 월야 무기고 습격
19:00 계엄사령부, 광주 사태에 대해 발표문 발표
19:10 사망자 56명, 도청 앞 광장에서 관을 놓고 추도식
20:00 담양에서 광주로 진입하는 차에 계엄군 발포, 대부분의 청년들 도청에 남아 치안 담당
22:00 무기 회수를 둘러싼 시민군 내부 대립 심화

80년 5월 23일

00:40 지원동 숙실마을(조대 뒷산)에서 계엄군과 총격전
01:00 해남 우슬재에서 교전, 시위대 20명 이상 사망, 다수 부상
02:00 충정작전 계획 건의
04:00~30 해남 우슬재에서 군과 시민군 40명 총격전. 1명 사망, 2명 부상
06:00 광주시 안정 회복, 남녀 고교생 7백 명 시내 전역 청소, 장례반·총기 회수반·차량 통제반으로 구분, 도청 중심으로 대자보, '민주시민강령' 선포
1. 시민은 시민군을 믿고 적극 협조합시다
2. 시민군은 위장된 계엄군 및 불순분자를 주의합시다
3. 질서 회복에 힘씁시다
4. 평소 생활로 복귀합시다
06:10 해남 우슬재에서 총격
07:00 시청 직원과 시민들 거리 청소에 나섬
08:00 교도소 앞 총격
09:00 녹두서점에 모인 교수·학생 시민궐기대회 계획. 학생들 무기 회수. 구용상 광주시장 전직원 정상 근무 지시
09:35 도청에 학생수습위원회 본부 설치
10:00 수습대책위원회 조직 개편. 현재까지 파악된 사망자 전대병원 26명, 기독병원 17명, 적십자병원 21명, 조대병원 1명, 요한병원 2명, 기타 3명, 도청 내 44명 등 114명
10:05 전남대 캠퍼스 동산에서 교련복 차림 남자 고교생 가매장돼 있는 것을 도청으로 운구
10:30 남녀 고교생 시위
11:00 부녀자, 시위대에 식사 공급
11:50 민간인으로 위장한 공수대원 2명

	체포, 간첩 용의자, 학생들에게 연행
12:00	8백여 정 총기 회수, 차량 통제반 차량 단속
13:00	계엄사 연행 학생 34명 석방
14:00	주남마을 양민 학살, 18명 사망. 수습위원 10명, 무기 1백 정 반납
14:10	영암읍에서 시민군에게 실탄 지급
14:20	학생들 시민 시체 50구 상무관서 분수대로 운구, 시민 2만 명 운집
15:00	제1차 민주 수호 범시민궐기대회, 장례 준비 모금 운동 전개해 1백만 원 대책위에 전달, 지원동 버스 종점에서 총격전, 계엄사 붉은 글씨의 '경고문'을 전역에 살포
16:00	지원동 민가에 계엄군 난입, 피란가는 시민을 향해 난사, 학운동 자위대 무기 반납
	저녁: 투사회보 제6호 배포
18:00	KBS 복구 방송 시작. 광주시청, 피해 상황 조사하고 동자위대 편성을 지시. 서민 생계 지원 위해 가구당 5천 원과 식량 공급키로 결정
19:00	교도소 앞 교전
19:40	계엄분소는 수습위원들에게 광주사태로 927명 연행해 882명 훈방하고 23일 34명을 석방해 현재 45명만 남아 있다고 발표
21:00	목포역 시국성토대회, 5만여 명 횃불 시위

80년 5월 24일

새벽:	외곽 지역을 돌아다니며 무기 회수(조비오 신부 등 수습위원 4명)
06:00	무기 2천 7백 정 회수(50%)
08:00	광주 시내 생필품 품절. 무기 자진 반납 시한 12시까지 연장. 수습위 사망자 확인·미확인 합쳐 6백 명, 중경상자는 2천여 명이라고 발표
09:00	충정작전을 위한 계엄군 배치
09:25	학동 대치 지역에서 총격전
10:30	계엄군의 오인 사격, 31사단 96연대 3대대와 기갑학교 병력 사망 5, 중상 11, 경상 11명. 주남마을 유일한 생존자 홍금숙양 헬기로 후송
10:35	정호용 특전사령관, 교도소 방문
12:00	시체 3구 암매장한 계엄군 무선 교신 도청
13:00	계엄사, 무기 반납 시한을 18시로 연장. 11공수 주남마을서 철수 개시
13:10	공수부대 철수하면서 좌우 난사. 원제마을 저수지서 멱감던 방광범군(당시 10세) 숨지고 10분 뒤 진제마을에서 총소리 피해 달아나다 벗겨진 고무신 주우려던 전재수군(당시 10세)이 총에 맞아 사망
14:05	계엄군의 오인 사격, 효천역 전방 1km 지점 11공수와 보병학교 병

	력 사망 9명 부상 33명 발생, 진월동 양민 학살 2명 사망
14:10	북동에서 학생 가장한 불량배가 주민들에게 금품을 강요한다는 제보 받고 시민군 출동
15:00	수백의 공수대원 송정리 비행장에서 이동, 송정리에서도 헬기 기총소사, 제2차 민주 수호 범시민궐기대회, 전북서 환자용 산소 1백 통 지원
16:30	도청 앞 상무관에 미확인 시체 40여 구 안치
17:30	궐기대회 준비를 위한 집행부 구성
18:00	기동순찰대 활동
18:49	계엄분소 예하 각 부대에 확인 사살과 이동시 표식을 달 것을 지시
21:00	민간인으로 위장 계엄군 시내 투입
22:50	최규하 대통령 담화

80년 5월 25일

08:00	조작된 독침 사건 발생
09:50	시위 차량으로 외곽 지역 주민, 도청으로 수송
11:00	학생·청년수습위·민주 인사 의견 수렴을 위한 회의 개최
11:05	초교파적인 모금 운동, 시체 120구로 늘어남
12:35	목포, 비상구국기도회 열림
13:00	국군통합병원으로부터 각 병원에 산소 공급(진월동 노대마을)
13:10	목포서 기독교인 1천 명 시위 이어 목포역 광장서 구국기도회
13:35	피란가던 청년 2명 산속에서 사망
14:00	남동성당 수습위, 도청으로 합류
14:20	화순 방면 1번 버스 종점 부근서 시체 2구 발견됐으나 계엄군이 인도 거부
14:30	계엄사 탄약 검사반 도청 투입
15:00	제3차 민주 수호 범시민궐기대회, 궐기대회 후 검정 리본 착용, 가두시위
17:20	광주 시내 각 교회 1천만 원 모금 운동
18:10	최규하 대통령(?) 등 상무대 도착
19:00	광주시 영세민에게 가구당 5천 원씩 지급, 정부미 6천 가마 방출
20:00	계엄사, 광주 다시 악화됐다고 발표
22:00	민주시민투쟁위원회 조직 위원장: 김종배 기획실장: 김영철 내무담당: 허규정 기획위원: 이양현·윤강옥 외무담당: 정상용 홍보부장: 박효선 대변인: 윤상원 민원부장: 정해직 상황실장: 박남선 조사부장: 김준봉 보급부장: 구성주

23:00 3개조의 취사부 편성

80년 5월 26일

04:00~06:00 외곽 지역 주둔 계엄군 광주 진입
05:00 시민수습대책위 17명이 "총알받이로 나가 계엄군을 막자"고 결의, 진입 현장에서 탱크 앞에 드러누워 계엄군의 시내 진입 저지
07:10 계엄분소 홍대령 광주 관내 외국인 거주 상황 파악토록 지시
07:20 계엄군의 시내 진입을 알리는 방송
09:00 수습위의 계엄분소 방문, 안병하 도경국장 직위 해제
11:30~13:00 제4차 민주 수호 범시민궐기대회
  1. 국기에 대한 경례
  2. 5·18 광주 사태로 인한 사망자에 대한 묵념
  3. 5·18 경과 보고
  4. 5·18 수습 결과 보고
  5. 국군장병에게 드리는 글
  6. 대통령 각하께 드리는 글
  7. 민주시 낭송
12:00 기동타격대 조직
14:00 광주시장에게 9개항 요구
  1. 1일 백미 1가마씩 제공하라
  2. 부식 및 연료를 제공하라
  3. 관 40개를 제공하라
  4. 앰뷸런스 1대를 지원하라
  5. 생필품 보급을 원활케 해달라
  6. 치안 문제는 경찰이 책임져라
  7. 시내버스를 운행하도록 하라
  8. 사망자 장례는 도민장으로 하라
  9. 장례비를 지원하라
15:00 제5차 민주 수호 범시민궐기대회 '우리는 왜 총을 들게 되었나' 낭독, 7공수 광주공원 소탕 명령 받음
16:00 광주 상황을 알리기 위해 탈출(김요셉)
19:00 외국인 207명 광주에서 철수
20:00 목포 지역 1만 명 횃불 시위
20:10 기동타격대 시내 순찰
21:00 전교사 문관 도청 잠입, 지하실 TNT 뇌관 분리 제거 후 복귀. 특전대 하사관 시내 사복 정찰
23:00 시민군 병력 배치. 계림초교 30명, 유동 삼거리 10명, 덕림산 20명, 전일빌딩 40명, 전대병원 옥상·서방시장 10명, 지원동 30명, 도청 2백~3백 명

80년 5월 27일

계엄군의 진입로
20사단: 지원동-광주천-적십자병원-도청 남쪽
20사단: 지원동-학동-전대병원-

	도청 후문		널 부근 접전, 헬기로 군방송 시
	20사단: 백운동-한일은행-도청		작, 도청 인근 콩 볶는 소리 폭음
	정문	05:00	계엄분소장 담화 발표. 광주 KBS,
	상무대 병력: 화정동-양동-유동		행진곡과 함께 군의 진입을 알리
	삼거리-금남로-도청 정문		는 방송 되풀이
	31사단: 계림초교-시청-도청 북쪽	05:04	11공수 관광호텔·전일빌딩 점령,
	7공수: 광주공원		공설운동장·광주천변·백운동
	3공수: 도청		장악
	11공수: 관광호텔과 전일빌딩	05:06	7공수 광주공원 완전 점령, 광주
00:00	시내전화 끊김, 특전사 특공대 행		시 주요 공공 기관 점령
	동 개시	05:15	11공수 도청 이동중 시민군 사격
01:20	7공수 화정동 도착 후 지역대별		받아 2명 부상
	침투 개시	05:22	도청 시민군 전원 연행
01:30	3공수 특공대 조선대 뒷산 점거	05:23	광주시 점령 완료
02:00	20사단 행동 개시, 계엄군의 진입	06:00	KBS를 통해 "폭도들은 진압됐다.
	을 알리는 가두 방송		시민들은 위험하니 집 밖으로 나
03:00	계림초교 앞 교전		오지 말라" 방송(영어)
03:20	20사단 광주교도소 출발	07:30~09:30	기갑학교 전차 14대 A. P.
03:30	계엄군 광주 전격 기습(외곽 3개		C. 1대 무력 시위, 금남로-도청-학
	소에서 총격전), 11공수 특공조		동-시민회관-광주구역-부대. 공무
	전일빌딩과 관광호텔로 접근		원 근무 개시. 시내전화 개통
04:00	31사단 무등경기장 중심으로 행동	07:40	전화 개통
	개시, 7공수 광주공원 도착, 11공	08:00	광주경찰서 노병기 경장 풍향동서
	수 관광호텔·전일빌딩 점거, 도		출근길에 총탄 맞고 사망
	청 앞 완전 포위, 금남로 중심 시	08:30	3공수 포로 2백 명 전교사에 인계
	가전	08:40	도청 안에 시체, 회의실 앞 분신소
04:10	3공수 도청 후문 월담, 도청 총격		시체 1구, 뒤뜰에 1구, 민원실 계
	전		단 앞 5구, 건물 사이 7구, 경비과
04:30	20사단 계림초교 통과중 시민군		옆 1구 등 총 15구
	10여 명으로부터 사격받음	09:00	계엄군 가택 수색으로 청년들 연
04:30~6:30	도청 함락		행
04:40	YWCA 격전, 시외버스 공용터미	09:10	도청 지하실에서 TNT 11상자, 도

	화선 2묶음, LMG 7 · 카빈 5 · M1 19, 최루탄 4백 개, 실탄 10상자 등 회수
10:00	주영복 국방장관 광주 방문
10:30	도경 지하실에 숨어 있던 고교생 등 7명 생포
11:00	목포, 제5차 민주 헌정 수립을 위한 목포시민궐기대회, 시내 주요 건물 옥상 점거
12:00	장형태 지사 의원 면직, 후임에 김종호 금호실업 대표
18:00	계엄사 2차 발표
22:50	목포 시민, 3천 5백여 명 횃불 시위. 28일 새벽 4시경 시위대 체포 · 연행으로 목포 시위 막내림

1980년

5. 31	계엄사령부, 광주 사태로 사망 170명(민간인 144, 군인 22, 경찰 4), 부상 380명(민간인 127, 군인 109, 경찰 144), 1,740명을 검거해 현재 730명 조사중이라고 발표
5. 31	국가보위비상대책위 신설. 상임위원 민자당 날치기 통과시킴. 국보위장 전두환
6. 0	일본 도쿄에서 1만여 명 '광주 학살 항의 시위'
6. 6	5·18광주의거유족회 발족
6. 6	정부, 광주 관련자 최초 위로금 지급: 사망자 151명, 부상자 154명 (장례비 20만 원, 유족 4백만 원, 부상자 3백만 원, 총 8억 1천만 원 — 재해의연금)
6. 8	언론인 8명, 유언비어 유포 혐의로 연행 조사
6. 9	노동자 김종태씨 이화대 입구에서 광주 관련 유인물 살포하고 분신 자살
6. 17	계엄사, 학생 데모 조종자 · 권력형 부정 축재자 · 광주 사태 관련자 등 329명 지명 수배
7. 3	계엄사 관련자 처리 방침 발표. 연행자 1,146명 1차 훈방한 데 이어 곧 679명 훈방하고 375명 계속 수사하겠다고 밝힘
7. 3	정부, 일본 아사히신문 시사통신 서울지국 폐쇄
7. 12	신부 · 수녀 17명 유언비어 유포 혐의로 연행
7. 25	이희성 계엄사령관, 사망자 189명(민 162, 군 23, 경 4)이라고 다시 발표
8. 13	김대중 사건 첫 공판
8. 16	최규하 대통령 하야
8. 17	김대중 광주 사태 내란 음모 사형 선고
8. 27	전두환 11대 대통령 당선, 9월 1일 취임
9. 4	전두환 취임 직후 광주 방문: "앞으로 광주 사태 더 이상 거론 말고 상처 치유" 주장
9. 5	계엄사, 174명 훈방하고 175명 군

사재판에 기소
10. 25 보통계엄군법회의 광주 사태 관련 선고 공판에서 정동년 피고인 등 5명에게 사형, 홍남순 변호사 등 7명에게 무기징역 선고
12. 9 임종수·정순철의 광주 미문화원 방화
12. 31 언론기본법 공포

1981년

1. 23 대법원, 김대중 등 12명 상고 기각, 김대중 사형 확정. 국무회의, 김대중 무기로 감형 결정
1. 24 비상계엄 해제
2. 18 광주 사태 관련 피해자들, 전두환 대통령 내광 때 항의 시위
2. 25 전두환 12대 대통령 당선, 3월 3일 취임
3. 3 광주·부마·민청 관련자 5,221명 사면, 복권, 감형
3. 25 제11대 국회의원 선거
3. 31 대법원 형사부 82명 상고를 모두 기각하고 2심인 고등군법회의 형량 확정. 정동년 등 3명 사형, 김종배 등 7명 무기징역, 72명은 징역 15년에서 선고 유예
4. 3 정부, 광주 사태와 관련돼 3월 31일 대법원에서 내란죄 및 계엄법 위반죄로 사형이 확정된 정동년 등 3명을 무기징역으로, 형 확정

된 83명은 특별감형, 사면 또는 복권 조치
5. 18 망월동에서 1주기 추도식. 추도식 후 가두시위 50명 연행. 유족 정수만씨 추도식 내용 때문에 구속
9. 9 전남대에 「반파쇼 민족해방학우 투쟁선언」 유인물 살포

1982년

3. 3 정부 제12대 대통령 취임 1주년인 3일 김대중과 정동년을 무기에서 20년으로 감형하는 등 형 확정자 2,863명에 대해 특별사면, 감형, 복권, 형 집행 정지, 특별 가석방 등 조치 발표
3. 18 부산미문화원 방화, 1명 소사, 3명 부상. 방화범 4명 검거하고 주범 문부식과 김현장 등 4명 지명수배
3. 25 치안본부, 광주미문화원 방화범 정순철 검거 발표
4. 5 광주 사태 배후 조종 혐의로 9명 수배(윤한봉·심재권·장기표·박계동·박관현·최운용·박우섭·소준섭·최혜정)
5. 3 햇불회 사건으로 구속중인 기종도씨 사망
5. 18 광주 사태 2주년 합동 위령제. 망월동 광주시립 공원묘지에서 유족 350명 참석한 가운데 열림
5. 18 공주시민단합대회(무등경기장) —

지역개발협의회(초대 회장 신태호 · 광주상의회장)
7월　5·18광주민중항쟁유가족협의회 — 전계량 조직
8. 15　광복절, 김대중 사건 · 광주 관련자 등 1,286명 특사
10. 12　박관현 옥중 사망
10월　5·18광주의거부상자회 조직
11. 20　광주미문화원 방화미수사건 발생
12. 15　광주 · 전남지역개발협의회 창립총회
12. 16　정부, 복역중인 김대중 치료 위해 서울대 병원으로 이송
12. 23　김대중 치료 위해 도미
12. 24　정부, 광주 사태 관련자 포함, 1,206명 석방 발표(광주 사태 관련자는 19명 형 집행 정지로 전원 석방)

1983년

3. 4　희생자 시신 망월묘역 이장공작 시작(84년 11월까지 전남지개협 생활 지원금 2회 보상), 사망자 1천만 원씩, 부상자 1천만~4백만 원. 묘 26기 이전
5. 18　김영삼씨 자유로운 정치 활동 요구하며 단식 돌입(23일 만인 6월 9일 서울대 병원에서 중단 선언)
8. 12　정부, 광복절 38주년 맞아 형 확정자 1,944명 특사. 김대중 사건 · 부산미문화원사건 · 광주 사태 관련 공안사범 695명 포함
9. 16　광주 사태 해직교사 복권 발령
12. 21　문교부, 학원사태 관련 제적 대학생 1,363명에 대해 84학년도 복교 허용 발표

1984년

1. 17　전대통령, 국회 국정연설에서 폭력 정치 배제, 평화적 정권 교체 강조
2. 25　전대통령, 정치 활동 규제자(301명) 중 202명 추가 해제(2차 해금)
5. 5　교황 바오로 2세 광주 방문 메시지 '화해하라 뜨거운 화해만이 지난 세월의 고통을 극복할 수 있다'
5. 17　서울 12개 대학생, 광주 사태 4주년 맞아 교내 시위
5. 18　광주위령제 후 금남로에서 시위, 80명 연행. 추모 예배와 미사
5. 18　김대중 고문, 김영삼 공동의장, 김상현 공동의장 대행으로 한 민주화추진협의회(민추협) 결성
6. 27　올림픽고속도로(광주-대구) 개통

1985년

2. 8　김대중씨 귀국. 공항에서 강제 연

	행돼 자택 연금		어나 민정 148 대 신민 103이 됨
2. 12	제12대 총선 실시(투표율 84.6%). 신민당 62석 얻어 제1야당으로 부상	6. 4	신민당 문정수 의원, 국회 내무위에서 밝힌 광주 통계연보의 80년 6월 사망자 수 '2,627명'이 정치 쟁점으로 부각
3. 6	전대통령, 김대중·김영삼·김종필 등 14명 전면 해금 조치	6. 7	윤성민 국방, 국회 국방위에서 광주 사태 사망자는 당시 발표대로 191명이라고 답변
3. 8	신민당, 전두환 대통령의 조기 퇴진 요구를 당론으로 확정. 민정, 국헌 문란 헌정 중단 용납치 않겠다고 경고	6. 10	전남대생 2명, 광주 사태 진상조사위 구성을 요구하며 신민당 당사에서 농성
5. 10	5·18광주민중혁명희생자 위령탑 건립 및 기념사업범국민운동추진위원회 결성(회장 홍남순·명노근·이광우·강신석)	6월	『죽음을 넘어 시대의 어둠을 넘어』, 광주 최초의 현장보고서 출간
		7월	윌리엄 글라이스틴(5·18 당시 주한 미대사), 『신동아』와 인터뷰에서 "미국은 한국 경찰의 행동이나 그 후 숱한 폭력과 초기의 사상자들을 낸 한국군 특수부대의 투입에 어떤 역할도 하지 않았다. 한국군 특수부대는 미국이 알지 못한 가운데 투입되었다. 이 점은 정확한 사실이다"라고 발언(86년 윌리엄 글라이스틴은 그의 논문「미국 이해의 한 특별한 표적」에서 광주 문제 발언 "한국 정부는 미국측에 아무런 통보도 하지 않고 광주 소요 사태에 대처했다. 경찰의 힘으로 진압하기 어려워지자 미군사령관 통제를 받지 않는 특전단을 투입, 진압 작전에 나섰다"라고 발언)
5. 16	광주 사태 5주년 앞두고 일부 대학 휴강 조치		
5. 17	전국 80개 대학(서울 30, 지방 50) 3만 8천 명, 광주 사태 진상 규명 요구 시위		
5. 18	위령제. 광주 남동성당에서 추모미사 후 5백 명 시위		
5. 18	야권, 광주 사태 5주년 맞아 진상 밝히라고 촉구		
5. 23	대학생 73명, 서울 미문화원 도서관 점거하고 광주 사태에 대한 미국의 사과를 요구하며 단식 농성 (26일 자진 해산)		
5. 30	신민당 소속 의원 103명, 광주 사태 진상 조사를 위한 국정 조사 결의안 국회에 제출		
5. 31	신민당, 국회에 개헌특위 구성안 제출. 신민당 의석 103석으로 늘	7. 26	야당 126회 임시회 단독 소집 요

8. 5　당정 학원안정법 입법 원칙 확정 (학내 의식화 교육 근절하기 위해 88년 12월까지 시한으로 의식화 학생 처벌과 역의식화 교육 실시로 선도한다는 내용)

8. 15　낮 12시 40분경 광주시 금남로 1가 YMCA와 관광호텔 사이 차도에서 노동자 홍기일씨가 온몸에 석유 뿌려 불붙인 채 '8·15를 맞이하는 뜨거운 무등산이여'라는 유인물 살포, 22일 사망.

8. 18　전대통령이 주재하는 당정회의에서 학원안정법 일단 보류키로 결정

12. 2　전남대생 등 대학생 9명 광주 미문화원 점거. 경찰, 미측 요청받고 진입해 9시간 만에 강제 연행

12. 2　야당 개헌특위 요구하며 농성을 벌이는 가운데 민정, 예산안 단독 통과

12. 9　양김·이민우 총재 1천만 개헌 서명 운동 연내 착수 합의

1986년

2. 12　총선 1년 맞아 신민당 개헌 서명 운동 기습 착수

2. 24　청와대 3당 대표 회동서 전대통령 89년 개헌 제시

4. 2　내무부 국회 보고 자료에서 85년 학생 소요 2,138회에 46만 9천 명이 참가했으며 진압 경찰 5백만 명이 동원됐다고 밝힘

4. 16　전남대 교수 43명, '1980년 광주의 역사적 비극을 경험한 우리는 조국의 현실에 대해 심각한 우려를 표시한다'는 내용의 시국 선언문 발표

4. 30　청와대 3당 대표 회동서 임기중 개헌 가능성 시사

4월　5·18광주민중항쟁 청년동지회

5. 14　호남 지역 6개 대학 대학생 2천 명 전남대 5·18광장에서 '반제·반파쇼 투쟁 호남 지역 대학 연합' 결성식 갖고 시위

5. 16　천주교 광주대교구 정의평화위원회, 남동성당에서 유족 등 2천 명 참석한 가운데 6주기 추모 미사를 갖고 '광주 사태 6주기를 갖는 견해' 발표

5. 17　전국의 주요 대학에서 '광주 민중항쟁 계승과 희생자 추모' 집회와 교내 시위를 가짐

5. 18　유족과 대학생 등 1천 명, 망월동에서 추모식 갖고 시위. 명동성당 청년 신도 1천 명도 추모 미사 후 시위

5. 19　경찰, 서울 명동성당에서 광주 사태 6주기 추모 미사 후 가두 시위를 한 신도 68명 연행

5. 20　서울대 이동수군, 5월제 개막식 뒤 있은 문익환 목사의 '광주 항

쟁의 민족사적 재조명' 강연회중 학생회관 4층 난간에서 구호 외치며 분신 자살
5. 27 한신대, 국내 대학 중 최초로 오산 교정에 '광주 사태 희생자 추모비'(유동운·당시 전산학과 2년) 건립
5. 29 노태우·이민우 회담에서 국회 헌법특위 설치 합의
6. 2 전국 대학교수단 시국 선언
6. 6 목포역 앞에서 목포청년연합회원 강상철씨(23) 반정부 구호 외치며 분신, 25일 사망
6. 21 호남 YMCA중등교사협의회 교사 229명, 광주가톨릭센터에서 교육민주화 실천대회를 갖고 결의문 채택
9. 2 광주경찰서, 한국 YMCA중등교사협의회장 윤영규 교사 등 3명 집시법 위반 혐의로 구속

1987년

1. 14 서울대 박종철군, 경찰 고문으로 사망. 24일 물고문중 사망했다고 수사 결과 발표
4. 8 김영삼·김대중 신당 구성 선언
4. 13 전대통령 4·13 담화 발표. 현행 헌법으로 정부를 이양하고 개헌 논의는 올림픽 이후로 미루자는 내용
4. 27 서울 신부 40명, 광주 신부들에 이어 호헌 철폐 단식기도. 전남 목사 19명과 대교구 수녀 80명도 단식
5. 1 통일민주당 출범(총재 김영삼·67석)
5. 18 천주교 광주대교구 정평, 가톨릭센터에서 '5·18 광주 의거 추모 사진전'
5. 18 광주 등 전국 곳곳에서 5·18 추모 시위
6. 9 연대생 이한열군 최루탄 파편상, 사망(7월 5일) 계기로 '6·10국민대회' 전후 전국에서 격렬 시위. 추도 인파 서울 1백만, 광주 50만
6. 10 민자당 전당대회에서 노태우 대표를 대통령 후보자로 선출
6. 10 야권 '고문 살인 은폐 규탄 및 호헌 철폐 국민대회' 개최(6·10항쟁)
6. 18 문교부, 전남대 29일부터, 조선대 28일부터 조기 방학 발표
6. 24 전두환·김영삼 회동
6. 25 42개 대학 학생 9천여 명, 교내 집회. 5개 도시는 가두 시위
6. 26 국민평화대행진
6. 29 노태우 민정당 대표 6·29 선언. 시국 수습을 위한 8개항 제시
7. 1 노대표, 광주 사태 치유책 마련 지시
7. 2 민정당 광주 해결 방안 발표: 위령탑 건립, 정부 유감 표명, 유족에 대한 보훈 연금 수혜, 특별법 제정 보상
7. 4 31개 재야 사회 단체, 광주 항쟁

　　　　헌법 반영 요구성명
7. 9　정부, 김대중 내란 음모 사건 관련자 18명과 광주 사태 관련자 17명 등 시국 사범 2,335명에 대한 사면 복권 단행
7. 22　개신교 지도자들, 광범위한 사면 복권과 광주 사태 해결 노력 등을 노태우 민정당 총재대행에게 촉구
8. 31　민정·민주, 대통령 중심 직선제 개헌안 완전 타결
9. 8　김대중 민주당 고문, 수십만 환영인파 속에 광주 방문
10. 7　노태우 민정당 총재, 송정시와 광산군을 88년부터 광주직할시에 편입시켜 광주직할시 행정구역을 확대, 조정하겠다고 발표
10. 30　13대 대선 50일 놔두고 통일민주당 분당. 김대중 평화민주당 창당
10. 21　노태우 민정 총재, 광주 지구 청년 자원봉사자 발대식에서 광주 사태 치유 조치 조속히 마련하겠다고 밝힘
11. 14　김영삼 민주당 총재, 광주 유세 군중 소란으로 중단
11. 28　경찰, 국민운동본부가 광주·서울 등 전국 12개 지역에서 개최하려한 '광주 학살 및 12·12 쿠데타 진상 규명 시민대회'를 원천 봉쇄하면서 157명 연행
11월　5·18광주민중항쟁동지회(회장 정상용·이윤정·윤강옥)
12. 16　제13대 대통령 선거. 민정당 노태우 후보 당선
12. 29　노태우 대통령 당선자, "광주치유 특별법 제정과 광주 사태는 민주화 추진 과정의 진통으로 평가해야 한다"는 서한을 유족들에게 발송

1988년

1. 28　전두환 대통령, 외신기자회견서 광주 사태 조속 해결 희망하고 군이 앞으로 집권하는 일 없을 것이라고 언급
2. 1　'민주화합추진위원회' 출범
2. 5　5·18광주민중혁명위령탑 건립 및 기념사업 범국민추진위, 합동진상 조사특별위 구성 요구 성명
2. 13　민화위, 광주 사태 학생·시민 민주 투쟁으로 규정. 치유 방안 건의안 구성
2. 20　전두환 대통령 이임 기자회견서 "광주 사태 해결 못 해 유감" 피력
2. 23　민화위, '민주 발전과 국민 화합을 위한 건의서'를 채택하고 해산
2. 24　5개대 학생 5명 서울 미문화원 도서실 점거
2. 26　광주 미문화원 도서관에 시한폭탄 장치 발견
4. 1　정부, 광주 사태를 '민주화를 위한 노력의 일환'으로 규정. 해결책 늦은 것에 사과
4. 15　노대통령, 전남도 방문해 서해안

	개발추진위원회 발족 발표
4. 26	4·26 총선, 여소야대 정국
5. 18	추가 신고 기간 공고(6월 30일까지), 704명 접수, 광주 사상자 1,656명 집계 3백만 원씩 일괄 지급(88년 말)
5. 18	전국 13개 도시 106곳에서 희생자 추모제 가짐
5. 22	서울대·부산대생 등 1만 명 광주서 5월 학살 원흉 처단 결의대회 갖고 격렬 시위
5월	5·18광주민중항쟁행방불명자가족회(회장 허청)
6. 4	숭실대 인문대 학생회장 박내전군 광주 사태 진상 규명 등 구호 외친 뒤 분신 사망
8. 12	국회, 5·18광주민주화운동진상조사특별위원회, 최규하 전대통령의 증언 채택안을 야3당만으로 표결 채택
9. 3	지학순 주교 등 각계 인사 2백 명 지역감정해소국민운동협의회 발기 창립대회
9. 6	호남선 철도 장성-송정리 구간 복선화 완공
10. 6	국방부, 광주 사태 때 20사단 투입은 전적으로 육군참모총장 작전통제하에 이루어졌다고 밝힘
10. 6	서총련 소속 대학생 23명, 의원회관 정호용 사무실 점거 농성
11. 15	국회 광주특위 문서 검증반, 육군본부 제출 20사단의 충정작전 보고서 군당국 보관 자료와 다르다는 것을 밝혀냄
11. 18	국회, 광주 청문회 1차 청문회 김대중·이희성 등의 증언으로 시작(89년 2월 24일까지 17회, 증인 67명)
11. 23	전두환·이순자 사과문 발표하고 백담사 은둔
11. 30	국회 광주특위 2차 청문회
12. 3	국회 광주특위 문서 검증반, 육군본부 군사연구실 작전기록 명령철 등 훼손 확인
12. 20	광주 4개 5월 단체 회원 120명 국회서 진상 규명, 학살자 처단 요구하며 시위
12. 23	이상훈 국방장관, 청문회에서 '헬기 진압' 발언한 평민당 정웅 의원을 위증에 의한 명예훼손으로 서울지검에 고소
12. 29	민정당 박준규 대표, 광주 문제는 보상보다 국가배상처리가 적절하다고 언급

1989년

1. 16	광주 항쟁 당시 특전사 중사, 주남마을 총격 양심선언
1. 26	국회 광주특위, 의정사상 처음으로 최규하·전두환 전직 대통령에 대한 동행명령장 집행
2. 3	MBC 광주 항쟁 다룬 다큐멘터리

		「어머니의 노래」방영. 국방부 편파적이라고 비난, 최병렬 문공장관 유감 표명
2. 10		5·18 때 희생된 초중고생, 9년 만에 명예졸업장 수여
2. 27		부시 미대통령 방한 반대 투쟁
3. 8		KBS, 광주 항쟁 다룬 「광주는 말한다」다큐멘터리 방영
3. 10		민정당 박희태 의원 망월동 참배하고 나오다 5·18 관련 단체 회원들로부터 봉변당함
3. 15		글라이스틴 전 주한 미대사와 위컴 전 주한 미군사령관이 "12·12 사태와 광주 사태는 전두환과 신군부의 단계적 쿠데타"라고 주장한 것으로 밝혀짐
5. 10		조선대생 이철규군 변사 사건 발생
5. 10		광주 미문화원 무기한 휴무(90년 6월 재개 후 97년 완전 폐쇄)
5. 12		경찰, 광주·전남 비상경계령. 16일 전국으로 확대
5. 13		중국 북경의 대학생, 천안문 광장서 민주화 요구하며 수십만 명 시위, 수천 명 단식. 20일 계엄령
5. 18		광주 항쟁 9주년 12만 명 참가 추모 집회
5. 23		국회, 이철규 변사 사건 진상 조사를 위한 국정조사권 발동
6. 1		국회, 이철규 변사 사건 진상 조사 특위 광주서 조사 착수
6. 4		중국 천안문 광장 유혈 진압
6. 20		미국 국무성, 광주특위 답변서 제출, "광주에 투입된 공수특전단은 한미연합사의 지휘권 밖에 있는 부대로, 그 이동에 대해서 사전 협의는 물론 사후 통보도 없었으며 광주 사태 수습을 앞두고 군사적 해결보다는 정치적 해결을 촉구했으나 실패할 경우 특전사보다 20사단으로 대치시킨다는 데 대해 마지못해 동의했다. 이와 함께 미국은 17일 밤 정치인들이 연행되는 등 급변하는 상황에서 광주에 파견된 공수단의 동향을 몰랐다."
8. 10		민정당, 지역 감정 유발 발언한 김용태 의원의 예결위원장 내정 취소
12. 15		노대통령, 김대중·김영삼·김종필 총재 청와대서 4당총재회담. 5공 청산 11개항 합의. 전두환 국회 증언, 정호용·이희성 공직 사퇴 등
12. 31		전두환씨 국회 증언. 광주·5공 비리 관련 모두 부인

1990년

1. 9		그레그 주한 미대사 광주 방문 인터뷰, "광주 시민에게 정말 사과해야 할 것은 미국이 지금까지 자신의 입장을 설명하지 않고 계속 침묵으로 일관, 광주 피해자들의 아픔이 더해진 것이다. 당시 광주 비극은 5월 20일경 알았고, 발포

	명령자도 알지 못한다"
1. 22	노대통령, 민주당 김영삼·공화당 김종필 총재 3당 통합 합의
2. 27	김대중 평민당 총재 국회 연설서 3당 통합은 반민주적 정치 쿠데타로 규정
5. 2	민족극 운동가 임진택씨 광주 항쟁을 2시간짜리 판소리로 형상화
5. 16	평민당, 5·18 10주년 세미나 갖고 '국회광주특위활동 종합 보고안' 채택하여 5월 임시국회에 제출키로 함
5. 18	광주·전남민주연합(37개 재야 및 5월 관련 단체) 결성
5. 18	10주년 맞아 10만 명 참여, 5·18 항쟁 계승대회 열림
6. 11	광주 미문화원 다시 문을 열다
7. 14	국회, 광주피해자보상법 민자당만으로 날치기 통과시킴(8월 17일 시행령 제정)
7. 23	평민·민주·무소속 등 의원 80명 국회의원 사직서 제출. 박준규 의장 수리할 수 없다고 언급
8. 17	5월운동협의회 '변칙 처리 광주보상법 배격' 성명
8. 17	광주 피해자 보상 착수(9월 15일까지) 2,690명 신청. 2,226명 인정
10. 8	평민당 김대중 총재, 내각제 포기, 지자제 전면 실시, 군 정치 사찰 중지 등 요구하며 여의도 당사에서 단식 돌입. 13일 만인 20일 단식 중단
12. 2	정부, 2001년까지 광산 비아에 586만 평 규모 산업연구교육기능이 복합된 첨단 산업 기지를 개발하겠다고 발표
12. 14	정부, 광주민주화운동보상금 일부를 국민 성금으로 충당키로 하고 각 시·도에 성금을 할당해 각 시·도가 반발
12. 15	국회, 지방자치법 개정안 등 만장일치로 의결
12. 30	전두환 연희동 자택 귀환(88년 11월 23일부터)

1991년

3. 26	시·군·구의회 의원 선거
4. 25	명지대생 강경대군 사복 경찰에게 쇠파이프 구타당한 뒤 숨짐
4. 29	전남대생 박승희양 중앙도서관 앞에서 강경대군 치사 사건 규탄 집회중 시너 뿌리고 불붙여 자살 기도, 중태
5. 1	노대통령, 강경대 유족에게 애도
5. 8	서강대 본관 5층서 전민련 사회부장 김기설씨 분신 후 투신해 사망
5. 9	민자당 해체와 공안통치 종식을 위한 범국민대회 전국 42개 시·군 20만 명 집회
5. 18	전남 보성 보성고 3년생 시너 뿌리고 분신 자살 기도
5. 18	강경대군 유해 세브란스병원 출발, 금남로에서 노제 지낸 뒤 20일

새벽 망월동에 안장
5. 18 태국 수도 방콕에서 10만이 넘는 시민 민주화 시위. 군 총격 진압
6. 20 시·도의원 선거. 전계량씨(전 5·18광주민중항쟁유족회장) 광주 시의회 의원 피선
11. 30 민주주의 민족 통일 광주·전남 연합 발족(94년 상임의장 오종렬)

1992년

3. 24 제14대 총선
5. 18 5·18 12주기
11. 25 5·18광주민중항쟁연합 결성, 의장 정동년(모두 11개 단체, 1차 보상 이후 나머지 조직)
12. 18 제14대 대통령 선거 민자당 김영삼 후보 당선. 민주당 김대중 후보 정계 은퇴 선언

1993년

2. 17 5월 단체, 대토론회, 광주 해결 15개항 결의, 장성 백양사 호텔: 5개 원칙 수정
3. 18 김영삼 대통령, 망월묘역 참배 저지 5월 단체 일부와 남총련
3월 미국무부 보고서, "대사관 사무관들은 광주의 상황이 서울과 엄청나게 다르다는 것을 알지 못했다. 처음으로 광주에서 항쟁에 대해 들은 것은 그곳에 있던 미문화원장이 대사에게 전화를 했던 19일 아침이었다. 19~20일 광주서 진행된 사건에 대한 미대사관 발표는 미문화원장으로부터 받은 약간의 정보에 기초한 것이다."
5. 13 김영삼 대통령 '5·18 특별 담화': 광주 수습책 제시. '12·12는 쿠데타적 사건'으로 규정
5. 20 윤한봉(광주 사태 수배자). 12년 만에 미국에서 귀국
5. 28 민주당, '12·12 쿠데타 진상조사위' 구성
6. 1 정부, '5·18광주민주화운동 관련 보상지원위원회' 추가 보상 신청 접수
6. 12 '균형 사회를 여는 모임'(대표 송기숙) 창립
6. 15 오민련 회원 2백여 명 5·18 진상 규명 요구 청와대 앞 농성
7월 5·18 유족회 일부(전계량 전회장 등) 시청 앞 농성상무대묘역 성역화 주장(성역화 장소로 5월 단체 갈등)
7. 19 정승화씨 등 22명, 12·12와 관련해 전두환·노태우를 반란 혐의로 고소
8. 16 검찰, 12·12 사건 수사 착수
9. 21 5·18재단설립추진준비모임, 결렬: 오항동·오민련 대립
10월 재야 원로 9인 소위 오항동·오민

련 중재 결렬
11. 14　오항동(회장 위인백)과 오민련(상임의장 정동년) 갈등, 오민련에서 오항동 탈퇴 선언
11. 18　오항동, '오월 정신 계승 및 기념사업 추진을 위한 5·18기념재단' 설립대회 강행(위원장 김동원), 오민련 반박 성명
3. 18　오추위, 광전연합, 5월 단체, 14주기 행사위원회 구성

1994년

4. 3　14주기 행사준비위 30인 구성, 오항동 반발, 43인 번복
4. 30　오민련, 광주·전남 연합 탈퇴 선언(행사준비위 관련)
5월　'5·18진상규명과 광주항쟁정신계승국민위원회'(상임의장 이창복) 결성
5. 13　5·18국민위, 정동년·김상근씨 등 294명 전·노씨와 책임자 35명을 5·18 사건으로 고발
10. 19　한완상 전통일부총리 등 김대중 내란 음모 사건 관련자와 유가족 22명, 전두환 등 신군부 관계자 10명 내란죄 혐의로 고소 고발
10. 28　민주당 장기욱·장영달·박계동 의원 등 29명, 전두환 등 국보위 관계자 23명 내란 혐의로 고발
10. 29　검찰, 12·12 사건 수사 결과 발표,

'12·12는 군사 반란'으로 결론내렸으나 전·노씨 등 광주 사태 관련자 34명 기소 유예 처분
11. 2　12·12 고소인 22명, 검찰 처분에 불복 항고
11. 10　항고 기각
11. 11　민주당 30개 재야 단체 장외 투쟁 돌입
11. 12　고소인 재항고
11. 18　재항고 기각
11. 21　검찰, 5·18 고소 고발 사건 수사 착수
11. 23　서울지검, 5·18광주민중항쟁연합 정동년 상임의장 소환 조사, 5·18 수사 본격 착수
11. 24　정승화씨 등 고소 고발인 22명 헌법 소원 제기
11. 26　민주당 대전역 광장서 재판회부국민궐기대회 개최

1995년

1. 20　헌법재판소, '12·12 기소 유예 처분은 정당' 요지 결정. 내란죄 혐의 공소 시효는 대통령 재임중에도 정지되지 않아 94년 12월 11일로 완료되었으나 군형법상 반란 혐의는 공소 시효가 정지돼 전두환 전대통령의 공소 시효가 끝나지 않았다고 결정
4. 2　레이니 미대사 광주 방문 인터뷰,

"광주는 5·18이란 큰 불행을 당한 도시로 상당 수준의 반미 감정을 갖고 있는 것으로 알고 있으며, 이를 해소하기 위해 노력할 것이다. 실제로는 그런 것이 아닌데 상당수의 광주 시민들이 5·18을 미국이 뒤에서 조종한 것으로 알고 있어 반미 감정이 더욱 심화된 것으로 생각한다."

4. 6 광주지검, 전남대 명노근 교수를 민선 광주시장 재야 단일 후보로 추대한 정동년씨와 조비오 신부를 사전 선거 운동 혐의로 입건 수사

4. 29 서울지검, 피고소 고발인 전두환·노태우씨에게 서면 질의서 전달, 답변 요구

5. 13 5·18 진상 규명과 광주 민중 항쟁 계승 국민위원회는 서울 장충단공원에서 5·18민주화운동 15주년 국민 대회 개최

5·18 5·18광주민주화운동 15주기 추모식이 광주 망월묘역과 전남도청에서 열렸으며, 광주·전남 지역 총학생회 연합 소속 대학생 3천여 명, 진상 규명과 책임자 처벌을 요구하며 시위

7. 6 서울지검, 전씨 등 5·18 피고소 고발인 58명에 대해 불기소 처분키로 함

7. 18 서울지검, 5·18 사건 수사 결과 발표, '성공한 쿠데타는 처벌할 수 없다'는 요지로 공소권 없음 결정을 내리고 불기소 처분

7. 20 5월 단체, 명동성당 농성, '검찰은 불기소 철회하라' 전국 대학교수들 '불기소 부당성 규탄' 서명 확산 전국민적 저항으로 불기소 부당성 규탄 운동 확산

7. 22 서울지검, 민변이 전씨 등 5·18관련자 7명을 위증 혐의로 고발한 사건에 대해 수사 착수

7. 24 5·18광주민주화운동 피해자 가족, 불기소 처분에 대해 헌법 소원 제기

7. 25 5·18광주항쟁정신 계승위 대표 김상근씨 등 5·18 고소 고발인 614명, 불기소처분에 불복 서울고검에 항고

9. 22 국민회의, 5·18민주화운동과 관련 전두환·노태우씨에 대한 공소 시효 만료 무효화와 특별검사제 도입을 내용으로 하는 3개 법안 국회 제출

9. 29 한국대학총학생회연합 소속 전국 100여 개 대학, 5·18특별법 제정 촉구 동맹 휴업, 가두 시위

9. 30 전국 대학교수 천여 명, 5·18 내란 주동자 구속 기소 및 특별법 제정을 촉구하는 전국 대학 서명 교수 모임 발족

10. 2 서울지검, 지난 88~89년 국회 광주 청문회에서 5·18 위증과 관련, 국회 증언 및 감정에 관한 법률 위반 혐의로 고발된 전씨 등 5·18 관련자 7명에 대해 본격 수사 착수

10. 11 시사주간지 『NEWS⁺』 4호, 노씨가 10월 5일 서울 신라호텔에서 열린 경신회(경북고 졸업생 중 정관계 인사들의 모임)에 참석, "광주 사태는 중국의 문화혁명에 비하면 아무것도 아니다"라는 발언을 했다고 보도
10. 19 민주당 박계동 의원, '노씨 비자금 4천억 원 은닉' 폭로
10. 20 대검 중앙수사부, 노씨 비자금 수사 착수
10. 27 노씨, 비자금 실체 인정, 대국민 사과 성명 발표
11. 3 대학생 및 시민 단체, 서울·부산·광주 등 전국 주요 도시에서 5·18특별법 제정과 노씨 비자금 사건 규탄 집회 및 시위
11. 16 검찰, 노태우씨 구속 수감, 92년 대선 자금 의혹 비화
11. 24 김영삼 대통령, 민자당에 5·18특별법 제정 지시
11. 25 국민회의·민주당·자민련 야3당은 5·18특별법 제정과 관련, 진상 규명과 관련자 수사를 위한 특별검사제 도입 요구
11. 28 이양호 국방장관, 5·18특별법 제정과 관련해 북한의 오판을 우려, 전군에 대북 경계 강화 지시. 민주당, 12·12 및 5·18 관련자들의 공직 사퇴 촉구
11. 30 12·12 및 5·18사건 특별수사본부 발족, 검찰 재수사 결정

12. 1 민자당, 5·18특별법 요강 확정
12. 2 전두환씨, 연희동 자택에서 대국민 담화인 이른바 '골목성명' 발표 뒤 낙향. 검찰, 12·12 사건과 관련하여 전씨에 구속영장 청구
12. 3 검찰, 전두환씨를 경남 합천 자택에서 연행해 구속 수감. 전씨 옥중 단식 시작
12. 5 검찰, '전씨 비자금 특별수사반' 편성
12. 7 신한국당, 소속위원 166명 중 111명이 서명한 5·18특별법 국회 제출. 8일 44명이 서명한 서류 추가 제출
12. 11 5·18광주민중항쟁유족회, 주남마을 학살 사건과 다른 양민 학살 사건이 공수부대에 의해 자행됐다고 주장
12. 15 헌법재판소, 5·18 사건 불기소처분 취소 헌법 소원 종료 선고. 검찰의 공소권 없음 결정은 위헌이라고 지적
12. 16 검찰, 최규하 전대통령에 대한 2차 방문 조사. 그러나 최전대통령은 "대통령의 재임중 공적 행위에 대해 조사받는 선례를 남기지 않기 위해" 검찰 조사 거부
12. 19 5·18특별법과 공소 시효 특례법이 국회에서 통과돼 관련자 처벌 본격화
12. 20 헌법재판소, '5·18 불기소처분은 위헌' 내부 결정. 전두환, 단식 건

강 악화, 안양교도소에서 경찰병원으로 이감
12. 21 검찰, 전·노씨를 12·12 군사 반란 혐의로 기소. 국회, 5·18특별법 제정·공포. 단식 18일째 전씨, 경찰병원으로 이송
12. 22 5·18 때 특전사령관으로 광주군 작전에 관여한 신한국당 정호용 의원 탈당 선언
12. 27 5·18 사건 광주 현지 조사 및 광주지검 공조 수사 착수
12. 29 최세창 등 나머지 피의자 35명에 대한 12·12 사건과 전·노 등 47명에 대한 5·18 사건 수사 재기. 국방부, 12·12 및 5·18 관련, 신군부측 활동을 담은 군사가 사실을 왜곡했다고 결론짓고 재평가를 통해 새로 쓰기로 결정

1996년

1. 7 서울지검 특수부, 5·18 사건 피고소 고발인 58명 중 정호용·이희성·박준병 등 30명을 내란죄와 군형법상 반란죄 적용 사법 처리키로 결정
1. 17 12·12 사건 관련 장세동·최세창과 12·12 및 5·18 동시 연루된 유학성·황영시·이학봉 구속영장 청구
1. 18 서울지법, 12·12 사건과 관련해 5·18특별법 2조에 대한 위헌심판 제청(장세동·최세창 구속영장 보류), 유학성·황영시·이학봉 5·18 부분만으로 구속영장 집행
1. 19 서울지검 특수부, 5·18 피고소 고발인 58명 중 구속 또는 불구속 대상자 12명을 제외한 나머지에 대해서는 내란 혐의를 적용할 수 없다고 잠정 결론
1. 23 전두환 등 5·18 핵심 관련자 8명 기소
1. 30 정호용·허삼수·허화평 등 현역 의원 3명 5·18 부분만으로 구속영장 청구
2. 16 헌법재판소, 12·12 및 5·18특별법 합헌 결정
2. 28 12·12 및 5·18 사건 수사 종결, 16명 기소
2월 미국의 광주 관련 문서 공개: 팀 샤록 기자 기사화
2. 28 서울지검, 5·18 집단 발포 실질적 책임자는 전두환 당시 보안사령관이라고 발표
3. 11 첫 공판, 전·노씨 등 피고인 16명 출정 검찰 모두 진술 및 기소 요지 낭독. 변호인 모두 진술, 검찰 노씨 신문(이후 1주일에 한 번씩 공판)
3. 18 12·12, 5·18 사건 2차 공판
3. 25 12·12, 5·18 사건 3차 공판
4. 1 12·12, 5·18 사건 4차 공판
4. 12 대법원 형사3부, 김동진 합참의장 등 현역군인 11명에 대해 국헌 문

	란을 목적으로 한 내란 혐의를 인정할 수 없다고 결정
4. 22	12·12, 5·18 5차 공판
4. 29	12·12, 5·18 6차 공판. 80년 언론 통폐합 전두환 직접 지시한 것으로 밝혀짐
5. 15	신군부측 전두환 대통령 미국 방문중 친위 쿠데타 계획했다 포기
6. 28	최규하 전대통령, 증인 출석 거부 서한 재판부에 제출, 최전대통령은 신군부에 속아 12·12, 5·18 재가했다고 밝힘
7. 4	19차 공판, 변호인단 집단 불출석, 재판부, 전·노씨 등 피고인 14명에 대해 국선변호인 선임 재판 강행
7. 8	20차 공판, 전·노씨 변호인단 집단 사임계 제출, 집단 퇴정. 전·노씨, 오후 출정 거부
8. 1	26차 공판, 채택된 증인 91명 중 신문 진행되지 않은 50명 증인 취소
8. 5	27차 공판, 검찰, 전·노씨에 각각 사형, 무기징역 구형. 변호인 최후 변론 및 피고인 최후 진술
8. 14	재판부, 19일로 예정됐던 선고 공판 돌연 연기
8. 26	선고 공판, 1심 재판 종결
8. 31	항소장 제출
10. 7	항소심 첫 공판, 최규하씨 등 33명 증인 채택
10. 14	2차 공판, 증인 신문 개시
10. 17	3차 공판, 광주 피해자 강길조씨 피해자 진술권 증언
10. 28	7차 공판, 최규하씨 증인 불출석, 재소환 결정
11. 11	10차 공판, 최전대통령 강제 구인키로 결정, 검찰 및 변호인측 7대 쟁점 구두변론
11. 14	11차 공판, 최전대통령 강제 구인, 항소심 결심 및 검찰 구형
11. 22	5·18재단이사장에 이기홍 변호사 선출
12. 16	12차 공판, 항소심 선고
12. 23	전·노 상고 포기
12. 26	대법원, 전·노 사건 형사1부 배당

1997년

2. 20	서울고법, 광주 관련 미 정부 문서를 정부가 공개토록 판시
3. 31	5·18묘지 안장조례안 확정
4. 17	전·노재판 상고심 선고(전두환 무기징역 등)
4. 28	5·18묘역 표지석 5·18국립묘지로 새겨
4. 29	정부 5·18을 국가기념일로 지정
5. 12	정부와 신한국당 5·18 희생자 국가 유공자 지정 결정한 뒤 하루 만인 13일 번복
5. 16	5·18 신묘역 준공식
5. 18	정부 주관 5·18 17주년 기념식
12. 22	전두환·노태우씨, 대통령 특사로 석방

12·12 및 5·18사건 피고인 확정 형량

이름	당시 직책	죄명	1심 형량	2심 형량	확정 형량
전두환	보안사령관 중앙정보부장 서리겸임	반란·내란수괴, 내란목적살인, 상관살해미수, 뇌물 등	사형 추징금 2,259억 원	무기징역 추징금 2,205억	무기징역 추징금 2,205억
노태우	9사단장 수경사령관	반란·내란 중요임무 종사, 상관살해미수, 뇌물 등	징역22년6월 추징금 2,838억	징역17년 추징금 2,628억	징역17년 추징금 2,628억
황영시	1군단장	반란·내란 중요임무 종사, 내란목적살인	징역10년	징역8년	징역8년
정호용	특전사령관	반란·내란 중요임무 종사, 내란목적살인, 뇌물방조	징역10년	징역7년	징역7년
이희성	계엄사령관	반란·내란 중요임무 종사 등	징역8년	징역7년	징역7년
주영복	국방장관	반란·내란 중요임무 종사 등	징역7년	징역7년	징역7년
허화평	보안사령부 비서실장	반란·내란 중요임무 종사 등	징역10년	징역8년	징역8년
허삼수	보안사 인사처장	반란·내란 중요임무 종사 등	징역8년	징역6년	징역6년
이학봉	보안사 대공처장	반란·내란 중요임무 종사 등	징역10년	징역8년	징역8년
유학성	국방부 군수차관보	반란 중요임무종사 등	징역8년	징역6년	사망공소기각
차규헌	수도군단장	반란 중요임무종사 등	징역7년	징역3년6월	징역3년6월
최세창	3공수여단장	반란 중요임무종사	징역8년	징역5년	징역5년
장세동	30경비단장	반란 중요임무종사	징역7년	징역3년6월	징역3년6월
박준병	20사단장	반란 중요임무종사	무죄	무죄	무죄
신윤희	수경사 헌병부단장	반란 중요임무종사	징역4년	징역3년6월	징역3년6월
박종규	3공수여단 15대 대장	반란 중요임무종사	징역4년	징역3년6월	징역3년6월